죽어가는 것에 대한 분노

RAGE AGAINST THE DYING
Copyright ⓒ Becky Masterman 2013
All rights reserved

Korean translation copyright ⓒ 2018 by NEVERMORE BOOKS
Korean translation rights arranged with The Marsh Agency Ltd. through EYA(Eric Yang Agency).

이 책의 한국어판 저작권은 EYA(Eric Yang Agency)를 통한 The Marsh Agency Ltd. 사와의 독점계약으로 '네버모어'가 소유합니다.
저작권법에 의하여 한국 내에서 보호를 받는 저작물이므로 무단전재 및 복제를 금합니다.

Media Review

"맥박이 뛰고, 맹렬하게 몰아붙이며, 생생하게 살아 있는…. 단 한 번의 최후 증빙으로 작가는 범죄소설의 작법을 제대로 배웠음을 증명한다. 베키 매스터먼은 일상적인 시선이 닿는 곳, 누구도 생각하지 못한 곳에 중요한 단서를 숨겨놓았다. 그리고 그러한 놀라운 발견에 있어 교묘하게 독자들을 조정해 그들이 주인공 브리짓보다 한 발 앞서 나갈 수 있도록 했다. – 재닛 매슬린, 〈뉴욕 타임스〉

"궁극의 즐거움. 전율이 느껴지는 똑똑한 소설이다. 게다가 베키 매스터먼이 가진 목소리의 힘은 그저 놀라울 따름이다." – 길리언 플린, 〈뉴욕 타임스〉 베스트셀러 1위 《나를 찾아줘》 저자

"호소력 짙은 캐릭터와 페이지를 계속 넘기게 만드는 구성력이 한데 조화를 이룬 대작." – 〈라이브러리 저널〉 베스트 리뷰

"킬러 스릴러 작품 데뷔작으로 성공했을 뿐 아니라, 클라리스 스탈링 이후로 가장 기억에 남을 FBI 요원 중 한 명의 캐릭터를 탄생시켰다." – 〈퍼블리셔스 위클리〉 이주의 선정 작품 베스트 리뷰

"브리짓은 경이로운 캐릭터이며, 그녀가 가진 능력은 그 나이대 여성에게서는 흔히 볼 수 없는 것이라 무서울 정도다. 리사 가드너와 테스 게리첸을 좋아하는 팬이라면 이 작품 역시 사랑할 것이다." – 〈북리스트〉

"작가가 진실하고도 추악한 비밀을 오랫동안 품고 있었던 것 같은 느낌이 들게 하는, 그녀의 열정적이고도 인간적인 첫 작품." – 〈커커스 리뷰〉

"베키 매스터먼의 원숙한 데뷔작은 바로 성공을 거두었다. 59세의 전직 FBI 요원 브리짓 퀸은 거칠고 단호하며 살인범을 추적하는 데에 기민하다. 주목해야 할 작가이자 꼭 읽어야 할 스릴러 작품이다."
— 리사 가드너, 〈뉴욕 타임스〉 베스트셀러 1위 《Catch Me and Love You More》 저자

"완전히 압도당했다. 달리 어떻게 설명할 수 있을까? 브리짓 퀸은 응원하고픈 여주인공이며, 베키 매스터먼은 세상의 몹쓸 것들을 너무도 많이 보아버린 천사처럼 글을 쓴다."
— 린우드 바클레이, 〈뉴욕 타임스〉 베스트셀러 1위 《이별 없는 아침》 저자

"잠도 잊은 채 읽게 만드는 작품이다. 브리짓 퀸은 지금껏 본 적 없는 FBI 요원이며, 다시 만나고픈 캐릭터다!"
— 피터 로빈슨, 〈뉴욕 타임스〉 베스트셀러 《Before the Poison》 저자

나의 남편이자 저술 동반자인
프레더릭 J. 매스터먼에게 바칩니다.

Prologue

제럴드 피질은 밴을 타고 골더랜치로드 다리 위를 한가롭게 돌아다니며 다음번 여자 친구를 자세히 관찰하고 있었다. 그는 열린 창문 밖으로 팔꿈치를 창틀에 기댄 채 팔뚝에 얼굴을 묻고, 팔에 살짝 솟은 털과 피부에서 풍기는 소금기 어린 쉰내 위로 입술 끝을 실룩였다. 서두를 필요는 없었다. 만남에 대한 기대감 역시 스릴의 일부였다.

작은 체구의 여자가 저 아래 메마른 강바닥의 바위들 사이로 빠끔히 모습을 드러냈다. 무언가로 분주해 그의 존재를 알아차리지 못하고 있었다. 사진에서 본 것과는 차이가 있었지만, 카키색 등산 모자 아래로 삐져나온 잿빛의 머리카락은 똑같았다. 여자는 바위를 살피기 위해 걸음을 멈출 때마다 등산용 스틱에 몸을 기댔다. 하지만 더위 따위에는 아랑곳하지 않는다는 듯 몸은 매우 꼿꼿했다.

닳궈진 할머니라니. 제럴드는 다소 꺼려지기도 했지만 상관없었다. 남자의 손길을 받은 지 숱한 세월이 흘렀을 테니 젊은 남자의 관심을 기꺼이 받아들일 것이다. 제럴드는 자유로운 다른 쪽 손으로 얇은 나일론 운동복 반바지 안에 손을 넣어 자신의 남성을 바로 했다. 그리고 엄마를 떠올렸다. 엄마는 그가 성기를 만질 때마다 그 행동을 저지하기 위해 그곳을 아주 세게 붙들곤 했다. 그러한 일은 그가—엄마가 상품으로 받아온—암웨이 프라이팬으로 그녀의 가슴을 후려칠 만큼 클 때까지 계속되었다. 아버지는 그 일을 두고 아주 우습다고, 그러나 싸울 때는 네 크기에 적당한 상대를 골라야 한다고 말했다. 그뿐이었다. 하지만 그 뒤로 제럴드에게 성기를 만지지 말라고 한 모든 이들은 결국 그에게 얻어터져 자신의 이빨을 삼켜야만 했다.

제럴드는 다리 끝에 이르러 밴을 왼쪽으로 몰았고 가파른 언덕을 천천히 내려와 메마른 강바닥 가장자리에 차를 세웠다. 이곳에서는 이 강바닥을 '워시'라고 불렀다. 그는 다시금 머뭇거렸고, 젖은 콘크리트 빛깔처럼 보이는 광활한 모래밭으로 시선을 던졌다.

8월 중순의 열기였다. 그 어떤 기준에서 따져봐도 건조하진 않았다. 지난 며칠간 여름 몬순이 사막 지역을 몰아쳤고, 평소 건조했던 모래 위로 비가 내려 짙은 개울을 이루고 있었다. 어젯밤과 같은 또 다른 폭풍, 특히 강줄기가 시작되는 카탈리나산의 동쪽을 휩쓸었던 폭풍이 다시 찾아온다면 이 워시도 물이 가득 차 흐르게 될 것이다.

하지만 오늘은 여자가 그러하고 있듯, 강바닥 위를 걸을 수 있었다. 제럴드가 지켜보는 가운데 그녀는 다리 아래를 향해 탐사를 지속했고, 곧 그의 시야에서 희미하게 멀어졌다. 그는 개의치 않았다. 어쨌든 여자는 그를 보지 못했고, 덕분에 그에게는 다음에, 그다음에, 그리고 그 일이 마무리된 다음에 어떻게 행동해야 할지 계획할 수 있는 시간이 주어졌다.

제럴드는 다시 밴의 시동을 걸고 다리 끝에서 차를 돌려 워시의 가장 끄트머리로 이어진 흙먼지 길을 내려왔다. 그리고 흙먼지덩어리가 강모래로 흔적 없이 사라진 지점 앞에서 차를 세웠다. 그런 뒤 신중하게 Y턴을 해 차의 앞부분이 언덕 쪽을 향하게 했다. 그렇게 해야 밴의 후미가 워시 쪽을 향하므로 무엇이든 손쉽게 적재할 수 있었다. 게다가 갑작스러운 방해를 받게 될 경우에도 재빨리 이곳에서 달아날 수 있었다. 여자가 엔진 소리를 듣지 않을까 하는 걱정은 없었다. 강 옆으로 난 두 번째 흙먼지 길은 다른 차들도 종종 이곳을 지난다는 뜻이었기에 그의 차 소리를 들었다고 해도 여자는 놀라지 않았을 것이다. 더군다나 여자는 가는귀가 먹었을 수도 있다. 거기까지 생각이 이른 제럴드는 실소를 하듯 콧바람을 살짝 뿜어댔다.

그는 비상 브레이크를 홱 당긴 다음 차에서 내려 파란색 비닐 재질의 샤워 커튼이 밴 바닥에 고르게 잘 펼쳐져 있는지, 그리고 제압하기 위한 끈들이 손이 닿는 위치에 있는지 확인했다. 그리고 밴 옆의 구석을 굴러다니던 펜치 한 세트를 집어 들었다. 모든 것에 제자리가 있었고, 모든 것이 그 제자리에 잘 놓여 있었다. 깔끔하게 준비를 마무리하며 그는 작은 상자에서 덕트 테이프 하나를 꺼내 15센티미터 정도 자른 뒤 자신의 소매 없는 티셔츠 앞부분에 살짝 붙여두었다. 이렇게 해야 필요할 때 편리하게 사용할 수 있었다. 그런 다음 차 문을 닫았는데, 완전히 닫지는 않았다.

제럴드는 다시 멈춰 서 워시의 양쪽에 있는 언덕길을 확인했다. 언덕 옆으로 달랑 조립식 건물 몇 채만이 자리하고 있었다. 맞춤 제작한 몽정에서나 나올 법한 달콤한 장소. 밴에 태울 때 간혹 일어나는 야단법석도 이번만큼은 없을 것 같았다. 그는 자신의 목에 감고 있는 줄에 붙은 사각형의 포일 조각을 매만져 티셔츠 안으로 밀어 넣었다.

그가 신고 있는 고무 샌들이 워시로 이어지는 경사로를 뒤덮은 고른 자갈 위에서 미끄러졌지만, 이내 그는 중심을 되찾았다. 기름진 머리카락을 귀 뒤로 넘기고 옷매무새를 다시 한 번 가다듬고 나자 그는 충분히 데이트 상대에게 다가갈 수 있을 만큼 흐뭇해졌다.

여자는 두꺼운 정원용 장갑을 낀 손으로 돌을 하나하나 집어 살펴보느라 그가 다가오는 것을 눈치채지 못하는 듯했다. 어떤 돌들은 저 멀리 던져버렸고, 어떤 돌들은 커다란 바위 위에 내려놓은 올리브색의 먼지 묻은 배낭에 넣었다. 그녀가 그를 알아채지 못하는 것은 좋은 신호였다. 볼 수 없다는 것은 공포감을 더해주며, 그 정도의 공포는 좋은 신호였다.

그가 지켜보는 가운데 그녀는 몸을 숙여 3킬로그램쯤 나가 보이는 돌을 한 손으로 들어 올렸다. 곱슬머리 몇 가닥이 얼굴 아래로 흘러내렸다. 생각만큼 늙은 것 같지 않은데…?

그는 좀 더 가까이 다가갔다. 그래. 바로 그가 찾던 여자였다. 숙성한 여자. 얼굴에는 주름이 없었지만, 사막의 건조함에 약간의 선이 생겼으며, 턱 끝을 따라 부드러움이 흐르고 있었다. 제럴드는 자신의 코로 그 턱을 훑을 생각에 갑작스럽게 숨을 들이켰다. 그녀가 입고 있는 셔츠의 목선 위로 보이는 가슴께에는 군데군데 주근깨가 흩뿌려져 있었다. 가냘프고 나약한 여자의 모습에 그는 그녀가 두 다리를 벌릴 때 엉덩이가 부서져버리는 것은 아닐까 궁금해졌다. 부서지는 뼈에 대한 환상이 다시금 샘솟았다. 여자는 모자를 벗어 얼굴을 닦았다. 다리 위에서 보았을 때 잿빛이었던 머리카락은 정오를 향하는 햇살 아래 하얗게 빛났다.

그녀의 머리카락에 반사된 햇빛을 보면서 제럴드는 날씨가 얼마나 지랄 맞게 더운지를 생각했다. 40도? 어쩌면 그 이상일지도 모르지. 평소보다 더 습하기도 했다. 젖은 모래 위로 김이 피어오르는 것을 느낄 수 있을 정도였다. 그는 간지러운 머리를 긁적이고 손톱 밑에 낀 때를 긁어내며 단단하게 덩어리진 강바닥 위를 걸었다.

여자의 데님 셔츠 안으로 언뜻 보이는 풍만한 가슴 사이 V자 골에 습기가 차 광택이 돌았고, 그와 동시에 그의 허벅지 안쪽에도 땀이 흘렀다. 기온이 5도만 더 낮았어도 이 모든 것이 좀 더 편안했을 것이다. 그와 같은 종류의 남자들은 대부분 밤에 작업을 나섰지만, 그 전문 분야가 나이 먹은 계집일 경우에는 때와 상관없이 기회가 왔을 때 나서야 했다. 나이 든 사람들은 새벽같이 일어나 어둠이 깔릴 때쯤이면 다시 잠자리에 들기 마련이니까.

그의 생각이 이곳 워시를 떠나 잠시 다른 장소, 다른 여자들에게로 향했다. 잠시 후 다시 현실로 돌아온 제럴드는 여자가 자신을 쳐다보고 있는 것을 깨닫고 놀랐다. 여자는 인사도 친근한 손짓도 없이 눈 하나 깜빡이지 않은 채 그를 쳐다보고 있었다. 돌을 들고 있는 왼쪽 손은 동작 중간에 우뚝 멈추었다. 미동도 없는 여자의 모습에 그는 소름이 돋았고, 모든 계획을 접고 이대로 멀리 달아나버리고 싶었다. 하지만 이렇게 상황이 아슬아슬할수록 단순한 만족감 이상의 것이 주어지는 법이다.

놀이터에서 맞닥뜨린 어떤 불량배 소년이 그의 이름을 갖고 놀려대던 때가 떠올랐다. 족제비 피질.* 그를 그렇게 불렀다. 제럴드는

---

* 'Peasil the Weasel.'의 언어유희.

13

울음을 터뜨렸다. 그의 아버지는 놀라워하며 "넌 정말 족제비로구나."라고 말했다. 아들의 아버지가 자신이 아니라는 사실을 방금 알게 되어 놀라기라도 한 사람처럼.

아빠가 옳았다. 제럴드는 학교에 벽돌을 가져간 뒤에야 기분이 나아졌다. 놀이터에서 그 어떤 경고도 없이 그는 벽돌의 모서리로 소년의 귀를 잘라버렸다. 불량배 소년은 넘어졌고, 제럴드는 그 위에 올라타 벽돌로 소년의 얼굴을 내리쳤다. 끊임없이. 끊임없이. 뼈와 세포가 으깨졌고 누군가 그를 잡아서 끌어냈다. 뼈를 부러뜨리는 것이 그렇게 기분 좋은 일인지 그때 처음 깨달았다.

소년은 죽지 않았지만 병원에 꽤 오랫동안 입원해 있어야 했다. 제럴드는 난처한 상황에 처했지만, 고작 여덟 살밖에 안 된 소년을 어떻게 감옥에 보낼 수 있었겠는가? 한 달 뒤 불량배 소년의 아버지가 아들을 데리고 집에 나타났다. 수술을 받은 소년은 이곳저곳에 철심을 박은 채 흉터투성이였다. 남자는 제럴드가 자신의 아들에게 어떤 짓을 저질렀는지 제럴드의 아버지에게 보여주고 싶어 했다.

피질 씨는 공손하게 유감을 표했다. 하지만 등 뒤로 문을 닫은 뒤 제럴드를 보며 말했다. "꼬맹이가 쓸데없이 덩치만 좋구나. 프랑켄슈타인 같아." 그리고 미소를 지었다. 그 미소에서 제럴드는 아빠의 감탄과 인정, 그리고 사랑을 보았다.

족제비 피질은 마지막으로 울었던 것이 언제인지 기억나지 않고, 중년의 여자가 그를 아무리 우스꽝스럽게 쳐다본다고 해도 자신의 뜻을 굽힐 생각은 없었다. 게다가 그에게는 완수해야 할 임무가 있었다. 어릴 적 불량배와 있었던 일 이후로 그는 친구 사귀는 법을 배웠다. 기술 또한 대대적으로 정비했다.

"안녕하세요."

그가 말했다. 고환을 잡아당기고 싶은 충동이 강하게 일었지만, 새로운 관계를 시작함에 있어 그러한 행동은 상대에게 혐오감을 줄 것이라는 점을 잘 알고 있었다.

"안녕하세요."

그녀의 풍성하고 성숙한 비브라토에 그는 흥분했다. 여자의 음성은 오묘했다. 대부분의 중년 여성들처럼 고음이거나 쾌활하지 않았다. 남자의 목소리처럼 깊이가 있었고 강했다. 그녀는 그의 반바지 안에서 불쑥 솟은 성기를 대담하게 내려다보았다. 무의식적으로 홱 돌린 그녀의 고개가 살짝 떨리고 있었다. 어쩌면 꽤 오랫동안 이런 것을 보지 못했는지도 모른다. 어쩌면 흥분하고 있을지도.

"거기, 괜찮아요?"

제럴드가 물었다. 모래 위를 다소 어슬렁거리며 아무렇지 않은 척 고무 샌들의 가장자리를 구부렸다. 자신이 긴장하지 않은 상태라는 것을 보여, 여자에게 더 가까이 다가갈 수 있을 때까지 그녀의 날선 경계심을 느슨하게 해보려는 의도였다.

여자는 먹잇감의 집중력을 동원해 그의 왼쪽, 오른쪽을 살폈다. 워시 주변으로 메스키트*들이 자라고 있었다. 여자는 무언가 말하려다가 한 번 기침을 내뱉고는 이내 다시 쉰 소리로 입을 열었다.

"괜찮아요."

모래 위에서 여자의 등산용 스틱이 흔들거렸다.

"날도 덥고, 정오예요."

제럴드가 말했다.

---

* 주로 숯을 만드는 데 쓰이는, 남아메리카산 나무 품종의 하나.

"모르는 사이에 탈수가 올 수 있어요. 주변에 아무도 없는데 말이에요."

그 말과 함께 그는 한 발자국 더 가까이 다가섰다. 곧장 앞으로 다가선 것이 아니라 먹잇감에게 가장 잘 접근할 수 있는 방법을 꾀하며 옆으로 걷는 코요테처럼 살짝 오른쪽으로 방향을 튼 걸음이었다.

여자는 자신이 혼자라는 사실을 부인하지 않았다.

"가방에 물을 챙겨 왔어요."

그녀는 근처에 놓인 배낭을 가리키고는 저 위의 다리를 올려다보았다. 그녀 뒤로 차 한 대가 휙 지나가 멀리 사라져버렸다. 대부분은 도움을 청하는 비명조차 지르지 않았다. 이는 우스운 일이었다. 그 절규가 실패로 돌아가는 좌절을 맛보느니 그냥 죽는 것이 낫다는 듯 말이다. 여자는 다시 그에게로 고개를 돌리며 자신이 너무 오랫동안 다른 곳을 쳐다보고 있었던 것이 두려운 듯 흠칫 놀랐다.

"미안하지만, 전 다시 암석 수집 작업에 집중해야겠어요."

"돌을 갖고 뭐 하게요?"

제럴드가 고개를 흔들며 묻고는 다시 한 발자국 더 가까이 다가갔다. 이번에는 왼쪽 방향이었다.

"암석들을 좋아해요."

"혹시 그거예요? 뭐라고 하더라···."

"지질학자?"

여자가 물었다. 그녀는 또다시 미동이 없었다. 마지막 발음과 함께 멈춰버렸을 여자의 혀가 그의 눈앞에 보이는 듯했다.

그는 다시 오른쪽으로 방향을 틀어 더 가까이 다가가며 대답했다.

"네, 지질학자."

"아니요. 미안하지만, 그냥 가주면…."

여자가 하던 말을 멈추었다. 제럴드에게 떠나달라고 간청하면 자신에게 닥친 일이 너무나 현실적으로 다가오기라도 할 것처럼, 그 현실이 취약하기 짝이 없는 자신의 얼굴을 생생하게 문지르기라도 할 것처럼.

"뭐, 그렇군요."

제럴드도 한담이나 나눌 기분은 아니었다. 그는 이야기를 주고받는 동안 모래 위로 드러난 개울처럼 오른쪽, 왼쪽으로 방향을 틀며 그녀에게 접근하고 있었다. 여자가 겁에 질려 달아나지 않도록. 때로는 늙은 여자들도 그가 따라잡기 어려울 만큼 뜀박질에 능할 때가 있었다. 하지만 여자 뒤를 쫓기에 오늘은 너무 더웠다.

무방비 상태로, 경계심은 가득하지만 우유부단하게 등산용 스틱을 쥐고 있는 여자와는 이제 1미터 간격으로 가까워졌다. 여자의 부동에 제럴드는 또다시 불안해졌다. 하지만 사람들이 공포를 느낄 때면 간혹 마비 증세를 보이기도 한다는 이야기를 들었던 기억이 났다. 이 여자가 바로 그런 듯했다. 이런 상태라면 뻣뻣한 판지로 만든 모형물처럼 그대로 들어 옆구리에 끼고 밴에 실을 수 있을지도 모르겠다. 그는 또다시 코웃음을 쳤다. 나중에, 여자를 확실히 손에 넣게 되면 이 이야기를 꼭 해주어야겠다.

돌을 들고 있는 여자의 손이 움직이더니 더욱 단단히 돌을 움켜쥐었다.

"그거 무거워 보이는데요."

제럴드가 말했다.

"도와줄게요."

"아뇨."

여자는 단어를 내뱉었지만 그건 간청에 더 가깝게 들렸다.

이제 충분히 가까워졌다. 악몽처럼 재빠르게 제럴드는 둘 사이의 간격을 완전히 없앤 뒤 여자의 손에 들려 있던 돌을 쳐버렸다. 그래야 그의 발에 그 돌을 떨어뜨리는 일은 없을 테니 말이다. 그는 다시 몇 발자국 뒤로 물러나 이어지는 상황을 가늠했다.

여자는 여전히 부동이었다. 차라리 다른 돌을 찾는 편이 나을지도 모르는데. 여자가 전혀 겁을 먹지 않았다면 그것만큼 김새는 일도 없다. 혹시 덜떨어진 여자인가? 얼간이를 어떻게 해보려고 한 적은 한 번도 없었다. 어쩌면 좀 더 직접적인 메시지가 필요할지도. 그는 목에 두르고 있던 끈을 잡아당겨 거기에 매달려 있는, 포일로 싼 콘돔을 들어 올렸다. 콘돔을 쓸 생각은 없다. 증거를 남기면 안 되니까. 그저 그가 상대를 해치지 않을 거라고 생각하게끔 하기 위해서다. 여자는 그의 티셔츠에 안착한 작은 꾸러미를 물끄러미 쳐다보았다.

어쩌면 이제야 상황을 이해했는지도 모르겠다.

여자의 두 눈이 휘둥그레졌다.

"왜…?"

여자가 말했다. 얼굴에 공포의 빛이 서리기 시작했다. 그건 곧 영구적으로 그 얼굴을 뒤덮게 되겠지.

제럴드는 마지막 일격을 위해 앞으로 홱 나서며 여자의 손목을 잡고 등 뒤로 꺾었다. 그리고 다른 손으로 티셔츠에 붙어 있던 덕트 테이프를 뜯어 여자의 입에 붙였다.

여자는 등산용 스틱을 마구 휘둘렀지만, 홈디포에서 구입할 수 있는 부실하기 짝이 없는 스틱은 발사*보다도 가벼웠다. 그의 엉덩이에 밀착되자 여자는 등 뒤로 스틱을 휘둘렀지만 그는 거의 느끼지 못했다. 밴까지 대략 15미터를 이동하는 순간이 제일 위험한 시간이었다. 차가 지나간다면, 누군가에게 발각된다면 이 몸싸움을 들키고 말 것이다. 하지만 여자는 체구가 작았고 아까 돌을 들어 올리는 모습을 보았을 때는 힘이 셀지도 모르겠다고 생각했지만, 막상 겪어보니 약했다. 여자는 있는 힘껏 저항했지만 다리만 질질 끌릴 뿐이었다. 제럴드는 무릎으로 여자의 무릎 뒤를 가격해 여자를 쓰러뜨렸고, 나머지 과정은 신속하게 이루어졌다.

등에 또 한 번의 날카로운 무릎 가격을 받은 뒤 여자는 밴에 실려 샤워 커튼 위를 뒹굴었다. 그 밑에 마른 피가 엉겨 붙어 있는 것을 여자도 눈치챈 듯했다. 여자는 검은색 벽 쪽으로 자꾸 파고들면서 비명을 질렀지만 덕트 테이프 때문에 소리는 밖으로 새어 나오지 않았다. 그러는 사이 제럴드는 밴의 문을 닫고 그의 집이 있는 샌 매뉴얼 근방까지 북쪽으로 약 45분간을 달릴 준비를 마쳤다.

이제 두 사람은 밴에 안전하게 탑승했다. 여자는 웅크린 채 충격에 사로잡혀 두 손이 이미 자유롭다는 것을, 그래서 그 손으로 입에 붙어 있는 테이프를 뗄 수 있다는 사실도 알아채지 못했다. 제럴드는 좀 더 여유 있게 여자를 쳐다보았다. 등산 모자는 워시에 떨어뜨린 뒤였고 아까 보았던 잿빛 머리카락은 어깨까지 내려오는 백발의 굵은 곱슬머리에 드문드문 섞여 흘러내렸다. 밴에서 들리는 것이라고는 여자의 요란한 숨소리뿐이었다. 여자는 간신히 스틱을 쥐고서 그 끝으로 제럴드를 겨누었지만, 그래 봤자 젓가락으로 위협하는

---

* 벽오동과의 상록 교목. 목재가 매우 가벼워 구명구나 모형 비행기 등의 재료로 쓰임.

수준밖에 안 된다는 것을 모르는 모양이었다.

그는 손바닥을 위로 향한 채 손을 뻗으며 여자의 눈을 쳐다보았다. "스틱 이리 줘요. 어서, 예쁜이. 이리 내놔요. 다치게 하지 않을 거예요. 그저 뜨거운 해를 피하고 싶었을 뿐이니까. 돌 얘기나 해볼까요?"

제럴드는 코웃음을 치고는 스틱을 붙잡은 뒤 다시 숨을 들이켰다. 손바닥에 날카로운 통증이 느껴졌고, 순간 그는 스틱을 놓아버렸다. 그는 깜짝 놀라 손목 위에서부터 집게손가락 아래까지 이어진 깊은 자상을 쳐다보았다. 그리고 자상에서 피가 새어 나오는 것을 지켜보았다. 왜 이런 일이 생긴 거지? 그의 피는 그가 상상했던, 밴에서 일어날 일의 일부가 아니었다. 그는 화급히 지혈을 하면서 여자가 들고 있던 스틱이 단순한 보통의 스틱이 아니라는 사실을 깨달았다. 스틱 끝에 칼날이 달려 있었다. 한쪽 면과 끝부분 지점에 면도칼이 달려 있어 삼각형 모양을 이루고 있었다.

그는 피부터 보았고, 이내 통증이 찾아왔다. 하지만 여자가 입에 붙어 있던 덕트 테이프를 반쯤 떼고 한쪽 입가를 일그러트리자 분노가 치솟았다.

여자는 생각했다. 그가 손을 베이는 동안 여자는 그의 의식이 통증을 깨달아가는 과정을, 2분 전만 해도 공포에 질려 거의 부동 상태였던 여자에게서 받은 공격의 모순을 간파하는 과정을, 그 반격의 예측 속에서 분노가 솟구치는 과정을 지켜보며 생각했다.

밴 바닥에 엉겨 붙은 마른 피는 그녀가 처음이 아니라는 사실을 알려주었다. 시신들이 어딘가에 숨겨져 있다. 여자는 조사를 위한 법적 절차나 피고 측 변호인이 필요하지 않은 독특한 위치에 놓여 있었다. 하지만 남자는 그녀가 가늠했던 것보다 더 힘이 셌고, 이러한 방식은 그녀로서도 너무 오랜만이었다. 힘은 조금 달렸고, 반응 속도도 조금 느렸으며, 실전 훈련도 부족했고, 장소가 밴 내부에 국한되어 예측했던 것보다 선택지에도 한계가 있었다. 남자가 자신을 밴에 밀어 넣도록 내버려두는 것이 아니었다. 그것이 판단 오류였다.

이미 돌이킬 수 없는 상황인지도 모른다. 하지만 지금은 그런 생각을 할 때가 아니었다. 당장 40년간 수련해온 발차기로 싸움에 돌입할 때였다. 그렇지 않으면….

그래, 그거다. 싸움. 달아날 곳은 없었다.

1

열흘 전

지난날 여성으로서의 내 모습들을 후회할 때가 종종 있다.

수많은 모습들이 있었다. 딸, 언니 혹은 누나, 경찰, 거친 동료, 다양한 종류의 나쁜 년, 버림받은 연인, 이상적인 아내, 영웅, 살인자. 난 진실을 말하는 데 능숙하므로, 그 모든 모습들에 대한 사실을 곧 말해주겠다. 비밀을 지키는 것과 거짓말을 하는 것은 똑같은 기술을 필요로 한다. 둘 모두 습관이 되고 거의 중독이 되어서 심지어 가장 가까운 사람들을 상대할 때도 그 중독성을 피하기는 어렵다. 예를 들면, 사람들은 자신의 나이를 스스럼없이 알려주는 여자는 절대 믿지 말라고 충고한다. 그런 비밀조차 지킬 수 없다면, 당신의 비밀도 지키지 못할 테니.

난 59세다.

처음 FBI에 들어갔을 때 여자 특수 요원은 많지 않았고, 조직에서도 그 이점을 잘 이용했다. 160센티미터의 키에 타고난 금발머리, 10대 치어리더와 같은 몸매의 특수 요원이라면 여러 방면의 수사에 유용했기 때문에 그들은 기꺼이 신장 제한 같은 조건은 무시했다.

난 경력을 쌓기 위해 위장 업무에 투입되었다. 대부분 주 경계나 국경을 넘나드는 인신매매범이나 성범죄자들의 미끼 역할이었다.

위장 업무는 9년간 지속되었다. 일반적으로 요원들이 제풀에 지쳐 나가떨어지거나 가족을 잃게 되기까지 소요되는 시간보다 5년이나 더 긴 세월이었다. 난 결혼도 하지 않았고 아이도 없었기 때문에 척추 몇 개를 접합해야 했던 그 사고만 아니었다면 더 오래 활동할 수 있었을지도 모른다. 물론 그마저도 그만하기에 다행이었다. 내가 타고 있던 그 말에 무슨 일이 있었는지 당신이 직접 보았어야 한다.

수술로 인해 업무 수행에 필요한 다수의 필요조건에 문제가 발생했다. 지붕 위를 뛰어다니거나, 흉기의 기습적인 공격을 순발력 있게 피하거나, 랩 댄싱*을 추는 데에도. 장애를 받아들이고 그대로 물러날 수도 있었지만, 조직 밖에서의 삶은 상상조차 할 수 없었기 때문에 난 경력의 절반을 수사 부서에서 채운 뒤 은퇴했다.

아니, 그게 진실의 전부는 아니다. 은퇴가 가까워질 무렵 난 결정 장애를 겪었다. 특히 몇 년 전 조지아주 터너빌에서는 비무장 상태의 범인을 죽이고 말았다. 당신이 영화에서 본 것과는 반대로 FBI 특수 요원들은 범인 제압에 그렇게 무지막지하지 않다. 그건 조직을 난처하게 만들 수 있기 때문이다. 웨이코 사건이나 루비리지 사건**의 경우를 보라. 요원으로서의 그러한 행동은 신뢰를 받지 못할 뿐더러 법정에서 불리하게 작용할 수 있다. 피의자 측은 그것을 빌미로 FBI가 사건을 짜 맞추기 위해 증거를 주입하거나 사실을 왜곡했다고 몰아세울 것이다.

---

* 술집에서 스트리퍼 등이 손님에게 몸을 밀착하거나 그의 무릎에 앉아 추는 관능적인 춤 등.
** 1993년 텍사스주 웨이코에서 일어난 사교도 등의 참사 사건과 1992년 아이다호주 루비리지에서 일어난 민간인 가족 사망 사건은 FBI의 대표적인 위기관리 실패 사례로 거론됨.

윤리 위원회에서 내사가 진행되었고, 내게 경찰로서는 자살 행위나 마찬가지인 처분이 내려졌다. 내 총격으로 죽은 남자의 친척들이 제기한 민사 소송은 끝날 줄을 몰랐고, 소송 비용 또한 막대했다. 그것이 바로 영화에는 나오지 않는 부분이다. 악한 연쇄살인범에게도 든든한 가족이 있다는 것. 장애가 있는 아이들을 가르치는 일을 하는 절름발이 누나는 그 쓰레기 같은 인간이 세상에 둘도 없는 다정한 동생이었다고 증언하기에 이르렀다.

가족들은 내가 범인의 유죄 여부를 입증해내지 못할 것이 두려워 총을 쏘았다고 주장했다. 그들은 결국 소송에서 졌지만, 그 뒷맛은 모두에게 씁쓸하게 남았다. 은퇴가 가까워졌을 무렵 조직은 나를 투손에 있는 지부로 발령을 냈다. 모두들 살기 좋은 곳이라고 했지만, 내게는 덥다는 것을 빼면 시베리아와 다를 바가 없었다. 나는 그곳의 책임자가 마음에 들지 않았고, 17개월쯤 시간이 지난 후 결국 처음부터 모두가 바랐던 대로 퇴직을 선택하고 말았다.

이것이 바로 진실의 전말이다. 완벽한 진실은 아니지만.

1년간 나는 퇴직을 유용하게 활용해보려 노력했다. 우선 북클럽에 가입했다. 하지만 다른 여성 가입자들은 내가 책 한 권 읽지 않는 사람이라는 것을 알게 된 이후 나를 무시하기 시작했다. 내 분노 조절 장애에 도움이 될 것이라는 상담사의 조언에 따라 요가를 해보기도 했지만, 비크람 요가 강사로부터 37도가 넘는 습한 공간에서 물 한 잔 마실 수 없다는 이야기를 들은 직후 자리를 박차고 나와버렸다. 내게 분노 조절 장애가 있다고? 나마스테, 웃기시네.

몸매라도 유지해볼 요량으로 체육관에는 빠지지 않고 다녔다. 몸매라면 늘 자신 있었다. 주어진 업무 수행을 위해 필수적인 부분이

기도 했다. 어떤 순간에든 순발력과 유연성을 발휘해야 했으니 말이다. 백스터라는 이름의 해군 특전사로부터 특수 군사 훈련을 받은 적도 있었다. 그의 성은 이제 생각이 나지 않지만, 훈련받은 킬러이자 똑똑했던 그와 당시에는 꽤 가깝게 지냈다. 내가 흑색작전(Black Ops)*에 대해 물어볼 때마다 그는 내 앙가슴을 무기로 사용할 수 있는 방법을 알려주겠다며 시답지 않은 농담으로 얼버무리곤 했다. 그는 지금 저세상 사람이 되었다.

그러고 보면 유령 영화에 등장하는 주인공 아이처럼, 난 살아 있는 사람보다 죽은 사람을 더 많이 알고 있는지도 모르겠다.

어쨌든 다시 내 퇴직 이야기로 돌아오면, 난 여전히 사우스웨스턴의 한 중년 부인으로 위장 업무를 하고 있는 듯한 기분이었다. 누군가 내게 하는 일이 무엇이었냐고 물으면 저작권법 위반 행위를 단속했었다고 대답했다. 그러면 대화가 금세 중단되곤 했다. 누구든 비디오 복사본 하나쯤은 갖고 있기 마련이니 말이다.

난 여전히 어떤 환경을 접하든 내 존재감을 없애는 데 특유의 소질을 발휘했다. 그저 배경으로 스며들어 버리는 것이다. 내 또래의 여느 여자들이라면 두려워할 그런 일을 난 기쁜 마음으로 감행했다. 그게 바로 나다. 난 바로 그렇게 이웃집 사람들로부터, 사랑하는 남편으로부터, 그리고 때로는 나 자신으로부터 숨어버리곤 했다. 맨손으로 사람을 죽일 수 있는 여자를 좋아하는 이는 없었다.

말했듯이 내 퇴직 후 생활은 평탄하지 못했다. 상담사의 조언에 따라 대학에서 불교학 수업을 청강할 수 있었던 것을 제외하면 말

---

* Black Ops, Black Operation: 정부, 정부기관, 군조직 등에서 행하는 비밀작전의 일종. 작전 참가자는 신원이 기밀에 부쳐지며, 작전을 수행한 조직은 자신들이 그 작전을 수행했다는 것 자체를 인정하지 않는다.

이다. 바로 그곳에서 나의 교수님을 만날 수 있었다. 그리고 그 직후 상담을 중단했다.

상호 호감은 꽤 즉각적으로 이루어졌다. 첫 수업 시간에 나는 카를로 디포렌차 교수가 교실 앞을 어슬렁거리며 강의하는 모습에 집중했다. 그 모습이 꼭 달라이 라마를 잡아먹은 뒤 우리에 갇힌 호랑이 같았다. 카를로가 카르마의 순환성에 대한 자신의 관점을 한창 설파하는 중에 어린 여자애들 중 마치 치약을 짜내듯 튜브 톱 위로 자신을 가까스로 짜낸 여자애 하나가 팔꿈치를 서로 꽉 맞물린 채 물었다.

"아, 그러니까 '어디로 가든, 당신은 항상 거기에 있다.'라는 거군요."

교수는 발걸음을 멈추고는 질문자에게 고개를 돌리지도 않은 채 창 쪽을 향해 눈을 깜박거렸다. 모기 한 마리가 호랑이에게 훼방을 놓은 셈이었다.

"범퍼 스티커* 따위에 적혀 있는 것과는 반대로, 그건 분명 사실과 다르죠."

내가 느릿느릿 말했다.

카를로는 마침내 다시 교실로 고개를 돌렸고, 날 똑바로 쳐다보았다. 그의 미소가 내 둔부에 와 꽂혔다.

"계속해요."

그가 말했다.

"경험상 내 자신을 제대로 돌아보는 데에 1년 정도 걸렸으니, 계속 움직이고 있는 한 걱정할 필요 없어요."

---

* 자동차 범퍼에 붙이는 광고용 스티커.

그는 또다시 눈을 깜빡이기 시작했다. 그가 나를 잘난 척이나 하는 응수자로 여길 것이라 생각했지만, 이내 그가 다시 내게 미소를 지었다.

"대체 정체가 뭡니까?"

그가 '대체'에 강조점을 두며 물었다.

"내 이름은 브리짓 퀸이에요."

내가 대답했다.

"이 이야기는 함께 저녁 식사나 들면서 나눠봅시다, 브리짓 퀸."

대부분의 학생들이 킥킥거렸다. 튜브 톱 여자애만이 늙은 여자에게 패배한 것이 분한 듯 뚱한 표정을 하고 있었다.

"수업 시간에 하기에 적절하지 못한 이야기 같은데요."

내가 말했다.

"무슨 상관인가요?"

그가 대답했다.

"이번 학기만 마치면 퇴직인데."

그 무렵 그는 평소보다 더 내게 적극적이었고, 난 평소보다 더 그에게 솔직했다. 그리고 첫 데이트에서 난 그와 사랑에 빠졌다. 좀 더 강인해진 뒤에야 그날의 데이트를 다시금 회상할 수 있을 것이다.

그해에 난 카를로 디포렌차와 결혼했고 아파트에서 나와 도시 북쪽에 위치한 그의 집으로 이사했다. 뒤쪽 창문으로 카탈리나산이 한눈에 내다보이는 그의 집은 그의 작고한 부인인 제인이 정신 나간 조세핀 이모* 스타일로 꾸며놓았다. 다시 말해, 집 안에는 가장자리에 붉은 장식이 달린 전등갓에 유니콘이 수놓인 가짜 벨기에 태

---

* 미국의 소설가 대니얼 핸들러가 필명 레모니 스니켓으로 1999년부터 2006년까지 발표한 아동문.

피스트리가 넘실거렸으며, 널따란 뒷마당에는 실제 크기의 성 프란체스코 동상이 벤치에 앉아 있었다. 그래도 괜찮았다. 난 내가 사는 공간을 단 한 번도 꾸며본 적이 없었고, 늘 기성품 덮개와 같은 종류의 사람이 되고 싶었기 때문이다.

집에는 피터 로어*와 브라트부르스트**의 믹스 버전 같은 퍼그 두 마리도 함께였다. 제인이 암으로 세상을 떠나기 5년 전에 카를로에게 선물한 녀석들이었다. 자신이 죽은 후에도 그가 녀석들을 돌보는 것을 삶의 목적으로 삼아 계속해서 생을 이어가길 바랐던 것이다. 우리는 녀석들도 함께 기르기로 했다.

하지만 그 계약에서 제일 좋은 부분은 카를로였다.

그것, 그러니까 결혼은 너무도 순식간에 이루어졌고, 엄마는 늘 하던 말들 중 하나를 내게 속삭였다. "섣불리 결혼했다가는 나중에 후회할 수도 있다." 하지만 난 내가 뭘 원하는지 잘 알고 있었다. 당시 내가 어떤 상태였는지 지금도 정확히는 모르지만, 그건 곧 그가 나에 대해 거의 모르고 있었다는 것을 의미하기도 했다. 난 달리 사는 법을 결코 알지 못했고, 그쪽이 편했다. 혹자는 그것이 좋은 관계를 위한 바탕이 될 수 없다고 말할지도 모르겠지만, 내게도 나름 터득한 교훈이 있었다. 행악은 과거에 묻어두고 이상적인 아내로 사는 법을 배우는 데 집중하자. 이상적인 아내가 바로 지금의 내 모습이었다.

카를로는 서두르지 않았다. 그는 내 뒤로 몰래 다가와 기습적으로 포옹하지 않는 법을 배웠고, 내 볼에 아주 부드럽게 손바닥을 갖

---

* 헝가리 출신의 영화배우.
** 프라이용 돼지고기 소시지.

다 대 내가 그 손을 물리치는 대신 편안하게 기댈 수 있도록 해주었다. 그는 단 한 번도 내 습관적인 투쟁 도피 반응의 이유를 캐물으려 하지 않았다. 모르는 편이 최선이라고 생각하는 것 같았다. 난 점차 긴장을 풀고 그를 신뢰하는 법을 배우기 시작했으며, 그렇게 내 삶은 완벽해졌다. 물론 알 수 없는 불안감에 사로잡힐 때가 있긴 했지만 말이다. 그가 날 떠날지도 모른다는 습관적인 공포감에 심장이 요동치곤 했다. 그가 떠나면 난 마침내 이룬 그 모든 것들을 한순간에 잃고 말 테니까.

결혼 첫 해에 우리는 사랑을 나누고 퍼그들과 산책했으며, 좋아하는 요리들로 서로를 유혹하곤 했다(그는 초밥을 좋아했고, 난 인도 음식을 좋아했다). 영화를 봤고(난 독립영화에 남다른 감흥을 느꼈고, 그는 번쩍거리며 터지고 뭔가가 날아다니는 영화를 좋아했다), 함께 암석을 수집하기도 했다.

난 특히 암석 수집을 좋아했다. 돌은 눈요깃거리가 되어줄 뿐만 아니라 변하지 않을 뿐더러 내 눈앞에서 죽는 일도 없었다. 주변에서 내가 가장 좋아하는 돌 수집 장소는 집에서 언덕길로 800미터쯤 떨어져 있는 고즈넉한 워시였다. 골더랜치로드가 지나는 다리 바로 아래 말이다. 여름 몬순에는 사막에 폭우가 내려 짧은 몇 달 사이에 주변을 둘러싼 산에서 굴러 떨어진 암석들이 그곳에 모였다.

내 기억으로는 8월의 초였다. 난 혼자 워시로 내려갔고, 특이한 색을 뽐내고 있는 암석들을 골라 10킬로그램 가까이 배낭을 채운 뒤 언덕을 느릿느릿 걸어 올라갔다. 37도가 넘는 기온 탓에 살짝 어지러웠지만, 몸을 움직이고 난 뒤라 뿌듯했다.

곧 블랙호스랜치 구획의 동쪽 끝에 자리한 우리 집 뒷마당이 보였다. 최근 우리는 진짜 사막 거주자들에 둘러싸여 외계인과 같은 신세가 되었다. 말을 타고 다니는 사람들 말이다. 그들은 자신들의 트레일러에서 필로폰을 만들었다. 비가 오면 말의 배설물 냄새가 풍겼고, 때때로 트레일러들이 폭발하기도 했다.

내 말이 너무 비판적으로 들렸을까? 시내의 아파트에서 생의 대부분을 보낸 뒤라 난 이 시골 생활이 정말로 좋아졌다. 참전 당시의 흥미진진한 이야기들을 들려주는, 나이 많고 어수룩한 삼촌에게 애정이 가듯 말이다. 난 말의 배설물 냄새도 좋았고, 간혹 바람이 잦아들 때면 알 수 없는 곳에서 들려오는 당나귀들의 울음소리도 좋았으며, 피마 사격장 방향에서 들려오는 귀에 익은 총포 소리도 좋았다.

하지만 앞서 말했듯이 가장 좋았던 것은 카를로였다. 이탈리아식 억양이 살짝 섞인 그는 링컨만큼이나 키가 컸으며, 로마인 특유의 크고 뾰족한 코와 우수에 찬 알 파치노의 눈에 그 모든 것과 반대되는 짓궂은 미소까지 훌륭했다.

배낭을 부엌에 내려놓고 안에 든 돌들을 닦기 위해 개수대에 쏟아내고 있을 때 카를로는 딸기색 가루에 물을 타 벌새에게 줄 음료를 만들고 있었다. 내가 부탁하지 않았는데도 그는 앞마당에 있는 흰색 아카시아에 새 모이통을 달아놓아 서재 창문에서 언제든 벌새를 볼 수 있도록 해주었다.

그가 순전히 나를 위해 모이통을 달고 있는 광경을 보고 있자니 심장이 터질 듯 부풀었다고 표현하면 구태의연하겠지만, 내게는 정말 참신한 기분이었다.

새 모이통을 채우고 있는 남자에게서 흔히 느낄 수 없는 강력한 반응이라고 생각할지도 모르겠다. 지금껏 비교적 평화로운 삶을 영

위한 사람이라면 그 가치가 대수롭지 않을 수도 있고, 나만큼 소중하게 느끼지 못할 수도 있다. 그런 이들은 가슴속에 바이올린의 현을 품고 사는 것처럼 끝없는 진동을 느끼며 하루하루를 사는 것이 어떤 기분인지 이해하지 못할 것이다. 이제 그 현은 끊어졌고 진동도 멈췄다. 폭력의 위협은 이제 먼 과거의 일이 되었다. 이제 난 벌새들의 모이를 챙기는 부드럽고 자상한 남자와 평화롭게 살고 있었다. 그게 뭐 그리 대수냐? 나한테는 그렇다.

"나한테 줄 것 없어?"

그가 깔때기를 사용해 투명한 플라스틱 용기에 주스를 따르며 물었다. 낮은 음성과 반짝이는 눈빛 때문에 그의 질문이 섹스를 말하는 이중적 어구처럼 느껴졌다.

"가진 거라곤 예쁜 암석들밖에 없는데. 퍼페서(perfesser), 원하는 게 뭔지 말해봐."

나는 암석들을 쏟아낸 개수대 쪽으로 몸을 돌려 암석들을 하나하나 씻고는 카를로가 살펴볼 수 있도록 젖은 암석들을 어두운 색의 화강암 조리대에 올려두었다.

흙먼지를 씻어내자 색깔이 선명하게 드러났다. 부드러운 핏빛, 바닐라 아이스크림 빛깔, 공룡 알 같이 둥글고 얼룩덜룩한 것에서부터 검은 반점에 은빛 금이 간 것까지. 우리는 암석들을 더 자세히 살피기 위해 미국 남서부 광물 도감을 펼쳤다.

카를로는 지질학 쪽에는 나보다 더 문외한이었다. 대신 그는 철학 교수가 되기 전, 그리고 제인과 결혼하기 전 한때 로마 가톨릭의 신부였다. 카를로 디포렌차 교수 신부는 언어 철학 혹은 비교 종교학 분야에 있어서는 학습 능력이 전혀 없는 조개들도 무리 없이 이해할 수 있도록 설명할 수 있는 능력의 소유자였다.

카를로와 나는 아침 식사를 들곤 하는 조리대 앞 스툴에 나란히 앉았고, 그는 어린 새끼를 보호하는 기린처럼 암석들 위로 호리호리한 허리를 숙였다. 그는 가느다란 손가락으로 암석들을 요리조리 매만지며 일일이 살폈다.

"역암이라는군."

카를로가 도감의 사진을 가리키며 말했다.

"안에 박힌 석영이 보여? 화강암도 순식간에 주스로 만들어버릴 정도의 열기로 인해 여러 광물들이 한데 섞인 거지. 그러다가 온도가 급강하하면서 광물들이 각자의 특성을 지닌 채 하나의 덩어리로 굳어버린 거야. 정말 대단해, 브리짓. 아, 구리가 들어간 녀석도 찾았네."

나는 살짝 몸을 틀며 암석에게로 더 가까이 기댔다. 박힌, 열기, 주스…. 10억 년의 역사를 지닌 지질 활동을 마치 뜨거운 하룻밤 이야기라도 하는 듯 저급한 단어들로 표현하는 것은 나인가, 아니면 카를로인가. 게다가 암석들을 두드려보고 있는 그를 보고 있자니 난 괜히 흥분되었다.

지질에 기초한 성애가 우리 둘 모두를 사로잡기 시작했다. 우리는 암석을 쓰다듬던 손으로 암석을 쓰다듬는 서로의 손가락을 탐하기 시작했고, 난 암석들을 쓸어버리자는 썰렁한 농담을 던지고는 그의 손가락을 핥기 시작했다. 그러자 카를로는 "벨라, 벨라…."라고 중얼거리기 시작했다. 그가 로맨틱한 기분을 느낄 때면 부르는 호칭이었다. 난 아무래도 상관없었다. 그렇게 되면 적어도 실수로 날 제인이라고 부르는 일은 없을 테니까. 그리고 이번 벨라는 정말 나라는 것을 마음으로부터 느낄 수 있었다. 나이가 들면 이렇게 되기 마련이다. 자기기만 같은 건 없다.

난 아직 씻지 않은 상태였지만, 그는 개의치 않았다. 우리는 스툴에서 내려와 제인의 가짜 페르시아 양탄자 위에 몸을 누였다. 이건 터키 양탄자인가, 아니면 그냥 오리엔탈 양탄자? 뭐든 상관없었다. 그리고 우린 키스했다. 퍼그들이 지켜보고 있었지만, 녀석들에게는 이미 식상한 장면이라 별다른 관심을 보이지 않았다. 우리는 침실로 자리를 옮겨 가장자리에 파란색의 장식이 달린 제인의 분홍색 새틴 이불보 위로 몸을 던졌다.

섹스는 굉장했다. 아, 내가 행위 하나하나를 자세히 설명하지는 않을까 염려할 필요는 없다. 당신은 아마 나보다 어릴 테고, 또래 범위를 벗어난 연령대의 누군가가 사랑을 나누는 장면은 떠올리고 싶지 않을 테니. 당신 머릿속에 그 이미지는 당혹스러울 수도, 천박할 수도, 아니면 우스꽝스러울 수도 있을 것이다.

하지만 카를로와 나는 그런 것들과는 거리가 멀었다.

늘 그러하듯 그는 사랑의 흐뭇한 여운 속에서 선잠에 들었고 나는 내 영혼 깊숙한 곳에서 우러나오는 마음을 담아 그의 평범한 세계에 나를 살게 해주어 고맙다고 속삭였다. 덕분에 나는 새로운 나를 찾았다. 과거의 수많은 모습과는 전혀 다른 나를 말이다.

하지만 현재에 감사한 마음은 과거의 기억에서 비롯한다는 생각에는 변함이 없다. 그런 마음이 드는 것도 과거에서 나름의 교훈을 얻을 수 있었기에 가능한 일이지 않을까. 내가 늘 곱씹곤 하는 것들 중 하나는 폴이었다. 첼로와 트뤼플 오일의 다정했던 홀아비 폴, 두 명의 천사 같은 유치원생들. 그는 최선을 다해 노력했지만 결국 내게 질려버렸다. 그는 내가 상처받지 않을 것이라 생각했음에도 불구하고 최대한 부드럽게 이야기했다. *있잖아, 브리짓? 당신은 악의 심연을 들여다보고 있어. 그러니 언제든 그것도 당신을 보게 될 거야. 당신은 그 심연에서 지금까지 오랫동안 살아왔잖아. 절대로 빠져나올 수 없을걸. 난 당신과 함께 그곳에 갇히게 될까 두려워. 그런 당신에게 내 아이들을 노출하고 싶지 않아.*

난 폴과의 관계가 끝났던 것처럼 내 손으로 카를로와의 관계도 끝내게 될지 모른다는 공포감에 여전히 사로잡혀 있었다. 그리고 그런 일은 절대 일어나게 하지 않으리라 다짐했다.

폴은 22년 전 내가 솔직하게 마음을 열었던 마지막 남자였다. 난 아직도 내가 무엇 때문에 범죄 현장 사진을 부엌 조리대 위에 그대로 두었는지 알 수가 없다. 그냥, 아이들이 그것을 발견할 수 있다고 예상하지 못했다.

2

폴의 말이 옳았다. 과거는 죽지 않는다. 젠장, 심지어 나이를 먹지도 않는다.

암석으로 말미암은 섹스가 있은 지 일주일 뒤, 나는 제인의 반짝이는 갈색의 양단 소파에 몸이 꺼질 듯 눌러앉아 오븐으로 페이스트리나 그 비슷한 무언가라도 만들어볼까 고심하면서 그랜드캐니언 기념품 머그잔에 담긴 커피를 홀짝이고 있었다. 제인의 요리책 책장을 넘길 때마다 꿀과 밀가루 냄새가 더해진 그녀의 향취가 뭉실뭉실 올라왔다. 나는 문득 그녀가 나를 마음에 들어 할까 궁금해졌다. 당장이라도 컴퓨터 앞으로 달려가 Jane@otherworld.com으로 이메일을 보내 직접 물어보고 싶은 충동이 일었지만, 가까스로 참아냈다. 이런 충동이 드는 것이 처음은 아니었다.

〈아이네 클라이네 나흐트무지크〉*의 멜로디와 함께 초인종 소리가 들렸고, 생각에 잠겨 있던 나는 흠칫 놀랐다. 난 음악을 싫어한다. 하지만 초인종 소리를 바꾸는 방법은 알지 못했다.

---

* 모차르트가 1787년에 작곡한 세레나데.

현관에는 맥스 코요테가 서 있었다. 마을의 보안관 대리인 그는 반은 파스쿠아 야키 부족 사람이었고, 반은 어머니의 피를 물려받아 콜롬비아 대학의 인류학자였다. FBI에서 나오기 전 몇 건의 사건을 함께 수사한 적도 있었다. 대부분의 경찰들과 달리 그는 FBI 요원을 무조건 밥맛이라고 생각하지 않았고, 내가 아직 이곳에 머물고 있는 이유 중 하나이기도 했다. 일종의 친구 사이가 되었다고 할까? 심지어 수많은 크라운 로열스*를 사이에 두고 폴에 대한 이야기를 털어놓기도 했다. 하지만 그것이 저녁 식사 초대로까지 이어지지는 않았다.

퍼그들이 법석을 떨며 짖어댔다.

"꼬맹이들, 맥스 삼촌이야."

망으로 된 보조 문을 열며 내가 말했다.

"카를로는 집에 있나?"

그가 안으로 들어와 아무렇지 않게 주변을 두리번거리며 물었다. 이것저것 꼬치꼬치 물어도 괜찮을 만큼 가까운 사이에서만 나올 수 있는 행동이었다.

"월그린**에 진 가격 알아보러 갔어. 포커 치러 온 거야, 철학 얘기 하러 온 거야?"

맥스와 카를로는 하우스 파티***에서 만나 아주 죽이 잘 맞는 친구 사이가 됐다. 오히려 나보다 카를로와 더 가까워졌을 정도다. 두 사

---

* 캐나다산 위스키.
** 미국의 의약품과 일반 생활용품 등을 판매하는 체인점.
*** 시골 저택 등에서 손님들이 며칠씩 머물면서 하는 파티.

람은 한 달에 한 번 만나 버트런드 러셀*이나 텍사스 홀덤**에 대해 논했다. 맥스는 게임에 능했고, 카를로는 계속 돈을 잃었다.

맥스는 즉각 대답하지 않고, 퍼그 녀석들의 불거진 눈 사이를 엄지로 문질렀다. 그런 뒤 지나치게 밝은 보라색 쿠션들이 줄지어 있는 소파로 다가가 풀썩 주저앉았다. 그는 이미 이 집에 익숙했기 때문에 공작새 깃털로 장식한 오리엔탈 화병을 두고 더 이상 놀려대지 않았다. 하지만 그는 내가 보고 있던 요리책을 집어 들더니 브레드푸딩 조리법이 있는 쪽의 얼룩 냄새를 맡았다.

"제빵은 잘 되어가?"

그가 물었다.

"크렘 프레슈 같은 재료에 의기소침해지고 있는 중이야."

난 그에게서 책을 건네받아서는 퍽 소리가 나도록 덮었다. 그런 뒤 커피 탁자 위에 책을 올려두었다. 하지만 바로 자리를 떠나지는 않았다. 맥스는 내게 뭔가 할 말이 있는 것 같았다.

"뭘 그렇게 망설여?"

그는 한숨을 쉬며 우울한 표정을 지었다. 하지만 그건 그가 뭔가를 머뭇거리고 있을 때면 으레 짓는 표정이었기 때문에 크게 걱정하진 않았다.

아직까지는. 새로운 소식이라고는 보통 나쁜 것들만 가득한 세상에 살고 있는 탓에 결국 나는 다시 입을 열었다.

"카를로가 집에 있는지는 왜 물었는데?"

임무 수행에 집중하고 있는 사람처럼 그는 또다시 내 질문에 침

---

* 영국의 논리학자, 철학자, 사회 평론가.
** 포커 게임의 일종.

묵했다. 그는 다시 옆으로 다가온 퍼그들을 손으로 쓰다듬었다. 마치 내가 뭐라도 던지면 녀석들을 방패막이로 삼을 것만 같은 이상한 감이 들었다.

"연쇄살인범을 잡았어."

그가 말했다.

그 방면에 너무도 오래 몸담고 있었던 탓에 그러한 표현들만 들어도 뒷골에 기분 좋은 울림이 번졌다.

"잘됐네. 누군데?"

그는 첫 대사를 연습하고 있는 배우처럼 조심스럽게 입을 열었다.

"플로이드 린치라는 장거리 트럭 운전사. 국경 수비대가 2주 전에 19번 고속도로 북쪽 국경 근처에서 잡았지. 비디오 포커 게임 기계를 싣고 라스베이거스로 가던 중이었는데, 마침 검문소에서 있던 경찰견이 트럭에 여자 시체가 실린 것을 발견했어."

"짐칸에?"

"아니, 포커 기계를 실은 짐칸은 깨끗했어. 시체는 운전석 옆 자리에 있었지. 보안관 사무실이랑 FBI 모두 현장으로 호출됐고."

"여자 신원은 밝혀졌나?"

"아직. 운전사 말로는 여자가 불법 체류자였다는데."

국경 부근에서는 개들을 동원해 사막을 미처 건너지 못한 불법 이민자들을 추적했다. 그가 이야기를 풀어놓는 동안 난 그가 왜 내게 이 이야기를 하는 것인지 서둘러 머리를 굴렸다. 내가 말했다.

"이제 기억이 나네. 뉴스에서 본 것 같아. 금세 조용해졌지만."

"FBI에서 손쓴 거지."

"2주 전이라면서."

"FBI에서 수사권을 가져갔거든."

"전과가 있었나?"

"전혀. 교통 법규 위반 딱지 하나 끊은 적 없었어."

"다이어트 콜라 마실래?"

나는 열린 공간을 가로질러 부엌으로 간 뒤 그의 대답을 기다리지도 않고 냉장고에서 콜라 두 캔을 꺼냈다. 그리고 다시 입을 열었다.

"네가 여기까지 온 건 피해자가 나랑 연관이 있는 사람이라서?"

그는 멈칫했지만 내 말에는 대답하지 않았다.

"피해자로부터 추정할 수 있는 건 별로 없어. 거의 미라가 되었거든."

"갈수록 아리송하네. 악취가 심했나?"

"아니."

나는 냉장고 문을 닫기 전에 셀러리를 더 사다 놓아야겠다고 머릿속에 메모했다. 그리고 그에게는 고개를 끄덕였다.

"본인이 여자를 죽였다고 자백했어?"

"처음에는 부인했지. 길옆에 버려져 있는 시체를 주웠다고. 허름한 옷차림에 신발은 이미 누군가 훔쳐갔고, 사막을 다 건너지 못하고 죽은 불법 이민자 같았다나. 그냥 쓸모가 있을 것 같았다더군."

"쓸모라. 끔찍하네."

그 어떤 설명으로도 맥스가 내게 왜 이런 이야기를 하는 것인지는 물론, 어째서 이 이야기를 빙빙 돌려가며 털어놓는지 납득이 되지 않았다. 이런 이야기는 통화를 하다가 지루해지려는 찰나에 나올 만한 것이지, 일부러 방문까지 해서 할 것은 아니다. 목 옆쪽의 신경이 바짝 곤두섰다. 나는 맥스에게 콜라 하나를 건네고 내 것을 딴 다음에도 쉽사리 자리에 앉지 못했다.

"근데 지금까지의 이야기로 보면 연쇄살인이 아니잖아, 맥스. 피해자가 한 명뿐이고 어쨌든 살해 사실도 부인했다며."

맥스에게는 그 정도면 고작 4급 범죄에 사체 훼손 혐의가 추가될 뿐이라고 설명할 필요도 없었다. 감옥에 가봤자 몇 년 살지 않고 나올 게 뻔한….

"네 얘기만 하지 말고, 맥스. 대체 그 사건이 나랑 무슨 상관인데?"

나는 콜라를 홀짝였다.

"과학 수사 팀이 트럭을 수색하다가 어떤 상자를 하나 발견했는데, 거기에 스크랩북과 신문이 가득했어."

이 부분에서 맥스는 단어 하나하나를 선택함에 있어 아까보다 더욱 신중을 기했다.

"그리고 엽서도."

순간 손이 통제력을 잃으며 제인의 양탄자에 콜라를 조금 흘렸다.

"주소가 적혀 있었어?"

내가 물었다.

그는 고개를 가로저었고, 나는 어깨를 으쓱했다.

"엽서라면 누구나 사는 것 아닌가. 트럭 운전사들도 살 수 있지."

그는 깊은 숨을 들이마신 뒤 말했다.

"신문은 전부 66번 고속도로 살인 사건에 관한 기사들뿐이었어."

66번 고속도로 살인사건. 내가 맡았던 사건들 중 가장 규모가 컸던 성적 살인 사건이자, 결국 미제로 남은 사건이었다. 그리고 그 사건 때문에 젊은 FBI 여자 요원을 범인의 마지막 희생자로 잃었고,

아직까지 그녀의 시체조차 찾지 못했다. 명백한 그 질문, 지난 7년 동안 답을 찾고 있던 그 질문을 나는 입 밖에 내고 싶지 않았다. 대신 이렇게 말했다.

"모방범이군. 이름이 뭐라고 했지?"

"플로이드 린치."

"모방범일 거야."

연쇄살인범들에게도 팬은 있다. 가장 저급한 형태의 유명 인사라고나 할까.

"그가 사건과 연관이 있는 것 같아. 많은 걸 알고 있었어. 피해자들의 이름까지 모두."

"뉴스에 나왔으니까."

"일기에도 전부 이런 내용이었어. '그녀의 아킬레스건을 잘라 도망가지 못하도록 했다. 그리고 강간한 뒤 목을 서서히 졸랐다. 목뼈가 느껴지고, 그녀는 점점….'"

"그것도 전부 뉴스에 나왔어. 환상에 사로잡혀서 자신이 했다고 착각하고 있는 거야."

"'…그녀의 오른쪽 귀를 잘랐다.'"

그의 마지막 말에 나의 각본은 산산조각이 나고 말았다. 범인의 트로피들이 무엇이었는지 아는 사람은 사건과 관련된 수사관들 외에 아무도 없었다. 그리고 끝내 그 귀들은 찾지 못했다.

"그건 아무도 모르는 건데."

나는 인정했다.

"그들이 한 얘기도 바로 그거야."

바짝 긴장한 맥스가 소파에서 자세를 고쳐 앉은 뒤 목청을 가다

들었다. 그의 음성은 나를 진정시키기 위해 부드럽고 다정해지고 있었다. 난 사람들이 그렇게 나올 때가 싫었다. 좋은 징조가 아니기 때문이다.

"브리짓, 그래서 과학 수사 팀이 조지 맨리케스에게 이야기했어. 있잖아, 그 부…."

"그 부검의라면 나도 알아."

"그래, 과학 수사 팀이 그에게 트럭에서 발견한 신문에 대해 이야기했고, 그래서 부검 때 사건에서 드러났던 사실들을 조합했나 봐. 시체가 미라 수준이긴 했지만 목뿔뼈가 부러지고 아킬레스건이 끊어진 데다 오른쪽 귀가 사라져 있었어. 그 사건과 전부 동일해. 모든 MO*가 일치하지."

"트럭에 실린 미라라."

내가 말했다.

맥스는 고개를 끄덕였다.

"66번 고속도로 살인 사건의 피해자들과 같아."

달리 다른 설명을 할 수가 없던 나는 마침내 그 질문을 던졌다. 답에 대한 기대감으로 심장이 두근거렸다.

"그녀였어? 트럭에서 발견된 미라가 혹시 그녀였어, 맥스?"

"아니, 그건 제시카 로버트슨이 아니었어. 적어도 플로이드 린치의 말에 따르면."

그의 대답은 안도감과 함께 실망감을 안겨주었다.

"아."

나는 숨을 몰아쉬었다. 무언가 허무함이 가득 담긴 외마디였다.

---

* MO, Modus Operandi: 작업의 방식이나 절차 등을 뜻하는 말.

이번에야말로 그녀를 찾는가 싶었는데, 여전히 나타나지 않고 있었다. 나는 소파와 접한 안락의자로 더듬거리며 다가가 막 후들거리기 시작한 다리를 쉬게 했다.

맥스가 아까보다 더 화급히 다시 입을 열었다.

"근데 그 범인이 제시카 로버트슨이 있는 곳을 알려주겠다고 했어."

난 내가 들은 이야기를 믿을 수 없었다.

"정말 그렇게 순순히 자백했다고?"

"사형 선고는 면하게 해주겠다고 했다지."

"망할 거래를 했군."

오랫동안 느끼지 못했던 가슴속 바이올린 현이 다시금 진동했고 분노가 솟구치는 것이 느껴졌다.

"그게 어디야?"

난 금방이라도 나갈 준비가 되어 있었다.

"전해들은 바에 따르면, 버려진 차 안에 있대. 레먼산으로 가는 오래된 아스팔트 도로 옆에."

"제시카의 아버지에게는 연락했어?"

내가 어떤 반응을 보일지 그들은 어찌 알았을까? 맥스는 임무를 완수했고, 실신하지 않는 나를 지켜보며 푹신한 소파 뒤로 편안하게 등을 기댔다.

"걱정 마. 일단 확인 중이니까. 너한테는 지금 알려야 할 것 같아서 이야기한 거야. 그러니까, 너도 사건과 연관이 있잖아. 이번 사건을 담당한 특수 요원과 이야기했는데, 로라 콜먼이라고, 혹시 알아?"

"투손의 사무실에 있을 때 만난 적이 있어. 사기 사건 팀 소속인 줄 알았는데."

"네가 퇴직한 뒤에 살인 사건 팀으로 옮겼어. 너한테 이번 일을 알리고 데이비드 바이스를 데려오자고 한 게 그녀야."

"데이비드 바이스가 벌써 연락을 받았다고?"

내 목소리가 조금 날카로워졌는지 맥스가 소파에서 간신히 몸을 일으켜 살짝 곧추 앉고는, 다시 부드러운 음성으로 말했다.

"그 사건의 담당 프로파일러였잖아. 오늘 밤 비행기로 날아와 그 놈을 테스트할 거야. 그래야 놈을 가석방 없이 평생 감옥에서 썩게 할 수 있는 증거를 모으지."

"나도 유기 장소에 가고 싶어."

내가 말했다.

하지만 맥스가 미처 대답하기도 전에 차고 문이 올라가는 소리가 들렸고, 퍼그들이 소파에서 훌쩍 뛰어내려 제 주인에게로 달려갔다. 카를로의 평범하고 깊은 음성이 부엌까지 그를 따라 들어왔다.

"여보, 탄카레이*는 샘스클럽**보다 10달러나 비쌌어. 그래서 다른 것들을 좀 사왔는데, 퍼그들에게 줄 브레스 버스터스랑 살라미야…."

그는 맥스와 맥스를 쏘아보고 있는 내 모습을 포착하고는 우뚝 멈춰 섰다. 우리는 뭔가를 숨기려다 들켜버리고 만 것 같은 모습이었다. 사실 그렇기도 했고.

"월그린스에도 살라미가 있었어?"

---

* 런던에서 시작된 드라이 진.
** 미국의 창고형 회원제 할인 매장.

내가 물었다.

"안녕, 맥스?"

카를로가 말했다.

"어이, 카를로."

"무슨 일 있어?"

카를로가 물었다.

맥스가 대답하려 입을 열었지만, 내가 먼저 선수를 쳤다. 카를로의 분위기에 맞춰 평범하게 대답해야 했다. 그건 내게 반사적 반응과 같았다.

"별일 아니야, 여보. 그냥 포커도 치고 철학 강의도 듣고 싶어서 왔대."

3

트럭에서 새로 발견된 미라를 제외하면 맥스와 이야기를 나눴던 날까지의 공식 사망자 수는 여섯 명이다. 제시카 이전에 다섯 명의 젊은 여성들이 희생당했고 모두 18세에서 23세 사이의 나이였다. 나체의 시신들은 40번 주도, 예전에는 66번 고속도로라 불렸던 그 길을 따라, 혹은 그 길의 안쪽에 수치스러운 형태로 버려져 있었다. 많은 여행객들이 시카고에서 LA로 향하는 그 유명한 도로에서 히치하이킹을 했다. 포장도로라는 점만 다를 뿐, 일종의 애팔래치아 트레일*과 같은 곳이었다. 지난 5년간 그 길 위에서 살해당한 여성들은 그곳을 완주한 사실을 영영 뽐낼 수 없게 되었다.

살인범은 애머릴로, 텍사스, 플래그스태프, 애리조나를 넘나들며 활개를 쳤고, 매년 여름마다 한 명씩 살해했다. 그에게는 그것이 일종의 여름휴가를 즐기는 방법이었던 것이다.

살인범의 MO가 매우 독특했기 때문에 다섯 명의 여성들 모두 동

---

* 미국 메인주 중부에서 조지아주 북부까지 약 3,300킬로미터에 걸쳐 애팔래치아산맥에 뻗어 있는 하이킹용 좁은 길.

일인에게 살해당했다는 추정이 가능했다. 도주를 막기 위해 아킬레스건을 자르고 강간한 다음(DNA를 남기지 않기 위해 콘돔을 사용했다), 천천히 목을 졸라 살해한 뒤 오른쪽 귀를 잘랐다. 나중에라도 그 일을 생생하게 떠올리게 하는 기념품 같은 것이었을 테다. 그런 다음 사람들에게 혼란을 주기 위해 시체를 다른 날 밤에 다른 길에 버렸다. 때로는 화물을 싣기로 한 곳에서 몇 킬로미터 떨어진 곳에, 때로는 150킬로미터 이상 떨어진 곳에 버리기도 했다. 사람들은 매체를 통해 이 사건을 접했으니, 모방 범죄나 허위 자백도 충분히 있을 수 있다. 다른 자가 저지른 범죄를 대신 속죄하고 싶거나 아무런 수고 없이 악명을 떨치고 싶은 이들이 얼마든지 나타날 수 있다는 이야기다. 실제로 그런 이들이 있기도 했지만, 사건에 대해 상세하게 알고 있을지언정 전부 알고 있지는 못했다. 그래서 맥스에게 플로이드 린치에 대한 이런저런 질문을 했던 것이다. 지금껏 귀 이야기를 했던 사람은 아무도 없었다.

살인범이 타고 다녔던 차는 매번 다른 명의로 빌린 렌터카였고, 일이 끝난 뒤에는 시체를 유기한 지점에서 먼 곳 어딘가에 버려두었다. 그 차를 발견한 사람은 누구라도 그곳이 범죄 현장이라는 것을 알 수 있었다. 조수석 바닥이 피로 흥건했기 때문이다. 살인범이 피해자의 아킬레스건을 자르고 뒷좌석에서 강간한 다음 귀를 잘랐을 테니까.

대부분의 연쇄 범죄 담당이 그러하듯 난 이 살인들에 집착하게 되었다. 두 번째 살인이 있은 후 나는 그해의 남은 기간 동안 이 사건 외에 다른 것은 생각할 수 없을 정도로 힘든 시간을 보냈다. 그리고 여름이 다가올 때마다 또 다른 피해자가 나올 것이라는 두려움과 살인범이 붙잡히길 바라는 희망 같은 것이 한데 뒤섞인 복잡한 감정으로 범인의 다음 사냥을 기다리게 되었다.

전문가적인 초연함에 대해 설파하고 싶겠지만, 직접 그 상황을 겪어보지 않고서는 그 강박이 어떤 것인지 알지 못할 것이다. 죽음이 닥치기 전까지는 결코 죽음을 알 수 없는 것처럼 말이다.

위장 업무 수행을 불가능하게 한 허리 부상 때문이 아니더라도 당시 나는 히치하이킹을 하는 여행객으로 위장하기에는 너무 나이가 많았다. 반면 갓 대학을 졸업한 제시카는 나만큼이나 아담한 체구여서 열네 살의 가출 청소년으로 위장하기에 적합했다. 내가 직접 그녀의 훈련을 맡았으며, 데이비드 바이스 역시 훈련에 합류했다. 나와 데이비드 바이스의 지도 아래 제시카는 쓰레기 같은 인간들을 어떻게 상대해야 하는지를 배웠고, 스스로를 방어하는 법 또한 배웠다. 그해 여름 난 그녀가 개자식들을 상대할 충분한 준비가 되었다고 믿었다. 하지만 과연 정말로 그러했을까? 혹시 범인을 한시라도 빨리 잡고 싶은 마음에 내가 성급했던 것은 아닐까?

다음 날 아침, 우습게도 나는 립스틱을 바르고 있었.

카를로에게는 맥스의 초대로 외출한다고 이야기해두었기 때문에 6시 30분에 세 대의 공무 차량이 나를 태우기 위해 우리 집 앞에 멈춰 섰을 때도 카를로는 대수롭지 않게 여겼다. 나는 하이킹용 스틱과 남서부 스타일의 토트백을 챙겼다. 멕시코인 한 명쯤은 능히 숨길 수 있을 만큼 큼직한 가방이었지만, 평소에는 물통 두어 개 정도만 넣어 다녔다. 난 카를로에게 가벼운 키스로 인사한 뒤 그들을 맞이하기 위해 진입로로 나섰다.

이미 맹렬한 더위가 기승을 부리고 있었음에도 불구하고 짙은 FBI 표준 양장 차림을 한 키 큰 여자가 마치 웅크리고 있던 사마귀가 몸을 펴듯 중간 차량의 조수석에서 내리더니 딱딱한 악수와 함께 자신을 소개했다. 강렬한 눈빛은 아직 내가 모르고 있는 무언가가 있는 듯한 인상을 남겼다.

"사건 담당 요원 로라 콜먼이에요."

그녀가 다시 말했다.

"다시 뵙게 돼서 반갑습니다, 퀸 요원."

이미 퇴직했음에도 불구하고 다시 요원으로 불리니 기분이 좋았다. 존경의 제스처, 혹은 내가 거친 지형을 지나는 데 필요한 스틱을 들고 있는 것을 보았기 때문인지 그녀는 나를 위해 뒷문을 열어주었다. 또한 내가 카키색의 카고 바지에 짧은 팔의 면 티셔츠를 입고 있었기 때문인지, 아니면 기온이 이미 32도 위로 넘나들고 있었기 때문인지 그녀는 다시 차에 타기 전에 딱딱한 기세를 누그러뜨리고 재킷을 벗었다.

우리가 탄 차의 뒤에 있는 밴은 범죄에 사용되었던 차였고, 우리의 앞에 있는 차에는 플로이드 런치가 타고 있었다. 난 그러면 안 된다는 것을 알면서도 지프에 올라타기 전에 앞의 차 쪽으로 다가갔다. 운전석에는 보안관이 앉아 있었고, 조수석 창문이 내려가더니 손이 하나 나왔다.

"국선 변호사 로열 휴스입니다."

그가 말했다.

"그럴 줄 알았어요. 브리짓 퀸이에요."

휴스는 메트로섹슈얼한 미소를 지으며 흡족하게 치아를 번뜩였다. 목소리는 한껏 내리간 듯 들렸다.

"알고 있습니다."

그가 말했다.

이렇게 귀여울 데가.

안전망 뒤로 보이는 뒷좌석에는 주홍색의 죄수복을 입은 플로이드 린치가 수갑을 찬 채 앉아 있었다. 그는 마르고 호리호리한 몸집이었고 곱슬곱슬한 갈색 머리카락, 스키처럼 날렵한 콧날에 볼셰비키와 같은 작은 안경을 쓰고 있었다. 30대 후반처럼 보였지만, 얼굴에는 녹록치 않았던 삶의 흔적이 가득했다. 연쇄살인범이라기보다는 회계사 같은 인상이었지만, 누구든 살인범을 두고 그렇게 말하지 않던가? 청년다운 매력이라고는 전혀 없는 저 비열하고 냉담한 눈빛만 아니라면 누구든 속일 수 있을 법한 얼굴이었다. 창문으로 그가 자신을 쳐다보고 있는 나를 동물원에 갇힌 뱀을 보듯 쳐다보았다. 나만큼이나 호기심 어린 눈빛이었다. 이내 그가 살짝 얼굴을 일그러뜨리며 내 쪽을 향해 고개를 까딱거리고는 다른 곳으로 시선을 돌렸다. 나는 유리창을 두드리고 싶은 충동을 느꼈지만, 앞좌석에 앉은 두 남자가 내 접근에 다소 예민해진 듯해 꾹 참고 말았다.

나는 그가 체포 당시 트럭에서 발견된 한 명을 포함해 모두 일곱 명의 여자들을 죽였다는 것을 알고 있었다. 그는 그들을 고문하고 강간한 뒤 살려달라고 간청하는 그들의 눈빛을 바라보며 천천히 목을 졸랐다. 이제 그가 우리에게 마지막 범죄 현장을 보여주려 하고 있었다. 그가 우리를 시신 유기 장소로 안내한다고 해도 그가 피해자들과 그들을 사랑하는 이들에게 가져다준 고통은 결코 무엇으로도 갚을 수 없을 것이다. 제시카 로버트슨은 그가 사형을 면하는 티켓으로 사용될 테지. 그녀가 잃은 목숨의 대가로 이 쓰레기 같은 인간이 목숨을 구하게 되는 것이다. 그녀는 그렇게 되는 것을 원치 않을 것이다. 나 역시 마찬가지고.

난 플로이드 린치가 여섯 번쯤 죽길 바랐다. 천천히, 고통스럽게. 하지만 이 여정을 통해 저 개자식은 사형 대신 종신형을 선고받게 될 것이고 그는 그게 정당한 거래라고 생각할 것이다. 나는 창문에 권총을 갖다 댄 뒤 총알과 함께 유리 파편이 그의 얼굴에 날아가 꽂히는 장면을 상상했다. 수도 없이 상상했다. 이러한 상상은 우리 법체계의 부당성에 대한 내 무기력한 분노를 잠시나마 달래주었다.

맥스가 지프의 운전석 밖으로 머리를 내밀고 열린 뒷좌석의 문을 가리켰다.

"어서 타, 브리짓. 에어컨 바람 나가잖아."

나는 지프의 뒷좌석에 올라탔고, 내 옆에는—데이비드 바이스로도 알려진—지그문트가 앉아 있었다. 우리는 서로를 쳐다보았다. 그가 나의 뭘 보고 있는지는 알 수 없었지만, 그는 내가 워싱턴 본부를 떠났던 5년 전보다 다소 늙어 있었다. 수염에는 드문드문 잿빛이 비쳤고, 귀에도 털 손질이 필요해 보였다. 가슴 또한 넉넉한 복부로 인해 더 큰 사이즈의 셔츠를 입어야 할 것 같았다. 그는 내 본부 생활의 최상이자 최하를 대변하는 인물이었다. 내 모든 악몽이자, 친구에 가까운 존재라고나 할까?

우리가 오늘 보게 될 것에 대한 감정에 또 다른 수많은 감정들이 뒤섞여 나는 육수가 흘러내릴 때까지 그를 포옹하고 싶었다. 하지만 그러기에는 지금의 상황과 동반자들이 적합하지 못했다. 그래서 대신 나는 안전벨트를 채우며, 침착하고도 부드럽게 말했다.

"다시 보니 반가워, 지그."

그의 두 눈이 100만 광년 떨어진 곳의 별들처럼 반짝였다. 그의 그런 눈빛을 볼 때마다 난 그가 우리 지구인들의 매력에 반해 이곳에 떨어진 외계인이 아닐까 하는 생각을 했다. 그도 내 감정을 알아챈 듯했지만, 그는 연민이나 애정을 표현하는 데 신중했다. 그는 내가 그러한 감정을 수용하는 데 취약하다는 사실을 잘 알고 있었다.

"잘 지냈나, 스팅어."

서로의 별명을 부른 뒤 우리는 각자 다른 곳으로 시선을 돌렸다가 이내 앞좌석 쪽으로 몸을 기댔다.

"스리피스는 안 보이네?"

내가 맥스에게 물었다.

"카메라가 없잖아."

맥스가 대답했다.

투손 지부의 특수 요원 담당자인 로저 모리슨은 1990년대까지도 늘 어깨 패드가 달린 정장에 조끼를 고집해 스리피스라는 별명이 붙었다. 카메라가 없다는 맥스의 대답은 그가 필름 냄새를 기가 막히게 맡아 기자들이 등장할 때만 모습을 보이는 것을 비꼬는 표현이었다.

나는 로라 콜먼의 뒤에 앉아 있었기 때문에 우리가 자신의 상사에 대한 험담을 주고받는 것을 듣고 그녀가 어떤 표정을 지었는지 알 수 없었다. 맥스는 시동을 걸었고 우리의 음산한 소형 카라반은 카탈리나산맥의 서매니에고능선을 향해 달리기 시작했다.

4

그곳은 내가 살고 있는 곳에서 레먼산 정상을 향해 한 시간 반쯤 올라가면 접하는 지점이었다. 물론 남쪽으로 면한, 잘 포장된 도로를 달려야 그 정도의 시간이 걸렸다. 그러나 우리의 목표 지점에서 북쪽으로 뻗은 옛 아스팔트 도로는 바퀴 자국이 더해져 울퉁불퉁했기 때문에 그보다 더 시간이 오래 걸렸다. 서매니에고능선으로 가기 위해 79번 고속도로를 달리는 동안 콜먼은 아무 말이 없었다. 무언가 시무룩하거나 의기소침한 것이 아닌, 긴장하고 불안해하는 듯한 느낌이었다. 지그문트 역시 말이 없었지만, 그녀보다는 좀 더 편안하게 창밖으로 고지대 사막의 거친 아름다움을 바라보고 있었다. 메스키트와 가시배선인장, 사람의 주먹만 한 크기의 진분홍 꽃을 왕관처럼 둘러싼 황금술통선인장과 채찍 같은 붉은색의 꽃을 휘감은 푸른 잎사귀의 오코틸로*, 그리고 하얀 모자를 쓴 사와로선인장. 내가 이름을 댈 수 있는 것들이 몇 가지 보였다. 1년 전만 해도 전혀 알지 못했는데, 지난해 내 생일 때 카를로가 쌍안경을 선물하며 애

---

* 멕시코나 미국 서남부의 건조 지대에 야생하는, 가시가 많은 낙엽 관목.

리조나 지역을 안내해준 결과였다.

난 어설프게나마 맥스, 콜먼과 담소라도 나눠보려 했다. 그리고 이윽고 대화를 범죄 현장에 대한 방향으로 이끌었다. 결국 우리 모두가 원하는 화제는 그것이 아니던가.

"그럼 넌 플로이드 린치가 말하는 그 차를 본 적 있어? 그 차는 어떻게 거기에 있게 된 거야?"

나는 맥스에게 물었다.

대부분의 우리들과는 달리 맥스는 이곳 토박이였다.

"내가 고등학교 다닐 때는 밤에 그곳에 다녀오는 것이 일종의 통과의례였지. 그 차가 언제, 어떻게 그곳에 버려졌는지는 아무도 몰라. 길 한쪽에서 사고를 당한 뒤 협곡으로 10미터가량 그대로 미끄러져 내려간 것 같아. 당연히 운전자는 찾을 수 없었어. 우린 거기 둘러앉아서 유령이 된 운전자가 자기 차를 되찾으러 돌아올 거라는 으스스한 이야기를 나누곤 했지. 맥주도 마시고, 마리화나도 피우면서. 내가 아는 건 그게 다야."

"아무도 그 안을 들여다보지 않았단 말이야?"

내가 물었다.

"들여다봤지. 안에 들어가 앉기도 했고. 하지만 그게 벌써 20년 전이야. 요즘 애들은 컴퓨터 게임에 빠져서 더 이상 그런 곳에 가지 않지. 그러니 지난 15년 동안은 아무도 차를 살피지 않았을 거라 추정해볼 수 있어."

"기록상 차주가 누구였는데?"

"이름은 생각이 안 나지만, 애리조나 사람은 아니었어. 그리고 아까 말했다시피 생사조차 몰라. 이 지역의 미스터리지."

그때 거친 도로에 차가 덜컹거렸다. 콜먼은 플로이드 린치에 대해 뭔가 이야기하려 했지만, 후회할까 봐 두려웠는지 입을 닫아버렸다. 난 집에서 나오기 전에 화장실을 한 번 더 들렀어야 했다고 생각했다.

산으로 올라가는 거친 도로 위에서 몸이 흔들리는 가운데 우리 모두 침묵했다. 기온은 점차 온화해지고 있었고, 척박하고 건조한 환경에서도 강인하게 자라는 계곡의 초목들 대신 소나무들이 보이기 시작했다.

정상까지 3분의 2 정도의 거리를 올랐을 무렵 콜먼이 앞쪽에 있는 차를 가리켰고, 플로이드 린치가 수갑을 찬 손을 들어 올리며 손짓했다. 우리는 길 오른편에 좁게 붙어 섰다.

우리 뒤의 과학 수사 팀 팀원들은 모두 일사천리로 움직였다. 밴에서 작은 장비들과 더불어 협곡에서 시신을 수습할 때 사용할 하역 도구들과 함께 두 개의 시신 운반용 포대를 꺼냈다. 그리고 우리는 협곡을 내려다보며 기다렸다. 플로이드 린치는 콜먼에게 사방으로 여덟 개의 팔을 뻗은 사와로선인장이 있고 암석 하나가 도드라지게 드러난 부분이 바로 그 지점이라고 설명했다.

맥스는 나와 지그문트를 액셀 필립스 보안관에게 소개했다. 부츠를 신고 큰 총을 찬 필립스는 예의 바르게 응대했지만, 악수를 청하지는 않았다. 그가 플로이드 린치에게 신경을 집중하며 진중하게 업무를 수행하고 있음을 알 수 있었다. 팀원들이 장비를 챙겨 올라왔고, 나는 그중에서 나이가 많은 팀원인 베니 캐셀과 베니의 지시를 받고 있는 젊은 팀원의 얼굴을 알아볼 수 있었다. 성은 기억이 안 나지만 이름이 레이였던 것으로 기억한다. 나 역시 플로이드 린치

이외의 사람들을 신경 쓰는 것이 어려웠지만, 지그문트가 계속 나를 주시하고 있는 것만큼은 알 수 있었다.

협곡으로 들어가는 길은 가팔랐고 나는 스틱을 가져오길 잘했다고 생각했다. 스틱 덕분에 자갈에서 미끄러졌을 때 손을 잡아주겠다는 맥스의 제안을 점잖게 거절할 수 있었기 때문이다. 플로이드 린치는 보안관에게 수갑을 풀어줄 수 있는지 물었지만 거절당했고, 보안관은 만약의 경우 그를 더 손쉽게 겨냥할 수 있도록 엽총의 각도를 조절했다. 하지만 그가 불안정한 자세로 총을 매만지고 있었기 때문에 난 그의 안전이 더 염려되었다.

맥스가 제일 앞으로 나섰고, 넘어지지 않으려 팔꿈치를 양옆으로 뺀 플로이드 린치가 그 뒤를 따랐으며, 다시 그 뒤를 필립스가 따랐다. 그렇게 셋은 협곡 아래로 내려갔고, 다시 베니와 레이, 나와 콜먼이 일렬종대로 그 뒤를 이었다. 지그문트는 우리 모두의 모습을 한눈에 보고 싶기라도 한 듯 제일 뒤를 자청했다. 우리는 한 사람씩 협곡 아래 자리한 차 앞에 멈춰 섰다. 길옆에서 이곳으로 밀려난 지 적어도 30년은 되어 보였다. 필립스는 맥스에게 자신도 이 차에 대해 알고 있으며, 이곳에서 자랐거나 이 길을 여행해본 사람이라면 한 번쯤 이 차를 본 적이 있을 거라고 말했다. 하지만 누군가 차 안을 들여다본 지는 꽤 오래되었을 것이라고도 말했다. 그의 말이 협곡에 메아리쳤다.

"여길 마지막으로 다녀갔을 때는 안이 온갖 쓰레기들로 가득 차 지저분했는데."

필립스가 말했다.

"청소를 한 것 같군."

나는 차를 쳐다보았다. 1970년대에 생산된 닷지 다트로, 모래 폭풍과 강렬한 햇빛에 페인트가 모두 벗겨진 지 오래였다. 나는 계속 스스로에게 되뇌었다. 이건 증거다. 이건 그냥 증거일 뿐이다. 그러는 동안에도 내 마음의 일부분은 그 수많은 세월 동안 줄곧 제시카를 찾고 있었는데 바로 이곳이 그녀가 있었던 곳이구나 하는 생각으로 가득 찼다.

가까이 다가갔지만, 창문은 흙먼지로 뒤덮여 안이 제대로 보이지 않았다. 베니가 장비 가방에서 디지털카메라를 꺼내 여러 각도에서 사진을 찍었다. 그런 뒤 그는 레이와 함께 라텍스 장갑을 끼고 콜먼의 고갯짓을 신호로 운전석 문을 열기 시작했다.

플로이드 린치가 수갑을 찬 한 손을 들어 어딘가를 가리키자 다른 손이 줄 하나로 연결된 마리오네트의 팔처럼 함께 공중으로 부양했다.

"여자는…."

"플로이드, 팀원들이 알아서 할 거야. 그냥 있으라고."

콜먼이 말했다.

문이 어느 정도 열리더니 더는 움직이지 않았다. 베니의 지시를 받은 레이는 나지막이 투덜거리며 밴의 뒤편으로 재빨리 돌아가 방청윤활제 한 통을 들고 돌아왔다. 나머지 사람들은 무력하게 잠자코 기다릴 뿐이었다.

레이가 틈 사이로 보이는 경첩에 방청윤활제를 뿌렸고, 문을 조금 움직인 뒤 다시 뿌렸다. 신음 소리와 함께 오랫동안 굳게 닫혀 있던 차의 문이 마침내 활짝 열렸다. 모두 마음의 준비를 단단히 하고 있는 듯 보였지만, 시신이 부패한 악취가 가득 풍겨 나올 것이란 예상과는 달리 아무런 냄새도 나지 않았다. 대신 할머니가 돌아가신 후 세탁도 하지 않은 채 아무렇게나 접어 오랫동안 방치한 실내복에서 날 법한 냄새가 풍겼다. 물론 유쾌한 냄새는 아니었다. 그저 인간의 체취일 뿐.

앞으로 튀어나온 낡은 앞좌석은 마른 쓰레기들로 거의 꽉 차 있었다. 구겨진 낡은 신문과 헌 옷가지, 몇 개의 맥주 캔이 또 다른 향취를 가미하고 있었다. 베니는 사진 몇 장을 더 찍었다.

"이제야 쓰레기들의 행방을 알게 됐군."

맥스가 말했다.

나머지 사람들이 조용히 대기하는 가운데, 베니와 레이는 주머니에서 쓰레기봉투를 꺼냈고 고고학자들이 유물 발굴 작업을 하듯 차에서 조심스럽게 쓰레기들을 꺼냈다. 레이는 차가 기대어 서 있는 한층 더 가파른 언덕에서 살짝 미끄러져가며 반대편으로 이동했고, 조수석 쪽에 더욱 쉽게 접근하기 위해 애를 쓴 뒤 조수석 문을 활짝 열었다.

두 사람이 작업하는 동안 플로이드 린치는 사람들과 동떨어진 채 가벼운, 하지만 다소 긴장 어린 숨을 내쉬며 잠자코 서 있었다. 음악이 흘러나오는 가운데 어둠 속에서 깜짝 장난감 상자를 기다리고 있는 듯한 모습이었다. 그는 자신이 쳐다보고 있다는 것을 우리에게 알리고 싶지 않은 듯 고개도 움직이지 않은 채 두 눈으로 무리를 훑어보았다. 난 그의 시선이 지그문트에게 머무는 것을 보았다. 아마도 그가 누구인지, 여기서 무엇을 하고 있는지 궁금할 것이다. 지그문트도 썰매에 묻은 얼룩을 보듯 그를 쳐다보았지만, 이내 다시 차에 집중했다.

잠시 후 플로이드 린치는 수갑 찬 두 손을 얼굴께로 들어 올려 손톱으로는 위 방향으로, 손가락 끝으로는 아래 방향으로 긁었다. 습관이 분명했다. 그의 볼은 긁은 자국으로 온통 딱지투성이였다. 그는 계속 가만히 있지를 못했다.

"내가 거기에 일부러 쓰레기를 넣었어요. 여행자들이 혹시 안을 들여다보더라도 아무것도 보이지 않게."

플로이드 린치가 말했다. 신중하고도 단조로운 어조였지만, 그 이면으로 잔뜩 흥분한 남자가 차분해지려 애쓰는 모습이 보였다.

앞좌석의 쓰레기들이 대부분 치워지고 나자 두 개의 널빤지가 드러났다. 처음에는 널빤지로 보였던 것이 곧 커다란 육포 덩어리처럼 보이더니 이내 벌거벗은 두 다리로 변모했다. 시신은 갈색의 완전한 나체였고, 마치 괴물의 태아처럼 몸을 웅크린 짙은 가죽 같았다. 베니는 나를 보더니 이내 맥스를 쳐다보았고, 그는 고개를 끄덕였다. 베니는 시신의 사진을 찍었다.

나는 차마 목소리가 나오지 않았고, 마침내 맥스가 먼저 입을 열었다.

"그녀야."

그가 말했다.

"아뇨."

한껏 숨을 죽이고 있는 우리들과 달리 플로이드 린치의 호흡이 빨라졌다. 그는 얼굴 긁는 것을 멈추었다.

"말하려고 했는데…."

아까 쓰레기 이야기를 할 때와 마찬가지로 담담한 어조였다.

"…저건 휴게소 도마뱀이에요. 저기 있은 지는 더 오래됐어요."

난 로라 콜먼이나 국선 변호사인 로열 휴스를 통하지 않고 그와 직접 대화를 나눌 생각은 없었다. 하지만 플로이드 린치가 또 다른 시신을 두고 화물차 휴게소를 서성이는 매춘부를 부르는 호칭인 '휴게소 도마뱀'을 운운하고 있는 것을 들으니 경악할 수밖에 없었다.

"그럼 다른 여자를 죽이고 그 시신도 숨겼단 말이야?"

"네, 처음이었어요."

그가 말했다.

"언제였지?"

내가 물었다.

그는 멈칫했다.

"두 번째 직전에요."

그는 빈정거리는 기색 없이 대답했다.

콜먼이 내게 말했다.

"모르셨어요?"

난 고개를 가로저었다.

"어떻게 알겠어요?"

"죄송해요. 그렇군요. 조사 때 나왔던 이야기인데. 오는 길에 말씀드릴걸 그랬네요."

"그럼 피해자가 모두 여덟 명이네요."

내가 말했다.

"트럭에서 발견된 시신까지 여덟 명."

플로이드 린치는 고개를 끄덕였다.

"뒷좌석에 있는 걸 찾고 있는 거죠?"

베니는 미세 먼지로 뒤덮인 손잡이를 찾아 좌석을 앞으로 밀었다. 하지만 뒷좌석에도 앞좌석과 똑같이 쓰레기들이 쌓여 있었다. 뒷좌석의 쓰레기들 역시 치워졌지만, 앞선 경험으로 인해 그렇게 극적이지는 않았다. 다른 사람들은 내게 첫 순번을 넘겨주고 뒤로 물러났다.

마침내 나아졌다고 생각했던 고통이 다시금 속을 뒤틀었고, 난 몸을 구부린 채 두 손으로 무릎을 감쌌다. 왜냐하면 그 누구도, 플로이드 린치나 다른 누구도 내 반응을 지켜보지 않았기 때문이다. 이건 그저 증거야. 나는 다시 생각했다. 그리고 닷지의 혼잡한 내부를 더 잘 보기 위해 몸을 숙이는 척했다.

그녀, 그러니까 그녀의 시신은 앞좌석에 있는 것과 마찬가지로 나체였다. 살의 일부분은 잔뜩 주름이 졌고, 위로 드러난 부분들은 번들거렸으며, 모든 굴곡은 칙칙했다. 그녀의 시신은 조심스럽게 말려 있는 대신 등을 뒤로 대고 편안하게 누워 있는 듯 보였고, 차 문을 닫을 수 있도록 두 무릎은 구부려져 있었다. 상체는 반대편 문에 부자연스럽게 기대어 있었다. 시신이 아무렇게나 버려진 지 오랜 시간이 지난 뒤라 머리는 몸에서 거의 분리되기 직전이었다.

베니가 카메라로 사진을 한 번 더 찍고 난 뒤 나는 그에게 손전등을 빌려 얼굴을 비춰보았다. 입술은 도톰함을 잃었고 살짝 벌린 입 안으로 치아가 더욱 도드라졌다. 눈꺼풀은 그 주변을 둘러싼 점토로 만든 조각상 같은 살만큼이나 푸석한 두 눈에서 박탈되어 있었다. 제시카처럼 보이지 않았다. 인간처럼 보이지도 않았다. 하지만 난 뭔가 그녀를 덮어줄 만한 것이 있으면 좋을 텐데 하고 생각했다.

머리카락은 짙은 색의 지푸라기 같았지만, 한쪽 귀가 없어진 것을 확인할 수 없을 정도로 길지는 않았다. 나는 손전등으로 그녀의 발목을 살펴보고 한쪽 뒤꿈치의 아킬레스건이 잘린 것을 확인했다.

"이건 66번 고속도로 피해자예요."

내가 말했다.

"제시카 로버트슨, 맞습니까?"

콜먼이 물었다.

"제시카 로버트슨이라니까요."

플로이드 린치가 말했다. 모두가 다시 그를 돌아보았고 그는 사람들의 시선을 즐기는 듯했다.

난 다시 플로이드 린치에게 직접 말을 걸었다.

"이 여자가 FBI 요원인 걸 알고 있었나?"

그것 역시 우리가 기자들에게 알리지 않은 사실 중 하나였다. 콜먼이 입을 열었다.

"알고 있었다고 진술했어요, 퀸 요원. 로버트슨이 말을 했다고…."

"그걸 알면 내가 놓아줄 줄 알았나 봐요."

플로이드 린치가 끼어들었고 잠시였지만 약간의 생기가 돌았다. 그는 바닥을 다지듯 발을 분주하게 움직였다.

"이걸로 내 목숨 건졌어요. 당신을 여기 데려오는 조건으로요. 그걸 퀴드 프로 쿼*라고 한다죠."

국선 변호사 로열 휴스는 불쾌감을 드러내지 않으려는 듯 두 입술을 꾹 다문 채 고개를 돌렸다.

"그냥 가만히 있는 게 나을…."

여덟 명의 목숨을 빼앗고, 그들을 사랑하는 사람들까지 짓밟은 이 얼뜨기의 유일한 관심사가 충동적인 연쇄살인의 책임으로부터

---

* Quid pro quo: 보상으로 주는 것을 뜻하는 말.

도망치는 것이라니.

"퀴드 프로 퀴."

나는 그 단어가 평소 입으로 읊었던 다른 단어들보다 더 많은 공간을 필요로 하듯 입술과 혀를 천천히 움직였다.

"그게 무슨 뜻인지는 알아?"

플로이드 린치가 대답했다.

"내가 당신을 시신으로 안내한 대신 사형을 면했다는 뜻이죠."

"그 문장은 어디서 알게 됐지, 플로이드? 어디선가 들어본 것 같은데."

나는 기억해내려 손가락을 몇 번 탁탁 튕겼다.

"〈양들의 침묵〉에서요."

그가 적극적으로 대답했다.

"맞아."

내 목소리는 속삭임에 가깝게 가라앉아 있었다.

"한니발 렉터가 클라리스 스탈링에게 이야기하는 것과 똑같아. 네가 안소니 홉킨스라도 되는 줄 아는가 보지?"

나는 콜먼을 가리켰다.

"이 사람은 빌어먹을 조디 포스터라도 되나? 영화 찍는 줄 알아?"

회상해보면 그때 내 목소리는 갈라지기 시작하고 있었다. 어쩌면 그곳에 있는 모두가 이런 장면을 기다렸는지도 모르겠다는 생각이 든다. 내가 그에게 달려드는 장면 말이다. 베니와 레이는 잠자코 있었고, 필립스는 아까보다 더 불안한 표정으로 맥스를 쳐다볼 뿐이었으며, 지그문트는 내 어깨에 손을 올렸지만, 그 아래 자리한 근육들의 반응을 느끼고는 재빨리 손을 거두었다.

휴스는 배에 힘을 주고는 공중에 대고 팔굽혀펴기를 할 것처럼 손바닥을 들어 올렸다.

"아무래도…."

그의 입술은 현명하게 행동하라고 말할 듯했지만, 이내 마음을 바꾼 모양이었다.

"…저 사람에게 직접 말을 걸지 않는 편이 낫지 않겠습니까?"

휴스가 한 말 때문은 아니었다. 다만 지그문트의 손길이 또다시 나를 제지했기 때문에 난 갑작스럽게 솟구쳐 오른 아드레날린의 후유증으로 머리가 덜덜 떨리는 것을 간신히 잠재웠다. 제시카는 이런 엿 같은 대접을 받기에는 너무나 아까운 사람이었다.

플로이드 린치조차 내 반응에 주눅이 들었다. 언제든 그를 쏠 준비가 되어 있는 무장 요원의 감시 또한 치밀했다.

"그냥 그렇다고요."

플로이드 린치가 말하고는 다시 입을 닫아버렸다. 그리고 왼손 손등에 난 사마귀를 물어뜯는 데 집중했다.

"이제 입도 뻥긋하지 마, 플로이드."

콜먼이 말했다.

그는 고개를 끄덕였다.

그때는 깨닫지 못했지만, 다시 떠올려보면 바로 그때 무언가 잘못되었다는 느낌이 있었던 것 같다. 하지만 그 순간은 그렇게 지나가 버렸다.

콜먼이 단둘이 할 이야기가 있는 것처럼 나를 몇 발자국 뒤로 이끌었다. 물론 나를 플로이드 린치 부근에서 떨어뜨리려는 의도라는 것은 알고 있었다.

"저런 짓 많이 합니다. 영화나 책에서 인용하는 거."

그녀가 말했다.

"트럭에서 찾아낸 책들에 밑줄이 쳐 있는데, 조사 때 활용했더군요."

그런 뒤 내게 다시 물었다.

"로버트슨이 맞습니까?"

나는 얼굴을 다시 살폈다.

"입증하기 충분해요."

내가 말했다.

"하지만 추정하건대, 이미 법의학자에게 치과 기록이 있지 않나요?"

"정확하게 추정하셨어요, 퀸 요원. 맞아요. 그럼, 부검에 참석하시겠어요?"

그녀가 물었다.

"그래야죠. 사전 검사 준비가 언제 마무리될까요, 내일 오후?"

콜먼이 고개를 끄덕였다. 그녀의 음성은 단조로우면서도 전문가적이었다.

"그들에게 일러 오늘 밤까지 작업해놓도록 할게요. 시간은 3시로 하죠. 변동 있으면 연락드리겠습니다."

"좋아요. 꼭 참석할게요. 그런데 절차가 아닌 줄은 알지만, NOK에 알리는 것이 최선 아닐까요?"

콜먼은 다시 고개를 끄덕였다. NOK. 친인척이란 뜻이다. 제시카의 친인척들 중 몇몇과 나의 관계는 FBI 내부에도 잘 알려져 있었다. 요원들 대부분이 그들을 기피했기 때문이다. 조직에서는 유족들을 그저 전문 피해자 권익 단체에 넘기고, 심리 치료 바우처만을 제공해주었을 뿐이다. 사건이 한창 수사 중이었을 당시 나는 그들의 옹호자로 남았다.

베니와 레이는 양손에 비닐장갑을 꼈고, 플로이드 린치는 이유를 물었지만 그들은 대답하지 않았다.

"손톱 밑에 세포나 혈흔이 남아 있을 경우를 대비해서야."

휴스가 대신 대답했다.

"아야!"

플로이드 린치의 소리였다. 제시카가 그에게 생채기를 냈던 기억 때문이 아니었다. 그는 사마귀가 있는 손을 들어 올렸다. 피가 맺혀 있었다.

"건들지 말라고." 휴스는 이런 일이 익숙하다는 듯 그에게 티슈를 건넸다.

팀원들은 앞좌석에 있는 시신부터 들어 올렸다. 그 과정에서 부주의하게도 머리 부분이 분리되었고, 좌석 시트에는 한 꺼풀의 피부가 그대로 남았다. 시신에는 몇몇 쓰레기들이 여전히 붙은 채였다.

"시신은 여기 아주 오래 있었어요."

콜먼이 시선을 돌리며 설명했다.

"플로이드 말로는 13년이라더군요. 당시 여자는 23세, 플로이드는 25세였답니다."

"일기장에 적혀 있던가요?"

"아뇨, 직접 진술한 거예요. 기록은 그다음 피해자 때부터 남겼다고 해요. 66번 고속도로에서 제일 처음 살해당한 것으로 추정되는 인물."

"적어도 이름은 알고 있겠죠?"

"모른대요."

나는 고개를 돌려 소협곡을 바라보았다. 소협곡은 대협곡으로 이어져 산맥의 중심부로 흘러들고 있었다. 내가 고개를 돌린 것은 베니와 레이가 꼼꼼하게 시신의 잔해를 모아 각각의 부대에 담은 뒤 언덕 옆으로 나르는 모습을 차마 지켜볼 수 없었기 때문은 아니었다. 지금 이 장면을 지켜보는 것과 제시카의 아버지에게 전화하는 것. 과연 둘 중에 무엇이 더 어려울까?

5

 무리의 나머지는 아까 언덕을 내려왔던 것과 똑같은 순서로 다시 언덕을 오르기 시작했다. 하지만 지그문트는 나를 한번 쳐다보더니 몸을 숙여 팀원들이 떨어뜨리고 간 쓰레기 하나를 주웠다.
 "칠칠치 못하군."
 그는 허리를 펴더니 마치 기념품처럼 쓰레기를 내게 건넸다. 그런 뒤 고르지 못한 길을 걷는 것을 도와주기라도 하듯 내 손을 자신의 팔에 얹고는 가파른 언덕을 다시 오르기 시작했다.
 "아, 우리의 빈정꾼 스팅어, 이건 슬픈 승리야."
 다른 사람들의 뒤를 천천히 쫓으며 그가 말했다. 그의 음성을 들으니 편안해졌지만, 대답할 필요를 느끼지는 못했다.
 "콜먼 요원은 똑똑한 사람이지."
 이내 아무도 우리의 말소리를 듣지 못할 정도로 무리에서 멀어지자 그가 말했다.
 우리는 꽤 오랫동안 함께 일했다. 그는 프로파일링 분야에서, 나는 위장 수사 분야에서. 과거에는 항상 지그문트와 이 빈정꾼의 무대였다. 난 질투에 속이 쓰렸다. 바보 같긴….

"어째서?"

내가 물었다.

"내가 묵고 있는 호텔에서 너희 집까지 가는 내내 계속 내게 묻더군. 연쇄살인범이 자신의 모더스 오퍼랜디(Modus Operandi)를 강간과 교살에서 시간증으로 바꾼 경우를 알고 있느냐면서."

지그문트는 MO라는 표현을 쓰지 않았다. 약어를 지양하는 편이 더 똑똑해 보인다고 생각하는 것 같았다.

"그래서 뭐라고 했어?"

내가 물었다.

"그런 경우는 처음이라고 했지만 살인범이 피해자를 22구경 권총으로 간단하게 살해하는 방식을 쓰다가 흉기로 신체를 훼손하고 피해자의 피를 마시는 방식으로 바꾼 경우는 봤다고 했어. 자기도 그 사건은 들어본 적 있다고 하더군. 살인 트로피 등과 관련해서 내 생각도 물어보던걸. 나름의 숙제였나 봐. 플로이드 린치에 대한 내 견해를 궁금해했어."

"그래서 말해줬나?"

"내가 용의자와 말 한 번 섞어보지도 않고 섣불리 의견을 내는 전문가들을 싫어하는 거 알잖아. 게다가 내 경우에는 편향된 의견이 나올 수 있으니 조심해야지. 피해자들 중 한 명과 친분이 있으니."

피해자들 중 한 명. 그런 식의 객관성이 현명하다고 말하고 싶겠지만, 우리는 제시카 이야기를 하고 있는 것이다. 어떤 이름 모를 피해자가 아니라. 난 그렇게 말할 수 없어서 마음이 아팠다. 하지만 요원들은 자신의 감정을 그런 식으로 이야기하지 않았다. 나와 지그문트 사이에서도 마찬가지였다. 내가 무슨 생각을 하고 있는지 알고 있더라도 그는 표현하지 않을 것이다. 그는 그저 무심히 말을 이어나갔다.

"로라 콜먼에게 일련의 테스트들이 완전히 끝나기 전까지는 결코 의견을 내지 않겠다고 했어. 의견을 내도 서면으로 제출하겠다고."

"그랬더니 반응은?"

"내색 안 하려 했지만, 실망한 것 같더군. 욕심이 많은 것 같아. 일에 속도를 내고 싶은가 봐. 그런 모습을 보니 네 생각이 나던걸."

또다시 속이 쓰렸다. 지그문트가 다시 말했다.

"그래서 차에서 그렇게 눈치를 본 건가."

"글쎄, 어쩌면 우리가 그녀에게 위압감을 줬을 수도 있지. 우리는 명망 높은 유명인이잖아, 안 그래?"

"음, 한물간 사람들 중에서는 그래도 꽤 괜찮은 편이지. 그나저나 네 생각은 어때? 남자가 제정신인 것 같긴 해?"

지그문트는 안경을 아래로 내리고는 테 너머로 눈을 반짝이며 내 대답을 기다렸다.

"내 의견을 구하는 거라면, 엄청 지저분한 인간인 것 같은데."

내가 대답했다.

그는 고개를 끄덕이며 수긍했다.

"인간이라면 누구나 혐오하는 거지. 하지만 가학성욕자에게는 그 특정한 정신성이 결핍된 것이 어떻게 보면 주 느 세 콰*랄까?"

오직 지그문트만이 지금 같은 상황에서도 나를 웃게 만들 수 있었다.

---

* je ne sais quoi: 뭐라 말할 수 없이 좋은 것을 뜻하는 말.

"그래, 무슨 말인지는 알아. 근데 해리 윈스럽 기억나?"

"아, 그 상또라이. 어떻게 남자 성기를 잘라서 여자 몸통에 꿰매었는지 상상조차 힘들어."

하지만 난 과거 일을 회상하고 있을 여유가 없었다.

"암튼, 어서, 아무에게도 얘기하지 않을 테니 말해봐. 감이 어때?"

"당신 표현대로, 내 감은 지금 갈등 중이야. 내가 예상했던 사람과 다르거든. 하지만 필요조건은 다 갖췄지. 트럭에서 발견된 시신은 66번 고속도로 피해자들과 똑같은 방식으로 살해당했어. 일기장이 발견된 데다가 자백까지 했고, 시신이 어디에 있는지도 알고 있으니 말이야. 카피캣*의 가능성을 좀 더 고심해봤을 수도 있겠지만, 놈은 시신의 위치를 알고 있었어. 차에서 나온 시신 두 구의 치과 기록이 일치한다면 놈은 제시카의 시신을 정확히 분별했다고 봐야 하겠지. 빼도 박도 못하게 확실해지는 거야."

"그렇게 되면 당연히 명백해지는 거지. 그레타는 잘 지내?"

나는 친구 사이에서만 가능한 정신적 전이를 통해 화제를 돌렸다.

"네가 떠난 직후에 이혼했어."

"맙소사, 뭐?"

"내가 너무 내향적이어서 감정 파악에 둔하다나. 아내의 심리 치료사는 한 번도 만나본 적이 없는데, 그런 단어들은 전부 그의 표현이었을 거야."

개소리. 지그문트를 아는 사람이라면, 살인범의 악취 풍기는 시궁창 같은 심리 속을 휘젓고 다니는 그가 자신의 하루 일과 동안 얼마나 많은 감정들을 파악하는지 잘 알고 있을 것이다. 다만 그는 신중

---

* 남을 모방하는 사람 등을 뜻하는 말.

할 뿐이었다.

"넌 어때? 결혼 생활은 괜찮은가?"

그가 물었다. 그는 한담에서 그렇게 응대하는 것이 순서인 것을 잘 알고 있었다.

"오, 그럼."

나는 미소를 지었다. 카를로를 떠올리자 내 얼굴에 한결 온기가 돌았다.

"카를로에게 푹 빠져 지내."

"'오,'라고? 너답지 않은 감탄사인걸."

그가 내 얼굴을 살폈다.

"얼굴 빨개지는 것도 그렇고."

"내 프로파일링은 그만둬."

내가 말했다. 하지만 설명할 수밖에 없었다.

"남편이 전직 신부였어. 그래서 언어 순화를 하는 중이야."

그는 자신의 경력을 통틀어 겪은 일들 중 이보다 더 기괴한 발견은 없었다는 듯 불신 속에서 고개를 설레설레 저었다.

"천하의 빈정꾼 스팅어 퀸이 순종적인 아내의 길로 들어서다니."

"이제 디포렌차 부인이니까."

나는 의기양양해서 말했다.

마침내 차들이 서 있는 언덕 꼭대기에 다다랐고, 나는 오랜 친구와의 담소를 중단해야 하는 것이 아쉬웠다. 나는 그에게 언제 한번 저녁 식사라도 같이하자고 청하며, 호텔까지 데려다주겠다고 했다.

그렇게 말하면서도 나는 지그문트와 카를로, 그리고 내가 함께 어울리는 모습이 괜찮을지 고민이었다. 아마 제대로 된 대화를 나눌 수 없을 것이다. 누구도 진짜 마음을 말하지 않을 테니. 그때만 해도 난 내 삶을 성공적으로 분리했다고 생각했다. 나는 그가 거절하기를 바랐다. 지그문트도 그것을 잘 알고 있었고, 보통의 사람들처럼 애써 평계를 대지도 않았다.

"됐어."

그가 말했다.

"그럼 내일 부검에는 올 거야?"

"그것도 됐어. 모리슨을 만나러 갈 거거든. 아직 그와 얘기를 해보지 못해서. 원래는 절차를 따랐어야 했는데, 콜먼 요원이 아침에 꼭 와달라고 부탁해서 온 거야."

"내가 린치에게 해코지할까 봐 걱정됐나?"

"무슨 소리. 네가 놀라울 정도로 자제력 있는 사람이라는 건 우리 모두 알고 있다고."

그는 다른 사람들과 가까워지자 목소리를 낮췄다.

"하지만 콜먼 요원의 자제력은 그보다 세 배쯤 더 강해. 지금은 관계가 끝났는지 몰라도 어딘가 모르게 콜먼 요원과 휴스가 부적절한 관계인 것 같다는 확신이 가끔 들어. 둘 다 표를 안 내려고 무척이나 신경을 쓰는 것 같지만, 둘의 신체 언어가 꼭 같은 극의 자석을 보는 것 같거든."

"실력이 전혀 녹슬지 않았네, 지그. 당신의 프로파일링은 늘 믿을 만하지."

그는 자신의 팔에 얹힌 내 손을 떼어낸 뒤 형제 같은 애정으로 토닥였다. 그런 뒤 내 쪽에 있는 차의 문을 열었다.

"그럼 미스터 린치와는 내일 얘기해볼게."

그가 말을 이었다.
"그리고 스팅어, 오늘 저녁에 네가 전화해야 할 곳이 있어."

6

맥스는 나를 데려다주기 위해 골더랜치로드를 벗어났다. 다른 두 대의 차들은 다시 시내를 향해 오라클가를 따라 계속 남쪽으로 달렸다. 차가 집에 가까워지자 안에서 나를 기다리고 있는 한 남자와 두 마리의 강아지들이 떠올랐다. 지그문트를 다시 만나 무척이나 반가웠지만 제시카의 시신을 두 눈으로 확인한 고통 때문인지, 혹은 과거의 일부와 대면하면서 비롯된 스트레스 때문인지 현관 진입로를 걸어 들어가면서 나는 현관문을 쾅쾅 내리치며 이렇게 소리 지르는 내 모습을 상상했다. '성역(聖域)이요! 성역이 필요해요!' 그러니 카를로가 현관문을 열고 나를 향해 미소를 지었을 때의 기분은 이루 말할 수 없었다.

상상 속에서 보았던 그의 시선이 잠시 내게 머물더니 그가 말했다.
"소파에서 좀 쉬자."

그리고 우리는 함께 거실로 나갔다. 거실에 들어서자 퍼그들이 얼굴로 달려들었다. 지그문트가 이러한 조화를 목격하지 않았다는 데에 난 배로 더 기뻤다.

아침에 겪은 일에 비해 오후는 평범하기 짝이 없었다. 하지만 그 기운으로 난 아침에 있었던 일들을 머릿속에서 다시 한 번 정리할 수 있었고, 마음을 차분하게 가다듬은 뒤 제시카 로버트슨의 아버지에게 전화를 걸었다. 페스토를 넣은 파스타와 시금치 샐러드로 이른 저녁 식사를 한 후 퍼그들을 데리고 저녁 산책에 나서기 전 나는 남은 와인을 들고 제인이 퀼트를 하고 스크랩을 할 때 사용했던 여분의 침실로 들어갔다. 남자들이 차고를 가꾸듯 나 역시 나만의 공간이 필요하다고 하자 카를로가 서재로 쓰라며 내준 방이었다. 그에게 내가 특정 인물, 즉 특수 요원 브리짓 퀸을 쉽게 놓을 수 없기 때문에 그러한 공간이 필요하다고는 말할 수 없었다. 게다가 제인보다 더 나은 아내가 되는 법을 배우고 나면 난 작게나마 사립 탐정 사업을 꾸려볼 생각도 하고 있었다.

예전에 살던 아파트에서 가져온 책상 위는 읽으려고 가져다둔 잡지와 주방용품 카탈로그 등으로 어지러웠다. 각종 조리용품이 소개된 카탈로그는 읽어봤자 머리만 어지러울 뿐이었다. 노트북도 있었다. 책상 앞에 놓인 회전의자와 오래된 소득신고서 및 노출되어도 위험하지 않은 서류들이 가득 담긴 문서보관함 여러 개. 자물쇠가 달린 철제 캐비닛도 있었다. 폴이 날 떠난 후 앞으로의 일을 대비해 구입한 것이었다.

벽면에는 악한들을 저지했던 내 전적을 떠올리게 하는 사진들이 몇 장 걸려 있었다. 이를테면 지금은 아무도 알지 못하지만, 레이건 대통령이 테러리스트 공격을 사전에 방지한 내 업적을 치하하는 사진 같은 것 말이다. 또 다른 액자에는 태국인 노예의 연계를 끊어낸 공적을 인정받아 받은 상장이 걸려 있었고, 다른 액자에는 파요 마욤베*에 침투해 한 소년이 산 채로 끓는 가마솥에 던져지려는 것을 간발의 차로 구해낸 것에 대한 공로장도 걸려 있었다. 그 공로장을 보면 여러 감정들이 뒤섞였다. 우리가 현장에 들이닥쳤을 때 다른 소년은 이미 가마솥에서 목숨을 잃은 뒤였기 때문이다. 내가 비무장 상태의 범인을 저격한 시점도 바로 그때였다.

제인의 퀼트 재료들은 상자에 담아 재봉틀과 함께 벽장에 보관하고 있었다. 나는 책상 의자에 앉아 발을 근처 문서보관함 상자에 올린 채 책상 위에 둔 핸드폰을 물끄러미 쳐다보았다. 레먼산의 도로에서 폭발했던 내 분노에 대해 생각하는 중이었다. 이것이 그저 제시카와의 일이기만 했다면 아마 내 감정을 더 쉽게 다스릴 수 있었을 것이다. 결국 그녀는 죽었고, 더 이상 고통도 없을 테니. 그 일과 관련해서 내가 지금 마음을 쓰고 있는 것은 바로 그녀의 아버지 잭 로버트슨이었다.

잭 로버트슨은 사랑하는 아내와 함께 산타페에 살고 있는 꽤 실력 있는 치과 의사였다. 아들은 말썽 한 번 피우지 않았고, 딸은 갓 FBI에 입사한 뒤였다. 제시카를 내 후임으로 키우고자 하는 열망에 그녀에게 너무도 빨리 현장 업무를 제안했던 것을 내가 얼마나 후회했는지 그에게는 한 번도 이야기한 적이 없었다. 당시 내가 직접 10대 히치하이커로 나서기에는 다소 나이가 많았다는 점 또한 괴로움으로 남았다. 내가 담당한 사건의 유족들에게 언제나 그러했듯이 난 그에게도 낮이든 밤이든 필요하면 언제든 연락하라고 일러두었다.

그는 정말 그렇게 했다. 제시카가 뉴멕시코주 투쿰카리에서 서쪽으로 약 130킬로미터 떨어진 66번 고속도로에서 실종되었던 날 밤,

---

* 쿠바의 중앙아프리카 노예들 사이에서 만들어진 사이비 종교 집단.

수색작전 개시 시점 직후에 걸려온 그의 전화 속 희망은 그녀가 실종된 지 6개월이 지난 후부터 절망으로 바뀌어 있었다. 그는 전날 밤 마신 술의 취기가 가시지 않은 상태에서 진료를 보기 시작했다. 환자들의 입 주위로 손이 덜덜 떨리는 것을 막기 위해서였다.

심지어 2년이 지난 후에도 그는 계속 내게 전화했다. 부인인 엘레나와 그의 아들 피터가 그를 떠났다는 사실도 알게 되었다. 살인 사건 피해자의 가족들은 보통 그렇게 3년 안에 무너지고 만다. 그 뒤 엘레나는 암에 걸렸고, 치료 한 번 받지 않고 세상을 떠났다. 아내의 장례식 이후 그와 피터의 연락도 끊어졌다.

마지막으로 그와 이야기했을 때, 그는 미시간호 어퍼 쪽의 한 통나무집에서 거의 씻지도 않은 채 술에 절어 사는 은둔자가 되어 있었다.

나는 남은 와인을 입에 털어 넣고 심호흡을 한 뒤 그에게 전화했다. 그와의 대화는 때로 방사능 냉각기의 스팀 안전밸브를 느슨하게 풀고 있는 듯 아슬아슬했다.

처음 통화했을 때부터 그러했듯 그는 첫 번째 신호음에 전화를 받았다.

"항상 내 전화를 기다리는 것 같아요."

그가 곧장 떨리는 목소리로 말했다.

"딸아이를 찾았군요."

"네."

나는 단번에 모든 이야기를 털어놓지는 않았다. 그가 다음 날 아침까지 얼마나 기억할 수 있을지 먼저 가늠해보고자 했다.

"그… 그럼 누가 그랬는지는? 알아냈어요?"

"네. 이제 전부 밝혀졌어요, 잭."

그의 목소리가 만취 상태는 아닌 듯했다. 난 그에게 알고 있는 것을 전부 말해주었다. 지난 24시간 동안 있었던 일 모두와 그 일이 있기 전 내가 알고 있었던 것 모두를 말이다. 적당히 이야기하는 것 따위는 없었다. 수년째 그랬다. 그리고 나의 상세한 설명에 그는 어떤 추가 질문도 하지 않았다.

내가 이야기를 마쳤을 때 유리잔에 얼음 부딪히는 소리 같은 것이 들렸다. 하지만 이내 그가 내 이야기를 들으며 컴퓨터 자판을 두드리고 있다는 사실을 깨달았다.

"뭐 해요?"

내가 물었다.

"젠장, 여기서 투손까지 직항이 없네요."

자판 두드리는 소리가 마침내 잠잠해진 뒤 그가 말했다.

"아메리칸 항공 734편으로 오후 2시 도착이에요."

"아뇨, 잭."

"공항까지 나오지 못하거든 부검의 사무실까지 택시를 탈게요."

"잭, 들어봐요."

"난처하게 하지 않을게요. 단 한 번도, 그 일이 있은 후 단 한 번도 FBI를 원망해본 적 없어요, 그렇지 않습니까?"

그는 결코 FBI를 원망하지 않는다는 말을 내게 수없이 했다. 그건 결국 나를 뜻하는 이야기였다.

"네, 잭. 그래요."

"심지어 그날 밤에도, 당신과 긴 이야기를 했던 그날 밤에도 난 한순간도 원망하지 않았어요."

그가 대륙의 절반을 넘는 거리에서 내게 전화를 걸어와 땀에 젖은 손으로 수면제를 한 움큼 쥐고 있는 바람에 손바닥이 온통 하얗게 물들었다고 이야기했던 날 밤, 난 그의 자살을 말리기 위해 48시간 이상의 시간을 계속 그와 통화했다.

"네, 그랬죠. 하지만 제시카를 보지 않는 편이 좋아요, 잭. 이렇게는 아니에요."

"아뇨, 꼭 봐야겠습니다."

그의 용기가 결국 그를 무너뜨리고 말았다. 그는 흐느끼기 시작했다. 난 위스키에 취해 훌쩍거리는 사람들을 별로 신뢰하지 않는 편이지만, 잭의 입장에 있는 이들이라면 단연코 예외였다. 나는 그가 울음을 멈출 때까지 잠자코 기다렸다.

손바닥으로 코를 닦아낸 뒤 내가 말했다.

"이 건의 재판이 시작되거든, 반드시 법정에 설 수 있게 해주겠다고 맹세할게요. 오래전에 써두었던 진술서도 읽을 수 있어요. 그 진술서 기억하죠? 계속 생각해두고 있어요. 아직 갖고 있는 것 맞죠, 그렇죠?"

그는 전화를 끊었다.

이것이 바로 다수의 피해자 유족들에게 일어나는 일이다. 사건에 대한 언론의 관심이 잦아들고 영화가 끝난 뒤 엔딩 크레디트가 올라갈 때 당신이 보지 못하는 부분들 말이다. 나쁜 사람이 잡히면 가족들 역을 연기하는 배우들은 마침내 정의가 실현되었다며 일을 종결짓고, 형사 역을 연기한 배우들은 뒤돌아 멋지게 카메라 밖으로 사라진다. 또한 극을 보고 있던 관객들은 들고 있던 팝콘을 버리고 기름기 묻은 손가락을 옷자락에 닦으며 집으로 돌아가기 마련이다.

어둠이 내린 뒤 자신의 집 차고로 들어서며 혹시라도 차 뒤에 누군가 숨어 있지 않을까 상상하며 약간의 공포감을 느낄 수 있을지도 모르겠으나 당연히 그런 일은 일어나지 않고, 삶은 전과 똑같이 이어진다. 랄랄라.

하지만 실제 삶에서 그들, 피해자 유족들은 남은 생을 오로지 죽음만 기다리며 살아간다. 진정한 끝을 기다리면서 말이다.

종결이 가능하다고 믿는 건 오직 멍청이들뿐이다.

7

다음 날 오후 2시, 난 투손 국제공항—한 개의 터미널과 두 개의 중앙 홀, 스무 개의 게이트가 있는 공항이다—에 잭을 마중 나갔다. 그는 에스컬레이터를 타고 수하물 찾는 곳으로 내려오고 있었다. 천장에서부터 천천히 모습을 드러낸 그는 마침내 바닥에 이르러 완전한 형체를 갖추었다. 조잡한 하이킹용 부츠를 신은 그는 머리도 왕관형으로 살짝 벗어져 있었다. 나보다 그렇게 크지 않은 키인 반면에 체격은 훨씬 더 말랐다. 또한 나보다 여섯 살이나 어림에도 불구하고 더 나이 들어 보였다.

에스컬레이터는 그를 단숨에 바닥으로 데려다 놓았고, 그는 내 포옹에 살짝 주춤했다. 정면의 현실과 마주하지 않기 위해 그는 내 머리카락에 대고 속삭였다.

"휴, 거의 다 와서는 야생마를 탄 줄 알았어요."

"산악 지대를 통과했으니까요. 여긴 돌풍이 잦거든요."

순수하게 애정을 표현하는 것 말고도 난 포옹을 통해 그의 체취를 맡을 수 있었다. 마지막으로 잭을 만났을 때 그는 개인위생 같은 것은 신경 쓰지 않는 상태였다. 하지만 지금 그는 제시카를 위해 말끔해진 모습이었다. 심지어 파란색의 새 반팔 셔츠도 입고 있었다. 청바지 역시 남아 있는 주름으로 보아 포장을 벗겨낸 지 얼마 되지 않은 듯했다. 술 냄새도 나지 않았다. 비행기에서 술을 한 잔도 마시지 않은 것이 분명했다. 그래서 포옹을 그렇게 빨리 풀 수 있었던 것이리라. 그는 내 등에 손가락을 대고 나방이 펄떡이듯 토닥이지도 않았다.

나 역시 포옹을 풀었지만, 그의 두 손은 잠시 더 잡고 있었다. 그리고 다른 사람이 으레 그러듯 고개를 돌리지 않은 채 그의 눈을 똑바로 쳐다보았다.

"이러지 말아요, 잭. 꼭 볼 필요 없어요. 치과 기록으로 확인도 마쳤으니까요."

"한때 법치 의사가 될까도 생각했던 이야기를 내가 한 적 있나요?"

그래, 들은 적이 있었다. 네다섯 번 정도. 제시카의 죽음에 나를 원망하지 않는다는 말과 함께. 잭은 컨베이어 벨트에서 작은 캔버스백을 꺼낸 뒤 나와 함께 터미널을 빠져나와 주차장으로 향했다. 난 그를 차에 태운 뒤 사막에 갓 도착한 사람들에게 으레 그러듯 물 한 병을 건넸다. 그리고 물을 조금 마시게 한 뒤 팔로알토 도로를 달려 발렌시아가에서 좌회전, 오른쪽 첫 번째 골목에서 우회전해 비교적 짧은 진입로를 지났다. 그리고 시내에 자리한 검시관의 사무실에 도착했다.

맥스 코요테와 로라 콜먼은 이미 도착해 있었다. 로비에 들어서자마자 조지 맨리케스 박사가 즉각 우리를 맞아주었다.

"맨리케스 박사."

짧은 기간이었지만 투손 지부에서 일하는 동안 그를 알고 지냈음에도 불구하고 나는 형식을 갖춰 그를 호칭했다. 그런 뒤 뒤로 물러나 잭이 곧 보게 될 상황에 대해 그가 직접 설명하도록 했다.

"로버트슨 씨."

그가 로비의 저쪽 모퉁이에 마주 보도록 놓인 작은 안락의자 두 개를 가리켰다.

"잠시 저쪽에 앉으시죠."

나와 맥스, 그리고 콜먼이 서로를 쳐다보며 박사의 이야기를 못 들은 척하는 사이 잭은 그의 안내에 따랐다.

"로버트슨 씨."

두 사람이 자리에 앉고 나자 맨리케스가 다시 입을 열었다.

"지금 이 상황이 드라마가 아니라 진짜 현실이라는 것을 저보다 더 잘 알고 있는 사람은 없을 겁니다. 그래서 준비를 좀 시켜드리고 싶어요. 이곳에는 미스터리 같은 건 없어요. TV에서 나오는 간접 조명 같은 것도 없고요. 로버트슨 씨께서는 따님을 보시는 것이 아닙니다. 따님처럼 보이는 것은 어디에도 없습니다. 그저 갈색의 마른 피부가 덮인 골격을 보시게 되는 거죠. 미라 보신 적 있습니까?"

"네, 책에서요."

잭이 고개를 끄덕이며 말했다.

"폼페이에 갔었는데, 거기서 본 시신들은 책과 다르더군요."

어느 휴가 때의 기억이 그에게 밀려든 모양이었다.

"네, 그건 석고 모형들이니까요. 그래도 어쨌든 사람 시신의 잔해는 그런 모양으로 드러나는 것이 사실입니다. 혹시 궁금하신 것이 있습니까? 뭐든 좋습니다."

잭은 손등으로 입가를 훔쳤다. 묻지 않기로 결심한 듯했지만 이내 입을 열었다.

"혹시… 냄새도 나나요?"

"딱히 그렇지 않습니다. 적어도 생각하시는 그런 심한 악취는 아닐 겁니다. 살짝 퀴퀴한 냄새가 날지도 모르겠지만, 충격을 받으실 정도는 아니에요. 냄새보다는 보이는 모습이 다소 힘드실 거예요."

잭의 머리가 아래로 축 처졌다. 난 그의 손가락 관절이 하얗게 변하는 것을 볼 수 있었다. 당장 그에게 달려가고 싶었지만, 지금 그는 사람 좋은 맨리케스와 함께 있으니 걱정할 것 없었다.

맨리케스에게 당장 이것보다 더 중요한 일은 없다는 것을 잭이 느낄 수 있을 만큼의 충분한 시간이 지난 뒤 그는 마침내 자리에서 일어나 잭이 일어설 수 있도록 손을 내밀었다. 그런 뒤 우리를 이끌고 부검실로 향하는 복도를 지났다.

다른 곳에서는 결코 이런 냄새를 맡을 수 없을 것이다. 국가에서 운영하는 보육 시설에서나 날 법한 소독제 냄새와 오래된 기저귀 냄새가 한데 뒤섞인 냄새였다. 하지만 제시카 로버트슨이 시트를 덮어쓴 채 누워 있는 플라스틱 소재의 평상 침대 주변은 깨끗하게 청소된 상태였다. 맨리케스의 말대로 모든 환경은 철저하게 임상적이었다. 어느 구석 하나 그늘진 곳이 없었고 피부를 절개하는 도구도 보이지 않았으며 음악 또한 없었다. 잭은 평상 침대의 한쪽에 자리했고, 그 옆에는 나와 더불어 그가 쓰러질 경우 충분히 부축할 수 있을 만큼 건장한 체격의 부검의 보조가 자리했다. 맨리케스는 그 반대편에 섰다. 맥스와 콜먼은 뒤로 물러나 있었다.

잭에게 허락을 구하듯 그를 한번 쳐다본 뒤 맨리케스는 제시카의 머리 부분의 시트를 끌어내렸다. 잭은 짙은 갈색으로 변한 그녀의 이마와 말라버린 머리카락을 볼 수 있었다. 잭이 이 상황을 어느 정도 감당하는 듯하자 맨리케스는 제시카의 턱 아래까지 시트를 끌어내렸다.

난 곁눈으로라도 잭을 살피기 위해 고개를 기울였지만 그를 흔들고 지나가는 미세한 떨림은 마음으로 느낄 수 있었다. 외마디의 부드러운 신음 소리가 들렸다. 그 소리를 제외하고 그는 놀라울 만큼 차분했고, 조용히 나름의 생각과 기억을 정리하고 있는 듯했다. 이내 그가 자신의 집게손가락으로 쭈글쭈글해진 그녀의 왼쪽 귓불을 세심하게 매만졌다. 수년 동안 미라화되는 과정에서도 귓불은 여전히 그대로 남아 있었다. 무척이나 미약하지만 엄청나게 아름다워 만지지 않고는 못 견딜 것 같은 대상을 만지듯 그는 그녀의 귀를 쓰다듬었다. 그가 있는 곳에서는 잘려 나간 반대쪽 귀를 볼 수 없었다. 그는 곧 손을 거두었고, 부검의는 다시 시트를 덮었다.

"이게 마지막이겠지요."

잭이 말했다.

"네."

그가 잭의 말을 제대로 이해했는지는 알 수 없으나, 맨리케스가 대답했다. 맨리케스는 보조를 쳐다보았다. 미리 일러둔 지시 사항이 있는 듯했다. 그리고 잭이 대기실로 나갈 때까지 잠자코 기다렸다. 난 잭이 자랑스러웠다.

시신의 무게감이 아직 부검실 안에 가득했음에도 우리 모두는 평소보다 더 깊게 호흡하고 있었다. 맥스와 콜먼이 평상 침대 가까이로 다가오자 맨리케스가 말했다.

"새로운 환경에서 일해보고자 10년 전 마이애미에서 이곳으로 왔어요. 바닷가 해변에 이민자들의 시신이 수도 없이 쓸려 왔거든요. 근데 터전을 옮긴 후에도 아이티인 익사자에서 멕시코인 미라로 바뀌었을 뿐 달라진 건 없었어요. 여름 무더위가 기승일 때에는 신원미상자들로 가득한 냉동차를 받아야 했으니까요. 모두 사막에서 수습한 시신들이었죠."

평소 시신을 다루던 손길 그대로 그는 좀 전보다 조금 더 편하게 시트를 잡아당긴 뒤 본인의 작업을 이어나갔다. 시신은 차에서 발견되었던 그대로 태아와 같은 자세를 취하고 있었다. 머리는 살아 있을 때와 똑같은 위치에 있었지만, 몸통과는 분리된 채였다.

"미라화가 많이 진행되었어요. 습도가 낮은 사막에서 자연스럽게 진행된 거예요. 차에서 발견된 다른 시신처럼 말이죠."

그는 한때 화물차 휴게소를 활개 쳤을 그 매춘부를 언급했다. 플로이드 린치가 휴게소 도마뱀이라고 불렀던 그의 첫 번째 피해자.

"다른 피해자는 충분히 살펴볼 시간이 없었는데."

내가 말했다.

"다른 피해자들과 같은 MO였나요?"

"우선 이 시신부터 보고 있던 중이라…. 다만 말씀드릴 수 있는 건 다른 시신에는 양쪽 귀가 모두 있었다는 겁니다. 자세한 건 부검이 끝나봐야 알 것 같아요."

내가 물었다.

"린치의 트럭에서 발견된 시신은요? 사인이나 살해 방식에 공통점이 있었어요?"

"말씀드린 대로 제시카 로버트슨의 시신은 자연스럽게 미라화되었어요. 린치의 트럭에서 발견된 시신에는 약간의 어떤 개입이 있었고요. 보고서에 다 적어 올렸습니다."

콜먼과 맥스가 고개를 끄덕였다.

"도와줘요, 박사."

내가 말했다.

"사안을 파악 중이니까요."

맨리케스는 개의치 않는 듯 보였지만, 이내 열의 있게 설명하기 시작했다.

"그는 나트론이라 부르는 것을 사용했어요. 탄산염, 중탄산염, 염화물과 황산염, 이렇게 네 종류의 나트륨을 혼합한 것인데, 상업적으로 사용되고 있죠. 시신의 안과 주변에 나트론을 채워서 건조시키면 조직을 부패시키는 박테리아가 살 수 없는 환경이 돼요. 거기다가 부패 과정을 가속화하는 내부 장기들도 모두 제거했어요. 남은 것이라고는 골격과 말라버린 연조직밖에 없었죠."

다른 많은 부검의와 마찬가지로 그는 자신의 작업 이상의 것에 대해 이야기하는 것을 좋아하지 않았다. 잭이 밖에서 홀로 기다리고 있었고, 이곳의 일도 이제 그만 마무리해야 한다는 것을 알고 있었지만 내 의문은 멈출 줄을 몰랐다.

"그 나트론이라는 것이 상업적으로도 사용된다는 말인가요?"

"수분기가 없어야 하는 제품에 조그마한 방습제로 들어가거든요. 플로이드 린치는 확실히 바보는 아닌 것 같더군요. 인터넷 검색에도 능했고, 방법 또한 인터넷에서 알아냈어요. 콜먼 요원이 조사 과정에서 확인해보겠지만, 그는 시신을 환기가 가능한 상자에 담아 사막에 내놓았던 것 같아요. 포식자들이 시신을 훼손한 흔적이 없었어요."

"린치 말로는 시신의 냄새를 빼서 트럭에 싣기까지 고작 몇 달밖에 걸리지 않았다던데."

맥스가 말했다.

"린치가 트럭에 얼마 동안이나 시신을 싣고 다녔던 거지?"

내가 물었다.

"1년 반 정도."

맥스가 대답했다.

맨리케스도 시신의 사망 추정 시기에 동의하는 의미에서 고개를 끄덕였다.

"그 뒤로는 시신을 전혀 옮기지 않았기 때문에 상태가 온전해. 물론 저 정도 오래되면 정확한 날짜를 알아내는 것이 어렵지만 시신에서 말라붙은 정액을 충분히 찾아냈지. 그것으로 오래되었다는 것을 알아낼 수 있었어."

"그의 것이 분명한가?"

내가 물었다.

"DNA 분석을 했는데, 린치의 것과 일치했어."

"그럼, 제시카 이야기로 돌아가서, 그녀의 사인과 살해 방식은 어땠어?"

내가 물었다.

"머리가 분리된 상태라 결찰 흔적을 찾을 수는 없었어. 그리고 물론 안구도 건조되었기 때문에 점상출혈도 확인할 수 없었고. 하지만 그렇게까지 갈 것도 없이, 목뿔뼈가 완전히 부서져 있었지. 아킬레스건이 끊어졌고, 한쪽 귀가 없어졌어."

맨리케스가 고개를 가로저었다.

"자백이 있은 후 66번 고속도로 살인 사건들에 대한 부검 보고서를 읽어봤어요. 그리고 트럭에서 발견된 시신이 그 사건 피해자들과 동일한 점이 있다는 것을 알게 됐죠. 그래서 제시카 로버트슨의 시신에서도 정액이 검출되는지 확인했는데, 다양한 부위에서 그 흔적을 발견했습니다. 트럭의 미라처럼 말이지요. 예비 조사에서 플로이드 린치를 배제하지 않았어요. DNA 분석 결과를 확인하는 것을 제일 우선으로 하고 있습니다."

난 다시금 잭이 홀로 대기실에 있다는 점을 떠올렸다. 그에게 가보고 싶었지만, 콜먼이 입을 열었다.

"조사 때 린치 말로는 제시카의 시신을 몇 년간은 찾아갔다고 하더군요. 근데 그런 식으로 매번 산길을 운전해 가는 것이 짜증이 났고, 누군가에게 발각될까 봐 걱정이 되기도 했대요. 그래서 처음에는 동물 시신을 싣고 다니는 것으로 실험을 해보다가 마침내 트럭에 그 시신을 싣고 다니게 되었고, 그러던 중에 우리에게 적발된 것이죠."

그녀는 맨리케스를 돌아보았다.

"저에게도 그 양쪽 보고서들 보내주시겠어요? 제시카와 트럭에서 발견된 시신에 대한 보고서요."

"물론, 여기 있어."

맨리케스는 부검실의 저쪽 끝으로 걸어갔다. 그곳에는 다른 시신이 녹색의 시트를 덮어쓴 채 평상 침대에 누워 있었다. 맥스와 콜먼이 주시하는 가운데 맨리케스가 시신의 시트를 걷어냈다. 짙은 색의 조직 위로 시신이 완전히 건조되기 전 함께 말라붙은 노란 쓰레기 덩어리들과 함께 군데군데 반점이 자리하고 있었다. 나를 제외한 다른 이들 모두 시신에 집중하고 있었고, 맨리케스는 시신을 공중부양이라도 시킬 것처럼 열정적으로 두 손을 흔들었다. 그가 말했다.

"이 시신 역시 제시카 로버트슨과 마찬가지로 온전한 상태입니다."

그러자 맥스가 말했다.

"온전해요? 차에서 꺼낼 때 머리가 분리되었고, 이 부분은 조각이 났는데."

맨리케스가 대답했다.

"경조직의 손상 정도를 말씀드리는 거예요."

"이봐, 난 가봐야겠어."

난 제시카의 시신 옆에 서서 말했지만, 아무도 내 말을 듣지 못했다.

8

난 잭을 캠벨가와 스피드웨이가 모퉁이에 있는 근처 쉐라톤 호텔로 데려가 174호 방을 잡아준 뒤 솔즈베리 스테이크와 매시드 포테이토를 룸서비스로 주문하고 음식이 도착할 때까지 그와 이야기를 나누었다. 난 책상 앞 의자에 앉았고, 그는 내 근처 침대의 가장자리에 걸터앉았다. 토트백에 넣어 다니는 신경안정제를 그에게 하나 건네고 싶었지만, 그가 룸서비스 메뉴판의 주류 목록을 살피는 것을 알아채고 그만두었다. 그는 부검의 사무실에서 있었던 일에 대해서는 이야기하고 싶지 않은 듯했다. 그저 내게 자신은 괜찮다며, 혼자 있고 싶다고 이야기했다. 난 그의 말이 미덥지 않았지만, 달리 어떻게 할 도리가 없었다. 그는 다 큰 성인이었다.

"가지 않는 편이 나았어요."

내가 다시 말했다. 추모식장에 마지막으로 남은 친구처럼 그의 옆에 남고 싶기도, 집에 돌아가고 싶기도 했다.

"아뇨, 두 눈으로 확인해야만 했어요. 일종의 바닥을 치는 심정이랄까?"

바닥을 쳤다는 것이 정확히 무슨 의미인지 설명은 필요하지 않았다. 이미 이해하고 있었기 때문에. 그리고 나는 내가 그의 심정을 완전히 이해하지 못하리라는 것 또한 잘 알고 있었다. 내가 말했다.

"제시카의 시신 수습 문제는 내가 알아볼게요. 미시간주로 데려갈 건가요?"

"아뇨, 그 애는 미시간주에 살아본 적이 없는걸요. 아마 여기가 더 익숙할 거예요. 그러니 여기 머물러야죠."

내 남편이 전직 성직자였기 때문에 추모 미사를 알아봐 줄 수 있다고 말할 수도 있었지만, 잭도 나도 그런 것을 믿지 않게 된 지 오래였다.

"그럼 언제쯤 돌아갈 계획이에요?"

"아직 비행기 표를 끊지 않았어요."

그는 공항에 도착했을 때처럼 깡마른 어깨를 잔뜩 수그리고 있었다. 하지만 이야기를 하는 그의 두 눈은 불안정해 보이기보다 다소 반짝이고 있었다.

"우선은 잠시 혼자 있을 시간을 좀 갖고 싶군요. 괜찮겠죠, 브리짓?"

"어리석은 짓은 하지 않을 거죠?"

"스스로 목숨을 끊는 일 말인가요? 도구라고는 음식과 함께 올라온 버터 칼뿐인걸요. 게다가 방도 1층으로 잡아줬잖아요."

그는 희미한 미소를 지었다.

"우리 함께 많은 일을 겪지 않았던가요? 이제는 누구보다 날 잘 알 텐데요."

맞는 말이었다. "신은 감당할 수 있을 만큼의 시련만을 주신다."라는 말도 안 되는 이야기라면 아예 꺼내지도 않을 만큼 잭에 대해 잘 알고 있었다. 그래서 난 바보 같았지만 대신 이렇게 말했다.

"눈 좀 붙일 생각이에요?"

"아뇨."

그가 미소를 지었다. 그런 질문은 지난 7년간 어느 한 순간도 의미 있던 적이 없었으며, 지금이라면 더더욱 그것만큼 우스운 질문도 없다는 듯. 그는 침대에서 일어나 창가로 간 뒤 커튼을 젖히고 주차장을 바라보았다. 그런 뒤 고개도 돌리지 않은 채 말했다.

"브리짓?"

"왜요, 잭?"

"린치가 거래를 한 거겠죠?"

그에게 이야기하지 않은 부분이었다. 그가 당연히 눈치챌 거라 생각했어야 했는데. 나는 대답하지 않았다.

"그도 만나보고 싶군요."

그가 말했다.

"안 돼요, 잭."

이번에는 진심이었다.

"재판 날짜가 잡히면 꼭 연락할게요. 그럼 법정 진술서만 준비하면 돼요."

내 어조가 단호하게 느껴졌는지 그는 창가에서 고개를 돌려 나를 쳐다보았다. 지금껏 자신의 딸아이 외에는 아무것도 보고 있지 않았던 것 같은 눈빛이었다.

"세월이 많이 지났는데도 브리짓은 좋아 보이네요. 속에는 여전히 슬픔이 자리하고 있지만, 새로운 사랑 덕에 생기가 돌아요. 사막의 기후도 잘 맞나 봐요."

"아마도요. 수분 크림 비용이 만만치 않지만."

난 농담을 던졌다. 어색할 때면 농담이 나오곤 했다.

"이제 그만 가도 돼요."

그가 말했다.

"아니요."

나는 책상 위에 놓인 쟁반으로 다가갔다.

"봐요, 내가 커피도 주문했어요. 한 잔 따라줄게요. 블랙에 감미료 넣어 마시죠?"

그는 고개를 가로저었다. 나의 관심이 부담스럽다는 기색을 감추지 못했다.

"가지 않을 거라면 보여줄 것이 있어요."

그가 침대로 향하며 비틀거렸다. 세상에, 고작 53세인 그가 비틀거리다니. 침대에는 그가 아까 던져둔 검은색 가방이 놓여 있었다.

그는 옆 주머니를 열어 제시카의 사진을 꺼내 내게 내밀었다. 제시카의 주변으로 다채로운 색상의 이미지들이 사진의 절반 이상을 채우고 있었고, 제시카는 그 옆에 조그마한 형체로 서 있었다.

"제가 찍어준 마지막 사진이에요. 앨버커키에서 열렸던 열기구 축제 때 찍은 거죠. 잘 나온 사진은 아니지만, 가장 최근의 모습이에요."

난 그의 손에 들린 5×7 크기의, 코팅을 입힌 사진을 면밀히 들여다보았다. 뭐라 말해야 좋을지 알 수 없었다. 여자들은 이런 순간에 특유의 말솜씨를 발휘한다고도 하던데 나는 한 번도 그런 여자인 적이 없었다. 잠시 후 그는 사진에 대해 더 이상 뭐라 이야기할 것도, 그것으로 해야 할 일도 없다는 것을 깨달았는지 침대 옆 램프에 몸을 기댔다.

난 그게 전부라 생각했지만 그는 같은 주머니에서 엽서 10여 장을 꺼냈다. 이건 그가 이야기하지 않아도 이미 알고 있는 것들이었다. 제시카가 실종된 후 여러 달과 여러 해 동안 잭은 정기적으로 이런 엽서들을 받았다. 거기에는 네 종류의 엽서가 있었다. 플로리다에서 보낸 웃고 있는 악어 그림의 엽서, 뉴올리언스에서 보낸 트럼펫 연주자 엽서, 칼즈배드 동굴 국립 공원에서 보낸 엽서, 전갈의 접사 엽서, 난 그 모두를 기억하고 있었다. 거기에 적힌 메시지는 늘 같았다. '새로 생긴 친구와 좋은 시간 보내고 있어요. 아빠도 함께라면 좋을 텐데요. 사랑해요, 제시카.'

온갖 실험 분석과 문서 감정을 헤집고 다니던 때가 떠올랐다. DNA를 찾아 우체국 소인에 찍혀 있는 지문을 검색해봤지만 표면이 항상 한 꺼풀 벗겨져 있거나 끈적끈적했다. 소인이 찍힌 우체국도 추적했고, 그곳에서 일하는 직원들도 찾아다녔을 뿐만 아니라, 단서를 위해 엽서에서 언급된 지역으로 달려가기도 했다. 글자와 주소는 모두 어딘가에서 컴퓨터로 작성했고, 투명 테이프로 엽서에 붙인 형태였다. 물론 테이프의 양쪽 면 모두에서도 흔적이나 증거를 찾아보았다.

FBI에 있으면서 온갖 망종 쓰레기들을 수없이 많이 만나봤지만, 제시카 로버트슨이 죽은 후에도 이런 엽서를 보낸 인간이 그중 최악이었다. 그녀를 고문하고, 강간하고, 살해한 것으로도 부족했던 것이다. 범인은 아마도 그녀가 FBI 요원이었기 때문에 그 유족들을 이런 식으로 조롱하고 고문하면서 공포를 지속시키려 했을 것이다.

난 어제 만났던 남자를 떠올렸다. 자신의 범죄 사실을 자백한 그 남자. 난 그가 충분히 이런 일을 벌일 수 있을 만한 인물이라고 생각했다. 그에게 새로운 증오가 샘솟았다.

"이게 계속 날아오고 있었어요?"

난 엽서를 일일이 살피지 않고 그저 손에 든 채 바보스럽게 질문했다.

"받는 즉시 브리짓에게 보내야 했겠지만, 보내 봤자 별 소용이 없는 것 같아서요."

"네, 무용지물이었죠."

"엘레나가 떠난 뒤 주변에 같이 눈물 흘려줄 사람조차 없으니 이걸 기다리게 되더라고요."

잭은 자신의 감정을 이해하겠냐고 묻는 듯 나를 쳐다보았다. 난 이해한다고 대답했고, 그 대답이 그에게 용기를 준 모양이었다.

"이런 식으로, 정말 제시카가 이걸 보냈다고 믿는 척한 거죠."

"마지막으로 받은 게 언제예요?"

내가 물었다.

그는 엽서를 뒤적이더니 하나를 꺼내 거기에 찍힌 소인을 보여주었다.

"이거예요. 두어 달 전에 받았어요."

"이건…."

나는 플로이드 린치의 행적을 더듬으며 말을 멈추었다. 그렇다면 그는 붙잡히기 한 달 전쯤에 이 엽서를 보냈다.

잭이 쉿 하고 소리를 냈다.

"사랑해요, 브리짓."

그가 말했다.

"나도 사랑해요, 잭."

내가 말했다. 이건 일종의 반사적 반응의 순간이었다. 문득 누군가 그런 표현을 하면 그게 무슨 뜻인지 상관없이 반사적으로 화답하게 되는 것이다. 그래도 해가 될 건 없었다.

"이제 정말로 가도 좋아요. 혼자 있고 싶어요."

그가 엽서들을 돌려달라고 손을 내밀며 지금껏 듣던 중 가장 거친 음성으로 말했다.

매시드 포테이토가 정말 맛있어 보인다며, 난 그에게 내일 아침에 들르겠다고 말했다. 그리고 부검의 사무실에서 제시카의 시신을 인계받을 수 있는 서류들을 알아서 준비하겠다고 말했다. 그리고 혹시 엽서들을 내가 잠시 빌릴 수 있는지도 물었다.

제시카의 시신을 눈으로 직접 확인한 뒤라 엽서들은 더 이상 중요하지 않은 듯 보였고, 결국 그는 엽서들을 내주었다. 난 정말 그것들이 제시카에게서 온 것인 양 조심스럽게 토트백 옆 주머니에 넣었다.

혼자 있고 싶은 생각은 전혀 아니었지만 아직은 카를로를 대면할 자신도, 아무렇지 않은 척할 자신도 없었다. 호텔에서 나오며 나는 지그문트에게 한잔하자고 청할 요량으로 그의 휴대전화로 전화를 걸었다. 잭과 제시카와 긴 시간을 함께 보낸 뒤의 기분을 그는 잘 이해해줄 것이다. 그리고 정신 이상성 테스트가 어떻게 진행되고 있는지도 궁금했다.

"전혀 진행된 게 없어."

내가 묻자 그가 말했다.

"모리슨이 필요 없대. 정신 이상 여부는 아예 언급도 되지 않고 있는 것 같아. 그리고 뭔가 테스트가 필요할 것 같거든 이 지역 전문가를 부르겠다던걸. 절차에 문제가 있었던 것 같다며 사과했어."

"그냥 짐 싸라고 했단 말이야?"

"뭐, 직접 전화해서 한 얘기니까. 다소 당황스러운 기색이 느껴졌지만 아주 공손했어. 사실 어쩌다 보니까 어제 현장 수색에 너도 함께했다는 얘기를 하게 됐는데, 모리슨이 엄청 화를 내더군. 너 역시 이번 사건에서 빠지길 원하는 것 같아. 콜먼이 그 부분에 있어서 절차를 위반하긴 했지. 아마 지금 난처한 상황일 거야."

"모리스 그 인간 정말 싫어."

"자주 듣던 얘기네."

"그래도 어쨌든 당신은 관여할 수 있지 않아? 그 정도 영향력은 있잖아."

"그게 바로 네 문제점들 중 하나지. 할당 포지션에서 벗어나 늘 좌익으로 빠지니까."

지그문트는 스포츠 경기 관람에는 관심이 없었지만 관련 용어들은 잘 알고 있었다.

"그래도 같이하고 싶지 않아?"

"미안, 스팅어. 이걸 진작 알렸어야 했는데, 나 지금 거기 없어. 한 시간 전에 집으로 돌아왔거든. 여기는 지금 거의 8시가 다 됐어. 어쨌든 내가 도울 것이 있다면 연락해."

만나서 반가웠어, 지그. 연락하고 지내자는 공허한 약속 없이 우린 작별 인사를 했다.

난 마지못해 FBI 사무실로 전화했고, 로라 콜먼과 연결되었다. 만

남 요청에 너무도 적극적으로 응대하는 그녀의 반응에 난 놀라고 말았다.

"선배님, 맙소사, 당연하죠. 지금 뵐까요?"

"방금 잭 로버트슨을 호텔에 데려다줬고 아직 시내에 있어요."

내가 말했다.

"사무실 근처 그리스 레스토랑에서 볼까요?"

"선배님, 안 돼요. 거긴 제가 마지막으로 담당했던 사기 사건과 연루된 곳이거든요. 조만간 돈세탁 혐의로 들이닥칠 예정이래요."

"그 이야기는 나도 들었어요. 그래도 거기 양고기 요리가 맛있는데."

내가 말했다. 하지만 그녀는 듣고 있지 않았다.

"래리?"

그녀의 목소리가 수화기에서 멀어지더니 누군가에게 캠벨가와 스피드웨이가 근처 식당에 대해 물어보는 소리가 들렸다. 남자의 목소리가 "당연히 지금 문 열었지."라고 대답했고, 그녀는 쉐라톤 근처에 있는 경찰들의 단골 바 위치를 알려주었다. 그런 뒤 수화기 너머 멀리서 들리는 누군가의 위치 설명을 듣더니 이렇게 덧붙였다.

"에머리스 칸티나(Emery's Cantina)에서 뵈어요. 지금 출발할게요."

9

　전형적인 경찰들의 장소였다. 서로의 이름은 모르지만, 바 뒤로 자리한 산탄총 덕분에 등 뒤가 든든하다고 믿을 수 있는 장소 말이다. 인조 가죽으로 만든 소파의 팔걸이 부분은 갈라졌고 조명 역시 끔찍했으며 주방은 떠올리고 싶지도 않았다. 물론 경찰 외에도 손님은 있었다. 서로에게 해야 할 말은 이미 수십 년 전에 다 해서 더 이상의 말을 잃은 노년의 고정 연금 생활자 부부 같은. 그래도 믿을 만한 판매가에 해피아워까지 갖춘 안전한 술집이라는 점은 모두가 알고 있는 사실이었다. 호텔에서도 가까웠다. 쉐라톤에서 캠벨가 북쪽으로 약 일이 킬로쯤 떨어진 낡은 단독 건물에 자리하고 있었다. 도로와 인접한 곳이었는데, 주변과 어울리지 않는다며 스트립몰*에 공간을 내주기 위해 함께 희생될 필요가 없었던, 몇 안 되는 건물들 중 하나였다.

---

* 번화가에 상점과 식당이 일렬로 늘어서 있는 곳.

먼저 도착한 나는 보안관 사무실에서 근무하는 두 명의 경찰을 알아볼 수 있었다. 물론 성이 아닌 이름만 기억이 날 뿐이었지만. 월리와 클리프는 햄버거를 먹던 손길을 멈추고 내게 기름진 손바닥을 내밀며 인사를 청했다. 과체중의 토실토실한 아기 같은 흥거운 바텐더 역시 내게 인사했다.

난 바텐더가 있는 방향의 벽과 맞닿은 테이블에 자리를 잡았다. 벽면의 페인트는 잘게 부서진 아도비 점토* 같았다. 은식기에 두른 자그마한 흰색의 끈을 채 풀기도 전에 웨이트리스가 다가왔다. 그녀는 20대 후반처럼 보였다. 나이를 먹을수록 젊은 사람들이 더 젊어 보이기 마련이다. 그녀는 육상 선수 같은 체구에 아프리카계 미국인의 얼굴을 하고 있었다. 아직도 DC에 살고 있었다면 그녀의 아프리카계 얼굴은 눈에 들어오지도 않았을 테지만, 애리조나에는 흑인들이 별로 없었다.

콜먼이 도착할 때까지 기다릴 생각이었기에 급하게 주문할 필요는 없었지만, 난 두 손을 저울처럼 맞잡고 말했다.

"보드카 한 잔에, 얼음 한 컵 줘요."

경찰 술집에서는 일반적으로 라이트 맥주 두 잔을 많이 시킨다. 경찰들이 내가 주문하는 소리를 듣고 이쪽을 흘끗 쳐다보았다. 난 시선을 무시한 채 술집을 둘러보았다. 저쪽 벽면에는 스페셜 올림픽과 토이즈 포 타츠**의 공로장과 더불어 쾌활하게 술잔을 들어 올리는 손님들의 사진 여러 장이 붙어 있었다. 잭에게서 벗어나 경찰끼리의 대화를 주고받을 수 있는 누군가를 만날 수 있다는 생각에

---

* 짚과 섞어 벽돌을 만드는 데 쓰이는 점토.
** 저소득층 가정 어린이들을 위해 장난감을 나눠주는 캠페인.

기분이 좋아졌다.

콜먼은 내가 첫 술잔을 다 비우기도 전에 나타났고 때문에 난 그녀 모르게 두 번째 잔을 주문할 기회를 잃었다. 콜먼은 자리에 앉아 검은색 백을 의자 다리에 기대 놓고 내 잔을 쳐다보았다.

숟가락으로 보드카 잔에 얼음을 좀 더 채웠지만, 굳이 그녀에게 설명할 생각은 없었다.

내 몫의 술을 더 주문한 뒤 그녀는 주변과 술집 안에 있는 다른 경찰들을 둘러보았다. 그들의 존재가 못내 불편한 듯 보였다. 계급이 너무 낮거나 머리가 너무 벗겨졌거나.

"왜 사기 사건 팀에서 살인 사건 팀으로 옮겼어요? 보통은 그 반대가 되지 않나?"

내가 물었다.

"그냥 그게 제가 해야 할 일인 것 같아서요."

그녀는 모호한 대답과 함께 부드럽게 어깨를 으쓱거리며 한쪽 입가를 올렸다. 누군가 함께할 사람이 간절했던 내 입장에서 볼 때 그녀는 다소 어벌쩡했다. 그녀의 시선은 내 두 눈언저리를 맴돌 뿐이었다. 그녀는 손가락으로 자신의 짧은 곱슬머리를 쓸어내리는 것처럼 하며 오른쪽 관자놀이에 있는 옅은 구릿빛의 모반을 연신 가렸다. 마치 그 유일한 결점을 감추고 싶다는 듯. 그 점을 제외하면 로라 콜먼은 고등학교 시절 춤 좀 추고 다녔을 것 같은 인상을 풍겼다.

웨이트리스가 다시 돌아왔다.

"다른 주문은 없으신가요?"

테이블 순회에도 정해진 횟수가 있는 것처럼 그녀가 물었다. 우리 둘 모두 연쇄살인범 및 흩어진 시신들과 이틀을 보내고 난 뒤라 적극적인 웨이트리스의 압력을 거부할 용기나 에너지는 샘솟지 않았다. 우리는 타코 샐러드를 주문했다. 콜먼이 메뉴판을 닫을 때 그 곁에 적힌 상호가 눈에 띄었다.

"에머리스 칸티나."

내가 언급했다.

"모순적이지 않아요?"

"왜요?"

웨이트리스가 물었다.

"칸티나.* 에머리. 에머리가 마치 멕시코 말처럼 들린단 말이죠. 이를테면… 모이셰(Moishe)처럼."

내가 말했다. 보드카가 창의력을 자극하고 있었다.

난 웨이트리스에게서 유전적으로 내장된, 흑인 특유의 억양을 간파할 수 없었다. 그녀의 말투에서는 그런 것이 전혀 느껴지지 않았다.

"남서부에서는 멕시코적인 테마가 흔한 라이트모티프**예요."

그녀가 한 손의 손바닥으로 바텐더 쪽을 가리키며 아주 공손하게 말했다.

"저기 사장님이 에머리예요. 헝가리인이고요. 전 셰리예요. 헝가리인이 아니고요."

헝가리인 사장은 포마이카 바에 기대어 서서 누가 봐도 비번인 것처럼 보이는 경찰들과 편안하게 대화를 나누고 있었다. 그들 역시 맥주 두 잔의 규율을 따르지 않고 있었다.

나는 내 잔을 들고 남아 있는 얼음을 달그락거렸다. 콜먼이 물었다.

---

* Cantina: 이탈리아어로는 와인을 제조하여 저장하는 곳 등을 뜻하며, 미국 남서부 및 스페인에서는 술집(saloon)이나 바(bar)를 뜻하는 말로 쓰임.

** Leitmotif: 책, 미술 작품, 특정 집단 등에 반복적으로 나타나는 주제, 중심 사상 등.

"와인 있어요, 셰리?"

"하우스 버건디는 첫 술로는 별로고, 두 번째로는 괜찮을 거예요."

셰리가 말했다.

"그럼, 아이스티 주세요."

"저런."

내가 말했다.

"성의를 좀 보여봐요."

"좋아요, 그럼 라이트 맥주 주세요. 아무 브랜드나."

셰리는 우리의 주문 내역을 들고 사라졌다.

"라이트모티프?"

내가 되물었다. 그 말이 신경 쓰여서는 아니었다. 콜먼이 자신의 재킷을 의자 등판에 걸고 은식기를 감싼 냅킨을 풀어 유리잔을 닦는 등 분주하게 손을 놀리는 바람에 길어지는 불편한 침묵을 끝내기 위해서였다.

"투손에 사는 사람들은 학위를 따거나 책을 읽죠."

콜먼이 말하고는 바 끝에 앉아 있는 셰리를 가리켰다. 우리에게 맥주와 두 번째 보드카를 가져다준 그녀는 《살인 사건 수사의 실제》라는 책을 읽고 있었는데, 제목은 밝은 노란색이었고 표지는 짙은 파란색이었다. 아무도 먹지 않을 족발 절임이 담긴 단지들 중 하나를 독서대로 활용하고 있었다.

"나도 알아요. 내 말 뜻은 라이트모티프가 일반 모티프와 어떻게 다르냐는 거예요."

내가 물었다.

"저도 모르겠어요."

그녀가 무지를 인정했다. 그리고 어제 만난 뒤로 처음 미소를 지었다. 하지만 그녀는 여전히 내 눈을 똑바로 쳐다보지 않았고, 자꾸만 모반 쪽으로 손을 가져갔다.

모리슨의 허가 없이 지그문트와 나를 이번 일에 끌어들이는 바람에 발생한 문제들 때문에 뭔가 할 말이 있는 것 같았지만, 그녀는 아직 말할 준비가 되지 않은 듯했다. 우리는 사무실에 대해, 우리가 알고 있는 사람들에 대해 이야기하고 술을 마시며 좀 더 이야기를 나누었고, 타코 샐러드를 먹었다. 하지만 왜 그토록 나를 만나고 싶어 했는지에 대해서 그녀는 여전히 직접적으로 이야기하지 않고 있었다. 내 명성을 누려보고자 한다거나 절차 위반을 사과하려는 의도는 아닌 듯했다. 뭔가 선이 있었고, 그녀는 나를 자신의 편에 두고 싶어 했다.

"그나저나 린치에 대한 생각은 어떠세요?"

그녀가 물었다. 내가 입을 열기도 전에 반응부터 살피려는 듯 그녀는 내게 꽤 인상적인 눈빛을 보냈다.

플로이드 린치와 분리된 뒤 처음으로 현장에서의 감정이 다시금 끓어올랐지만, 애써 무시했다. 난 조심스럽게 말했다.

"자기애가 강하고 비양심적인 데다가 혐오스럽죠. 전형적인 사이코패스예요. 내가 예상했던 인물은 아니었지만."

"바이스 박사님은 뭐라고 하셨어요? 그분의 《범죄 프로파일링》에서 66번 고속도로 살인범에 대한 분석 결과를 읽은 적이 있어요. 린치와 일치하는 것 같다고 하시던가요?"

오늘 하루 중 처음으로 진심 어린 미소가 내 입에서 흘러 나왔다.

"읽은 티를 제대로 내려면 제목 전체를 말해야죠. 《범죄 프로파일

링의 이론과 실제: 사례 연구에 있어 학제 간 접근법》. 누군가 그걸 읽었다는 걸 알면 지그문트가 좋아할 텐데."

"지그문트요? 데이비드가 아닌가요?"

"물론 데이비드죠. 근데 우리는 오래전부터 알던 사이라. 1970년 대에 행동과학 분과 설립을 그가 도왔는데, 그때부터 알고 지냈어요. 우리는 프로이트를 따서 그를 지그문트라고 불렀죠. 왜, 다들 별명 하나씩 붙잖아요."

"어제 말씀 나누시는 걸 봤거든요. 혹시 따로 의견은 없으셨는지 궁금했어요."

뭔가 분위기가 한층 밝아진 것이 느껴졌다. 절차 따위는 완전히 잊은 그녀에게 이제 모리슨은 안중에도 없다는 것을, 바이스가 돌아간 지금 그녀가 집중해야 할 것은 나라는 것을 알 수 있었다. 하지만 어째서일까? 어떻게 대답해야 좋을지 고민하며 나는 나름의 통제력을 보여주기 위해 윗입술을 술에 담갔다. 지그문트가 그에 대한 답변을 거절했다는 이야기는 하지 않았다.

"몇 가지 의외의 점들이 있긴 했죠. 우선, 차에 50킬로그램이 넘는 시신을 실으려면 그걸 머리 위로 들어 올릴 수 있어야 했을 테니까 좀 더 힘이 센 남자일 거라고 생각했어요. 그리고 66번 고속도로의 범인은 더 똑똑한 인물일 거라 생각했죠. 하지만 전부 추측일 뿐이었으니. 근데 왜 지금 그런 걸 묻는 건가요?"

콜먼은 심호흡을 했다. 내가 금방이라도 다가가 때리기라도 할 것처럼 그녀의 몸에 긴장이 번졌다. 그녀는 가방에서 상당한 크기의 보고서를 꺼내 폭발 장치를 다루듯 조심스럽게 내 앞에 밀어놓았다. 마침내 그녀가 입을 열었다.

"저희가 허위 자백을 받은 것 같아서요."

나는 40년간 FBI의 정책을 숙지하며 살았다. 콜먼의 단어 하나하나가 함축한 의미를 파악한 순간, 그녀에 대해 나름 쌓아왔던 협력 관계가 순식간에 날아가 버리고 말았다. 그건 전부 말 같지도 않은 개소리였다. 난 그녀에게도 그렇게 말했다.

10

"그래서 모리슨에게 엔드 런*을 감행하고 정식 허가도 없이 나와 바이스에게 연락한 거군요. 모리슨을 먼저 찾았겠지만, 수긍하지 않은 거예요. 그래서 애초부터 바이스를 당신 편에 두려고 했는데, 그는 플로이드 린치에 대한 정신 감정 결과를 보기 전까지는 사건을 논의조차 하려 하지 않았던 거죠. 이제 바이스가 물 건너가 버렸으니 그 대안으로 내가 필요한 거고요. 정말 내가 이 꼬임에 넘어갈 거라 생각했어요?"

"제발요."

그녀가 말했다.

내 말은 끝나지 않았다.

"무엇보다 최악인 건, 어제 일 때문에 난 피해자의 아버지에게 전화해 범인이 잡혔다고 전했다는 거예요."

난 잭 로버트슨을 떠올렸다. 살인범에게서 온 엽서들을 소중히

---

* End Run: 미식축구에서 공을 가지고 있는 선수가 포메이션의 측면 주위로 넓게 달리는 것을 시도하는 공격 행위.

품은 채 이곳으로 와 죽은 딸아이의 사진을 들고 호텔 방에 홀로 남은 그 사람 말이다. 그의 모습을 상상하니 더욱 분노가 치솟았다. 난 협소한 탁자 너머로 몸을 기울여 목소리를 낮췄다.

"절대, 무슨 일이 있어도 아버지는 끌어들이지 말았어야죠. 고문당하다 죽은 그 딸의 시신을 보여주고 마침내 범인을 잡았다고 했는데, 다음 날 다시 찾아가 전부 없었던 일로 하자고? 그 사람이 어떤 세월을 살아왔을지 조금이라도 짐작 가는 바가 있긴 해요? 그에게 착오가 있었다고, 미안하다고 말할 수 있겠느냐고요. 아뇨, 안 될 일이죠. 플로이드 린치가 범인이에요. 그의 짓이라고요."

"제발 그냥 제 이야기 한 번만 들어주시면 안 될까요?"

난 계속 질타하고 싶었지만, 그 순간만큼은 같은 말만 생각날 뿐 그 외 다른 할 말이 떠오르지 않았다. 그래서 난 얼음이 많이 녹아버린 보드카를 들이킨 뒤 그녀를 노려보는 것으로 만족해야 했다. 아무도 볼 수 없는 테이블 아래의 두 손으로는 쉴 새 없이 손톱을 후벼 팠다. 지난 몇 년 동안 스스로 너무 안이해졌던 탓인지 이런 식의 말도 안 되는 상황이 낯설기 짝이 없었다.

콜먼은 나의 침묵을 일시적 묵낙으로 받아들였다. 그녀는 내 식견을 모욕한 것에 대한 사과부터 했다. 사실 그건 제일 나중의 문제였는데도. 그런 뒤 탁자 위로 보고서를 펼쳐 두 개의 세로 단이 자리한 페이지로 넘겼다. 한쪽은 '66번 고속도로 살인범'이라는 제목 아래 지그문트가 분석한 66번 고속도로 살인범의 프로파일이 기재되어 있었고, 다른 한쪽에는 플로이드 린치의 프로파일이 기재되어 있었다.

"열아홉 군데를 찾았어요."

그녀가 말했다.

"데이비드 바이스가 분석 틀로 작성한 이 표를 참조해서 서로 일치하지 않는 부분을 열아홉 군데 찾아낸 거예요."

난 그녀에게서 보고서를 건네받고 페이지를 살펴보았다. 이미 플로이드 린치에게서 발견한 바 있는 몇 가지 특성을 볼 수 있었다.

"좋아요, 그는 우리가 가정했던 것처럼 신체적으로 건장하지 않고, 치밀한 성격도 아니며, 우리 상상 속 범인보다 논리정연하지 못해요. 그게 대수인가요? 우리 추측이 틀렸네요. 추측이 항상 정확한 건 아니잖아요."

나는 보고서를 탁자에 던졌다.

"게다가 바이스도 프로파일을 토대로 유죄 판결을 내릴 수는 없다고 했어요. 오직 증거만이 가능한 일이죠. 증거는 확보했잖아요. 상세한 내용이 담긴 일기장이 있었어요. 제시카 로버트슨의 시신이 있는 곳으로 안내했고요."

콜먼이 초조한 듯 살짝 몸을 비틀었다.

"저도 알고 있어요."

"그녀의 몸에서 나온 정액이 그의 것과 일치했고, 같은 방식으로 죽인 피해자가 그의 트럭에서 발견되었죠. 사후 시체 훼손 방식도 동일했고요. 우리가 기밀로 다루었던 귀에 대해서도 알고 있었어요. 사건과 관련 있는 사람들 외에는 그 누구도 귀에 대해서는 알 수가 없었는데 말이에요."

콜먼은 물리적으로 내 입을 다물게 하기 위해 당장에라도 테이블을 뛰어넘을 기세였다.

"그 귀들이 어디에 있는지는 대지 못했어요."

그녀가 말했다.

"뭐라고요?"

"바이스가 그 트로피와 기념품의 중요성에 대해 지적한 부분 기억하세요? 살인범에게 그것이 값을 따질 수 없을 만큼 소중한 보물이라는 것. 그런데 플로이드 린치는 그 귀들을 어디에 보관했는지 대답하지 못했어요. 그냥 잊어버렸다는 거예요."

순간 난 멈칫했지만, 할 말은 있었다.

"말을 안 하는 거겠죠."

"그 외의 것은 전부 말했는데요."

"영원히 혼자만의 비밀로 간직하고 싶은 거예요. 평생 감옥에서 썩는다고 해도 귀들이 어디에 있는지는 본인만 아는 걸 테니까요."

"다들 그렇게 얘기하긴 했어요. 모리슨, 검찰인 애덤스 밴스와 심지어 로열까지."

"로열…?"

그녀는 불시에 들켜버리고 말았다. 지그문트의 말이 옳았다. 부디 콜먼이 위장 업무를 수행하는 일은 없어야 할 텐데. 그녀는 살짝 말을 더듬었다.

"휴스요…. 국선 변호사."

그녀는 다시 말을 이어나갔다.

"넘쳐나는 증거들 중 극히 일부분에 불과하다고 했어요. 다들 이 사건의 범인을 꼭 잡고 싶어 했으니까요. 언론의 관심도 대단해요. 조직의 수장이 직접 모리슨에게 축하 전화를 했을 정도니 그는 절대 물러서지 않을 거예요. 몇 년 전에 FBI에서 고속도로 연쇄살인범 전담 팀을 창설했던 것 기억하세요?"

"그럼 지금 나더러 그 일을 해달라는 거군요. 콜먼 요원은 용감한 작은 병사였을 테지요. 모리슨에게 추가 수사를 허가해달라고 요청했을 테고요. 절차에 따라."

콜먼은 나의 말에 고개를 돌렸다.

"저희는 제시카의 시신을 찾았어요. 로버트슨 씨가 관심 갖고 있던 가장 중요한 부분이 그것 아니었나요? 로버트슨 씨가 이곳에 온 이유도 그거잖아요. 직접 눈으로 확인하고 싶었기 때문에."

"원래 담당하던 사기 사건 팀으로 돌아가요, 로라."

"로라라고 부르지 마세요. 그런 하대는 받고 싶지 않아요."

난 무시하고 계속 말을 이어나갔다.

"물론 잭의 소원대로 제시카의 시신을 확인시켜주었죠. 하지만 지난 7년간 그가 원한 건 단지 그의 딸을 찾는 것뿐만 아니라 정의가 실현되는 거였어요. 린치가 목숨을 부지하는 것만으로도 충분히 최악이에요. 잭 로버트슨의 고통은 당신이 뭘 상상하든 그 이상이라고요. 당신한테는 사건을 되돌릴 배짱도 없을 테니 상황이 악화되는 일은 없을 거라고 봐요."

"또 필요한 건 없으세요?"

우리가 지금 술집에 앉아 있다는 사실을 잊은 듯 별안간 들리는 목소리에 콜먼과 나는 고개를 홱 돌렸다. 셰리가 언제부터 그곳에 서 있었는지 모르겠다. 우리는 급히 입가에 미소를 걸쳤지만, 웨이트리스의 시선에서는 차라리 으르렁거리는 것처럼 보였을 것이다.

"그냥 계산서 주세요."

내가 말했다.

셰리는 접시를 들고 자리를 떴다.

"모리슨보다 나을 게 없으세요."

콜먼은 팔짱을 낀 채 나를 바라보며 그게 나한테 할 수 있는 제일 끔찍한 이야기라는 듯 말했다.

"말 같지도 않은 소리 하지 말아요."

그 자리에서 내가 할 수 있는 대꾸는 그게 전부였다.

하지만 콜먼은 흐트러짐이 없었다.

"플로이드 린치는요? 그가 66번 고속도로 살인 사건과는 전혀 무관한 결백한 사람이라면?"

"결백해요? 그 인간은 미라들을 강간했어요."

술집에 있는 모두가 이쪽을 돌아보았고, 난 내가 더 이상 실내용 목소리로 말하고 있지 않음을 깨달았다.

"그가 본인의 말대로 그저 시체들을 발견한 것이 아니라는 점에 대한 실제 증거조차 없잖아요. 그가 트럭에서 발견된 그 여자를 죽였다는 것도 증명할 수 없어요. 그럼 그저 시신을 모독했다는 죄목으로 종신형을 선고할 수 있나요? 혐오스러운 것이 죽을죄는 아니잖아요."

콜먼이 조용히 말했다.

그녀가 옳다. 사람들이 형을 받는 것은 그들이 저지른 범죄에 의해서지, 그들의 성향 때문이 아니다. 나도 현역일 때 그런 비슷한 말을 몇 번 했던 것 같다. 탁자에 기대고 있을 때조차 꼿꼿해 보이는 콜먼의 자세와 그녀의 타고난 곱슬머리, 그리고 전문가처럼 보이는 밋밋한 안경을 쳐다보았다. 그녀의 사건 분석에도 이와 같은 완벽함이 깃들어 있을지, 주목할 만한 세심함을 갖추고 있을지 궁금해졌다.

"강압적으로 수사했어요? 정보를 흘리면서?"

내가 물었다.

"명세컨대 아니에요. 일이 잘못되는 걸 모리슨이 원치 않았기 때문에 조사 과정은 모두 녹화해두었어요. 원하시면 직접 보세요."

"그럼 왜 자백했을 것 같아요?"

내가 물었다. 물론 피의자가 특별한 이유 없이 자백을 하는 경우는 늘 있었다.

"그 부분은 아직 모르겠어요."

그녀가 말했다.

"물어봤어요?"

내가 공격이 아닌 질문을 하자 콜먼은 다시금 긴장을 풀었다.

"살인범 이야기에 완전히 빠져 있어요. 상세한 부분까지 알고 있는 것 같고요. 물론 추정이에요. 젠장, 완전히 정독을 한 꼴이에요. 전부 여기 나와 있어요."

그녀는 보고서를 두드린 뒤 말끔하게 매니큐어를 바른 손가락 끝으로 다시금 내 쪽으로 살짝 들이밀며 말했다. 단언컨대 한 번도 물어뜯긴 적이 없는 손톱이었다.

"짧아요. 사건 내용이 전부 나와 있진 않아요. 제 분석에 있어 중요할 듯한 내용만 추린 거니까요. 한 번만 읽어봐 주세요."

그녀가 말을 멈추더니 나를 바라보며 다시금 말을 이었다.

"특히 이 동영상도…."

그녀는 보고서를 열어 표지 안쪽에 붙어 있는 봉투에 담긴 DVD를 가리켰다.

"제가 말씀드린 조사 과정의 일부분이에요. 특히나 제 머릿속에서 떠나지 않는 내용인데, 저를 매몰차게 내치기 전에 한 번만 봐주세요."

내가 잠시 더 머뭇거리는 사이 그녀가 다시 입을 열었다. 자신감이 천천히 회복되고 있었다.

"저에 대해 잘 모르시는 거 알아요. 제가 선배님께 무리한 부탁을 드리고 있다는 것도요. 하지만 엉뚱한 사람을 평생 감옥에 썩히게 될 일에 대해 알 바 아니라고 여기신다면, 이런 쪽으로 생각해보면 어떨까요. 66번 고속도로 살인 사건의 범인이 린치가 아니라면, 진짜 범인이 아직도 어딘가에서 활동하고 있다는 거잖아요."

콜먼은 다시 탁자에 몸을 기댔다. 내 옷에 옷깃이 있었다면 잡아챘을지도 모르겠다.

"모르시겠어요? 린치는 사건의 상세한 부분까지 전부 알고 있어요. 근데 그가 살인을 저지른 게 아니라면, 살인을 저지른 그 남자를 알고 있다는 얘기예요. 린치는 제시카 로버트슨을 죽인 진범을 찾는 걸 도와줄 수 있어요. 언제든 다시 살인을 시작할 수 있는 그 남자를요."

그녀의 말이 옳다면, 그건 전적으로 옳은 말이다. 그리고 난 그 점이 마음에 들지 않았다. 이제 반대의 이유는 하나만 남았다.

"내가 개입해서 좋을 게 없다는 거 모르겠어요? 모리슨과 내가 상호 혐오 외에는 공유하는 것이 전혀 없다는 것 말이에요."

콜먼은 내 말을 무시했다. 그녀가 감내하고 있는 짐의 무게로 인해 얼마나 고통을 받고 있는지가 마침내 그녀의 얼굴에 고스란히 드러났다.

"선배님, 저 역시 플로이드 린치가 66번 고속도로의 범인이길 바라요. 다른 사람들만큼이나 간절히요. 그러면 그를 조사한 수사관으로서 제 남은 경력에도 도움이 되겠죠. 하지만 그에게 귀에 대해서 물어봤을 때 그가 사용한 표현들을 잊지 못하겠어요. 그러니까, 완전히 다른 사람이었다니까요. 사이코 기질을 보이기보다 동정심을 나타냈어요. 잠자리에 들면서도 계속 생각을 해봤는데, 그가 유죄라는 증거들이 차고 넘치는데도, 정말 그가 범인일까를 의심하게 만드는 그 작은 하나의 단서를 쉽게 놓아버리지 못하겠어요. 저는 진실을 찾기 위해서라면 뭐든 할 거예요. 그리고 그게 절 미치게 만들어요. 선배님은 이런 경험 없으셨어요?"

난 대답하지 않았고, 콜먼은 그것을 긍정의 의미로 받아들였다. 그녀가 말했다.

"제가 선배님께 원하는 것은 다만 이 사건을 덮지 않고 계속 가져가야 할지의 여부를 전문가적 입장에서 판단해달라는 것이 전부예요. 선배님께서 제 의견에 일리가 있다고 여기시면 저는 입증할 수 있는 증거를 찾아서 어떻게든 밀어붙일 거예요. 린치가 법정에서 공식적으로 유죄를 인정하기 전에 그의 자백을 철회할 거예요. 방법은 모르겠지만요."

콜먼은 강한 시선으로 나를 바라보고 있었지만, 눈동자는 흔들리고 있었다.

"제 생각이 전부 엉터리라고 얘기하신다면, 적어도 이제는 밤에 눈 좀 붙일 수 있겠고요."

"그때까지 시간이 별로 없잖아요. 고작 며칠 정도?"

콜먼은 고개를 끄덕인 뒤 탁자 위 보고서를 내게 더 가깝게 들이밀었다.

"일단 동영상부터 보고 판단하시겠다고 약속해주세요."

이번 사건에서조차 미지의 유혹이 너무도 커 나는 저항할 수 없었다. 난 토트백에 보고서를 집어넣고 며칠 안에 전화하겠다고 말했다. 아, 좋다, 좋아. 내일 안으로 전화하지.

11

차를 몰고 카탈리나로 돌아오며 나는 생각했다. 슬픔을 감춘 잭을 바라보던 일에 대해, 바싹 말라버린 제시카의 시신을 내려다보던 일에 대해, 그리고 맺혀 있던 것이 모두 풀렸다고 생각했는데, 마침내 치유되었다고 믿었던 상처가 어떻게 다시 벌어지게 되었는지에 대해. 내 감정은 심각하게 유린당하고 있었다.

고민에 빠진 나를 눈치챈 카를로가 레스토랑에 가자고 제안했다.

"그러기엔 시간이 늦었어. 아직 식사 안 한 거야?"

내가 그에게 물었다.

그는 고개를 가로저었다.

"당신 기다렸지."

콜먼과 이미 타코 샐러드를 먹었다는 이야기를 하고 싶지 않아 난 뭔가를 만들어주겠다고 한 뒤 애써 마음을 추스르며 부엌으로 향했다. 그리고 베티 크로커*와 도나 리드**, 그리고 잡지사가 선정

---

* 미국의 식료품 제조 회사 제너럴 밀스가 밀가루 매출 증대를 위해 고안해낸, 요리의 조리법을 알려주는 가상의 캐릭터.

** 미국의 영화배우.

한 지난해 최고의 섹시 스타가 한데 뒤섞인 인물이 되어보기로 했다. 할 수 있었다. 한창 현역일 때는 늘 패스트푸드를 입에 달고 살며 TV를 끼고 식사했지만, 요리는 점차 수월해지고 있었고, 스파게티는 케첩으로 만드는 것이 아니라는 사실에 개안하고 난 뒤부터는 모든 것이 간단해졌다.

난 그와 함께 먹기 위해 새우, 호두, 말린 크랜베리를 넣고 잘게 부순 블루치즈를 뿌려 샐러드를 만들었다. 그리고 TV 앞에 앉아 먹기 시작했는데, 그건 좋은 생각이 아니었다. 처음에는 히스토리 채널에서 나오는 고대 에트루리아인에 대한 프로그램을 보고 있었다. 혼자 있을 때는 결코 볼 일이 없던 히스토리 채널이었지만, 재미를 붙이기 시작하니 그런대로 괜찮았다. 카를로는 리모컨을 만지작거리더니(카를로가 천재인지는 몰라도 그 역시 남자다) 지역 뉴스 채널에서 멈췄다.

"13년 묵은 미제 사건의 실마리가 애리조나 투손에서 잡혔습니다. 연쇄살인범이 기이한 연쇄살인 행태를 자백한 것입니다."

젠장.

"파인애플 셔벗 줄까?"

내가 물었다.

"이따 내가 가져올게. 잠깐 이것 좀 보고."

카를로가 말했다.

잔뜩 멋을 부린 모리슨이 단상에 올라 기자들의 질문에 내가 이미 알고 있는 답을 말하고 있었다. 납치당한 소녀들. 고문. 살해. 트럭에서 발견된 미라들. 로빈 미드*와 복제 인간마냥 꼭 닮은, 지역

---

* 미국의 저널리스트이자 각종 프로그램 진행자.

방송국의 앵커 벨린다 멜로이가 모습을 보였다.

"요즘 여자 아나운서들 의상이 부쩍 야해지는 것 같지 않아?"

뉴스에 집중된 관심을 돌리게 할 의도로 내가 그에게 물었다.

"저 스팽글 달린 옷은 칵테일파티에나 어울리겠어."

벨린다가 말했다.

"플로이드 린치는 약 3주 전 국경 수비대의 검문에서 적발된 뒤 19번 고속도로 노갤러스 북쪽에서 약 120킬로미터 떨어진 피마카운티의 경찰에게 체포됐습니다. 플로이드 린치는 지금까지 젊은 여성을 대상으로 여덟 건의 살인을 저질렀음을 자백했습니다."

그녀는 고개를 돌렸고, 카메라의 화면이 확대되었다.

"투손 지부 수사 사무실 특수 요원 로저 모리슨입니다."

모리슨은 목청을 한번 가다듬고 싶다는 듯한 눈빛을 쏘았지만 현장에는 그런 여가가 없었다.

"고마워요, 벨린다. FBI 강력 범죄 특별 대응 팀에서는 요원들에게 지역 경찰 인력들과 함께 수사에 임할 것을 지시했고, 고속도로 연쇄살인범 전담 팀이라는 조직명 아래 아무런 사고 없이 플로이드 린치를 체포할 수 있었습니다. 거의 12년 전부터 시작되어 영구미제로 남을 뻔했던 이번 사건은 이로써 공식적으로 종결되었습니다."

모리슨이 꼼꼼하게 준비한 발언이 끝나자 수년 전 사건 수사에 실패했던, 불운한 수사 요원인 나의 사진으로 벨린다의 보도가 마무리되었다. 그들은 내 얼굴을 거리낌 없이 공개했고, 난 이제 더 이상 신분을 위장할 수 없게 되었다. 사진은 내 은퇴 시기쯤에 찍은 증명사진이었다.

"저것 봐. 당신이잖아."

카를로가 말했다.

"천둥이 치나?"

매년 강수량이 25센티미터 정도밖에 안 되는 곳에서 관심 돌리기에 그것만큼 좋은 것이 없었다.

카를로는 제인의 안락의자에 앉아 있는 나를 곁눈질했다.

"어제 저길 갔던 거였어?"

화면에서는 뉴스 팀 헬리콥터가 카메라로 버려진 차를 비추고 있었다.

"별일 아니야. 맥스가 마무리를 좀 부탁해서. 미제 사건에 내 고견이 필요하다잖아. 이제 끝났어. 자세한 건 모르는 게 좋을 거야."

그는 눈썹을 추켜올렸지만, 더는 묻지 않았다. 우리는 〈로 앤 오더〉*를 시청했다. 카를로가 드라마 속 등장인물들이 어느 부분에서 실수를 저지르는지 내게 얘기 듣는 것을 좋아했기 때문이다. 그런 뒤 그가 "퍼그들 데리고 산책가자, 오하리."라고 말했다. 그는 내가 아일랜드계인 데다 비밀스러운 과거를 지니고 있다는 이유로 나를 마타 오하리에 빗대어 불렀다. 가벼운 장난처럼 주고받는 호칭이었기 때문에 난 전혀 개의치 않았다.

우리는 각자 퍼그 한 마리씩을 붙잡고 목줄을 맨 뒤 배변 봉투를 챙겨 들고 동네를 돌기 시작했다. 하지가 거의 두 달이나 지난 뒤라 이미 해가 지고 어둠이 깔려 있었다. 기온은 여전히 32도를 상회하여 후덥지근했고, 공기의 흐름조차 느껴지지 않았다. 고요한 어둠 속에서 우리는 결혼한 부부들끼리의 소소한 대화를 나누었다. 디모

---

* 〈Law & Order〉: 미국의 TV 드라마.

인에 사는 손녀의 세례식에 참석할 것인지(참석하지 않기로), 뒷마당 담장에 방수제를 칠해야 하지 않을지(칠하기로), 오후에 잠시 흩뿌렸던 물방울을 비로 간주해도 좋을지(당연히 비는 아닌 것으로)에 대해 이야기했다. 말 그대로 평범한 대화였다.

다시 집에 돌아왔을 때 콜먼에게서 휴대전화로 문자가 와 있었다. 동영상을 봤는지를 묻고 있었다.

'영상 보셨음?'

'좀 있어봐요.'

난 공들여 답 문자를 보냈다. 말을 줄여 쓰는 요즘 스타일이 아직은 불편했다.

그런 뒤 손에 휴대전화를 든 김에 잭에게 전화해보았다. 그는 영화를 보고 있다고 했다. 그리고 언제 집으로 돌아갈지 아직 결정하지 못했다고도 했다.

난 창밖으로 제인의 커다란 성 프란체스코 동상을 바라보았다. 그는 새가 미역을 감는 대야가 놓인 곳 옆의 벤치에 앉아 있었다. 그리고 그 너머로 레먼산의 실루엣을 바라보았다. 과거 내 영혼의 안식이 되어주었던 그 풍경. 우리 집 창문으로는 지난번 북쪽 경사로로 가기 위해 지났던 도로가 보이지 않았다. 한낮에도 마찬가지였다. 하지만 그쪽을 바라보기만 해도 버려진 차에서 발견된 미라들이 떠올랐다. 앞으로도 계속 이럴 것이다.

어두운 생각들을 떨치려 고개를 설레설레 저은 뒤 나는 카를로를 꾀어 일찍 잠자리에 들었다. 그렇게 해야 혹여 있을 질문 세례를 피할 수 있을 것이다. 나는 사람을 다루는 데 능숙하지 못했다. 사실, 이런 슬픔에도 불구하고 혹은 이런 슬픔 때문에 범죄 사건에는 나를 활기 있게 만드는 무언가가 있었다. 그는 여전히 묻고 싶은 것이 많은 눈빛으로 나를 쳐다보았지만, 이내 잠에 빠져들었다.

카를로가 잠이 든 직후 나는 자리에서 일어나 동영상을 봐야겠다는 생각이 들었다. 문득 4학년 때 종교학 수업에서 들었던 마더 테레사의 목소리가 들렸다. "한날 괴로움은 그날에 족하리라." 열 살 아이에게 '한날 괴로움'이나 '족하리라' 같은 표현은 이해하기 어려웠다. 하지만 이제는 마더 테레사의 말을 충분히 이해할 수 있었다. 이제는 괴로움이 차고 넘치는 나이였기 때문에. 동영상은 내일 아침에 봐도 좋지 않을까? 그래야 거기에 무엇이 도사리고 있든 대응할 수 있는 힘이 생길 것 같았다. 난 뇌의 휴식을 위해 수면제를 먹은 뒤 다시 잠자리에 들었다.

12

다음 날 아침 적당한 시간에 나는 잭의 휴대전화로 전화를 걸어 메시지를 남겼다. 그가 연락을 주지 않자 나는 그의 휴대전화에 문제가 생겼을지도 모르겠다는 생각에 다시 그의 호텔방으로 전화했다. 그리고 호텔 프런트에 전화해 그가 아직 체크아웃을 하지 않았다는 사실을 확인했다. 잭에게 플로이드 린치가 진범이 아니라고 말해야 할지도 모른다는 사실과 줄곧 호기심 어린 눈초리로 나를 쳐다보는 카를로의 눈빛 때문에 난 계속 긴장을 놓을 수 없었다.

하지만 동영상은 여전히 확인 전이었다. 어떻게 설명해야 할까? 손에 뭔가 덩어리가 잡히는데, 별일 아닐 것 같긴 하지만 아직 의사에게 보일 준비는 되지 않은 듯한 기분이랄까?

카를로는 뒷마당에 나가 담장을 칠했고 나는 체육관에 가서 프리웨이트*를 했지만 개운하지 않았다. 그때 문득 워시로 내려가 암석이나 찾아보자는 생각이 들었다. 밖은 아프리카만큼이나 뜨거웠지만, 그렇게 하고 나면 머리가 맑아질 것 같았다. 나는 현관 앞에 있

---

* 바벨, 아령 등의 기구를 이용하는 운동.

는 가짜 루이 까또즈 우산꽂이에서 등산용 스틱을 꺼내 들었다. 레먼산에 시신들을 찾아 나설 때 가져갔던 것과 같은 것이었다. 등산용 스틱을 챙기는 것은 내가 허약해서가 아니라 균형 잡는 데도 유용하고 때때로 맞닥뜨리는 방울뱀에 대처할 때도 필요하기 때문이었다. 난 흙먼지 묻은 배낭에 물 한 병과 가드닝 장갑을 넣고 가방끈을 잡아맸다. 휴대전화는 카고 바지 주머니에 넣고 다리 아래로 지나는 캐나다델오로워시를 향해 골더랜치로드를 내려갔다.

나에게는 위험한 때에 작동하는 경고 신호 같은 것이 있었다. 목의 측면 신경이 바짝 솟곤 하는 것이다. 처음 다리 위에 서 있는 낡고 더러운 흰색의 밴을 봤을 때는 왜 신경이 곤두서는지 알 수 없었다. 밴의 운전자는 열린 창문 밖으로 몸을 기댄 채 말라버린 강바닥을 내려다보고 있었다. 아마 나의 내부 경고 신호의 배터리도 세월이 흘러 닳고 있었던 모양이다.

직감은 차치하고라도 그 밴이 불법 주차를 하고 있다는 점을 눈여겨봤어야 했다. 모든 것이 이상했다. 하지만 대신 나는 오래전, 강이 세차게 흐르고 있었을 당시 홍수의 물결을 따라 떠내려 온 듯한 나무 잔해에 배낭을 기대어놓았다. 그런 뒤 가드닝 장갑을 끼고 스틱으로 바위들을 찔러보기 시작했다. 간간히 멋진 홍수정이나 운모가 박힌 화강암을 발견할 수 있었고, 난 곧장 그것들을 배낭에 챙겨 넣었다.

밴이 또다시 내 시선을 잡았던 것은 차가 워시의 바로 옆을 따라 난 널찍한 도로를 향해 흙먼지 쌓인 길을 천천히 내려왔을 때였다. 내가 열심히 암석들을 살피는 척하는 가운데 차는 출발하기 쉽도록 가파른 경사로에서 Y턴을 해 차의 후미를 뒤로 돌렸다. 그 정도까지는 뭐 그렇게 심각하리만큼 수상하진 않았다. 이곳은 사람들이 개들을 놀리기 위해 자주 찾는 곳이었으니 말이다.

남자가 운전석 주변을 돌아 모습을 보였을 때, 그는 정확히 개들과 어울릴 타입의 사람은 아니었다. 내 목 옆의 신경이 이번에는 아주 바짝 곤두섰고, 난 계속 돌 고르는 일에 몰입하는 척하며 그가 밴의 뒷문을 열고, 보이지 않는 뭔가를 정리한 다음 문을 살짝 닫아놓는 모습을 지켜보았다. 그러더니 그는 몸을 돌려 나를 쳐다보았다.

만약을 위해 그의 번호판을 확인한 뒤 난 발밑의 젖은 모래에 다시 집중하며, 스틱으로 이곳저곳을 찔러 작은 암석들을 골라냈다. 하지만 난 그가 움직이기 시작하는 것을 느낄 수 있었고, 그는 워시의 가장자리를 넘어 주변을 둘러보는 척하며 거침없이 내게 다가오고 있었다.

명치의 신경이 불끈거렸다. 오랫동안 잊고 있던 느낌이었다. 이런 처지에 놓인 것도, 솔직히 말해, 이런 두려움을 느낀 것도 수년 만이었다. 두려워만 하고 있기에는 너무 늦었다. 마침내 난 그를 돌아보았다.

침범자는 나에게서 약 3미터 안쪽에 서 있었다. 그는 거의 180센티미터의 키에 대략 65킬로그램의 마른 체격, 신경질적인 움직임, 가장자리가 붉어진 눈에 흥분제 남용을 의미하는 얼룩덜룩한 피부를 갖고 있었다. 볼품없이 뻗은 생머리는 손질을 포기했다고 볼 수 있을 만큼 길지는 않았다. 30대 초반. 애리조나 대학의 소매 없는 운동복 셔츠에 목에는 실을 둘렀고, 한때는 흰색이었을 테두리를 댄 주홍색의 나일론 반바지를 입고 있었다. 속옷은 입지 않은 채였다. 초록색의 고무 샌들은 지금도 그러하듯 발가락으로 바닥을 굽혔다폈다 하는 습관 때문에 쩍 갈라져 있었다. 하지만 가장 눈여겨볼 것은 셔츠 앞부분에 가닥가닥 붙여놓은 덕트 테이프였다. 그건 그가 내게 원하는 것이 돈이 아니라는 사실을 알려주는 발기된 성기보다 더 최악이었다.

난 그의 다음 행동에 대비했다. 그는 나로 하여금 경계심을 늦추게 할 요량으로 시답지 않게 지질학에 대한 화제를 꺼냈다. 그러는 사이 나는 선택지를 고심했다.

(1) 잡히지 않길 바라며 죽어라 달아난다.

(2) 여기서 제압한 뒤 경찰에 신고한다.

(3) 정체가 뭔지 제대로 알아본다.

두 번째를 선택했어야 했다. 대체 내가 무슨 생각이었던 것일까? 그가 목에 걸고 있던 실을 당겨—셔츠 안으로 넣어두었던—포일로 감싼 콘돔을 들어 보였을 때 결심이 섰던 것 같다. 화가 치밀었던 것이다. 그래서 그가 불현듯 앞으로 달려와 내가 손에 들고 있던 돌을 쳤을 때 난 세 번째를 택했다. 그가 지금껏 이런 짓을 몇 번이나 저질렀는지, 변호사가 나서기 전에 그 시신들을 어디에 숨겼는지 알아낼 참이었다. 나름 논리적인 판단이었다. 단지 열이 받았기 때문만은 아니었다.

난 그가 내 등 뒤로 팔을 비틀고, 덕트 테이프를 떼어 입에 붙이고, 내가 적당히 저항하는 가운데 나를 밴에 태울 때까지 그가 하는 대로 내버려두었다. 밴에 밀려 들어간 뒤 나는 숨을 가다듬었고 문득 후회가 밀려왔다. 어리석은 짓을 한 게 아닐까? 그에게 밴으로 밀리는 동안 난 그가 가진 힘과 균형감을 내 것과 견주어보았는데, 예상보다 강했다. 게다가 밴 안에서의 격투란 공중전화 부스에서 레슬링을 하는 것과 같았다.

하지만 백스터에게서 받은 훈련의 효과가 빛을 보았다. 그는 으르렁거리는 개를 향해 휘두르듯 내가 겨냥한 등산용 스틱을 쥐었고, 부착된 칼날에 손을 베이고 말았다. 뜻밖의 상황에 놀란 그가 다시 나를 쳐다보았을 때 나는 그가 바꿔놓은 공기의 흐름까지 간파할 수 있을 정도로 집중하고 있었다. 난 한쪽으로 페인트 동작을 취했고, 그는 나 대신 밴의 뒤편을 내리쳤다. 난 그의 예상보다 더 빨리 몸을 틀어 그와의 간격을 더 벌릴 수 있었고, 스틱을 휘두르기 위한 시간과 공간을 확보할 수 있었다.

남자는 한쪽으로 몸을 굴린 뒤 벽면에 걸린 도구들 중에서 펜치를 꺼냈다. 그걸로 제대로 한 방 먹는다면 난 끝이다.

그가 펜치를 온전히 쥐기 전에 내 칼날이 먼저 그에게 파고들었고, 펜치와 그의 손 사이를 찔렀다. 이제 그가 행동을 멈추고 숨을 가다듬을 때였다. 하지만 불행하게도 그가 움직임을 멈췄을 때 그는 여전히 문을 막고 있었다.

"돌고 돌아, 우리가 어디서 멈출지는 아무도 모르지."

그가 말했다. 그는 손바닥에 배어 나온 피를 빨았다. 피의 맛에 홀린 듯 그는 잠시 집중이 흐려진 듯했다.

난 말을 하려다가 덕트 테이프의 한쪽이 아직 입에 걸려 있음을 깨달았다. 난 테이프를 마저 떼고는 볼에 남은 통증에 얼굴을 찡그렸다. 난 테이프의 끈끈한 쪽을 차의 철제 벽면에 붙이고, 고개를 들어 밖에서 저항 중에 모자를 떨어뜨려 엉망이 된 백색의 머리카락을 손가락으로 쓸어 넘겼다. 그의 경계를 느슨하게 해 정보를 얻어 낼 생각이었다.

"이거에 끌렸나? 나이 든 여자를 좋아해?"

"사실 내 타입이라기엔 좀 젊지."

남자가 웅크린 채로 몸을 흔들거리며 말했다.

"이번엔 좀 달라."

난 그가 말하는 '달라'의 의미가 나이를 뜻하는 것이라 추측했다.

"보통 몇 살의 여자를 좋아하지?"

나 역시 비좁은 밴 안에서 경직되지 않도록 몸을 살짝 흔들며 물었다.

"없어져도 사람들이 적색경보를 울리거나 우유 포장에 실종 광고를 내지 않을 만큼 늙은 사람들. 아무도 찾지 않는 여자들."

"당신이 하는 일에 대해 누구한테라도 얘기한 적 있어?"

내가 물었다.

그는 후회하듯 고개를 가로저었다.

"최근에는 없었지. 인터넷을 빼고는. 거기서는 아무도 심각하게 받아들이지 않거든. 대부분이 별의별 쓰레기 같은 얘기들을 올리니까."

그는 입을 열고 또 뭔가를 이야기하려다 다시 굳게 다물었다.

이제 나의 차례였다.

"어떻게 할 거지?"

"정말 알고 싶어?"

"물론이지."

그는 이번에는 정말 색다르다는 듯 휘파람을 불었다. 나로 인해 그는 자신도 모르게 말이 많아지고 있었다.

"대부분이 엄청 지저분한 방식으로 일처리를 하는 거 알아? 뭐,

좋아. 나도 약간의 피를 볼 때가 있긴 해. 당신도 바닥에 묻은 자국을 보았겠지만. 하지만 대게는 다른 방식으로 하지. 난 뼈를 부러뜨린다고."

"뼈를 부러뜨린다? 어디서 들어본 것 같은데."

"그럴 리 없어. 그렇게 하는 건 나뿐이야. 그건 내 표식 같은 거라고."

"특이하네."

난 그를 북돋웠다.

"완전. 당신은 늙다리치고는 배짱이 있단 말이야. 생각보다 아주 재미있겠어."

"밴에 이런 준비를 갖춰놓은 것도 영리해."

"내가 이걸 뭐라고 부르는지 알아?"

"말해봐."

"이동 비명소."

그는 웃음을 터뜨렸다. 연쇄살인범치고는 수다스러웠다. 누군가와 이런 이야기를 나누는 것이 즐거워 보였다.

나는 그의 위트가 놀랍다는 듯 미소를 지었다.

"여기서 일 치르고 나면 아무도 모를 텐데."

남자는 좀 더 편한 자세를 취하며 고개를 가로저었다.

"젠장, 아니지. 그러면 너무 위험해. 난… 잠깐… 날 바보로 아나본데, 여기서 절대 벗어날 수 없어. 바보는 당신이야. 바로 당신이 바보라고."

"아니, 너야."

그는 가능한 응수를 고민하는 듯했지만, 이내 포기하고 자신의 위치에 대한 논리를 펼치기 시작했다.

"두 가지가 있지. 하나, 우리는 아직 내 밴 안에 있고, 둘, 당신이 그 칼날로 운이 좋았을지는 몰라도 내가 당신보다 몸집이 크다고."

그가 이야기하는 동안 나는 칼날이 달린 스틱을 한손에 잡고 원을 그리기 시작했다. 그리고 다른 한손으로는 엄지손가락을 제외한 손가락들을 들고 그를 가늠했다. 칼날을 천천히, 부드럽게 돌리는 동안 한쪽 무릎으로 일어날 수 있는 공간은 충분했다. 느린 동작 가운데 나는 그와의 사이에 자리한 공기의 무게가 느껴지는 지점에 집중할 수 있었다. 어떻게 하면 그를 제압할 수 있을까? 고민하는 동안 나는 조금 시간을 지체했다. 한 번 혹은 두 번 더 소소한 상처를 낸 뒤 그의 쇄골을 부러뜨려야겠다.

그는 나를 지켜보며 자신의 나일론 반바지에 공들여 손바닥을 닦고는 말했다.

"이봐, 꼭 닌자처럼 움직이잖아. 무슨 말인지 알겠어? 늙다리 닌자라니, 하하!"

"늙다리는 너한테나 어울리는 말이지."

나는 속삭인 뒤 앞으로 휙 움직였다. 맹세컨대, 그럴 의도는 아니었지만, 그가 동시에 몸을 일으키면서 내 칼날이 그의 넓적다리의 다른 부분을 베고 말았다. 그는 그 일격으로 인해 자신의 동맥혈이 15센티미터 가까이 솟구쳐 바닥에 흥건하게 고이는 모습을 마치 관광객처럼 바라보아야 했다.

"젠장."

내가 말했다.

"도와줘."

그는 뒤로 물러나 몸을 기대며 신음하더니 기절하고 말았다.

"내가 무슨 응급구조사인 줄 아나."

난 혼잣말을 했지만, 이내 그를 얼굴이 아래로 향하게끔 눕혔다. 그리고 목에 감긴 실을 끌러 콘돔을 꺼낸 뒤 그것으로 지혈대를 만들어 허벅지에 난 상처 위로 묶었다. 가드닝 장갑을 낀 손으로는 매듭을 묶기가 어려웠지만, 본능적으로 장갑을 벗지 않았다. 난 약간의 노력을 기울여 그를 다시 반듯하게 눕힌 뒤 바닥에 흥건하게 고인 끈적끈적한 피가 묻지 않도록 애쓰며 그의 옆에 다리를 꼬고 앉았다.

남자는 천천히 의식이 돌아오고 있었다. 여전히 살아 있긴 했지만 출혈로 인한 혈압 상승으로 정신이 혼미한 상태였다. 일반적인 응급 구조 절차로 낭비할 시간이 없었다. 대신 나는 그의 약지 손가락뼈를 꺾었고 그는 비명을 지르며 깨어났다.

"아프지? 잘 들어."

내가 말했다.

"내가 우연찮게 당신 대퇴 동맥을 잘라버렸어. 아니, 일부러 쳐다볼 필요는 없어. 출혈을 늦추기 위해 다리에 지혈대를 감아놨으니까. 하지만 그 동맥을 시간 내에 묶지 않으면…."

나는 시계를 확인했다.

"…30분 정도 있네. 넌 어차피 죽을 거야. 이제 시신들을 어디에 숨겼는지 말해."

"지금 죽도록 피를 흘리고 있다고."

"그래, 하지만 천천히 흘리고 있지. 시신이 어디 있는지 말해."

"거기, 거기 선반에 바느질 도구가 있어."

"자백이 우선이야. 말하면 다리는 잃지 않게 해주지. 내가 방법을 알거든. 대신 나와 함께 해야 할 일이 많을 거야."

"이 일로 곤란해지는 건 당신일걸."

그의 말이 옳을지도 모른다고 생각했다. 하지만 그 생각까지 그가 알 필요는 없었다.

"이건 정당방위야. 기껏해야 우발적 고살(故殺)죄 정도? 시신이 어디 있는지 말하라니까."

"당신이 날 공격했다고 할 거야."

"널 봐. 그리고 날 보라고."

남자는 신음 소리를 냈다.

"난 슬슬 열이 받고 있고, 넌 죽어가고 있지. 시간이 아깝잖아. 시신들을 어디에 버렸는지 대라고, 이 개자식아."

"시신들은…."

그는 무어라 답변할지 고민하는 듯 멈칫했다. 그러더니 뭔가 신음 소리 같은 것을 냈고 나는 오래된 맥주의 쉰 냄새를 맡을 수 있을 만큼 그에게 가까이 다가갔다. 그리고 그의 소리가 들렸다.

"넌 죽은 목숨이야…."

그 상황에 놓인 남자치고는 꽤 자신감에 찬 대사였다. 하지만 난 그의 취약함을 과대평가하고 경계를 늦추고 말았다. 그는 왼쪽으로 휘청하더니 별안간 내게 박치기를 했고, 순간 눈앞에 가느다란 한 줄기의 빛이 번쩍였다. 내가 고개를 흔드는 사이 그는 몸을 굴려 자신의 몸으로 나를 덮쳤다. 하지만 그 이상은 하지 못했다. 그는 손으로 날 붙들려 했지만, 부상으로 인해 원하는 만큼의 힘을 줄 수가 없었다. 대신 그는 그에게 남은 유일한 무기인 이빨로 내 위쪽 팔뚝을 물어뜯었다. 난 비명을 질렀지만, 여전히 벽면에 밀쳐져 있었고, 다리를 꼰 채였기 때문에 그를 떼어낼 수도 비켜날 수도 없었다. 상의의 거친 데님은 그의 공격으로 인해 피부가 찢어지는 것을 더는 오래 막아줄 수가 없었다. 뭔가 빠른 조치가 필요했다. 하지만 고통 때문에 정신을 차릴 수가 없었다. 그는 산호뱀처럼 팔을 문 이빨을 자근자근 갈고 있었다.

이미 마음속으로 내 앞으로의 행동이 가져올 대가를 계산했고, 사막에서 찾은 평화를 다시 잃게 되었음을 슬퍼했으며, 상체를 그의 다리 쪽으로 비틀면서는 후회로 신음했다.

난 곧 터져 나올 피 분수를 예상하며 단 한 마디의 속삭임 "제기랄."과 함께 숨을 참고 두 눈과 입을 꼭 닫았다. 그리고 자유로운 두 개의 손가락으로 그의 다리에서 지혈대를 찾아 풀었다.

또 저지르고 말았다. 일이 끝난 뒤 난 생각했다. 심지어 이번에는 FBI 배지조차 없는 상태로. 이제 난 정말 죽은 목숨이다.

13

왜 그런 기회를 노렸던 것일까? 그가 형사법 시스템과 미란다 원칙의 안전망에 안기기 전에 조사하려 했던 것 말이다. 따듯한 피 냄새 가운데 논리가 소멸되고 있었다. 논리. 바로 그것. 난 그가 시신들을 어디에 감췄는지 알아내려 했다. 아니면 혹시 이런 남자 하나쯤은 누구의 도움도 없이 해치울 수 있을 만큼 여전히 신체적으로 강하다는 확신이 필요했던 것일까?

이런 생각은 나중으로 미뤄도 좋다. 난 곧장 움푹 파인 바닥 군데군데 여전히 흐르고 있는 피를 피해 밴 뒤쪽으로 기어갔다. 그리고 멍한 충격에서 회복하고 호흡을 고른 뒤 심장 박동 역시 호흡을 따라 가다듬었다. 밴 밖에서 내 소리를 들을 수 있는 사람은 아무도 없을 것이다. 난 가급적 큰 소리로 비명을 질렀다. 그러고 나자 마음이 다소 차분해졌다. 이제 음악과 맞닥뜨려야 할 때였다. 난 음악이 싫다.

우선 피에 흠뻑 젖은 가드닝 장갑을 벗고 카고 바지의 윗부분에 끼워 걸었다. 그런 뒤 허벅지 옆 주머니의 단추를 풀러 휴대전화를 꺼냈다. 이런 상황에서도 차분하고 침착하게 보이는 것이 중요했다.

이를테면 내 전문가적 습성이 아직 죽지 않았다는 것을 보여야 했다. 나는 목청을 가다듬고 여러 번 연습했다. "여보세요, 맥스? 브리짓 퀸이야. 여보세요, 맥스? 브리짓 퀸이야." 목이 메는 것 없이 매끄럽게 말이 나올 때까지 연습은 계속되었다. 맥스의 번호는 휴대전화에 입력되어 있었고, 나는 통화 버튼 위로 엄지손가락을 대고 이리저리 흔들었다.

그때 문득 맥스보다도 카를로에게 먼저 전화하는 게 나을지도 모르겠다는 생각이 들었다. 다른 사람이 그에게 소식을 전해 이 사태에 대해, 이 정당방위에 대해 혹시라도 모를 오해를 불러일으키는 것보다는 내가 직접 모든 것을 설명하는 것이 좋을 것 같았다. 난 잠시 더 우두커니 서 있었다. 카를로가 워시에 내려와 피를 뒤집어쓴 내 모습을 본다고 생각하니 절로 몸이 굳어버렸다.

아니, 안 될 일이다. 그러면, 몰래 집으로 돌아가 깨끗하게 씻고 옷도 갈아입은 다음, 피 같은 건 없이 이성적이고도 차분하게 정당방위로 인해 일어난 사태를 설명하는 것이 좋겠다.

난 또다시 멈칫했다.

망설이는 가운데 나는 밴 바닥에 앉아 흉측하게 죽어버린 남자를 바라보며 폴을 떠올렸다. 첼로와 트뤼플 오일의 폴은 범죄 현장의 사진을 보고는 나를 자신의 세계에 들일 수 없다고 말했다.

그들만의 순간을 겪으며 사는 사람들이 있음을 물론 알고 있다. 살아오면서 지금껏 쭉 큰 변화 없이 평온했던 이들 말이다. 그저 병원에 가고, 집에 돌아오고, 출근을 한다. 그러던 중 당신이 늘 신뢰하던 누군가가 방으로 들어와 그들은 결코 기억하지 못할 말을 즉석에서 내뱉는다. 그 말은 당신의 심연 깊은 곳을 뒤흔든다. 당신은 스스로 강하다고 생각했지만, 비로소 그것이 깨진 다음에야 얼마나 나약했는지를 깨닫고 마는 것이다. 그런 일은 그렇게 쉽고 빠르게 벌어진다. 폴도 그런 순간들 중 하나였다. 이것 또한 마찬가지였다. 뿐만 아니라, 그 무엇으로도 내가 한 행동을 설명하거나 정당화할 수 없었다.

카를로를 잃는다고 생각하니 참을 수 없이 마음이 아팠다. 나의 실재 전체를 통틀어 단 하나뿐인 행복을 잃는다면 살지 못하리라, 살아갈 수 없으리라. 오랫동안 그를 기다려왔다. 과거 다른 민간인들을 멀어지게 만들었듯이 그 또한 멀어지도록 둘 순 없었다. 남편을 잃는다면 난 살지 못한다. 그런 일이 생기도록 둘 수 없었다. 카를로나 그 외의 누구에게도 이 일에 대해 이야기하지 않는 것이 훨씬 간단할 것이다.

패닉 상태였다고 말하면 어떨까? 그래서 다소 이성을 잃었다고. 난 시신에서 시선을 떼고, 휴대전화를 닫았다. 영원히 닫히는 문처럼 부드럽게 딸칵 소리가 났다. 휴대전화를 다시 주머니에 집어넣고 행동에 돌입했다. 그리고 단언컨대 그것은 내 평생의 실수들 중 제일 어리석은 것이었다.

선택지를 고민했다. 세 단계가 있었고, 난 결정을 내렸다. 그리고 계획을 세웠다.

첫 번째 단계: 난 밴의 문을 열고 밖을 내다보았다. 침침한 차 안의 불빛 때문에 밖의 모래밭이 눈에 시리게 아른거렸다. 곧 워시가 시야에 들어왔다. 난 차에서 뛰어내려 허리를 편 뒤 배낭에서 물 한 병을 꺼냈다. 그리고 장갑을 바지에서 꺼내 모래에 떨어뜨렸다. 얼굴에 튄 피를 씻고 셔츠 위로 물을 부어 핏자국이 고루 번지도록 했

다. 그렇게 하고 나니 셔츠의 데님이 전체적으로 더욱 짙은 색을 띄었다. 저들이 현장을 샅샅이 조사할 경우를 대비한 흔적 증거 감추기 작업은 모래밭이 아닌 다리 아래의 덤불 뒤에서 이루어졌다. 저항 중에 떨어뜨린 모자를 주워서 피가 묻은 머리카락을 정리한 다음 다시 머리에 덮어 썼다. 적어도 근거리에서 나를 지켜보는 이가 아무도 없었기 때문에 거울은 필요하지 않았다. 그저 열기에 지쳐버린 후줄근한 중년 여성이 있을 뿐이었다.

다리 위에서 차 한 대가 서쪽을 향해 달리고 있었지만, 속도를 늦추지 않았다.

두 번째 단계: 다시 장갑을 끼고 밴의 뒤쪽으로 넘어가 시신에서 열쇠를 찾으려 했지만 운이 좋았다. 그가 현장을 빨리 벗어나기 위해 열쇠를 시동 장치에 걸어두었기 때문이다. 지갑이나 건강 보험 카드, 자동차 등록증과 같이 남자의 신분을 확인할 수 있을 만한 것이 없는지 차양 위와 글러브 박스를 뒤져보았다. 하지만 찾은 것이라고는 운전석과 변속기 제어반 사이에 박아둔 8×10 크기의 마닐라지 봉투 열 장뿐이었다. 봉투는 혹시라도 피가 묻을 것을 염려해 밴 바깥에 던져두었다.

난 다시 밴 뒤쪽으로 돌아가 벽면에 붙은 작은 찬장의 걸쇠를 열었다. 내용물 중에 분홍색의 바비 인형 도시락이 나왔고, 난 가급적 그것에 대한 상상을 억누른 채 계속 내용물을 뒤져 상자를 자르는 용도의 커터 칼을 발견했다. 이거면 훌륭하다. 나는 칼날을 올린 뒤 남자의 피를 묻히고 그의 손목을 여러 번 그었다. 그런 뒤 남자가 자신의 동맥을 자른 것처럼 위장하기 위해 칼을 시신 근처에 던져두었다.

피 웅덩이에 빠진 등산용 스틱을 하마터면 잊을 뻔했다. 왁스칠을 하지 않은 생나무는 이미 피로 물들어 절대 지워지지 않을 것 같았다.

매 1초가 기회였기에 난 차 안을 둘러보며 빠트린 단서는 없는지 확인했다. 충분히 깨끗해진 듯했다.

세 번째 단계: 난 운전석에 올라타 앞 유리창을 통해 지켜보는 사람은 없는지 살폈다. 강기슭에 아무도 없음을 확인한 나는 시동을 걸고 워시의 가장 위쪽을 향해 가장자리를 따라 난 흙먼지 길로 진입했다. 운이 좋았다. 워시와 길을 차례대로 지나 급하게 좌회전을 했고, 곡선로를 돌아 내가 암석 수집을 위해 자주 나가는 다리에서도 보이지 않을 만큼 무사히 멀어질 수 있었다. 또한 과거에는 강물이 이 굴곡 주변으로 모여들어 가장자리에서 아래 강을 향해 폭포를 이루었기 때문에 모래 위로 그 흔적을 남기고 있으니 그러한 곡선로를 따라가며 바퀴자국을 감출 수 있어 운이 좋았다.

난 밴을 메스키트 사이로 난 열린 공간을 통해 워시의 가장자리로 가까이, 더 가까이 접하도록 운전했다. 나무들은 그 아래 모래가 침식하고 있음에도 불구하고 끈질기게 절벽에 매달려 있었다. 운전석 쪽의 타이어가 위험스럽게 가라앉고 있음을 느낀 나는 시동을 건 채로 사이드 브레이크를 채운 다음 콘솔을 넘어 조수석 문을 통해 차에서 빠져나왔다. 강의 왼편이었다면 일이 더 간편했을 것이다. 휘발유가 실린 부분을 등산용 스틱으로 찔러 구멍을 내면 되었을 테니 말이다. 대신 나는 브레이크를 풀고 문을 밀었다. 차 안의 시신의 상태가 이해될 만큼의 낙하와 회전이 가능하기를 기도하며 난 젖 먹던 힘을 내 다시금 문을 밀었다.

기술이 먹혔다. 밴은 이삼 미터 아래, 강바닥으로 뒤집힌 채 떨어졌고 부드러운 모래에 착지했을 때에는 차 지붕이 바닥으로 향한 채 여전히 엔진이 돌고 있었다. 난 숨을 참고, 심장 박동을 가다듬으며 누군가 사고 장면을 목격하고 소리를 지르거나 워시를 향해 뛰지 않는지 오랫동안 귀를 기울였다. 하지만 아무런 소리도 들리지 않았다. 다만 잠시 후에 밴 뒤편으로 시멘트 포대 하나가 퍽 떨어지는 듯한 소리만 들릴 뿐이었다. 그 쓰레기 같은 놈의 시신이 떨어지기 전 어딘가에 걸려 있었던 모양이다.

이렇듯 돌아올 수 없는 다리를 건너기까지 15분이 채 걸리지 않았다.

밴이 발견되기까지 적어도 일주일 정도 걸린다면 제일 이상적이다. 잘린 동맥 부근에 부패가 진행되고 곤충들이 몰려든다면 흔적은 완전히 없어질 테니 말이다. 그렇게 되지 않더라도 이건 그냥 무명의 부랑자가 자살한 사건으로 매듭지어질 것이다. 몇 군데의 베인 부분은 사후의 상처로 여겨 자세히 살피지도 않을 것이고, 영안실로 보내진 이후로는 그를 찾는 이가 아무도 없을 것이다.

난 양말 바람으로 현장을 지나갔다. 워시에 내 흔적만 남길 의도로, 배낭을 내 뒤로 질질 끌며 다리 부근까지 찍혀 있는 그의 흔적을 지웠다. 그러다 보니 밴이 원래 주차했던 곳으로 돌아오게 되었고, 바닥에 마닐라지 봉투가 떨어져 있는 것이 눈에 띄었다. 잠시 멈춰 안을 들여다보거나 현장에서 치우거나, 둘 다 위험했다. 난 봉투를 집어 곧장 배낭에 넣었다.

배낭의 무게를 가늠하기 위해 어깨에 짊어졌을 때 평소보다 가볍다는 것을 눈치챘다. 범인이 나타나기 전까지 워시에는 고작 10분만 머물렀던 셈이라 모은 암석은 대여섯 개밖에 되지 않았다. 그렇게 긴 시간 동안 이렇게 적은 암석으로 집에 돌아간다면 분명 이유를 물어볼 것이다. 난 홍수정과 그 밖의 몇 가지 암석들을 더 주웠다.

네 번째 단계: 주도로를 따라 집에 돌아가기보다 다리에서 90미터쯤 떨어진 거리를 터덕터덕 걸어 라고델오로 공원길을 가로질렀다. 아침의 러시아워가 지난 뒤라 지나는 차는 10여 대에 불과했으며, 그들이 구호해주리라는 희망은 기대조차 하지 않는 것이 좋았다. 다른 여자였다면 지금쯤 밴 바닥에 부러진 채 누워 있었을 테지. 나였기 때문에 그가 대신 쓰러진 것이다. 그걸 떠올리자 위안이 되었다.

다른 여자들. 불행하게도 그 쓰레기가 다른 여자들의 행방을 불기 전에 실수로 그를 잠재우고 말았다. 하지만 그보다 중요한 사실은 더 이상의 피해자가 없을 거라는 거였다. 앞으로도 영원히.

거친 숨소리에 집중하는 가운데 죽음에 대한 생각을 지우려 애쓰며 나는 동쪽으로 5킬로미터쯤 떨어진 근처 산맥을 다시 쳐다보았다. 산맥은 특유의 장엄한 보랏빛을 띠고 있었다.

난 라고델오로 고속도로와 내가 살고 있는 주택 단지 가장자리를 구분 짓는 소협곡을 건너기로 했다. 까마귀가 날아오르는 가운데 고작 400미터 정도의 거리였지만, 소협곡의 험한 길로 들어섰다. 좁은 도랑의 한쪽 면에 깔린 자갈 위로 자꾸만 발이 미끄러졌고, 도랑에서 빠져나오려 다른 쪽 면에 스틱을 찔러 넣을 때마다 등에 경련이 일었다. 이런 지형이 여섯 개 정도 자리하고 있었다. 하나를 넘으면 그다음 하나는 그보다 더 높아서 꼭대기에서는 천년 동안 강물이 굽이쳤던 작은 계곡을 돌아볼 수 있었다.

아무것도 없었다. 원통선인장 위로 드문드문 피어난 주홍빛과 빨간빛의 꽃송이들이 돋보이는 사막 지대 관목들과 말굽의 흔적 외에는 아무것도 없었지만, 내 신경 체계는 최고 수위의 경고 모드에서 헤어 나오지 못하고 있었다. 듬성듬성 자리한 나뭇가지 사이나 낮은 언덕 사이로 앞을 바라보며 난 스틱을 단단히 쥐고 발바닥의 둥근 부위에 힘을 주어 꼿꼿하게 섰다. 내 경로와 평행하게 난 도로에서 들리는 오토바이의 엔진 소리에서부터 덤불에서 토끼가 부스럭거리는 소리까지, 작은 소리에도 목의 신경이 바짝 곤두섰다.

워시에서 그를 제압한 뒤 도움을 요청했어야 했다. 곧장 그렇게 했어야만 했다.

10퍼센트밖에 안 되는 습기와 탈수가 내게 마수를 뻗치기 시작했고, 곧 어지러워졌다. 바싹 마른 셔츠는 피를 머금고 있어 살짝 뻣뻣해졌다. 허겁지겁 물병을 찾았지만 입을 벌릴 수 없었다. 죽은 남자의 혈액에 있던 세포가 입가에 묻어 있을 수 있다. 그대로 물을 마셨다가는 알 수 없는 바이러스에 감염될지도 모를 일이었다.

현기증에도 불구하고 나는 피 묻은 등산용 스틱을 협곡 꼭대기 측면의 부드러운 모래에 파묻었다. 거센 소나기에도 절대 모래가 씻겨 내려가지 않을 곳이었다. 그리고 마침내 마지막 소협곡에 다다랐다.

소협곡을 모두 건넌 뒤 난 다시 한 번 어깨에 메고 있던 배낭을 당겼다. 아까 주운 봉투가 생각이 났다. 안의 내용물이 궁금했지만, 우선은 집으로 돌아가 카를로의 눈에 띄기 전에 씻어야 했다.

다섯 번째 단계: 카를로. 어리석게도 난 이것이 내게 있어 가장 큰 도전일 거라고 생각했다. 하지만 인간쓰레기를 법의 심판대에 올리

지 않고 내가 저지른 무시무시한 짓을 내 남편과 세상으로부터 영원히 숨기는 행동 후에 이어질 것들을 생각하면 그놈을 죽인 일은 이 도전에서 가장 쉬운 부분에 속할 터였다.

14

 난 차고로 통하는 바깥문을 통해 쪽문으로 들어갔고, 그곳에서 바로 세탁실로 들어섰다. 침실의 맞은편 벽에서 샤워 소리가 들렸다. 하느님, 감사합니다. 덕분에 필요한 시간을 벌 수 있었다. 난 먼저 갈고리 모양의 발을 가진 마호가니 현관 테이블에 배낭을 던져놓고 부엌 조리대에 휴대전화를 가져다 둔 뒤 셔츠와 모자, 신발, 속옷, 그리고 장갑을 포함한 모든 옷가지를 벗어서 세탁기에 넣고 표백제를 절반 가까이 들이부은 뒤 스위치를 올렸다. 나중에 쓰레기통에 모두 버릴 생각이었다.
 내 옷장에서 낮잠을 잤을 퍼그들이 나를 향해 달려왔다. 하지만 늘 그렇듯 내 다리로 달려들지 않고 조심스럽게 접근하며 내가 집까지 가져온 새로운 채취에 관심을 보였다. 나는 목소리를 한껏 낮추어 가급적 단호하게 이야기했다.
 "멈춰! 그대로!"
 날카로운 음성에 익숙하지 않은 녀석들은 그 자리에 웅크리고 앉아 나를 사실상 새로운 채취의 낯선 사람인 것처럼 의심스러운 눈초리로 쳐다보았다.

　카를로가 욕실 밖으로 나와 나를 보기 전에 가급적 빨리 움직여야 했다. 내 몸은 옷 위로 물을 들이부으면서 남긴 핏자국으로 얼룩덜룩했다. 난 서둘러 앞쪽 욕실에 들어갔고 침실의 욕실에서 물 트는 소리와 함께 카를로가 부르는 아리아 소리가 들리자 순간 멈칫했다.

　이탈리아어는 잘 모르지만 이 특별한 노래가 꽤 길다는 것은 알고 있었다. 평소라면 이 노랫소리에 닭살이 돋았겠지만, 이번에는 마치 선물처럼 느껴졌다. 그는 모든 가사와 그 사이사이의 오케스트라 반주까지 전부 알고 있었고, 노래가 끝날 때까지 물을 잠그지 않았다.

　나는 집의 반대편에 위치한 손님용 욕실에 들어가 문을 닫았다. 충격과 탈수로 인해 무릎은 힘이 풀렸고 세면대에 잠시 기대어 있고 싶었지만, 증거가 될 만한 어떤 흔적도 남기면 안 되었다. 그래서 난 선 채로 잠시 비틀거렸다. 쓰러지지 않기 위해 나는 거울을 보며 가슴 위로 새긴 백장미 문신을 응시했다. 카를로는 그 문신에 대해서도 묻지 않았다.

　난 내가 했어야만 했던 일들에 대해 생각했다. 밴을 그 자리에 그대로 두고 집으로 돌아와 씻은 뒤 카를로에게 가급적 침착하게 모든 것을 설명해야 했다. 그런 뒤 맥스에게 전화해야 했다. 바로 그렇게 했어야 했다.

　하지만 그런 생각은 시간 낭비일 뿐이었다. 나는 욕실에 가지고 들어왔다가 세면대 아래에 두었던 술병을 집어 들었다. 신속하게 그리고 체계적으로 문지른다고 해도 완전히 깨끗해지려면 꽤 시간이 걸릴 것 같았다. 나는 술의 대부분을 얼굴 위로 끼얹었다. 그런 뒤 마침내 물줄기 아래 입을 열고 물을 마셨다. 머리카락과 남은 몸의 부위들을 닦았다. 비누가 눈에 들어가는 것은 개의치 않았다. 장갑 아래로 스며든 피가 집으로 오는 동안 손톱 위로 바싹 말라 있었다. 이런 세척 과정을 두 번 반복하자 마침내 마른 피도 모두 녹아내렸다. 하지만 다시 거울 앞에 서서 오른쪽 팔뚝에 붉게 자리한 이빨 자국을 살피면서 세면대에 부은 술에 손가락을 좀 더 담갔다. 그런 뒤에야 욕실에서 나올 수 있었다. 씻는 데 15분이 채 걸리지 않았다.

샤워를 하면서 원래의 목소리로 여러 번 연습을 거쳤기에 이렇게 외치는 게 가능했다.

"안녕, 퍼페서. 나 왔어!"

집 안 어디에 있든 들을 수 있을 만큼 큰 소리였고, 떨림도 없었다. 다행히도 그는 샤워를 마치고 전기면도기로 수염을 깎으며 '피앙지, 피앙지(Piangee, Piangee)' 같은 슬픈 대목을 부르느라 내 인사를 알아차리지 못했다.

카를로가 급히 등장할 일이 없어졌으니 난 마침내 피로에 나를 내주기로 했다. 거실 소파에 파묻히자 진짜 내가 돌아온 것에 행복해진 퍼그들이 야단스럽게 달려와 근육질의 2년생 몸집을 내 발목에 부비며 혀로 쩍쩍 소리를 냈다. 그러더니 문득 장난스러운 공격을 멈추고 죽은 그 인간쓰레기의 잔향을 추적하기라도 하는 듯 다시 나를 향해 킁킁거렸다.

"이제 다 괜찮아."

내가 말했다. 퍼그들은 여전히 아리송한 표정이었지만 이내 제인의 양탄자로 덮이지 않은 멕시코 스타일의 타일이 깔린 부분으로가 자신들의 팽팽한 복부를 대고 열기를 식혔다.
 마지막 물줄기와 함께 배수 소리가 들리고, 보디 미스트 뿌리는 소리가 들리더니 카를로가 펼쳐진 《이슬람 투데이》 잡지를 손에 들고 침실에서 모습을 보였다. 눈에는 승리의 빛이 가득했다. 그 평범함의 일부를 보고 나니 내가 왜 그런 짓을 했는지 이유가 떠올랐다. 이 순간을 준비했음에도 불구하고 긴장으로 자꾸만 몸이 굳었다. 난 한 번에 하나의 근육에만 몰입하며 입가에서부터 이완을 시작했다.
 그는 나를 보자 뭔가 달라진 것을 찾아내려는 듯 눈을 가늘게 떴다. 여전히 근육 이완에 신경을 쓰며 나 역시 그를 바라보았다. 자꾸만 혀가 입천장에 달라붙었다.
 "나체잖아."
 마침내 그가 물었다. 그는 내 옆에 앉아 긴 다리를 꼬았다. 두 사람이 한곳에 앉아 있는 것이 반가운 퍼그들이 그의 허벅지로 달려들기 시작했고, 그는 내게서 시선을 떼지 않은 채 녀석들을 손으로 쓰다듬어 멀리 보냈다.
 난 지금이 진실을 말할 수 있는 마지막 기회임을 깨달았다. 피를 뒤집어쓴 마른 꼬마가 마지막 신음에 입을 벌린 채 널브러진 모습이 자꾸만 눈앞에 아른거렸다. 난 사건의 전개를 거듭 떠올리며 다르게 재연해보려 했지만 어찌 됐든 이제는 돌이킬 수 없었다. 내 눈이 번쩍 뜨이는 것을 느낄 수 있었다.
 "바위에 걸려 넘어지는 바람에 머리카락에 온통 모래가 들어갔어."
 내가 말했다. 카를로의 볼에 코를 문지르고 그의 허벅지를 토닥이면서 누군가 워시에 처박힌 밴을 발견하기까지 얼마나 걸릴까 생각했다.

"얼마나 멍청이 같은지. 당신이 그 자리에 없었던 게 다행이야. 있었으면 엄청나게 비웃었을걸."

그는 큭큭거리는 대신 고개를 가로저으며 내 팔을 가리켰다.

"심하게 넘어졌나 봐. 여기 멍까지 든 거야?"

난 자리에서 일어나 부엌으로 갔다. 오븐 위에 놓인 전자레인지의 거울 문으로 카를로의 시선이 내 엉덩이에 닿고 있음이 느껴졌다. 나는 까치발로 서서 팔에 초승달 모양으로 난 멍 자국을 한 번 더 살펴보며 그가 물린 자국으로 알아보지 못할 것이라고 스스로를 안심시켰다. 그런 뒤 여전히 축축한 머리카락을 분주하게 털었다. 그렇게 해야 아까 박치기를 당했을 때 이마에 생긴 다른 멍 자국을 가릴 수 있었다. 그리고 좀 더 완벽한 알리바이가 완성될 때까지 그의 눈을 의도적으로 지그시 쳐다보았다.

카를로가 내 뒤에 와서 섰다. 전자레인지의 거울 문으로 뭔가 묻고 싶은 것이 많은 그의 얼굴을 확인할 수 있었다. 그의 시선은 방금 사람을 죽인 것은 물론이거니와 평생의 대부분을 위장 신분으로 살아왔던 나 같은 사람에게도 놀라울 만큼 무서웠다.

"괜찮아?"

그가 물었다.

"커피 남은 것 있어?"

난 거대한 쿠진아트 커피 머신 쪽으로 코를 쿵쿵거리며 물었다. 그 머신은 던킨 도너츠를 제외한 여느 곳에서나 볼 수 있는 일반적인 커피포트와는 전혀 달랐다.

"아마도. 내가 컵 가져올게. 점심은?"

카를로가 물었다.

"해를 너무 쬐었더니 별로 생각 없어. 열기 좀 식힌 다음에 먹을게. 살라미 있어."

"그거 좋지."

카를로는 찬장에서 제인의 바이에른 자기 컵들 중 하나를 꺼냈다. 바닥에 작은 발이 달린 종류였다. 그런 뒤 내게 시원한 블랙커피를 따라주었다. 그가 커피를 따르는 동안 나는 배낭을 꺼내 담아온 암석을 개수대에 부었다. 그때 물병이 같이 떨어졌다. 그에게 등을 돌리고 있는 것이 다행이었다. 나는 물병에 묻은 핏자국을 물로 닦아 지웠다.

난 그에게 컵을 건네받기 위해 등을 돌리며 손을 떨지 않기 위해 집중했다. 절반의 성공이었다. 커피를 마시는 동안 컵은 접시 위에서 덜커덕거리지 않았다. 하지만 머리가 문제였다. 컵이 머리를 따라와야 하는데, 그 머리가 위험한 비율로 앞뒤로 흔들리고 있었던 것이다. 난 새가슴이 아니다. 다만 누군가의 생명을 빼앗고도 아무렇지도 않을 수 있는 사람은 사이코패스뿐일 것이다. 사실을 숨기는 것 또한 힘이 들었다. 다행히도 카를로는 내가 가져온 암석들을 마저 씻기 위해 개수대로 몸을 돌렸기 때문에 내 머리가 흔들리는 것을 눈치채지 못했다. 그는 여전히 내게 등을 돌린 채 말했다.

"넘어지고 나서도 이 돌들을 짊어지고 언덕을 넘었다는 게 믿어지지 않는걸."

"나이 먹은 여자치고는 꽤 운동을 하는 편이잖아. 그 말이 하고 싶었던 것 아니야?"

빈 컵을 개수대 옆 조리대에 놓인 접시에 내려놓으며 내가 가볍게 말했다. 그는 여전히 암석을 씻느라 분주했다. 난 이미 머리카락이 다 말랐음에도 불구하고 드라이기로 머리를 말렸다. 청바지에 셔츠를 입고 나자 피가 묻어 있던 물병이 배낭 안에도 흔적을 남겼을 것이란 데에 생각이 미쳤다. 세탁기를 두 번째 돌릴 때 배낭도 넣어야겠다.

조리대에서 가방을 집어 들자 안에 뭔가가 느껴졌고, 그제야 봉투 생각이 났다. 난 의자에 앉아 루트비히 비트겐슈타인의 생애를 읽고 있는 카를로를 흘끗 쳐다보았다.

"샌드위치 만들어줄까?"

내가 물었다.

그는 고개를 가로저었다. 철학은 음식과 어울리지 않았다.

"그럼 난 이메일 확인하고 있을게."

그는 고개를 끄덕였지만, 그가 정말로 내 말을 들은 것이 맞는지 반응은 미미했다. 난 내 서재로 들어가 책상 앞 회전의자에 앉았다. 그런 뒤 나를 욕보이려 했던 남자의 신원을 알 수 있을 만한 무언가가 들어 있기를 바라며 봉투를 꺼내 안을 들여다보았다.

봉투에는 일반 용지에 칼라 프린터기로 출력한 사진과 함께 그 위로, 라벨이 없는 DVD가 들어 있었다.

아마 포르노겠지. 나는 생각했다. 그리고 사진을 보기 위해 DVD를 옆으로 치웠다. 순간 나는 내 눈을 믿을 수 없었다. 뇌 회로에 결함이 발생한 듯 그 무엇도 제대로 이해할 수가 없었다. 그러나 곧 수수한 이웃들의 거리와 깔끔한 도보, 그리고 자갈이 깔린 마당을 알아볼 수 있었다. 라벤더빛의 불꽃으로 타오르는 덤불처럼 샐비어의 꽃이 활짝 피어 있었다. 그리고 백색의 머리를 핀으로 올려 꽂은 여

자. 입가의 근육이 단 한 번, 거세게 경련을 일으켰다.

그건 바로 내 사진이었다.

내 사진을 들여다보고 있다는 충격이 가신 뒤 워시에서의 공격이 우발적인 것이 아니었음을 이해할 수 있었다. 난 다시 사진을 자세히 들여다보았다. 내가 입고 있는 옷은 어제 저녁에 개들을 산책시킬 때 입었던 것이다. 부검의 사무실의 냄새를 씻어내기 위해 오랫동안 샤워를 한 뒤 붉은색의 티셔츠로 갈아입었었다. 누군가 나를 미행해 내가 알지도 못하는 사이에 내 사진을 찍었다. 산책할 때의 기억을 서둘러 떠올려보았지만, 흰색 밴 같은 것은 없었다. 중산층 사람들이 모여 사는 이곳 주택지구는 규모가 작았기 때문에 차가 두 대만 지나갔어도 저녁 시간이 꽤 분주하다고 생각했을 것이다. 게다가 낡고 낡은 흰색 밴이라면 기억하지 못할 리 없다. 게다가 내가 죽인 남자 같은 인물이 타고 있었다면 당연히 기억에 남았을 것이다.

난 포르노일 것이라 치부했던 DVD를 집어 컴퓨터에 삽입했다. 로딩이 되는 동안 나는 서재 문을 닫았다. DVD는 짧은 영상이었다. 어젯밤 플로이드 린치를 검거했다는 뉴스와 함께 내가 66번 고속도로 살인 사건과 관련이 있음을 알린 보도 내용이었다. 그리고 짧은 시간 동안 내 얼굴이 컴퓨터 화면에 떠올랐다. FBI에서 은퇴할 때 찍었던 검은 제복 차림의 증명사진.

난 내가 죽인 남자를 떠올렸다. 한 번도 보지 못한 인물이었다. 그가 단지 그날 저녁에 뉴스를 보고 두 시간 내로 우리 동네에 와 사진을 찍어 갔을 리 없다. 전부터 누군가 나에 대해, 내가 어디에 살고 있는지 알고 있었던 것이 분명했다. 그가 마지막 공격을 받기 전

가당치도 않게 내뱉었던 허세의 말이 떠올랐다. "넌 죽은 목숨이야…" 어쩌면 그 문장의 주체는 그가 아니었는지도 모른다. 어쩌면 그를 고용한 사람을 뜻했는지도. 이게 끝이 아니란 것을 말하고 싶었던 것일지도 모른다.

난 머릿속으로 일의 전개를 다시 한 번 되짚었다. 그가 밴에서 나를 관찰한 것에서부터 내가 우발적으로 그의 대퇴 동맥을 자르고, 그에게서 정보를 얻어낼 수 있는 기회를 놓치게 된 것까지. 이 일이 일어난 것은 플로이드 린치가 검거되었고 내가 66번 고속도로 살인 사건과 연관이 있는 사람이기 때문일까? 아니면 정말 대단한 우연의 일치였던 것일까? 아니다. 누군가 뉴스에서 보도된 것 이상으로 나에 대해 알고 있었고, 워시까지 뒤를 밟았음이 분명하다. 우연이 아니다.

우연이건 우연이 아니건 나는 안전을 위해 그의 접근을 암살 시도로 간주해야 할 필요가 있었다. 그에게 시신들의 행방을 묻다니 잘못된 질문이었다. 그리고 이제 죽어버린 그가 옳은 질문에 대한 답을 줄 리는 만무했다. 널 보낸 게 누구지?

난 워시에서의 일을 하나하나 되짚었다. 그가 나이 든 여자들을 좋아했던 것과 그들의 뼈를 부러뜨린다고 했던 것. 하지만 이거다 싶은 것이 없었다. 내가 모르는 뭔가가 있다는 것을 제외하면 백지 상태와 마찬가지였고, 그 무지의 상태는 위험했다.

이럴 때에는 아주 기이한 기분이 들곤 한다. 굳이 설명하자면 내 스스로를 밖으로 모두 유출시키는 기분이랄까? 난 책상 옆에 단단하게 고정되어 있던 사물함을 열었다. 여분의 키보드나 부서진 모니터를 보관하는 곳이었다. 쓸모가 없어진 모니터의 뒤쪽에 난 후면을 열어 그곳에서 대략 가로 15센티미터, 세로 25센티미터, 높이 8센티미터쯤의 상자를 꺼냈다. 상자를 열고 FBI에서 특별 지급한 스미스 앤 웨슨 27구경 권총을 꺼냈다. 약 8센티미터쯤 되는 포신이 달린 모델이었다.

  총알은 책상의 오른쪽 서랍에 펜과 명함 등과 함께 보관되어 있었다. 총알이 든 이 작은 상자에는 원래 스테이플러가 담겨 있었는데, 스테이플러 역시 모니터 뒤편에 숨겨두었다. 난 떨림 하나 없이 여섯 개의 총알을 하나하나 장전했다. 그리고 무기를 책상 위에 올려놓았다.

  이제야 제정신이 들었다.

15

제정신이 들었다는 건 나만의 생각이었던 것일까? 노크 소리에 나는 흠칫 놀라고 말았다. 지금껏 문을 닫아놓거나 노크를 주고받았던 적은 한 번도 없었다. 그러니 이렇게 놀랄 일도 없었던 것이다.

"잠깐 뭣 좀 하고 있어."

난 문밖에서도 들릴 만큼 큰 소리로 말했다. 그러고는 이내 내가 너무 거칠게 이야기한 것은 아닐까 걱정이 되어 덧붙였다.

"우리 사랑스러운 퍼페서."

"당신 휴대전화 말이야, 여보. 전화가 왔어."

모든 게 정상이었다. 난 자리에서 일어나 문을 열고 미소 지었다.

"미안. 집중해서 생각할 게 있어서."

난 정말로 미안해졌다. 왜냐하면 그 순간만큼은 나와 카를로 사이에 눈에 보이지는 않지만 케블러* 조끼보다 더 단단한 무언가가 자리하고 있었기 때문이다. 우리를 갈라놓기에 충분할 만큼의 광범위한 거짓말. 내가 모든 위험을 감수하면서까지 절박하게 막으려고

---

* 강화 플라스틱 계열의 복합 재료로, 방탄조끼 등에 사용됨.

했던 상황이 지금 이 순간 여지없이 벌어지고 있었다. 위협이나 죽음과 같은 더 큰 상황을 겪었음에도 나는 마음 한구석이 찌릿했다. 가슴이 미어진다는 것은 바로 이런 것을 두고 하는 말인가 보다.

아직까지 카를로는 차이를 눈치채지 못했다.

"당신이 연루된 그 일 때문인가?"

"아, 그럴 거야."

내게 휴대전화를 내밀며 카를로의 시선이 내 어깨를 넘어 멈췄다. 책상 위에는 스미스 앤 웨슨이 그대로 놓여 있었다. 우리는 둘 다 총이 거기에 있지 않은 척했다.

나는 그를 안심시키려 미소를 지었고, 카를로는 내가 전화를 받도록 자리를 비켜주었다.

"선배님."

목소리가 말했다.

"네, 콜먼 요원."

"어떠셨어요? 동영상 보셨어요?"

그녀는 이미 내 답을 알고 있기라도 한 듯 다소 실망스러운 목소리였다.

난 일말의 관심조차 쏟을 수 없었던 그 일에 대해 간신히 의견을 게재했다.

"아뇨, 아직. 개인적인 일이 좀 있어서 정신이 없었어요."

"그렇군요…."

그녀는 이미 알고 있었던 것처럼 한숨을 내쉬었다.

"내일 벤슨에 있는, 플로이드 린치의 아버지를 만나러 가려고요. 그간 그를 조사할 시간이 없었거든요. 가까이 사는데도."

"시기가 이르지 않나. 조사 계획을 세워야 할 텐데요."

"제가 아직 계획도 세우지 않았을 거라 생각하셨어요?"

혼란스러운 상황에서 난 내가 다른 사람이 아닌 로라 콜먼과 통화하고 있다는 사실을 잊고 말았다.

"그럼, 다녀와요."

"같이 가시죠."

"아뇨."

내가 입을 열었다. 그런 뒤 66번 고속도로 살인 사건과 다시 엮인 지 이틀 만에 워시에서 공격을 받았다는 점에 대해 생각했다. 플로이드 린치의 아버지를 만나는 것이 그렇게 나쁜 생각은 아닐지도 모르겠다.

"좋아요, 안 될 거 없죠. 언제 갈 건데요?"

"내일 10시에 제 사무실로 오세요. 거기서 차로 갈 거예요."

난 전화를 끊고 잠시 자리에 앉아 총을 숨겨야 할지 아니면 손에 닿는 곳에 두어야 할지를 고민했다. 난 마닐라지 봉투로 총을 덮었다. 그런 뒤 배낭을 다른 옷가지들이 있는 세탁기에 넣고는 두 번 더 세탁기를 돌리기로 마음먹었다. 하지만 우선은 다시금 피로에 몸을 맡겨야 할 것 같았다.

난 누가 날 죽이려 했던 것인지 알아보기 위한 계획을 고심하면서도 겉으로는 골똘히 생각에 잠긴 척하지 않으며 남은 일과를 보냈다.

"그거 알아?"

늦은 오후 부엌에 들어서며 내가 말했다. 카를로는 키안티*를 한

---

* 이탈리아 토스카나 지역에서 생산되는, 이탈리아의 대표적 와인.

잔 따라놓고 플라스틱 그릇에 트리스킷*과 함께 훈연한 고다 치즈를 곁들여 먹고 있었다.

"나, 한잔해야겠어. 아까 넘어진 게 생각보다 충격이 컸나 봐."

"내가 만들어줄까?"

카를로가 훌륭한 보드카 마티니를 만들어 올리브와 함께 유리잔에 담았다. 술이라기보다는 샐러드에 가까운 외관 덕분에 난 술꾼 같은 기분이 들지 않았다.

카를로가 쉐이커를 흔드는 모습을 보며 난 평생 처음으로 나로 인해 같은 위험에 빠지게 될 누군가를 두게 되었구나 생각했다. 나도 이제 가족의 일원이었다. 퍼그들까지 포함해서. 난 긴장을 풀어보겠다는 명분 아래 마티니를 들고 뒷마당으로 나갔지만, 사실은 누군가 집을 침입했을 때를 대비해 집 주변을 둘러보려는 목적이었다. 집 뒤편으로는 저 멀리 산으로 이어지는 언덕이 보이는 것 외에 인가라고는 없었다. 오른편에 사는 이웃들은 설조(雪鳥)들이었기 때문에 날이 서늘해지기 전까지는 돌아오지 않을 것이다. 이웃집 담장을 넘는 것은 쉬웠다. 아예 뒷마당으로 통하는 문의 빗장을 풀어도 되었다. 물론 빗장이 너무 낡아 삐그덕 소리가 나면 퍼그들이 알아챌 테지만 말이다. 녀석들은 내 뒤를 쫓아 나와 부겐빌레아 옆에 있는 도마뱀들에 코를 대고 킁킁거렸다. 날렵하고 견실한 종의 개를 키우는 것인데 그랬다. 셰퍼드나 적어도 하운드 같은. 요 녀석들은 둘이 합쳐 봤자 날렵한 녀석 하나를 못 따라간다.

실제 크기와 똑같은 성 프란체스코 동상이 있는 곳까지 걸으며 난 제인이 이것을 카를로를 위해 구입한 것인지, 그랬다면 퍼그들

---

* 나비스코에서 만든 크래커.

보다 먼저 들였는지 아니면 나중에 들였는지 궁금해졌다. 슬슬 술기운이 몸에 퍼져나가자 나는 오후에 있었던 일을 다른 누군가가 출연하는 영화를 보듯 한 장면, 한 장면 좀 더 차분하게 되짚어볼 수 있게 되었다. 나이 든 여자들. 줄에 매단 콘돔. 밴 바닥의 피. 부러진 뼈. 다른 시신들. 내 사진. DVD의 뉴스 동영상. 바비 인형 도시락.

아무것도 떠오르지 않았다.

저녁 식사 시간이 되었고 늘 그렇듯 우리는 오붓하게, 내 주위를 맴돌던 카를로가 눈치껏 만든 치킨 커리 샌드위치를 오물거렸다. 퍼그들은 식사 끝에 남은 치킨 잔여물이라도 맛볼 수 있길 바라며 발치에 가만히 앉아 있었다.

외곽에서 시신이 발견되었다는 내용의 뉴스는 없었다. 화면 아래 '전직 FBI 요원, 투손에서 살인을 저지르다' 같은 헤드라인도 뜨지 않았다. 난 복잡한 기분이었다. 시신이 발견되면 신분도 확인이 될 것이다. 그가 누구인지 알면 누가 그를 보냈는지에 대한 윤곽도 잡히지 않을까? 반면 하루하루 지날수록 부패가 진행되고 벌레들이 썩은 살을 파먹어 내가 연루되었다는 증거도 점차 희미해질 것이다.

어느 쪽이든 시간은 느리게 흘렀다. 저녁 시간에 부엌에 놓인 전화기가 두 번이나 울렸다. 한 번은 저렴한 연회비로 신용카드를 발급받으라는 텔레마케터의 전화였고, 다른 한 번은 앤아버에 사는 카를로의 여동생에게서 온 전화였다. 그 뒤 나는 전화기의 선을 뽑았고 휴대전화도 껐다. 그제야 조금은 편하게 쉴 수 있었다.

잠자리에 들 때에도 여전히 머릿속에는 아까의 일들이 반복 재생되고 있었다. 난 스스로를 안심시키기 위해 카를로에게 키스를 했지만, 서로의 시선이 전과 달리 미묘하게 엇갈렸다. 내 눈이 그때 보았던 것을 그대로 투영해 그가 내 비밀을 감지하게 될까 두려웠다. 내 죄책감이 그런 상상을 만들어내는 것이 분명했지만 FBI 요원으로서 전성기를 보냈던 시절에 결혼을 했다면 생활은 이와 비슷했을 것이다. 절반의 진실과 엇갈리는 시선들. 온갖 경계에도 불구하고 내가 실제 어떤 여자인지 카를로가 알아내는 것은 시간문제라는 두려움이 사그라들지 않았다. 그렇게 되면 그도 폴과 같은 시선으로 나를 보게 될 것이다.

카를로는 천장에 부착된 팬을 켠 뒤 불을 껐고 어둠속에서도 내 생각은 멈출 줄 몰랐다. 워시에서의 사고를 감추려 하지 않았다면, 맥스에게 사실대로 이야기했다면 내가 목표였음을 의미하는 사진이 들어 있는 봉투를 그가 발견했을 것이다. 그러면 그를 내 편으로 둘 수 있었을 텐데. 전개가 그렇게 흘러갈 것이었다면, 난 지난 열 시간을 되돌리기 위해 무엇이든 내줄 수 있었다. 카를로를 제외하고 무엇이든.

그의 숨소리가 조용히 리듬을 타기 시작했고, 그건 그가 깊이 잠들었다는 것을 뜻했다. 나는 손을 뻗어 시트 안으로 그의 손을 가볍게 쓰다듬었다. 그리고 그의 남자답고 큼지막한 손가락 관절에 오래도록 손을 얹어놓았다. 그럼에도 그가 깨지 않자 나는 그의 관절을 천천히 접어보았다. 한 번에 1밀리미터씩. 그의 엄지손가락 주위로 손가락을 둘렀다. 이 모든 것이 사라지는 상상, 그저 텅 빈 침대 시트만 부여잡게 될 엔딩 같은 것은 상상하지 않으려 애썼다.

이걸 뭐라고 하더라. 집착? 그래, 난 집착하고 있었다.

집 너머 어느 협곡에서 들려오는 코요테 무리의 소리를 들으며 난 마침내 잠이 들었다. 녀석들은 짖기도 하고 울부짖기도 하며, 컥

컥거렸다가 큭큭댔다가, 별안간 마치 조울증에 빠진 유령들처럼 고음으로 흐느끼기도 했다. 코요테들이 저런 소리를 낼 때는 뭔가를 죽였을 때라고 카를로에게 들은 적이 있었다.

16

하루 전에 겪은 일로 인해 여전히 불안한 가운데 난 누가 그를 고용했는지, 배후를 어떻게 알아내야 할지를 곱씹었다. 또한 플로이드 린치에 대한 수사를 지속할지의 여부에 대해 콜먼에게 대충 아는 척도 해주어야만 했으니 난 아침 식사 후 곧장 서재로 향했다. 그리고 콜먼의 보고서에 달린 주머니에서 '린치 심문: 열두 번째 세션'이라는 라벨이 붙은 DVD를 꺼냈다. 큰 사건이기 때문에, 단지 녹음만 하는 것이 아니라 영구 기록으로 남기기 위해 모든 세션을 녹화하고 있었다. 날짜는 8월 7일. 콜먼이 우리 모두를 모아 제시카의 시신을 찾아 나서기 사흘 전이었다.

조사 내용의 일부분을 카를로가 듣게 될까 봐 난 자리에서 일어나 서재 문을 닫았다. 볼륨을 적당히 키웠기 때문에 대화 내용을 자세히 듣기 위해서는 몸을 앞으로 기대야 했다. 영상에는 텅 빈 공간이 나왔다. 일반적인 조사실이었다. 의자 두 개만 놓인 백색의 공간. 신체 언어를 숨기는 일이 없도록 탁자도 놓지 않았다.

지켜보는 가운데 문이 열리더니 교도관이 플로이드 린치를 데려왔다. 그는 주홍색의 수의를 입었고 수갑을 차고 있었다. 플로이드 린치는 이런 상황이 이미 충분히 익숙하다는 듯 발을 질질 끌며 먼 쪽에 있는 의자에 앉았다. 이 공간에서 수많은 시간을 보낸 뒤 그 역시 천장 부근 모퉁이에 카메라가 장착되어 있다는 것을 깨달았을 것이다. 그는 나를 향해 손을 흔들고는 카메라가 거기에 있다는 것을 잊은 것처럼, 제시카가 발견되었던 범죄 현장에서 그랬던 것처럼 수갑을 찬 손을 들어 손등에 난 사마귀 위로 윗입술을 앞뒤로 왔다갔다 분주히 움직였다. 그걸 물고서도 전혀 아파하지 않았다.

난 영상을 멈추고 제시카의 현장에서 보았던 것보다 더 자세히 그를 관찰했다. 짙은 곱슬머리에 날렵한 콧날, 금속 테 안경을 쓰고 있었던 것이 가장 기억에 남았는데, 지금 보니 다른 생김들이 눈에 들어왔다. 그의 윗입술은 턱보다 두드러졌고, 손가락을 보니 뼈대가 가늘었다. 문득 한쪽 볼에 엉겨 붙은 딱지가 다시금 눈에 띄었다. 사마귀 물어뜯기가 지루해지자 그가 낸 상처가 아닐까 싶었다. 두 귀가 머리에서 툭 튀어나온 모양 역시 눈여겨보았다.

잠시 후 로라 콜먼과 맥스 코요테가 조사실로 들어왔다. 화면에 보이지는 않았지만 두 사람은 플로이드 린치에게 인사를 건넸다. 콜먼이 플로이드 린치와 마주보는 자리로 의자를 당겨 앉으면서 타일 바닥에 의자 다리가 끌리는 소리가 들렸다. 플로이드 린치는 몸을 일으켜 살짝 고개를 숙였다. 콜먼을 협박하는 일 없이 그녀에게 확실한 존경을 표하고 있었다. 그런 뒤 그는 다시 자리에 앉았다. 조사실 장면에서 내가 볼 수 있는 것은 플로이드 린치 한 명뿐이었기 때문에 난 두 사람이 그 맞은편에 자그마한 금속 테 안경을 쓴 채 회의에 참석한 사회 선생님들처럼 앉아 있을 것이라 상상했다.

플로이드 린치는 손을 들어 작은 핏자국을 보여주었다. 포획자들을 자신의 통제 아래 두려는 의도일까?

맥스가 문을 열고 밖에 대기하고 있는 교도관에게 무엇인가 말한 뒤 티슈를 들고 돌아왔다. 플로이드 린치에게 티슈를 건네는 동안 그는 잠시 카메라 앞에 서 있다가 이내 문 옆의 자신의 자리로 돌아갔다. 플로이드 린치는 티슈로 사마귀 부위를 두드린 다음 둥글게 말아 주먹에 쥐었다. 그 때문에 피는 보이지 않았다. 그의 동작이 멈추자 콜먼이 말했다.

콜먼: 좋은 아침이야, 플로이드.
린치: 좋은 아침이에요, 콜먼 요원.
콜먼: 잘 잤나?
린치: 뭐, 나쁘지 않았어요. 감방이 운전실보다 커서요. 근데 그거 알아요?
콜먼: 뭐?
린치: 생각을 좀 해봤는데, 요원님과 이야기하면 머리를 많이 쓰게 돼요. 아마 평생 다른 누구보다도 요원님과 제일 많이 이야기해 봤을 거예요.
콜먼: 왜 그렇게 생각하지?
린치: 이야기를 많이 하는 편이 아니라서일 거예요, 아마도.
콜먼: 여자들에게는 얘기 많이 했나, 플로이드?
린치: 아뇨, 별로. 걔네들이 얘기하는 건 싫었거든요. (그는 추억에 잠긴 듯 눈을 감고 손가락 끝으로 허벅지에 원을 그린다. 수갑 때문에 두 손이 동일하게 움직인다) 그리고 걔네들은 나한테 좋은 소리 안 하는걸요.

콜먼: 눈 좀 뜨지, 플로이드?

(그는 눈을 뜨지만, 꿈꾸는 듯한 표정이다)

콜먼: 그래서 죽은 여자들과 섹스하는 것으로 방법을 바꾼 건가, 플로이드? 죽으면 말이 없기 때문에?

린치: 그 이야긴 이미 다 했잖아요.

콜먼: 다시 해봐.

린치: (항변할 듯하다가 이내 포기한다) 좋아요. 차에 FBI 요원이 탄 걸 알고….

콜먼: (끼어든다) 네 차였단 말이지? 트럭이 아니라.

린치: 맞아요. 전에도 말했듯이 트럭을 길 옆 어딘가에 세워놓고 렌터카를 타고 여자들을 태워요. 그런 뒤 트럭으로 데려간 다음에 차를 버리는 거예요. 하지만 그 여자는 무서웠어요. 끄나풀이라는 사실을 알고는 더욱.

콜먼: 그건 어떻게 알았지?

린치: (멈춤) 대화가 다 생각나진 않아요. 7년 전 얘기잖아요, 안 그래요? (멈춤) 잠깐, 조금 기억이 났어요. 여자가 차에 타자마자 입에 테이프를 붙이고, 손목을 묶은 다음 발목을 잘랐어요. 여자는 저항했지만 깜짝 놀랐어요. 내가 여자인 줄 알았으니까요.

콜먼: 어째서?

린치: 가발을 쓰고 했거든요. 목소리도 이렇게 높이고요.

콜먼: 다시 얘기해보겠어?

난 영상을 멈추고 메모를 했다. 제시카가 납치되었던 날 밤에 녹음한 파일 속 목소리와 일치하는지 비교할 것. 하지만 이번 사건에서 플로이드 린치를 제외하는 것은 차치하고라도 모리슨에게 재수사를 요청하기에는 아직도 무언가, 충분히 강력하지 않았다. 난 영상을 다시 재생했다.

린치: 아이팟으로 아무것도 듣고 있지 않다는 걸 알았어요. 진짜 끄나풀이었던 거죠. 여자가 경찰인 걸 알았고요. 그래서 CD를 틀고 아이팟 선은 SUV에 남겨놓기로 계획을 세웠죠. 여자를 따라오는 누군가를 막으려고요.
콜먼: 그럼 그때 틀었던 CD가 무슨 음악이었는지 기억하나?
린치: (눈을 굴리며 웃는다) 네, 케이트 스미스요.

난 다시 영상을 멈췄다. 잊고 있었다. 이것 역시 우리가 외부에 흘리지 않은 정보 중 하나였다. 아직까지는 그의 자백이 거짓이라는 콜먼의 주장에 크게 동요되지 않았다. 난 다시 재생 버튼을 클릭했다.

콜먼: 왜 하필 케이트 스미스를 들은 거지?
린치: (부드럽게 웃는다) 우리 어머니 생각이 나서요. 어쨌든 난 운이 좋았어요. 그들이 행동에 나설 때까지 시간이 꽤 걸렸으니까요. 아니면 너무 멀리 있었거나. 이유는 모르겠지만.
콜먼: 내게 전에 얘기했던 적이 있을 텐데, 처음 미라를 만들려고 생각했던 이유가 뭐야?
린치: (멈춤. 눈을 껌뻑이며 그녀를 쳐다본다) 기억 안 나요.
콜먼: 떠올려봐. 제시카 로버트슨 살인과 트럭에서 발견된 시신 사이에는 7년의 시간차가 있었어.

린치: (멈춤) 차에 가고 또 가고 했어요. 시신 위에서 자위를 했고요. 그게 좋았어요. 사람을 죽이는 것만큼이나 좋더라고요. (그는 말을 멈춘다. 엄지손가락으로 허벅지 윗부분에 빠르게 원을 그린다) 얼마 지나니까 시신이 완전히 말랐고 시신을 항상 가지고 다니면 멋지겠다고 생각했어요. 그럼 산에 올라갈 필요도 없고 누군가에게 들킬 걱정을 안 해도 되잖아요. 동물로 실험을 해봤죠.

콜먼: 그래, 이해해.

린치: 정말 이해해요, 콜먼 요원? (슬픈 듯 눈살을 찌푸리며 그녀를 응시한다. 미간이 좁아지는 가운데 엄지손가락은 허벅지 위로 더 빠르게 원을 돌린다) 아뇨, 얼굴에 다 나타나요, 콜먼 요원. 당신은 내가 정상이 아니라고 생각하죠.

콜먼: 플로이드, 그걸 판단하는 건 내 몫이 아니야.

린치: 하지만 이해해줬음 좋겠어요. 나도 다른 사람들과 다를 게 없어요.

콜먼: 왜 내가 그걸 이해해야 하는 거지?

린치: 섹스와 죽음은 같은 거니까요. 모두가 좋아하는 거예요. 마카로니와 치즈(Mac n Cheese)처럼.

콜먼: (멈춤) 그건 딱히….

린치: (끼어든다) 그런 뱀파이어 쇼 좋아할 텐데요, 안 그래요?

콜먼: (멈춤) 아니, 난….

이 부분에서 난 당혹스러웠다. 콜먼은 확신이 없어 보였다. 그녀는 조사 과정에서 통제력을 잃고 있었고, 난 그런 그녀가 당황스러웠다.

린치: 언젠가 영화를 하나 봤는데, 홀딱 벗은 좀비 소녀들이 나와서 무리지어 춤을 추다가 남자들을 잡아먹던데요. 그 영화 돈 좀 벌었을 거예요.

콜먼: 플로이드, 다시 얘기를….

린치: (다시 눈을 감고 머리를 뒤로 젖힌다. 숨소리가 도드라지고, 거의 들리는 듯하다. 그가 부드럽게 말하며 윗입술이 단어를 하나하나 밀어낸다) 남자들은 줄을 서서 기다리다 갈기갈기 찢겼죠…. 왜냐하면 그 소녀들이랑 섹스를 하고 싶어 하거든요.

콜먼: 플로이드, 그만.

맥스: (카메라 범위 안으로 들어와 린치에게 다가간다) 플로이드.

콜먼: 괜찮아요, 경위님. 날 봐, 플로이드.

린치: (눈은 여전히 감고 있지만 눈꺼풀이 흔들린다. 목소리가 거칠어진다) 하지만 내가 다르다고 생각하잖아요. 내가 미친놈이라고 생각해요. 미친놈이 벌인 쇼라고 생각하는 거죠.

콜먼: 날 봐, 플로이드.

린치: 아뇨. (눈을 뜨고 그간 드러냈던 가식적인 온순함이 아닌 절박한 눈길로 그녀를 쳐다본다) 아뇨, 당신이 날 봐요. (그는 무릎을 벌리고 바지의 사타구니 부위에 얼룩진 자그마한 자국을 카메라를 향해 내보인다. 다른 부분보다 더 짙은 주홍빛이다. 맥스가 카메라 범위 안에 들어서고 다음 대화는 모두가 한꺼번에 말하는 바람에 뒤엉킨다)

맥스: 이 역겨운 개자식.

린치: (맥스를 무시한 채 콜먼을 계속 응시한다) 뭐가 보여요, 콜먼 요원님?

콜먼: 괜찮아요, 경위님. 괜찮아요.

린치: 뭐가 보여요? 이 정도면 충분히 미친놈인가요?

(침묵이 길어지고 린치는 여전히 콜먼의 방향을 바라보고 있다. 그의 몸은 축 처져 있는데, 기진한 것이 아니라 슬픔으로 늘어진 듯하다. 콜먼은 그의 기세에 눌리지 않기 위해 그와 대치 중이라는 것을 충분히 상상할 수 있다. 린치는 손을 얼굴로 가져가 손톱을 위아래로 움직이며 딱지 부위를 긁는다. 맥스가 카메라 앵글 밖으로 물러났지만, 전보다 콜먼 가까이에 대기하고 있다는 것을 느낄 수 있다. 눈으로 볼 수는 없지만 조사실 안은 긴장감이 가득하다)

콜먼: (목청을 가다듬는다) 잠시 쉬지. 가서 씻도록 해.

린치: 그래야죠.

나도 휴식이 필요했다. 난 숨을 내뱉었다. 그때까지 내가 숨죽이고 있었던 것도 몰랐다. 이런 놈들은 몇 번을 대면해도 완전히 대담해지기 어려웠다. 때로는 아예 그런 영향력조차 과시하지 않는 놈들도 있었다. 그런 경우가 더 최악이었다.

(콜먼이 일어서며 의자에서 소리가 난다)

콜먼: 아, 생각난 김에 마지막으로 한 가지 더. 네가 제거한 귀들 말이야. 그건 트로피 같은 거였나? 아니면 기념품?

린치: 네, 그렇다고 볼 수 있죠.

콜먼: 부검의가 말하길 사후에 자른 것이라고 하던데.

린치: (모호하게) 그럴걸요.

콜먼: 사후란 죽은 다음을 말하는 거야.

린치: 나도 알아요. 제프리 디버 책 엄청 읽었거든요.

콜먼: 어디에 있지?

린치: 뭐가요?

콜먼: 그 귀들. 그 귀들 다 어쨌어?

린치: (오래 침묵한다. 린치는 보이지 않는 뭔가를 그로부터 밀어내고 있다) 그게… 그게… 갖다 버렸어요.

콜먼: (멈춤) 어디에 버렸지?

린치: (멈춤. 생각한다. 매우 고심하고 있다. 그의 음성이 반 옥타브 높아진다) 몰라요. 쓰레기통 같은 데겠죠. 그게 뭐, 중요해요?

콜먼: 넌 세밀한 부분까지 많은 걸 알고 있어. 우리보다도 더. 이를테면 시신들이 어디에 있는지도 알고 있고, 제시카가 죽은 후에 발송된 엽서들도 알고 있고, 케이트 스미스 CD를 틀었다는 것과 귀를 어떻게 잘랐는지도 알고 있어. 너한테는 그런 자세한 부분들을 기억하고 있다는 점이 중요한 거야.

린치: (콜먼의 논리를 경청하며 그는 얼굴을 돌린다. 대답하지 않는다)

콜먼: 뭐가 문제지, 플로이드? 뭔가 잘못 얘기했다가 사형 선고를 받게 될까 봐 두려운 건가? 그런 일은 없을 거야, 약속하지.

린치: 볼일이 급해요. 화장실에 가야겠어요. 지금 당장요.

24시간 만에 처음으로 나는 남자를 죽인 것 외에 다른 것을 생각할 수 있었다. 난 동영상을 앞으로 돌려 처음부터 다시 보았다. 세 번을 반복했다. 플로이드 린치가 멈칫한 순간의 시간도 쟀다. 1초, 2초, 3초…. 매번 3초 이상이었다. 콜먼이 귀에 대해 묻는 순간에 일시 멈춤을 해보았다. 바로 그것 때문에 콜먼이 내게 이 동영상을 보여준 것이니 직접 보고 판단해야 했다. 플로이드 린치의 동공이 확장되고 두 눈은 왼쪽을 향했다 다시 아래로 꺾인다. 입은 벌어져 있다. 뭔가 딱 집어낼 수는 없지만, 그가 거짓말을 하고 있는 것이 분명하다는 확신이 들었다.

거짓말 이상이다. 그의 낯빛은 사실상 더 창백해져 볼에 앉은 딱지가 더 짙어졌다. 그의 얼굴에 떠오른 표정은 당혹감이었다. 콜먼이 귀의 위치를 아는 것이 얼마나 중요한지를 설명하고 난 뒤에 그의 얼굴은… 공포심으로 가득했다.

난 지그문트에게 동영상과 함께 비교 분석 자료를 송부했다.

17

후세대에서 기발한 새 명칭을 만들어낼지는 모르겠지만, 콘셉트만큼은 돌고 돌았다. 데이비드 바이스 박사, JD, 심리학 박사, AKA 지그문트, 약어로 지그, 그리고 단 한 번의 섹스 파트너. 좋다, 두 번 정도였다. 고별 파티 때의 일까지 센다면 세 번. 하지만 그때는 둘 다 너무 취해서 옷조차 제대로 벗지 못했다.

지그문트와 처음 섹스를 했을 때는 폴이 날 떠났을 때였고, 두 번째는 용의자를 저격한 뒤 내 FBI 인생이 종점을 향해 치닫고 있을 때였다. 내 실존조차 의심스러울 때였고, 하룻밤 정도는 예전 나와의 연계가 필요했었다.

물론 지그문트는 나보다 명민했고, 난 항상 그 점이 좋았다. 그런 사람들과 어울리면 정신적으로 그들을 따라가기 위해 그 차이를 훌쩍 뛰어넘게 되니 말이다. 바로 그 점이 좋았다.

그런 지그문트를 반무의식적으로 연상시키기 때문에 카를로와 결혼한 것은 아니다.

지그문트는 내가 있는 곳에서 시차로 세 시간 정도 앞서는 동쪽

해변 지역에 살고 있었지만, 그가 언제든 금방 전화를 줄 거라는 보장은 없었다. 그는 항상 어떤 고대의 규칙을 따르고 있노라고 말했다. '인간에게는 재고가 가장 현명한 안이다.' 지그문트는 동영상을 보고, 생각하고, 또 보고, 또 생각한 뒤 전화할 것이다.

그래서 난 하릴 없이 시간을 죽였다. 냉동실에서 갈아놓은 고기 포장을 꺼내 달걀, 으깬 프리토스를 넣어 섞고 마지막 비법으로 칠리소스를 넣었다. 그건 셰이크와 베이크 치킨, 브로일드 피시, 바비큐소스를 뿌린 베이크드 포크찹과 더불어 내가 번갈아가며 만드는 일곱 가지 메뉴 중 하나였다. 그릴을 장만해야 하는 것이 아닌가 하는 생각도 했다.

난 플로이드 린치의 얼굴을 생각하며 재료들을 마구 으깨고 주물럭거렸다. 그런 뒤 작은 축구공 모양으로 만들어 나중을 위해 다시 냉동실에 넣었다.

난 조사 과정의 동영상을 다시 보았다. 그리고 기다렸다.

이곳 시간으로 9시가 되었는데도, 지그문트는 여전히 연락이 없었다. 그에게는 정오일 텐데. 그가 항상 책상 앞에 앉아 샌드위치를 먹는다는 것을 떠올린 나는 컴퓨터를 켜고 그에게 스카이프로 전화를 걸었다.

"훌륭하네. 이런 방법으로 연락하니 당신 수염에 겨자소스 묻었다고 얘기해줄 수도 있고."

"용감하게도 최신 기술을 이용했군."

서재에 앉은 그가 컴퓨터에서 반대 방향인 뒤로 몸을 기대며 말했다. 그는 여유를 부리며 나를 향해 힐난의 눈길을 보냈다. 난 그를 만류하지 않았다. 방법도 알 수 없었다. 다만 내게서 사람을 죽인 지 얼마 되지 않은 기색이 비치지 않기만을 바랄 뿐.

"러다이트* 타입이 아닌 줄은 알았어, 스팅어."

"난 어렸을 때 토스터기 안고 자지 않았거든. 당신은 그랬다며?"

"스팅어가 시답지 않은 농담을 하네. 뭔가 스트레스 받는 일 있으면 그러던데."

"왜 이래, 토스트 얘기 재미있었다고. 당신은 농담도 제대로 받아칠 줄 모른다니까."

"농담 뒤에 숨었군."

그가 그쪽 방면으로 날 더 살피겠다는 듯 몸을 앞으로 기울였다.

"이 일 때문에 부작용이 생기나 봐. 어디 손톱 좀 보자고."

나는 양손의 가운데 손가락만 들어 올렸다. 최근에 손질한 적이 없는 손가락이었다.

그는 우쭐해하며 다시 몸을 뒤로 기댔다.

"네가 보내준 동영상 봤어. 놀랍던걸."

그는 전혀 놀란 것처럼 보이지 않았다.

"로라 콜먼이 귀들을 어떻게 했냐고 물으니 멈칫하더군. 그 의미 알겠지?"

"그래, 알고 있어. 침묵이 길더라고."

"시간을 재봤는데 3.5초였어. 그가 버렸다고 얘기하는 것도 봤겠지?"

"얼굴 표정은 그 말과는 또 달랐어. 귀들을 쓰레기통에 던져버렸다고 무심하게 이야기한 것과는 전혀 일치하지 않았지. 매우 당황하는 기색이었는데, 그가 한 짓이 아니라는 걸 우리가 알게 될까 봐

---

* Luddite : 신기술을 반대하는 부류 등을 뜻하는 말.

두려웠던 거야. 귀들이 어디에 있는지 모르거나 알면서도 그 행방을 말하는 게 두려운 거야. 진범이 그걸 갖고 있을 테니까. QED."

지그문트가 말했다. QED는 '모든 것이 명백하고 그에 대해 더 논하는 것 자체가 무의미하다(Quod erat demonstrandum)'라는 말을 그의 방식대로 축약한 것이었다.

"그러니 당연히 그는 네 남자가 아니야."

우리 둘 다 알고 있었다. 정교한 예식을 반복하며 복잡한 방식으로 살인을 저지르고, 나중에도 그때의 흥분을 되새기기 위해 피해자 신체의 일부를 잘라낸 살인범이 그런 기념품을 어디에 버렸는지 기억하지 못할 리 없는 것은 물론이거니와 그냥 쓰레기통에 버릴 리 없다는 것을. 다머는 냉동실에 신체 일부를 보관했고, 크라운 주얼스는 런던탑에 보관했다. 플로이드 린치는 그 소중한 귀들이 어디에 있는지 모르거나 알고는 있지만 진범의 존재 때문에 말할 수 없는 것일 테다.

"나만큼 확신하는 거야?"

내가 물었다.

"그 이상이야. 귀들의 행방을 알고 있다면 절대 잊을 리가 없지. 그 귀들을 찾아야 해, 스팅어. 범인이 갖고 있을 거야. 그게 미스터 린치에게는 사형 선고보다 더 무서운 거야. 하지만 단지 표정만으로는 충분하지 않아. 증거가 필요해."

난 바로 그곳에서 막막해졌다.

"그거에 관해서라면 난 방법이 없어. 린치에게 접근할 수 있는 공식적인 자격 자체가 없거든. 그리고 나 때문에 괜히 사건을 망치게 될까 걱정이야. 그건 로라 콜먼에게 달렸어. 근데 저항에 부딪히고 있나 봐. 심지어 휴스에게도 의심 가는 부분에 대해 얘기했는데, 물론 네가 의심하는 두 사람 관계를 떠나서 말이야. 그도 66번 고속도로 살인범을 붙잡았다는 열풍에 빠져 있다나 봐."

"모리슨의 영향이지. 이번 사건을 자기 은퇴 후 자비 출판 회고록에 싣고 싶을 테니까. 내가 다시 거기로 갈게."

"괜찮아. 그래 봤자 로라 콜먼이 더 난처해질 뿐이야."

"내 영향력이 건재하다고 말했던 건 너였잖아."

"아직은 아니야. 우선 내가 나서보고 도움이 필요하면 얘기할게."

"처음부터 다시 시작해야 돼. 린치의 자백에는 귀의 행방을 얘기하는 걸 두려워하는 것보다도 더 큰 허점이 있을 거야. 가족은 누가 있지?"

"아내도 자식도 없어. 로라 콜먼이 도시 동부에 사는 린치의 아버지를 만나러 가는데 같이 가자더라고."

"아직 만나보지 않은 거야?"

"그랬나 봐. 음성 비교에 대해서는 어떻게 생각해? 린치가 여자 목소리 내는 부분을 제시카의 녹음테이프와 비교해봐야 할까?"

"나쁠 것 없지. 그건 여기 연구실에서 내가 확인할게. 그쪽에서는 트럭에서 나온 다른 시신에 대해서도 미스터 린치에게 다시 물어봐야 해. 그가 휴게소 도마뱀이라고 불렀던 피해자 말이야. 그 여자 이야기를 할 때 말을 좀 더듬던데."

"그쪽, 그쪽이라. 사실 로라 콜먼과 나뿐이야. 게다가 난 개입하는 데 한계가 있고."

"NamUs에 대해 들어봤어?"

그는 '네임 어스(name us)'로 발음했다.

"자세히는 몰라. 식별 데이터베이스라는 것밖에. 내가 FBI에서 나올 때쯤 개발되었고."

"일반인들도 별다른 허가 없이 검색과 정보 추가가 가능해."

난 메모지에 그 매춘부에 대해 알아보고 NamUs 사이트도 확인하자고 적었다.

"엽서들 기억해?"

내가 물었다.

그는 머리를 흔들며 아무 말 없이 계속하라는 듯 손짓했다.

"잭이 계속 엽서를 받고 있었어. 우리한테 그만 보내기 시작한 후로도 대여섯 장은 더 받았나 봐. 나한테 보여줬어. 그걸 정말 제시카가 보낸 거라고 생각하면서 마음의 위안을 받았다지 뭐야."

"세상에, 그럴 수가."

찰나 같은 순간 지그문트의 두 눈이 가늘어지더니 흔치 않은 혐오의 빛이 그의 얼굴을 스쳤다. 너무도 미묘해서 그걸 알아챌 수 있는 사람은 세상에 나뿐이었을 것이다. 지그문트는 모니터에서 시선을 돌렸다.

"그 망할 자식을 찾아내야 해."

추측컨대 그는 자신의 서재 창문이 있는 쪽을 쳐다보며 중얼거린 듯했다. 지그문트가 욕설을 입에 담는 것 또한 흔치 않은 일이었다. 그는 평정을 되찾은 뒤 다시 무덤덤한 표정으로 모니터를 응시했다.

"그의 자백이 거짓이라는 가정하에 린치를 다시 조사해야 해. 정보를 어떻게 입수했는지도 알아내야 하고."

지그문트가 일부러 허위 자백의 가능성을 옹호할 리 없었다. LA에서 일어난 그 유명한 블랙 달리아 살인 사건에는 30명이 넘는 사람들이 자신이 한 짓이라고 자백했으며, 500명이 넘는 사람들이 거기에 가담했노라 나서기에 이르렀다. 어떤 허위 자백은 사건을 해결하려는 압박에 의해 강압적으로 나오기도 하지만, 그 외의 경우도 존재한다. 자발적인 자백 말이다. 지그문트는 유명인사가 되고 싶은 동기에 대해 생각하고 있었다. 살인범을 닮고 싶어 하는 열혈 팬들 말이다. 헨리 리 루카스는 정작 증거가 드러난 살인 행각은 세 건밖에 안 되는데도 무려 600건의 살인을 자백했다. 존 마크 카는 자신의 DNA가 사건 현장에서 수집한 것과 일치하지도 않았고, 살인이 발생했을 당시 콜로라도에 간 기록도 없었으며, 아예 콜로라도에는 가본 적도 없는데도 불구하고 존 베넷 램지를 살해했다고 자백했다.

로버트 찰스 브라운.

래번 파블리냐.

그 둘의 자백은 실제로 유죄 판결을 받고 감옥에 갔을 만큼 신빙성이 있었지만, 나중에서야 진범이 밝혀진 사례다. 궁금하다면 한번 찾아보기를.

플로이드 린치의 경우는 그보다 더 간단할지도 모른다. 66번 고속도로 살인에 대한 집착에 그가 저지른 죄의 압도적인 증거가 더해진 데다 국선 변호인의 도움도 받지 못하는 상황에서 사형 선고에 직면하게 되었으니 그가 취할 수 있는 가장 쉬운 행동이 바로 순순히 자백하는 것이었을 테다.

플로이드 린치가 트럭의 그 여자를 죽였을지도 모른다. 혹은 그가 처음에 진술했던 대로 이미 죽은 시신을 발견한 것인지도 모른다. 그는 66번 고속도로 살인 사건에 매력을 느끼기 시작했고, 궁지에 몰리자 그 사건의 책임까지 뒤집어쓰겠다고 결심한 것인지도.

그리고 짜잔, 그 멍청이는 감옥에 가고 진짜 개자식은 자유의 몸으로 남게 된다.

하지만 생각은 플로이드 린치가 대중에게 알려지지 않은 자세한 내용들까지 어떻게 알게 되었을까로 돌아갔다. 그게 바로 이번 사건이 가진 차이였다. 극단적인 우연의 경우를 가정해 내부의 누군가가 기밀을 유출했고 그 이야기가 돌고 돌아 플로이드 린치에게까지 흘러들어갔다고 쳐도, 그것이 의미하는 바는 단 하나였다. 그는 진범을 알고 있는 것이다.

"마지막 살인을 저지른 지 벌써 7년이야."

내가 말했다. 부디 지그문트가 말의 요지를 파악하고 내게 동의해주길.

"우리가 아는 한은 없었지."

지그문트가 말했다.

"장소와 방법을 바꿨을 수 있어. 지금쯤 다음 살인을 계획하고 있는지도. 아니면 그림 슬리퍼처럼 잠시 살인을 멈춘 것일 수도 있고."

그는 캘리포니아에서 활개를 치던 남자를 상기시켰다. 그는 1980년대 중반에 전체 피해자들 중 절반을 살해한 뒤, 2002년이 지나서야 나머지 절반의 피해자들을 살해했다. 나는 신음했다.

"너도 이미 생각해봤던 사안인 거 알아. 게다가 66번 고속도로 살인범은 엄청나게 통제력이 있는 놈이야. 다시 살인을 저지르기 전까지 1년을 기다릴 수 있었어. 솔직히 그게 바로 린치가 진범이라는 점에 반하는 요인이지. 그는 충동 조절에 그다지 능숙해 보이지 않거든."

지그문트가 콜먼이 정리한 비교 분석 자료처럼 보이는 것을 집어

들었다. 그러고는 멍하니 그것을 바라보았다.

"진범이 자신의 유명세를 강탈한 이 자그마한 남자에게 어떤 기분이 들지 궁금해. 더 깊이 숨어들거나 제 영광을 되찾고 싶은 마음이 들거나 둘 중 하나겠지. 일단 린치를 만나봐, 스팅어."

그의 말이 옳았다. 내가 생각하고 있는 바도 그러했다.

"도와줘서 고마워."

나는 손톱의 거스러미 뜯기를 멈췄다. 난 온몸으로 지그문트에게 말하고 싶었다. 정말 당신의 도움이 필요하다고, 괴한을 죽인 후유증으로 괴로워하고 있는 날 제발 구해달라고, 누가 그를 내게 보낸 것인지 찾아달라고 말이다.

"지그문트?"

"그래, 나 아직 여기 있어. 보이잖아."

"우리가 잡아넣은 누군가가 가석방으로 풀려난다면 우리를 못 알아볼까?"

그는 생각하더니 말했다.

"아니, 아주 잘 알아보겠지. 그건 왜?"

"아무것도 아니야. 그냥 생각해봤어."

나는 지그문트가 먼저 통화를 종료하기를 바랐지만, 그는 그러지 않았다.

"내가 모르는 일에 관해서 말인데…."

그가 말했다.

"너 얼마 전에 내가 거기 있었을 때랑 달라 보여."

"어떻게?"

"폐 하나로만 숨 쉬는 것처럼 평소보다 숨소리가 많이 나면 뭔가 문제가 있다는 거야. 린치가 진범이 아닐 가능성 때문에 기분이 상한 건가? 죄책감이 들어서?"

아니, 난 지금까지 우리가 한 이 이야기와 연관이 있어 보이는 어떤 죽은 남자 때문에 머리가 아픈 거야. 난 정말로 지그문트에게 모두 털어놓고 싶었다. 입안에서 단어들이 몽글몽글 만들어지고 있었기 때문에 당장에라도 밖으로 터져 나오려는 것을 막기 위해 거세게 내리 눌러야 했다. 지그문트에게는 자백하고, 긴장을 종식하고 싶게 만드는 뭔가가 있었다. 그러면 누가 나를 노리는지 알아보는 데 도움을 줄 수 있을 것이다.

사실을 흘리는 대신 난 아무렇지도 않은 듯 과장되게 어깨를 으쓱하고는 눈을 깜빡거렸다.

"이런 불확실성이 골치가 아프고, 잭에게 당신 딸을 죽인 남자가 여전히 거리를 활개 치고 다니고 있다고 얘기할 생각을 하니 마음이 괴로워서 그래. 아무것도 아니야. 별일 없어."

18

 포장도로와 건물이 있을 뿐 강처럼 여러 군데의 서로 다른 산악 지대를 끼고 도는 투손은 소노란사막의 중앙에 콕 박혀 있었다. 소노란사막은 세계에서 가장 크고 아마도 유일할, 사와로선인장의 전시장이었다. 사와로선인장은 사람들이 흔히 떠올리는 모양의 선인장으로, 애니메이션 〈검비 스토리〉에 등장하기도 했다.
 사막은 대개 옅은 황갈색이다. 즉, 돌과 모래뿐이란 이야기다. 초목들 중에서도 가장 강한 종류만이 살아남을 수 있으니, 누구든 이런 생각이 들 것이다. 선인장이 살아남을 수 있다면, 나 역시도 가능하다. 난 사람의 생명을 앗아갈 수도 있는 자연의 야생이 좋았다. 관목 지대의 화제나 가뭄 혹은 돌발 홍수로 인한 익사까지. 사막에서 난 온후함과 다정함을 느꼈다.
 투손과 달리 벤슨 주변의 마을들은 도시의 동쪽 끝에서 다시 동쪽으로 약 40분 정도 떨어진 고지대에 위치하고 있었다. 그곳에서는 사과, 복숭아, 피칸 나무와 같이 덜 황량해 보이는 초목들을 키우고 있었다. 벤슨에는 가옥만큼이나 많은 수의 트레일러가 있었고,

가옥들 중에서도 다수가 조립식이었다. 알루미늄으로 만든 지붕이 용모 단정한 도서관 사서들처럼 부실한 기초를 가려주고 있었다.

콜먼의 요청대로 난 투손 시내에 있는 여러 개의 고층 건물 중 하나에 부속된 주차장에서 그녀를 만났다. 6층에 FBI 사무실이 자리하고 있는 12층짜리 건물이었다. 내가 조수석에 올라탔을 때 그녀는 손목시계를 보고 있었다.

14분 늦은 것에 대해 난 사과하지 않았다. 게다가 그녀는 에어컨을 풀로 가동하고 있었기 때문에 프리우스 안은 있을 만했다. 그런대로. 라디오에서는 그 목소리가 그 목소리 같은 소녀들 중 한 명의 노래가 흘러나오고 있었고 나는 라디오를 껐다.

"거슬리세요?"

콜먼이 물었다.

"이제 괜찮아요. 끄고 가죠. 음악을 싫어해서."

콜먼이 수락했고, 프리우스는 동편 I-10 고속도로를 따라 속도를 냈다. 그녀는 동영상에 대한 내 생각을 채근했다. 그리고 내가 귀에 대한 부분을 보았을 뿐만 아니라 지그문트에게도 동영상을 보냈고, 그 역시 우리의 생각에 동의했다고 이야기하니 그녀는 거의 환성에 가까운 소리를 질렀다.

"그러니까 두 분 다 매우 의심스럽다고 생각하셨단 말이죠."

그녀가 말했다.

"그렇죠."

난 플로이드 린치의 자백이 허위라는 추정하에 그를 다시 조사해야 한다는 지그문트의 생각을 되풀이해서 이야기했다.

"하지만 증거가 필요해요. 그의 자백에서 큰 구멍들을 찾아내야 한다고요."

난 곧바로 미소를 지었다.

"린치에게 결정적인 증거를 들이밀 필요가 있어요."

나와 지그문트를 자신의 편에 두게 된 데 만족한 콜먼은 남은 여정 동안 플로이드 린치의 아버지 윌버 린치와 형인 마이클 린치에 대해 알고 있는 것들을 이야기했다.

"윌버는 일을 하나요?"

"장애인 복지 분야에서요."

"마이클도 아버지 집에 살고요?"

"네."

"소속된 곳은요?"

"응급 구조대 수련을 시작했다고 하는데, 과정을 마쳤는지 모르겠어요."

"어머니는?"

"알려진 바 없어요."

"미리 연락했어요?"

"네."

"거부감은?"

"별로 없었어요."

내 생각의 절반은 플로이드 린치에게로, 나머지 절반은 워시의 죽은 남자에게로 향하고 있었다. 오늘의 만남이 그 둘의 관계를 알아내는 데 도움이 될지도 궁금했다.

콜먼은 팔로베르데드라이브에서 우회전을 해 트레일러 공원으로 진입했다. 그리고 내가 이르는 대로 공원에서 조금 떨어진 곳에 차를 세우고 플로이드 린치의 고향 집까지 걸어갔다. 트레일러의 지붕에는 흙먼지가 가득했고 창문을 비롯해, 한쪽 끝에 옷장 높이만큼 쌓인 나무 상자 무더기 위에도, 현관 앞에 세워진, 작은 풍선 크기의 바퀴가 달린 더러운 자전거에도 먼지가 가득했다. 빛바랜 푸른색의 후줄근한 우산과 반대편 끝에 놓인 녹슨 철제 테이블 위에 덮인 흰색 줄무늬 테이블보에도 먼지가 가득 쌓여 있었다.

월버 린치가 권총을 들고 망으로 된 현관문 밖으로 모습을 보였다. 그는 우리를 안으로 안내하지 않았다. 카우보이처럼 호리호리한 체격은 콜먼이 알려준 63년의 세월을 묵은 것처럼 보이지 않았다. 반면 그의 얼굴은 평생 낮은 습도와 카멜 담배에 절은 듯 주름이 졌고, 담배 때문에 그의 아랫입술에는 DIY로 암 수술을 한 것처럼 보이는 베인 자국 같은 것이 남아 있었다.

콜먼이 배지를 보이는 동안 나는 내게도 아직 누군가에게 보일 배지가 있는 것처럼 토트백 안으로 손을 넣었다.

"전 로라 콜먼 요원이에요."

그녀가 말했다.

"그리고 여기는…."

내가 막 나서려던 참이었다. 하지만 머리카락을 풀어 헤치고 재키-오* 선글라스를 쓴 위장은 월버 린치의 자발적인 개입으로 무용지물이 되었다.

"FBI처럼 안 보이는데."

그가 말했다. 자신이 권총을 들고 있는 것에 대한 설명이기도 했다.

---

* 미국의 저술가이자 첫 번째 남편이 존 F. 케네디였던 재클린 케네디 오나시스의 패션 스타일 등을 말함.

개인적으로 난 동의할 수 없었다. 로라 콜먼은 설사 FBI가 아니라고 해도 진짜 FBI처럼 보이는 사람이었다. 하지만 우리는 둘 다 머리를 한쪽으로 살짝 흔들며 우리가 왜 남자가 아닌지를 묻는 그의 암시는 그냥 넘어가기로 했다. 콜먼은 우습다는 듯한 눈길을 내게 쏘아 보냈다. 그 눈길은 이렇게 말하고 있었다. '검은색 정장을 입을 걸 그랬어요.'

"언제 오나 했지."

그가 녹슨 파라솔 테이블 옆에 놓인, 역시나 녹슨 의자에 앉으며 다른 두 개의 의자를 향해 손짓했다. 우리는 녹에 긁히지 않도록 조심하며 의자에 앉았다.

"그놈이 잡히자마자 날 만나러 올 줄 알았어. 나도 뉴스에 나올 줄 알았다고."

그의 느릿느릿한 말투는 수다분하게 들렸지만, 눈으로는 자신이 이 모든 일을 얼마나 대수롭지 않게 생각하고 있는지를 우리가 간파하는지 면밀히 확인하고 있었다. 그는 테이블에 담뱃불을 비벼 끄더니 손을 세워 아무렇지 않게 재를 쓸어버렸다.

"아드님 일은 유감이에요."

그를 감옥에 보내기 위해 자신이 어떤 역할을 했는지의 부분은 생략한 채 콜먼이 말했다.

윌버 린치는 미소를 짓고는 셔츠 주머니에서 담뱃갑을 꺼냈다.

"유감이라는 사람도 있으니 좋군."

그가 담뱃갑을 톡톡 두드리자 몇 개비가 밖으로 미끄러져 나왔고 그는 지나칠 정도로 부드러운 손짓으로 우리에게 담배를 권했다. 그 손짓은 마치 그의 손이 긴장을 놓지 않고 있다는 것을 보이기 위함인 것 같았다. 우리는 사양했고, 그는 자신의 담배에 불을 붙였다.

입술의 베인 자국에 담배가 단단히 안착하자 콜먼이 물었다.

"플로이드와 별로 좋은 관계가 아니셨다고 봐도 될까요?"

"그렇다고 볼 수 있지."

난 그의 말 속에서 빈틈을 포착했다.

"그래도 여기서 자랐겠죠? 학교도 가고 친구도 사귀고?"

"아마도. 늘 혼자서 지냈어. 뭘 읽기는 엄청 읽었지. 독서광이었다고."

그 단어를 뱉는 윌버 린치의 윗입술이 으르렁거리듯 위로 뒤집어졌다. 마치 그것이 성적 살인으로 가는 첫 번째 단계였다는 듯.

"어쨌든 자백했잖아. 그놈 시체는 여기로 보내지 말라고."

그는 나름의 웃음소리인 듯한 헤헤 소리를 냈다.

"린치 씨, 이 말씀을 드리면 안심을 하실지 모르겠어요. 저희가 온 것은 아드님이 자백한 범죄 내용이 사실 그가 저지른 것이 아니라고 생각하기 때문이거든요."

윌버 린치는 우리에게서 고개를 돌려 트레일러 옆을 감싸고 있는 잡초들을 쳐다보았다. 평생 안심이라고는 해본 적이 없는 사람 같았다.

"그래서 여기에 온 것도 몇 가지 남은 의문점들을 확인하고 싶어서예요."

내가 말했다.

"플로이드가 왜 자신이 하지도 않은 행동으로 비난을 자초하는지 짐작이 가시는 이유가 있을까요?"

"없어."

윌버 린치는 쓴 담배 연기를 한 모금 빨아들이며, 폐가 자신이 원하는 만큼의 연기를 흡입할 정도로 강하지 못하다는 듯 머리를 꿈틀거렸다.

"왜냐하면 난 그놈 짓이라고 생각하거든."

연기를 내뿜은 뒤 그가 말했다.

"그놈은 늘 더러운 피였지."

"더러운 피?"

내가 물었다.

"악의 씨앗. 그렇게 부르는 것 같던데. 이봐, 난 당신들이 내게서 뭘 기대했는지 모르겠군. 연쇄살인범 자식을 두어서 창피해하는 아버지를 상상했나? 손을 부들부들 떨면서 울고불고 난리치는 모습을 보고 싶었어? 흠, 한 가지만 말해주지. 난 그놈이 마침내 이 집안에서 영원히 사라진 게 반가운 사람이야. 덕분에 가까이 있는 누군가를 죽이지 않을까 걱정하지 않아도 되게 되었으니 말이야."

윌버 린치는 자신이 한 말의 반향에 귀를 기울이려는 듯 잠시 멈칫했다. 그런 뒤 또다시 헤헤 소리를 내며 우리를 보고 웃었다.

콜먼과 나는 그의 말을 이해할 수 없었다.

"플로이드를 마지막으로 보신 게 언제예요?"

콜먼이 다시 물었다.

"그놈이 4년 전에 트럭을 장만했지. 와서 우리한테 보여주더군."

"그때 아내 분도 살아 계셨어요?"

"아니. 왜, 아내가 죽은 것도 그놈 탓으로 돌리려고?"

윌버 린치는 이번엔 큰 소리로 웃었다. 전과 같은 유쾌함이 담겨 있었다.

"플로이드의 트럭은 어떠셨어요? 안에 태워드리기도 했나요, 보여드리기도 하고?"

"안에는 안 들어갔어. 그래도 기분은 좋았지. 남자가 자기 트럭 하나 장만한다는 게 보통 일인가. 그리고 이제 당신네 같은 사람들이 와서 그놈에 대해 이것저것 질문해대는 일은 없겠구나 생각도 했지, 헤헤."

이제 그 웃음이 위장이라는 것을 알 수 있었다. 부정하고 싶은 두려움을 감추기 위해 지금까지 계속 위장해온 것일 수도 있다. 자신의 아들이 잡혀 들어간 것이 어떻게 보면 그에게는 해방일 수도 있고, 그는 정말 아들이 죽는 순간을 고대하고 있는 것인지도 모른다.

4년 전 플로이드 린치는 트럭을 장만했다. 난 머릿속 계산기를 두드렸다. 그 시점이라면 플로이드 린치가 제시카의 시신을 찾아 매번 산을 오르는 데 지쳐 있을 때였다. 어쩌면 그게 트럭을 구입한 동기의 일부분이었을 수도 있다. 시신을 트럭에 싣고 다니는 것이 훨씬 편했을 테니 말이다.

"그냥 트럭을 보여드리러 왔단 말이에요? 그게 전부였어요?"

윌버 린치는 잠시 기억을 더듬었다.

"자기가 얼마나 성공했는지 말하더군. 돈을 어마어마하게 벌었다고."

"사는 이야기는 하지 않았고요?"

윌버 린치의 눈빛에 살짝 피로의 기미가 보였다. 그는 자신이 큰 소리로 이야기하고 있다는 것도 깨닫지 못하고 있는 것 같았다.

"뭐가 좀 있었지."

"뭔데요?"

그는 자신 앞에 앉아 있는 우리를 보고 놀란 듯하더니 이내 말을 이었다.

"맡아달라는 상자가 있었어."

"아직도 갖고 계세요?"

콜먼이 물었다. 그녀의 음성이 살짝 다급해졌고, 난 윌버 린치가 그것을 눈치채지 못했기를 바랐다.

"상자에 대해서 지금까지 완전히 잊고 있었군."

"저희가 봐도 될까요?"

"그냥 책이라던데."

"괜찮으시다면 그래도 한번 보고 싶어요."

그는 요청을 수락하는 것이 자신에게 득이 될지 해가 될지를 고심하는 듯했다.

"아직도 그 자리에 있는지 봐야겠어."

그는 의자에서 몸을 일으켜 아무 말 없이 트레일러로 향하기 시작했다. 그 자신도 호기심이 생긴 눈치였다.

"저희도 따라가도 될까요?"

콜먼이 물었다.

그는 안 된다는 말을 하지 않았고, 우리는 그의 뒤를 따랐다.

불결이라는 단어는 바로 이 너비 3미터, 깊이 6미터 공간의 트레일러 내부를 두고 하는 말이었다. 시간의 흐름에 따라 제 살 곳을 찾은 먼지들이 머릿기름과 뒤엉켜 낡은 녹청색 소파에 두껍게 내려앉아 있었다. 햇빛 가리개의 줄은 여기저기 꼬여 있었고, 커피 테이블 위에 쌓인 수많은 알루미늄 깡통 탓에 테이블의 합판이 우글쭈글해져 있었다. 부엌에서는 금방이라도 폭발할 듯한 냄새가 났다.

월버 린치는 우리를 이끌고 침실로 들어갔다. 침실에서는 창문에서 가동되는 에어컨의 엔진 소리가 훨씬 잠잠했다. 뿌연 창문을 보니 매장당한 것 같은 기분이 들었다.

"그놈이 나가기 전에 형이랑 이 방을 같이 썼지."

월버 린치가 말했다.

방에는 매트리스뿐이었다. 성장기 남자아이 둘이 쓰기에는 다소 비좁아 보였다. 톱 시트가 그 위에 똘똘 말린 채 놓여 있었는데, 매트리스와 시트 모두 똑같이 빛바랜 잿빛이었다. 옷장으로 추정되는 구석에는 작은 옷 무더기가 쌓여 있었다. 그것 외에 방에는 한쪽 구석으로 천장까지 닿을 듯 다섯 개의 상자가 탑처럼 쌓여 있었다. 아래에 있는 상자가 제일 컸고 위로 갈수록 그보다 조금씩 작았다. 아래의 가장 큰 상자 위에는 그 위에 상자가 쌓여 있는 공간 옆으로 빈 잭 다니엘 병이 놓여 있었다.

월버 린치는 상자들을 아래로 내리며 하나하나 안을 들여다보고는 콜먼에게 건넸고 콜먼은 그 상자들을 또 다른 구석에 하나씩 쌓아 올렸다. 그는 마지막 상자를 살피면서는 무릎을 꿇었다. 상자는 입구가 봉해져 있었다.

부디 귀를 알코올에 담아 메이슨 병에 담았거나 헐렁한 포장에 진공 밀봉을 했거나 혹은 적어도 나를 죽이려 했던 남자와 플로이드 린치를 연결시킬 수 있는 무언가가 있기를.

그는 상자 열기를, 혹은 그것을 우리 앞에서 여는 것을 잠시 주저했지만, 이내 청바지의 오른쪽 주머니에서 스위스 군용 칼을 꺼내 칼날을 뺐다. 그럴 만한 가치가 있는 일을 포기할 생각은 없어 보였다. 그는 한 가닥으로 묶인 포장 줄을 깔끔하게 끊고 판지로 된 덮개를 열었다.

　상자 안에는 공간이 충분해서 윌버 린치가 칼날로 내용물을 이리저리 밀어볼 수 있었다. 우리 셋이 앞으로 몸을 기울인 가운데 안에서는 범죄 소설 몇 권과 포르노 및 스릴러 DVD들이 나왔다.
　"독서광이라니까."
　윌버 린치가 말했다. 그는 암흑의 구멍에 맨손을 대고 싶지 않은 사람처럼 호기심과 망설임이 한데 섞인 손길로 칼날을 이용해 상자 안을 휘휘 저었다. 그는 몇 가지 물건을 꺼내 상자 옆 바닥에 내려놓았고 콜먼과 나는 그 옆에 서서 그가 무엇을 발견할지, 그리고 그의 반응이 어떠할지를 지켜보았다.
　그는 〈미라 로드쇼〉라는 내셔널 지오그래픽 프로그램 DVD를 꺼냈다. 그리고 주위에 아무도 없는 것처럼 그 뒷면을 읽더니 그것도 상자 옆 바닥에 내려놓았다. 그리고 마닐라지로 된 서류철도 꺼내 열어보고는 컴퓨터로 출력한, 연쇄살인범에 대한 위키피디아 자료들의 페이지를 들췄다. 난 그의 바로 뒤에 서 있었기 때문에 어깨 너머로 몇 개의 이름을 볼 수 있었다. 테드 번디, 그린리버 연쇄살인범, 제프리 다머, BTK 살인범, 샘의 아들, 66번 고속도로 살인범. 그리고 천연 탄산소다에 대한 설명과 사용법, 주문 방법에 대한 자료와 일반적인 연쇄살인범들에 대한 정보와 토론이 게재된 홈페이지를 출력한 자료도 포함되어 있었다. 이런 것들을 보고도 윌버 린치는 무심한 듯 DVD 위에 파일을 올려놓고 상자 안을 마저 살폈다.
　상자의 판지와 책들 사이에 끼어 있는 무언가가 그의 주의를 끌었고, 그는 칼로 그것을 낚아채 상자 밖으로 꺼냈다. 그것은 낡고 오래된 개 목걸이였다. 은색의 징이 박힌 갈색의 가죽으로 여전히 줄이 매달려 있었다.

"왜 그러세요?"

내가 물었다.

"이 목줄. 개를 키웠지. 바키라고, 좋은 녀석이었어. 어느 날 녀석이 도망갔다고 애들이 그랬는데, 아무래도 내가 잘못 기억하고 있나 보군."

윌버 린치는 살짝 어지러운 듯했다. 그는 헤헤 소리를 내지도 않았다.

"플로이드가 트럭을 몰고 왔을 때도 바키가 있었나요?"

내가 부드럽게 물었다.

마침내 나왔다. 그는 지금껏 이루 말할 수 없는 현실을 부정해왔던 세심한 얼굴을 벗어던졌다.

"오, 젠장."

그는 아주 나이 많은 노인의 목소리로 숨을 몰아쉬었다. 이 물건들에 자신의 아들의 실체가 너무 많이 드러난 탓에 모욕감이 들었는지도 모르겠다.

별안간 철제 계단에 부츠 굽 소리가 울려 퍼지더니 이내 트레일러의 문이 활짝 열렸다.

"헤이, 아빠!"

에어컨의 웅웅대는 소리 너머로 누군가의 목소리가 들렸다.

"멕시코 놈들 사냥 나갈 준비 됐어요?"

"손님 있다."

윌버 린치는 무릎을 꿇은 채로 다소 다급하게 외쳤다.

난 콜먼을 쳐다보았다. 그녀는 내가 왜 차를 트레일러 앞에 주차

하지 말라고 했는지 이제야 이해한 눈치였다. 흔적을 보이지 않으면 기대하지 않았던 이야기를 들을 수도 있다.
　목소리의 주인은 우리를 보자 동작을 멈추고 우리를 응시했다.
　나도 마이클 린치를 똑바로 쳐다보았다. 머리 뒤쪽과 옆을 짧게 면도하고 윗부분은 길게 남겨둔 모습이 마치 포토벨로 버섯의 꼭지 같았다. 위협적인 분위기에 더해진 머리 스타일 때문에 그는 바보 같아 보이면서도 공포감을 자아냈다. 언젠가는 내면의 분노를 터트려버릴 것 같은 사람의 모습이었다. 멕시코 놈들을 사냥한다는 것이 무슨 의미인지 일부러 묻지 않았지만, 이민자들 중에 농장 일꾼으로 고용할 만한 인력을 찾아보러 가자는 뜻이 아닌 것만은 확실했다.
　그는 우리가 아닌 자신의 아버지를 보며 말했다.
　"여기서 뭐 해요?"
　"F, B, I에서 나왔다는구나."
　윌버 린치가 알파벳 하나하나 의미를 담아 정확하게 발음했다. 하지만 마이클 린치의 표정은 흔들림이 없었다.
　"플로이드가 그 여자애들을 죽인 게 아닌 것 같단다."
　마이클 린치는 고개도 돌리지 않은 채 방 밖으로 나갔다.
　"서둘러요, 아빠. 해 다 지겠어요."
　그가 말했다.
　윌버 린치는 자리에서 일어나 마이클 린치의 등 뒤에서 소리쳤다.
　"이봐, 플로이드가 바키 데리고 갔냐?"
　뿌연 창문으로 밖을 내다보니 마이클 린치는 마당 끝에 세워진 더러운 오토바이 쪽으로 빠르게 걸어가고 있었다. 윌버 린치도 그의 뒤를 따를 준비를 하기 시작했다.

나는 그가 물건들을 이베이에 내놓을 생각을 하기 전에 상자를 집어 들고 물었다.

"이 상자 저희가 가져가도 괜찮을까요, 린치 씨? 물건들이 린치 씨에게 쓸모가 있을 것 같진 않은데요."

"상자에 있는 내용물은 아드님이 연쇄살인범이라는 증빙이 될 수 없어요."

콜먼이 말했다.

윌버 린치가 고개를 돌렸고, 뼈에서 딱 소리가 났다.

"아, 그냥 그놈 죽이고 끝내라고."

지금 우리는 주도권을 잃고 있었고, 나는 콜먼을 쏘아보았다. 이건 공식적인 방문이 아니기 때문에 얻어낼 수 있는 것은 최대한 얻어내야 했다. 그녀는 그에게 다가가 명함을 건넸고, 그는 그것을 들여다보지도 않은 채 건네받아 셔츠 주머니에 넣었다.

"린치 씨, 혹시 요 몇 년 동안 아드님과 관계가 있었을 만한 인물, 누구 아는 사람 있으신가요?"

"글쎄."

그가 말하며, 우리가 계속 머무는 것이 불편하다는 듯 화급히 거실로 나갔다.

"66번 고속도로 살인 사건을 자백함으로 인해서 이득을 볼 사람이 있을까요?"

현관을 나서는 그에게 내가 물었다.

"아드님이 어떤 이름 같은 것 언급했던 적 없어요?"

하지만 윌버 린치는 다른 생각을 하고 있었다. 오토바이의 굉음

앞에서 그는 두 다리를 넓게 벌리고 서서 그의 아들에게 분노하며 소리 질렀다.

"네가 말해봐라, 젠장. 그 망할 오토바이에서 내려서 말해보라고. 플로이드가 내 개를 죽였는지 말이야."

금방이라도 주저앉을 듯한 철제 계단을 내려오며 고함과 오토바이 굉음 가운데서 난 윌버 린치에게 가까이 다가가 선글라스를 벗었다. 콜먼이 듣고 있지 않을 때 무방비 상태의 그를 노려야 했다.

"혹시 브리짓 퀸이라는 이름 언급한 적 없어요?"

내 존재는 그에게 분노 그 자체일 뿐이었다. 그는 내 팔뚝을 움켜쥐고 내 얼굴 가까이로 자신의 얼굴을 들이밀었다. 그는 혀로 리듬을 타며 말했다.

"이건 내 잘못이 아니야."

그가 말했다. 그의 입김이 주변 공기를 탁하게 만들었다.

"그저 애새끼 하나가 괴물로 큰 거지. 살 가치가 없는 괴물. 그러니 어쩌겠어? 기회가 있었을 때 진작 그 어린 것을 익사시켜버렸어야 했는데."

19

로라 콜먼은 능숙하게 시동을 켜고 그와 동시에 에어컨을 켰다.
"여기 바키가 잠들다. 평안 속에 쉬길."
내가 말했다.
"전 플로이드 린치가 괜찮은 사람이라고 말씀드린 적 없어요. 동물로 미라 실험을 했다고 했을 때 알아보시지 않았어요?"
그녀가 말했다.
"그래요, 요원이 준 동영상에 그런 내용이 있었죠. 하지만 가족이 키우던 애완견을? 아니, 그러니까, 아아."
"그래도 사형을 받을 만한 죄목은 아니죠."
콜먼이 말했다. 그녀는 요령 좋게 프리우스를 몰고 트레일러 공원을 빠져나와 벤슨의 중심 거리로 나섰다.
"오는 길에 봤던 버거킹에 잠깐 들를게요. 가는 동안 마실 콜라 사려고요. 필요한 것 있으세요?"
"점심이나 들까요?"
"점심은 시내에 가서 드시죠."

"좋아요, 그래도 드라이브 스루로 가지 말고 주차해요. 화장실 좀 다녀와야겠어요. 그리고 내 콜라도 부탁해요."

모든 일이 끝난 뒤 우리는 다시 I-10 고속도로에 진입했고, 콜라를 홀짝이며 서쪽을 향해 달렸다. 쓰레기 같은 인간 둘을 만나고 온 뒤라 그녀는 긴 자동차 여행에서 으레 사람들이 그러하듯 이러쿵저러쿵 잡담을 늘어놓았다. 이건 자신이 정상적인 사람 중 하나라는 것을 스스로 확인하는 방법이라고도 할 수 있었다.

"FBI에는 어떻게 들어가시게 된 거예요?"

그녀가 물었다.

난 남은 콜라를 마신 뒤 물을 더 만들어내기 위해 안에 든 얼음을 흔들었다.

"경찰 가족이었어요. 아빠와 남동생은 시 경찰이었고, 여동생은 CIA에 있었죠. 여동생인 애리얼과 나도 어렸을 때는 바비 인형을 잘 갖고 놀았는데, 파티에 가는 대신 켄을 약물 중독 혐의로 체포하곤 했어요."

콜먼은 웃음을 터뜨렸다. 내 이야기를 농담으로 들은 듯했다.

"그쪽은요?"

"66번 고속도로 살인 사건이 한창일 때 FBI에 들어갔어요."

콜먼이 말했다.

"전 선배님에 대한 FBI의 처분이 너무하다고 생각했었어요. 그리고 그 일이 있은 다음에…."

그 일이 있은 다음이란 내가 용의자를 쏘아 죽인 뒤를 말하는 것일 테다.

"그래도 선배님 실력은 최고였다고 생각해요."

그녀가 말했다.

"과거형으로 말하다니, 나 아직 안 죽었어요."

내가 말했다. 화제를 돌려야 할 때였다.

"귀에 대한 것을 넘어서 조사 과정 전체가 되짚어볼 만한 것이었어요. 조사는 훌륭했어요. 그자와 많은 시간을 보냈던데, 상당히 역겨웠을 거예요, 그렇죠?"

"아뇨…."

그녀는 말을 하다 말고 목청을 가다듬었다.

난 콜먼의 마음에 늘 뭔가가 자리하고 있다는 것을 재빨리 간파할 수 있었다. 그것 때문에 그녀는 항상 사소한 화제로 이야기를 시작했다. 이를테면 내가 어떻게 FBI에 들어가게 되었는지 같은. 난 그녀를 똑바로 쳐다보며 말했다.

"콜먼 요원, 아마 내가 어떤 사람인지 이야기를 많이 들어 알 거예요. 우선 난 심리 치료사가 아니에요. 뭔가 같이 파헤쳐야 할 치료 세션을 하고 있는 게 아니라고요. 그러니 마음에 있는 말을 그냥 밖으로 뱉어요. 들어도 큰 소리로 웃거나 떠들고 다니지 않을 테니."

콜먼은 심호흡을 했다. 그녀는 운전대를 잡은 손에 더욱 힘을 주었다.

"조사 준비를 위해 관련 책들을 다 읽었어요. 데이비드 바이스가 쓴 책 같은 것들요. 시작하기 전에 살짝 들떠서는 혼자 생각했죠. '아, 난 이제 괴물의 마음속에 들어가는 거야.' 책에서 나온 것처럼 말예요. 근데 무서운 사실은 그런 일은 일어나지 않았다는 거죠. 선배님이 말씀하셨던 것처럼 전 '역겨운' 상황들을 예상했거든요. 하지만 조사를 진행한 지 얼마 지나지 않아서 이런 생각이 들기 시작했죠. 난 그냥 어떤 남자랑 이야기하고 있는 거구나. 맞아요, 그냥 완전히 맛이 간 이상한 남자랑 이야기하고 있는 거였어요. 잔혹한 괴물이 아니라."

"어떤 걸 예상했어요? 수염을 배배 꼬면서 악마처럼 웃는 인간?"

"그래도 그 사람 약간 찰스 맨슨 닮지 않았어요?"

콜먼이 웃음을 터뜨렸고 덕분에 분위기가 한결 편안해졌다.

"뭐, 암튼 그래요, 맞아요. 그렇게 보일 거라 생각했었죠. 근데 그냥 우리 같은 평범한 사람 중 하나였어요. 불쌍한 머저리요. 그도 인간이라는 것 때문에 불안했고요."

"본론으로 바로 들어가자면, 그는 뱀파이어 영화에 대한 대중성을 언급하면서 요원을 압도하려고 했었죠. 섹스와 죽음의 결합에 사람들이 왜 매력을 느끼는지 이야기하면서 말이에요."

"아니에요."

그녀가 말했다.

"맞아요."

"좋아요, 맞아요."

"인류는 타락했어요. 어떤 의미에서 보면 린치의 말이 옳아요. 우리도 그걸 인정하는 게 나을 거예요."

난 고개를 돌려 콜먼을 쳐다보았다. 그녀는 입술을 지그시 문 채 눈을 찌푸리고 있었다. 자기 보호를 위해 자체적으로 얼굴을 닫아버린 것 같은 느낌이었다. 그녀에게 워시에서 내가 그 남자를 어떻게 죽였는지를 이야기한다면 무어라고 할까 궁금해졌다. 난 호스로 습한 공기를 빨아들이는 척하며 분위기를 띄워보려 농담을 던졌다.

"루카, 어둠으로 나오너라."

그녀는 웃지 않았고, 난 좀 더 심각하게 접근했다.

"이봐요, 걱정 말아요. 〈트와일라잇〉 시리즈를 좋아한다고 해서 누군가의 피를 빨아먹진 않으니까. 우리 모두 어떤 면에서는 연쇄 살인범적 기질을 품고 있다는 것뿐이에요. 왜냐하면…."

그녀의 주의를 끌고, 그와 동시에 내가 말하는 바의 핵심을 강조하기 위해 난 손가락 관절로 가볍게 유리창을 두드렸다.

"…그 점 때문에 요원이 이 일에 소질을 보이는 것일 테니까요. 그래서 두려운 거죠."

콜먼은 미약하지만 조금은 기운 찬 미소를 보였다.

"그렇다면, 누군가에게 공감할 때 선배님 안에 있는 살인범 때문에 그런 마음이 드는 것인지, 아니면 그들이 결국 살인범이 아니기 때문에 그런 것이지 어떻게 알죠?"

"그건 직관에 맡겨야죠."

그녀는 고개를 끄덕였다.

"나도 겪어봤어요, 콜먼 요원. 지난번에 본인 입으로도 얘기했잖아요. 때로는 누가 나쁜 놈인지 분명히 알고, 그걸 증명할 때까지 불면의 밤을 보내기도 하죠. 수년이 걸리더라도. 하지만 가끔씩은 일이 전혀 다른 방식으로 전개되기도 해요, 지금처럼. 플로이드 린치와 많은 시간을 보내면서 요원은 마음 깊은 곳에서 그가 범인이 아니라는 것을 알아챘어요. 그것에 대해 줄곧 생각했겠죠. 그래서 그에게 귀에 대한 것도 물어봤던 것이고, 다른 사람은 아무도 눈치채지 못할 때 그의 반응도 살필 수 있었던 거예요."

그녀는 또다시 고개를 끄덕였다.

"따라서 내가 하고 싶은 말은 직관대로 가라는 거예요. 내가 이런 이야기했다고 하진 말고."

그 뒤로 콜먼은 별다른 말이 없었다. 아마도 우리가 나눈 대화에 대해 숙고하고 있는 듯했다. 그녀가 이야기를 더 나누고 싶어 할지도 모르겠다는 생각에 난 에머리스 칸티나에 들러 점심을 먹자고 제안했다. 콜먼도 동의했고, FBI 사무실 건물로 돌아와 내 차 옆 공간에 차를 주차했다. 난 호텔에 들러 잭을 살핀 뒤 식당으로 가겠노라고 말했다.

"어떻게 지내고 계세요?"

누군가를 찾기라도 하는 듯, 혹은 누구의 눈에도 띄고 싶지 않다는 듯 주차장을 두리번거리며 콜먼이 물었다.

나는 머리를 흔들었다.

"나도 그게 궁금하던 차예요."

"린치의 자백이 수상하다고 말씀하실 건가요?"

"세상에, 아뇨. 린치의 자백이 거짓이라는 명백한 증거를 잡기 전까지는 아무 얘기도 하지 않을 거예요. 물리적인 증거가 필요해요. 그걸 린치에게 들이밀어야 우리에게 사실대로 말할 테니까요. 그때까지 모리슨 또한 알 필요 없을 테죠."

콜먼은 살짝 얼굴을 찌푸렸다.

"린치가 오늘 아침에 자백서에 서명했어요. 재판 날짜가 화요일로 잡혔고요."

"소식이 뉴스에 보도되고 모리슨이 더 어마어마한 얼간이가 되기 전까지 철회하려면 사흘 남았네요. 그 남자, 얼간이 취급 받는 것을 다른 무엇보다도 싫어하는 걸로 기억하거든요. 어쨌든 그는 완전히 손 안 대고 코 푸는 격이네요, 제길."

"그런데 직관을 따르라는 말씀에도 불구하고, 상자에서 나온 증거품은 오히려 유죄를 더 확증해주고 있어요."

"아니, 그렇지 않아요."

내가 말했다.

"자기가 유명 연쇄살인범인데 무엇하러 다른 살인범들의 자료를 찾고, 관련 이야기들을 출력해서 보관했겠어요? 그건 그가 워너비라는 사실을 뒷받침해주는 거예요. 그럼, 이따 봐요."

난 차에서 내렸다.

20

처음에는 174호의 문을 두드렸다. 하지만 답이 없자 잭을 쉐라톤에 데려와 체크인을 시켰을 때 받은 또 다른 열쇠를 사용했다. 그는 자살한 것은 아니었지만, 안에 있지도 않았다. 어디에 간 거지? 뭘 타고 간 걸까(상황이 어려워진 지금도 잭은 버스를 타지 않았다)? 도대체 뭘 하고 있는 것일까? 난 방을 가로질렀다. 그의 작은 캔버스 가방 외에 아무것도 없었다. 안에는 여전히 비닐에 싸여 있는 셔츠 몇 벌과 치노 팬츠 한 벌, 그리고 속옷 몇 벌이 들어 있었다. 또한 깔끔하게 코팅한 5×7 크기의 제시카 사진이 침실 램프에 기대어 있었다. 욕실에는 전기면도기, 칫솔, 여행용 크기의 치약이 놓여 있었다.

나는 책상 전화기 옆 호텔 메모지에 짧고 간략한 메모를 남겼다. '들렀다 가요. 돌아오는 대로 전화 줘요, 어리석은 사람.' 그리고 내 핸드폰 번호를 적었다. 난 메모지를 찢어 메모를 다시 쓴 다음 '어리석은 사람.'을 지우고, '부탁해요.'를 적었다. 난 괴로웠다. 플로이드 린치에 대한 콜먼의 압박과 워시에 있는 시신이 곧 발견될 것이라는 두려움에 더해 누군가 여전히 날 노리고 있다는 쓸데없는 직감까지. 하지만 이내 다시 생각했다. 견디자. 내 괴로움 중 그 어느 것도 자식을 잃은 고통에 비할 바가 아니다. 자식을 잃은 고통에 비할 바가 아니야.

21

호텔에 들렀다 왔음에도 불구하고 난 콜먼보다 먼저 에머리스 칸티나에 도착했다. 이번에는 바에 자리를 잡았다. 주변의 대화 소리에 귀를 기울이며 나는 라이트 맥주를 주문했다. 사람들은 치아에 대해 이야기하고 있었다.

다른 이들이 프랭크라고 부르는 지하철 경찰관이 근관 치료를 해야 할 것 같다며 북서부 지역에 신경 치료를 전문으로 하는 의사 중 아는 사람이 없는지를 물었다. 나와 안면이 있는 클리프가 근관 치료에 대한 이야기는 들었는데, 정확히 그게 뭔지는 모르겠다고 얘기했고, 에머리가 그건 당연한 일이라며, 바위처럼 단단한 턱을 가졌으니 치과에 갈 일이 전혀 없지 않느냐며 그를 추켜세웠다. 그는 우쭐한 표정으로 하루에 두 번 치실을 사용한다고 덧붙였다. 셰리는 젠틀 치과의 처방약이 좋아 그곳에 다닌다고 말했다.

이내 그들 모두가 내 나이대의 사람이라면 치과 진료에 대해 당연히 잘 알고 있을 것이라는 듯 나를 쳐다보았다.

"의치를 전부 코스타리카에서 해 넣었죠."

나는 살짝 분개하며 말했다.

"캐스터네츠라고 하는 것처럼 들리네요."

그들은 웃음을 터뜨렸지만, 정확히 어떤 부분이 캐스터네츠라고 들렸다는 것인지 명확하게 짚어내지 않았기에 생각만큼 무례하게 느껴지지 않았다.

내가 있는 곳 가까이에서 바에 몸을 기대고 서 있던 셰리가 말했다.

"유명하시다고 들었어요."

프랭크와 클리프는 자기들의 음식을 내려다보고 있었다.

그때 휴대전화가 울렸다. 목의 신경이 또다시 곤두섰다. 시체를 발견했다는 맥스의 전화일지도 모른다는 생각에 난 깜짝 놀라는 척하는 목소리를 준비했다. 내 마음 한구석에 악몽처럼 걸려 있는 그 시체. 누군가를 죽인 것에서 비롯된 악몽의 가장 최악은 시간을 되돌려 그것을 없던 일로 만들 수 없다는 것이지 않을까? 아니라고? 흠, 그렇다면 상관없고. 난 숨을 크게 들이마시고 핸드폰을 열어 조심스럽게 "여보세요."라고 말했다.

"선배님, 로라예요. 호텔은 다녀오셨어요?"

"지금 바에 있어요."

"로버트슨 씨는 어떠세요?"

"방에 없었어요. 지금 어디예요?"

"확인할 메시지가 있어서 사무실에 잠깐 들렀어요. 지금 가는 길이에요."

콜먼을 기다리는 동안 난 내가 그 일을 얼마나 되돌리고 싶어 하는지에 대해 귀중한 곱씹음의 시간을 가졌다. 일이 벌어진 직후 맥스에게 전화를 했어야 했다. 그것을 은폐하는 것이 아니었다. 이미 엎질러진 물이었다. 하지만 그렇게 하지 않았다면 제럴드 피질이 처음부터 나를 노리고 있었음을 알려주는 DVD도 찾지 못했을 것이다. 그 DVD가 어떻게든 플로이드 린치와 연관이 있을지도 모른다. 내가 죽었을 수도 있다. 제길, 카를로 역시 죽었을 수도 있다. 이 꼬리에 꼬리를 무는 생각일랑 그만하고 싶었다. 혼란만 가중될 뿐이었다.

린치. 윌버와 포토벨로 마이클을 만나보았다. 망설임과 물러섬. 하지만 그들이 이번 일에 연루되었다는 동기는 발견하지 못했다. 오히려 그들은 자신의 아들이자 동생으로부터 거리를 두고 싶어 하는 것 같았다.

물론 추측이다.

돌고 돌아.

생각에서 완전히 헤어 나오기도 전에 오후의 햇살 한 줄기가 어두운 내부에 침투했고, 난 거울을 통해 콜먼이 들어오는 것을 보았다. 난 그녀에게 바 쪽으로 합류하라고 손짓해 보였다. 콜먼이 엘 그레코의 몸매를 뽐내며 술집 안을 가로지르는 가운데 남자들은 그녀의 모습을 훔쳐보지 않는 척하느라 대화가 툭툭 끊기고 말았다. 콜먼은 불편한 기색으로 우리가 처음 만났을 때 그랬던 것처럼 손가락으로 자신의 곱슬머리를 매만지는 척하며 손으로 모반을 가렸다.

"여기 괜찮아요? 아니면 테이블로 옮길까요?"

내가 물었다.

그녀는 브래지어의 와이어 혹은 허리에 찬 무기를 좀 더 편안하게 정리하기 위해 몸을 약간 움직였다. 그런 뒤 내 옆, 비닐을 씌운 스툴 위에 앉았다.

"아뇨, 여기 좋아요."

그녀가 말했다.

"저희 부모님이 모르몬교도여서 이런 바에 앉는 게 좀 어색해서 그래요."

그녀는 좋은 바텐더라기보다는 실크 블라우스 안이 궁금한 남자에 더 가까운 모습으로 곁을 맴돌고 있는 에머리에게 아이스티를 주문했다. 그는 손바닥을 바에 얹은 채 음흉한 눈길로는 아니었지만 콜먼 방향으로 몸을 기대고 있었다. 셰리조차 그 옆을 지나다 동그래진 눈으로 그를 쏘아보았다. 알아서 조심하라는 듯한 그 눈빛은 두 사람이 연인 사이라는 내 추측에 확신을 더해주었다.

에머리는 칩이 든 바구니와 살사 접시를 우리 앞에 내려놓았다.

"서비스예요."

그가 공손하면서도 화려한 손짓으로 특유의 억양을 살려 말했다. 우습게도 자기비하적인 동시에 우아한 유럽인처럼 보였다. 그런 뒤 그는 다른 손님에게로 멀어졌다.

"선배님이 마음에 드나 봐요."

콜먼이 칩을 가리키며 말했다. 자신만의 바텐더를 갖는다는 것은 어떤 기분일까 생각해보는 듯한 음성이었다.

"내가 누군지도 모를 텐데요. 당신에게 관심을 표하는 거예요."

에머리는 그녀에게 아이스티를 가져다주었고, 헝겊으로 된 냅킨 위에 숟가락을 올렸다. 그런 뒤 설탕이 담긴 그릇을 그녀 쪽으로 가까이 옮겨놓았다.

아이스티에 대한 변명이 필요하다고 느꼈는지 그녀가 말했다.

"근무 중이니까요."

그녀는 레몬을 짜 넣었다. 머릿속으로 바키 생각을 하고 있는 것이 분명했다.

"개 키우세요?"

"퍼그가 두 마리 있어요."

"퍼그들, 좋은가요?"

이전에 한 번도 개를 키워본 적이 없는 나로서는 그 말의 의미가 정확히 무엇인지 알 수 없었다. 하지만 대답했다.

"그럼요, 좋은 녀석들이에요. 당신은요?"

"어렸을 때 미니 슈나우저를 키웠어요. 던컨이라고. 나랑 같이 잠을 잤죠."

소소한 잡담은 거기서 끝이었다. 담소를 나누기에 그녀는 너무 진지했다.

"오늘 만남은 막다른 길이었어요. 어떤 것도 말이 되지 않아요."

"성욕에 대한 살인도 마찬가지죠. 이 사람들은 우리가 생각하는 방식과 전혀 다르게 생각해요."

"선배님 말씀대로, 뭔가가 더 필요해요."

"조사를 해도 중요한 것이 무엇인지는 나중에 떠오를 수 있어요. 우선은 그 내용을 가급적 머릿속에 담아놓아요. 간혹 내용들 간의 연계가 보이기도 하니까. 우리 모두가 정보의 쓰레기차라고 보면 돼요. 때로 그런 쓰레기 사이의 연계가 당신의 삶을 좌지우지하기도 해요."

콜먼이 바에 팔꿈치를 대고 손을 턱으로 가져갔다. 미소를 숨기기 위해서일까? 그녀는 내가 이야기한 가르침을 완전하게 받아들였다는 듯한 눈빛으로 나를 바라보았지만, 두 눈으로는 밋밋한 인내심 같은 것이 들여다보였다. 내 이야기에 감명을 받았을지언정 그것을 온전히 흡수하지는 못한 듯했다. 그래서 난 선배 노릇은 그만두기로 했다. 콜먼이 나의 연배를 두고 장난칠 생각이 없다는 것은 하늘만이 알 일이지만, 어쨌든 그녀도 나와 똑같은 존경을 받기에 충분했다.

"미안해요, 이미 잘 알고 있을 텐데. 당신의 분석은 정말 인상적이었어요. 바이스도 인정했고요."

"데이비드 바이스를 직접 만났다는 게 여전히 믿어지지 않아요. 그는 거물급 인물이잖아요. 마치, 있잖아요, 마치…."

"공룡처럼? 농담이에요."

그녀는 여전히 알맞은 단어를 고르느라 분주했다. 그런 그녀는 전혀 불편한 기색을 보이지 않았기에 나는 내가 너무 빨리 연배에 대한 부분을 언급했다고 생각했다. 난 그냥 무시하기로 했다.

"우리는 같은 시기에 FBI에 들어갔어요. 그는 이미 심리학 분야 석사 학위를 갖고 있었고 새로운 행동과학 분과 설립의 책임을 맡았고요. 우리는 그를 지그문트라고 불렀어요, 왜냐하면…."

"프로이트. 재미있어요."

난 같은 말을 반복하는 것이 싫었다. 사람들은 스트레스의 영향이라고 했다. 난 맥주를 다 비웠고, 에머리가 두 번째 잔을 권했을 때 괜찮다며 거절했다.

"당신은 뭐라고 불려요?"

화제를 돌리기 위해 내가 물었다.

"스노우(Snow). 얼굴 때문이 아니고요."

"이를테면…."

"마음이 눈처럼 순수하다고…."

난 애써 아무렇지도 않은 표정을 지었다. 하지만 머릿속으로는 지그문트가 그녀와 국선 변호사와의 관계를 의심했던 일을 떠올렸고, 콜먼은 눈을 굴렸다.

"바이스 박사님이 선배님을 스팅어라고 부르는 것을 들었어요. 왜 그렇게 부르시는 거예요?"

"당신이 몰래 이런 일을 벌이고 있는 것을 모리슨이 알게 되면 그래도 그들이 당신을 스노우라고 부를까요?"

그녀는 모리슨을 직접 언급하기보다 격언같은 것을 인용했다.

"때로는 규율과 옳은 일 중 하나를 선택해야 할 때가 있죠."

또 같은 이야기를 되풀이하게 될지도 모르겠다.

"냉장고 자석에나 적혀 있을 법한 이야기를 하네요. 고결한 척하는 것만큼 기분 엿 같은 것도 없어요."

그녀는 나의 말을 들어 넘긴 채 화제를 돌렸다.

"항상 궁금했던 게 있어요. 바이스는 그의 책에서 66번 고속도로 살인 사건에 상당히 많은 부분을 할애했는데, 제시카 로버트슨에 대한 언급은 한 번도 없었어요."

"그가 책을 썼을 때에 제시카는 실종된 지 고작 8개월이었어요. 그는 지적인 남자지만, 그조차도 그녀와 무척 가까웠을 거예요. 많은 사람들이 그랬죠."

"어째서요?"

"제시카는 아이 같았거든요. 멀리서 보면 열세 살이라고 해도 믿었을 정도로. 누구에게도 미움을 산 적이 없었죠. 당신도 알 거라 생각하지만, 그건 FBI처럼 경쟁이 치열한 조직에서는 쉽게 찾아볼 수 없는 품성이죠. 언제나 변함없이 활기찬, 흔치 않은 여자들 중 한 명이었어요. 그녀에게 손이라도 댔다가는 단번에 나쁜 년이 되어버리는 그런 친구요. 항상 돌봐주고 싶은 마음이 들게 하는."

제시카에 대한 설명은 그것만으로도 충분했다. 지금 그녀와 개와 별명에 대한 이야기를 살짝 공유하게 된 건가? 담소는 아니었지만 내 마음을 열어보려 노력했다고 봐도 좋을지? 시도 좋았어요, 콜먼 요원. 나는 제시카를 '루키'라고 불렀고, 제시카는 나를 '코치'라고 불렀다는 사실은 덧붙이지 않았다.

콜먼은 내가 할 수 있는 이야기는 전부 했다는 것을 감지한 듯 더는 이야기를 강요하지 않았다.

"린치에 대한 조사 보고서 복사본을 가져왔어요. 차에 있어요."

난 목소리를 낮추고 그녀에게도 똑같이 목소리를 낮추라고 손짓했다.

"그걸 사무실 밖으로 가져왔다고요?"

그녀는 두 볼이 붉어졌다.

"전부는 아니에요."

그녀가 말했다.

"구체적으로 린치에 대한 부분만이에요. 그의 자백이랑 트럭 같은 것들요. 이미 말씀드린 내용에서 크게 더해진 건 없어요."

콜먼은 다시금 비밀스러워졌다. 어떤 면에서는 지나치게 진중한 모습이었다, 아직까지는.

"왜요, 스노우. 규율대로 행동하지 않겠다면서요?"

그녀는 나를 무시하는 데 점점 더 능숙해지고 있었다.

"오늘 밤에 저희 집에서 다시 한 번 검토한 다음에 플로이드 린치를 재조사해야겠어요. 한 내일쯤? 더 이상의 증거가 필요 없을지도 몰라요. 플로이드도 자신이 한 일을 곱씹고 있을 거예요. 그러니 사실을 말하게 하는 데 생각만큼 그렇게 많은 압박이 필요하지 않을지도 모르겠어요. 그리고 이런 생각까지 들기 시작했어요. 트럭에서 발견된 시신을 진범이 그에게 준 것이라면?"

"후, 아가씨. 직감만 믿고 우리가 상당히 앞서 나가고 있는지도 모르겠군요. 가져온 것을 줘봐요. 집에 가져갈 테니. 혼자서 찬찬히 보는 게 좋겠어요. 내일 플로이드 린치를 만나러 갈 때 그의 마음을 바꾸게 만들 만한 것이 있는지 살펴볼게요."

22

 남은 오후 시간에는 카를로와 함께 월마트, 홈디포 같은 곳을 돌았다. 그리고 아침에 준비해놓았던 미트로프를 구웠다. 저녁 시간에는 남은 에너지를 모두 액션 영화 감상에 쏟아 부었다. 슈워제네거가 프레데터와 끝장을 볼 때까지 싸우는 내용은 언제 봐도 마음이 편했다. 그 영화를 한 번도 본 적이 없었던 카를로마저 재미있었노라고 고백했다. 콜먼에게 받아온 자료를 자세히 살펴보고 싶은 마음이 굴뚝같았지만, 짬이 나지 않았다. 다음 날 새벽 5시, 난 밴에서 죽은 남자에 대한 생각에 소스라치게 놀라 잠에서 깼다. 땀을 비 오듯 흘리고 있었다.

 어쩔 수 없이 나는 조용히 침대에서 빠져나와 커피포트의 스위치를 켜고 서재로 향했다. 필요할 때면 언제든 받아 적을 수 있도록 옆에 메모장을 둔 채 나는 얇은 서류철을 열고 집중해서 내용물을 읽었다. 통제할 수 없는 일들에 대한 생각을 그만 떨쳐내고 싶었다.

 정말로 전체 자료는 아니었다. 사진도 전부 누락되어 있었다. 콜먼이 미처 사진까지 복사할 시간이 없었던 것이다. 66번 고속도로 살인 사건의 원 자료도 찾아볼 수 없었다. 보고서는 플로이드 린치가 검거된 6월 26일 11시 19분을 1쪽으로 시작해 그가 서명한 자백서의 268쪽으로 끝이 났다. 보고서와 함께 범죄 현장 조사 보고서와 트럭과 그의 몸에서 채취한 물리적 증거 목록도 있었다. 이를테면, 그가 운전하는 동안 미라를 보관하고 있었던 운전석의 가장자리를 덮었던 비닐, 시신을 미라로 만드는 데 사용했던 천연 탄산소다의 흔적, 비닐로 덮었음에도 불구하고 남아 있던 체모(그와 미라의 것), 제프리 디버의 소설책. 그가 읽고 또 읽었는지 책은 무척 낡아 보였다.

무명의 작가가 쓴 《여자를 죽인 뒤 시신을 갖고 도주하는 법》이란 제목의 전자책 복사본도 있었다. 저작권은 2009년으로 기재되어 있었다. 어제 보았던 출력물을 비롯해 성공한 연쇄살인범에 대한 또 다른 오묘한 자료까지 추가되어 있었다. 나는 미국 의회 도서관에 이 전자책이 등록되어 있는지, 등록되어 있다면 누구의 이름으로 등록이 되었는지 확인이 필요하다고 메모했다.

작은 배터리로 가동하는 TV와 함께 안에는 당연하게도 〈좀비 스트립걸〉이라는 제목의 DVD가 나왔다는 기록도 있었다. 조사 때 그가 언급했던 영화다. 영화 취향 한번 저렴하군. 여분의 청바지 한 벌과 티셔츠 몇 장, 양말과 팬티, 휴게소에 잠깐 들러 씻을 때 사용하는 세면도구, 도로 지도, GPS 장치, 휴대전화, 트럭 운행 일지.

난 거기서 멈췄다. 트럭 운전사들은 모든 활동과 경로를 꼼꼼하게 기록해야 한다. 심지어 잠을 몇 시간 자는지도 기록하게끔 되어 있는 것으로 알고 있다. 어느 때고 멈춰 서서 안전 규칙을 준수하는지 확인받기도 한다. 난 일지의 날짜를 확인할 것을 메모했다. 트럭 운전사들이 일지를 얼마의 기간 동안 보관하는지도 알아보고, 그가 그간의 일지들을 어디에 두었는지도 찾아야 한다. 그가 회사 소속으로 일했을 당시 회사 GPS 기록과도 비교해보아야 한다. 그들이 GPS 시스템을 갖추고 있다면 말이다.

갑작스레 어떤 생각 하나가 떠올랐고 나는 토트백에서 잭이 준 엽서들을 꺼냈다. 당연하게도 마지막 엽서는 6월에 보낸 것이었다. 플로이드 린치가 검거되기 얼마 전이었다. 소인은 6월 7일자, 한밤의 스트립쇼 사진이 찍힌 라스베이거스에서 보낸 것이었다. 빙고. 플로이드 린치가 6월 7일에 어디에 있었는지 최근의 일지를 살펴보자. 나는 메모했다.

아침 7시가 되자 목록이 길어졌다. 그의 휴대전화에 저장되어 있는 전화번호들 확인하기, 2000년부터 2007년 사이 플로이드 린치가 트럭을 구매한 뒤 몸담아 일했던 트럭 회사 찾아보기, 그리고 당시 그의 상관을 만나보기, 그가 다녔던 길목의 휴게소에서 접촉했을 만한 인물 만나보기, 신용카드 사용 내역 확인하기. 나는 잠시 더 생각한 뒤 추가했다. 차에서 나온 쓰레기들 뒤지기, 맥주 깡통에서 지문을 채취해 지문 자동 식별 시스템에 돌려보기. 깡통에서 다른 사람의 지문이 나올 가능성은 매우 희박하다. 아마 대부분은 동네 10대 청소년들이 마신 것들이겠지만, 그것도 누군가 바닥에 버려진 깡통들을 집어 차 안에 집어넣은 것일 테다. 마침내 지그문트와 마지막으로 나눴던 대화가 떠올랐고, 난 다시 메모했다. 닷지의 앞좌석에서 발견된 제인 도(신원 미상의 여자), 즉 휴게소 도마뱀에 대해 알아보기.

난 콜먼이 바로 정보를 알아볼 수 있도록 목록을 파일로 첨부해 그녀의 개인 이메일 주소로 보냈다. 오늘 오후 플로이드 린치를 조사할 때 그에게 물어볼 질문 목록도 함께. 8시쯤에 메일을 확인한 그녀는 즉각 회신을 보냈다. '알았어요. 구치소에서 3시에 봬요. 그런데 선배님 말씀이 옳았어요! 이를테면요.'

나는 다시 보고서로 돌아와 부검 보고서 요약부터 살피기 시작했다. 부검 보고서는 트럭에서 발견된 제인 도부터 시작하고 있었다. 미라화, 어쩌구저쩌구, 경조직이 넓게 분포되어 있고, 어쩌구저쩌구, 사후 훼손, 어쩌고저쩌고. 새로운 내용은 없었다.

카페인도 보충하고 카를로에게 아침 키스도 해주기 위해 자리에서 일어난 찰나 퍼그들이 일제히 짖어대는 소리가 들리더니 현관문 앞에서 어떤 익숙한 목소리가 카를로와 대화를 나누는 소리가 들렸다. 난 범죄자처럼 메모장을 토트백 안에 숨겼다. 서재에서 나오자 맥스 코요테가 손에 모자를 든 채 거실 중앙에 서 있는 모습이 보였다. 제복 차림의 그는 긴장하고 있는 모습이었다.

전에도 말했듯이 맥스와 카를로는 하우스 파티에서 만나 친구가 되었다. 여느 때였다면 카드 게임을 하러 왔거나 실존주의에 대해 토론하러 들렀을 것이다. 그럼 나는 샌드위치를 만들고 이렇게 시작하는 농담에 귀를 기울였을 테지. "사르트르와 당나귀가 술집에 들어갔는데…"

하지만 워시에서 일이 있은 지 얼마 지나지 않아 맥스가 이 시간에 여기에 온 것은 단 하나만을 의미할 뿐이었다. 누군가 나를 목격했다—난 이제 끝이다. 하지만 바로 자백할 필요는 없었다. 나는 목구멍에 턱 걸려 나오지 않는 단어들을 애써 밀어냈다.

"내가 잘 있나 보러 온 거야?"

난 농담을 던졌다.

맥스의 얼굴은 살짝 창백했다.

"몇 시간 전에 우리가 워시에서 뭘 발견했는지 너도 봐야 해. 네가 가까이 사니까 들러서 직접 얘기해줘야겠다 싶었어."

난 조심스럽게 안도했다. 나를 연루시키고 있는 것 같아 보이진 않았다.

"앉아, 맥스."

카를로가 말했다.

"커피 마시겠어?"

맥스는 카를로가 안내하는 대로 높다란 나무 스툴에 앉았다. 그리고 들고 있던 모자를 천천히 식탁에 내려놓았다. 건조를 위해 그곳에 늘어놓은 암석들은 눈치채지 못한 듯했다. 그가 이제 이야기하려는 남자를 죽인 날에 주워온 것들이었다. 평소였다면 진즉에 마당으로 옮겼겠지만 그만 깜빡 잊고 말았다. 내가 이것을 왜 여기에 그냥 두었을까. 그에게 커피를 따르면서 주전자로 제인의 바이에른 도자기 커피 잔을 쳐서 넘어뜨리지 않도록 집중하는 동안에도 나는 암석에 시선을 두지 않으려 애썼다. 대신 그를 쳐다보았다. 맥스는 제일 들떠 있을 때조차 어딘가 모르게 느리고 어두워 보이는 구석이 있었다. 그래서 정작 어려움에 빠진 것은 나일지라도 그를 위로해주고 싶은 마음이 들곤 했다. 그는 매우 심각해 보였지만, 정말 그러한지는 장담할 수 없었다. 나를 체포하러 온 것 같지는 않았음에도 불구하고 난 손가락을 배배 꼬며 손가락에 지문 채취용 검은색 잉크가 잔뜩 발리는 모습을 상상했다.

그는 지금 자신에게 유일한 고민이 프랑크푸르트 소시지 같은 손가락을 잔 걸이에 꿸 수 있을지의 여부인 것처럼 내가 그에게 내민

잔과 잔 받침을 쳐다보았다. 얼마간의 숙고 끝에 그는 손 전체로 잔을 감싸 쥐고 침통하게 커피를 한 모금 마셨다. 덕분에 나쁜 소식이 아니기를 바라는 극적인 분위기가 점점 고조되고 있었다.

만성적인 허리 통증을 대담하게 숨기는 척하며 자동차 추락 사고 위장은커녕 자기 목숨조차 스스로 끊기 어려운 여자인 양 난 그의 옆에 놓인 스툴에 힘겹게 올라앉았다.

그는 모자 때문에 머리카락이 헝클어졌다는 듯 완벽하게 빗어 넘긴 칙칙한 짙은 색의 머리카락 사이로 손을 넣었다.

"곧 이야기할 테니 잠깐만 기다려줘."

카를로가 호기심을 표하거나 혹은 내가 간신히 숨을 내뱉기도 전에 맥스가 그와 나 사이 작업대 위에 놓인 암석을 알아챘다.

"매번 가던 곳에서 주운 건가?"

그는 내가 워시의 특정 장소에 다니는 것을 알고 있었다. 종종 그와 카를로가 식탁에서 포커 게임을 하거나 철학 토론을 하는 사이 집을 나와 그가 집에 가기 전에 돌아오곤 했기 때문이다. 그 질문에 솔직하게 대답하지 않으면 내가 거짓말을 하고 있다는 것을 카를로에게 들키고 말 것이다. 난 암석들을 가리켰다.

"당연하지. 내 암석 정원에 새로 넣을 표본들 좀 보라고."

그는 '그럼 뒤집힌 밴 못 봤어?'라고 묻지 않고 그냥 "흠." 하고 말았다. 암석에게서 고개를 돌리는 맥스는 평소 암석을 보았을 때와는 전혀 다른 흥분의 기미를 보였다.

"거기 언제 갔었어?"

가급적 사실을 말하되, 필요 이상은 이야기하지 말 것. 거짓말쟁이들은 꾸며내기를 좋아해서 스스로 곤경에 빠지곤 한다. 난 어수

룩하게 시계를 쳐다보았다. 이제 숨을 들이마실 때였다.

"좀 됐지. 왜, 무슨 일이야?"

"이 뜨거운 날씨에 타 죽지 않았어?"

이건 무슨 게임일까?

"다리 밑 그늘진 곳으로 다녔어. 여기는 햇빛 아래랑 그늘이랑 온도 차이가 극과 극인 것이 우습지 않아?"

"안 그래도 거기 자주 가지 말라고 얘기하고 있어."

카를로가 뜬금없이 말하더니 작업대 앞으로 손을 뻗어 내 이마를 덮은 머리카락을 걷었고, 이내 희미한 멍 자국을 드러냈다. 나는 살짝 움찔했고, 표본이 된 듯한 기분에 언짢았다.

"이것 봐, 넘어졌다고."

이건 필요 이상의 정보였다. 고마워, 카를로. 이제 그 넘어진 일화를 내 이야기 속에 조합시켜야 했다.

맥스는 눈을 가늘게 뜨고 카를로가 가리킨 곳을 살펴보았다. 평소보다 더 관심을 보이고 있었다. 하지만 이건 그냥 내 죄책감 때문에 그렇게 보이는 것일 테다. 난 유약해 보이려 애썼다.

"심하게 넘어졌나 보군."

그가 말했다.

"괜찮아. 이보다 더한 일도 있었는데 이 정도면, 뭐."

난 내 커피를 가지러 스툴에서 내려왔다. 요동치는 맥박을 제어하고 입술이 죄책감에 뒤틀리는 것을 커피 잔 뒤로 감추기 위한 행동이었다. 또한 맥스의 질문을 예측하고 그 질문이 어디까지 이어질지 미리 마음으로 준비하기 위함이기도 했다. 흰색 밴을 몰고 가는 사람 못 봤어? 그날 입었던 옷은 어디 있어? 난 머릿속으로 내 이야기의 구멍들을 헤아리며 기다렸다. 맥스는 왜 나와 이런 식으로 장난질을 하는 것일까?

카를로가 곧 끔찍한 이야기를 듣게 될 것은 유감이었지만, 어쨌든 난 여전히 아무것도 모르는 척해야만 했다.

"그래, 뭘 봤는지 얘기해봐. 네 얼굴을 봐서는 엄청나게 흉포한 보브캣보다 더한 걸 본 것 같은데."

"워시에서 뒤집힌 차량을 발견했어."

난 결백한 사람이 그러하듯 강렬한 눈빛으로 그를 쳐다보았다. 1초. 2초. 그리고 다소 냉담한 척하며 시선을 돌렸다. 맥박이 달음박질을 했고 난 마음을 진정시키기 위해 코로 숨을 깊이 들이마셨다. 덕분에 그런 마음이 목소리에 드러나지 않았다. 오, 하느님, 맙소사, 이런 게 바로 살인범들이 느끼는 감정이었군.

"그건 흔하게 볼 수 있는 광경이 아니잖아. 누가 발견했는데?"

"클리프턴 데이비스. 누군지 알지?"

"착한 청년이지. 네가 열었던 파티에서 만난 적 있어. 다른 날에 에머리스 칸티나에서도 봤고. 거기 어딘지 알지?"

"물론, 몇 번 가봤지."

하지만 그는 성가시다는 듯 고개를 설레설레 젓고 있어서 그 주제에 계속 머무를 수 없었다.

"클리프턴이 야간 당직을 끝내고 돌아가다가 독수리 몇 마리가 어느 한 곳에서 원을 돌고 있는 걸 봤대. 호기심이 생긴 거지."

"내가 집에 돌아온 뒤에 사고라도 났던 걸까?"

맥스는 터프가이 같은 태도로 코웃음을 쳤다.

"그럴 리가."

그의 평소 같지 않은 모습에 나는 계속 긴장을 놓을 수 없었다.

"암석들을 어디서 주웠다고 했지?"

"늘 가던 곳. 암석들이 굴러 떨어지는 다리 근처 말이야. 그곳이 그늘이 지기도 하니까."

"그렇다면 맞네. 클리프턴이 그걸 다리 북쪽 워시에 있는 굴곡 부근에서 발견했거든."

"아, 맞아. 설명이 되네. 다리에 있는 굴곡에서 멀리 떨어진 곳이었다면 내가 보지 못했을 거야."

너무 많은 단어를 흘리고 있었다. 이제 그만하고 집중하자.

"근데 그건 왜 물어보는 거야?"

"우리가 알고 있는 사람들 중에 그곳에 정기적으로 가는 사람은 너밖에 없으니까. 혹시 목격한 것이 있지 않을까 했지. 하지만 네가 그걸 봤다면 당장 전화를 했겠지."

"당연하지. 밴은? 그냥 사고 후에 버려진 거야?"

자신이 본 것에 집중하는 맥스의 두 눈이 우리가 죽음을 맞닥뜨릴 때면 느끼는 부적절한 흥분으로 반짝이고 있었다.

"아니. 안이 아주 엉망이었어. 악취가 하늘까지 닿겠더군. 남자가 죽어 있었는데 부검의 말로는 며칠 됐다고 하던걸. 물론 부검을 해봐야 더 자세한 걸 알 수 있겠지만."

"오, 세상에."

카를로의 목소리에 난 그에게로 고개를 돌렸다. 맥스에게 하는 말에 너무 집중한 나머지 그가 그곳에 서서 듣고 있다는 것도 잊고 있었다. 그는 교회나 장례식장에서나 들을 수 있는 숨죽인 음성으로 말했다.

"우리 집에서 2킬로미터도 채 떨어져 있지 않은데. 게다가 브리짓이 워시에 매일 가잖아."

"매일은 아니야."

내가 재빨리 말했다.

카를로의 얼굴이 수척하고 창백하게 변했다. 시체에 대한 소식을 들었기 때문일 것이다. 그 얼굴을 보고 나는 그 시체를 만든 장본인이 나라는 사실을 들었을 때의 그의 반응을 상상해보았다. 처음으로 나는 내가 결국 옳은 일을 했다는 생각이 들었다. 하지만 여전히 맥스는 여기 이곳에 있었다. 그는 조금씩 시동을 걸고 있었다.

"시신은 뒤쪽에 팽개쳐져 있었어. 구더기가 생겼는데 열기를 이기지 못해서 모두 죽고 말았지. 부검의 말로는 최근 워시의 기온이 42도에 육박해서 부패 속도가 가속화되었다더군. 안이 완전히 도기 냄비 같았던 거지. 인간 스튜였다고. 살갗에 커다란 틈이 벌어졌는데 그 사이로 가스가 분출되었어."

꼬마 남자애들이 개구리 이야기를 하듯 경찰들은 이런 식의 대화를 즐겼다. 남자들만의 문화라고나 할까? 하지만 카를로는 몸을 떨더니 자리를 피했다. 맥스는 예의 바르게도 그가 완전히 사라질 때까지 기다려주었다.

"토할 뻔했어."

그가 고백했다.

"사진에서 말고 실제로 그런 현장을 본 건 처음이야."

"그래서 누구였어?"

내가 물었.

"실종 신고 들어온 건 없어?"

"아직은 단서가 없어. 시신은 형체를 못 알아볼 정도로 상하긴 했지만, 얼핏 동네 건달처럼 보이던걸. 긴 머리에 낡은 와일드캐츠 티셔츠, 나일론 반바지를 입었고 신발은 없었어. 지갑도 없었고 건강보험 카드나 자동차 등록증도 없었어. 번호판을 확인해보긴 했지만."

어서, 맥스, 여기서 멈추지 말라고. 이름을 알려줘. 이름을 알려달란 말이야. 난 아무렇지 않은 척 말했다.

"그래서, 도난 차량이었나?"

맥스는 어깨를 으쓱했다.

"알 수가 있나. 차는 제럴드 피질이라는 이름으로 등록되었는데, 그게 죽은 남자의 이름인지 아닌지는 모르지."

"불운한 이름이군."

나는 이 일에 절반의 흥미를 잃어가고 있는 것처럼 보이려 애썼다.

"그 제럴드 피질이라는 사람의 전과 기록은?"

"반년 전에 데저트 다이아몬드 카지노 밖에서 매춘부를 성폭행해서 체포됐었어. 피닉스의 한 버스에서 노부인을 성추행한 적이 있고. 그게 다야. 약물 중독이 의심스럽긴 해."

"글쎄, 두 건의 성범죄가 우연은 아닐 텐데… 부검의는 뭐라고 할 것 같아?"

"현재로서는 사고사지. 충돌로 인해 죽었을 수도…."

맥스는 범죄와의 싸움에 지쳐버린 듯한 한숨을 내쉬었다.

"맨리케스가 시신의 피부에서 지문을 뜰 거야, 그러면 제럴드 피질의 것과 비교해볼 수 있겠지. 하지만 그게 생각대로 잘될지는 미지수야. 어쨌든 난 그만 현장에 가봐야겠어. 클리프턴에게 시신을 안치소로 옮기고 밴을 견인해가라고 일러뒀거든. 난 그냥 네가…."

그는 말을 하다 말고 멈추었다. 이내 그의 미간이 좁아지더니 말하고 싶지 않은 무언가를 이야기하려는 듯 입을 벌렸다.

난 대화 초반에 그가 '밴'을 말하기 전에 내가 먼저 말해버린 것이 떠올랐다. 그 차량이 밴이라는 것을 모르고 있는 것이 정상인데 말이다. 난 그가 우리의 대화를 되짚어보고 있다는 것을, 인과 관계를 상기하고 있음을, '밴' 이야기를 누가 먼저 꺼냈는지 확인하고 있음을 느낄 수 있었다. 나는 알고 있는 모든 요령을 동원해 순진무구한 눈빛으로 그를 쳐다보았다. 그가 부디 잘못 짚어내기를 바라며.

"뭔가 아는 거라도 있을까 봐?"

그가 시작한 문장을 내가 마무리했다. 그런 뒤 고개를 저었다.

그의 표정이 다소 누그러지더니 카를로가 다시 돌아오자 그만 포기해버리고 말았다. 하지만 그가 방금까지 생각한 바를 입 밖에 내지 않았다는 사실이 더 최악이었다. 때문에 난 용의자가 된 것 같은 기분이 들었다.

"좀 더 있다 갈래? 샌드위치 만들어줄까?"

내가 물었다.

"고맙지만 사무실 들어가서 보고서 작성해야 해."

그가 말했다.

"도움이 필요하면 언제든 연락해, 맥스."

난 그를 향해 응원의 미소를 지었다.

그는 나를 유심히 바라보았고, 나도 그를 그보다 더 유심히 바라보았다. 그리고 맥스는 이내 자리를 떴다.

"나도 좀 가봐야겠어, 일이 어떻게 된 것인지 보게."

잠시 후 내가 문밖으로 나서며 말했다.

카를로는 내키지 않는 듯했지만, 말리지는 않았다.

"스틱도 가져가."

그가 우산꽂이를 흘끗 쳐다보았다.

"어디에 뒀어?"

그가 순수한 의문으로 묻는 것이라는 사실을 알고 있었다. 등산용 스틱이 잠재적 살인 도구일 줄은 결코 몰랐을 테니 말이다.

"부러졌어. 당신이 만들어준 것 중 가장 좋았는데. 바닥에 칼날도 부착되어 있었고. 새로 하나 만들어줘."

우리는 잠시 그렇게 서서 서로를 쳐다보며 같은 생각을 했다. 난 왜 스틱이 부러졌다는 것을 진작 그에게 말하지 않았을까?

"아, 그냥 나가지 말아야겠어. 어차피 길도 다 막아놓고 통제하고 있겠지."

개미집에 독을 넣는 것에 대한 무언가를 중얼거리며 카를로는 차고로 사라졌다. 그가 나의 말을 더 이상 신뢰하지 않는 것 같다는 의심이 들었고, 나 역시 요령을 상실하고 있다는 느낌이 들었다. 그가 우리의 대화를 다시 한 번 숙고하기 전에 어떻게 하면 그에게 한시라도 빨리 이 모든 상황을 털어놓을 수 있을지도 생각해야 했다. 하지만 적어도 이름을 손에 넣었다. 제럴드 피질을 고용한 사람이 누구인지 알아낼 수 있는 작은 단서다.

23

플로이드 린치에게 개인적으로 물어보고 싶은 것도 조금 있었다. 이를테면 제럴드 피질이라는 이름을 들어봤는지. 그에게 이걸 묻는 것은 위험할 수도 있지만, 그 질문을 발판 삼아 두 사람이 서로 관계가 있는지 혹은 66번 고속도로 살인범과 관계가 있는지를 알아낼 수 있을지도 모른다. 예측대로 뭐가 관계가 있는 것이라면 어떻게, 왜 서로 알게 된 것인지도 알아봐야 한다.

콜먼의 말이 옳았을지도 모르겠다. 지금쯤 감방에 홀로 우두커니 앉아 있는 것이 생각만큼 재미있지 않다는 것을 플로이드 린치가 깨달았을지도 모른다. 이미 뭐든 이야기할 준비가 되어 있어 내 질문들에도 얼마든지 대답할 수 있을지 모른다. 따라서 맥스에 대한 걱정은 밀어둔 채 난 그날 오후 구치소로 향했다. 콜먼과 약속한 시간보다 약간 일렀다. 콜먼이 오기 전에 플로이드 린치와 몇 분간 독대할 생각이었다.

구치소는 군데군데 자주색 부속물이 들어간 크림색의 사각형 건물이었다. 건물 옥상 가장자리를 두르고 있는 전기선들을 올려다보면 묘한 매력이 느껴지곤 했다. 나는 무기들을 차에 둔 채 문을 잠그고 보안 검색대를 통과했다. 그런 뒤 서명을 하고 운전면허증을 보여준 다음 카고 바지 주머니에 있는 내용물을 모두 비웠다. 그들은 대기실에 앉아 기다리라고 했다. 나는 밋밋하지만 그렇게 우울할 정도는 아닌 로비에서 작은 무리의 사람들과 함께 대기했다. 로비에는 무기가 될 만한 물건들은 전혀 없었고, 그저 파란색의 플라스틱 의자들뿐이었는데, 의자는 자동차 전시장에 놓인 의자들보다도 깨끗했다.

무리에 있는 사람들 대부분은 여자였다. 남자들은 몇 되지 않았는데, 모두 배우자나 자식들 혹은 흉악범들을 만나러 온 이들이었다. 사람들은 각자 자신만의 드라마에 집중하고 있는 듯 서로 눈길도 주지 않았다. 그리고 대부분 우르르 일어나 문을 통해 공공 면회실로 들어갔다. 난 여전히 플로이드 린치가 날 만나주기를 기다리고 있었다.

30분을 더 기다렸다. 콜먼과 만나기로 한 시간이 다 되었다. 그런 뒤에도 20분을 더 기다렸다. 먼저 플로이드 린치를 만나보리라는 내 계획이 수포로 돌아갔기 때문만이 아니라, 융통성 없는 콜먼의 꾸준한 늑장 때문에 난 화가 났다. 그녀에게 막 전화를 걸려던 참에 휴스가 모습을 보였다.

"플로이드 린치의 국선 변호사 로열 휴스입니다."

그가 손을 내밀며 말했다.

난 그의 손을 잡고 악수했다. 나흘 전에 이미 인사를 나눈 뒤라 내 이름은 이야기하지 않았다.

"이거 우연인가요?"

내가 물었다.

"아니요."

그가 치아를 드러내며 말했다.

"누군가 린치 씨를 만나려고 할 때에는 저희 측에 연락이 오게끔 되어 있습니다."

누가 연락을 했고, 그의 측이라는 것이 누구를 말하는 것인지 난 묻지 않았다.

"여기서 콜먼 요원을 만나기로 한 것뿐이에요. 그러니 괜찮아요."

"아뇨, 괜찮지 않습니다. 그녀는 더 이상 이번 사건 담당이 아니에요."

난 애써 놀란 기색을 감췄다.

"언제부터요?"

그는 손목시계를 확인했고 난 그가 날짜를 확인하는 것인지 아니면 인내심을 상실하고 있는 중인지 알 수 없었다.

"특수 요원 팀의 팀장 로저 모리슨이 그녀가 당신과 데이비드 바이스를 시신 유기 현장에 데려갔고, 데이비드 바이스에게 린치의 정신 감정을 부탁하려 했다는 것을 알게 된 사흘 전부터입니다. 그 모든 절차를 상부의 인가 없이 진행하다니요."

그 말은 곧 콜먼이 이야기했던 모든 일들이 이제 어려워졌다는 뜻이었다. 이제 수사를 진행할 그 어떤 권한도 없을 뿐더러 플로이드 린치의 가족을 만나는 것도, 그에게 추가 질문을 하기 위해 구치소를 방문하는 것도 불가능해지고 말았다. 왜 내게 진작 이야기하지 않았을까? 도대체 지금 어디에 있는 것일까? 만나면 또다시 내 눈을 가리려 한 것에 대해 흠씬 두들겨 패주고 싶었다.

"그래서 안 나타나는 거예요? 왜 나한테 직접 전화해서 이야기하지 않았을까요?"

이건 휴스에게 한 질문이라기보다는 스스로에게 던진 것이었다. 휴스는 매력적으로 어깨를 으쓱 올렸다.

"당혹스러운가 보죠."

"이제 와서 당혹스럽다고요?"

"암튼 그냥 돌아가세요. 오늘 당신이 그녀를 만나러 이곳에 왔던 것은 보고하지 않겠습니다."

휴스는 다시 손목시계를 내려다봤고 이번에는 날짜를 확인하려는 의도가 아닌 것이 분명했다. 난 그가 팔을 더 아래로 내리기 전에 그의 팔뚝을 부드럽게 잡았다.

"하나 물어볼게요."

내가 말했다.

"콜먼 요원이 당신에게 플로이드 린치의 자백에 가졌던 의구심들에 대해 이야기하면서 그 이유도 말하던가요?"

"프로파일과 귀들 말이군요."

그가 나지막이 읊조렸다.

"들어주는 사람만 있다면 누구에게든 얘기했을 겁니다. 하지만 가뜩이나 밀린 일도 많은데 용의자가 자발적으로 자백을 했다면 아무리 확실한 증거들이 산재했다고 해도 그 자백서를 1순위로 올려 놓고 사건을 마무리하겠죠. 그런 뒤 세금 탈루 건이나 파고들 겁니다."

난 로라 콜먼이 내게 무슨 이야기를 하려고 했을까 생각해보았다. 무엇 때문에 이메일 회신에서 그토록 들떠 있었던 것일까? 그것이 무엇이든 플로이드 린치가 범인이 아님을 주장할 수 있는 결정적인 증거일 테다. 내가 말했다.

"미라와 성행위를 했다는 이유로 한 사람을 평생 감옥에서 썩게 할 테지요. 진짜 살인범은 활개 치고 다니도록 놔두고 말이죠."

"사건은 종결되었어요, 퀸 부인. 무엇보다 당신은 4년 전에 이미 은퇴를 했고, 사건도 당신 담당이 아닙니다. 그러니 이제 그만 돌아가시는 게 어떻습니까? 은퇴 후 생활로."

순간 난 열이 받아 그에게 톡 쏘아붙였다.

"그쪽 말이 맞을지도 모르죠. 요원이 범인을 옹호하고 범인은 스스로를 옹호하지 않고 있으니 이건 뭐, 완전히 별천지 아니겠어요?"

이것으로는 충분하지 않았다. 휴스는 기분 상한 기색 하나 없이 몸을 돌려 내게서 멀어졌다. 난 지그문트의 직감을 시험해보기로 했다.

"로라 콜먼은 도대체 당신의 어떤 점이 좋았던 걸까요?"

휴스는 멈칫했지만 돌아보지는 않았다. 마침내 내가 다른 사람이 들을 수 없을 정도로 목소리를 낮춰 다시 입을 열자 그는 고개를 돌렸다.

"콜먼 요원과 당신이 부적절한 관계에 있는 것이 사실이라면 내가 그 사실을 고발할 수도 있어요. 그럼 둘 다 난처해지겠죠."

그는 충격 어린 눈빛으로 나를 쏘아보더니 화급히 구치소 문을 나섰다.

24

 사실이다. 같은 사건에 몸담고 있는 수사 요원과 국선 변호사가 섹스를 했다면 심리가 무효로 돌아갈 수도 있으며, 둘 다 해고될 것은 불 보듯 뻔했다. 하지만 상황이 거기까지 치닫는 것은 나도 원하지 않았다, 아직까지는. 난 콜먼이 내게 사건에서 손을 떼게 되었다고 알리지 않은 것은 물론이거니와 구치소에서 바람맞힌 것에 여전히 화가 나 있었다. 눈처럼 순수한 로라 콜먼이 국선 변호사와 섹스를 하고, 인가 없이 지그문트를 끌어들이고, 사건 자료들을 사무실 밖으로 빼돌렸으니…. 그녀가 과연 믿을 만한 인물인지 의심이 들었다. 그러나 그와 동시에 그런 그녀의 모습에서 예전의 내가 떠올랐다.

 콜먼과 휴스를 고발해서 그녀를 희생시키는 것으로는 충분하지 않았다. 난 콜먼이 비밀 요원 게임이라도 하고 있는 것은 아닌지 상상해보았다. 변명을 하자면, 콜먼이 여전히 내 앞에 나타나지 않는 것은 위험에 빠졌기 때문이라고 생각할 수밖에 없었다.

 콜먼을 고발해 직장을 잃게 될 위험에 처하도록 만들기 전에 지금 당장은 사실 관계를 파악하는 데 집중해야 했다. 옳은 일을 하겠다고 애쓰던 그녀였다. 난 콜먼의 휴대전화로 전화를 걸었지만, 전원이 꺼져 있었다. 다시 이메일을 보내 자초지종을 들었다며, 내일 사무실로 찾아갈 테니 함께 이야기해보자고 했지만, 회신이 없었다.

"오하리, 무슨 일 있어?"

카를로와 나는 저녁 식사 전 뒷베란다에 앉아 저렴하지만 그런대로 괜찮은 말벡*을 마셨다. 멀리 떨어진 산악 지역에 비가 내려 사막은 젖은 강아지 냄새를 풍기고 있었다. 늦은 오후, 불어오는 바람에 기온은 21~22도쯤으로 떨어졌다.

구치소에서 돌아오는 길에 마침내 잭 로버트슨과 연락이 닿았다. 그는 가급적 밝은 목소리로 이야기하고 있어 난 마음이 놓였다. 그래서 내 연락에도 바로 회신을 주지 않은 것을 질책하지 않았다. 그는 제시카의 시신을 화장했다고 말하며, 나에게 그 재를 레먼산에 뿌려주겠냐고 물었다. 나는 동의했다.

"다행이에요."

그가 말했다.

"이 부근을 알아봤는데 도시에서 제일 가까이에 있는 산 중에 레먼산이 제일 높더군요. 제시카가 산악 하이킹을 좋아했잖아요."

대화가 살짝 길어졌다.

"언제 돌아갈 생각이에요?"

내가 마침내 물었다.

그는 멈칫하더니 이내 조금은 비밀스럽거나 미안한 듯한 목소리로 대답했다.

---

* 프랑스 보르도에서 재배되는 포도 품종의 하나 또는 그 품종으로 만든 와인.

"내일요. 아침 비행기를 잡았어요."

"작별 인사는 안 할 작정이었어요?"

지그문트에 이어 이제는 잭까지. 나는 생각했다. 이 남자들, 도대체 왜 이러는 걸까?

"공항까지는 어떻게 가려고요?"

"택시요."

"내가 데려다줄게요. 몇 시 비행기에요?"

"필요 없어요."

"난 꼭 데려다줘야겠어요, 잭."

수화기를 내려놓는 소리가 들렸다. 어쩌면 그의 호텔 방으로 쫓아가야 할지도 모르겠다. 그가 이내 다시 돌아왔다.

"출발 시간이 아주 일러요. 6시 50분이에요."

카를로는 그가 아끼는 비트겐슈타인의 책을 무릎에 올려놓고 있었다. 나 역시 시간 날 때마다 읽는 클라이브 커슬러의 책을 무릎 위에 얹어두고 있었다. 하지만 현실을 잊게 할 만큼 흥미진진한 내용은 아니었다. 그는 손을 뻗어 내 손을 가볍게 잡아 쥐었다.

"무슨 일이야, 오하리?"

그가 다시 물었다.

그래서 난 그에게 이야기했다. 아, 미라와 섹스한 죄로 종신형을 받게 된 남자에 대한 이야기는 제외하고, 지난 13년간 내가 집착한 연쇄살인범에 대한 이야기도 제외했다. 그는 여전히 자유의 몸일 테지. 지그문트의 추측대로라면 지금쯤 새로운 살인을 저지르고 있을지도 모른다. 누군가 내 살인을 사주했고, 이번에는 실패했지만 조만간 다시 시도해올 것이라는 이야기도 제외했으며, 제럴드 피질을 죽인 이야기는 물론이거니와 내가 가진 능력을 알게 된다면 당장 헤어지자고 할 남자를 위해 내가 어떤 위장을 하고 있는지에 대한 이야기도 제외했다.

유혈에 대한 부분을 빼고 난 카를로에게 자식을 잃은 아버지의 이야기를 해주었다. 딸아이의 죽음을 받아들이지 못하는 아버지의 이야기 말이다. 그리고 그 죽음에 대한 죄책감에서 벗어날 수 없다는 이야기도 했다.

카를로는 아무 말 없이 듣기만 했다. 섣불리 조언하려고 하지도 않았다. 내가 이야기를 모두 마치자 그는 이야기의 무게를 실감한다는 듯 의자에 앉은 채로 몸을 구부정하게 숙였다.

"인생이란 지랄 맞게 힘들지."

"당신 말이 맞아. 엿 같아."

"그렇다고 죽을 것인가?"

그는 화두를 던진 뒤 어깨를 으쓱했다.

"난 지나친 낙천주의자는 아니지만 고통을 이기고 난 뒤에야 축복받고 있음을 느꼈지."

"조심해, 퍼페서. 신부님처럼 말하고 있잖아."

"어쩌면."

카를로는 남은 와인을 휘휘 돌리더니 그 향기를 마셨다.

"고난에서 의미를 찾는 것이 항상 기독교적인 것은 아니야. 빅터 프랭클*을 봐. 그리고 누군가 이런 말도 했지. '세상 모든 것에는 틈이 있기 마련이고, 바로 그 틈으로 빛이 스며든다.' 내가 좋아하는 말이기도 해."

---

* 유대인으로서 아우슈비츠 수용소에서 살아남은, 오스트리아의 정신 병리학자.

나는 그의 책을 가리켰다.

"비트겐슈타인?"

그는 고개를 가로저었다.

"레너드 코헨."

이미 나에 대해 많은 것을 알고 있는 지그문트에게도 그랬지만, 난 카를로에게 모든 것을 털어놓고 싶었다. 가슴속에서 단어들이 마구 부풀어 오르는 것이 느껴졌다. 그것을 억누르기가 무척이나 힘이 들었다. 난 애써 미소를 짓고는 손가락으로 성호를 긋는 척했다.

"고해 성사를 한 지 45년 되었습니다. 축복해주세요, 신부님."

내가 말했다.

"미안하지만, 나를 남편으로 택했을 때 내가 당신 앞에 고해 신부로 설 가능성은 영영 없어진 것이나 마찬가지야. 다른 신부님을 알아보라고."

"어차피 이제 더 이상 신부님이 아니잖아, 그렇지?"

카를로의 음성이 심각하진 않지만 다소 사색적으로 바뀌었다. 내가 뜻밖의 사실을 상기시켰다는 듯이.

"사실 맞아, 난 여전히 신부야. 내 힘으로 그 사실을 중단시킬 수는 없어."

그는 내 반응을 살피려는 듯 고개를 돌려 물었다.

"당신은 어때? 비밀 요원 노릇을 그만둘 수 있겠어?"

"특수 요원이라고 불렸어."

그는 점잖은 미소를 지었다.

"그래, 그럼 그 특수 요원, 그만둘 수 있겠어?"

우리 둘 모두 그가 무슨 이야기를 하는지 알고 있었지만, 답을 알지 못하기는 마찬가지였다. 그때 부엌에서 전화벨이 울렸다. 카를로는 와인을 한 모금 마신 뒤 말했다.

"그냥 응답기가 받게 둬."

난 전화를 받기 위해 자리에서 일어났다. 콜먼일지도 모른다는 생각이 들었다. 사건에서 손을 떼게 된 사실을 진즉에 전하지 않고, 구치소에서 나를 바람맞힌 일을 따질 수 있는 기회를 놓치고 싶지 않았다. 하지만 콜먼이 아니었다.

"브리짓."

맥스 코요테였다. 평소보다 조금 슬픈 듯한 목소리였다.

"내일 부검의 사무실에 와줬으면 해. 2시야."

"왜?"

내가 물었다.

"차에서 나온 시신에서 뭔가 새로 발견한 거라도 있는 거야?"

"아니, 다른 건이야. 직접 봐줬으면 하는 게 있어서."

그는 전화를 끊었다.

25

 난 새벽 5시에 카를로에게 첫 커피를 끓여준 뒤 퍼그들과 함께 차에 올랐다. 그리고 몸을 제대로 가누지 못하거나 혹은 술에 잔뜩 취해 있을 잭을 데리러 갔다. 하지만 그는 예상과 달랐다. 요 몇 년 사이에 본 것 중 가장 날렵하게 움직이고 있었기 때문이다. 발걸음이 아주 가볍진 않았지만 완전한 끝이라는 것이 정말 실존하고, 마침내 그가 그곳에 도달한 것만 같은 느낌이 드는 몸놀림이었다. 그런 그를 보자 나는 또다시 플로이드 린치가 진범이기를 간절히 바랄 수밖에 없었다.

 공항으로 가는 길목에는 24시간 영업하는 조식 카페가 있었고, 난 그곳에 들러 커피와 데니시 페이스트리를 산 뒤 다시 길을 나섰다.

 난 잭의 마음을 읽는 데 애를 먹었다. 그는 무릎에 퍼그 두 마리를 앉힌 채 가만히 커피를 마시고 있었다. 수컷은 자신의 왼쪽 다리를 쭉 뻗은 채 만족스럽게 앉아 있었고 암컷은 뒷다리를 오른쪽으로 내려 나름의 균형을 잡으며 창밖을 보고 있었다. 가끔씩 암컷 퍼그가 고개를 돌려 무방비 상태인 잭의 코를 핥았다. 평소 퍼그들은 차에 타면 뒷좌석에서 잠을 잤지만 오늘만큼은 이 남자 곁에 머물러줘야겠다고 느낀 듯했다. 데니시 페이스트리는 아무도 먹지 않은 채 그대로 있었다.

잭은 커피를 다 마시고 빈 컵을 그와 나 사이에 있는 컵받침에 내려놓았다. 그런 뒤 퍼그들이 떨어지지 않도록 조심하며 바지 주머니에서 지갑을 꺼내 데저트 피스 화장장의 전화번호와 주소가 적힌 카드를 꺼내 내 글러브 박스에 넣었다. 그곳에 보관되어 있는 무기를 보았지만, 그는 아무 말도 하지 않았다.

"남은 유해는 다음 주쯤에 그들이 인계받을 거라고 해요."

그가 제시카의 화장을 담담하게 이야기했다.

같은 대화를 세 번째 반복하고 있는 터라 난 잭의 마음 어딘가에 옛 모습이 남아 있다는 것을 느낄 수 있었다.

"정말로 다시 이곳에 들를 때까지 내가 보관하고 있지 않아도 괜찮겠어요? 같이 뿌려도 되잖아요, 잭."

"아뇨, 난 여기서 끝내는 게 나아요."

그가 말했다. 그는 다소 멍한 얼굴로 퍼그들의 꼬리를 손으로 감았다가 푸는 일을 반복했다.

난 그가 여기서 끝낸다는 말을 할 때마다 목 뒤의 신경이 조금씩 곤두서는 것에 점점 익숙해지고 있었다.

"잭, 제시카를 찾긴 했지만, 그러니까 그래도 앞으로 나한테 언제든 연락하는 거예요, 알았죠?"

그는 숨을 힘겹게 한 번 골랐을 뿐, 다른 반응을 보이지 않았다. 그러는 사이 우리는 투손 국제공항 터미널에 들어서고 있었다. 그는 어디서 내려주면 되는지 이야기했고, 작별 포옹을 위해 차에서 내리지 말아달라고 부탁을, 아니, 간청을 했다. 내가 그의 몸에서 퍼 그들이 내려서는 것을 돕는 동안 그는 차 문을 열었고 난 녀석들을 뒷좌석에 내려놓았다. 그는 트렁크에서 작은 짐 가방을 꺼낸 뒤 그만 가라며 손짓했다. 난 차를 몰며 백미러로 그의 모습을 살폈다. 그는 연석 위에 우두커니 선 채 나를 바라보고 있었다.

26

제럴드 피질의 죽음에 내가 연루되어 있다고 볼 수 있을 만한 증거로 어떤 것들이 나왔는지 궁금했다. 하지만 부검의 사무실에 들르기에는 너무 이른 시간이었다. 그런 생각으로 콜먼의 행방에 대한 고민을 잠시 놓을 수 있었다. 난 맥스를 만나면 하게 될 이야기들을 생각해보고 연습하며, 어떤 관점에서 보아도 빈틈없이 견고한지를 확인했다.

'이봐, 맥스. 내가 지난번에 실수로 용의자를 죽였던 것, 기억해? 우습게도 내가 이번에 또 그랬지 뭐야.'

아니, 그건 안 될 말이다.

난 집으로 향했다. 생각에 너무 깊이 파묻혀 있어 내가 어디에서 어디로 가는지도 깨닫지 못할 정도였다. 하지만 집으로 향하는 도로에서 8킬로미터쯤 달렸을 때 카탈리나 주립 공원이 눈에 띄었고 난 즉흥적으로 공원을 향해 차를 돌렸다. 퍼그들도 운동시키고 넓은 하늘을 보며 머리를 좀 식힐 생각이었다. 공원 입구에서 한 남자가 입장료를 지불했다는 표시로 계기판에 올려놓을 수 있는 티켓을

준 뒤 퍼그들을 보고 감탄했다. 그가 덧붙였다.

"조심하세요. 비가 올지도 몰라요."

"보통 이렇게 이른 시간에는 비가 잘 안 오잖아요."

내가 말했다.

그는 우기에 접어든 사막 날씨의 변덕스러움을 달리 설명할 방법이 없다는 듯 고개를 설레설레 저었다.

난 짧은 진입로를 지나 주차장에 차를 세운 뒤 트렁크에서 여분의 목줄을 꺼내 퍼그들의 목에 연결했다. 카고 바지 주머니에 물 한 병을 넣으며 등산용 스틱이 있으면 좋았겠다고 생각했다. 그런 뒤 햇빛을 가리기 위해 머리카락을 올려 묶은 뒤 야구 모자를 눌러 썼다. 주차장에는 차가 별로 없었다. 물론 글러브 박스에 있던 스미스도 챙겼다. 내 뒤를 따라 공원에 진입한 차는 없었다. 내가 숨어 다닐 이유는 없었지만, 일단 안전에 신경 쓰는 것이 중요했다.

나는 주차장을 가로질러 트레일의 시작점처럼 보이는 곳으로 갔다. 공원의 지도는 간결했다. 직선거리에 로메로캐니언이 있었고, 그 위쪽과 왼쪽으로 캐니언루프트레일이 있었으며, 오른쪽에는 버딩루프가 자리하고 있었다. 마지막 코스가 퍼그들이 걷기에 좋을 것 같았다.

시작점으로 가기 위해 난 신발을 벗어 들고 캐나다델오로워시를 건너야 했다. 오늘보다 훨씬 건조했던 그날, 제럴드 피질을 죽였던 워시에서 북쪽으로 800미터쯤 올라온 곳이었다. 전날 밤 내린 비로 워시에는 물이 흐르고 있었지만, 그래 봤자 내 발목 정도였다. 워시 가장자리에서 제럴드 피질의 샌들 한 짝을 본 듯했지만, 그것은 그저 메스키트 씨앗이 가득 든, 코요테의 납작해진 배설물일 뿐이었다.

표지판이 고지대 사막에 자리한 수풀을 지나는 좁은 트레일로 안내하고 있었다. 덤불이 우거진 나무는 카를로의 키보다 작았다. 그래도 덕분에 산책로에는 그늘이 졌고, 병에 든 물을 마시거나 한 손 가득 물을 떠 퍼그들에게 먹일 때 외에 난 멈추지 않았다. 작은 규모의 메사*로 이어지는 경사에는 바위로 만든 계단이 있었다. 퍼그들이 오르기에는 조금 가팔라서 반쯤은 내가 한 마리씩 팔로 안아 올렸다. 허리가 말썽을 부리지 않는 것이 다행이었다.

꼭대기에 다다르니 누군가 공원 벤치를 가져다놓은 것이 눈에 띄었다. 난 그곳에서 잠시 쉬며 동쪽으로 펼쳐진 산등성이를 바라보았다. 레먼산 위로 구름이 빠르게 뭉치더니 동물의 검은 앞발처럼 내가 있는 방향으로 몰려들었다. 매년 이 시기면 종종 볼 수 있는 풍경이었다.

난 무명의 자연 애호가를 위해 기념비처럼 놓인, 목재와 철제로 만들어진 벤치에 앉아 퍼그들에게 물을 좀 더 먹였다. 곧 다시 일어나 주차장으로 내려가지 않으면 금방이라도 비가 쏟아질 것 같았다. 천둥 번개가 연이어 내리치고 빗줄기가 세차게 내리는 날씨에 밖을 돌아다니고 싶은 사람은 아무도 없을 것이다.

지도상의 트레일 경로는 더 위쪽으로, 서매니에고능선 너머까지 닿아 있었다. 여기까지도 꽤 먼 거리였다. 햇빛은 구름과의 전투에서 점점 그 빛을 잃어가고 있었고 도랑으로 떨어지는 물줄기에도 흐린 기운이 가득했다. 도랑에 고인 수면 위로 군데군데 비친 햇빛을 보고 있자니 거인이 산꼭대기에 놓인 거울을 부수어 그 조각들을 뿌려놓은 것만 같았다. 카를로가 여기에 있다면 이것을 보고 무

---

* 꼭대기는 평평하고 등성이는 벼랑으로 된 언덕.

어라고 했을까 궁금해졌다. 어쩌면 춤추는 나비 같다고 했을지도 모르겠다. 내 눈에도 그렇게 비친다면 얼마나 좋을까? 이내 흉측하게 부패한 시체와의 오후 약속이 생각났고 난 내게 승산이 없음을 예감했다.

그래도 애써 즐거운 마음으로 계속 산을 바라보고 있자니 빛나는 거울 조각 하나가 갑작스럽게 왼쪽으로 움직이는 것이 눈에 띄었다. 지켜보고 있지 않았더라면 눈치채지 못할 움직임이었다. 내가 지켜보는 가운데 그것이 또다시 훌쩍 뛰어올랐다. 거울 조각은 누군가에게 부착되어 있는 듯했다. 그 사람이 트레일에서 벗어나 바위와 바위 사이를 훌쩍 뛰어넘는 것만 같았다. 햇빛에 반짝이는 그것은 철제 부속품이나 쌍안경 같기도 했고, 라이플총의 망원 조준기 같기도 했다.

바보 같기는, 안 그런가? 하지만 난 눈을 가늘게 뜨고 그 반짝이는 것과 연결된, 저 먼 거리에 있는 누군가를 보려고 혹은 상상해보려고 애썼다. 그것은 적당한 지점을 찾는 듯 두 번 더 움직이더니 어느 지점에선가 멈춰 섰다. 그리고 자리를 잡았다.

이상한 일이다. 콜먼에게도 이야기한 바 있지만, 이럴 때는 직감을 무시하거나 아니면 직감대로 가야 한다. 다른 누군가가 제럴드 피질을 보내 날 죽이려 했다는 의심이 이러한 직감에 힘을 실어주었다. 그 직감이 옳다면 행동을 취하기까지는 시간이 얼마 없었다. 저격수(저격수가 맞다면)의 각도는 나와 퍼그들이 이 작은 메사에 그대로 노출되어 있음을 의미하고 있었다. 일단 몸을 바싹 낮춘다면 퍼그들을 데리고 무사히 빠져나갈 시간을 벌 수 있을 것이다. 하지만 지금 내가 여기서 엎드린다면, 저격수에게는 내가 그의 존재를 알아챘다는 메시지가 되고 말 테지. 그럼에도 불구하고 내 가정이 사실이라고 보았을 때는 그 선택이 아니면 나는 죽은 목숨이었다. 이 모든 생각들이 1.5초 만에 순식간에 지나갔다.

다음에 일어날 사건들의 결과가 정확히 어떻게 될지 나도 확신할 수 없었다.

난 벤치에서 몸을 일으켜 퍼그들과 비슷한 높이로 몸을 숙였다.

온 산에 총소리가 울려 퍼졌다.

뭔가를 채워 넣는 듯 철컥 소리가 들렸다.

퍼그 중 한 녀석이 마구 짖어댔다.

나는 또 다른 퍼그 녀석과 서로 머리를 부딪혔다. 녀석은 처음에는 아픈 듯 비명을 질렀지만 이내 잦아들었다.

좀 전까지 짖어대던 퍼그가 이제는 흙먼지 위를 뒹굴고 있었다.

난 자유로운 손으로 바지 뒤에서 총을 꺼내 아까 보았던 반영을 찾으려 애썼다. 그리고 방아쇠를 당겼다.

그러는 사이 난 계속 소리쳤다. "맞았어? 맞았어?" 누구에게 대답을 기대하는지도 모른 채.

조잡한 벤치를 제외하면 제대로 몸을 숨길 곳이 없었다. 난 망원 조준기가 달린 라이플총에 맞서 권총을 쥐었다. 떨리는 손을 진정시키기 어려웠지만, 어떻게든 해야만 했다.

우선 우리 쪽의 피해를 살폈다. 나는 낑낑거리며 다리를 긁적거리고 있는 수컷 퍼그가 있는 곳으로 기어서 이동했다. 위험했지만 어쩔 수 없었다.

"안녕, 착하지, 우리 강아지."

내가 속삭였다. 녀석이 아직 의식이 있는 것은 반가운 일이었다.

난 피를 흘린 곳이 없는지 살폈다.

"아, 빌어먹을, 젠장."

예상했던 총상 대신 퍼그의 앞쪽 둔부에 촐라선인장 덩어리가 박혀 있는 것을 발견했다. 총알이 근처에 있는 선인장을 가격해 그 파편이 튄 모양이다. 등의 끝 쪽에 작은 가시들이 박혀 쉽게 빠지지 않았다. 직접 손으로 빼내지 않는 이상 빠지지 않을 만큼 깊이 박혀 있었다.

저격수에게서 시선을 떼지 않는 동시에 나는 셔츠 자락을 접어 올리고 그것으로 퍼그의 살에서 선인장 덩어리를 빼내려 애썼다. 녀석은 고통에 꿈틀거렸다. 셔츠에 옮겨 박힌 촐라를 빼내려면 꽤 시간이 필요할 것 같아 일단은 내버려두었다. 난 볼품없는 벤치 방공호를 향해 다시 바닥을 기었고 고집스러운 퍼그도 내 뒤를 따르도록 끌어당겼다. 그리고 두 녀석의 목줄을 벤치 다리에 묶었다.

망할 퍼그에게서 망할 선인장을 제거하고 난 후 난 다시 우리의 목숨을 부지하는 데에 집중했다. 이건 새로운 상황이다. 과거에는 주로 애처로운 두 마리의 동물이 아닌, 내 자신만 챙기면 되었다. 허리가 말썽인 날에는 나보다도 더 빨리 달릴 수 있는 녀석들이다. 나는 녀석들이 염려가 되었다. 둘 중 한 녀석이 낑낑거렸다.

"얌전히 있어, 절대 두고 가지 않을 테니."

나는 그렇게 말하며 중얼거렸다.

"이 젠장 맞을 것 같으니라고."

나는 셔츠에 붙어 끈질기게 떨어지지 않는 촐라 파편들을 돌로 긁어냈다. 그리고 나니 움직이기에 한결 편해졌다.

난 곧바로 복부를 바닥에 대고 기어 벤치 아래로 들어갔고, 총격이 날아온 계곡 너머 산악 지역을 살폈다. 난 머리 옆으로 총을 쥐고 저 멀리 총부리를 겨눈 채 가만히 기다렸다.

멀리서 또 다른 총성이 들렸고 난 내가 스퀴즈 플레이*에 꼼짝없이 붙들렸다는 생각에 경악스러웠다. 하지만 이내 깨달았다. 아니, 내 스스로에게 말했다. 지금 상황은 내가 통제할 수 있다. 두 번째 들린 총성은 내가 있는 곳에서 남쪽 편에 자리한 공원 부속 피마 사격장에서 들리는 소리였다. 또 다른 총성이 들렸고, 이번 것도 분명히 라이플총이 아닌 권총의 발포 소리였다.

엎드린 자세로는 뭔가 유용한 것을 주시하기 힘이 들었다. 난 다시 몸을 굴려 벤치의 반대쪽 끝으로 간 뒤 무릎으로 서서 벤치의 부속품들 사이로 밖을 내다보았다. 이제 무엇을 찾아야 할지 분명했기에 나는 저격수를 목격했던 지역만 찬찬히 살폈다. 수면 위로 내리쬐는 햇빛에 반사되는 빛들 중에서 양옆으로 움직이는 빛을 찾으면 되는 것이다. 고정된 별들 가운데 유성을 찾는 것처럼. 그의 조준기에 즉각 반사되는 빛은 없었지만, 이내 난 보았다. 그가 거리를 좁히기 위해 산 아래로 내려오고 있었다. 그의 발걸음에 맞춰 무기가 흔들리면서 조준기가 반짝였다가 사라졌다.

빛이 멈추었고, 그가 다시 발포했다. 이번 것은 날 맞출 생각이 없어 보였다. 두 번째 발포는 무엇이든 맞히려는 의도인 듯했지만, 첫 번째 것보다 좀 더 멀리 날아갔다.

저자가 제럴드 피질에게 나를 쫓도록 한 남자와 동일인이라면, 이제 그가 직접 나서기로 한 것이라면, 그는 살인범일지는 몰라도 숙련된 저격수는 아니었다. 총알은 계속 빗나가고 있었다. 내게 조

---

* 매우 팽팽한 접전에서 1점 다툼을 하는 플레이.

준기를 들키는 실수를 범했으니 다른 실수들도 얼마든지 가능했다. 궤도의 거리 계산을 잘못할 수도 있고 타오르는 열기에 슈타이어^{*}를 떨어트릴 수도 있다. 최신형 총도 아마추어의 손에 들어가면 별 수 없다.

난 다시 지형을 확인한 뒤 총알이 날아온 지점과의 거리를 가늠했다. 그는 기습 공격의 이점을 상실했지만, 그렇다고 달아나지도 않았다. 이건 그의 어리석음 혹은 투지를 의미하는 것일 테다. 둘 중 어느 것이라도 위험했다. 이곳에 가만히 누워 그가 가까이 다가올 때까지 기다렸다가 상대가 누구인지를 확인한 뒤 끝낼 수도 있다. 하지만 난 상대편의 화력에 압도당했고, 그와 가까워지면 나는 물론이거니와 퍼그들도 위험할 것 같았다.

"가만히 있어."

나는 녀석들에게 속삭인 뒤 덤불 뒤로 몸을 낮춰 메사의 끄트머리 가까이로 붙어 기었다. 그리고 내가 밟고 올라왔던 돌계단의 반대편에 자리한 같은 형태의 돌계단에 도달했다. 그가 나를 쫓아온다면 분명 이 계단으로 올라올 것이다. 얼른 개들을 안아 들고 비록 길지만 이곳까지 왔던 길을 되짚어 달아나는 것이 나을지도 모르겠다. 몇 계단 아래로 내려가니 메사 자체가 방어막이 되어주었다. 그가 계곡을 가로질러 내 앞을 막아서기 전에 가급적 빨리 주차장으로 돌아가야 한다. 하지만 그 후의 일도 걱정이었다.

난 하늘을 올려다보았다. 운이 따라준다면 종종 그러하듯 별안간 폭풍이 몰아칠 것이다. 그러면 저격수도 산에 숨을 수 없을 테지. 하지만 당장은 그 점이 내게 불리하게 작용했다. 구름이 몰려들어 해

---

^{*} 슈타이어사에서 만든 대물 저격용 총.

를 가리기 시작하면서 조준기에서 반사되는 빛을 꾸준하게 확인할 수 없었기 때문이다.

난 거리를 계산한 뒤 다시 생각했다. 만약 내 예상이 빗나간다면? 만약 그가 내가 예상한 그 총을 갖고 있는 숙련된 저격수라면, 곧 정확하게 궤도를 계산할 것이고 그럼 난 총알이 발사된 지 2초 안에 목숨을 잃고 말 것이다. 그가 재장전을 하는 중에도 내가 조금만 움직이면 이내 그의 시야에 잡히고 말 테지. 하지만 그럼에도 불구하고 잔뜩 경계하고 있는 목표물이야말로 제일 어려운 대상이기 마련이다.

난 다시 무릎으로 일어나 벤치의 나무 부속품들 사이로 그의 위치를 살폈다. 긍정적인 것은 내가 그의 위치를 모르면, 그 역시 나의 정확한 위치를 모를 것이라는 점이었다. 내가 그로 하여금 반응을 보이도록 할 수 있다면. 난 벤치 다리에 묶었던 목줄을 풀었다.

"가자."

난 퍼그들에게 말하고는 다리로 일어서기 시작했다. 그리고 이내 내가 끔찍한 실수를 저질렀음을 깨닫고 다시 엎드렸다.

"잠깐 기다려, 애들아."

내가 말했다. 가슴속에서 갑작스레 심장이 요동치고 있었다.

내 가정이 모두 옳았다. 이 사람은 숙련된 저격수도 아니었고… 나를 쏘아 맞히는 것에는 관심이 없었다.

난 사격장에서 날아왔던 총격에 대해 생각해보았다. 두 사람이 연루된 것이라면? 범인은 나를 죽이기 위해 제럴드 피질을 보냈다. 그리고 여기 한 명이 더 있다. 하지만 이 판에 몇 명의 사람들이 개입하고 있는지는 아무도 모를 일이었다. 맥스에게 뭐라고 이야기할지에 대한 고민에 빠져 공항에서부터 여기까지 미행당하고 있는 것을 눈치채지 못했는지도 모른다. 이번에는 두 번째 범인이 내가 밟고 올라왔던 계단을 통해 뒤에서 접근해 등 뒤에서 총을 쏠지도 모른다. 그런 기회는 주고 싶지 않았다. 내가 서 있는 이곳 메사 꼭대기에서 난 처음의 목표였던 광활한 하늘을 올려다보고 동쪽으로 뻗은 서매니에고능선과 서쪽의 널찍한 계곡을 바라보았다. 이처럼 갇힌 기분이 드는 것은 난생처음이었다.

메사 끝에서 동쪽으로 달아나면 저격수에게 가로막힐 위험이 있다. 하지만 올라온 길로 다시 내려가면 그 두 번째 개자식을 향해 달려가는 꼴이 될 수도 있다.

"계획 변경이야."

난 퍼그들에게 말했다. 되돌이킬 수 없는 실수를 저지르게 될까 봐 심장은 여전히 쿵쾅거렸다.

난 다시 산 쪽을 살폈다. 구름 사이로 드러난 한 줄기 햇빛 덕분에 또다시 섬광이 포착되었다. 라이플총은 대기 중이었고, 우리 둘다 교착 상태였다. 다만 내 등 뒤에 무엇이 있을지가 미지수일 뿐. 나는 일어섰다.

"맞춰보라고, 애송이."

난 중얼거리며 그를 겨냥해 총을 쏘았다.

그 답으로 세 번째 총격이 가해졌고 앞선 두 번의 총격보다 내게 더 가깝게 떨어졌다. 후유. 다리가 미세하게 후들거렸다. 숨이 잘 쉬어지지 않을 정도로 가까운 거리였다. 난 벤치 뒤쪽의 안전지대에 털썩 주저앉아 몸을 기댄 채 두려움을 떨쳐내려 애썼다.

내가 총을 쏜 목표는 저격수를 맞히기 위해서가 아니었다. 이만큼 떨어진 거리에서 그를 제대로 맞히기란 불가능했다. 그저 내게도 총이 있다는 것을 그에게나 그의 동료에게 알려서 내가 어디에 몸을 숨기고 있는지 알지 못한 상태로는 나를 뒤쫓지 못하도록 하기 위함이었다. 난 내 총의 시끄러운 발포 소리에 기분이 상해 낑낑거리며 어쩔 줄 몰라 하고 있는 퍼그들의 목줄을 쥐었다.

"내 옆에 꼭 붙어 있어."

내가 말했다.

갑자기 시속 75킬로미터에 달할 듯한 돌풍이 순간 불었고, 나는 앉은 자세였음에도 불구하고 거의 뒤로 넘어질 뻔했다. 모자가 날려 시야에서 사라져버렸다. 그리고 이내 그런 바람이 늘 그러하듯 순식간에 다시 잠잠해졌다. 난 눈을 깜빡여 안에 들어온 모래를 빼낸 뒤 동쪽에서부터 어두워지는 하늘을 재빨리 살폈다. 부디 폭풍의 신호이길. 안전한 집 뒷베란다에서 수도 없이 보았던 그 폭풍 말이다. 지금은 그 약간의 날씨 효과도 절실했다.

B급 영화의 효과음처럼 번쩍이는 번개에 이어 우레 같은 천둥소리가 지축을 흔들었다. 어서, 어서. 나는 생각했다. 날 좀 도와줘.

그리고 마침내 시작되었다. 산 위에 몰려 있던 구름이 비로 변해 내리기 시작한 것이다. 마술사의 검은 스카프를 드리운 듯한 비 때문에 시야에서 산이 사라져버렸다. 덕분에 저격수도 효과적으로 사라지고 말았다. 이제 그는 산에서 제 한 몸 살아나갈 것을 걱정해야 할 것이다. 이제 뒤에서 접근할 누군가만 신경 쓰면 된다.

비의 장막은 아직 메사를 덮기 전이었지만, 곧 이쪽 방향으로도 들이닥칠 것이다. 어서 움직여야 한다. 그것도 아주 빨리.

"가자."

난 퍼그들에게 단호하게 명령한 뒤 녀석들이 따라오는지 뒤도 돌아보지 않고 뛰기 시작했다.

나를 노리는 누군가가 또 있다면 그들은 내가 트레일을 따라 내려오리라 생각할 것이다. 나는 트레일로 내려가는 계단에서 오른쪽으로 벗어나 메사의 가파른 경사를 엉덩이로 미끄러져 내려왔다. 퍼그들도 나를 따라 두 개의 농구공처럼 통통거리며 내려왔다. 이건 내가 아직 FBI에 몸담고 있다면, 그리고 여기서 살아 나간다면 술집에서 동료들 사이에 한바탕 웃음을 불러일으킬 만한 무용담이었다.

우리가 아래로 내려오기 시작할 즈음에 비가 덮쳤다. 블루베리 크기의 차가운 물방울이 뜨거운 공기를 뚫고 머리 위로 떨어졌다. 물방울은 이내 하나의 줄기로 퍼붓기 시작했고, 덕분에 경사로를 미끄러지듯 내려오는 일이 더 부드럽고 빨라졌다. 커다란 돌에 꼬리뼈를 몇 번 부딪히기도 했지만, 그보다 더 위험한 선인장을 무사히 피한 것만 해도 다행이었다. 경사로를 다 내려온 뒤 난 총을 다시 바지에 넣었다. 달리 선택의 여지가 없었다. 그리고 몸을 숙여 퍼그들을 안고 달렸다.

난 계속 트레일을 벗어나 달렸다. 대신 가시덤불이나 백년초, 촐라선인장처럼 내 발목을 잡을 장애물은 피했다. 달리 보이는 사람은 없었다. 뒤에서 접근하고 있을지도 모른다고 두려워했던 그 대상 말이다. 근데 그도 그럴 것이, 쏟아 붓는 비 때문에 3미터 밖에 있는 대상은 그 무엇도 보이지 않았다. 게다가 내가 그 대상과 맞닥뜨리고 싶어 하는 마음과는 달리 상대방은 나와 대면하는 것을 원하지 않을 것이다. 부분적으로는 내가 그리 만만한 상대가 아니라는 것을 그들도 알았을 것이고, 자신의 신원을 노출시키는 위험을 감수하고 싶지도 않을 것이다. 어쩌면 내가 아는 사람일 수도 있을 테니.

운이 따라준 덕분에 마침내 모든 트레일의 시작점이 만나는 워시까지 내려올 수 있었다. 나는 워시가 급류로 바뀌어 나와 퍼그들을 쓸어버리기 전에 서둘러 그곳을 건넜다.

차로 돌아온 나는 퍼그들을 앞좌석에 태웠다. 녀석들은 헐떡대며 살짝 혼란스러워하고 있었고, 등에서는 약간의 김이 솟아오르고 있었다. 난 문을 닫고 한숨 돌린 뒤 무릎에 스미스를 내려놓았다. 그리고 분주히 움직이는 와이퍼 사이로 다른 차들을 살피며 천천히 주차장을 돌아 나왔다. 살인범이 있던 곳에서 주차장까지의 거리는 내가 지금 온 길의 두 배였다. 그러니 주차되어 있는 차들 중 그 어디에도 그가 있을 리 만무했다. 게다가 그는 다른 트레일로 산에 올랐다.

나는 집으로 돌아와 카를로를 안심시켰다. 우리는 괜찮다고, 폭풍을 맞아 좀 젖었을 뿐이라고. 그와 나는 각자의 할 일로 바빴다. 나는 셔츠에 박혀 잘 떨어지지 않는 남은 촐라 가시를 떼어내다가 결국에는 셔츠를 버리고 말았다.

머릿속은 누가 날 죽이려고 하는 것일까에 대한 생각으로 가득했다, 그것도 두 번이나. 나로 인해 수많은 인간쓰레기들이 가석방 없는 형을 살게 되었다. 그중에서도 형이 무겁지 않은 이들은 이미 출소했을 수도 있을 것이고 과거에는 실제로 그런 이들 중 몇몇이 나를 협박하기도 했다. 하지만 실제로 그런 일이 벌어질 것 같은 때에는 늘 통고를 받았고, 지그문트의 말에 따르면 최근에는 그런 일이 전혀 없었다. 난 여전히 이 일이 플로이드 린치와 관련이 있다는 생각을 떨쳐버릴 수 없었다. 그리고 생각은 이내 그의 가족들에게로 넘어갔다. 그의 남은 가족 둘은 무기를 소지하고 있을 뿐더러 이곳 지형에 대해서도 잘 알고 있었다. 그렇다면, 어째서? 플로이드의 결백을 증명하려는 것을 방해하기 위해? 그 아버지에게서 받은 느낌으로는 그 누구보다도 플로이드가 죽기를 바라고 있는 듯했다.

그때 이런 염려가 들었다. 날 죽이려고 두 번이나 시도할 정도면 또다시 감행할 가능성이 있다. 아니면 내가 사랑하는 사람들의 뒤를 쫓을지도 모른다. 난 다시금 가족에게 닥친 위험에 대해 생각해 보았다. 우편함에 방울뱀을 넣거나 뒤쪽 담장 너머로 퍼그들에게 부동액 칵테일을 던질 수도 있다. 사랑하는 우리 퍼페서가 납치를 당한다면. 고문도 당하고. 난 원래 상상력이 풍부하다고 말하지 않았던가?

난 고르도 퍼거슨에게 전화를 걸었다. 전직 비밀 요원이었던 그는 이곳 투손에 경호업체를 차렸다. 고르도는 럭비 팀 전체를 협박하는 것도 가능한 사람이었다. 소문대로라면 실제로 한 번 그런 적도 있었고. 내가 그의 부탁을 여러 번 들어준 적이 있었기 때문에 난 그에게 카를로와 퍼그들을 그들 모르게 지켜달라고 부탁했다.

인생이 평탄했다면 카를로와 나는 점심 식사 전 스크래블 게임을 했을 것이다. 그리고 그가 이겼겠지. 오후에는 각자 책을 읽으며 시간을 보냈을지도 모른다. 그는 비트겐슈타인의 생애를, 나는 나쁜 사람들은 벌을 받고 착한 사람들은 늘 이기는, 클라이브 커슬러의 액션과 어드벤처를. 저녁에는 동전 던지기를 해서 지식 다큐멘터리를 볼 것인지, 액션 영화를 볼 것인지를 결정했을 것이고, 어느 쪽이든 내가 이겼을 것이다. 내가 과연 그런 인생을 또 누릴 수 있을까? 난 깨달았다. 그런 평범한 인생이 앞으로도 계속될 것이라며 나 자신을 속이고 있었다는 것을. 벌써부터 나는 카를로에게서 조금씩 멀어지고 있었다. 전에는 깨닫지 못했던 외로움과 또다시 마주할 준비를 하고 있는 것이다. 사람들을 멀어지게 하는 일 역시 내가 잘하는 것 중 하나였다.

콜먼의 휴대전화로 여러 번 전화를 했지만, 여전히 회신은 없었다. 난 점심시간 직전에 그녀의 사무실로 전화했고 응대원인 메이지 디킨스가 받았다. 그녀는 수많은 살인과 혼돈을 다루는 부서의 문지기치고는 과하게 활기찼다. 엉망이 된 범죄 현장 사진을 살피고 있는 중에 찾아와 귀여운 아기 오리들이 그려진 생일 카드에 메시지 한 줄 적어달라고 부탁하는 사람이었고, 나는 때때로 그런 그녀가 조금 무섭기도 했다.

"브리짓!"

내 목소리를 듣자 그녀가 외쳤다. 메이지는 모두의 이름을 그런 식으로 부르곤 했다. 죽었다고 들었는데 이렇게 살아 있는 게 놀랍도록 기쁘다는 듯 말이다.

"미안해요, 브리짓."

로라 콜먼을 바꿔달라고 하자 그녀가 말했다.

"지금 여기 없어요. 오늘 아침에 출근 안 했어요."

"그럼 어디에 있는지 알아요?"

"그럼요. 부모님이 계신 실버타운에서 연락이 왔는데, 어머님이 편찮으셔서 따님을 찾으신다고 했대요."

메이지는 연민이 넘치는 목소리로 말했다. 어쩌면 벌써 콜먼에게 보낼 위로 카드를 만들었는지도 모르겠다.

"혹시 나한테 메시지 남긴 건 없고요?"

확인.

"없어요, 브리짓. 혹시 전화 오면 전할 말이라도 있으세요?"

"그냥 내가 전화했다고만 해줘요."

"알았어요, 그럴게요."

난 전화를 끊었다. 다시 생각을 전개하기까지 잠깐의 시간이 필요했고, 곧 난 의아해졌다. 얼마나 위급한 상황이기에 콜먼은 내게 메시지를 남기지도, 전화를 하지도 않는 것일까? 내게 못되게 굴기로 작정했다고 해도 그녀는 여전히 융통성이 없었다. 난 다시 사무실에 전화를 걸었다.

"메이지, 콜먼 요원의 부모님이 계신 실버타운이 어디인지 알아요?"

"아뇨, 그건 몰라요."

27

 특별히 이 일에 죄책감을 느끼고 있지 않다는 것을 보이기 위해 나는 부검의 사무실에 15분 늦게 도착했다. 맥스의 이름을 얘기하니 부검실 뒤편으로 안내를 해줬고, 그곳에서는 이미 조지 맨리케스가 멀리서 보았을 때 언뜻 파스텔 톤의 바다사자처럼 보이는 것을 개복하고 있었다. 그것은 썩은 생선보다 더한 냄새를 풍겼다. 냄새에 머뭇거리고 있는 사이 맨리케스가 침상 위에 매달린 마이크에 대고 이야기하는 소리를 들을 수 있었다.

 "백인 남성, 키 약 180센티미터, 몸무게는 사망 당시 대략 65킬로그램. 사망 시간은 부패가 상당히 진행되어 추정하기 어려움."

 그는 아까보다 다소 편안한 말투로 맥스에게 말했다.

 "밴 안의 습기와 열기 때문에 부패가 평소보다 더 빨리 진행되었을 수 있어요."

 "그래도 추정해보죠, 박사님."

 맥스가 말했다.

 "최단 48시간, 최장 나흘 정도. 영화에서처럼 더 구체적으로 범위를 잡지 못해 유감입니다."

"그렇다면 이틀 안에 일어난 일은 아니라는 말씀이신 거죠?"

"맞습니다. 제게 시간을 좀 더 준다면, 벌레의 활동과 연관이 있는 밴 안의 기온을 두고 셈을 할 수 있는 전문가에게 연락해서 범위를 더 좁혀볼 수도 있어요."

맨리케스는 마침내 호기심 어린 시선으로 나를 쳐다보았다. 난 4년 전에 은퇴한 사람치고는 자주 그곳에 모습을 보이고 있었다.

맥스는 완전히 냉랭하진 않았다. 그는 코 밑에 바르라며 내게 멘소래담을 건네주었다. 시신의 부패 냄새가 너무 심할 때는 그렇게 하는 것이 효과가 있었다.

하지만 그는 나로 하여금 부검의 전 과정을 지켜보게 하며 나를 계속 주시했다. Y자 절개로 얼굴 위로 두피를 벗겨내고 두개골 위를 스트라이커 톱으로 잘랐다. 그 소리가 마치 드릴로 치아에 구멍을 내는 것 같았다. 맨리케스는 우리에게 이야기를 하는 동시에 마이크를 통해 부검 과정을 녹음했고, 그러면서도 라텍스 장갑을 낀 엄지손가락으로 시신에 몇 마리 남아 있는 구더기들을 뭉개어 죽였다. 장기들을 여기저기 나르며 무게를 재고 사진을 찍는 조수조차 얼굴이 약간 푸르스름하게 질려 있었다. 부패된 시신을 반기는 사람은 아무도 없다. 맥스가 매우 인내하고 있다는 것을 알 수 있었다.

"이 부분이 이상해요."

맨리케스가 오른쪽 집게손가락으로 시신의 왼쪽 허벅지의 부패한 균열을 부드럽게 찔러보았다.

"부패가 많이 진행되어 단정하긴 어렵지만, 이건 사후에 생긴 게 아닌 것이 확실합니다. 현장 밴 바닥에서 커터 칼을 발견했다고 하셨던가요?"

맥스가 고개를 끄덕였다.

"바닥이라는 게 사실 지붕이었죠. 밴이 거꾸로 뒤집어진 채였으니까요. 하지만 네, 커터 칼이 있었습니다."

"제가 현장에 직접 갔어야 했는데 그랬군요."

"연락드리려고 했었어요."

"그 커터 칼의 흔적일 수 있겠습니다. 아니면 그 외 다른 칼날이나. 우연으로 일어난 사고처럼 보이진 않네요."

"자살이 아닌 것이 확실한가요?"

맥스가 물었다.

"상당히 고통스러운 방법이죠. 목숨을 잃을 만큼 피를 흘리고 싶었다면 경정맥을 절단하는 것이 훨씬 효율적이었을 겁니다. 그게 손에 닿기에도 가깝고 시간도 적게 걸리니까요."

"몰랐을 수도 있지 않을까요?"

"그가 한니발 렉터의 영화를 좋아했다면? 거기서 렉터가 누군가의 대퇴 동맥을 절단하는 장면이 나오지 않던가요?"

내가 제안했다.

맥스는 나를 무시한 채 계속해서 맨리케스와 이야기를 이어나갔다.

"타살은요?"

"사실 내 생각은 그쪽에 가깝습니다. 우발적인 살인일 수도 있겠죠. 밴에서 몸싸움이 있었을 가능성도 농후하고요. 어쨌든 그런 가능성은 열어두어야 합니다."

"알았습니다, 박사님. 시신은 냉동 보관해주시고요. 시신을 인도받을 친인척이 있는지 알아볼게요. 박사님 사무실을 잠깐 사용해도 될까요?"

맥스가 물었다.

맨리케스는 고개를 끄덕인 뒤 두꺼운 검은색 실로 절개 부분을 꿰매고 있는 조수에게 계속해서 이것저것 지시하기 시작했다. 조수는 가급적 시신에게서 머리를 멀리하며 숨을 참으려 애쓰고 있었다.

맥스는 내게 따라오라고 손짓했고 우리는 짧은 복도를 지나 사무실로 향했다. 사무실에는 사무용 의자가 놓인 책상과 그 뒤로 두 개의 의자가 더 놓여 있었고, 나무로 된 팔걸이에는 얇은 덮개가 씌워져 있었다. 한쪽 구석에 당나귀 모양의 종이 인형이 걸려 있었다. 아마 이전 사람이 사무실을 사용했을 때부터 걸려 있던 것인 듯했다. 높이가 낮은 책장에는 병리학 문서들과 해부도 등이 꽂혀 있었는데, 단지 보이기 위한 책들은 아닌 것 같았다. 책상에는 오래된 컴퓨터와 부검의의 사무실에서 흔히 볼 수 있는 잡동사니들이 가득했고, 노트와 펜 몇 개, 현미경 슬라이드가 든 상자와 기타 생물학 도구들이 놓여 있었다. 그 외에 개인 물품이나 의과 대학 졸업장 혹은 가족사진 같은 것은 벽면에서도 책상에서도 찾아볼 수 없었다. 그에게도 부인이 있고 자식이 있다면, 사무실에서만큼은 그의 사생활을 완벽하게 분리하고 싶어 하는 것 같았다. 그렇게 느낀 것이 나뿐만은 아닐 것이다.

맥스는 책상 앞에 있는 의자 중 하나를 빼내 나를 향해 앉으라고 손짓했고 우리는 서로를 비스듬히 마주보고 앉았다.

너무도 많은 시나리오에 얽매인 나는 어떻게 하면 맥스에게 진실을 드러내지 않고 질문을 던질 수 있을까 고민스러웠다. 하지만 어찌 됐든 해보는 수밖에 없었다.

"콜먼 요원에 대해서 어느 정도나 알지?"

내가 먼저 입을 열었다.

"잘은 몰라."

그의 머릿속은 분명 다른 생각으로 가득 차 있었다.

"마지막으로 이야기 나눈 게 언제야?"

"우리가 같이 여기 왔던 날."

그는 내가 염려하고 있는 것들에 대해 이야기할 기회도 주지 않은 채 화제를 돌렸다.

"밴에서 몸싸움이 있었을 거란 말이지."

맥스가 맨리케스가 추측한 바를 그대로 따라 읊었다.

"그랬을 수도 있다고 했지."

맥스는 몸을 앞으로 숙여 팔꿈치를 무릎에 댄 채 양손의 손가락으로 깍지를 꼈다.

"넌 내가 얘기하기도 전에 그 차량이 밴인 걸 알고 있었어. 넌 그게 거기 있었던 걸 알고 있었는데도 내게 거짓말을 했지. 즉각 이 사건을 보고해서 널 데려갈 수도 있어. 공식 조사를 위해서 말이야. 하지만 그러지 않을 테니까 어서 무슨 일이 있었던 것인지 말해봐. 망할 거짓말은 더 이상 안 돼."

예상하지 못했던 바는 아니었다. 공항에서 돌아오는 길에 맥스의 문제를 고심했고 그보다 더 앞선 결론을 내리기로 결심한 참이었다. 물론 그는 내가 그 차가 밴이라는 것을 알고 있었다는 사실을 알아차렸을 것이다. 그것은 곧 워시에서 그 차를 목격한 것에 대해 거짓말을 했다는 것을 의미하기도 했다. 하지만 그렇다고 해서 전직 FBI 요원이 선량한 시민을 살해하고 그 사실을 숨기려 했다고 결론을 내기에는 비약이 심했다. 맥스로서는 그러한 결론을 내릴 이유가 없었다. 그렇기 때문에 그가 '신문'이 아니라 '조사'라는 표현을 쓴 것일 테다.

난 약간의 자신감이 붙었다.

"사실대로 고백할게, 맥스."

내가 말했다.

그는 부검실에서 묻어 온 냄새를 마저 몰아내려는 듯 손가락 관절로 코 한쪽을 누른 뒤 콧바람을 불었다. 그리고 손가락 뒤에 남은 멘소래담을 바지에 문질러 닦았다. 이내 자세를 바로 하긴 했지만, 경찰차를 아무리 청소해도 뒷좌석에서 늘 퀴퀴한 냄새가 나는 이유를 알 것 같았다.

"헛소리는 집어치우고 본론부터 말해."

그가 이요르*처럼 말했다. 다만 그보다 더 차갑게.

FBI에 있으면서 이미 수많은 거짓말을 들어온 나는 스스로도 거짓말에 숙련되어 있었다. 그러니 그의 신뢰를 얻을 수 있는 이야기를 잘 지어내기만 한다면….

나는 사실에다가 믿음직한 거짓말을 섞어 신중하게 이야기를 구상했다. 우선 카를로와의 관계를 고백하며 그가 내 과거를 모르고 있다는 점을 설명했다. 그래서 카를로 앞에서 이야기하고 싶지 않았던 것이라고.

"그래, 사실 그 밴을 봤어. 발견되기 하루 전에 봤고, 심지어 안을 들여다보기도 했지. 시신을 봤어. 네 말이 맞아. 거기에 시신이 있다는 걸 알고 있었어. 너한테 전화를 하려고 정말로 휴대전화를 꺼냈

---

* 애니메이션 〈곰돌이 푸〉에 등장하는 당나귀 캐릭터.

었어, 맥스. 근데 다시는 볼 일이 없으리라 생각했던 장면을 목격하게 되니까 순간적으로 우울해지면서 몸이 굳어버렸던 것 같아. 게다가 이런 잔혹함에 내가 이만큼이나 가까이에서 노출되었다는 사실을 카를로에게 알리고 싶지 않았어."

난 그와 같은 입장에 있다는 것을 보이기 위해 그의 몸동작을 그대로 모방해 몸을 앞으로 숙였다. 두 손은 가볍게 팔걸이에 얹은 채 개방적이고도 믿음직스러운 자세를 취했다.

"내가 굳이 연락하지 않아도 누군가 발견할 거라고 생각했어. 그리고 정말 클리프턴이 발견을 했잖아. 48시간 안에. 내가 다시 연락할 기회도 갖기 전에 말이야."

어느 부분이 거짓이고 어느 부분이 진실인가. 나조차도 확신할 수 없었다. 하지만 그 모든 이야기들이 정말 사실처럼 들렸고, 그도 나를 믿는 눈치였다. 아니면 다만 머릿속으로만 나를 용의자 명단에 올려놓았거나. 둘 중 어느 쪽이든 그는 천천히 고개를 끄덕였다.

"내 판단이 틀렸어. 나도 알아."

내가 말했다.

"완전한 오판이었지. 하지만 발견이 하루 늦어졌다고 해서 내가 수사를 방해했다고 할 수는 없잖아. 원하면 그날 현장에서 목격했던 것을 보고서로 써서 올릴게."

맥스는 다소 누그러진 듯했고, 그런 그의 모습에 나 또한 긴장이 조금 풀렸다.

그가 말했다.

"비가 이렇게 왔으니 워시는 강이 되었을 거야. 우리 범죄 현장 전문가들도 물이 많은 현장의 경험은 별로 없으니까. 현장에 남아 있던 물리적 증거도 하류 어딘가로 쓸려 내려갔을 테니 뭔가를 찾아도 그게 범죄 현장과 연관이 있다는 확신은 할 수 없다고 하더군. 밴이 발견된 그곳이 진짜 범죄 현장이 맞다면 말이지."

"네 말이 맞아. 부검의가 그곳이 범죄 현장이라고 했던 것은 밴 안에서 살인이 이루어졌다는 의미인 거잖아. 다른 먼 곳에서 옮겨 온 것일 수도 있지. 워시는 두 번째 현장일 수 있단 얘기야."

비로소 의심을 벗게 되자 난 도움을 주고 싶어졌다.

"맙소사, 게리 시나이즈*는 꼭 필요로 할 때 없더라. 죽은 그 남자가 네 판단대로 부랑자가 맞다면 수사가 더 어렵겠어."

"아, 그래도 해봐야지. 사고사이거나 살인이거나. 단기 여행자일 수도 있고 혹은 그 이상의 사람일 수도 있지. 어쩌면 지난주에 네 이웃집을 날려버렸던 필로폰 공장과 관계가 있을지도 몰라. 마약이나 갱단과 연결되어 있을 수도 있고."

"그래, 몇 년 동안 계속되었던 살인 사건의 피해자들 중 하나일지도."

난 그것이 내 생각이 아닌 순전히 맥스의 아이디어라는 것을 강조하기 위해 열정적으로 고개를 끄덕였다. 내 결백이 완벽하게 밝혀진 것은 아니었다. 맥스의 머릿속에는 수만 가지 생각들이 자리하고 있을 것이다. 내가 또 어떤 것을 알고 있는지 시험해보는 것일 수도 있다. 그는 똑똑한 사람이었고, 난 그런 그를 존경했다. 하지만 내게 맞춰진 포커스의 방향을 틀고, 사건에 전문가적인 관심을 보이는 것 외에 그를 옳은 길로 몰아가는 것도 가능할 것 같았다. 제럴드 피질을 피해자가 아닌 범인으로 간주해보는 것이다.

---

* 미국의 TV 드라마 〈CSI : NY〉 시리즈의 주연 배우.

"그의 차량이 등록되어 있는 주소지를 찾았어. 사람을 보내서 뭔가 알아낼 것이 있는지 살펴볼 거야."

맥스가 말했다.

"워시 주변 언덕에 자리한 집들에도 들러서 평소와 다른 것을 보지 못했는지도 물어볼 거고."

그는 말을 멈추고 나를 쳐다보았다. 나도 그를 바로 쳐다보았다. 이보다 더 위험한 상황에서 그보다 더 무시무시한 사람들을 상대해 왔던 나다.

"이제 나한테서 볼 일은 끝난 거야?"

잘 견디고 있지만 살짝 지루하다는 듯한 목소리로 내가 물었다.

그는 미소를 지었다. 맥스가 미소를 짓는 모습을 한 번도 본 적이 없었기 때문에 그의 표정 변화를 단번에 알 수 있었다.

"네가 필요할 수도 있어. 그러니 근처에 있을 거지? 어디 멀리 가지 않고?"

그 말에 난 약간 오싹해졌다. 나 역시 '요주의 인물'에게 그러한 표현을 많이 사용하곤 했다. 안심한 듯한 그의 태도는 전략이었다. 난 고개를 끄덕이며 볼이 아래를 향한 사이에 그가 눈치채지 못하도록 침을 꿀꺽 삼켜 내렸다.

"현장 팀에서 밴 조사를 끝내거든 너와 다시 한 번 얘기해봐야 할지도 모르겠어. 지금 현장에서 작업 중이야."

"진행은 어때?"

"흔적들은 많이 찾았지. 구리가 섞인 모래랑 상당수의 특이한 흔적들, 머리카락 몇 가닥. 안에 보였던 그 모든 피가 남자의 것이라고 생각하겠지만 그것도 모를 일이야. 가해자의 것도 있을 수 있지. 부패 때문에 엉망이긴 하지만."

"그럼 오늘 나는 이걸로 끝인가?"

내가 다시 물었다.

"거의. 이제 하나만 더."

그는 책상으로 손을 뻗어 DNA 채취용 면봉이 들어 있는 작은 상자를 하나 집었다. 그리고 기다란 막대기의 한쪽 끝에만 코튼이 붙어 있는 면봉 하나를 꺼냈다.

"FBI에 등록된 네 지문은 확보했는데 DNA는 없어서. 채취해도 상관없지?"

"아, 맥스."

이 모든 대화의 끝은 결국 이것이었다. 그가 나를 사무실로 데려왔던 이유가 바로 이것이었던 모양이다. 그는 책상에 면봉이 있다는 것도 앞서 확인했을 테지.

"이거 적법한 절차인 건 맞아?"

"우선은 너와 나 사이의 일로만 둘 거야. 하지만 내가 법정까지 가길 원한다면 네 이름이나 근거 자료 등의 서류를 제출할 수도 있어."

내가 달리 뭘 할 수 있을까? 난 몸을 앞으로 숙여 입을 벌렸다. 그들이 찾은 머리카락이나 피 중 내 것이 나오지 않기를 바라며. 혹은 나오더라도 그 모든 증거들이 하나의 거대한 DNA 수프로 부패되어 구분이 불가능하기를. 맥스는 내 볼 안쪽을 면봉으로 쓸어내린 뒤 작은 상자에 넣고 입구를 닫았다. 그리고 펜으로 상자 겉면에 이름이 아닌 숫자로 표기를 했다. 내가 그것을 봤다는 것을 이야기하지 않았지만, 그 작은 배려가 고마웠다.

그는 셔츠 주머니에 상자를 넣고 말했다.

"우리, 서로에 대해 뭔가 알고 있는 게 있잖아, 안 그래?"

자세한 설명은 필요 없었다. 난 그의 말이 아주 구체적인 무언가를 의미하고 있다는 것을 알고 있었다. 용의자를 저격했던 내 의문스러운 과거 말이다. 난 그의 뒷배에 밀고자가 있는 것은 아닌지 궁금해졌다.

"아마도."

"뭐, 그런 것들 때문에 우리의 생각이 서로 달라질 수도 있겠지만, 넌 아직 나에 대해 전부 아는 건 아니야. 난 참을성이 많은 편이지. 이를테면 어리석음 같은 것도 그냥 넘어가 준다고. 일반적으로 사람들은 내가 항상 조용하고 느릿느릿하니까 전혀 화를 내지 않을 거라고 생각하지만, 정말로 날 열 받게 하는 것이 하나 있어. 그게 뭔 줄 알아?"

"뭔데, 맥스?"

난 그의 불길에 부채질을 하지 않으려 애쓰며 부드럽게 물었다.

"속고 있는 것 같은 느낌. 누군가 나 같은 사람은 충분히 속여 먹을 만하다고 생각하는 것."

28

내가 무언가를 감추고 있다고 생각하는 것도 무리는 아니었다. 하지만 난 계속해서 밴을 보고도 이야기하지 않은 것과 실제로 그 남자를 죽인 것 간에는 격차가 크다고 내 자신에게 되뇌었다. 망설임의 해명도 그럴 듯했다. 다만 그는 하나를 거짓 발언한 사람은 그 밖의 것들에 대해서도 거짓을 말할 수 있다고 생각하는 것 같았다.

DNA 테스트 결과가 나오기까지 적어도 나흘, 혹은 그 이상의 시간이 있다. 설사 맥스가 신중하게 인맥을 동원해 내 샘플을 길고 긴 줄의 제일 상위에 올려놓는 결과가 나올지라도 말이다. 하지만 일치의 결과를 내려면 다른 흔적들도 분석해야 할 것이다. 어쩌면 현장에서 내 흔적 같은 것은 전혀 나오지 않을지도 모른다. 그래도 한 가지 의지할 수 있는 사실은, 맥스라면 명백한 증거가 나오기 전까지는 나에 대한 배려로 그 누구에게도 이 의심의 내용을 발설하지 않을 것이라는 점이었다. 그에게서 그 정도는 기대해도 좋았.

이제 두 가지에 집중해야 했다. 제럴드 피질의 거주지를 알아내 그의 밴에서 발견된 내 사진과 같이 나와 그를 연결시킬 수 있을 만한 증거를 찾기. 그리고 콜먼을 추적하기. 어제부터 연락을 끊어버린 그녀에게 화가 났기 때문이기도 하지만, 그녀가 발견했을지도 모르는 단서가 궁금한 마음 때문이기도 했다. 무엇 때문에 내게 '그런데 선배님 말씀이 옳았어요! 이를테면요.' 같은 이메일을 보낸 것일까? 뭐가 옳았다는 거지? 그녀가 정말 증거를 확보한 것이라면 지금으로부터 24시간 뒤 플로이드 린치가 법정에서 자신의 유죄 유무를 답변하기 전에 제출해야만 한다.

이미 시내에 있었기 때문에 난 차를 몰고 부검의 사무실에서 나와 몇 블록 떨어진 FBI 지부로 향했다. 그런 뒤 차의 실내 온도 보호를 위해 주차장에 차를 세우고 계단을 통해 6층으로 올라갔다. 운동을 위한 선택이기도 했지만, 엘리베이터에서 누군가와 맞닥뜨리고 싶지 않은 마음도 있었다. 메이지에게 모리슨을 만나러 왔다고 이야기하니 그녀는 그에게 알리기도 전에 문부터 열어주었다. 나처럼 그곳에서 일한 전력이 있지 않은 사람에게는 결코 보이지 않을 행동이었다.

난 아무 칸막이에 앉아 있는 사람에게 콜먼의 사무실 위치를 물었고, 알려준 대로 복도를 따라 걸어 그녀의 사무실이 열려 있는 것을 발견했다. 주변에 아무도 없는 것 같아 얼마간 그녀의 책상 주변을 흘긋 살피다가 제일 윗칸의 서랍에서 주소책처럼 보이는 것을 발견했다. 안에는 전화번호가 적힌 메모지가 붙어 있었는데, 전화번호 위로 줄이 그어져 있었다. 그러던 중에 컴퓨터를 건드리게 되었고, 모니터에 스크린 보호기가 떴다. 여느 직장인이 그러하듯 그녀도 컴퓨터를 켜두고 퇴근한 것이다.

빠른 속도로 제럴드 피질의 운전면허 번호를 자동차 등록 사이트에 입력하자 이내 그의 주소가 검색되었다. 하지만 누군가에게 들키지 않을 만큼 빠른 속도는 아니었다. 사이트를 되돌리는 사이에 특수 요원 담당 로저 모리슨이 사무실로 다가왔다.

"메이지 말이 날 만나러 왔다면서요."

그가 말하다가 내 손이 키보드 위를 방황하는 것을 보고 미간을 찌푸렸다.

난 두 손을 천천히 무릎 위로 내렸지만 그를 만나려고 했던 변명거리는 금방 찾지 못했다.

"사실은 콜먼 요원을 만나러 왔어요."

내가 말했다.

"왜요?"

모르는 척하는 것이 필요한 정보를 얻기에는 최적이었다.

"플로이드 린치와 그가 연루된 66번 고속도로 살인 사건에 대해 몇 가지 물어볼 게 있어서요."

"콜먼 요원이 사건에서 손 뗐다는 이야기를 들었을 텐데요."

그녀를 지금보다 더 난처한 상황에 빠트리게 될지도 모른다고 생각했지만 모리슨과 대면하고 있는 지금 내 자신을 보호할 다른 방법은 없었다.

"지금 위험한 상황에 놓여 있어요, 로저. 린치의 자백을 아무런 검증 없이 받아들이다니요. 지금 답해야 할 의문점들이 있잖아요."

그 말에 그는 평소의 한계치를 넘어 폭발하고 말았다. 그는 자신의 가슴을 한껏 부풀렸다.

"콜먼 요원이 대체 당신과 어떤 정보를 공유한 겁니까?"

난 아무 말도 하지 않은 채, 당신이 무슨 말을 하고 있는지 모르겠다는 표정을 지어 보였다.

그는 멈칫했고 그의 가슴 폭이 다소 줄어들었다. 조금은 염려하고 있는 눈치였다. 그의 서성거림과 해명으로 알 수 있었다.

"당신이 왜 그런 것을 묻고 왜 내가 그걸 설명해야 하는지 모르겠지만, 콜먼 요원은 규율을 위반했어요. 그래서 당분간 다시 사기 사건 팀으로 발령 냈습니다. 그래도 내가 정직 징계를 내리지 않았으니 운 좋은 거죠."

"지금 로라 콜먼이 어디에 있는지는 관심 없어요? 정말로 자기 어머니를 만나러 간 것이 맞긴 한가요?"

모리슨이 비웃음을 터뜨렸다.

"그게 무슨 상관입니까? 솔직히 자기 상처나 보듬으려 사라졌을 거라 생각해요. 여긴 집단 치료를 하는 곳이 아니라 FBI입니다. 그러니 정부 재산에 손을 댄 혐의로 체포하기 전에 얼른 그 사내대장부인 척하는 가짜 성기는 떼어버리고 여기서 나가요."

모리슨과 이야기하고 있자니 내가 조기 은퇴를 선택했어야만 했던 수많은 이유들 중 하나가 떠올랐다. 연금을 받고 있을 때에만 입 밖에 낼 수 있는 것들을 기대했던 것이다. 그것도 미소를 지으면서 말할 수 있는 그때를 기다렸었다.

"난 가짜 성기 따위 필요 없어, 로저. 쓸모없는 당신 것을 떼어 가면 되니까."

29

하이킹 중에 갑작스러운 충격을 받았고, 제럴드 피질의 부검에서 맥스를 상대해야 했을 뿐만 아니라, 모리슨과 마주치기까지 한 오늘은 형편없는 하루였다. 무엇보다도 카를로에게 아무런 문제도 없는 척하며 내 집에서조차 위장 근무를 서는 듯한 기분을 느껴야 하는 것이 최악이었다. 난 집으로 가는 길에 상점에 들렀다. 그리고 몇 개의 통로를 어슬렁거리며 장바구니에 몇 가지 물건들을 아무렇게나 집어 담았다. 그래야 카를로가 내가 상점에 다녀왔다고 생각할 테니 말이다.

"생강이 싱싱한가?"

장봐온 물건들을 내려놓는 것을 도우며 그가 물었다.

내가 사온 것이 그것이었던가?

"글쎄."

난 그에게 말한 뒤 조리대 위에 있는 뿌리채소를 이상하리만큼 오랫동안 멍하니 쳐다보았다. 그는 내 뒤로 다가와 놀이기구를 탈 때면 내려오는 안전 바처럼 팔로 나를 단단히 감싸 안았다. 난 그의 품에서 몸을 돌려 그에게 키스했다. 그리고 그가 보지 않는 사이 베이킹소다 상자를 얼른 찬장에 숨겨버렸다. 나는 그것이 무슨 용도로 쓰이는지조차 알지 못한다.

저녁 식사(셰이크 앤 베이크 치킨과 전자레인지에 돌린 냉동 콩) 후 나는 피노 그리* 한 잔을 들고 뒷마당의 담장 근처를 서성였다. 그리고 거짓과 기만의 산과 늪지로 점점 더 깊이 빠져들었다. 갈색의 토끼 한 마리가 날쌔게 지나갔다. 흰색의 꼬리가 다른 풍경들과 전혀 어울리지 않았다. 잔혹한 진화적 농담이다, 저 꼬리는. 그건 꼭 목표물처럼 보였다. 그때 오른편 멀리에서 무언가가 시선을 사로잡았다. 계곡 가장자리 너머로 코요테가 빠른 걸음으로 지나가는 것이 보였다. 코요테는 토끼에게 관심을 두지 않았다. 커다란 베이지색의 개처럼 보이는 이 코요테는 스틱을 가지고 있었다. 너무 멀리 있어 그것이 내가 들고 다니던 등산용 스틱인지 확인할 수 없다는 생각이 들었을 때, 난 거기에 묻은 피를 지우지 않았다는 사실을 깨닫고 말았다.

난 집으로 들어가며 카를로를 향해 "로드러너야."라고 중얼거렸고, 그는 읽고 있던 책에서 고개를 들었다. 난 부엌 조리대에서 쌍안경을 집어 들고 다시 밖으로 나갔다. 코요테는 이미 사라지고 없었다.

난 생각하지 않기로 했다. 당시만 해도 난 내가 침착하게 대응하고 있다고 생각했다. 비록 그 코요테가 피가 묻은 내 스틱을 다시 파내 가지고 다니다 어느 도로 옆에 버리고 누군가 그것을 발견해 경찰에 신고할지도 모른다는 공포감에도 불구하고 말이다.

하지만 정말로 상황이 악화된 것은 바로 다음 날부터였다.

---

* 서늘한 기후의 프랑스 알자스, 헝가리 토카이 지역에서 재배되는, 잿빛이 도는 포도 품종으로 만든 화이트 와인.

30

 난 저녁 내내 콜먼의 전화나 이메일, 문자, 그 어떤 형태의 연락이라도 기다렸지만 아무 소식도 없었다. 모리슨이 이야기한 대로 사건에서 제외된 것에 대한 상처를 홀로 보듬고 있는지도 모르겠다. 너무 당혹스러워 내게 제대로 이야기하지 못하고 있는 것일지도. 내게 알리고 싶지 않은 다른 사건을 수사하고 있는 중인지도 모른다. 그 어떤 실마리도 제대로 잡을 수 없었지만, 그녀의 부모님이 있는 곳과 관련 내용의 사실 여부는 확인할 수 있었다.

 오늘 플로이드 린치는 법정에서 자신의 유죄를 인정할 것이고, 내가 아는 한 우리에게 가진 것은 아무것도 없었다. 상황이 어떻게 진행되는지 알기 위해 재판 시간에 맞춰 방청할 생각이었지만, 그 전까지는 제럴드 피질의 죽음에 내가 연루되어 있음을 맥스가 알아내기 전에 내 흔적을 방어할 시간적 여유가 있었.

 난 카를로에게 이야기했다…. 그에게 정확히 무슨 이야기를 했는지는 기억이 안 나지만 뭔가 이야기를 지어냈고, 제럴드 피질의 마지막 주소지인 샌매뉴얼을 향해 북쪽으로 달렸다.

차를 몰며 난 생각했다. 만약 그 남자가 단지 나체로 이야기를 나누고 싶었던 것뿐이라면 어쩐다? 정신적으로 문제가 있었던 것이라면? 다른 피해자 같은 건 없다면? 내가 무고한 사람을 죽인 것이면 어쩌지? 플로이드 린치의 경우를 보라.

내가 샌매뉴얼로 향하는 이유 중 일부는 내가 무고한 남자를 죽인 것이 아니라는 사실을 스스로에게 증명해 보이기 위함이었다는 사실을 인정한다.

밴에서 분명 핏자국을 보았다는 것을 스스로에게 되뇌며 난 최대한 속도를 내어 약 30분 만에 2차선의 77번 고속도로에 진입했고, 타이거마인로드에서 우회전을 해 샌매뉴얼에 접어들었음을 알리는 낡아버린 환영 간판을 지났다.

샌매뉴얼은 투손에서 북동쪽으로 약 60킬로미터쯤 떨어져 있는, 77번 고속도로 외곽의 초라한 작은 마을이었다. 구리 광산이 성행했을 때에는 이곳도 꽤 매혹적인 지역이었고 골프장이 건설되기도 했다. 그러나 광맥이 말라붙자 마을은 사실상 버려졌고, 골프장 역시 초록빛을 찾아보기 힘들어졌다. 탁한 녹색의 호수를 향해 뻗은 주도로를 사이에 두고 오른편에는 음울한 집들이, 그리고 왼편에는 폐석지가 자리하고 있었다. 호수는 동쪽으로 갈리우로산맥, 그 맞은편에 마을을 두고 그 사이에 800미터 정도의 길이로 자리하고 있었다.

평소처럼 제럴드 피질의 주소를 확인한 뒤 누군가의 눈에 띄지 않도록 차를 거리 끝에 주차했다. 그런 뒤 타월 소재의 머릿수건을 머리에 두르고 재키-오 선글라스를 꼈다. 그리고 키를 더 커 보이게 하기 위해 8센티미터 높이의 웨지 굽 신발을 신고, 제럴드 피질 같은 사람에게도 빌려줄 것 같아 보이는 집을 향해 걸어갔다. 밖에서 맥스의 차를 발견하게 된다면 어떻게 해야 하나 잠시 고민했지만 앞쪽에는 주차된 차량이 하나도 없었다. 자갈이 드문드문 깔린 마당에는 세를 내놓았다는 간판이 꽂혀 있었고 덕분에 난 스스럼없이 안으로 접근할 수 있었다. 그러자 포효하는 코요테 문양이 그려진 카프탄*에 긴 구레나룻을한 늙은 여자가 문가로 나왔다.

형식적인 소개는 필요하지 않았다. 그저 비쩍 마른 란타나** 사이로 난 길을 통해 집의 뒤편으로 같이 걸어갔을 뿐이다. 그곳에는 아도비 점토로 지어 올린 조그마한 별채가 있었다. 제럴드 피질은 아마 그곳에 사적인 공간을 마련했던 듯했다. 늙은 여자가 내 머릿수건과 선글라스를 쳐다보았다.

"어디 아팠나?"

그녀가 물었다.

나는 남부식 억양으로 웅얼거렸다.

"조금요."

난 또 무언가를 웅얼거렸지만 그녀는 자신의 청력 문제라고 생각했는지 내가 뭐라고 했나 다시 묻지 않았다.

"남자가 몇 달간 머물렀는데 몇 주째 나타나지 않고 있어. 집세도 밀렸고. 주 단위로 받았거든."

그녀가 말했다.

"저한테 딱 맞는 곳 같네요."

난 방 하나짜리 건물의 문가에 섰다. 장식이나 청결 같은 것은 찾아볼 수 없는 공간이었다. 냄새도 났다. 난 눈을 감고 그 냄새가 단

---

* 터키인들이 입는 소매가 긴 옷.
** 마편초과의 낙엽 관목. 여름에 잎겨드랑이에 많은 꽃이 달리는데 꽃이 등황색에서 붉은색으로 변하면서 핌.

지 오래된 음식에서 나는 것인지, 화장실의 오물에서 나는 것인지, 아니면 그 외에 다른 이유가 있는 것인지를 가늠해보았다.

"청소를 해야 할 거야."

여자가 말했다.

"남자가 수더분하게 살았나 보네."

난 집주인 여자에게서 남자에 대해 무엇이라도 캐내보려는 의도로 혼잣말을 하듯이 중얼거렸다.

"가끔 소리가 좀 들렸지. 그, 여자들을 들였던 모양이야. 어떤 여자는 막 소리를 지르던데, 분명 싸움이라도 있었던 게지. 내 알 바 아니지만."

그녀에게 이건 그저 한담거리였지만 내게는 범죄 현장의 재건이었다. 나는 생각을 차분히 정리하기 어려웠다. 부디 맥스는 나와 다르길.

"아, 더한 것도 봤는걸요. 사실 전 조용하게 지낼 만한 곳을 찾고 있어요. 쓰고 있는 책을 끝내야 해서."

그러자 여자가 웃음을 터뜨렸다.

"남자들을 피해 도망이라도 왔나?"

난 늙은 여자를 바라보며 제럴드 피질이 언제쯤 이 집주인을 다음 피해자로 만들 생각이었을지 궁금해졌다. 이사 나가기 직전에? 마음껏 비웃어요, 부인. 내가 당신 목숨을 구한 것일지도 몰라요.

"15분 정도만 혼자 천천히 둘러봐도 될까요? 이곳에서 남다른 영감을 받을 수 있는지 살피려고요. 아무것도 만지지 않을게요."

미래의 집주인 여자가 얼굴을 찌푸리며 말했다.

"나 같아도 여기 있는 건 절대 만지지 않을 거야."

다시 혼자가 된 나는 안으로 들어선 뒤 문을 닫았다. 토트백에 손을 넣어 아침에 집에서 나올 때 챙겨온 총을 옆으로 치우고 라텍스 장갑과 샤워 모자, 발에 신을 종이 슬리퍼를 꺼냈다. 먼저 샤워 모자를 쓰며 안에 쓴 머릿수건 덕분에 머리카락을 흘릴 일은 없을 것이라고 스스로를 안심시켰다.

내가 서 있는 공간은 가로 3미터, 세로 3미터쯤의, 거실과 부엌, 침실이 한데 모여 있는 원룸 형태였다. 구석에 위치한 부엌에는 카드용 탁자 위에 전열기가 한 대 놓여 있었고 그 옆 바닥에 대략 60센티미터 높이의 냉장고가 놓여 있었다. 저쪽 편 벽면에 달린 문은 욕실로 통하는 듯했는데, 안에는 세면대밖에 없었다. 쓰레기통에는 햄버거 포장지와 빨지 않아 더러운 티셔츠가 버려져 있었다. 뭘 찾아야 하는지 잘 알고 있었기에 나는 이 집 안 전체를 꼼꼼히 빗질이라도 할 생각이었다.

뼈는 찾을 수 없을 것이다. 이곳은 아니다. 아직까지는. 그러기에 집 안은 너무 협소했고, 이곳으로 걸어오면서 살폈던, 가꾸지 않은 마당의 흙은 무덤으로 쓸 수 있을 만큼 부드럽지 않았다. 지금으로서는 다른 것들을 찾아보아야 했다. 제럴드 피질의 것이 아님이 분명한 무언가를.

빛바랜 덮개 사이로 낡아서 안의 나무가 군데군데 드러난 의자의 팔걸이를 부드럽게 쓸어보았다. 방에 딱 하나 있는 창문의 기름때 낀 블라인드를 열어 블라인드와 창문 사이에 뭐가 감춰놓은 것이 없는지 살폈다. 책상 겸 식탁으로 쓴 듯한 철제 TV 받침 아래도 더듬어보았다. 텅 빈 냉장고 안도 살폈고, 노트북이나 휴대전화가 놓여 있을 만한 곳을 구석구석 뒤졌다. 그 안에 범죄의 증거가 담겨 있을지도 몰랐다.

마침내 나는 방 한구석에 놓인, 그가 침대로 사용한, 바람이 반쯤 빠진 튜브 밑을 더듬다가 제럴드 피질의 것이 아닌 물건을 발견했다. 그는 자신의 기념품 위에서 잠을 잤던 것이다. 검은색 비닐봉지에 담긴 물건들은 튜브 밑의 바닥에서 쿠션 역할을 하고 있었다.

비닐봉지 안에서 나는 여자의 옷가지와 발가락 부분에 구멍이 난 양말, 낡을 대로 낡은 스웨터와 목 부분에 끈이 달린 더러운 흰색 블라우스, 여러 번 세탁한 탓에 유령처럼 변한 기하학무늬의 스커트를 꺼냈다. 또 다른 스커트에는 핏자국처럼 보이는 것이 묻어 있었다. 이 피해자들은 전부 옷차림이 허름했다. 혹시 노숙자? 없어져도 아무도 찾지 않을 여자들만 쫓아다닌다던 제럴드 피질의 말은 이걸 의미했나?

난 안에 든 것을 바닥에 모두 쏟았다. 두 개의 아이스크림 막대기를 끈으로 감아 만든 십자가와 얇게 코팅이 된 기도 카드가 바닥에 떨어졌다. 카드의 앞면에는 그림과 함께 유다 성인의 이름이 적혀 있었고, 뒷면에는 스페인어로 기도문이 적혀 있었는데 대부분 내가 읽을 수 있는 내용이었다. 기도는 이렇게 시작되고 있었다. '오, 영광스러운 유다 성인이여, 미덕과 기적이 가득하신 길 잃은 이들의 수호성인이여, 당신의 특별함을 갈구하는 모든 이들에게 임하시고 저의 현존과 갈망을 도우소서.'

카우사 페르디다스. 길 잃은 이들. 유다 성인은 사람들이 흔히 찾는 성인은 아닐 것이다. 많은 여자들이 이 길을 통해 국경을 넘었고, 대부분이 굶주렸고 목이 말랐으며 여기저기 도사리고 있는 위험과 적지 않은 나이로 인해 지칠 대로 지친 상태였다. 그러니 마실 것과 함께 밴에 태워주겠다고 하면 누구든 반갑게 제안을 받아들였을 것이다. 이곳은 연쇄살인범들의 거대한 뷔페식당이나 다름없었다.

제럴드 피질은 그러한 여자들을 먹잇감으로 삼았던 것이다.

웅크리고 있었지만 집주인 여자가 돌아오는 소리가 들리면 언제든 일어설 준비가 된 채로 나는 비닐봉지에서 마저 빠져나오지 않은 물건이 없는지 꼭 쥐어보았다. 그때 내 라텍스 장갑에 봉지의 두 겹 사이로 짧은 밧줄 같은 것이 느껴졌다. 나는 손을 넣어 잿빛의 긴 수술처럼 보이는 것을 꺼냈다. 양쪽 끝은 매듭으로 묶여 있었는데, 한쪽 끝에 창백한 빛깔의 무언가가 매달려 있었다. 현미경으로 들여다보면 사람의 두피 조각처럼 보일 듯했다. 난 거기에 얽힌 사건과 사연을 머릿속으로 그리며 얼굴을 찌푸렸다. 가까이 들여다보니 수술의 세 가닥이 각각 다른 것과 조금씩 달랐다. 하나는 흰색에 가까웠고, 다른 하나는 은색이 도는 잿빛이었으며 나머지 하나는 검은색과 흰색이 섞여 있었다.

수술은 적어도 세 명의 각기 다른 여자의 머리카락으로, 그들의 사후에 만들어진 것이었다. 난 조심스러운 손길로 옷가지들 위에 그것을 올려놓았다. 내가 맥스에게 남기는 메모 같은 것이었다. 시신을 찾아봐.

난 손목시계를 내려다보았다. 언제 이리로 올 것인지 맥스에게 감히 묻지 못했다. 아마 곧 내 뒤를 따를 것이다. 난 물건들을 모두 비닐봉지에 다시 담은 뒤 범죄 현장 전문가들이 발견할 수 있도록 튜브 아래에 넣어두었다. 맥스가 옷가지와 그 외 물건들, 그리고 피해자의 두피에서 잘라낸 머리카락을 발견하게 된다면 내게서 초점을 돌려 제럴드 피질을 피해자가 아닌 범인으로 수사하게 될 것이다.

막 돌아서려는 찰나 튜브 가장자리 아래로 검은색의 무언가가 반짝이는 것이 눈에 띄었다. 비닐봉지일 거라고 생각하며 손가락으로 끄집어냈는데, 꺼내고 보니 휴대전화였다. 휴대전화를 여는 사이 내 심장은 쿵쾅거리기 시작했다. 안에 입력된 전화번호를 확인하기 위해 주머니에 챙겨 가야 할지 아니면 맥스가 발견하도록 그대로 놔두어야 할지 마음을 정할 수 없었다. 그때 등 뒤로 소리가 들렸고 나는 깜짝 놀라 손에 장갑을 끼고 있다는 사실을 감추기 위해 두 손을 가렸다.

"볼일 다 봤나?"

여자의 목소리가 들렸다.

젠장.

"끝나가요."

내가 구석에 웅크리고 있는 것을 보았는지 그녀가 물었다.

"또 아픈가?"

"괜찮아요. 휴대전화를 떨어뜨려서요. 곧 나갈게요."

난 그녀의 발걸음이 문에서 멀어지는 소리에 귀를 기울였고, 이내 방범문이 차르륵 소리를 내며 닫혔다. 그녀가 내 종이 신발을 눈치채지 못했기를. 난 사진 앨범을 클릭했다.

피해자들의 사진이었다. 시신들. 가까이서 찍은 팔과 다리. 텐트 핀처럼 살갗 위로 올라온 뼈들. 그리고 얼굴들. 얼굴에는 외상이 없었지만 다른 것들보다 더 끔찍했다. 지금껏 피해자들의 얼굴을 보았던 경우는 대부분 그들이 죽은 뒤였다. 차라리 그편이 나았다. 아직 죽지 않은 이 여자들은 나를 쳐다보고 있었다. 그가 그녀들의 몸에 무슨 짓을 했는지 직접 보지 않아도 눈빛을 통해 알 수 있었다.

몇 장의 사진들을 빠르게 넘기자 내 사진 몇 장이 나왔다. 누군가 제럴드 피질의 휴대전화로 전송한 듯한 사진들이었다.

휴대전화를 여기에 둘 수 없었다. 내 사진들을 지운다고 해도 전문가들이 결국에는 복구해낼 것이다. 난 휴대전화를 토트백에 넣었다. 범죄 현장에서 증거품에 손을 대는 또 다른 범죄가 내 꼬리표에 추가되었다.

난 집주인 여자에게 아무런 이야기도 남기지 않은 채 그곳을 빠져나왔고, 다른 집의 뒤편을 가로질러 주차해놓은 차로 향했다. 많은 증거품을 남겨두었으니 제럴드 피질이 내 짐작대로 인간쓰레기가 확실하다는 것을 맥스도 알게 될 것이다.

31

집으로 돌아가 아무렇지도 않은 척하기보다 난 곧장 시내로 향했다. 그리고 브뤼거스*에 들러 블랙커피와 함께 그 산성을 흡수시키기 위해 플레인 베이글을 주문했다. 다시 콜먼의 휴대전화로 연락을 해봤지만 여전히 받지 않았고 회신도 없었다. 사무실에는 어제까지 연락을 했다면서 왜 유독 나에게는 연락이 없는 것일까? 왜 나를 피하는 거지?

난 제럴드 피질의 집에서 찾아낸 휴대전화를 열고 그가 전화를 걸었던 전화번호들을 확인했다. 모든 번호로 전화를 걸어보았는데, 전부 음식 배달 주문 전화였다. 맥파이스 피자보다 더 사악한 누군가와 통화를 했다면, 당연히 그 번호는 지웠겠지. 하지만 난 그 삭제된 번호가 어떻게 66번 고속도로 살인범과 연결될 수 있을지를 고민했다. 숙련된 디지털 기술자에게 내 손에 있는 휴대전화는 진범의 신원뿐만 아니라 제럴드 피질을 살해한 혐의로 나를 체포할 수 있는 증거가 담겨 있는 물건일 것이다. 난 휴대전화를 다시 가방에

---

* 미국의 베이글 전문 체인점.

넣고 FBI 외부에서 솜씨 좋은 해커를 찾아보자고 생각했다.

한 시간가량을 그렇게 모든 전화번호로 전화를 걸며 보냈지만, 아무런 자격 없는 민간인으로서 나는 무기력감과 함께 점점 쌓이는 좌절만 느낄 뿐이었다. 불안에 떨고만 있어 봤자 해결될 것은 없었기에 난 10시 30분쯤 연방 법원으로 향했다. 그곳에서 플로이드 린치가 재판을 받을 것이다.

법원 주차장은 만석이어서 차를 세우기 어려웠고, 방청석 역시 자리가 없어서, 겨우 서서 볼 수 있을 정도의 계단 위 공간을 간신히 찾았다. 투손에서는 1960년대에 투손의 피리 부는 사나이로 불렸던, 엘비스처럼 생긴 젊은 남자가 여고생들을 골라 죽인 이후 연쇄살인범이 나온 적이 없었다. 지역 주민들은 물론이거니와 국내 뉴스 팀들까지 모두 법원으로 몰려나온 듯했다. 스리피스 정장을 입은 모리슨과 연방 검찰 애덤스 밴스, 그리고 국선 변호사 로열 휴스가 카메라 앞에서 서로 자세를 뽐내고 있는 모습을 보고 있자니 우습기 짝이 없었다.

내가 서 있는 곳에서는 모리슨이 기자들의 질문에 답변하는 소리만 들릴 뿐이었다.

"…보안관보 맥스웰 코요테를 포함한 모든 지역 및 연방 경찰력과 범인 검거에 성공한 저희 특수 요원 로라 콜먼이 자랑스럽습니다. 세기에 길이 남을 연쇄살인범 중 하나가 될 겁니다."

"…맞습니다. 초기 신문에서 곧바로 자백 받았습니다. 1998년부터 여덟 건의 범행이 이어져왔고, 마지막 피해자는 체포 당시 그의 트럭에서 발견됐습니다."

난 콜먼을 찾아 사람들을 훑었다.

나의 눈길이 콜먼 대신 잭 로버트슨에게 가 닿았다.

처음에는 제럴드 피질의 밴에서 떨어진 내 사진을 보았을 때와 똑같은 인지적 불일치가 일어났다. 내 뇌가 비로소 잭의 모습을 인지했고, 그가 미시간주로 돌아가는 비행기에 오르지 않았다는 사실을 뒤늦게 깨달을 수 있었다.

그는 폭스 뉴스 투손에서 나온 카메라맨의 뒤에 거의 숨듯 자리하고 있었다. 그는 나를 쳐다보았다.

그와 나는 무엇 하나 가릴 것 없이 모든 감정이 그대로 드러나던 인생의 한때를 함께했다. 그때만큼 상대를 잘 알게 되는 때가 또 있을까? 우리 둘 다 지금 무슨 일이 일어나고 있는 것인지 잘 알고 있었다. 그의 눈에서, 경계 중인 개처럼 살짝 벌어진 채 새근거리고 있는 그의 입에서 그것을 알 수 있었다.

"…플로이드 린치는 첫 번째 살인을 저지를 당시 스물여섯 살이었습니다."

"…네, 신원을 확인되지 않은 두 명의 피해자를 제외하고요. 신원이 확인되지 않은 이들 중 한 명은 멕시코 이민자로 불법으로 국경을 넘은 후에 그와 맞닥뜨렸어요. 주 경계를 넘나드는 범죄라는 사실이 연방 관할로 떨어진 이유인 것은 물론이거니와 FBI가 깊숙이 관여하게 된 이유이기도 합니다."

"…맞습니다. 피해자들은 전부 여성이었습니다."

난 잭이 있는 쪽으로 가야만 했다. "FBI."라고 중얼거리며 취재 팀과 기자들 틈을 헤집었다. 그 방법은 일반적인 방청객들에게 효과가 있었지만, 힘겹게 확보한 자리를 놓치지 않으려는 언론인들에게는 먹히지 않았다. 그들은 아마 화장실이 급한 교황이 지나간다 해도 눈 하나 깜짝하지 않을 것이다. 그래도 난 최선을 다해 앞으로 밀고 나갔고 그때 사람들 사이로 뭔가를 알아본 듯한 움직임이 일었다. 보안관이 차에서 내리더니 맥스가 따라 내렸고, 수갑을 찬 플로이드 린치가 그를 뒤따랐다.

"…심도 있는 신문을 통해 린치가 상당히 자세한 부분까지 자백했습니다. 언론에 공개되지 않은 내용도 포함되어 있었기 때문에 그의 자백에는 의심의 여지가 없습니다."

"맥스."

난 그를 불렀다. 그는 나보다 잭과 더 가까웠다. 난 그에게 그 사실을 알려주고 싶었다. 맥스는 자기 이름을 부르는 소리에 주변을 둘러봤지만, 날 보지 못했다.

몇몇의 보안관보들이 나와 사람들 사이로 길을 텄다.

"…그 질문은 연방 검찰인 애덤스 밴스가 더 잘 답변해줄 수 있을 것 같군요."

모리슨은 작은 키 탓에 마이크를 살짝 조정하고 있는 밴스를 위해 뒤로 물러났다.

"…네, 플로이드 린치는 충분한 자백의 능력이 있었습니다. 정신이상이 아니에요."

"맥스."

난 다시 그를 불렀다. 이번에는 그도 나를 발견했지만, 반응은 며칠 전과 사뭇 달랐다. 단지 눈이 마주친 것 외에 그는 나를 향해 고개를 끄덕이거나 손을 흔들거나 턱을 까딱거리며 무슨 일이냐고 묻지 않았다. 오히려 내가 위험인물이라도 되는 것처럼 염려스러운 표정으로 날 쳐다보았다. 그는 옆에 서 있던 보안관에게 무언가 말했고, 그도 나를 쳐다보았다.

"잭."

난 좀 더 큰 소리로 잭을 가리키며 말했다. 하지만 맥스는 이미 몸을 돌려 내 이야기가 들리지 않을 만큼 멀어졌고, 보안관은 내가 무슨 말을 하는지 전혀 관심이 없는 듯했다.

난 이 현장을 좀 더 다른 각도에서 볼 수 있게 되었다. 모든 단서들이 서로 맞물린 새로운 관점에서 말이다. 어쩌면 이 모든 것에 불을 지핀 것은 플로이드 린치의 살짝 돌출된 윗입술인지도 모른다. 다른 방청객들의 시선을 따라 나 역시 그의 신문 비디오를 살핀 이후 처음으로 그를 쳐다보았다.

"…플로이드 린치는 오늘 아침 11시 30분에 수얼 판사 앞에서 공식 답변할 예정입니다."

난 시신 유기 장소에서 보았던 플로이드 린치의 모습을 기억하고 있었다. 개들이 왜 자신을 물어대는지 영문을 몰라 하는 병약한 동물 같았던 그 모습. 그 기억 옆에는 그보다 더 오랜 기억인, 내가 FBI에 들어가기 전의 나날들이 자리하고 있었다. 난 TV 앞에 앉아 엄마가 만들어주는 샌드위치를 기다리고 있었다. 우리는 TV로 알카셀처* 예배를 드렸다. 아빠는 11시 예배를 그렇게 불렀다. 숙취에 시달리는 사람들은 모두 그 시간에 예배를 드리기 때문이라고 했다. 추수감사절 직전이었고, 플로리다였다. 우리는 창문을 모두 열어놓은 채 별로 덥지 않은 척하고 있었다.

순간 예배 화면이 사라지고 뉴스 속보가 떴다.

흔치 않은 생방송. 외부에서는 무장한 차를 비추고, 내부에서는

---

* 발포형 소화제.

카메라보다 더 큰 섬광 전구를 부착한 카메라를 들고 있는 카메라맨들을 비추고 있다. 모두 정장 차림인 가운데 단 한 명만 흰색 셔츠에 얇은 풀오버 스웨터를 입고 있다⋯.

흰색 모자는 쓰지 않았다. 법정에서 모자를 쓰는 사람은 없으니. 보안이 부실해. 나는 생각했다. 나는 잭에게 먼저 달려가야 할지 플로이드 린치에게 먼저 달려가야 할지 아니면 맥스가 내게 집중하도록 뭔가 야단법석을 떨어야 할지 고민하며 더 세게 앞을 밀었다.

기자들 사이로 육중한 체격의 한 남자가 나온다. 그는 가까운 거리를 확보하고, 총을 들어 올리더니 다른 남자의 복부를 향해 쏜다. 누군가가 다급히 뛰쳐나와 기자들 사이로 길을 내고, 직감적으로 사정거리에서 그를 빼내려는 듯 자신의 몸 쪽으로 그의 손을 가져간 뒤 그의 머리를 자신의 가슴께로 박는다. 심지어 자신의 입술께로 그의 치아를 감싼다⋯. 또다시 이런 일이 있으리란 것을 알았던 사람은 어떻게 보면 내가 유일했다. 그러나 난 그걸 막는 데 실패했다.

너무 늦었다. 플로이드 린치가 계단을 반쯤 올라갔을 때 잭이 사람들 무리에서 나와 앞으로 달려가며 소리쳤다.

"린치!"

그가 잭을 돌아보는 동시에 총알 한 발이 플로이드 린치의 복부를 관통했다. 그는 두 눈을 감은 채 벌어진 입으로 소리 없는 신음을 내뱉으며 복부를 움켜잡았다. 그의 치아 위로 말려 올라간 입술이 보였다. 깜짝 놀란 맥스는 직감적으로 사정거리에서 그를 빼내려는 듯 자신의 몸 쪽으로 그의 손을 가져갔고 자신의 가슴께로 그의 머리를 박았으며 심지어 자신의 입술께로 그의 치아를 감쌌다. 플로이드 린치에게 이르기에는 너무 늦은 탓에 난 잭에게로 시선을 돌렸다. 그는 다시 나를 보며 7년 만에 처음으로 미소를 보였다. 완전히 다른 사람의 모습이었다. 그리고 또다시 총을 들었다. 사람들 사이에서는 한바탕 난리가 났고, 카메라맨들은 이 장면을 찍기 위해 거의 동시에 카메라를 머리 위로 들어 올렸다.

전국의 시청자들은 또다시 사람이 죽는 모습을 생중계로 보게 되었다. 그 누구도 이 일을 우리에게, 그들의 아이들에게 어떻게 설명해야 좋을지 모를 것이다.

텍사스 경찰서에서 사용되었던 무기는 짧은 총신의 38구경 콜트 코브라였고 피해자는 리 하비 오즈월드였으며, 범인은 잭 루비라는 이름의 네바다 출신 삼류 사기꾼이었다. 그것과 달리 잭이 사용한 것은 보잘 것 없는 22구경이었고, 그때와 달리 경찰에 순순히 연행되기보다 방아쇠를 당겨 자신의 머리를 쏘는 것을 선택했다.

32

 잭이 쓰러지면서 그의 손에서 총이 떨어지자 사진사들과 카메라맨들은 몸을 웅크리고 앞으로 몰려들었다. 혹시나 더 있을 충격에 몸을 한껏 낮췄지만, 퓰리처상이라도 노리는 듯 계속해서 머리 위로 장비를 들어 올렸다. 법원의 보안대원들이 달려와 응급 구조대원들을 위한 공간을 위해 서로 팔짱을 껴서 장벽을 만들었고, 길고 긴 2분의 시간이 지나 구조대원들이 모습을 보였다. 한 대의 구급차는 플로이드 린치를 이송했고, 다른 한 대는 잭을 이송했다. 난 잭이 실린 구급차에 올라타 구조대원들이 조치를 취하는 동안 그의 옆에 앉았다. 총기에 능숙하지 않은 그였기에 방아쇠를 당길 때의 반동으로 목표했던 지점보다 더 위를 겨냥하게 되었고, 덕분에 즉사를 면할 수 있었다. 그는 이야기를 하고 싶어 했다. 나는 그에게 말을 하지 말라며 쉿 소리를 냈지만, 구조대원은 의식을 잃지 않게 하려면 계속 말을 하게 하는 편이 낫다고 알려주었다.

 "내가 해냈어요."

 잭이 내가 결코 알지 못할 범위의 물리적인 노력을 다해 입을 열었다.

"당신이 결국…."

난 그의 셔츠에 묻은 피를 쳐다보았다. 뿜어져 나온 것과 흘러내린 것이 한데 섞여 있었다. 셔츠에는 새것에서나 볼 수 있는 옷 주름이 선명했다. 그는 플로이드 린치를 죽이기 위해 새 셔츠를 준비했던 것이다.

잭은 이야기가 가능하도록 입 안을 촉촉하게 만들기 위해 혀를 움직였다.

"살릴 수 없어."

플로이드 린치의 법정형을 말하는 거라고 추측했지만, 그 자신에 대해 말하는 것인지도 몰랐다. 이제 더 이상 자신의 삶을 이어나갈 의미가 없다는 듯. 난 그의 손을 붙잡고 토닥였다.

"잭, 왜 내게 이야기하지 않았어요?"

그의 눈길이 자신의 머리 쪽으로 향하더니 이내 다시 아래로 떨어졌다. 그는 갑작스러운 통증에 얼굴을 찌푸렸다.

"죽었나요?"

그가 물었다.

사실 확실하진 않았다.

"물론, 네, 죽었어요."

그는 혀를 움직이는 게 점점 힘이 든 듯했지만 간신히 단어들을 내뱉었다.

"기쁘죠?"

"네, 잭, 당연히 기쁘죠."

제시카를 죽인 진범이 누구인지 아직 모르는 상황에서 나는 거짓말을 할 수밖에 없었다.

"잭… 잭? 정신 차려요, 잭."

그리고 잭은 숨을 거두었다.

나는 구조대원들이 필요한 조치를 취하도록 뒤로 물러났지만, 이제 아무 소용이 없다는 것을 알고 있었다. 이미 정한 잭의 마음을 되돌릴 수 없을 것이다. 나는 그의 셔츠 주머니에서 무언가가 살짝 튀어나와 있는 것을 발견하고 그것을 꺼내보았다. 제시카의 사진이었다. 나는 사진에 침을 묻혀 내 셔츠에 문질러 닦았다. 코팅 덕분에 피가 얼룩지지 않았다. 나는 병원까지 동행했고 서류 작업을 도왔다. 그에게 있어서는 가장 가까운 가족인 아들에게 연락할 수 있는 방법도 알려주었다. 아마도 그가 그의 시신을 인계해갈 것이다. 제시카의 시신도 함께.

33

나는 응급실 로비에서 나와 화장실에서 손에 묻은 피를 씻은 다음 법정에 세워둔 차로 돌아왔다. 차를 운전해 카탈리나로 돌아오며 나는 이 모든 일을 카를로에게 털어놓으면 어떨까 생각해보았다. 45분 후 난 차고에 차를 넣었고, 새로운 환경에 돌입하려 집 안으로 들어섰다.

나는 카를로가 평소처럼 고요한 상태가 아니라는 것을 눈치채지 못했다. 발길로 퍼그들을 물린 뒤 책상 앞에 앉아 있는 그에게 재빨리 인사를 건넸지만, 그가 두 손에 머리를 파묻고 있는 것을 깨닫지 못했다. 설사 깨달았더라도 수표책의 계산이 맞지 않아 고민하는 줄 알았을 것이다. 난 그가 내 옷에 묻은 잭의 피를 보기 전에 얼른 침실로 들어가 옷을 갈아입을 작정이었다.

침실에는 제인의 새틴 소재 침대보가 침실 구석에 놓인 독서용 의자에 얹혀 있었고 침대의 이불이 모두 드러나 있었다.

시트는 사라져 보이지 않았다.

모두 세탁기에 넣은 모양이었다.

나는 아무렇지 않은 척하는 연기는 접어둔 채 침실에서 세탁실로 달려갔다. 바닥에는 침구들이 가득 쌓여 있었다. 난 세탁기를 열어 제럴드 피질을 죽였던 날 입었던 내 옷가지들을 발견했다. 그만 잊고 말았던 것이다. 옷가지들은 세탁기가 돌 때의 원심력에 의해 통 가장자리에 아무렇게나 달라붙어 있는 것이 아니라 누군가 만지고 살펴본 흔적이 역력했다.

그때 카를로가 내 뒤에 서 있는 것을 깨달았다. 내게 손끝 하나 대지 않은 채.

그에게 모든 것을 이야기하고 싶었다. 30년 전의 일부터 내가 데리고 있던 신입의 아버지가 자살한 이야기까지 모두. 하지만 대신 이렇게 말하고 말았다.

"빨래를 안 돌렸네."

데님 블라우스에 묻어 지워지지 않은 빛바랜 자줏빛의 얼룩들을 바라보며 난 어리석게도 그렇게 말하고 말았다.

그의 목소리는 음울했다.

"당신을 돕고 싶었어."

그가 말했다.

"그날 이후 당신은 평소 같지 않았거든. 넘어진 이후로."

나는 몸을 돌려 그와 대면했다. 블라우스에 묻은 새 핏자국 같은 것은 더 이상 신경 쓰지 않았다. 그가 지금 알게 된 사실에 비하면 그것은 사소했다. 카를로는 핏자국을 눈치채지 못한 듯했다. 난 손을 들어 그의 얼굴을 만지며 그를 안심시키고 그에게 애원하고 싶었지만, 자신감이 모두 소진되어 감히 그에게 손을 댈 수조차 없었다. 그가 무엇을 알게 되었는지 물을 필요가 없었다. 그는 매우 유익하게도 세탁기를 가리켰다.

"건조기에 넣으려고 보니 이미 여러 날이 지난 뒤라 말랐더군. 그리고 그게 보였어. 얼룩이. 얼룩을 빼려는 생각이었던 건가."

그는 덤덤하게 말했지만 그의 눈빛은 내게 뭔가 다른 것을 갈구하고 있었다. 이보다 더 큰 무언가, 그의 상상을 단번에 지울 수 있을 만한 그럴 듯한 해명.

"그가…."

난 아마도 그에게 내가 위협을 당했고 방어 차원에서 그를 죽일 수밖에 없었다고 설명해보려 했던 것 같다. 하지만 그 모든 설명이 무슨 의미가 있을까? 지금 당장 중요한 것은 내가 한 남자를 죽였고 그 사실을 카를로에게 숨겼다는 것이다. 그리고 그 모든 일이 좋게 보일 리 없었다.

나는 등을 돌리고 캐비닛을 열어 보관하고 있던 쓰레기봉투 상자를 꺼냈다. 그리고 봉투 하나를 꺼내 세탁기에서 꺼낸 옷과 모자, 장갑, 신발까지 모두 쑤셔 넣었다. 그리고 다시 세탁기로 돌아가 혹시라도 남아 있을지 모를 제럴드 피질의 흔적을 지우기 위해 표백제를 붓고 덮개를 닫았다. 그리고 쓰레기봉투를 들고 침실로 가서 청바지 몇 벌과 티셔츠 몇 벌, 그리고 속옷 서랍에 있는 내용물들을 모두 담았다. 매우 체계적으로 난 다시 약품을 보관하는 욕실의 서랍을 열어 처방약과 수면제를 숨겨두었던 타이레놀 병을 꺼냈다. 카를로는 침실까지 나를 따라오지 않았다. 그러리라는 기대도 없었다.

나는 밖으로 나와 자동차 열쇠와 토트백을 집어 들고 우리 둘을 위해 최대한 서둘렀다. 그는 늘 책을 읽곤 하는 안락의자에 쓰러질 듯 앉아 여전히 내가 줄 수 없는 무언가를 갈구하고 있었다. 내가 결코 될 수 없는 여자의 모습을.

"제발. 말해줘."

그가 말했다.

"그거 알아?"

나는 최대한 매몰차게 말했다. 심장에 가해지는 고통 때문에 난 말을 하면서도 숨이 턱턱 막혔다.

"아무래도 우리는 안 되겠어."

제발 떠나지 말라는 그의 가련한 속삭임에도 불구하고 나는 등을 돌렸다.

그리고 떠났다. 그를 떠났다.

34

언제든 곧 벌어질 일이라는 것을 깨달았어야 했다. 하지만 이 관계가 이토록 빨리 끝이 난 것에 난 여전히 놀라고 있었다. 누군가를 알게 되고, 서로 간 신뢰를 쌓는 데에 1년 이상의 시간이 걸렸지만, 끝내는 데에는 3분이면 충분했다. 나름의 항변을 하자면, 잭이 그렇게 내 품에서 죽지 않았다면 난 좀 더 명확하게 판단할 수 있었을 것이다. 세탁실에서 나는 복부에 들어온 잽에 여전히 휘청거리던 중 곧바로 오른쪽 턱에 날카로운 두 번째 공격을 받은 복싱 선수가 된 기분이었다. 바로 그 원투에 완전히 쓰러지고 만 것이다. 내 마음은 계속해서 갈팡질팡하고 있었다. 내가 저지른 일을 먼발치에서 바라보았다가 다시 안정이 되면 제자리로 돌아오곤 했다. 자아가 내 자신에게서 모래알처럼 빠져나가는 듯한 기분이었다.

오라클가의 왼쪽 차선을 따라 남쪽을 향해 제한 속도 이하로 15킬로미터쯤 달려서야 난 내 상황을 제대로 인지할 수 있었다. 문득 과하게 튜닝을 한 빨간색 쉐보레 트럭이 내 뒤를 바짝 따라오고 있는 것을 깨달았다. 내가 눈치채지 못하는 사이 그렇게 한동안 나를 따라온 듯했다. 그것으로도 만족스럽지 않았는지 그는 경적을 울려 댔다. 난 옆에 놓인 토트백을 쳐다보며 그의 차 앞 타이어에 총알을 박아줄까 생각했지만 참기로 했다. 보는 눈도 있으니. 탠저린가에서 정지 신호를 받자 나는 차를 세우고 운전석에서 내려 트럭의 운전석 쪽 창문으로 다가갔다. 창문은 닫혀 있었다. 이런 더위에 창문은 늘 닫혀 있기 마련이다. 실내는 에어컨을 풀로 가동하고 있을 테니까. 나는 짙게 선팅이 된 창문을 손바닥으로 한 번 두드렸다.

창문이 천천히 내려오더니 깔끔한 차림새의 남자가 모습을 보였다. 도로에서 무자비하게 경적을 울려대던 그 남자였다. 그는 놀란 눈빛으로 나를 쳐다보았.

자신의 경적에 여자가 이런 식으로 치고 나올 줄 몰랐겠지.

"좋아요, 내 관심을 충분히 끌었어요. 제길, 원하는 게 뭐예요?"

그는 내 가슴께를 쳐다보더니 자신을 방어하려는 듯 자기도 모르게 두 손을 올렸다. 그 순간 난 그의 눈빛에서 나를 보았다. 피가 묻은 티셔츠를 입고 있는 웬 정신 나간 여자. 아무 말 없이 그는 창문을 올리고 차를 뒤로 물리더니 나를 비켜 달아나버렸다. 그는 타이어 소리도 내지 않았다.

내가 지켜보는 가운데 그는 멀어졌다. 귓가에 내 심장 뛰는 소리와 함께 숨이 헐떡이는 소리가 들렸다. 망할 자식 같으니.

난 다시 차에 올라타 나머지 차들이 지나갈 수 있도록 차를 길옆으로 비켜 세웠다. 그리고 집에서 가져온 쓰레기봉투에서, 춤추는 페커리*들이 그려진 기이한 티셔츠를 꺼내 갈아입었다. 입고 있던 것은 아무렇게나 뭉쳐 좌석 밑에 처박아두었다. 그리고 다시 도로

---

* 소목의 페커리과에 속하는 목도리페커리와 흰입페커리를 통틀어 이르는 말.

로 진입해 어디로 어떻게 가야 할지 모른 채 정처 없이 차를 몰았고, 결국 시내의 쉐라톤 호텔 앞에 이르렀다. 나의 진정한 모습을 알고 있던 마지막 사람이 머물렀던 장소로 나도 모르게 이끌렸던 것 같다. 난 이곳에 숨어들고 싶었다. 프런트에 잭이 사용했던 방인 174호가 여전히 비어 있는지 물어보았다.

내가 들고 있는 쓰레기봉투에 시선을 둔 채 프런트의 젊은 여자는 방이 비어 있다고 알려주었다. 적어도 티셔츠는 갈아입을 만큼의 침착성을 잃지 않았던 것이 다행이었다. 나는 여자에게 신용카드를 건넸고 플라스틱으로 된 전자 키를 받았다. 그리고 누군가의 눈에 띄기 전에 쓰레기봉투를 들고 화급히 174호로 향했다. 어딘가에 방을 잡아야 했다. 그대로 계속 운전을 했다가는 나는 물론이거니와 그 차로 다른 누군가도 죽일 것만 같았다.

잭은 내가 공항까지 데려다주었던 그날 아침 모든 짐을 챙겨 갔다. 들고 갔던 가방은 아마 공항에 남겨두었을 것이다. 나는 잠시 그가 어젯밤 무엇을 했을까 궁금해졌다. 어느 술집에서 술을 마셨거나 그냥 정처 없이 돌아다녔을 테지. 방에서 그의 존재가 느껴졌다. 슬펐지만 적어도 솔직했다. 난 침대에 앉아 도로에서 만났던 남자가 그대로 물러나지 않고 나와 싸우려 들었다면 어떻게 되었을까 생각해보았다.

여자들은 무릇 침착할 줄 알아야 한다고들 한다. 분노 같은 것은 에스트로겐과 함께 다 빠져나가 버리기라도 하는 것처럼. 목숨을 걸어도 좋을 만큼의 일생일대의 분노도 스크랩북에 고이 접어 담거나 인류 공동체를 위한 기금 마련 봉사 활동으로 소멸시켜야 한다.

뭐, 나 역시 그런 여자가 될 수 있다고 스스로 속여왔는지도 모르겠다. 하지만 일이 그렇게 흘러갈 것이 아니었나 보다. 아니, 그렇게 흘러가면 안 되는 것이었는지도 모른다. 외우고 있는 시 구절 중에 이런 것이 있다. '순순히 어두운 밤을 받아들이지 마오. 소리치고, 소리치고…. 분노하고, 분노하오…. 사라져가는 빛에 대해.'

지긋한 나이의 여자 브리짓 퀸은 분노하고 있었다.

당시의 내 감정을 어떻게 표현할 수 있을까. 수많은 이들의 삶을 파괴하고 오랜 시간이 흐른 뒤 다시 돌아와 이제 나의 삶까지 파괴하고 있는 그 남자에 대한 증오를 말이다. 내 삶과 평생 처음 맛본 진정한 행복을 망친 이 남자로 인해 나는 미칠 지경이었다.

죽이고 싶을 만큼.

그를 죽여 아직 온기가 남은 그의 살갗을 물어뜯고 싶었다.

와우, 퀸. 우리는 지금 잠수 탄 거라고. 아빠가 늘 하던 이야기였다. *23년 후에는 나도 이 말에 웃게 될 거라며.*

흠, 아빠, 생각을 한번 해봐요. 지금부터 23년 뒤에는 우리 둘 다 죽고 없을지도 몰라요. 하하, 방금 비명 지른 거예요?

난 다른 영혼에게 연락하고 싶은 마음 반, 연락하고 싶지 않은 마음 반으로 방 안을 서성였다. 다발성 경화증을 앓고 있는 아내와 함께 포트로더데일에 정착해 경찰 생활을 하고 있는 남동생에게? 아니다. CIA에서 일하는 여동생? 아니야. 엄마? 엄마는 아니다. 난 위핑 윌로 실버타운의 전화번호를 눌렀다. 내 마음의 일부가 내게서 빠져나와 내가 그 번호를 누르는 모습을 지켜보았다.

"엄마, 브리짓이에요."

"괜찮니?"

나쁜 소식을 예상하는 사람의 목소리였다. 내가 입밖에 움직이지 못하는 상태로 병원에 누워 있기라도 한 것처럼. 경찰이나 수사 기관에 몸담고 있는 자식들을 둔 어머니라면 보일 당연한 반응일지도 모르겠다. 엄마는 전화를 받을 때면 늘 '여보세요?' 대신 대번에 '괜찮니?'라고 물었다.

"그럼요, 엄마."

"다행이구나. 가끔 네 목소리를 듣기만 해도 대장염이 도지는 것 같거든. 항상 네 걱정뿐이란다."

제대로 된 대화로 이어지기도 전에 엄마가 계속해서 말을 이어나갔다.

"어젯밤에 빙고 게임에서 30달러를 땄지 뭐냐."

"굉장하네. 축하해요."

"그래, 카를로는 어떻게 지내니?"

나는 목구멍이 턱 막혀 말이 나오지 않았다. 나이 오십 몇을 먹고서도 결혼 생활 하나 제대로 못 하냐는 잔소리를 들을 마음의 준비가 되어 있지도 않으면서 왜 엄마에게 전화를 했을까? 가장 좋은 때에 전화를 해도 엄마는 늘 신경성 대장염이 도진다고 이야기한다는 것을 왜 기억하지 못했을까? 하지만 당장은 그 어떤 것도 겪을 필요가 없으니 괜찮았다. 엄마가 수화기에서 멀어져 아빠에게 이야기하는 소리가 들렸다. 그의 잔에서 흔들거리는 얼음 큐브 소리가 들리는 듯했고, 버번위스키의 향기도 느껴지는 듯했다. 엄마가 다시 수화기로 돌아와 말했다.

"얘야, 저녁 식사 시간이구나. 아빠가 시내에 나가서 저녁 먹자고 하네. 나중에 다시 전화하겠니?"

"그럼요. 그럴게요, 엄마."

몇 분간의 통화로 건너뛰었던 세월의 흐름을 되찾으려 애쓰며 난 전화를 끊었다.

가족에게의 연락은 그걸로 되었다. 그렇다고 지그문트에게 전화하는 것은 위험했다. 그에게 모든 것을 털어놓을 것 같았기 때문이다. 그 이야기가 나중에 내 재판 때 그의 입을 통해 흘러나올지도 모를 일이니.

처음으로 방 안을 둘러보았다. 난 두 개의 더블 침대 중 하나에 앉아 있었다. 적외선 불빛 아래 침대보에서 드러날 체액 같은 것은 상상하지 않으려 애썼다. 각 침대 위로는 선인장을 그린 커다란 수채화들이 걸려 있었는데, 그중 하나는 잎에 붉은색의 백년초 열매가 달린 가시배선인장이었다. 나는 그 열매가 작은 혈종처럼 터져 벽면이 붉은 피로 물드는 광경을 그려보았다. 다른 그림 하나는 팔처럼 가지가 달린 큰 키의 사와로선인장이었는데 꼭대기는 하얀 꽃으로 뒤덮여 있었다. 그 그림을 보고 무엇을 상상했는지는 이야기하지 않겠다.

안전한 장소에 있음에도 불구하고 나는 그곳에 있고 싶지 않았다. 머릿속에서 자아가 술술 빠져나가는 것을 막으며 난 술집으로 향했다.

35

퀸가(家)는 음주로 유명했다. 엄마와 아빠는 종종 파티를 열었고, 당시 아이에 불과했던 남동생과 여동생, 그리고 나는 다음 날 아침 손님들이 남겨두고 간 미지근해진 하이볼 사이를 헤집고 다녀야 했다. 카를로를 위해 참아왔건만 이제 카를로는 없었고, 술을 아무리 마셔도 취하지 않았다.

난 에머리스 칸타나의 바에 늘어져 나지막한 텀블러에 담긴 얼음 위로 두 번째 보드카를 부었다. 덕분에 마티니 잔을 넘어뜨릴 걱정은 없었다. 첫 모금에는 두개골 근저가 매혹적으로 따끔거리더니 방사상의 열기가 식도를 타고 내려갔다. 두 번째 모금에서는 이곳 사장이 헝가리인이라고 했던 웨이트리스의 말을 기억해낼 만큼 각성되었다. 난 에머리를 향해 잔을 들어 올리며 "에게시게드레 (Egeshegedre)!"*라고 외쳤다.

그는 웃으며 말했다.

"'엿 먹어(Up your ass)!'처럼 들리네요."

---

* 건배 등을 뜻하는 헝가리어.

그는 헝가리어 발음을 정확하게 알려주었고, 결국 '건강을 위해(To your health)!'라고 하는 소리처럼 들리게 되었다. 언어 수업을 받는 동안 나는 그를 처음 만났을 때보다 더 자세히 관찰할 수 있었다. 첫 인상과 달리 그는 그렇게 뚱뚱하지 않았지만 사람들이 거구라고 부를 만한 체격인 것은 확실했다. 자신의 체중을 능히 감당할 만해 보이는 그는 심지어 풍만한 복부에도 묘한 성적 매력이 있었다.

살아 있는 인간과 접촉하고 나자 난 기분이 좋아졌고, 그에게 이렇게 물었다.

"여기는 언제 왔어요?"

"한 20년 전쯤에요."

그가 대답했다. 그는 자신의 추억 속에 잠시 다녀오는 듯 머뭇거리다 철의 장막 이후 가족들과 함께 미국으로 이민을 왔노라고 이야기했다. 투손에는 이상하리만치 헝가리인이 많이 살았기 때문에 정착을 도와줄 헝가리인을 찾는 것은 어렵지 않았을 것이다. 그는 내 직업을 물었다.

난 대답했다.

"저작권법 위반 단속 일을 해요."

그는 의심스러운 눈빛으로 날 쳐다보았다.

"하지만 셰리는 당신이 유명하다고 하던걸요."

나는 대화를 더 이어나가고 싶은 마음이 없어졌다. 바 뒤로 길게 자리한 거울을 들여다보지 않도록 조심하며 나는 타란툴라 데킬라 병과 카보 와보(Cabo Wabo)라고 불리는 무언가로 관심을 돌렸다. 얼룩진 판지로 된 표지판에는 '샤츠 해픈(Shots Happen)'이라고 적혀 있었다. 오늘 밤 시원하게 쏘라는, 경찰 술집에 어울릴 법한 말장난이었다.

나는 바에서 약간 떨어진 곳에 놓인 족발 절임이 담긴 단지를 쳐다보았다. 그것을 보고 있자니 대량 살상 이후 부검의 사무실에서 나 볼 수 있는 것들이 떠올랐다. 분홍빛 살과 마치 이쪽을 바라보고 있는 듯 유리벽에 한껏 눌린 발의 하얀 연골. 그 발이 유리 단지 밖으로 나온다면 점액을 흘리며 나를 향해 바를 가로지를 듯했다. 산 위에서 반짝이던 물을 보았던 것처럼, 호텔 방에 걸린 선인장 그림을 보았던 것처럼, 난 무언가 다른 것, 전보다 더 폭력적이고 소름 끼칠 만큼 기괴한 것을 바라보는 상상을 하기 시작했다. 단지에서 눈을 뗄 수 없었고, 목구멍에서 보드카가 살짝 올라왔다.

미친 소리처럼 들리지 않는다면 난 에머리에게 단지를 수건으로 덮어달라고 요청했을 것이다. 그러한 것들을 보는 것이 지겨웠고, 내 생각들이 역겨웠다. 카를로와 알고 지내는 것이 이러한 역겨움에 큰 위안이 되어주었었다. 이제야 깨달은 사실이지만. 이제 끝이다, 브리짓 퀸. 언제쯤 이 모든 일을 수습하고 다시 치료를 받을 수 있을까? 나는 다시 생각했다. 치료는 뭐 하러?

난 마침내 단지에서 시선을 떼어 삶이 살아갈 만한 가치가 있다는 것을 보여줄 수 있을 법한 무언가를 찾아 헤맸다. 금전등록기 옆 화병에 꽂힌 장미꽃 한 송이를 보며 난 에머리와 셰리가 무엇을 기념했던 것일지 궁금해졌다.

에머리는 내 기분을 눈치챘는지 숙련된 바텐더들이 보였을 법한 행동에 돌입했다. 내 존재를 신경 쓰지 않은 채 잔을 닦기 시작한 것이다. 하지만 내가 혼잣말을 하지 않도록 작은 소리도 들을 수 있게 근거리에 자리하고 있었다. 그는 모든 형사들이 필요로 하는 바텐더였다. 다시 혼자가 된 내가 지금 이야기 나눌 수 있는 상대 말이다. 그가 잠깐 바 뒤편에 있는, 사무실처럼 보이는 방으로 들어가더니 다시 돌아왔을 때에는 체리 버번 파이프 담배 냄새를 풍겼다.

화요일 밤이라 술집에 손님들이 많지 않았기 때문에 셰리에게 1990년대 팝과 컨트리 음악이 흘러나오고 있는 주크박스를 꺼달라고 부탁해도 괜찮을 것 같았다. 셰리는 내 부탁을 들어주었다.

음악에 대한 병적인 혐오는 언제부터 시작된 것일까?

오페라에서부터 힙합까지 그 이름을 하나하나 대기가 어려워지기 시작했을 때부터. 음악이 들리는 중에는 내 뒤로 누가 접근하는지 간파하기가 어려워지기 시작했을 때부터. 폴이 첼로를 연주하고 그 현악기 소리를 들을 때마다 연주자가 내 목구멍에 활을 처박는 듯한 느낌이 들기 시작했을 때부터. 분명 난 케이트 스미스의 음반을 듣기 오래전부터 음악을 싫어했다. 오늘처럼 무더웠던 여름밤 흘러나왔던 그 음악, 〈산 위로 달이 떠오를 때(When the Moon Comes Over the Mountain)〉. 바로 그날 난 제시카를 잃었다.

난 셰리에게 자신의 이야기를 좀 더 들려달라고 했다.

"우리처럼 다른 어떤 곳에서 이리로 온 거예요?"

"아뇨."

그녀가 말했다.

"우리는 이곳에서 거의 200년 가까이 목장을 운영했어요. 노예였던 적은 한 번도 없어요."

모두가 자신에 대해 제대로 알았으면 좋겠다는 듯, 단지 자신이 흑인이라는 사실 외에 다른 것들도 알아주었으면 좋겠다는 듯 그녀가 자랑스럽게 말했다. 나도 그런 이야기는 들은 적이 있었다. 애리조나 인구의 극소수를 차지하는 아프리카계 미국인. 그들은 노예선 대신 다른 수단을 찾아 그들의 삶을 개척해나갔다.

"에머리랑 연인 사이예요?"

내가 물었다.

그녀가 미소를 짓더니 고개를 끄덕였다.

"어떻게 만났어요?"

"대학 등록금 때문에 일자리가 필요했어요. 마침 그가 우리 가족과 아는 사이였죠."

그 이야기를 들으니 카를로가 생각났다. 좋은 이야깃거리가 아니다. 난 화제를 돌렸다.

"공부는 잘 되어가요?"

"네."

그녀의 대답은 그것이 전부였다. 슬픈 기색이 살짝 엿보였다. 모두가 거짓말을 한다.

난 다시 화제를 돌렸고, 술을 좀 흡수하기 위해 과카몰리를 넣은 부리토를 주문했다. 아침에 베이글을 먹은 후로 식사가 될 만한 것은 아무것도 먹지 못했다.

셰리에게 에머리와의 관계를 언급한 것 때문에 자연스럽게 카를로 생각이 떠올랐다. 돼지 사체 같은 시신이 널려 있는 현장을 생각하는 것보다는 그편이 나았기 때문에 난 결국 추억에 굴복하고 말았다.

36

 난 우두커니 서서 옷장에 걸린 내 옷을 오랫동안 바라보았다. 이런 일에 이렇게까지 에너지를 써본 적이 없었다. 난 나지막한 카울넥*이 달린 소매 없는 검은색 원피스를 골랐다. 바닥까지 내려오는 길이 덕분에 원숭이 얼굴 같은 무릎은 감춰주고 비교적 단단한 삼두근은 드러내주는 효과가 있었다. 머리카락은 늘 하던 대로 여러 번 꼬아 머리 위로 올리는 대신 자연스럽게 풀어 헤쳤다.

 노크 소리가 들렸다. 그는 초인종을 사용하지 않았다. 현관문을 여는 순간 난 내가 발하는 영향력을 단번에 알아차릴 수 있었다. 그의 망막이 확장되었고, 목 옆의 혈맥이 도드라졌다. 놀랍게도 그에 대한 응답처럼 내 맥박도 점차 속도를 내었다. 우리의 심장은 하나의 고성능 엔진이라도 된 듯 무언가를 끌어당길 것처럼 속도를 올렸다. 마지막으로 섹스를 한 것이 언제였더라. 난 곧장 침대로 향하는 편이 낫겠다고 생각했다. 저녁 식사는 지루하게만 느껴질 것이 뻔했다. 그는 내가 그의 볼보에 올라타는 것을 도와주었고, 그의 손

---

* 여성용 스웨터의 목 부분이 여러 겹 늘어져 접혀 있는 디자인 등.

등이 내 드러난 어깨를 스쳤다.

하지만 저녁 식사는 내 기대와는 전혀 달랐다. 아, 우리는 늘 그러하듯 과거 이야기를 나누었다. 그는 전에 가톨릭 신부였으며, 40대에 예수회에서 나온 이후 줄곧 교편을 잡았다고 말했다. 20년간 부부 사이였던 제인에 대한 이야기도 했다. 그의 얼굴에 서린 슬픔의 빛 덕분에 그는 더욱 매력적으로 보였다. 나 역시 그에게 내 이야기를 했다. 물론 축약 버전으로. 어떻게 수사 기관에 들어가게 되었는지, 그리고 그곳에서 정말로 서류 작업만 하다가 지금은 은퇴했다는 것까지. 그 외에는 더 해줄 이야기가 없었다.

"연방 기관이었어요, 아니면 지방 기관?"

지난 이야기는 더 이상 하고 싶지 않다는 나의 표식을 무시한 채 그가 물었다.

"연방요. 저작권법 위반 건을 수사했어요."

나는 추가로 날아올 질문에 대비해 먼저 덧붙이고는 첫 거짓말을 너무 빨리 하게 되었음에 살짝 후회했다. 다시 관심을 그에게로 돌려 나는 그를 향해 '어서, 뭐든 내게 물어봐요.'라는 듯한 열정 섞인 눈빛을 보냈다.

"신부님 노릇이 힘들었나요? 세상의 수많은 공포와 대면해야 해서?"

"아뇨, 그건 아니에요. 난 사람들이 근본적으로 선하다고 생각하거든요. 그저 교회와 문제가 있었을 뿐이죠."

"언제부터요?"

나는 와인을 아주 조금 들이켠 뒤 우리 앞에 놓인 게 요리를 감탄스럽게 쳐다보았다. 전채 요리였다. 그는 나를 아주 근사한 곳에 데려왔다.

"언제부터 사람들이 선했냐는 뜻인가요?"

나는 게 다리를 크림소스에 찍은 뒤 입에 넣고 오물거리며 고개를 끄덕였다.

"언제나요."

그가 말했다.

"원죄 이야기는 헛소리예요."

그가 부드러운 어조로 말했다. 사람들이 으레 신앙 문제를 두고 토론을 벌일 때면 나오는 강렬함은 없었다. 그는 더 이상 말할 것이 없다는 듯 자신의 맨해튼 칵테일을 마셨다. 맨해튼을 주문한 것이 다소 여성스러워 보이긴 했으나 완벽한 사람은 없다. 이내 그가 물었다.

"그쪽 경험담을 들려주면 어때요?"

자연스럽게 관심을 상대에게로 돌리는 그의 솜씨가 나쁘지 않았다.

"남자들의 마음속에 어떤 악마가 도사리고 있는지 누가 알겠어요?"

내가 물었다.

"어둠만이 알겠죠."

그가 말했다.

우리는 둘 다 웃음을 터뜨렸다. 나이를 짐작케 하는 순간이기도 했다. 하지만 이내 난 그가 진심으로 내 대답을 원한다는 것을 알아챘다. 뭐든 이야기해야만 했다.

"내 경험담이라…."

나는 뭔가 속내를 말할 듯하다가 문득 그에게 깊은 인상을 심어

주고 싶다는 생각이 들었다. 그와 지적 수준이 비슷하다는 것을 보여주고 싶었던 것이다.

"…최대의 선은 진실을 감추는 것이라던데요."

"재미있네요. 맥스 비어봄을 잘 아나 봐요."

잘 알았어야만 했다는 기색을 애써 숨기며 나는 모른다고 인정했다. 카를로는 내게 가르치려는 듯한 느낌을 주지 않으려 노력하고 있었다.

"작가예요. 그쪽 관점에 동의하는 내용의 책을 썼죠. 결과는 다르게 나왔지만. 그 얘기 들려줄까요, 아니면 그냥 시답지 않은 잡담이나 나눌까요?"

나는 순간 몸이 굳어버렸다. 남자를 앞에 두고 흔치 않은 경험이었다. 카를로 디포렌차는 이미 내 전화번호를 손에 넣었고, 오늘 저녁도 결코 내 통제 아래 좌우지되도록 두지 않을 기세였다. 나는 그것이 불편했지만, 그 불편함이 어딘지 모르게 달콤했다. 난 난생처음 나를 살려줄 그물망을 더듬지 않은 채 감정적으로 자유롭게 낙하할 수 있었다. 그리고 오래된 만화인 〈포고〉에 나오는 캐릭터를 차용해 그의 애칭을 불렀다. 바로 그날부터 애칭이 시작되었다.

"좋을 대로 해요, 퍼페서."

암시를 받았다는 것을 드러내 보이려 그가 웃었다.

"고마워요."

그는 이야기를 이어나가기 전 잠시 멈춘 뒤 정성스럽게 마라스키노 체리를 먹었다.

"아주 교활한 남자가 순수한 젊은 여자를 사랑하게 됐어요. 그는 자신의 사랑을 고백했지만, 여자는 남자의 교활함을 알아챘죠. 그의 타락이 얼굴에 낙인처럼 새겨져 있었거든요. 여자는 자신이 사랑할 수 있는 남자는 성자의 얼굴을 갖고 있어야 한다고 말했어요. 그래서 그는 가면 가게로 가서 정확히 그런 얼굴을 찾았죠. 성자의 얼굴. 마침내 여자는 그와 사랑에 빠졌고 그의 청혼을 승낙했어요. 하지만 어려움이 닥치고 말았어요. 그녀의 사랑을 지키려면 남자는 계속 위장을 해야만 했으니까요. 그래서 그는 가진 돈을 가난한 자들에게 나누어주고 아이들과 나약한 동물들에게 친절을 베풀었으며 아픈 이들을 방문하기도 했어요. 그 모든 것이 자신이 그녀가 믿고 있는 바로 그 성자라는 것을 보여주기 위함이었죠. 그리고 매일 아침 해가 뜨기 전 그는 여자가 자신의 본 모습을 보기 전에 가면을 썼어요. 당신 말대로 진실을 숨긴 거죠. 두 사람이 결혼한 지 여러 해가 지난 어느 날 아침, 그는 가면을 늘 숨겨두는 침대 밑으로 손을 넣었어요. 하지만 그곳에는 가면 대신 잘게 조각난 종잇조각들이 있었어요. 밤새 쥐들이 가면을 갉아먹고 조각만 남긴 거예요. 자신의 위대한 사랑은 이것으로 끝이라는 생각에 그는 울기 시작했어요. 자신이 위선자라는 사실을 아내가 깨닫게 되면 자신을 떠날 거라고 생각했던 거예요. 창문에 해가 비치고 언제나처럼 그의 아내가 몸을 돌려 그의 얼굴을 바라보았어요. 근데 아내는 그의 예상과는 달리 겁에 질린 눈길이 아닌 사랑스러운 눈길로 그를 바라보았어요. 그는 조심스럽게 아내에게 키스를 하고 자리에서 일어나 아내의 화장대에 달린 거울로 자신의 모습을 살짝 훔쳐보았어요. 그리고 자신의 얼굴이 그간 오래도록 쓰고 있었던 성인의 가면와 똑같이 변했다는 사실에 놀라고 말았죠. 아, 주요리가 나왔네요."

그는 이야기를 끝내고는 요리에 대한 기대감으로 입술을 핥았다.

그러고는 내 턱의 윗부분이 다소 굳어진 것은 눈치채지 못한 채 가리비와 익힌 양파에 집중했다. 난 얼마간의 시간을 들여 숨을 가다듬고 부채질로 눈가에 맺힌 눈물을 말린 뒤에야 내 농어 요리에 대해 뭔가 적합한 말을 웅얼거릴 수 있었다.

 난 그의 경고에 감사했다. 바로 그 순간 난 카를로 디포렌차 박사에게 절대 내 가면 속 얼굴을 들키지 말아야겠다고 결심했다. 그리고 그 결심은 오늘까지 잘 지켜져왔다.

37

 난 세 번째, 어쩌면 네 번째일지도 모르는 보드카를 주문했다. 에머리는 곧장 따르지 않고 의문스러운 표정으로 나를 지켜보고 서 있었다. 내가 만취 상태가 아니라는 것을, 여전히 혀와 입술을 움직일 수 있다는 것을 보여주기 위해 난 입을 열었다.

 "뭐가 먼저예요? 셰리가 경찰 술집에 일하러 온 거? 형사행정학을 공부한 거? 아니면 둘이 그냥 우연의 일치였던 거예요?"

 "모든 일에는 이유가 있죠. 셰리는 범죄로 언니를 잃었어요. 그런 범죄 피해자들이 어디로 이끌리는지 이해할 만하잖아요."

 "오래전 일인가요?"

 에머리의 두 눈이 슬픔으로 동그래졌다.

 "그게 왜 중요하죠?"

 "가끔 그녀와 그 이야기를 해보고 싶어서요."

 "계속 손님으로 오신다면 언젠가는 이야기를 나눌 수 있겠죠. 하지만 지금 당장은 아니에요. 정말 술 한 잔 더 괜찮으시겠어요?"

 대답 대신 나는 금전등록기 옆에 있는 빨간 장미를 가리켰다. 그는 미소를 지었다. 슬픔은 어느덧 사라지고 없었다.

"저건 셰리와 나만의 일이에요. 신사라면 절대 발설할 수 없죠."

이런 노련한 남자라니. 나는 달콤하기 짝이 없는 보통의 남녀 관계에 대한 이야기를 더는 듣고 있을 수가 없어 보드카 주문을 취소하고 남은 부리토를 포장해달라고 했다. 셰리는 스티로폼 용기에 부리토를 담아 플라스틱 포크와 여분의 냅킨과 함께 갈색의 종이봉투에 넣어주었다.

퀸가 사람들은 조력자를 구하는 데에도 능했다. 에머리는 셰리를 시켜 나를 집까지 데려다주겠노라고 했다. 하지만 난 내가 집으로 가지 않는다는 사실을 누군가가 알게 되는 것이 창피했고 쉐라톤 호텔까지는 그리 멀지 않았기 때문에, 대신 택시를 불러달라고 했다. 택시가 도착하기까지는 20분 정도 걸렸기 때문에 난 기다리는 동안 보드카를 다시 주문했다. 그 시간 술집에는 나 외에는 아무도 없었다. 우리 세 사람은 잠시 더 이야기를 나누었다. 반쯤 취한 채로 술집에서 나누는 담소만큼 재미있는 것도 없었다.

이럴 때는 농담도 능숙하게 나왔다. 이미 전에도 몇 번 이야기한 적이 있는 것이라면 더욱 그렇다. 단어나 표현을 이미 연습해보았으니 더듬거리는 일 없이 술술 내뱉을 수 있기 때문이다. 비행기에 폭탄이 설치되었을지도 모른다는 이유로 비행기 타기를 무서워하는 남자에 대한 오래된 우스갯소리를 했다.

"그 남자 상담사는, '폭탄이 실린 비행기를 탈 가능성은 100만 분의 1이에요.'라고 말했어요. 그러자 남자는 그런 통계로도 안심이 되지 않는다고 말했죠. '흠.' 상담사가 다시 말했어요. '폭탄이 두 개 실린 비행기를 탈 가능성은 10억 분의 1이고요. 그러니 당신이 직접 폭탄을 들고 비행기를 타는 게 어때요?'"

30년 전만 해도 그 우스갯소리는 꽤나 먹혔다. 하지만 셰리와 에머리는 웃지도 않고 나를 쳐다보았다.

"글쎄요, 어쩌면 이제 비행기에 실린 폭탄 이야기는 더 이상 우습지 않게 되었는지도 모르죠."

만취한 술꾼들에게 수도 없이 날아오는 공격을 피하는 방법이 익숙한 바텐더처럼 그는 부드럽게 말하며 나를 위로했다. 셰리는 내 옆의 스툴에 앉아 가볍게 내 등을 문질렀다. 그녀의 손길이 싫지 않았다.

"모든 게 우습기 짝이 없어요."

내가 말했다.

"그렇지 않았다면 우리 모두 엿 같은 기분이 들었겠죠."

내가 한 말이 재치가 있었는지, 아니면 나 같은 여자에게서 그런 말이 나온 것이 놀라워 그랬는지 이번에는 그가 껄껄거리며 웃었다.

"이번에는, 이번에는 전적으로 동의하는 바예요."

꼴이 더 우스워지기 전에 마침내 택시가 도착했고 두 사람 모두 내가 택시에 오르는 것을 도와주었다. 기사는 나를 호텔까지 데려다주었다. 나는 호텔까지 가는 동안 지나는 모든 모퉁이를 헤아리며, 부디 택시 기사가 암살범이 아니기를 바랐다. 그리고 그와 동시에 내가 정말 바보 같은 짓을 저질렀다는 생각으로 다소 슬퍼졌다. 기사가 우회전을 해야 할 때에 하지 않을 경우 곧장 택시에서 뛰어내릴 요량으로 나는 차 문의 손잡이를 점검했다.

기사는 무사히 나를 호텔 앞에 내려주었고 난 누구의 도움 없이 방으로 들어갔다. 여전히 족발 절임이 담긴 단지를 생각하며 욕실에서 수건을 두어 장 들고 나와 침대 위에 걸린 그림을 덮었다. 그렇게 해야 내가 보고 있는 것에 대한 상상을 멈출 수 있을 것 같았다. 아래로 떨어질 뻔했지만 간신히 침대에 누운 나는 한동안 그렇게 꼼짝 않고 누워 있었다. 방이 내 주위로 빙빙 돌았다.

38

술에 취해 기억을 잃은 사이 부리토를 먹었는지 다음 날 아침 비틀거리며 욕실에 들어간 나는 코에 과카몰리가 말라붙어 있고, 부리토가 온데간데없이 사라진 것을 깨달았다. 여전히 외출복 차림이었기 때문에 난 코를 씻고 아침 뷔페를 운영하고 있는 호텔 레스토랑으로 가서 수많은 빵과 커피를 챙겨 다시 방으로 돌아왔다. 전날 밤에 쏟아낸 자기 연민의 잔여물 위를 뒹굴며 뷔페에서 가져온 것을 먹는 동안 나는 한 주의 날씨를 알려주는 날씨 채널을 켰다(더움, 더움, 더움, 비, 비, 더움, 비). 화면을 바라보며 나는 내 삶이 지금 어디쯤 서 있는 것일지 생각했다.

잭 로버트슨. 내가 성취한 모든 좋은 것을 상징하는 동시에 실패한 모든 것을 상징하는 그 남자. 내 보호 아래 있는 동안 그는 스스로 목숨을 끊었다.

플로이드 린치. 제시카 로버트슨을 죽인 진범을 밝혀낼 수 있는 가장 유력한 단서였지만 이제 죽었다.

완벽한 아내가 되기 위해 최선을 다했음에도 불구하고 내 결혼 생활 역시 파탄이 났다.

맥스는 내가 제럴드 피질을 죽였다는 증거를 찾아낼 것이고 곧 나를 법정에 세울 것이다.

누군가 나를 두 번이나 죽이려 했고 또다시 시도해올 것이 분명하다.

플로이드 린치의 결백을 밝히기 위한 고군분투에도 불구하고 콜먼은 지난 48시간 동안 연락을 해오지 않고 있다. 플로이드 린치의 재판에도 참석하지 않았다. 뭔가 이상하다고 느끼는 것은 나뿐인 것 같다. 나는 마침내 깨달았다. 이건 불길하다.

사건 간에 무언가 연계가 있는 것이 분명한데 그 모든 일이 너무 빨리 일어난 나머지 어떻게 관련이 있는지는 고사하고 하나하나를 충분히 들여다보고 살필 시간이 없었다.

하나라도 제대로 돌아가고 있는 것은 없을까? 나는 내 의문에 답이라도 하듯 지역 뉴스를 클릭했고, 피해자 중 한 명의 아버지로부터 받은 충격으로 인해 플로이드 린치가 중태에 빠졌었지만 곧 투손 중증 외상 센터에서 안정을 되찾았다고 적은 기사를 보게 되었다.

그게 좋은 소식이라면 삶이란 너무도 악랄한 것이 아닌가. 하지만 좋은 소식인 것은 분명했다. 플로이드 린치가 아직 살아 있다면 그 모든 의문에 대한 답을 얻을 수 있는 가능성이 크기 때문이다.

게다가 그저 이렇게 호텔 방에 앉아 신세 한탄만 하고 있을 수는 없었다. 콜먼을 찾아 그녀가 무사한지 확인하고 플로이드 린치의 수사를 마무리해야 했다. 잭에게 그만큼의 빚을 졌다. 우선 플로이드 린치가 병원에 얼마 동안 머물 것인지 알아보아야 한다.

그 전에 샤워부터 해야 했다. 땀에 전날 묻었던 잭의 피에 보드카와 부리토 냄새까지 뒤섞여 묘한 냄새를 풍기고 있었다. 마지막으로 씻은 지가 언제인지도 기억나지 않았다.

난 뜨거운 물 아래에서 길고 긴 샤워를 하고 머리를 말린 다음 쓰레기봉투에서 깨끗한 옷을 꺼내 입었다.

다음, 고르도에게 전화해 내가 더 이상 집에 머물고 있지 않음을 알렸다. 그러니 보호를 한 층 더 격상할 필요가 있었다. 그는 이유를 묻지 않았다. 역시 고르도답다.

다음의 절차는 필수적이었다. 플로이드 린치는 한동안 안전하게 보호받을 것이니 당장의 내 관심은 콜먼에게로 향했다. 그러고 보니 법정에서의 총격 사건 이후로도 그녀는 연락이 없었다. 부모님이 계신 곳에 있다고 해도, 설사 두 분 중 한 분이 위독한 상황이라고 해도 분명 뉴스를 보았을 테고, 그러면 바로 내게 전화했을 것이다. 난 메이지 디킨스에게 전화했다.

"메이지, 콜먼 요원에게서 결국 연락이 왔어요."

"다행이네요. 그녀에게서 마지막으로 이메일을 받았을 때 브리짓이 찾고 있다고 알려줬거든요."

난 그게 좋은 소식인지 나쁜 소식인지 알 수 없었다. 하지만 어쨌든 알아보아야 했다.

"고마워요. 그렇게 전한 이야기가 도움이 되었나 봐요. 자기 집에서 만나자고 하더라고요."

"잠깐 휴식 시간을 가진 것 같아요. 연차를 그렇게 많이 쌓아두고 있는 줄 몰랐지 뭐예요."

메이지는 나를 전적으로 믿는 분위기여서 다행이었다.

"네, 우리끼리 얘기지만, 여자들끼리 할 이야기가 있다고 하네요."

"아, 혹시 린치 사건에서 손 떼게 된 것 때문에 그런가요? 린치가 총격을 받은 것도 그렇고, 지난번에 보니 기분이 상한 것 같아 보이던데 얘기를 안 하니까 뭐라고 해줄 말이 없더라고요."

"그게 바로 우리의 로라죠. 늘 혼자 꿋꿋하게 견디려고 한다니까요. 근데 나한테 주소도 알려주지 않고 전화를 끊었어요. 뭔가 바쁜 일이 있었나 봐요. 로라 집에 한 번 가본 적이 있긴 한데 기억이 안 나네요. 우리 나이에는 흔한 일이죠."

메이지 역시 폐경기에 접어들었기 때문에 내 말뜻을 이해했을 것이다.

"로라가 먼저 전화를 했어요? 뭔가 급하게 이야기할 게 있나 보네요."

"다시 전화해보니 받지를 않아요. 30분 내로 가야 하는데, 로라의 집 주소를 좀 알려줄 수 있어요?"

"절차상 안 될 일이에요, 브리짓. 아시잖아요."

"에이, 우리 나이 든 사람끼리의 일이잖아요. 주소 하나 알려준다고 뭐가 위험하겠어요?"

놀라울 정도로 쉬웠다. 이내 메이지가 컴퓨터 자판을 두드리는 소리가 들렸고 그녀는 샘휴스의 엘름스트리트에 위치한 그녀의 집 주소를 알려주었다. 대학 옆에 자리한 역사적으로 유서 깊은 이웃 마을이었다.

"내 안부도 전해주세요, 알았죠?"

"다정다감한 사람 같으니. 그럴게요, 메이지."

난 전화를 끊었다. 그런 뒤 쓰레기봉투에서 괜찮은 옷가지들을 꺼내 다른 편 침대에 펼쳐놓고, 피가 묻은 것은 그대로 두었다. 진즉 이것을 처리하지 못한 것이 한이었다. 같은 실수를 반복하지 않으리라. 비록 그것이 내 경로에서 벗어나야 하는 것을 의미할지라도. 쓰레기차에 버리는 것은 생각조차 하지 않았다.

난 토트백과 피 묻은 옷이 담긴 봉투를 들고 주차장으로 나왔다. 마지막으로 차를 세운 곳을 둘러봤지만 차가 보이지 않았다. 당황스러웠다. 지금 꼭 필요로 하는 차를 도난당하고 만 것이다.

그때 어젯밤 술집까지 차를 가지고 갔다가 너무 취해 가져오지 못했다는 사실을 기억해냈다. 난 어깨에 봉투를 짊어지고 모퉁이를 돌아 술집으로 향했다. 마치 노숙자가 된 듯한 기분이었다. 지옥 불보다 더 뜨거운 날씨였지만 걷기 운동을 하니 내 몸에 남아 있던 알코올이 모두 증발하는 듯했다.

차는 어젯밤 세워두었던 작은 주차장에 안전하게 자리하고 있었다. 누구의 눈에도 띄지 않고 조용히 빠져나가려 했지만, 베이지색 현대 차를 타고 있는 에머리에게 들키고 말았다. 조수석에는 셰리도 함께였다. 나는 내심 움츠러들었지만 그들은 노련한 바텐더답게 그저 내게 손을 흔들어 보일 뿐 그 이상의 어떤 관심도 보이지 않았다.

나는 캠벨가를 따라 북쪽으로 향했다. 지도에 푸른색의 점이 찍혀 있는 도로 중 하나로 경치가 좋았다. 평소에는 이곳의 곡선 도로를 제한 속도보다 좀 더 빠르게 통과하는 것을 즐겼다. 타이어가 아스팔트를 휘감는 듯한 기분이 좋았기 때문이다. 하지만 이번에는 전혀 달랐다. 난 이나에서 좌회전을 한 뒤 얼마 지나지 않아 오라클가에서 우회전을 했다.

카탈리나산맥 푸시능선의 목가적인 배경을 뒤로하고 유-스토어-잇(U-Store-It)이라는 물품 보관 서비스 회사가 자리하고 있었다.

창고 건물 안에 자리한, 차고의 절반 크기 공간이 내 것이었다. 그곳에 개인 무기류를 보관하고 있었다.

나는 오래된 사건 파일과 총알이 담긴 상자 몇 개를 옆으로 치운 뒤 쓰레기봉투를 뒤편 벽과 금고 사이의 공간에 넣었다. 옷가지를 은닉하는 나를 보고 있자니 비록 살인범이 된 것은 아니지만, 그들로부터 많은 것을 배웠다는 사실이 떠올랐다. 내가 제럴드 피질을 죽인 진짜 용의자로 부상하게 된다면 경찰에서는 내 신용카드 내역을 조사해 이 창고 시설을 찾아낼 것이다. 그리고 수색 영장을 발부받겠지. 하지만 당분간 옷가지들은 이곳에 두는 편이 안전했다. 좀 더 공들여 제거할 시간적 여유를 찾을 때까지는 말이다.

난 토트백에 넣어서 가지고 온 조그마한 38구경 권총에게로 관심을 돌렸다. 금고의 다이얼을 돌린 뒤 문을 열어 몇 개의 라이플총과 단신포가 달린 엽총, 대여섯 가지의 자그마한 무기들을 꺼냈다. 그리고 45구경 총을 꺼내 장전했다. 역대급 범인들을 제압할 때 사용했던 보증수표 무기였다. 콜먼의 집을 찾았을 때 누군가와 맞닥뜨릴 것을 대비해 트렁크에 넣어 갈 생각이었다. 여분의 무기가 담긴 상자도 챙겼다. 들어올 때보다 한껏 묵직해진 토트백을 들고 밖으로 나서며 나는 누군가 나를 지켜보고 있지는 않은지 주변을 두리번거렸다.

남편이 내 비밀을 지켜줄 것이라는 믿음에 더해 발각되지 않을 것이라는 자신감이 붙은 나는 왔던 길을 그대로 달려 시내로 들어섰고 메이지가 알려준 엘름스트리트의 주소지로 향했다. 나는 전면에 보라색 부겐빌레아가 가득 피어 있는 멋지고 자그마한 정원 앞에 차를 세웠지만, 내 관심을 사로잡은 것은 콜먼의 집이 아니었다.

그녀의 프리우스 차량이 닫힌 차고 문 앞, 진입로에 주차되어 있었던 것이다.

39

계속 집에 있었으면서 내 연락을 무시한 건가? 반쯤은 바보가 된 기분으로, 다른 반쯤은 잔뜩 긴장한 채로 나는 경찰들이 차량 운전자를 세울 때면 늘 하는 방식대로 조심스럽게 차로 접근했다. 뒷좌석에 누군가 타고 있어 금방이라도 총격을 가해올 것처럼. 창문으로는 아무것도 보이지 않았고, 나는 티셔츠 자락으로 문손잡이를 쥐어 돌려보았다.

운전석 쪽은 열려 있었고, 그 점이 더 나를 긴장하게 만들었다. 어떤 경찰도 절대, 그 어떤 상황에서도 차 문을 열어둔 채로 떠나지 않는다. 설령 자기 집 앞에서라도 말이다. 콜먼이 차를 차고에 넣었다면 분명 문도 잠갔을 것이다.

난 총을 청바지 뒷주머니에 찔러 넣고 차 안을 재빨리 살펴보았지만 아무것도 없었다. 출근길에 아침으로 먹었을 머핀 부스러기밖에는. 트렁크도 열어보았지만 야외용 접이식 의자와 재활용 쇼핑백 몇 개 외에는 사실상 텅 비어 있었다. 트렁크를 살펴볼 수 있다는 것 자체가 나쁜 신호였다.

차에서는 더 이상 아무것도 발견되지 않았기에 나는 다시 관심을 집 쪽으로 돌렸다. 모든 창문에 블라인드가 내려져 있었다. 뜨거운 햇빛에서 실내를 보호하는 동시에 보안상의 이유일 것이다. 현관문은 잠겨 있었다. 사실 문은 잠겨 있는 것이 당연했다. 누군가의 눈에 덜 띄기 위해 나는 집의 뒤편 오른쪽에 난 나지막한 문을 통해 안으로 들어갔고 그곳에서 거실로 이어진 유리문을 발견했다.

안에 있는 누군가가 콜먼이 아닐 경우를 대비해 노크는 하지 않았다. 나는 문을 부수었다. 세련된 기술이 아니라 돌로 문에 달린 작은 유리 판 하나를 깨트린 뒤 안쪽 손잡이를 돌렸다. 안에 있는 사람이 콜먼이 아니라면 유리가 깨지는 소리에 잔뜩 경계하고 있을 터였다. 그래서 나는 조심스럽게 안으로 발을 내딛고 총을 꺼내 집 안을 살폈다.

집은 훈훈하면서도 살짝 답답했다. 누군가 휴가를 떠나며 에어컨 온도를 30도에 맞춰놓은 것처럼 말이다. 방들을 재빨리 살피는 가운데 나는 집 안에 나 말고 아무도 없음을 깨달았다. 그리고 잠시 멈춰 도움이 될 만한 그녀의 흔적을 살폈다. 콜먼은 자신이 일하는 방식대로 집 안을 꾸몄다. 아니, 이 경우에는 집 자체가 카탈로그라고 해야 옳을 것이다. 집은 흰색 수건과 침구를 비롯해 대부분이 베드 베스앤비욘드*에서 구입한 상품들로 채워져 있었다. 수건을 제외하고 나머지는 모두 갈색에 기하학적 무늬가 수 놓여 있었다.

앞마당이 내다보이는 창문이 달린 침실은 평범했고 널찍했다. 나열된 사진들에는 미소 짓고 있는 사람이 보였고 그녀의 가족사진도 있었다. 피크닉 탁자 주위로 어머니와 아버지, 그리고 그녀보다 다

---

* 침구 등을 판매하는 미국의 온라인 숍.

섯 살쯤 어려 보이는, 남동생으로 보이는 이가 포즈를 취하고 있는 사진이 벽면에 걸려 있었다. 과연 콜먼이 휴스를 자신의 침실까지 데리고 왔을지 의문이 드는 부분이었다. 일종의 규율처럼, 사람들은 엄마의 미소 띤 사진이 내려다보고 있는 곳에서는 섹스를 하지 않는다.

협소한 벽장에는 지난번 그녀가 입고 있던 것과 동일한 종류의 정장이 두 벌, 애리조나에서 입기에는 더워 보이는 긴 팔의 실크 블라우스가 열 장 정도 걸려 있었다. 캐주얼한 옷 몇 벌과 청바지들, 면 블라우스, 그리고 가장자리에 셔닐 천을 덧댄 낡은 밤색 목욕 가운 한 벌도 멀찍이 걸려 있었다.

욕실에 있는 의약품 캐비닛에는 처방전 없이도 살 수 있는 약품들만 들어 있었고, 싸구려 보습제와 샴푸, 치약이 있었다. 샤워실은 매우 깨끗했다. 비닐로 된 샤워 커튼에는 물 한 방울 튄 자국 없이, 내 기준에서는 이상하리만큼 깔끔했다.

부엌 역시 흠집 하나 없었다. 청소를 깨끗하게 했기 때문인지 전혀 사용하지 않았기 때문인지는 알 수 없었다. 나는 냉장고에서 칠면조 햄을 한 뭉치 꺼내 그것을 우물거리며 거실을 둘러보았다.

ㄱ자 형 책상에 놓인 압지철이 눈에 띄었다. 우려스러운 상황에도 불구하고 그것을 보니 미소가 새어 나왔다. 나이 육십도 되기 전에 압지철을 사용하는 사람은 아마 콜먼이 유일할 것이다. 책상에는 노트북과 몇 개의 검은색 파일철이 놓여 있었다. 파일철은 끄트머리가 책상의 가장자리와 평행하게 놓여 있었는데, 콜먼이 허용할 수 있는 어지럽히기의 범위가 딱 거기까지인 듯했다. 난 플로이드 린치에게서 압수한 책 등이 담겨 있는 상자를 알아보았다. 그것은

책상 옆에 깔끔하게 놓여 있었다. 콜먼이 트렁크에서 직접 들고 온 것이 분명했다.

원하는 것을 찾는 일이 매우 손쉬울 줄 알았는데, 두 개의 작은 서랍을 뒤져보아도 나오는 것은 펜과 연필뿐이었다. 오, 세상에. 길이대로 나란히 줄 맞춰져 있었다. 그녀는 생각보다 더 강박적인 성격인 듯했다. 계산기, 우표 뭉치, 발신인 주소가 적힌 라벨 뭉치, 키보드 청소용 압축 공기 캔 한 통. 아래에 자리한 큰 파일 서랍을 열었다. 소득 신고서가 연도별로 정리되어 있었다. 이건 왜 여기 있는 걸까? 6년 묵은 오래된 여권에는 5년 전에 칸쿤에 다녀온 출입국 도장만 찍혀 있을 뿐이었다. 출생지는 노스캐롤라이나 헨더슨이었고, 출생일은 1979년 5월 12일이었다.

부엌 조리대 끝에 자리한 작은 벤치 위에 놓인 전화기 옆에서 마침내 찾던 것을 발견했다. 나는 라임그린색의 가죽 표지로 덮인 전화번호부를 넘겼다. 나처럼 그녀도 친구가 그렇게 많지는 않은 것 같았다. 연필로 적힌 시작 부분의 명단은 몇 명 되지 않았다. 치과의사, 가정의학과 의사, 미용실, 노스캐롤라이나에 살고 있는 듯한 그녀의 남동생. 그 외 페이지들은 빈칸이었다. 심지어 같은 사무실에서 일하는 사람들의 전화번호도 없었다. 단, R 색인에서 RH라는 이니셜과 함께 전화번호가 적혀 있는 것이 눈에 띄었다. 관계가 발각될 것이 몹시 두려워 자신의 전화번호부에조차 그의 이름을 온전히 적지 못했던 모양이다.

나는 집 전화를 사용해 그에게 전화를 걸었다. 휴스가 재빨리 전화를 받았다.

"여보세요?"

"로라 콜먼을 마지막으로 본 게 언제예요?"

내가 물었다.

"누구십니까?"

"브리짓 퀸이에요."

"대체 거기서 뭘…?"

"어디요?"

내가 물었다.

"거기 말입니다."

그가 얼버무렸다.

발신자 정보란에 뜬 콜먼의 집 전화번호를 알고 있다는 이야기다.

"로라 콜먼을 마지막으로 본 게 언제냐고요?"

"집으로 전화하지 마세요, 퀸 요원."

"나 지금 좀 짜증이 나려고 해요. 로라 콜먼을 마지막으로 본 게 언제예요?"

내가 재차 물었다.

"린치의 현장 검증 때요. 말씀드렸잖아요. 집으로 전화하지 마세요. 끊습니다."

수화기 너머로 목소리가 들렸다.

"여보? 오늘 빌에게 피아노 레슨 좀 해줄 수 있어요?"

그가 어디에 살고 있는지 나로서는 알 수 없었지만, 최대한 이점을 활용해보기로 했다.

"당신은 거짓말쟁이예요. 만약 전화를 끊으면 당신 집으로 찾아가 당신이 경찰에 신고하기도 전에 타이어 지렛대로 그 이중 유리창을 박살내버릴 거예요. 그럼 가족들에게도 뭔가 설명이 필요하게 되겠죠. 로라 콜먼을 마지막으로 본 게 언제예요?"

그는 멈칫했다. 자신의 입장에서는 내게 저항하지 않는 편이 현명하다고 느낀 듯했다. 게다가 이중 유리창은 값도 매우 비싸다. 그는 목소리를 낮춰 속삭였다.

"신께 맹세하건대, 현장 검증 때 이후로 못 봤어요. 벌써 1년도 더 전에 끝난 관계란 말입니다. 왜 묻는 겁니까?"

"로라 콜먼이 납치당한 것 같아요."

마침내 내가 말했다.

아, 세상에, 혹은 어떻게 그런 일이, 같은 반응은 없었다.

"왜 그런 생각을 하는 거죠?"

또다시 그의 뒤로 목소리가 들렸다. 아까보다 더 희미한 소리였다. 그는 아마도 통화를 하며 밖으로 나오고 있는 것 같았다.

"차가 여기에 있어요."

"아, 맙소사. 차를 렌트했거나 비행기를 타고 어딘가로 갔나 보죠."

휴스가 말하고는 전화를 끊었다.

아까도 말했듯이 콜먼에게는 친구가 없었다. 나를 대하는 휴스의 반응으로 봐서는 맥스 코요테나 로저 모리슨에게 연락해도 좋을 것이 없었다. 온전히 나만의 몫이 된 것이다.

로라 콜먼이 여전히 아가씨 때 성을 쓰고 있다는 가정하에 나는 전화번호부에서 C 부분을 찾아보았고 팔로마 비스타 실버타운의 벤 콜먼과 에밀리 콜먼을 찾아냈다. 주소와 전화번호도 함께였다.

다만 바로 전화하지는 않았다. 그녀의 부모님을 놀라게 하고 싶지 않았기 때문에 난 대신 실버타운의 전화번호 안내를 찾아 대표

번호로 연락했다. 그리고 실버타운 관리자를 바꿔달라고 했다.

"그곳 실버타운에 계신 분들 중 한 분에 대해 여쭤보려고 전화했는데요."

내가 말했다.

"죄송하지만, 저희 실버타운에 계신 분들에 대한 정보는 드릴 수 없어요."

"저도 가족이에요. 에밀리 콜먼의 건강 상태가 어떠신지 궁금해서요."

"죄송해요. 그분 번호로 바로 전화해보시는 게 좋겠네요. 저희가 함부로 정보를 드릴 수 없습니다."

"지난 사흘 동안 그분 따님이 그곳에 방문했는지만 확인할 수 없을까요?"

"죄송합니다. 정보를 드릴 수 없어요."

"제가 진짜 사람과 통화하고 있는 게 맞나요?"

"네, 맞아요. 어쨌든 정보는 드릴 수 없습니다."

왜 누구 하나 쉽게 나오지 않는 것일까? 난 전화를 끊고 전화번호부를 챙겨 팔로마 비스타로 향했다.

40

 애리조나 사람들은 그토록 멕시코 사람들을 나라 밖으로 쫓아내고 싶어 하면서 왜 모든 것에 스페인식 이름을 붙여놓은 것일까? 그건 자칫 혼란스러운 메시지를 전달할 수 있다. 팔로마 비스타는 그리 크지 않은 사랑스러운 2층짜리 건물이었다. 통기와를 올린 지붕이 양쪽 원형 진입로 끝까지 닿아 있었다. 한 무리의 사람들이 옆면에 실버타운의 이름과 함께 'FUN!'이라고 크게 적힌 작은 버스에 올라타고 있었다. 대부분 여자였다.

 나는 그 뒤에 차를 세우고 운전석에서 내려 버스에 오르고 있는 사람들에게 벤과 에밀리 콜먼 부부를 아느냐고 물었다. 그들 모두 안다고 대답했고, 그중 한 여자가 그들이 식당의 이등석에서 점심을 먹고 있다며 내 질문 탓에 우울해졌다는 듯 고개를 설레설레 젓고 쯧쯧거렸다. 어쩌면 그 어머님은 기분이 계속 저조한 상태였는지도 모르겠다. 난 자동문을 통과해 프런트를 지나쳤다. 그곳에 앉아 있는 젊은 여자는 내가 누구인지 묻지 않았다. 로비처럼 보이는 곳에는 앉을 곳이 마련되어 있었는데 의자 덮개는 쿠션이나 양탄자와 전혀 어울리지 않았다. 그곳의 인테리어를 담당한 이의 눈에만 띄는 어떤 묘한 방법으로 장식되었는지도. 나는 식당으로 향했다. 일종의 레스토랑 지배인처럼 보이는 사람이 내게 인사하며 누구를 만나러 왔는지 물었다.

"벤과 에밀리 콜먼이에요."

내가 말했다.

그는 나를 4인용 식탁으로 안내했다. 그곳에는 부부가 앉아 있었는데, 정말 솔직히, 나보다 그렇게 나이가 많아 보이지 않았다. 둘 다 로라만큼 키가 컸고 호리호리했다. 앉아 있는 자세에서도 그것을 느낄 수 있었다. 머리는 잿빛으로 빽빽했다. 난 조심스럽게 다가가 나를 따님의 친구라고 소개했다. 그리고 잠시 앉아도 되겠느냐고 물었다. 그들이 아직 식사 중이었기에 난 양해를 구했다.

"괜찮아요. 디저트인걸요."

벤이 말하더니 그의 아내 옆에 있는 의자를 가리켰다. 그는 역시 근처를 서성이고 있는 젊은 여자에게 손짓했다.

"라이스 푸딩 하나 들겠어요?"

나는 그의 환대에 감사를 표했지만 라이스 푸딩은 괜찮다고 대답했고, 젊은 여자는 자리를 떴다.

대화를 주고받는 사이 에밀리는 계속 얼굴에 차분한 미소를 띠고 있었다. 그리고 이제 엄숙하게 고개를 돌려 나를 향해 미소를 지었다.

"로라?"

그녀가 물었다.

"아니야, 여보."

벤이 말했다.

"여긴 브리짓 퀸이라고, 로라의 친구래."

나는 내 부모님도 좋은 실버타운을 찾고 계신다고 설명하면서 로라가 자신의 부모님이 이곳 팔로마 비스타를 무척 마음에 들어 하시는 것 같다고 이야기했다고 말했다. 그래서 이곳 책임자와 공식적인 투어 약속을 잡기 이전에 직접 시설을 둘러보고 거주 환경이나 식사, 그 외 서비스들이 어떤지 개인적으로 여쭤보러 왔다고 설명했다.

"놀라운 곳이에요."

벤이 말했다. 에밀리는 내가 로라가 아니라는 사실에 나에 대한 관심이 급격히 줄어 다시 자신의 푸딩으로 고개를 돌려버렸다.

"에밀리의 상태에 적합한 시설이 별로 없었기 때문이죠. 우리는 특히나 운이 좋았어요."

그때 내 휴대전화가 울렸고 식당에 있던 모두가 내 쪽을 쳐다보았다. 그들 모두가 고향 별에서의 신호를 기다리는 외계인 같았다. 나는 토트백을 뒤져 휴대전화를 확인한 뒤 전원을 껐다. 맥스의 연락이었다. 또 어떤 새로운 고문으로 자백을 이끌어내려 하는 것일까? 난 그가 메시지를 남기도록 내버려두었다.

벤과 좀 더 길게 대화를 나누면서, 콜먼의 근황을 알아내려면 어떻게 화제를 돌리면 좋을지 고민하던 중 벤이 먼저 나서서 그녀의 이야기를 꺼냈다. 그간 완벽했던 호스트의 자세에서 살짝 벗어난 그는 살짝 심기가 불편해 보였다.

"뭐 하나 물어봐도 될까요?"

그가 물었다.

"물론이에요."

"방금 만난 다른 사람에게 내 가족 이야기를 묻는다는 것이 좀 이상하지만, 우리 딸이 매일 엄마 안부를 확인하느라 전화를 했었는데 요 사흘간은 연락이 없어 걱정이 되는군요. 어제 집 전화에 메시지도 남겼는데, 회신을 주지 않더라고요."

그는 점차 당혹스러워하고 있었다.

"그렇고 그런 부모처럼 보일까 봐 이런 말 하기가 좀 그렇지만, 혹시 우리 딸과 계속 연락을 하고 있나요?"

나는 가볍게 웃었다.

"로라요? 잘 있어요. 잘 있고말고요! 지금 큰 사건을 맡고 있는데 곧 재판을 앞두고 있다고 들었어요. 로라가 어떤 아이인지 아시잖아요. 아주 철두철미하죠. 아버님께서 언젠가 로라에게 뭔가 해내야만 하는 가치가 있는 일은 반드시 잘해내야 한다고 말씀하셨다면서요."

벤은 그러한 지혜를 전했을 만한 사람처럼 보였다. 그는 자신이 언제 그런 말을 했는지 기억을 가다듬으며 웃음을 지었지만, 그럼에도 불구하고 매우 안심하는 듯 보였다. 나는 더 이상의 의심을 사지 않도록 최대한 빨리 식당에서 빠져나왔다.

돌아오는 차 안에서 들은 맥스의 메시지는 자신에게 연락을 달라고 하고 있었다. 내가 관심을 가질 만한 것을 발견했다며, 내가 워시에서 어떻게 넘어져서 머리를 다쳤는지 그 이야기도 다시 듣고 싶다고 했다. 그러면서 카를로가 끝에 칼날을 달아 만들어준 등산용 스틱 이야기를 꺼냈고… 아직도 그것을 가지고 있느냐고 물었다. 그의 목소리는 평소의 맥스답지 않은 위협적인 경계가 가득 묻어 있었다. 나는 그에게 전화하지 않았다.

대신 나는 실버타운을 빠져나와 은밀한 곳으로 차를 몬 뒤 지그문트에게 전화를 걸었다. 그리고 가급적 솔직하게 입을 열었다.

"나 정말 미친 짓을 한 것 같아. 콜먼 요원이 곤경에 처한 것 같은데, 아무도 내 말을 들어주지 않아."

내가 말했다. 플로이드 린치에 대한 수사가 어디까지 진행되었는지, 그리고 로라 콜먼의 실종, 공원에서 있었던 총격전까지 모두 털어놓았다. 제럴드 피질에 대한 이야기는 생략했다. 내 목숨을 노리는 다른 위협이 있었던 상황에서 그 이야기까지는 필요하지 않다고 생각했다. 그는 총격전에 대해 자세하게 물었고 피마 피스톨 사격장 방향에서 날아온 두 번째 총격에 대한 내용도 물어보았다. 그리고 그는 점차 말을 잃었다.

난 그에게 생각할 시간을 준 다음 마침내 물었다.

"어떻게 하면 좋겠어?"

"모리슨에게 얘기해."

"모리슨은 들으려고 하지 않아. 로열 휴스에게도 전화했었어. 당신이 그 국선 변호사와 로라 콜먼의 관계에 대해 했던 얘기 기억나?"

"내 말이 맞았나?"

"그래, 하지만 그 사람도 걱정할 것 없다고 얘기했다니까."

그의 반응은 완전히 내 예상을 빗나가고 말았다.

"그간 힘들었지, 안 그래?"

"뭐?"

"잭 로버트슨이 자살했다는 소식 들었어. 너한테는 충격이었을 거야, 스팅어."

"그래, 그 일은 끔찍했지. 하지만 난 지금 충격에 넋을 잃고 있을 시간조차 없어. 로라 콜먼을 찾아야 한다고."

"스팅어, 왜 투손에 있는 거야?"

그는 내가 기대했던 이야기 같은 것은 전혀 하지 않았다. 심지어 내 말을 제대로 듣고 있는 것 같지도 않았다.

"우리, 지금 같은 대화를 나누고 있는 게 맞아?"

내가 물었다.

"우린 한 번도 그것에 대해 얘기 나눴던 적이 없지. 넌 네가 해결하지 못한 사건과 가까운 남서쪽에 자리를 잡고 살았어. 범죄 현장에서 쉽게 멀어지지 못하는 살인범처럼 말이야. 그 집착을 절대 버리지 못했지."

"지금은 날 분석할 때가 아니야, 지그. 그럴 시간 없어."

"솔직히, 지난번에 너와 이야기했던 이후로 난 네가 66번 고속도로 살인 사건과 다시 연계되면서 외상 후 스트레스 장애를 앓고 있다고 느꼈어. 그 상처를 다시 열게 된 거지. 그리고 이번에는 잭 로버트슨의 자살이 발화점이 되었을 거고."

정상적으로 작동하던 뇌의 한 부분이 분리되면서 현기증에 가까운 어지럼증이 느껴졌다. 화를 내기에도 너무 혼란스러워 나는 애원했다.

"하지만, 잭과 린치에 대한 건 당신도 동의했잖아. 재수사가 필요하다며."

"그 생각에는 변함이 없어. 다만 로라 콜먼이 납치된다고 여기는 건…."

그는 언제 일회용 밴드를 뜯어내야 할지 고민하는 사람처럼 잠시 멈칫했다.

"브리짓, 로라 콜먼은 제시카 로버트슨이 아니야."

그가 부드럽게 말했다.

나는 양 볼이 달아올랐다.

"내가 망상을 겪고 있다고 생각하는군."

"그런 식으로 말하려던 게 아니야. 넌 수년째 제시카의 죽음에 대한 죄책감에 시달리며 살아왔어. 그런 네가 또 다른 요원을 알게 된 거야. 같은 성별에 제시카가 아직 살아 있었다면 비슷했을 나이지. 다만 이번 경우는, 뭐라고 할까, 살짝 덜 의존적이라는 것만 다를 뿐. 어쩌면 그녀는 더 이상 네가 필요하지 않을지도 몰라. 네게 연락을 하지 않는다는 이유 때문에 넌 그녀의 집에 무단으로 침입해서는 그녀가 납치됐다고 주장하고 있는 거야. 스팅어, 넌 제시카의 일을 반복하고 있는 거라고."

"이 모든 게 내 상상일 수 있다고 이야기하는 거야? 살해 위협을 받았던 것도?"

"난 다만 그걸 걱정하는 건 너 하나뿐이라는 얘기를 하는 거야."

그가 말했다.

"내가 피해망상에 시달리고 있다고 생각하나 보군."

내가 말했다.

"그만해, 스팅어. 난 그렇게 말하지 않았어. 다만 잠시 멈춰서 다시 생각해보라는 것뿐이야. 난 로라 콜먼이 전혀 걱정되지 않아. 내가 걱정하는 건 바로 너야. 네가 지난번 전화를 했을 때부터 계속 네가 걱정됐어. 진작 그리로 가서 너랑 얘기를 나누었어야 했는데."

"개자식."

나는 전화를 끊었다.

통계상으로 보면, 납치의 경우 48시간이 지나면 그 흔적이 희미해지고, 아직 숨이 붙어 있는 피해자를 찾을 수 있는 기회 역시 열어진다고 한다. 난 손목시계를 확인하고 콜먼에게서 마지막 연락을 받았던 때를 가늠해보았다. '그런데 선배님 말씀이 옳았어요! 이를테면요.' 그때가 대략 오전 8시였다. 72시간이 조금 넘었다.

41

 미로에 갇힌 눈 먼 쥐가 된 기분이었다. 콜먼이 편찮으신 어머니에게 가지 않았다는 사실을 알아내 미약한 진전이 있었나 싶었지만, 이내 벽에 부딪혀 어디로 가야 할지 갈피를 잡을 수 없었다. 내가 서 있는 그곳이 바로 막다른 벽이었다. 콜먼은 사라졌고 그것을 증명할 수 있는 사실은 문을 잠그지 않은 채 내버려둔 그녀의 차와 그녀가 사흘 동안이나 어머니에게 전화를 하지 않았다는 것, 그리고 모리슨에게 거짓말을 했다는 것뿐. 하지만 그것과 별개로 그녀는 사무실에 계속 이메일을 보내고 있었다. 내 모든 직감이 그녀가 곤경에 빠졌음을 외치고 있었지만 지그문트도 내가 제정신이 아니라고 하는 판국에 모리슨은 분명 날 비웃으며 사무실에서 쫓아낼 것이 뻔했다.
 때로는 쥐도 곧장 치즈로 돌진하지 않는 편이 나을 때가 있다. 말에 훌쩍 올라타 혼란스러운 채로 갈팡질팡하느니 난 우선 카를로가 안전한지 확인하기 위해 고르도에게 전화를 걸었다. 그는 전화를 받지 않았고 10분이 지난 뒤에도 회신을 주지 않았다. 그래서 나는 직접 카를로를 확인하기 위해 집으로 향했다. 가는 길에 가게에 들러 커피와 함께 로스트비프 샌드위치도 구입했다.

나는 집까지 바로 통하는 길 대신 보먼을 거치는 우회로를 선택했다. 그래야 천천히 접근하는 것이 가능했고 집에서 적어도 세 집 건너 떨어진 곳에 머물 수 있었다. 나는 차를 세운 뒤 기다렸다. 시동을 완전히 끄지 않아 에어컨이 가동되었기 때문에 열기에 기절할 일은 없었다.

나는 샌드위치를 오물거리며 내 집을 감시했다. 달리 갈 곳도 없었다. 저녁 내내 제인의 유령이 나를 따라다니는 것 같았다. 그래도 카를로를 지켜야 한다는 작은 목표와 더불어 콜먼을 찾으려면 무엇을 해야 할지 고민해볼 수 있었다. 우리는 그렇게 그곳에 가만히 앉아 있었다. 제인의 유령과 나, 이 두 여자는 카를로의 인생에 들어갔다가 다시 사라졌다.

마침내 하늘이 어둑어둑해지는 가운데 집 안으로 카를로의 독서용 의자에 불이 들어왔다. 내가 읽던 책도 내 의자 옆 탁자 위에 그대로 놓여 있겠지. 어제 내가 무슨 책을 읽고 있었는지 기억해보려 했지만, 도통 생각이 나지 않았다. 마음의 상처에 몹시도 사로잡혀 있던 탓이다. 세 시간 동안이나 계속 차에 앉아 있다 보니 엉덩이가 배겨내질 못했다.

카를로는 퍼그들을 데리고 내 차가 주차되어 있는 곳 반대편으로 저녁 산책을 다녀온 것이 전부였다. 내 차를 발견하기에는 주변이 너무 어두웠다. 그의 자세가 평소보다 더 구부정했던가? 강아지들도 다소 차분해 보였던 것 같기도? 나 역시 유령이 된 듯한 기분을 느끼며, 그들 역시 나만큼이나 혹독하게 내가 그리울까 궁금해졌다.

맑은 밤하늘이 한껏 달아오른 대지를 빠르게 식히고 있는 가운데 나는 마침내 시동을 껐다. 가져온 물병의 4분의 3을 마시고 나자 이제는 물에서 목욕물 맛이 났다. 밤새 여기 이렇게 앉아 있는 것은 어리석은 짓이라고 계속 되뇌었지만, 도통 움직일 수 없었다. 만약에? 나는 생각했다. 머릿속에 온갖 상상이 떠돌았다. 당장 콜먼은 찾을 수 없지만, 적어도 카를로는 안전하게 지킬 수 있다. 나는 주변 확인을 한 번만 더 하고 나면 마음 편히 눈을 붙일 수 있을 것 같다는 생각이 들었다. 게다가 당장 소변도 급했던 터라 집 뒤편의 어두운 길을 통해 집으로 들어가 해결하기로 결심했다.

나는 글러브 박스에서 작은 손전등을 꺼내 대로까지 연결된 짧은 길을 내려가 오른쪽으로 돌았다. 그러고는 이웃집의 높다란 콘크리트 담벼락에 바짝 붙었다. 뱀들이 나를 놀래기 전에 먼저 녀석들을 놀랠 생각으로 발 앞으로 손전등을 계속 비추었다. 뱀은 보이지 않았지만 한창 사냥 중인 타란툴라와 마주치고 말았다. 녀석은 나를 겁줄 생각으로 위협적인 팔굽혀펴기를 했고, 난 정말 겁을 먹었다.

집의 뒤편은 콘크리트 벽면으로 나뉘어 있었지만, 집 정원의 범위를 벗어나면 모두 가느다란 연철 막대기로 담장이 세워져 있었다. 여분의 등산용 스틱을 가져오지 않은 것을 후회했다. 나는 우리 집 뒷마당으로 가는 동안 고르지 않은 흙 위를 밟으며 균형을 잃지 않기 위해 담장을 붙들어야 했다. 손전등으로는 계속 전면을 비추었다. 모든 것이 안전해 보였다. 흙먼지 속 인간의 움직임 같은 것도 전혀 느껴지지 않았다. 내가 서 있는 곳에서 20미터쯤 떨어진 집 뒤편은 너무 캄캄했기 때문에 카를로가 종종 잠그는 것을 잊곤 하는 뒷문까지 가는 일은 쉽지 않았다. 침실 창문에서 새어 나오는 희미한 불빛을 보니 카를로는 침대에 기대어 앉아 책을 읽고 있는 듯했다. 그렇다면 침실 창문은 열려 있는 것인가? 그것 때문에 그에게 몇 번이나 잔소리를 했는지 모르겠다. 민간인들의 안전 불감증은 정말이지 심각하다.

나는 손전등을 주머니에 넣고 어둠속에서 스스로를 달랬다. 그런 뒤 콘크리트 벽면의 낮은 부분에 발을 디뎠다. 보브캣과 코요테가 담장 아래로 미끄러져 떨어지는 것을 방지하기 위해 만들어둔 곳이었다. 난 전혀 우아하지 못하게 몸을 움직였다. 자갈이 깔린 경사로에 엉덩이로 세게 착지해 미끄러지는 바람에 통증이 있었다. 이제야 난 손전등이 전혀 필요 없다는 사실을 깨달았다. 맑은 하늘에 뜬 보름달이 마당을 흑백으로 환하게 비추고 있었기 때문이다. 나무들과 벽면, 자갈, 집이 모두 빛바랜 푸른 잿빛을 띠었다. 난 그 어디에도 부딪히지 않고 제인의 정원용 설치 미술인 실제 크기의 성 프란체스코 동상과 돌로 만든 새의 대야를 재빨리 지나칠 수 있었다.

화급히 움직여 뒷문에 접근했지만 문은 잠겨 있었다. 그때 퍼그들 중 한 녀석이 나를 알아챘다. 녀석에게만 들키지 않았다면 쪽문으로 재빨리 달아나는 편이 간편했을 것이다. 내가 알지도 못하는 사이, 유리로 된 뒷문으로 암컷인지 수컷인지는 모르겠지만 둘 중 한 녀석이 내가 접근하는 것을 지켜보고 있었던 모양이다. 이제 녀석이 맹렬히 짖기 시작했고 다른 퍼그도 거기에 합류했다. 그리고 침실에 불이 켜졌다.

현관에 불이 들어오는 것과 동시에 난 성 프란체스코 동상 뒤로 몸을 숨겼다. 내다볼 생각은 하지도 못한 채 카를로가 문을 여는 소리에 가만히 귀를 기울였다. 그는 밖에 코요테가 있을지 모르니 안으로 들어가라고 퍼그들을 재촉했다. 나는 정원 한가운데 서 있는 그의 그림자를 흘끗거렸다. 내가 위험인물이었다면 어쩔 뻔했나. 그는 완전히 무방비 상태였다. 이건 그가 좋아하는 코믹 드라마에서나 나올 법한 장면이었다. 내 자신이 한심스럽다고 생각하며 나는 몸을 일으켜 동상 뒤에서 모습을 보였다. 내 자존심보다는 그를 안전하게 지키는 것이 더 중요했기 때문이다.

"맙소사!"

그는 소리를 지르며 들고 온 손전등을 떨어뜨렸다. 내 손전등처럼 불이 들어와 있지는 않았다.

평소 우리는 알몸으로 잠자리에 들었기 때문에 그의 몸이 정원의 색깔과 똑같은 빛을 띠고 있는 것을 눈치채지 않을 수 없었다. 달빛을 받은 그의 살결은 차가운 잿빛 대리석처럼 보이기도 혹은 돌판 위에 놓인 시체처럼 보이기도 했다. 이건 내가 어찌할 수 없는 또 다른 상상이다.

"이왕 당신이 밖으로 나왔으니 알려줄 것이 있어."

나는 인사나 사과의 말 없이 단도직입적으로 말했다.

그는 우울하게 나를 쳐다보았다. 허리 옆으로 손가락을 꽉 움켜쥐고는 자신을 놀래 기절할 뻔하게 만든 대상을 원망스럽게 쳐다보는 것 같은 눈빛을 하고 있었다. 나는 당장에라도 그에게 달려가 그를 품에 안고 안심시키고 싶었다. 하지만 내 자존심이 아직은 그것을 허락하지 않았다. 그는 아마 날 밀어낼 것이다. 이미 나에 대한 생각을 정리했는지도 모른다. 나는 느낄 수 있었다.

나는 낯선 운전자에게 길을 알려줄 때나 낼 법한 단조로운 어조로 말했다.

"이제 저녁 산책은 그만해. 문도 꼭 잠그고 창문도 꼭 닫아. 퍼그들이 짖으면 그런 차림으로 집 밖으로 나오지 말고 안에 있어. 블라인드 틈으로 창문 밖을 내다볼 생각도 하지 마. 한낮에도 낯선 사람이 집에 접근하거든 아는 척하지 말고."

"소설은 이제 그만!"

그는 이미 충분하다는 듯 마침내 두 손을 공기 중에 휘저었다.

"이건 미친 짓이야. 그날 이후로, 당신이 넘어졌다고 한 날 이후로 당신은 마치 마이크 해머의 소설에나 나올 법한 사람처럼 굴고 있어."

사랑하는 남자에게서 그런 이야기를 듣게 되니 마음이 아팠다. 하지만 그의 분노를 이해했다. 나는 말했다.

"당신 지금 위험해. 엉뚱한 소리처럼 들리는 건 알지만, 이건 정말 심각한 상황이야. 지금 당장은 충분히 설명할 시간조차 없다는 걸 어떻게 이야기하면 좋을지 모르겠어."

"해결에 얼마나 걸리겠어?"

그가 물었다.

"글쎄, 24시간 이내. 내가 아는 누군가가 납치된 것 같은데, 일단 그 사람을 찾아야 해. 그 사실을 믿는 사람은 나뿐이거든. 내가 나서지 않으면 아무도 그녀를 찾지 않을 테고, 그럼 그녀는 목숨을 잃을 수도 있어. 아직 살아 있다면 남은 시간은 24시간 이내야. 지금 당장 말할 수 있는 진실은 그것뿐이야, 카를로. 이제 얼른 안으로 들어가."

그는 몸을 숙여 손전등을 집어 들고 날 때릴 것처럼 손전등을 들어 올렸다. 하지만 이내 자제력을 되찾았다.

"그게 전부야?"

이제 내가 바라볼 차례였다. 난 그의 말을 기다렸다.

그는 나와 똑같은 어조로 말하려 애썼고 거의 성공했다.

"갑자기 나타나서 수수께끼 같은 경고만 던지고는 또 떠나겠다고? 현실에서는 일이 이런 식으로 돌아가지 않아. 당신 혼자 이 세상을 사는 게 아니라, 나도 있다고."

그는 말을 멈추고 심호흡을 했다.

"맥스가 다녀갔었어."

그의 세상에서는 일이 이런 식으로 돌아가지 않는다는 말은 폴을 떠올리게 하기 충분했다. 그의 세상은 나의 세상과 다르다고 했던 그 이야기 말이다.

"언제?"

"오늘 아침에."

"왜?"

"당신에 대해 무척이나 많은 걸 묻고 갔어. 당신이 어디에 있는지, 워시에서 그 남자가 살해당한 날에 대해 내가 뭘 알고 있는지 등등. 내가 만들어준 등산용 스틱을 당신이 아직 갖고 있는지도 물었어. 평소와 달랐어."

"그래서 뭐라고 했어?"

나는 물었다. 진심으로 궁금했다. 지어낸 이야기가 너무도 많아 그가 어떤 버전으로 알고 있는지가 궁금했다.

"사실대로 말했지."

사실이라는 단어에 내 혈맥이 속도를 높였다.

"무슨 사실?"

"내가 기억하고 있는 모든 것. 당신이 스틱은 부러졌다고 말했고 그날 워시에서 돌아와 넘어졌다고 말한 이후로 계속 이상했다는 것까지."

넘어졌다고 말했다…. 내가 거짓말을 했다는 것을 돌려 말하는 식의 그의 이야기가 무엇보다 최악이었다. 나는 방어적으로 나올 수밖에 없었다.

"진짜 세상이 어떤지 당신은 쥐뿔도 몰라, 안 그래?"

내가 말했다.

그는 항변하지 않았다. 다만 조금 더 슬퍼 보였을 뿐. 그가 말했다.

"나도 진짜 세상을 아는 줄 알았지만, 알고 보니 그렇지 않았어. 맥스가 당신에 대해 많은 이야기를 하더군. 당신이 요원이었던 시절에 비무장 용의자를 사살했다는 것에 대해서도. 상황이 상당히 모호했다며. 맥스가 설명하기론 그랬어."

갑작스러운 연기를 물리치려는 듯 그가 손전등으로 휘휘 저으며 말했다.

"내가 당신에 대해 얼마나 아는 것이 없었는지 놀라울 따름이야."

42

 내게 그 어떤 답변도 기대하지 않고 작별 인사도 하지 않은 채 카를로는 나에게 다가오려는 퍼그들을 쉿쉿 소리와 함께 안으로 들이며 그대로 집으로 들어갔다. 나는 얼간이로 계속 남아 있기보다 쪽문을 통해 밖으로 나가 다시 담장 위를 기어올랐다. 여기는 모든 것이 안전했다. 카를로가 내 말대로만 한다면 고르도의 경호와 상관없이 안전할 것이다.
 나는 차에 앉아 생각에 잠겼다. 범인은 내 입을 닫게 하려는 의도일 뿐, 남편을 건드릴 생각은 없다고 보는 편이 좀 더 논리적인 듯했다. 콜먼을 찾아 헤매고 누가 날 죽이려 하는 것인지를 알아보는 동안 내가 없는 집은 당연히 안전할 것이다. 세상사람 모두가 내가 미쳤거나 혹은 잔인하다고 생각할지라도 이 두 가지만큼은 확신할 수 있었다. 목숨에 위협을 받고 있는 지금의 내 상황과 로라 콜먼의 실종이 서로 관련이 있다는 것.
 나는 내 앞으로 펼쳐진 도로를 물끄러미 바라보았다. 일이 벌어진 후 처음으로 콜먼이 아직 살아 있으리라는 보장이 없다는 생각이 치미는 것을 물리치기 어려웠다. 그러니까, 그들은 나를 죽이려 했으면서 왜 그녀를 납치한 것일까? 생각은 이미 벼랑 끝으로 치닫고 있었다. 그때 창문 옆으로 누군가의 얼굴이 어른거렸고 난 깜짝 놀라고 말았다.

"젠장!"

나는 소리를 지르며 조수석에 놓아두었던 권총을 잡으려 했지만, 잡힌 것이라곤 손전등뿐이었다. 나는 손전등을 켜고 적어도 내 적이 불빛에 눈이 멀기를 바라며 창밖을 겨냥했다.

그곳에는 맥스가 눈을 깜빡이며 서 있었다.

"나야."

유리문 사이로 그의 나지막한 목소리가 들렸다. 나는 창문을 내리고 이웃집 사람들이나 카를로는 전혀 신경 쓰지 않은 채 소리를 질렀다.

"죽고 싶어 환장했어?"

"그 손전등으로는 어림도 없지."

그는 터프가이다운 농담을 던지며 슬며시 새어 나오는 미소를 감추지 못했다. 그는 차 앞으로 돌아 조수석에 올라타려 했지만, 문은 잠겨 있었다. 그는 기다렸고 나는 선택의 여지가 없었다. 난 몸을 기울여 잠금 장치를 풀어주었다.

그가 조수석에 올라탄 뒤 말했다.

"왜 자기 집을 염탐하고 있는 거야?"

맥스 때문에 놀란 가슴이 아직도 진정이 되지 않았기 때문이거나 아니면 이 모든 일에 넌더리가 났기 때문인지 새 거짓말도 이제 동이 난 듯했다. 또한 어둠에는 사람을 솔직하게 만드는 묘한 힘이 있었다.

"왜 카를로에게 내 과거 얘기를 했어?"

"여태 모르고 있었다는 것에 놀랐어. 그런 이야기는 당연히 배우자와 공유했어야 되는 것 아닌가?"

"너나 잘해. 맥스, 누군가 날 죽이려고 하고 있어. 카를로의 안전도 걱정이고. 누군가 콜먼 요원을 납치한 것 같거든."

"아, 그래."

그가 말했다.

솔직하게 털어놓은 데 대한 반응이 고작 이것이라니. 그의 말은 다소 거칠게 느껴졌다. 마치 꾸며낸 것처럼 말이다.

그는 왜 그런 이야기를 이제야 하느냐고 묻지 않은 채 계속 일상적인 대화만 이어나가려 했다.

"왜 여기에 있냐고 물었는데 대답 안 했어."

"그를 지켜보러 왔어. 우리 헤어졌거든."

"유감이야. 카를로는 네가 어제 갑자기 외출했다고만 했지, 그게 영구적일 거라고는 얘기 안 했는데. 왜 집을 나온 거야?"

"넌 왜 여기 있는 건데?"

"내 전화를 받지 않았잖아. 이 근처에 왔다가 네가 여기서 집을 바라보며 하염없이 있기에 그런 널 지켜보고 있었지. 얼마나 오래 그러고 있으려나 싶어서. 잠깐 밖에 다녀오긴 했지만 여기 꽤 오래 앉아 있던걸."

"뭘 도와주면 돼?"

"제럴드 피질."

크게 놀란 뒤였지만 그 정도에 반응할 감각은 남아 있었다.

"누구?"

맥스는 짜증이 난다는 듯 고개를 획 돌렸다.

"모르는 척하지 마. 아직 DNA 분석 결과를 기다리고 있긴 하지만 그 사이에 네 지문도 미리 찾아 대조해봤어. FBI에 남아 있던 지문 말이야."

"그래서?"

"일치하진 않더군."

"당연하지."

나는 시간을 벌기 위해 마지막 물병의 뚜껑을 땄다.

"마실래?"

그는 물을 꿀꺽꿀꺽 마시고는 그와 나 사이에 있는 컵 홀더에 내려놓았다. 그걸 보니 맥스와 내가 물웅덩이를 사이에 둔 사자와 가젤 같다는 생각이 들었다.

"그래서 그가 살던 곳에도 가봤지. 성폭력과 강간, 어쩌면 살인까지 저질렀을지도 모를 증거들을 찾았어. 적어도 세 건이야. 인근 지역이나 광미사*를 쌓아두는 곳에 시신을 매장했을 가능성을 대비해 경찰견도 보냈어. 일단 옷가지들을 발견했으니 더 탐색할 것이 많지."

"좋은 소식인가?"

"그가 연쇄살인범이라는 것, 아니면 죽었다는 것?"

"네가 말해봐."

내가 말했다.

"아니, 네가 말해봐. 난 네가 왜 그걸 신고하지 않았는지 한 가지

---

* 광산에서 광물을 뽑아내기 위해 돌을 잘게 부수고 광물을 가려낸 다음 남은 돌가루.

이유밖에 떠오르지 않거든."

나는 물병에 든 물을 마셨다. 대화의 긴장감 때문에 우리 둘 다 입이 말랐지만, 단순 갈증으로 위장하고 있었다.

"얘기했잖아, 맥스. 전화하려고 했어. 전화하려고 했는데 두려웠다니까."

나는 그의 다음 말을 예상할 수 있었다. 무어라고 대답해야만 좋을까?

"천하의 네가 두려웠다고? 네가 죽였어, 브리짓?"

역시.

"아니야."

"네가 했다고 치자."

"그쯤 해둬."

"정말 그렇다면…."

"아, 그 뻔한 유도 신문. 내가 정말 그 가정법에 놀아날 것 같아?"

"시도해볼 만하잖아."

진실이 만개하는 밤이었다.

"성범죄 살인 사건을 다룬 적이 있긴 해, 맥스?"

"그래."

"우발적인 것, 신속하게 끝낸 것, 아니면 완전히 야만적인 것?"

"대답은 네가 알고 있잖아. 누군가는 거칠게 나오고, 누군가는 죽지. 누군가는 질식사를 당하기도 하고."

나는 어둠속에서 고개를 끄덕였다.

"하지만 사체 훼손이 가미된 성범죄 관련 연쇄살인범은 다룬 적 없을걸. 대부분 그런 사건을 구경조차 못 하고 퇴직하지. 그 사건의 이미지들은 평생을 따라다닌다고."

"아, 시작이군. 그래서 우리의 위대하신 브리짓 퀸은 그 모든 걸 경험했다? 난 그저 소싸움 외에는 아무 일도 일어나지 않을 지랄 맞은 시골 마을의 가련한 보안관보에 불과하다는 건가? 그만 좀 하라고."

"여자 젖가슴은 몸에 붙어 있을 때에만 매력적으로 보인다는 점만 얘기해둘게."

맥스는 몸을 뒤틀었다.

"세상에, 이제 그런 것 갖고도 농담 따먹기를 하는 거야?"

"그게 농담으로 들려? 미안하지만 이제 뭐가 농담이고 뭐가 진담인지 구분이 안 돼서 말이야."

나는 물을 또다시 들이켠 다음 그에게 건넸지만, 이번에는 받지 않았다.

"그래서 이번에는 제럴드 피질을 잡았군. 진짜 연쇄살인범…. 네 말대로라면."

"작년에 통틀어 서른다섯 건의 살인 사건만 있었던 작은 마을에서 요 몇 주 안에 제럴드 피질과 플로이드 린치를 모두 검거하다니 기이한 일이지, 안 그래?"

"엄청난 우연의 일치지."

"충분히 그렇게 생각할 수 있어. 왜냐하면 우리 마을은 작년에 고작 서른다섯 건의 살인 사건만 있었던 작은 지역이니까. 그래서 생각을 좀 해봤지. 우리가 자리하고 있는 이 지점들에 대해 생각을 해봤다고."

맥스는 몸을 앞으로 숙여 그간 벌어진 일들을 하나씩 언급하며 손가락으로 대시보드 위에 점을 찍어 나열했다.

"네가 워시에 버려진 밴을 신고하지 않은 것, 제럴드 피질이 연쇄살인범이었던 것, 플로이드 린치가 연쇄살인범이었던 것, 그리고 제럴드 피질의 집에서 찾아낸 머리카락들에 대해서도 생각해봤어. 세 명의 각기 다른 여자의 머리카락인 것 같은데, 모두 잿빛 아니면 흰 머리카락이었단 말이지. 그 모든 가닥이 하나로 꼬여 있었어. 봐, 그게 또 다른 점이야. 색깔에 대해서도 생각해보지 않을 수 없어. 주변에 잿빛 머리카락들이 너무도 많았어. 알겠지만, 제럴드 피질이 나이 든 여자만 공격한 것이 우연의 일치가 아닐 가능성이 있어. 근데 너도 나이가 젊지 않고, 그 두 명의 연쇄살인범이 같은 지역에서 활동했단 말이지. 너는 그 둘과 어떻게든 연결이 돼."

그는 상상의 점들을 상상의 선으로 연결했다.

"그리고 부검의가 제럴드 피질의 동맥이 잘려나간 것을 발견했고, 그것에 대해서도 생각을 해봤지. 네가 스틱 끝에 칼날을 부착해 다니던 것이 떠올랐어. 근데 카를로 말이 네가 그걸 잃어버렸다는 거야."

"부러졌어."

"그래서 어떻게 했어?"

"버렸지."

나는 멈칫했다. 맥스 역시 아무 말도 하지 않았다.

"쓰레기통에 버렸어."

내가 덧붙였다.

나는 고개를 돌렸고 맥스의 두 눈에 달빛이 빛나고 있는 것을 보았다. 우리 아버지의 경우처럼, 가까이 있는 누군가가 불같은 성미를 지니고 있다면 오히려 거친 손길이나 고함에는 익숙해지기 마련이다. 오히려 사람을 불안하게 만드는 것은 차분하고 이성적인 사람이다.

맥스는 시선을 피하지 않았다. 그가 나를 악당에 가까운 전직 요원으로 보고 있다는 것을 알 수 있었다. 지금은 그런 그의 마음을 돌릴 길이 없었다. 그가 말했다.

"물론 지금은 그저 점들뿐이야. 하지만 네가 66번 고속도로 살인 사건의 린치와 연계가 있다는 것은 알지. 다음에는 제럴드 피질과의 관련성이 드러날 거고. 어쩌면 이건 린치와 관련이 없을 수도 있어. 우연한 만남이었을 가능성을 생각해보기 시작했거든. 넌 단지 그를 제압하려는 의도였을 거야. 근데 상황을 통제할 수가 없었던 거지. 넌 그의 동맥을 자를 생각이 없었어. 그러니 그건 살인이 아니야, 브리짓. 정당방위지."

맥스는 나를 돕고 싶어 하는 것처럼 구는 동안에도 여전히 날 떠보고 있었다. 그것은 곧 카를로가 더는 나를 모르겠다며 더 이상 나를 사랑하지 않는다고 고백했음에도 불구하고, 맥스에게 세탁기에서 발견한 피 묻은 옷에 대해서는 이야기하지 않았다는 것을 의미했다. 그 이야기를 했다면 맥스는 당장 나를 시내로 연행해갔을 것이다. 사실 체포되는 것은 아무래도 좋았다. 그렇게 되면 콜먼이 영영 실종 상태로 남을 것이라는 점이 마음에 걸릴 뿐. 문득 내가 소중한 시간을 낭비하고 있다는 생각이 들었다. 얼른 이 대화를 끝내야 했다.

"정당방위라고? 그런 것을 지칭할 수 있는 권한이 우리 둘에게 없다는 것을 잘 알고 있지, 맥스? 네가 이야기한 대로 그런 스토리라면, 검찰에서는 과실 치사로 밀고 나오겠지. 그것도 피고인의 운이 좋으면 말이야. 어두운 과거를 가진 훈련받은 요원이 우발적으로 동맥을 끊었다고 누가 믿겠어? 특히 그것을 은폐하려는 정황이 상당한 상황에서. 아니, 검찰에서는 적어도 2급 살인을 언급할 거야. 어쨌든 그건 내가 한 짓이 아니야, 맥스."

나는 최대한 차분하고 부드럽게, 비논쟁적인 어조로 말했다. 그를 벼랑 끝에서 밀 필요까지는 없었다. 그저 내 차에서 내리게 하는 것으로 충분했다.

"당장 날 연행할 생각이라면 아주 긴 분량의 복잡한 보고서를 올려야 할 거야. 목격자도, 법의학적 증거도 없으니. 살인 도구도 찾지 못했잖아."

맥스는 내게로 가까이 몸을 기울였다. 난 그의 젖은 숨결을 느끼고 그가 저녁으로 먹었을 와퍼 냄새를 맡을 수 있었다. 나는 움찔하는 것 없이, 그렇다고 저항하려는 기색도 없이 받아들였다. 하늘의 구름을 가리킬 때나 낼 법한 잔잔한 어조의 목소리로 그가 말했다.

"카를로는 선한 사람이야. 그래서 그의 인생을 망치게 될 무언가를 실천에 옮기기 전에 신중에 신중을 기하는 것뿐이라고."

43

 맥스는 내가 어디에 머물고 있는지 알기 전까지는 차에서 내리지 않을 것이다. 그래서 나는 그에게 스피드웨이가에 있는 쉐라톤 호텔 174호에 묵고 있다고 알려주었다.
 그런 뒤 호텔로 돌아와 내 물건을 챙겨 별도의 체크아웃 없이 호텔을 떠났다.
 소지품이 담긴 쓰레기봉투를 트렁크에 실으며 나는 보관 시설에 숨겨둔 피 묻은 옷가지들을 떠올렸다. 맥스가 본격적인 수사에 돌입하게 되면 분명 내 신용카드 내역을 조회할 테고 그 시설에 다달이 돈을 내고 있다는 것도 알게 될 것이다. 가급적 빨리 옷가지들을 가솔린과 함께 사막으로 가지고 가서 태워야만 했다.
 일단은 콜먼의 집이 몸을 숨기기에는 최적이었다. 호텔보다 편의용품들도 많았다. 음식도 있었다. 아무도 그녀의 안부를 궁금해하지 않으니 당분간 누군가 찾아올 일도 없었다. 혹시라도 그녀가 집에 돌아온다면 제일 먼저 알 수도 있을 테다.
 그녀의 집 뒷문은 들어가기 쉽도록 유리가 깨진 상태였다. 나는 안으로 들어가 토트백과 옷가지가 든 쓰레기봉투를 소파에 내려놓고 에어컨과 책상 램프를 켰다.

그녀는 컴퓨터도 가지고 있었다. 처음에는 비밀번호 칸에 단어 그대로 'Password'라고 쳤지만 당연히 통하지 않았고, 이번에는 그녀의 성과 이름의 조합으로 시도해보았다. 그것 역시 통하지 않자 나는 그녀가 키우던 애완견의 이름을 떠올려보았다. 80퍼센트의 사람들이 집 컴퓨터의 패스워드로 애완견의 이름을 사용하곤 한다. 술집에서 한 번 그 이름을 알려준 적이 있었다. 난 그게 미니 슈나우저였다는 사실을 기억해냈고, 곧 그 이름이 던컨이었던 것을 떠올렸다.

하지만 그것 역시 아니었다. 난 다시 그녀의 책상을 뒤졌고 이번에는 서랍 안쪽에 테이프로 붙인 목록을 찾아냈다. 약 스물네 가지 정도의 서로 다른 숫자가 적혀 있었는데 숫자를 무작위로 조합해 만들어낸 것이었다. 콜먼이 사기 사건 팀에 몸담은 동안 신분 도용범들을 조사하는 과정에서 깨달은 것일 테다. 그 점을 미리 알았어야 했는데.

제일 상위의 것은 컴퓨터를 시작할 때의 비밀번호, 4597358이었다. 컴퓨터의 화면이 완전히 떠오를 때까지 기다리는 동안 나는 책상 위에 놓인 물건들을 살펴보았다. 전화번호부를 찾느라 한 번 뒤졌던 서랍도 다시 살펴보았다. 알츠하이머 연구 재단이 제공한 반송 주소 라벨지 한 장이 들어 있었다. 중성적 느낌의 노트 카드가 든 상자도 하나 나왔다. 축하와 위로의 의미를 모두 담고 있는 듯한 모호한 기하학적 그림이 그려져 있는 카드들이었다. 칸쿤에서 사온 컵받침도 있었다. 그 여행이야말로 그녀에게는 큰 행사였을 것이다.

나는 그녀의 이메일 계정에 접근했다. 지난 사흘간 어떤 메일들이 도착했는지, 그중 어떤 것이든 열리는 것이 있는지 확인해보고 싶었다. 앤 테일러에서 온 광고 메일과 FBI에서 정기적으로 날아오는 소식지 사이에서 보낸메일함을 찾았고, 그 가운데 두 개의 개인적인 메일을 발견했다.

첫 번째 것은 이른 아침에 내게 보낸 것이었다. '그런데 선배님 말씀이 옳았어요! 이를테면요.'. 그리고 다른 하나는 그날 오후 메이지에게 편찮으신 엄마와 시간을 좀 보내려 한다는 내용으로 써서 보낸 것이었다. 두 번째 메일이 콜먼이 보낸 것이 아니라면 그들은 어떻게 이 비밀번호를 알아내 그녀의 계정으로 메일을 보낼 수 있었던 것일까?

받은 메일 중에 개인적인 것은 내가 보낸 것뿐이었다. 살짝 이유를 캐물으며 도대체 지금 어디 있는지를 따지고 있었다.

내 메일도 이미 확인을 마친 상태였다.

그녀의 계정을 열어 사무실로 메일을 보낸 누군가가 확인을 한 것일 테다.

내가 아직 FBI 소속이고 내 말을 믿어주는 사람이 있다면 누가 메이지에게 메일을 보냈고 내가 보낸 이메일을 읽었는지 IP 주소 추적을 통해 확인할 수 있을 것이다.

난 가능한 시나리오를 가늠해보았다. 콜먼을 납치한 누군가가 그녀를 제압한 뒤 잠시 짬을 내 그녀의 컴퓨터를 사용했을지도 모른다. 아니면 좀 더 안전한 곳으로 콜먼을 데려간 뒤 그곳에 있는 자신의 컴퓨터로 콜먼의 계정에 접근했는지도. 전문가의 도움 없이는 판단할 수 없었다.

좌절한 나는 다시 책상으로 돌아가 깔끔하게 쌓여 있는 세 개의 검은색 파일철 더미에 시선을 옮겼다. 어제는 그저 내가 찾는 것이 아니라는 이유로 그냥 지나쳤던 것들이었다. 나는 제일 위에 있는 파일을 끄집어 내렸다. 세 개의 파일철 모두 플로이드 린치 사건의 기록으로 꽉 채워져 있었다. 콜먼이 내게 주었던 축약 보고서 복사본이 아닌 완성된 원본이었다. 플로이드 린치의 일기장과 범죄 현장 사진까지 모두 포함되어 있는. 콜먼은 이런 보고서를 가지고 있다는 이야기를 하지 않았다. 게다가 이것까지 사무실 밖으로 빼돌린 것은 심각한 규정 위반이었다.

하지만 콜먼이 정말 내가 생각하는 그런 곤경에 처한 것이 사실이라면 규정 위반 같은 것은 그야말로 대수롭지 않은 문제였다. 콜먼과 내가 알고 있는, 그들에게 위협이 될 만한 정보는 과연 무엇일까? 그것을 찾아 플로이드 린치와 대면해야 했다. 그러면 그가 내게 뭔가를 줄 것이다. 콜먼이 있는 곳으로 이끌어줄 무언가를.

메모를 해두었던 수첩을 집에 있는 책상에 두고 왔다. 하지만 같은 내용을 콜먼에게 이메일로 보낸 바 있었기 때문에 난 휴지통에서 해당 메일을 찾아 복구했다. 내가 아직 지금과 다른 사람이었던 오래전에 쓴 것만 같은 기분이 들었다. 난 그것을 원본 파일의 보고서와 범죄 현장 조사 결과 및 증거품 및 개인 소지품 목록과 비교해 보았다. 이번에는 사진 자료도 있었다. 다수의 피해자 사진이 들어 있었는데, 현장에서 찍은 것과 부검실에서 찍은 것, 버려진 차 안에서 발견된 모습을 찍은 사진도 포함되어 있었다.

사건이 종결되지 않았다면, 플로이드 린치가 그렇게 빨리 자백하지 않았다면, 그리고 모리슨이 자신의 손으로 중대 연쇄살인범을 잡았다는 희열에 들뜨지 않았다면 자료는 이 세 개의 파일철로 끝나지 않고 못해도 여러 상자가 나왔을 것이다.

어쨌든 일단 나는 두 번째 서류철을 집어 페이지를 넘겼다. 그리고 플로이드 린치의 진술 요약본을 읽었다. 플로이드 린치가 미라로 만든 다른 여자에 대한 설명은 그의 진술대로 멕시코에서 넘어온 불법 이민자라는 것 외에는 없었다. 맨리케스가 말했듯이 부검의 사무실 뒤편에 자리한 냉동 창고에는 신원 미상의 시신들이 차고 넘쳤다.

이제 66번 고속도로 살인 사건 피해자들에 대한 내용이었다. 페이지 분량이 상당했는데, 플로이드 린치는 세세한 부분까지 바로 진술을 하기도 하고 기억이 나지 않는다고 하기도 했다. 그가 휴게소 도마뱀이라고 불렀던 그 여자에 대한 것만 제외하고 말이다. 신문 기록을 보면 그녀에 대한 것이라든가, 그녀를 죽였던 날 밤에 대한 진술은 별로 없었다. 나는 여자의 사진을 들여다보았다. 차 안에서 태아처럼 웅크리고 있던 자세 그대로의 사진 말이다. 여자의 시신을 꺼내려다 다리와 머리가 분리되었던 일도 떠올랐다. 모리슨이 법정에서 인터뷰를 하면서 미국인 피해자들의 신원은 모두 확인되었다고 말하던 것이 떠올랐다. 하지만 그의 빛나는 성공 가운데서도, 어쩌면 마침내 제시카 로버트슨을 찾았다는 그 자부심 가운데서도 그가 한 가지 잊고 있는 것이 있었다.

"당신은 도대체 누구예요?"

내가 여자에게 물었다.

"왜 아무도 당신에게 관심을 갖지 않는 걸까요?"

어쩌면 그게 정확한 질문일지도 모르겠다. 바로 이 피해자가 나를 도울 수 있을지도. 아직 신원이 확인되지 않은 유일한 피해자. 어쩌면 휴게소 도마뱀은 지그문트가 이야기했던 데이터베이스에 들어가 있을지도 모른다. 여자의 정체를 물었던 내 질문이 그야말로 정확했던 것이다.

나는 손목시계를 내려다보았다. 애리조나는 서머타임*이 없기 때문에 이맘때 이 시간의 동쪽 해안 지역은 세 시간 늦다. 그렇다면 DC는 새벽 2시 30분이다. 나는 지그문트에게 전화했다. 그는 두 번째 신호 만에 전화를 받았고 자다 깬 듯한 목소리도 아니었다. 다시 옛날로 돌아간 것 같은 기분이었다.

"브리짓이야. 물어볼 게 있어."

내가 말했다.

"안녕, 스팅어. 기분은 좀 어때?"

그는 진심으로 궁금해하고 있었지만 난 내가 외상 후 스트레스 장애를 앓고 있다는 그의 암시 어린 말에 아직도 마음이 쓰라린 터라 대답하지 않았다.

"지난번에 네가 말했던, 실종자 검색 사이트가 뭐라고 했지?"

"안 그래도 내일 전화하려고 했어. 제시카의 녹음테이프 목소리와 린치의 신문 비디오 속 목소리를 비교해봤거든. 특히 린치와 그 제시카 살해범이 여자처럼 목소리를 높이는 부분 말이야."

"그래서?"

"아쉽게도 딱히 뭐라고 결론 내리기 힘들어."

"고마워. 그래서 그 사이트가 어디야?"

"NamUs. 네가 FBI에서 나오기 2년 전에 만들어졌어. 하나의 데이터베이스가 실종자에 대한 모든 정보를 담고 있어서 신원 미상자에

---

* 여름철 낮 시간이 긴 것을 이용해 법령으로 표준시를 한 시간 앞당긴 시각을 사용하는 제도.

대한 정보와 비교해볼 수 있도록 하는 체계야. 데이터베이스에 등록된 사람이 살았든 죽었든, 어쨌든 그 사람을 찾고 있는 사람들이 정보를 서로 맞춰볼 수 있는 거지. 관련 자료도 제공할 수 있고."

"주소가 어떻게 돼?"

"www.findthemissing.org. 아직도 콜먼 요원을 찾고 있는 거야? 왜냐하면 난…."

"거기에 신원 미상자의 유류품도 등록되어 있다고 했던가?"

"그래, 네가 찾고 있는 사람이 거기에 등록되어 있을지 모르겠지만, 어쨌든 그곳 정보는 지금 기하급수적으로 방대해지고 있고, 누구든 접근이 가능해. 특별한 증명이 필요하지 않아. 근데, 스팅어."

"왜?"

"너 화났구나."

"그래 보여?"

난 전화를 끊었다. NamUs가 과연 도움이 될 수 있을까? 기하급수적으로 방대해지고 있다는 것도 정보가 많아졌다는 것인지, 아니면 그 외에 다른 의미가 있는 것인지 정확히 알 수 없었다.

시간이 점점 촉박해지고 있는 가운데 이것 역시 또 다른 막다른 벽이 될 수 있다는 사실을 의식하며 나는 주소창에 주소를 입력했다.

우선 휴게소 도마뱀에 대해 극히 일부긴 하지만 알고 있는 것들을 입력했다. 여성. 백인(불법 이민자는 아닌 것으로 추측된다). 20세 이하(만약을 대비해 30세 이하로 수정했다). 우리가 첫 번째 살인으로 알고 있던 사건보다 1년 앞서 발생. 실종 지역은… 애리조나라고 하자.

열댓 개의 서로 다른 이름들이 대부분 사진과 함께 검색되었다. 이 여자들을 하나하나 살펴볼 시간이 없었다. 나는 버튼을 클릭해 다시 처음으로 돌아간 뒤 다른 선택지로 뭐가 있을지 살펴보았다. 특이한 표식. 미라의 살에서도 그런 흔적을 찾아볼 수 있을까? 부검의가 그녀의 시신을 부검하긴 했을까? 혹시 그대로 비닐에 넣어 시체 안치실에 보관만 하고 있진 않을까?

부검 보고서가 있는지 확인하기 위해 세 번째 파일철을 집어서 표지를 펼쳤다. 안에는 6×9 크기의 크림색 소책자뿐이었다. 얇은 두께로 묶인 소책자는 기름과 흙이 얼룩져 있었고, 반복해서 여러 번 보았는지 페이지 모퉁이가 나달나달해져 있었다. 원본 자료의 일부인가, 아니면 여분의 자료인가? 나는 책을 펼쳐보았다. 첫 번째 페이지에는 플로이드 린치의 이름이 적혀 있었고, 그 뒤 페이지로는 그에 관한 정보들이 이어지고 있었다. 감사가 필요할 경우를 대비해 작성하는 그의 트럭 운행 일지였다.

플로이드 린치의 트레일러에서 가져온 상자가 여전히 책상 옆 바닥에 놓여 있었다. 나는 덮개를 들어 동일한 일지를 몇 개 더 발견했다. 상자 바닥에 깔려 있던 일지를 콜먼이 꺼내서 살펴본 뒤 그중 하나를 골라낸 듯했다. 그녀가 내게 보냈던 이메일이 떠올랐다. 구치소에서 만나자며 뭔가 흥미로운 것을 발견했다고 했었다.

그녀가 끄집어낸 일지는 2004년도의 것이었다. 그 연도를 보자니 맥박이 요동을 쳤다. 꼼꼼한 기록 덕분에 그가 짐을 언제 싣고 언제 내렸는지, 심지어 먹고 잠자는 데 보낸 시간까지 알 수 있었다. 무엇보다 중요한 것은 일지가 날짜에 따른 그의 행적을 알려주고 있다는 점이었다. 나는 일지를 넘기며 2004년 1월부터 8월까지 하루하루 그의 행적을 따라가 보았다. 이것을 다 꾸며낸다는 것은 분명 천재라야 가능할 것이다. 난 일지가 사실이라고 판단했다.

그리고 마침내 찾고 있던 날짜에 이르렀다. 2004년 8월 1일. 제시카 로버트슨이 투컴캐리와 앨버커키 사이 어딘가에서 살해당했던 날 밤, 플로이드 린치는 66번/40번 고속도로상의 어디에도 없었다. 그는 텍사스주 엘패소 근처 10번 고속도로에 있는 플라잉 제이 주유소에 있었다. 범죄 현장에서 남서쪽으로 800킬로미터쯤 떨어진 곳이다. 플로이드 린치가 제시카 로버트슨을 죽이지 않았다는, 그가 66번 고속도로 살인 사건의 진범이 아니라는 명확한 증거였다.

44

 피해자들이 어디서 납치를 당하는지 대략적인 장소를 가늠하는 것은 가능했다. 66번 고속도로상의 수백 킬로미터 이내나 고속도로 너머 인근 어느 지점이었으니. 그리고 어느 시점에 납치되는지도 대략적인 추정이 가능했다. 6월 초에서 8월 말 사이. 혹자는 그렇다면 그 시기, 그 일대에 대대적인 감시를 두면 안 되겠냐고 하겠지만 그건 터무니없는 생각이다. 샘의 아들이 활개를 치고 다녔던 지역의 범위는 상당히 협소했지만, 그를 쉽게 검거하지 못했다. 대신 범인이 지났을 것으로 추정되는 지점의 위치를 짚어낼 수는 있다. 공공 휴게소나 한적한 시골 정류장에서는 히치하이킹에 유의할 것을 경고하는 내용의 포스터를 붙이기도 한다. 하지만 우리의 범인은 늘 도전을 즐긴다.

 역사적으로 유래가 깊은 66번 고속도로는 포장을 새로 깔고 여행하기 좋도록 길을 정비하면서 40번 간선도로로 변모했다. 일찍이 우리는 그가 그 도로를 정기적으로 운행하는 트럭 운전사일지도 모른다고 생각했었다. 대륙을 횡단하는 바퀴 열여덟 개짜리 대형 트레일러를 몰거나 인근 도시만 오가는 작은 트럭의 운전사일 것이라고 말이다. 그 경로로 운행하는 모든 운수 회사를 확인했고 그 길을 지난 빌어먹을 모든 운전사들을 확인했다. 하지만 이렇다 할 만한 사람은 없었다. 해를 거듭할수록 나는 점차 미쳐갔다. 내내 그 몇 달간의 여름을 생각하며 그가 다시 살인을 저지르기 전에 어떻게 하면 잡을 수 있을까 골몰했다. 그렇게 4년을 보낸 뒤 제시카가 입사를 했고 우리는 최선을 다해 그녀를 훈련시켰다.

그 무렵 백스터가 세상을 떠났지만, 그래도 난 홀로 제시카를 훈련시켰다. 범죄 현장에서의 일반적인 전투 훈련에 매진하는 가운데 1월부터 6월까지는 지그문트가 짬이 나는 대로 그녀에게 범인의 실체를 드러내는 방법을 가르쳤고, 나는 범인을 제압하는 모든 기술을 가르쳐주었다. 7킬로그램 상당의 힘으로 쇄골을 부러뜨리려면 어디를 가격해야 하는지 같은 것들 말이다. 6월 초 나는 제시카가 모든 준비를 마쳤다고 생각했다. 적어도 6월 초쯤에 내 생각은 그러했다. 난 정말 그 개자식을 잡고 싶었다.

2004년 8월 1일 오후, 뉴멕시코주 투컴캐리에서 서쪽으로 130킬로미터쯤 떨어진 지점에서 난 온갖 전자 감시 장치가 설비된 밴들 중 하나에 그 장치들을 다룰 줄 아는 다른 두 명의 요원과 함께 앉아 있었다. 에어컨을 가동하고 있었지만 그럼에도 불구하고 땀 냄새 같은 것이 났다. 아빠가 우리를 데리고 힐즈버러 선창에 낚시하러 갈 때면 나는 냄새와 비슷했다. 그건 플로리다의 습기 때문에 흘리는 땀 냄새가 아니라 꼬치고기가 미끼를 흔들기를 기다리는 동안 흘린 땀 냄새였다. 우리는 그렇게 밤새 우리가 물에 던져 놓은 미끼가 움직이기만을 기다렸다. 우리는 제시카를 미끼로 던졌다. 열대어 외에는 아무것도 잡히지 않는 플로리다 선창 끝에서의 낚시처럼 이 소녀가 살인범과 맞닥뜨릴 가능성은 희박했다. 하지만 네 번의 여름 동안 지속되어온 사건이었기에 우리는 다시 반복될 살인을 막기 위해서라면 인력과 자금을 얼마든지 지출할 준비가 되어 있었다.

우리는 제시카에게 도청기와 GPS 장치를 부착했다. 아이팟에 연결된 장치를 통해 그녀는 우리의 이야기를 들을 수 있었다. 제시카가 음악을 듣는 척하며 머리를 흔들 때 우리가 얼마나 배꼽을 잡았는지 아직도 기억이 선명하다. 우리는 길을 지나는 사람들이 눈치를 채고 수상하게 여기지 않도록 길에서 800미터쯤 떨어진 곳에 밴을 세웠다. 신호를 잡기 위해 그녀에게서 멀리 떨어지지 않았다. 만약 수상한 누군가에 의해 납치된다면 길 아래에 있는 고속도로 순찰대에게 경보하고 당장 그 뒤를 쫓아갈 준비가 되어 있었다.

밴의 또 다른 냄새도 기억이 난다. 쿨 랜치 도리토스. 앨버커키 지부 사무실에서 여름 동안 파견 나온 토니 빈제티라는 이름의 한 기술 요원이 심심풀이로 먹고 있던 도리토스 봉지에서 나는 냄새였다. 제시카도 그 과자를 좋아해서 고속도로변을 걸으며 먹을 심산으로 한 봉지 가져가기도 했다.

우리가 그녀를 창녀처럼 위장시켰을 것이라 생각할 것이다. 미니스커트에 구슬이 달린 홀터 톱*. 하지만 그건 그녀가 미끼라고 광고하는 것이나 진배없었다. 제시카는 체구가 아담했기 때문에 우리는 그녀를 가출 청소년으로 위장시켰다. 그렇게 하는 편이 여러 명이 함께 여행하는 여자 대학생보다 태우기 쉽고 고속도로변 어딘가를 정처 없이 걷는 창녀보다 의심을 덜 살 것 같았다. 게다가 청바지와

---

* 상체 앞에서 이어진 끈 등을 목 뒤로 묶어 입는 홀터 넥 의류의 총칭.

순진해 보일 정도로만 딱 붙는 티셔츠 차림이 온갖 장비들을 감추기에도 좋았다. 그녀가 입었던 셔츠는 빈티지의 롤링스톤스 셔츠였다. 혀가 그려진 그것 말이다.

구색을 맞추기 위해 제시카는 가방도 맸는데, 안은 GPS 추적 장치를 넣은 뒤 옷가지들로 채웠다. 붉은색의 매니큐어로 가방 뒤에 평화의 상징을 그려 넣기도 했다. 좋은 아이디어였다. 나팔바지 안쪽의 발목에는 작은 권총을 끈으로 부착했다. 제시카가 마피아 본거지에 침투하는 것이 아니었기 때문에 신중을 기할 필요까진 없었다. 제시카를 태운 누군가가 당장에 그녀의 몸수색을 하진 않을 테니 말이다. 그리고 만약 몸수색을 한다고 해도 제시카가 단번에 그를 제압하고 우리가 도달하기를 기다릴 것이다.

그날 밤 토니가 먹고 있던 그 도리토스 때문에 나는 미쳐버릴 지경이었다.

"꼭 그렇게 씹어야 되나?"

내가 물었다.

토니는 가능한 한 더 세게 와그작거렸다.

나는 다른 남자에게로 몸을 돌렸다. 토니와 비슷한 나이였지만 더 어른스러운 사람이었다. 그의 성은 기억이 나지 않는다. 이브 뭐라고 하는 프랑스식 성이었다. 대기하고 있는 동안 그는 줄곧 페이퍼백 소설을 읽고 있었다. 에밀 졸라의 《아바투아(L'Abattoir)》. 발음을 할 때 그 소리가 혀에 감기는 느낌이 좋아 계속 그 제목을 되뇌고 있었기 때문에 아직도 기억하고 있다. 난 그에게 그게 무슨 뜻인지를 물었고 그는 대답했다.

"도살장요."

그는 몬트리올에서 태어났고 해외 파견으로 이곳에 오게 되었다. 난 그날 밤의 모든 것을 똑똑히 기억하고 있었다.

"저 소리, 짜증나지 않아?"

나는 그에게 토니의 와그작 소리에 대해 물었다.

그는 살짝 고개를 돌려 나를 올려다보았다. 그는 여전히 책에 정신이 팔려 있었다. 아마도 머릿속은 불어로 가득 차 있었을 것이다.

"네?"

그가 되물었다.

"아무것도 아니야."

이브는 언제든 빠져나올 수 있는 자신만의 세계로 돌아갔다.

"적어도 씹기 전에 좀 빨지 그래, 토니? 부드러워지면 그렇게 큰 소리가 나지 않을 것 아냐. 제시카가 그 소음을 다 듣고 있잖아."

제시카가 내 말에 응답이라도 하듯 내 헤드폰에 바스락거리는 소리가 들렸다. 제시카도 우리의 이야기를 다 듣고 있었을 것이다.

"이봐요, 토니."

제시카가 도리토스를 한가득 물고서는 말한 뒤 곧 그것을 꿀꺽 삼켰고 덕분에 그다음 단어는 분명하게 알아들을 수 있었다.

"실험 하나 해볼까요? 과자를 부드럽게 만들려면 얼마나 빨아야 하는지 재보는 거예요. 시간 확인하고… 시작."

제시카의 과자 빠는 소리는 와그작 소리보다 더 요란했다. 심지어 이브도 웃음을 터뜨렸을 정도였다. 모두 내게는 냉랭하게 굴었지만, 제시카와는 훈훈한 분위기를 조성했다.

살인범이 밤에만 활동한다고 특정할 수 없었기 때문에 우리는 늦은 오후부터 현장에 나가 있었다. 열기가 다소 식어 히치하이커들이 도로변에 나와 있어도 전혀 이상하지 않은 때였다. 시간이 흐를수록 뭔가 일어날 것만 같던 경계심도 옅어졌다. 제시카와 나는 별로 이야기를 주고받지 않았고, 대부분 제시카와 토니만 뮤지컬이나 TV 프로그램, 내가 모르는 유명 인사에 대한 이야기를 나누었다.

문득 제시카가 어떤 차가 속도를 줄이며 다가오고 있다고 말했다. 그녀는 그 차를 살펴보았다.

"남자인 것 같아요. 20대고요. 작은 평상형 트럭을 몰고 있어요. 시도해볼까요?"

제시카의 얼굴이 상상이 되었다. 트럭 방향으로부터 살짝 고개를 돌려 말하고 있을 테니 운전자는 제시카의 입술이 움직이고 있는 것을 알아채지 못했을 것이다.

"가보자."

내가 말했다.

"화물차 휴게소에서 가까우니까 그 사람이 아닌 것 같거든 시간 끌지 말고 내려."

그는 차를 세웠다. 제시카는 차의 창문이 내려가길 기다렸다. 제시카가 차에 탈 준비를 하기 위해 가방을 살짝 느슨하게 내려뜨린 모습을 상상할 수 있었다.

"태워주실 거예요?"

그녀가 소녀다운 목소리로 물었다.

우리는 남자의 목소리를 들을 수 있었다.

"그럼 입으로 해줄래요?"

제시카는 말이 없었다. 고민하는 척하고 있을 테지. 지그문트 덕분에 우리가 찾는 범인은 그보다 더 수완이 좋고 매력적이면서도 외적으로 연민을 사는 인물일 것이라는 점을 추측할 수 있었다. 나는 속삭였다.

"그 남자 아니야. 차에 태우기도 전에 그런 바보 같은 말을 하진 않을걸. 그냥 버려."

"염병하네."

제시카가 말했고 남자는 웃음을 터뜨리며 멀어졌다.

그녀는 계속 걸었다. 남자 혼자 운전하는, 가능성 있어 보이는 수많은 차들이 그녀의 옆을 지나쳤다. 기록에 의하면 저녁 9시 17분에 그녀는 다른 젊은 남자 차에 올라탔다. 마지막에 만난 남자보다는 더 예의 바른 사람이었다. 내가 포괄적인 표현으로 '젊은 남자'라고 한 것은 그녀가 차에 올라타기 전 찰나처럼 웅얼거렸던 말이 그것이 전부였기 때문이다. 자세하게 설명하는 것은 제시카가 도청기를 달고 있다는 사실을 그에게 대놓고 알리는 것이나 마찬가지였다.

우리 셋은 한동안 차 안의 따분한 대화에 귀를 기울였다.

"이름이 뭐예요?"

"나탈리. 당신은요?"

"리처드요. 리처드 로저스."

"아, 세상에."

내가 속삭였다. 하지만 다른 두 사람은 그 이름이 가짜라고 생각하지 못하는 듯했다.

그가 말했다.

"뭘 듣고 있어요?"

"라몬스*요."

---

* The Ramones: 미국의 펑크 록 밴드.

"꽤 오래된 그룹인데. 몇 살이에요?"

"열일곱인데요."

잠시 멈칫한 뒤에 대답이 나온 터라 거짓말처럼 들릴 수도 있었다. 침묵.

"이 도로는 근처에 갈 만한 곳이 없는데."

"그래서요?"

"여기서 뭘 하고 있었어요?"

우리는 이 부분까지 미리 준비해두었다. 토니가 제시카의 말을 그대로 흉내 냈다.

"집에 문제가 생겨서 가출했어요."

"그 문제라는 것이 나한테는 그렇게 나쁜 일이 아니네요. 축복받은 기분이에요."

개방형 언급에 제시카는 입을 다물었다. 두 사람은 그렇게 몇 분간 도로를 달렸다. 그리고 마침내 그가 아까보다 더 낮은 음성으로, 좀 더 천천히 그리고 진중하게 말했다.

"말해봐요, 나탈리. 언제든 죽을 준비가 되었다고 생각해요?"

감시 장치에 합선이 일어난 것처럼 토니와 이브가 고개를 홱 돌렸다. 나는 아랫입술을 지그시 물었다. 오른쪽 엄지손가락이 떨리고 있었다.

"침착해, 제스. 우리가 같이 있어."

내가 속삭였다.

"다음 단계에 돌입해. 그를 좀 더 압박하는 거야."

제시카는 살짝 긴장한 듯 보였다. 만약 그것이 연기였다면 여배우감으로 손색이 없을 정도였다. 그녀의 목소리는 다소 떨리고 있었고, 덕분에 나약한 피해자처럼 느껴지기에 충분했다.

"여기서 내려줄래요, 리처드?"

"여긴 아무것도 없는데요."

그가 말했다.

"차 세워요. 내려줘요."

"왜 그래요?"

그가 물었다.

"무서워요."

그녀의 음성은 연약하기 이를 데 없었다.

긴 침묵이 이어졌고 이내 그가 웃음을 터뜨렸다.

"잠깐만요. 내가 죽는 이야기를 꺼낸 것 때문에 내가 그쪽을 협박한다고 생각한 거예요?"

"널 갖고 노는 것일 수도 있어."

내가 속삭였다.

"계속 압박해."

"지금 당장 차에서 내리고 싶어요."

제시카가 말했다.

남자는 차의 속도를 늦추지 않았다.

"미안해요. 난 그저 전도를 하고 있을 뿐이에요. 난 예수 그리스도 후기 성교 교회의 신자거든요. 모르몬교라고, 알죠? 겁줄 생각은 아니었어요. 정말, 진심이에요. 날 봐요."

그가 위험하게도 도로에서 눈을 떼고 그녀를 똑바로 쳐다본 듯했다.

"완전히 소름 돋았잖아요."

제시카가 자발적으로 덧붙였다.

"미안해요."

그가 다시 사과했다. 진심처럼 들렸다.

"영원한 평화를 주시는 하나님 앞에서 당신의 믿음이 신실한지를 알아보려고 했을 뿐이에요."

"친절하시네요."

제시카가 말했다. 여전히 의심이 가시지 않은 목소리였다.

침묵이 흘렀고 나는 제스가 다음 지시를 기다리고 있다는 것을 알 수 있었다.

"우리 목표물이 아니야. 버려, 루키."

내가 말했다.

리처드가 말했다.

"내가 망친 거군요, 그렇죠? 내 화술이 아직 형편없는 것 같아요."

그의 목소리는 진지했다. 그가 운전대에 머리를 박고 있는 모습을 눈앞에서 보고 있는 것만 같았다.

제시카가 말했다.

"저기요, 그냥 다음 휴게소에서 내려주세요."

"다시는 그러지 않겠다고 맹세할게요. 다치게 할 일도 없고 그냥 말동무로 삼을게요. 다들 하나님 이야기를 하고 싶지 않아 해서 좀 외롭거든요."

"그 마음 충분히 알겠어요. 근데 전화를 걸 데가 있어서요."

"8킬로미터쯤 더 가면 편의점이 있는데, 급하면 내 휴대전화 쓸래요?"

"아, 아니요."

제시가가 말했다. 다른 변명은 하지 않았다.

난 그녀에게 속삭였다.

"가출 청소년들도 휴대전화는 갖고 있기 마련이야. 다음에는 친구를 만나야 한다고 해."

볼 수는 없지만 제시카가 살짝 고개를 끄덕이는 모습을 상상할 수 있었다.

리처드 로저스는 제시카를 편의점 앞에 내려주고 자리를 떴다. 태도를 달리하는 모습을 누군가에게 들키지 않았는지 확인한 뒤 그녀는 다시 온 길의 반대편으로 걷기 시작했다. 불빛이 환한 휴게소에서는 목격자가 있을 수 있으니 어떤 살인범도 태우기를 시도하지 않을 것이다. 하지만 여기서부터 그녀를 따라갈 가능성은 있었다. 그녀가 걷는 가운데 우리는 약간의 대화를 나누었다.

"이봐, 루키, 아까 그 젊은 애가 짧은 반팔 셔츠에 검은색의 얇은 넥타이를 매고 있던 것 눈치채지 못했어?"

내가 물었다.

"걔네들은 자전거만 타는 줄 알았죠. 그만해요, 코치."

그녀가 장난스럽게 말했다. 내 미소에 응대하듯 번지는 그녀의 미소를 느낄 수 있었다. 내가 그 나이 때 그랬듯 제시카 역시 이 일에 열정이 넘쳤다. 난 그녀가 실력 있는 요원이 될 것이라 믿었다.

제시카가 수려한 외모의 중년 남자(제시카의 설명에 따르면 40대 후반으로 보인다고 했다)의 차를 얻어 타게 되면서 또다시 경계가 시작되었다. 그는 그녀에게 접근했지만 위협이나 그 어떤 거친 행동도 보이지 않았다.

"뻔해. 보내줘."

내가 말했다. 그녀는 도로 옆에 내려달라고 요청했다. 그는 속도를 늦추지 않았다. 나는 목 옆의 신경이 바짝 곤두서는 것을 느낄 수 있었다. 밴 안의 호흡이 순간 멈췄다. 그는 그녀에게 맥주를 권했다.

우리는 제시카의 대답을 들을 수 있었다.

"마시면 안 되잖아요. 전 아직 열네 살인데요?"

차가 멈추는 소리가 들리더니 문이 열렸다가 닫혔고, 차가 다시 출발했다. 제시카가 큰 소리로 하품을 했다.

"지루해?"

내가 물었다.

"아뇨, 슬슬 더워지고 있어서요. 따뜻한 밤이네요, 그렇죠?"

우리들 중 누구도 대답하지 않았다. 밴 안과 밖 중 어디가 더 따뜻할지 문득 궁금해졌다. 제시카는 우리의 대답 여부는 상관없다는 듯 좀 더 혼잣말을 했다.

"이미 자신감이 있는 상황에서 모두가 제 뒤를 봐주고 계시는 게 든든해요. 안전장치를 이중으로 부착한 스턴트맨이 된 기분이랄까요."

제시카는 좀 더 걸었다.

"오늘은 나오지 않을 것 같네요."

그녀가 말했다.

"아, 분명히 있어."

내가 말했다.

"〈죠스〉 못 봤어?"

헤드폰으로 제시카의 소리를 들을 수 있었다.

"따라, 따라, 따라따라따라…."

토니와 이브 모두 다시금 웃음을 터뜨렸다. 제시카가 말했다.

"저를 완전히 꼬맹이로 보시나 봐요, 코치."

"딸 같아서 그러지."

내가 말하며 기지개를 폈다. 다시 호텔로 돌아가 근육이 잔뜩 뭉친 허리에 차가운 스카치 찜질을 하고 싶었다.

"다른 날 저녁에 다시 시도해야겠어. 더 시간을 끌었다가는 의심을 살 거야. 늦은 시간에 어린 소녀가 방황하고 있는 건 이상하니까."

"데리러 오시려고요? 그냥 거기서 기다리세요. 차 한 번 더 얻어 타고 길 끝에 있는 휴게소에 내려달라고 할게요. 그러면 여기까지 돌아오지 않으셔도 되잖아요."

"우리가 직접 갈게. 걱정하지 마."

난 토니의 관심을 돌리려 그를 쿡 찔렀고, 그는 감시 장치의 전원을 껐다.

토니가 통신의 버튼을 미처 누르기 전에 제시카의 말소리가 들렸다.

"저쪽에서 여자 운전수가 속도를 줄이고 있어요. 또 한 번 하나님 설교를 들어야 하겠네요."

"그냥 보내. 우리가 갈게."

문이 열리는 소리가 들리더니 제시카가 속삭였다.

"에어컨도 틀었어요."

우리는 너무 피곤했고 너무 오랜 시간 할 일 없이 노닥거렸으며 다들 얼이 빠져 경계를 내려놓은 상태였다. 그다음에 일어난 일에 대한 핑계는 열 개라도 찾을 수 있을 것이다.

나는 손가락을 들어 토니가 통신을 끄려는 것을 막은 뒤 제스에게 말했다.

"고집불통, 못 말려. 알았어, 휴게소에서 내려서 동쪽으로 조금 올라와 있어. 어두운 곳에서 태울 수 있게."

"알겠습니다, 오버."

전과 같은 속삭임으로 제시카가 말했다.

"통신 끝."

경찰 흉내 내기와 같은 대화에 함께 큭큭거린 뒤 난 헤드폰을 벗었다. 이브는 밴의 시동을 걸고 딱딱한 모래밭을 벗어나 고속도로에 진입했다. 제시카는 우리에게서 적어도 서쪽으로 32킬로미터쯤 떨어져 있었기 때문에 그녀를 따라잡는 데에는 시간이 좀 걸렸다. 약 10분 뒤 우리는 화물차 휴게소에 차를 세웠다. 이브와 토니는 호텔로 돌아가는 길에 먹을 정크 푸드를 사기 위해 가게에 들어갔다가 커다란 꾸러미를 들고 돌아와서는 라즈베리 맛 트위즐러*을 먹겠냐고 물었다. 나는 거절했지만, 콜라는 건네받았다. 이브는 밴에 기름을 넣었다. 밴에 기름을 넣는 것이 자기 임무에 포함되지 않을 날만을 기다리고 있는 듯한 표정이었다.

우리는 주차장 주변을 돌았다. 한 줄로 정차되어 있는 대형 트레일러를 열두어 대 정도 지났다. 트럭 안은 캄캄했다. 운전사들은 잠을 자고 있거나 휴게소에서 먹거나 샤워를 하거나, 이메일을 확인하고 있을 것이다. 화물차 휴게소에서는 컴퓨터를 무료로 이용할 수 있었다.

마침 휴게소 출입구 진입로에 도달하기 이전 협소한 곳에 차를 세울 곳이 눈에 띄었다. 이브는 작은 손전등을 켜고 다시 독서에 몰입했다. 토니는 두 눈을 감고 트위즐러를 빨았다. 그가 빨고 있는 트

---

* 길고 쫀득한 젤리의 상표.

위즐러는 역겨웠다. 나는 밴의 뒤편 유리창을 계속 주시했다. 금방이라도 제시카가 모습을 보이리라 생각했다.

하지만 제시카는 나타나지 않았다. 나는 밴의 계기판에 있는 디지털시계를 쳐다보았다. 밤 10시 52분.

"뭔가 이상해."

내가 말했다.

내 어조 때문인지 이브도 고개를 들었다. 그는 자초지종이나 이유도 묻지 않은 채 밴의 시동을 걸고 U턴을 해 다시 주차장으로 들어섰다. 그러는 사이 토니는 통신과 GPS 장치를 켰다.

"제시카, 대답해."

내가 말했다.

아무 응답이 없었다.

"제시카? 제시카, 듣고 있어?"

여전히 응답이 없었다.

"위치 잡았어?"

난 토니에게 물었다.

"잡았어요."

그가 말하며 얼굴을 찌푸렸다.

"좌표가 원래 있어야 하는 지점보다 훨씬 멀어졌어요."

"우리가 움직였잖아."

어리석게도 난 전문가에게 토를 달고 있었다.

"마지막으로 통신을 주고받았던 곳에서 서쪽으로 더 이동했어요. 반대 방향으로 간 것 같아요."

"얼마나 빨리 움직이고 있어?"

"정지 중이에요."

"통신을 하기에 거리가 너무 멀어진 거야? 그래서 응답이 없는 건가?"

"아마도요."

"이브, 가자."

이브가 화급히 액셀을 밟아 휴게소에서 나온 뒤 다시 서쪽으로 32킬로미터를, 혹은 GPS 추적 장치가 가리키는 지점을 향해 달렸다. 나는 응답이 없는 것이 단지 거리의 문제이기를 바라며 계속 제시카와 통신을 시도했다. 운전을 하던 여자가 단지 반대 방향으로 가야만 하는 이유가 있었고, 그 상황을 제시카가 우리에게 알리지 못하고 있는 것일 뿐이기를. 제시카는 우리가 여전히 그녀의 통신을 듣고 있다고 생각할 것이다.

그때 무언가 소리가 들렸다. 음악이었다.

"제길."

토니가 말했다.

"달이 산 위에 떠오를~"

"CD를 틀었거나 운전자가 케이트 스미스를 모사해 노래를 부르고 있거나 둘 중 하나야."

내가 말했다.

"누구요?"

토니가 물었다.

"나중에 말해줄게."

나는 말한 뒤 좀 더 소리에 집중했다. 케이트 스미스를 듣는 운전자라고 생각하니 긴장감이 살짝 누그러졌다.

"제시카가 장난치는 걸까요?"

토니가 물었다.

"만약 그런 거라면 내가 죽일 거야. 경찰에 지원 요청할 준비해."

내가 말했다.

"이브, 좀 더 밟아."

그는 속도를 올렸고, 그러는 사이에도 노래는 계속되었다.

"신이시여, 미국을 축복하소서, 나의 그리운 고향~"

"좌표와 가까워지고 있어."

제시카를 태우기로 한 곳에서 15분 거리쯤 멀어지자 토니가 말했다.

"여기야."

그가 말했다.

"여기, 어디?"

이브가 냉정함과 자제력을 잃은 목소리로 말했다.

"아무것도 안 보여."

그의 말이 옳았다. 고속도로는 암흑이었다. 은색으로 빛나는 달빛으로는 하이 빔 범위 바깥의 그 어떤 것도 볼 수 없었다. 그럼에도 불구하고 이브는 도로 옆에 차를 세웠다. 우리는 얼마간 잠자코 앉아 소리에 귀를 기울였다. 하지만 들리는 것이라곤 케이트 스미스의 노랫소리뿐이었다.

"자유롭게 태어나, 불어오는 바람처럼 자유롭게~"

난 토니에게 저 케이트의 입을 틀어막아 버리라고 말하고 싶었지만, 제시카의 목소리가 새어 나올 경우를 대비해 계속 볼륨을 높이고 있어야 했다.

차 한 대가 지나며 밴을 살짝 흔들어놓았지만, 이내 다시 고요해졌다. 우리는 손전등을 들고 차에서 내렸다. 더 이상 불안을 감추려 하지 않았다. 우리는 무기도 꺼내 들었다. 정말로 사용할 줄 아는 사람은 내가 유일한 듯했다. 두 남자는 그저 기술자들일 뿐이었다.

토니는 주변을 살피러 길을 가로질렀고 그동안 이브와 나는 오른쪽 갓길을 수색했다. 우리 모두 무슨 일이 벌어지고 있는 것인지 잘 알고 있었지만, 누구도 그것을 먼저 입 밖에 내려 하지 않았다.

토니가 소리를 쳤고, 우리 모두 고개를 들었다. 그의 손전등 불빛 외에 보이는 것이 없었다. 길 건너편이었을 뿐만 아니라 도로에서 한참 떨어진 곳이었고, 도랑에서 빠져나온 것처럼 그가 서 있는 지대는 낮았다. 그의 불빛이 도로 건너 우리를 향해 빠르게 움직였다. 그는 제시카의 배낭을 들고 있었다. 난 그 자리에서 바로 날 쏴버리고 싶은 심정이었지만 그것조차 할 수 없을 정도로 무기력했다.

그는 우리에게 다가와 가방에서 옷가지들을 밀어내고 바닥에 있던 GPS 추적 장치를 꺼냈다. 나는 혼이 모두 빠져나간 듯한 기분이었다. 장치는 제시카가 차에 올라타자마자 발각된 것이 분명했다. 가방은 동쪽 방향의 길에 버려져 있었다. 일이 이렇게 손쉽게 이루어진 것을 보면 여자 운전수가 총을 갖고 있었거나 제시카의 경계심을 풀게 할 의도로 여장을 한 남자였을 것이다. 만약 이 사람이 지그문트가 분석한 그 범인이라면 똑똑한 사람이니 제시카가 아무리 부인해도 그녀가 경찰의 끄나풀이라는 사실을 알아차리고, 그녀가 걷던 방향의 반대편으로 차를 몰았을 것이다. 적어도 그러한 가정이 반반의 가정보다는 나았다.

"가자."

내가 말했다.

우리는 다시 밴에 올라탔다.

"어디로요?"

이브가 물었다. 기꺼이 내 지시를 따를 준비가 되어 있었다. 나는 우리가 향하던 방향으로 고갯짓을 했고 그는 차를 몰았다. 난 토니를 시켜 가능한 한 모든 공권력의 무전 주파수를 잡도록 했다.

"수배 내립니다. FBI 요원 제시카 로버트슨을 납치한 차량이 현재 66번 고속도로 서쪽 방향이나 지선 도로로 주행 중입니다. 차량 정보는 없습니다. 무전 연락이 불가한 상태로, 부동의 상태로 추정됩니다."

죽지 않았기를. 제발 죽지 않았기를.

"미확인범은 여성이거나 여장을 한 남성입니다."

라디오에서 탁탁 소리가 들리더니 모두가 이 수색에 뛰어들었다. 그들은 우리에게 사건이 일어난 현장의 예상 범위를 묻더니 이내 32킬로미터 반경의 도로를 통제하라는 지시를 내렸다. 광범위한 지역이었다. 도로 위를 10분 정도 달리자 머리 위로 하이 빔이 쏟아졌고 고개를 들어보니 두 대의 수색 헬리콥터가 우리 주변의 사막을 환하게 밝히고 있었다.

"샛길에 표지판이 있어요."

이브가 오른쪽으로 고개를 홱 돌리며 말했다.

"'달리아'라고 적혀 있는데요."

나는 그것과 같은 타이틀을 달고 있던 옛 사건이 떠올랐다. 하지만 두 사람은 그 사건에 대해 들어본 적이 없는지 아무 말도 하지 않았다.

"직진해."

범인은 가급적 속도를 내고 있을 것이고, 작은 도로로 진로를 바꾸지도 않았을 것이다. 우리보다 이 길에 대해 더 많이 알고 있는 것이 아니라면 말이다. 하지만 어쨌든 지금은 그런 것을 생각할 짬이 없었다.

케이트 스미스는 계속 노래하고 있었다.

"'불가능한 꿈을 꿔요~'"

그때 뉴멕시코 고속도로 순찰대의 무전이 들렸다.

"차량 한 대를 포착했습니다."

"위치는요?"

토니가 외쳤다.

"285번 고속도로 외곽 클라인스코너라고 부르는 작은 마을에 진입하기 2킬로미터쯤 전 지점이에요."

"맙소사, 북쪽인지 남쪽인지를 말해줘야죠."

"북쪽, 북쪽입니다."

"여기서 조금만 더 가면 되네요."

토니가 말하며 단호한 미소를 지었다.

"방향을 제대로 짚으셨어요."

우리는 경광등을 번쩍이는 여섯 대의 경찰차 옆에 차를 세웠다. 경찰차들은 협소한 갓길에 주차된 검은색 SUV를 둘러싸고 있었다.

"번호판을 조회해봤는데, 렌터카예요."

순찰대원이 자기소개에 시간을 낭비하지 않고 곧바로 말했다.

"고마워요."

내가 말했다. 그가 사실상 담당자였다.

"안에는 아무도 없어요?"

"아직 보지 않았지만, 버려진 것 같아요."

"과학 수사 팀은요?"

"지금 오고 있는 중입니다."

"당신네 사람들이 망할 족적이나 타이어 자국을 남기지 않도록 이 주변에 테이프부터 두르는 게 어때요?"

내가 말했다.

그는 화가 난 듯 보였지만, 지금은 FBI를 건드릴 때가 아니라고 생각한 것 같았다.

나는 밴으로 돌아가 라텍스 장갑을 들고 나왔다. 그런 뒤 토니와 이브에게 그대로 대기하라고 지시했다. 사건과 관계가 없는 차량일 수도 있으니 그럴 경우 곧장 다시 출발해야 했다.

나는 안을 들여다보아야 했다. 혹시라도 제시카가, 그녀의 시신이 안에 있을지도 모르니.

나는 조수석 쪽으로 접근해 문을 열었다. 그렇게 해야 운전석 쪽에 남아 있을 지문을 그대로 보존할 수 있었다. 차 천장에 불이 들어왔다. 차 안에는 아무도 없었다. 다만 제시카의 도청 선이 아이팟처럼 보이는 기계에 연결되어 CD가 돌아가는 가운데 케이트 스미스의 목소리를 실어 나르고 있었다.

"'누군가 당신을 사랑하기 전까지 당신은 아무것도 아니에요~ 누군가 관심을 갖기 전까지는 아무것도 아니에요~'"

범죄 현장 보존의 규정 따위는 무시한 채 나는 손등으로 버튼을 눌러 노래를 꺼버렸다. 그때 조수석 앞쪽 바닥에 으깨진 도리토스 조각과 핏자국이 한데 섞여 있는 것이 눈에 띄었다. 그는 곧바로 그녀의 도주를 불가능하게 만들었고, 제시카로서는 그 어떤 기회조차 잡지 못했을 것이다.

남서쪽 지역을 통틀어 범인 수색이 시작되었다. 사람들을 만나보고 렌터카 업체 기록도 살폈다(SUV는 엘리아스 스미스라는 이름으로 빌렸는데, 가명이라는 뜻의 단어 'alias'로 장난을 친 것으로, 더는 알아낼 수 있는 것이 없었다). 국내에서 최고의 실력을 자랑하는 워싱턴 DC의 과학수사 연구실에서의 분석 결과도 곧바로 도착했다. 제시카의 지문이 조수석 여기저기에 마구잡이로 찍혀 있었다. 흔적을 남기기 위한 요원식의 부스러기 흘리기였다. 다른 지문도 발견되었지만 지문 자동 식별 시스템에 검색되지 않았다. 아마도 범인은 내내 장갑을 끼고 있었는지도 모른다. CD가 케이스와 함께 운전석 아래에서 발견되었지만 역시나 깨끗했다. 차량에는 온갖 흔적들이 남아 있었다. 렌터카니 당연한 일일 터였다. 범인은 사용감이 많은 차량을 빌리기 위해 일부러 주행 마일리지가 높은 것을 택했음이 분명했다.

그렇지만 그도 작은 실수 하나를 남겼다. 아이팟의 이어폰을 귀에 꽂아 그곳에 자신의 DNA를 남긴 것이다. 하지만 제시카의 DNA와 뒤섞여 우리가 그의 DNA의 정보를 손에 넣었다고 해도 이어폰에서 찾은 것이 정확히 그의 것이라고 증명하기에는 어려움이 있었다. 난 그가 내 말을 들을 수도 있다는 것은 꿈에도 생각하지 못했다. "제시카? 제시카, 듣고 있어?"

만약 그가 들었다면, 그녀의 정체를 폭로한 것은 다름 아닌 나다.

우리는 수색을 계속했고, 그와 동시에 다른 피해자가 그러했듯이 도로변에서 그녀의 시신이라도 발견되기를 바랐다. 한 주가 지난 뒤 우리는 범인이 이미 일을 끝내고 잠적에 들어갔음을 짐작했다.

이 일의 여파는 워싱턴으로 돌아간 전문가들과의 지속적인 협의와 로버트슨의 부모인 잭과 엘레나와의 소통으로 점철되었다. 당시 엘레나는 여전히 잭과 함께였고, 또한 살아 있었다. 우리 모두 제시카가 죽었다는 것을 알고 있었지만, 가족들은 몇 달, 몇 년이 지난 뒤에도 쉽사리 포기하지 못했다.

그리고 엽서가 날아오기 시작했다. 멋진 시간을 보내고 있다는 잔혹한 농담을 담은 범인의 엽서는 잭의 고통에 불쏘시개가 되었다. 추적 가능한 단서는 더 이상 없었다.

FBI 요원의 실종은 별다른 뉴스거리가 되지 못했다. 나는 해가 지나도록 범인을 찾아 헤맸지만, 결국 찾지 못했다. 우리가 알고 있는 한, 제시카가 마지막 피해자였다.

사건 보고서와 제시카가 내게 했던 마지막 말인 "알겠습니다, 오버."가 포함된, 제시카와 주고받았던 무전 내용이 녹음된 파일, 케이트 스미스의 CD는 세 번이나 묶여 FBI 기록 보관소에 보관되었다. 레먼산으로 이어진 길에 버려진 차에서 발견된 제시카의 시신을 보게 되기 전까지 그것이 내가 정확히 알고 있는 것의 전부였다.

플로이드 린치의 운행 일지는 확인해보면 될 일이지만, 지금은 그럴 시간이 없었다. 나는 최근에 있었던 일들을 다시금 정리해보았다. 플로이드 린치가 잡혔고 자백을 했다…. 콜먼이 그 점을 수상하게 생각했고…. 누군가의 사주로 제럴드 피질이 날 죽이려 했다…. 콜먼이 실종되었다─콜먼은 나 외에 누구에게 또 이 사실을 이야기했을까? 내 목숨을 위협했던 두 번의 시도가 있었다. 도대체 누가 사건 수사를 막는 것일까? 그리고 왜? 플로이드 린치는 누구를 보호하려는 것일까? 66번 고속도로 살인 사건의 진범이 그가 아니라면, 콜먼을 데리고 있는 사람이 바로 진범일 것이다.

나는 제시카 로버트슨을 구하는 데 실패했다. 잭을 구하는 데에도 실패했다. 후회는 위대한 동기 요인이 될 수 있다. 콜먼은 반드시 구해내고 말 것이다. 내가 알고자 하는 것을 플로이드 린치가 순순히 말하지 않는다면 그의 운행 일지를 들이밀어 사실을 말하게 하고야 말 것이다.

하지만 지금은 한밤중이다. 누군가의 눈에 띄지 않고 병원에 잠입하기란 불가능하다. 게다가 플로이드 린치에게는 분명 병실 밖에 24시간 감시가 붙었을 터였다. 맥스가 잭의 소동에 내가 관련되어 있다고 보았다면 플로이드 린치의 감시 일부분은 나로부터의 보호 목적이었을 것이다. 플로이드 린치는 분명 간호사 집무실과 가깝지만 다른 환자들에게서는 멀리 떨어진 곳에서 집중 치료를 받고 있을 터였다. 자신의 옆방에 미국 역사에 길이 남을 유명한 연쇄살인범 중 한 명이 입원해 있다는 것을 알아 좋을 사람은 없을 테니 말이다.

그를 어떻게 찾으면 좋을까 고심하던 나는 머릿속의 시계를 6시에 맞춘 뒤 소파 위에서 몇 시간가량 잠이 들었다. 백스터가 알려준 것으로, 전투 상황에서 오지 않는 잠을 억지로 청할 때 쓰는 방법이었다.

심지어 꿈도 꾸었다. 반복해서 꾸는 꿈이었다. 난 맨발로 제시카가 타고 있는 밴을 뒤쫓고 있었다. 차는 늘 바뀌었다. 어떤 때는 지저분하고 낡은 폭스바겐 밴이었고, 어떤 때는 짙은 색의 값비싸 보이는 SUV였다. 꿈에서 난 차종을 구분할 수 없어 좌절했다. 시내의 거리 혹은 시골길에 서 있었고, 계속 뛸 수 없어 다른 운전자들에게 저 차를 쫓아가 달라고 외쳤다. 몇 번을 반복해서 꾸어도 변함이 없는 것은 배경이 늘 밤이라는 것과 그 차를 결코 따라잡지 못한다는 것, 그리고 제시카의 비명 소리를 듣는 것이었다.
"코치!"

45

난 6시에 일어나 샤워를 하고 옷을 갈아입었다. 그래야 미친 여자처럼 보이거나 냄새가 나지 않을 테니 말이다. 당장에라도 병원으로 달려가고 싶었지만, 병원은 콜먼의 집에서 얼마 멀지 않았기 때문에 8시도 되기 전에 모습을 보인다면 의심을 사고 말 것이다. 시간을 죽이며 나는 콜먼의 냉장고에 코를 들이밀었다가 마침내 작은 요구르트 음료 한 병을 발견했다. 겉면에는 프로바이오틱이라고 적혀 있었다. 나는 세 병을 꺼내어 비행기에서 제공하는 작은 보드카처럼 일렬로 세워두었다. 그리고 차양이 있는 뒷베란다의 탁자에 앉아 요구르트 윗면의 포일을 하나씩 뜯어 마셨다. 콜먼이 언제고 전화해 내 짐작이 틀렸음을 증명할지도 모르니 휴대전화는 늘 가까이에 두었다.

휴대전화가 울렸다. 맥스의 전화였다. 받지 않고 두었다가 뒤늦게 메시지를 확인했다. 나를 확인하러 호텔에 들렀던 모양이다. 나는 휴대전화에서 배터리를 빼버렸다.

콜먼의 욕실에는 구강 청결제와 데오도란트, 화장품이 있었다. 나는 눈 밑의 다크서클을 가리고 발리 캐러멜이라는 촌스러운 이름의 립스틱을 골랐다. 볼터치를 하고 백발의 머리도 어울리지 않게 다시 말아 올렸다. 나는 티셔츠를 청바지 안으로 밀어 넣었다가 다시 밖으로 끄집어냈다. 안에 총을 꽂아야 했기 때문이다.

작은 체구에 평범한 인상은 이점이었다. 거울을 슬쩍 보니 나는 병원의 배경에 녹아들기에 안성맞춤이었다. 나는 2004년 8월 플로이드 린치의 경로가 적힌 운행 일지를 토트백에 넣고 병원으로 향했다. 가는 길에 맥도날드 드라이브 스루가 있었지만 굳이 들러 커피와 소시지 비스킷을 주문하지 않았다. 덕분에 카페인과 탄수화물 섭취를 피할 수 있었다.

캠벨가에 있는 투손 외상 센터는 4층짜리 건물로, 옥상에는 이송환자들을 위해 헬리콥터 착륙장이 마련되어 있었다. 로비에 있는 층별 안내도를 보니 1층은 전부 사무실이었다. 나는 자원봉사자에게 다가가 남편이 심각한 교통사고로 인해 병원에 입원했다고 말했다. 몸을 살짝 떨자 그녀는 내게 동정 어린 시선을 던졌다.

위험한 살인범이 이 병원 어딘가에 입원해 있다고 들었는데, 걱정하지 않아도 될지 물었다. 남편은 4층에 입원해 있다면서. 그러자 그녀는 남편의 안전은 걱정하지 않아도 된다고, 그 살인범은 여자들만 죽였고, 자기가 들은 바에 의하면 지금은 누군가를 죽일 수 있는 몸 상태가 아니라고 했다. 이 일이 올해 그녀에게 일어난 일들 중 가장 큰 이슈라는 듯 그녀는 플로이드 린치가 3층에 입원해 있다는 사실을 모두가 알고 있다고 비밀스럽게 속삭였다. 경찰들이 계속해서 3층을 들락거리고 있다며 말이다. 하지만 어느 병실인지는 모른다고 했다.

병실을 알아내는 것은 쉬웠다. 경찰이 밖에서 보초를 서고 있는 곳이 바로 그곳일 테니 말이다. 나는 엘리베이터를 타고 다음 행보를 계획한 다음 엘리베이터에서 내려 오른쪽, 다시 왼쪽으로 돌아 대기실에 이르렀다. 다시 오른쪽으로 도니 양쪽으로 뻗어 있는 복도와 마주할 수 있었다. 하지만 간호사가 아닌 것처럼 보이는 사람은 찾아볼 수 없었다.

다시 엘리베이터가 있는 곳으로 돌아와 다른 쪽 방향으로 가보았다. 당연하게도 그곳의 복도 중간쯤에는 경찰 인력이 서 있었다. 그는 주변을 신경 쓰지 않고 있었다. 그곳에서 밤을 새운 듯 긴장이 풀린 것처럼 보이기도 했다. 그는 두 개의 문 사이에 서 있었기 때문에 플로이드 린치가 정확히 어느 병실에 있는지는 알기 어려웠다. 하지만 열린 문과 닫힌 문 중에서 나는 닫힌 문에 승부를 걸어보기로 했다.

나는 복도 반대편에 있는 창고로 들어갔다. 운 좋게도 아무도 없었고, 덕분에 억지로 이야기를 만들어내지 않아도 되었다. 그리고 그곳에서 깨끗한 환자복을 찾아냈다. 나는 환자복을 걸치고 청바지를 무릎까지 접어 올렸다. 운행 일지는 청바지 앞쪽에 꽂고 휴대전화와 휴대용 거울을 꺼낸 뒤 토트백은 문 뒤에 감춰놓았다. 휴대전화에 배터리 역시 원래대로 꽂았다. 환자처럼 위장한 나는 열린 문 가장자리에 멈춰 서서는 다음 행보를 결정하기 위해 우선 거울을 들어 주변을 정찰했다.

하지만 내가 미처 거울을 내리고 휴대전화의 번호를 누르기도 전에 풍성한 머리카락과 통통한 발을 가진 둥그스름한 간호사가 주사액이 가득 든 주머니를 들고 오리 같은 모습으로 엘리베이터에서 모습을 보였다. 들킬 것을 염려해 나는 창고의 어둠 속으로 뒷걸음질 쳤고 간호사가 뒤뚱거리며 지나간 뒤에야 다시 앞으로 나섰다. 나는 거울로 그녀가 플로이드 린치의 병실 문을 열고 다시 등 뒤로 닫는 모습을 지켜보았다. 문이 잠겨 있지 않은 것을 확인할 수 있었다.

여전히 인내심을 갖고 지켜보는 가운데 삼사 분가량 지나자 간호사가 반쯤 빈 주사액 주머니를 들고 다시 병실 밖으로 나왔다. 그녀는 얼굴도 들지 않은 경찰에게 고갯짓을 한 뒤 엘리베이터 옆에 있는 계단으로 빠져나갔다.

나는 휴대전화로 병원 대표 번호에 전화를 건 뒤 4층 간호사실과 연결해달라고 요청했다. 간호사가 전화를 받았고 내가 말했다.

"여기는 투손 경찰서인데요. 조 비프스폴크 경찰관* 좀 바꿔주시겠어요?"

"426호 병실에서 보초를 서는 경찰관 말인가요?"

"네, 감사합니다."

순간 그녀의 목소리가 들렸다.

"비프… 아니, 경찰관님, 병원 전화로 누군가 전화를 했는데요."

그는 아리송해했지만 이내 미끼를 물었다. 나는 창고에서 링거대를 끌고 나와 잠시 운동을 하러 복도로 나온 환자처럼 병실에 접근했다. 그리고 전화를 걸었다는 상대방이 이미 전화를 끊은 사실을 경찰이 깨닫기 전에 얼른 병실로 들어갔다. 사무실에 전화를 걸어 누가 자신에게 전화를 걸었는지 알아보려면 시간이 다소 걸릴

---

* Joe Btfsplk: 미국의 만화가 알 캡의 연재만화 〈릴 애브너(Li'l Abner)〉에 나오는 캐릭터로, 늘 좋지 않은 일을 몰고 다니는 인물로 그려지는데, 그의 머리 위엔 늘 검은 구름 한 점이 떠 있는 걸로 묘사됨.

것이다. 문이 닫혀 있었으니 그가 일부러 안을 살펴볼 일도 없었다.

플로이드 린치는 윗부분이 살짝 들린 침대에 누워 있었다. 머리는 한쪽으로 살짝 기울어 있었고 두 손은 시트 위로 올라와 있었다. 시신 유기 장소에서 처음 봤을 때도 말랐지만, 24시간 동안 배식 외에는 아무것도 먹을 수 없는 구치소 생활 후의 그는 더 빼빼 말라 있었다. 그와 연결된 여러 관들에서는 무언가가 들어가고 또 나오고 있었다. 변을 받기 위한 인공 항문 주머니도 눈에 띄었다. 그가 입은 부상의 중증 정도에 따라 그것은 영구적일 수도 비영구적일 수도 있을 것이다. 산소 관이 그의 코와 연결되어 있었고, 그의 손에 꽂힌 바늘을 통해 수화(水和), 그리고 복막염 예방을 위한 엄청난 양의 항생제가 투여되고 있었다. 복도 아래에 위치한 간호사 사무실에서도 그의 상태를 살필 수 있도록 장치된 모니터 외에 그는 진통제를 공급하는 두 개의 기계와 연결되어 있었는데, 하나는 그 스스로 양을 조절할 수 있는 모르핀이었고, 다른 하나는 경막 외 마취제였다.

그 모든 장치들이 내게는 익숙했다. 나 역시 이러한 상태에 놓여 본 적이 있었기 때문이다. 감염의 문제만 없다면 그는 목숨을 부지할 수 있을 것이다. 나는 토트백을 가리고 있던 환자복을 벗은 뒤 접어 올렸던 청바지를 내리고 운행 일지를 꺼냈다.

그는 잠이 든 것처럼 보였다.

"이봐, 플로이드."

난 마지못해 그의 어깨를 쿡쿡 찔렀다. 어떤 이유에서인지 모르겠지만 어쩐지 이 남자에게는 별로 손을 대고 싶지 않았다.

그는 멍한 얼굴로 나를 올려다보았다.

"뭐?"

그가 말했다. 모르핀 때문에 명료하게 이야기를 나누는 것이 어려울 듯했다.

"누구예요?"

"브리짓 퀸. 만난 적 있지. 콜먼 요원과 함께 있었잖아."

"총 맞고 나니 다들 날 보러 오네요."

그가 말했다.

나는 멈칫했다.

"누가 또 왔었나?"

"어제 아버지가 왔었어요. 이 주머니들 달고 있는 건 안중에도 없이 자기 개를 어떻게 했는지에만 관심이 지대하던데요. 세상에, 평생 이것들을 달고 살아야 하는 건 아니겠죠?"

"면회 금지인 줄 알았는데."

"밀고 들어왔는데, 금방 경찰에게 쫓겨났어요."

플로이드 린치는 큭큭거렸다. 딸꾹질에 가까운 웃음이었지만 아픈 기색이 역력했다.

"손이 아파요."

그가 말하며 자가 주입이 가능한 모르핀 펌프 버튼을 더듬거렸다.

그의 아버지나 의학적 상태에 대해 이야기를 나누는 것 대신 난 그의 눈앞에 운행 일지를 들이밀었다.

"이것 좀 봐. 이게 뭔지 알아?"

그의 눈이 휘둥그레졌다. 자신의 병실에 나타난 미스터리한 여자 혹은 커지는 통증 때문일 것이다. 그는 입 안으로 혀를 굴리더니 이내 입술을 핥았다.

"목말라요."

"아무것도 마실 수 없게 되어 있으니 당연히 그렇겠지. 내 질문에 대답하면 젖은 면봉을 입에 대주지."

"경찰은 어디 간 거예요?"

그는 간호사 호출 버튼으로 손을 뻗었지만 내가 먼저 그 지점에 도달해 그의 손을 막았다.

"잠깐 기다려. 이봐, 플로이드. 난 당신을 다치게 하려고 온 게 아니야. 당신이 더 이상 어떻게 되든 말든 관심 없어. 당신의 그 망할 미라들이나 배설 주머니나 심지어 당신이 종신형을 선고받을지 말지에 대해 일말의 관심도 없다고. 지금은 그보다 더 중요한 게 있거든."

그는 여전히 초점이 없는 멍한 눈동자로 나를 쳐다보았지만, 내가 그의 관심을 끌었다는 것은 확실했다.

"이건 당신이 제시카 로버트슨의 사건 당시, 현장에서 멀리 떨어진 곳에 있었다는 것을 증명해주는 운행 일지야. 당신의 운행 일지를 내가 전부 갖고 있어. 66번 고속도로 살인 사건의 모든 케이스들을 비교해볼 시간은 없었지만 다른 사건들도 마찬가지로 당신이 관련이 없을 수 있다는 가능성이 있지. 그 말은 곧 당신이 누군가를 보호하고 있다는 거야. 당신이 보호하려고 했던 그 누군가가 날 죽이려 했고 콜먼 요원을 납치했다고 생각해. 우리가 당신의 자백에 의심을 품었기 때문이겠지. 몇 가지 물어볼 테니 대답해. 당신이 대답할 수 있는 질문들일 테니."

그는 다시 입술을 핥은 뒤 입을 열었다.

"왜 내가 대답할 수 있다고 생각해요?"

"일단은 질문부터 하지. 제럴드 피질은 어떻게 알지?"

"그런 사람 몰라요."

"그럼 이렇게 해볼까? 귀들은 누가 갖고 있어?"

신문 과정을 녹화한 영상에서처럼 그의 얼굴은 점차 창백해졌다. 그는 사마귀를 뜯던 것과 같이 링거의 바늘 주위를 후비기 시작했다. 말하고 싶지 않은 것 같았지만 모르핀이 일종의 자백 유도제와 같은 효과를 발하고 있었다.

"그자가 날 죽일 거예요. 자백을 뒤엎으면 죽이겠다고 했어요."

그는 손을 흔들었다.

"타들어 가는 것처럼 아파요. 벌에 쏘인 것처럼."

그는 다시 큭큭거렸다.

"아, 젠장, 난 그저 종신형을 받고 싶을 뿐이에요. 살고 싶다고요. 그게 뭐 그렇게 큰 욕심이에요?"

"그렇진 않지만, 가능성은 희박해. 당신은 안전하지 않다고. 우리들 중 누구도 안전하지 않아. 수용소로 간다고 해도 당신을 찾아낼걸. 수용소에서 당신은 도망갈 곳도 없을 테니. 누군가를 죽이기에는 수용소 밖보다는 안이 더 쉽지."

큭큭거림이 불현듯 흐느낌으로 바뀌었다. 진실을 마주할 때면 사람들은 종종 눈물을 보인다.

"당신은 진범이 아니야. 그렇지, 플로이드 린치?"

내가 말했다.

"난 그저 패배자일 뿐이에요."

그는 사과를 할 것처럼 커다랗고 슬픈 눈으로 날 쳐다보았다. 그는 아래로 내려진 철제 난간에 얹은 내 손을 잡았다가 이내 살아 있는 살갗을 만진 것이 끔찍하다는 듯 손을 뒤로 뺐다.

"간절하게 다른 사람이 되고 싶은 기분 알아요? 나도 조금씩 그런 것을 이루어낼 수 있으리라 생각했어요."

나는 잠시 물끄러미 그를 쳐다보다가 이내 본 목적으로 돌아왔다.

"사실대로 말해, 플로이드."

다른 사람을 죽일 만큼의 용기가 없어서 스스로에게 낙담했던 이 남자는 새롭게 마음이 맞는 친구를 발견했다는 듯 술 취한 사람처럼 이야기를 시작했다.

"66번 고속도로의 그 남자를 만났어요. 인터넷 채팅방을 통해서요. 그런 뒤 메일을 주고받기 시작했죠. 난 트럭 휴게소에서 컴퓨터를 썼어요. 그는 나한테만 메일을 보냈어요. 오직 나한테만요. 그는 진짜 실존 인물이었죠. 처음에는 당신이 66번 고속도로 살인범일 리가 없다고 했더니 그가 열이 받았죠. 자신이 맞다는 걸 증명하고 싶어 했어요. 그래서 뉴스에 나오지 않았던 온갖 자세한 이야기들을 다 해주었죠. 정말 사실인 것 같더라고요. 그래서 나도 여자들을 죽여본 적 있는 것처럼 얘기했지만 사실은 아니에요. 다 지어낸 얘기에요. 그에게 말하기가 창피했어요. 난 그저… 그저… 좀 어지럽네요. 휴…."

목을 가누기가 무겁다는 듯 플로이드 린치의 머리가 갑자기 젖혀지더니 베개로 툭 떨어졌다. 눈꺼풀이 파르르 떨렸다. 모르핀 펌프를 그의 손에서 떼어내자 그가 다시 정신을 차렸다.

"난 아무도 죽이지 않았어요. 내가 찾아낸 그 시신은… 미라로 만드는 것, 그건 내 아이디어였죠. 인터넷에서 필요한 것들을 주문했어요. 천연 탄산소다 있잖아요. 그건 나만 생각해낸 거죠."

"그 66번 살인범 말이야. 그 남자에 대해 뭘 알고 있지?"

"어… 없어요."

그의 발음이 불분명해졌다. 그와의 볼일이 끝날 때까지 그의 진통 처치를 위해 누구든 들어오는 일이 없기를 간절히 바랐다.

"난 그저… 좀 더… 시간이… 필요했을 뿐이에요…."

"왜 이래, 플로이드. 그자가 당신을 시신 유기 장소에 데려갔을 거 아냐."

그는 고개를 가로저었고, 그 때문에 더 어지러워진 듯했다.

"산악 도로에 있는 버려진 닷지에 시신들을 숨겨놨다고 했고 난 이미 그 차를 알고 있었기 때문에 정말인지 보러 갔…. 어쩌면 그게 시작이었는지도 모르겠군요."

"그럼 얼굴을 본 적은 없단 말이지?"

플로이드 린치는 아까보다 좀 더 신중하게 고개를 가로저었다.

"시신들을 발견했고 거기에 손을 대긴 했죠. 근데 매번 산을 오르는 게 지겨워졌어요."

그는 오른쪽 손가락을 가슴에 대고 까딱거리며 그것을 내려다보고 미소를 지었다.

"왜 그 시신들 중 하나를 트럭에 싣지 않았지?"

"그렇게 해봤죠. 근데 옮기려고 하니까 부서지더라고요. 그런 건 원치 않았거든요."

시간증을 갖고 있는 사람에게도 미적 취향이 있는 모양이다.

"시신 두 구에 모두 손을 댔어? 휴게소 도마뱀이라고 불렀던 그 시신에도?"

"아뇨~."

그는 노래를 부르듯 대답했다.

"그자가 그 사람은 언제 어떻게 죽였는지 얘기하지 않았군, 그렇지?"

"네~."

똑같은 노래 톤으로 그가 대답한 뒤 아이들이나 하듯 입에 지퍼를 채우는 시늉을 했다.

"그 부분에 대해서는 입이 무거웠어요. 그저 좀 색다른 상대였다고만 했었죠."

나는 정신이 번쩍 들었다. 범인이 다른 살인들에 대해서는 구구절절 떠들어댔으면서 유독 그 시신에 대해서만큼은 함구했다니. 이야기를 하고 싶지 않아 했다면 그것은 아마도 그녀의 경우에는 살인이 그의 계획대로 진행되지 않았기 때문일 것이다. 어쩌면 몇 가지 실수를 저질렀을지도 모른다. 자신의 정체를 들킬 법한 요인을 남기게 되었을 수도.

"색달라? 어떻게?"

"그냥, 다른…."

그가 말꼬리를 흐렸다. 그에게 들어가는 약물 주입을 멈출 수 있다면 좋을 테지만 나는 그의 뒤로 연결된 경막 외 마취제의 관을 뽑아버리는 대신 그저 망연자실하고 있었다.

"어떻게 달라, 플로이드? 물리적으로? 정신적으로? 기억나는 걸 얘기해봐."

플로이드 린치는 내게 관심을 두지 않은 채 그저 진실을 이야기하고 있었다. 꽤 좋은 기분이었을 것이다.

"미라를 만드는 방법을 공부한 다음에 누군가를 죽이려고 했어요. 맹세하건대 정말 그럴 생각이었어요. 근데 실제 행동으로 옮길 시간이 없었던 거죠. 그자에게서 받은 이메일을 모두 출력해서 내가 정말 그 살인들을 저지른 척했어요. 그리고 그가 그랬던 것처럼 FBI 요원의 아빠에게 엽서 몇 장을 보냈죠. 발견한 시신의 일부를 잘라서 그의 피해자들 중 한 명의 것인 듯 위장했고요. 그런 뒤 난 검거되었어요. 그는 구치소에까지 메시지를 보냈어요. 내가 자백을 거부하면 날 죽이겠다고 했어요."

"66번의 그자가 말이지."

플로이드 린치는 입술에 손가락을 갖다 댔다.

"쉿, 말하지 말아요."

그런 뒤 그는 큭큭거렸다.

오, 하느님. 이렇게 노닥거리고 있을 시간이 없다.

"그자가 콜먼 요원을 붙잡고 있다고 확신해. 플로이드, 콜먼 요원이 당신에게 잘해줬잖아. 당신의 결백을 밝히려 했어. 그러니 그녀를 찾는 걸 도와주지 않겠어?"

그는 말하고 싶다는 듯 입 안을 혀로 핥았지만, 그의 혀는 치아에 붙들려 있었다.

"다른 건 몰라요. 졸려요. 이제 그만…."

그의 두 눈이 감기고 입이 벌어지더니 숨소리가 들렸다. 하지만 그건 호흡이라고 할 수 없을 만큼 얕고, 아주, 아주 느렸다. 난 갑자기 걱정이 되어 그의 얼굴을 툭 쳐보았다.

그의 얼굴에 내 손길이 닿자마자 침대 옆에 놓인 모니터에서 크게 삐 소리가 났고, 난 깜짝 놀라고 말았다. 신문 시간이 끝났다는 것을 알리기 위해 맞춰놓은 알람이라도 울리는 것 같았다.

2초 후에 남자 의사 한 명과 여자 간호사 두 명이 달려 들어왔다. 그들 중 한 명이 내 쪽을 쳐다보았지만 이내 벼랑 끝에 몰린 듯 보이는 플로이드 린치를 살리는 데에 집중했다.

의사가 플로이드 린치의 두 눈에 손전등을 비췄다.

"내 말 들려요, 플로이드? 반응이 없어. 호흡은?"

"약해요. 1분에 여섯 번. 맥박이 빠르고 희미해요."

"약물이 과다 투여된 것 같군."

의사가 모르핀 펌프와 경막 외 마취제가 연결된 판을 두들기더니 투입을 중단시켰다.

"간호사, 주사액 확인해요. 거기는 특수 요원 팀 부르고."

여자 중 한 명이 달려 나갔고, 한 명은 병실에 머물며 주사액을 확인했다.

"제가 주사액을 직접 걸었는데, 투여량을 최대로 열지 않았어요. 근데 지금 보니 완전히 열려 있네요. 누군가 손을 댄 것 같아요."

그녀가 말했다. 그리고 응급 팀이 도착할 때까지 어떻게든 조치를 해보고자 주사액을 두드렸다.

"손이 타는 것처럼 아프다고 했어요."

내가 말했지만, 아무도 내게 관심을 기울이지 않았다.

세 명의 남자가 응급 장치들이 실린 철제 카트를 끌고 들어왔다. 지시를 받을 것도 없이 두 명의 남자가 플로이드 린치를 침대에서 들어 올리는 동안 다른 한 명이 판을 챙겨 그의 밑으로 밀어 넣었다. 그가 판에 올라가자 그것을 다시 침대에 얹은 남자가 카트와 연결된 주사기를 꺼내 그의 가슴에 꽂았다. 에피네프린인 듯했다. 하지만 효과가 없었다.

그들은 카트에서 제세동기를 꺼냈고 그때 보초를 서던 경찰이 어정쩡하게 휴대전화를 들고서는 문 안으로 머리를 내밀었다. 이 사태에 대해 어떻게 하면 좋을지 아직 제대로 된 지시를 받지 못한 모양이었다. 그는 병실에서의 소동을 지켜보다 마침내 벽에 기대어 선 나를 발견했다.

"누굽니까?"

그가 물었다.

"이 아이 엄마예요."

나는 그렇게 말한 뒤 다시금 의료 팀의 영웅적인 행동을 지켜보았다. 사실 안정적인 상태의 플로이드 린치를 마지막으로 목격한 사람으로서 나는 한시라도 빨리 병원에서 도망가는 편이 이로웠다.

"클리어."

나는 간호사들이 무기력하게 서 있는 모습을 지켜보았다. 한 명은 여전히 주사액과 관을 서로 연결해주는 조절기 부분을 두드리고 있었다. 그들 모두 처음 보는 얼굴이었다.

나는 내가 병실에 들어가기 직전에 다녀갔던 간호사를 떠올렸다. 빈 주사액을 들고 나왔었는데. 아니, 비어 있지 않았다. 반이 남아 있었다. 주사액이 다 비지도 않았는데 교체하는 사람은 없다. 그때 플로이드 린치가 손이 벌에 쏘인 것처럼 타들어가는 듯 아프다고 했던 이야기가 떠올랐다. 그리고 이야기를 나누는 동안 그가 술에 취한 사람처럼 행동했던 것도 떠올랐다.

"주사액이에요."

내가 그의 정맥으로 떨어지고 있는 주사액을 가리켰다.

"주사액 때문이에요!"

나는 소리치며 그의 손에서 정맥 바늘을 뽑으려 앞으로 나섰다. 적어도 링거 대라도 넘어뜨릴 생각이었다. 침대 옆까지 접근했지만 응급 팀원 중 한 명이 나를 뒤로 끌어냈다.

"이 여자를 밖으로 끌어내요."

의사가 외쳤다.

"여기서 당장 나가요."

주사액은 계속해서 떨어지고 있었다. 플로이드 린치를 살려두는 것이 내게 도움이 될지는 모르겠지만, 콜먼을 찾는 데는 도움이 되지 못했다. 그는 정말 알고 있는 전부를 내게 이야기한 것 같았다. 경찰이 소동에 정신이 팔려 있는 사이 나는 병실을 빠져나왔다.

46

 우선순위를 정해야 했다. 상황이 여기까지 치닫자 콜먼의 생존은 내 자유와 반비례하기에 이르렀다. 그래도 제일 우선은 콜먼을 찾는 일이었다. 아직 갈피를 잡을 수 없었지만, 우왕좌왕하느라 그녀의 목숨을 위험에 빠트릴 수는 없었다. 맥스가 내 말을 믿고 날 돕게 하려면 한 가지 선택지밖에 없었다. 가능성은 매우 희박했지만 그래도 시도해봐야 했다.

 나는 도시의 북동쪽에 자리한 사비노캐니언 국립 공원으로 차를 몰았다. 차를 주차장에 세우고 트램을 타면 5킬로미터 정도 올라갈 수 있었다. 협곡이 양쪽에 자리한 가운데 실제로 물이 흐르고 있어 아름다웠다. 매년 이맘때, 몬순 때에는 가로질러 난 트램 길 위로 시냇물이 넘쳐흘렀다. 나는 10달러를 내고 트램에 올라 종점인 아홉 번째 정거장까지 올라갔다. 트램에는 사람이 많지 않았다. 평일이었고 지옥 불이 이글거리는 뜨거운 날씨 탓이었다.

 나는 휴대전화를 찾기 위해 토트백을 뒤졌다. 내 것이 아니라 제럴드 피질의 집에서 가져온 휴대전화를 찾고 있었다. 나는 트램에서 내린 뒤 협곡과 그 너머에 있는 절벽을 내다볼 수 있는 낮은 벽면에 올라앉았다.

맥스가 전화를 받자마자 내가 말했다.

"익명의 제보야."

"네 목소리 정도는 알아들어, 브리짓."

"알아, 뭔가 기발한 아이디어가 떠오르지 않았어. 플로이드 린치는 죽었어?"

"그래, 그를 입원시킨 것이 나였으니까 당연히 내게도 호출이 왔지."

"그는 살해당했어."

내가 말했다.

"알고 있어. 보초 서던 경찰이 그의 어머니란 사람에 대해 설명해 줬거든. 너잖아."

"내가 그런 게 아니야, 맥스."

"동기는 충분해. 복수지. 게다가 넌 그가 죽었을 때 그 병실에 있었어. 그러니 그게 무슨 의미겠어?"

"내가 죽인 게 아니야, 맥스. 맨리케스에게 정맥 주사액의 독성 테스트를 해보라고 해. 아편제의 일종인 것 같아. 66번 고속도로 살인범에게 독살당한 거야."

"그러니까 독을 사용했단 말이군."

"제기랄, 맥스. 내 말 좀 들어. 진범은 지금 절박해지고 있는 것 같아. 어떻게 알게 되었는지는 모르겠지만 그 진범이 로라 콜먼과 내가 플로이드 린치의 자백이 거짓일 가능성에 대해 수사하고 있다는 것을 알게 되었어. 명백하게 밝혀지기 직전이었다고."

나는 내가 어떻게 해서 경위를 알게 되었는지 설명했다. 어떤 간호사가 주사액이 가득 찬 주머니를 들고 들어가 반쯤 빈 것을 들고 다시 나왔다고. 플로이드 린치가 바늘이 정맥에 꽂힌 곳이 타들어 갈 듯 아프다고 했던 것도 설명했다. 그의 호흡이 멎기 전에 그가 강력한 진통제의 영향을 받고 있었다는 것도 빠트리지 않았다. 천천히 작용한 탓에 살인범은 누군가의 눈에 띄지 않고 병원을 빠져나갈 시간을 벌 수 있었다는 것도. 나는 맥스가 내 수신 번호를 추적 중인지 궁금해졌다.

맥스가 말했다.

"간호사가 병실에 들어갔다는 보고는 없었어. 보초 서던 경찰도 그런 말은 없었다고."

"그런 일이 있었더라도 부인하겠지. 자기 자리 보존하느라. 맥스, 그 경찰은 시말서라도 쓰게 될까 봐 완전 사색이 되었던걸. 하지만 중요한 건 그게 아니야. 린치가 내게 자백했어. 이번에는 진짜 자백이야. 그는 66번 고속도로 살인 사건을 저지르지 않았어. 다만 그 진범과 연락을 주고받았던 것뿐이지. 시간이 갈수록 진범이 콜먼 요원을 데리고 있다는 확신이 강해지고 있어."

"내가 왜 네 말을 왜 믿어야 하지?"

나는 심호흡을 했다. 이번이 마지막 기회였다.

"왜냐하면 내가 제럴드 피질을 죽였다는 사실을 고백할 참이니까."

그는 말이 없었다. 내 수신 위치가 잡힐 때까지 남은 시간이 얼마 없었다.

"왜 그랬어?"

"네 말이 맞아. 워시에서 공격을 당했어. 순순히 그의 밴에 밀려 탔고 그의 손에서 얼마나 많은 여자들이 강간당했고 살해당했는지 알아내고 싶어졌어. 신문을 거쳐야 했다면 몇 날은 걸렸을 일일 거야. 안에서 몸싸움이 있었고 실수로 그를 죽이고 말았어. 그리고 그가 그저 평범한 연쇄살인범이 아니라는 사실을 알게 됐지. 나를 죽이기 위해 누군가 보낸 암살자였어."

"그 이야기를 왜 지금 내게 하는 거지?"

"내 말에 집중하지 않고 있구나. 로라 콜먼 때문이야. 로라 콜먼이 마지막으로 목격된 이후로 꽤 많은 시간이 흘렀어. 제럴드 피질에 대한 사실을 이야기하는 것 외에 이 일이 얼마나 심각한지 너에게 달리 설명할 수 있는 방법을 모르겠어."

"그렇다면 자수해."

"그렇게는 못 해. 지금 내가 자수하면 콜먼 요원은 죽게 될 거야. 아직 살아 있다면."

"네가 아는 걸 전부 우리에게 얘기해. 우리가 수사를 시작할 테니."

"좋아. 우선 넌 이 모든 상황을 네 상사에게 보고하겠지. 그리고 나를 신문하는 데 열 시간가량을 보낼 거야. 내 직감이 맞다면 우리에게는 시간이 별로 없어. 지금 바로 수사를 시작해야 한다고. 난 내 나름대로 알아볼게. 자수는 그녀를 찾은 다음에 할 거야."

침묵.

"우리는 지금 일종의 대립 중이야. 그렇지, 브리짓? 로라 콜먼을 찾아나서야 한다고 이야기할 만한 근거가 없어. 그냥 네가 그렇다고 이야기하니까 그런 것뿐. 네가 자수하지 않겠다고 하면 나도 이 일을 상부에 올릴 수밖에 없어. 더 이상 나 혼자 쉬쉬할 수 없다고."

그의 목소리는 전혀 우쭐하지 않았고 오히려 슬프게 들렸다.

"정말 미안해, 맥스. 널 이런 상황에 처하게 해서."

"그래."

"정말이야. 내 말 들어봐. 로라 콜먼을 찾는 것을 돕지 않겠다고 하면 나를 잡으러 오는 건 내일 아침까지만 미뤄줘. 도망가지 않겠다고 약속할게. 내 말 믿지?"

"아니, 못 믿겠어."

이 방법이 먹히기를 바랐지만 만약을 대비해 차선책까지 준비해 두었기에 상관없었다. 난 더 이상 그를 설득하는 데 시간을 낭비하지 않기로 했다.

"좋아. 내가 포기할게. 자수하겠어."

다음 트램이 다가오고 있었다. 맥스가 믿을 수 없다는 듯한 대꾸를 하기도 전에 나는 전화를 끊고 휴대전화를 내가 앉아 있던 낮은 벽면 뒤쪽에 기대어놓았다. 이렇게 해놓으면 여느 관광객 눈에는 띄지 않은 채 오로지 맥스만 발견할 수 있을 것이다. 맥스는 내 말을 믿지 않을 테니 내가 자수하기를 기다리는 대신 수신 번호를 추적해 이곳까지 날 찾아 나설 것이다.

그가 이 휴대전화를 손에 넣은 것이 확실해지면 그에게 삭제된 번호를 찾아보라고 할 참이었다. 내게 무슨 일이 생긴다면 그는 아마도 내 말을 따를 것이다. 하지만 당장은 그가 어떻게 나올지 알 수 없었다. 내 전화의 수신지를 추적할까? 우리가 나눴던 대화를 상부에 보고할까? 나에 대해 전국에 수배령을 내렸을까? 아마도. 가능한 이야기다. 열여덟 시간만 더 달라고 요청했던 것도 그 과정에 혼선을 주기 위함이었는데, 맥스가 어떻게 나올지는 나로서도 장담할 수 없었다.

하지만 콜먼의 집으로 돌아가 휴게소 도마뱀에 대한 부검 보고서를 찾아볼 시간은 충분했다. 그것을 찾으면 NamUs에 실종자를 검색하는 데에 보다 더 구체적인 단서들을 제시할 수 있을 것이다.

47

 트램을 타고 캐니언을 내려오는 15분 동안, 그리고 다시 차를 몰고 뒷길을 통해 도로로 나오는 시간 동안 나는 누구의 눈에도 띄지 않았다. 그러는 사이 나는 플로이드 린치와의 대화를 통해 무엇을 알아냈는지 정리할 짬을 낼 수 있었다.

 그는 살인에는 결백했다.

 그는 채팅방에서 진범을 만났다. 인터넷이 소아 성애나 그 밖의 변태적인 성적 취향에 있어 천국과도 같은 곳을 제공해준다는 사실은 모두가 알고 있다. 구글에 '연쇄살인범 채팅방'을 검색하면 25만여 개의 결과를 찾을 수 있다. 전에 해본 적이 있기 때문에 알고 있다. 하지만 그런 사이트들을 통해 정보를 많이 입수했다고 해서 뭔가 일을 저지를 수 있는 것은 아니다.

 플로이드 린치의 자백을 의심함으로써 콜먼과 나는 진범으로 하여금 위협감을 느끼게 했고, 그 때문에 그는 제럴드 피질을 내게 보낸 것일 테다. 그는 아마 플로이드 린치를 만났던 것과 같은 방식으로 제럴드 피질을 만나 정보를 주고받았고, 그 과정에서 제럴드 피질이 나이 든 여자에게 성적으로 끌린다는 사실을 알아냈을 것이다.

하지만 그 계획이 실패하자 그는 공원에서 직접 나를 죽이려 했고, 로라 콜먼을 납치했다.

콜먼이 납치당했다는 사실을 맥스가 믿게 되더라도, 그래서 경찰서나 FBI에서 모든 힘을 총동원해 그녀를 찾아 나선다고 해도 내가 하는 것보다 더 나은 성과를 내리라는 보장이 없다. 그러한 대대적인 수색이 오히려 범인을 더 겁먹게 할 수 있으니까. 우리가 어떤 행동을 취하고 있는지를 모두가 알고 있는 것과 같으니, 아마 그렇게 되면 지금보다 더 깊이 숨어들 것이다. 몸을 숨기는 것만큼은 매우 능한 듯하니 아직까지 콜먼을 살려두고 있다고 해도 조만간 죽이고 말 것이다.

하지만 도대체 누가 콜먼의 분석과 우리의 수사에 대해서 알고 있는 것일까? 모리슨조차 우리의 수사 진행 여부를 모르고 있는데 말이다. 휴스도 마찬가지였다. 도대체 누가 우리의 비공식 수사를 눈치채고 우리를 해치고자 하는 이들에게 정보를 흘렸는지 알 수 없는 노릇이었다.

도대체 그 사람이 누구일까? 우리 둘과도 연관이 있고, 플로이드 린치와 제럴드 피질과도 연관이 있는 사람은?

유일한 답변은 답변이라고 할 수도 없었다. 그 사람은 바로 66번 고속도로 살인 사건의 진범일 테니.

나는 차의 엔진이 규칙적으로 돌아가는 소리에 맞춰 생각 속을 헤맸다. "돌고 돌아, 우리가 어디서 멈출지는 아무도 모르지." 제럴드 피질은 밴에서 나와 대치하며 원을 그릴 때 그런 이야기를 했었다. 그 미스터리는 그가 죽은 뒤에도 계속 되풀이되고 있다.

지금 따라갈 수 있는 단 하나의 단서는 첫 살인, 그러니까 휴게소 도마뱀이란 명칭이 붙은 그 여자를 죽인 살인이 다른 살인과 조금 달랐다는 것뿐이다.

난 이른 오후쯤에 콜먼의 집으로 돌아왔다. 그리고 뒷문으로 집에 들어가 찬장에서 오가닉 시리얼 한 상자를 꺼내 책상 위에 조금 붓고는 시리얼을 먹으며 파일철을 열어 '피해자'라는 라벨이 붙어 있는 부분을 펼쳤다.

처음에는 시간이 부족한 데에 비해 살필 것이 너무 많아 소리라도 지르고 싶은 심정이었다. 지그문트가 같이 있었으면 좋았을 텐데. 나는 분석적이기보다 행동이 앞서는 사람이었다. 그라면 피해자들 간의 차이를 파악할 수 있었을 것이고, 일부 사진이 없어진 사실도 알아차릴 수 있었을 텐데.

지그문트라면 압박을 느끼지도 당혹스러워하지도 혹은 걱정하지도 않았을 것이다. 그라면 그런 감정에 전혀 휘말리지 않았을 것이다. 난 그가 어딘가에 앉아 페이지를 물끄러미 바라보며 눈을 깜빡거리는 모습을 상상해보았다.

나는 읽지도 않고 페이지를 넘겼다. 글자들이 눈앞에서 춤을 췄고 시간에 쫓기는 듯한 조바심에 제대로 읽어나갈 수가 없었다. 그리고 사진들이 등장했고, 덕분에 일이 좀 더 쉬워졌다. 플로이드의 미라는 그냥 지나쳤다. 또 다른 제인 도를 찾고 있었기 때문에. 5년 전 66번 고속도로 살인 사건의 현장을 찍은 오래된 사진들이 모습을 보였고, 나는 속도를 늦춰, 답을 찾으려고 덤벼들기보다 답이 저절로 나를 찾아오도록 두었다. 닷지에서 발견된 제인 도가 다른 피해자들과 다른 것이 무엇인지, 그 차이점 혹은 사건들 간의 일관성을 발견할 수 있을지 몰랐다.

머리카락의 색깔이나 길이가 다양했음에도 불구하고 갓 죽음을 맞이했던 이 피해자들은 어떤 면에서 모두 동일해 보였다. 젊은 백인 여자. 눈꺼풀은 채 닫히기도 전이었고, 얼굴은 누군가가 보기에는 평화로워 보인다고 할 수 있을 법했지만, 내가 보기에는 마지막 체념의 기색이 역력했다. 오른쪽 귀가 있었던 자리에는 피가 말라붙어 있었고, 당연히 모두 나체인 것 역시 동일했다. 하지만 이 사건이 있기 전까지 그들은 피해자가 아니었다. 증거도 아니었고, 범죄 드라마에서의 여흥거리도 아니었다. 그저 평범한 사람들이었을 뿐. 나는 라벨을 보지 않고도 그들의 이름을 전부 기억하고 있었다.

여기 1999년 6월 26일에 발견된 퍼트리샤 스탠보. 그녀에게는 패트릭이라는 이름의 쌍둥이 남동생이 있었다. 그 동생이 그녀의 백금색 머리카락이 자연색임을 증언해주었다. 차에 화급히 던져진 자세로 발견된 그녀는 첫 번째로 알려진 피해자였다.

여기 2000년 8월 12일에 발견된 애나 마리아 카라스코. 사립 학교의 유치원 선생님으로 아이들과 함께 나눌 이야깃거리를 만들기 위해 모험을 하다가 그의 표적이 되었다. 다른 피해자들보다 더 많은 피를 흘린 그녀가 두 번째 피해자였다.

여기 2001년 6월 30일에 발견된 키티 보트(이름이 캐서린이 아니라 정말 키티였다). 결혼을 앞두고 마지막 여행을 즐기다 세 번째 피해자가 되었다.

여기 2002년 6월 19일에 발견된 앨린 블룸. 연약해 보이는 소녀로 유대인이었지만 발목에 영원한 삶을 상징하는 이집트의 앙크 문양 문신을 갖고 있었다. 네 번째 피해자였다.

여기 2003년 6월 4일 발견된 메리 스니디. 버지니아주 알링턴 출신의 그녀는 매우 성대한 장례식을 치렀다. 다섯 번째 희생자였다.

여기, 여기, 여기…. 성 안토니오의 날에 이루어지는 9일간의 기도 때 반복하는 호칭 기도 같다는 생각이 들었다. 매주 월요일 오후 수업이 끝나면 엄마가 늘 나를 데리고 기도를 하러 가곤 했다. 향료 냄새와 미사종소리, 성체에 대한 경배, 구슬픈 〈지존하신 성체(Tantum Ergo)〉, 세상을 떠난 이들의 영혼 안식을 위한 기도의 응답 구절을 중얼거리는 소리. 그 영혼들이 대답하는 소리가 귓가에 들리는 듯했다.

우리에게 자비를 베푸소서.

우리에게 자비를 베푸소서.

우리에게 자비를 베푸소서.

그 어떤 깨달음도 오지 않았다. 젠장. 나는 사진에서 뭔가 유용한 것을 쥐어짜기라도 할 것처럼 사진을 꽉 붙잡았다. 나를 도와줘요, 소녀들.

마지막으로 나는 제시카의 사진을 발견했다. 2004년 8월 1일 실종. 이 사진은 그녀가 죽은 지 며칠이 지난 뒤가 아닌 몇 년이 지난 뒤에 찍혔다는 점에서 다른 사진들과 달랐다. 그녀의 시신은 갈색의 껍질로 남았다. 사진에서는 내가 알던 제시카의 모습 같은 건 전혀 찾을 수 없었다.

제시카가 마지막이 아니었다. 버려진 차에서 발견된 또 다른 미라의 사진이 들어 있었다. 66번 고속도로 살인 사건 피해자들 중 유일하게 신원 확인이 되지 않은 시신이었다. 나는 그녀가 누구인지, 왜 아무도 그녀에게 관심을 갖지 않는지 궁금했다.

당신이 처음이었어. 이제는 그 사실을 알고 있지. 퍼트리샤 스탠보가 첫 번째 희생자가 아니었어. 당신은 두 귀도 멀쩡하고 힘줄이 잘리지도 않았지. 범인이 특유의 MO와 날인을 고안하기도 전에 살해당한 거야. 그게 다른 점이야. 그 차이는 범인이 의도했던 것이었을까? 너무도 명백했다.

당신은 살인범이 이런 식으로 살인을 지속하며 살 수 있을 것이라는 점을 깨닫기도 전에 살해당했어. 어쩌면 계획되지 않은, 우발적인 범행이었을 수도 있지. 혹시 범인은 오랫동안 당신을 알고 있던 자였을 수도. 당신이 누구인지만 알면 그를 찾을 수 있을지도 모르는데.

잭이 제시카의 시신을 확인하기 위해 부검실을 찾았을 때의 조지 맨리케스의 모습이 떠올랐다. 그가 잭에게 얼마나 친절했는지 말이다. 삶의 변화를 주고자 플로리다에서 이곳으로 이사를 왔는데 대상이 그저 아이티 보트족에서 멕시코 미라로 바뀌었을 뿐이라며 한숨을 쉬던 일도 기억이 났다. 그것이 그에게는 고통인 듯했다. 직업적으로 부검에 임하지만 제 감정을 잊지 않은 사람들 중 한 명이었다. 그는 어쩌면 그녀가 매춘부든 아니든 상관없었을지도 모른다. 나는 부검의의 보고서를 펼쳤다. 당연하게도 그는 제인 도에 대한 부검도 완벽하게 마무리해놓았다.

기질성 질환은 확인된 바 없음. 다른 피해자들도 건강 상태는 양호했다.

살해 방법: 교살. 그것 역시 다르지 않았다.

그녀의 치아 상태를 보여주는 엑스레이 기록도 있었다. 맨리케스는 그녀의 치아와 턱관절의 관리와 영양 상태가 양호하다고 기록했다. 낮은 계층의 매춘부에게서 찾아볼 수 있는 특징은 아직까지 발견할 수 없었다. 중독 여부도 확실하지 않았다. 그것 역시 차이가 없다. 피해자들은 모두 건강 상태가 양호했다.

시신은 차에 버려진 채로 건조한 사막의 열기에 자연적으로 미라가 되었다. 그 점은 다르다.

문신처럼 눈에 띌 만한 흔적은 없었다. 귀를 뚫었고. 알린 블룸은 발목에 문신이 있었다. 그리고 모든 피해자들이 귀를 뚫었다.

골격을 보면 내배엽형 사람이었다. 살이 건조되기 이전부터 작고 마른 체구였던 것이다.

두개골은 아프리카계 미국인이었다.

나는 그 줄을 다시 읽었다. 바로 그 점이 달랐다.

나는 콜먼의 의자를 움직여 다시 컴퓨터 앞으로 돌아간 뒤 www.findthemissing.org 사이트에 들어갔다. 신원 미상자의 조회 정보에 알고 있는 정보들을 입력했다. 성별, 지리학적 위치, 실종된 연도. 그리고 이번에는 백인을 아프리카계 미국인으로 바꾸었다.

그런 뒤 나는 데이터베이스의 실종자 부분의 도입 페이지를 대조 검토했다. 그해에 실종된 아프리카계 미국인은 단 한 명이었다. 이중 확인을 위해 나는 3년간의 날짜 범위를 입력했다. 그 기간 동안 해당 지역에서 실종된 아프리카계 미국인 역시 그녀가 유일했다. 사진이 있었는데, 고등학교 졸업 사진이었다. 이름도 있었다. 그녀의 이름은 킴벌리 메이플.

그녀는 이름 모를 매춘부가 아니었다. 적어도 이름이 있었다. 킴벌리 메이플.

짐작 가는 바가 있었지만 나는 재빨리 애리조나에 거주하는 아프리카게 미국인의 인구 통계를 확인했다. 4퍼센트 미만이었다. 그중에서 남성을 제외해 반을 줄이고, 다시 살해 당시 킴벌리의 추정 나이를 감안하면 다시 퍼센트는 절반으로 줄었다. 에머리스 칸티나의 웨이트리스는 흑인이었고 가족 중 한 명이 범죄에 희생되었다고 했다. 하나의 비행기에 두 개의 폭탄이 실릴 가능성은 희박하지만 그래도 어쩌면 가능한 일일지도 모른다.

나는 다시 콜먼의 전화기를 들어 전화번호 안내에 전화를 걸었다. 역시 셰리 메이플이라는 여자의 전화번호가 있었다. 하지만 에머리는 왜 셰리의 언니가 범죄에 희생되었다고 말했을까? 어째서 그냥 실종되었다고 하지 않았을까? 그건 셰리가 그에게 말해준 것일 테다. 그녀는 킴벌리가 죽었다는 것을 알고 있는 것이다.

여자 연쇄살인범? 언니를 죽인 뒤에 자신이 살인을 즐긴다는 것을 깨닫고 계속 그 일을 저질러온 것일까?

넌 지금 매우 피곤하고 지친 상태야. 난 생각했다. 일단 멈추고 좀 더 생각해보자. 나는 지그문트를 떠올리며 몇 번 정도 호흡을 내쉬었다 다시 들이마셨다. 그는 첫 번째로 세워진 가정을 늘 부정했다. 나는 범죄 현장에서 찍은 킴벌리 메이플의 사진을 집었다. 플로이드 린치의 말대로 그녀가 첫 번째 피해자였다면 어떻게 해서 그녀의 시신이 그 차 안에 13년 동안이나 방치될 수 있었던 것일까? 당시 셰리는 몇 살이었더라, 기껏해야 열네 살? 그녀가 오래전 투손에서 멀리 떨어진 곳에서 발생한 살인 사건과 관련이 있다고 생각하는 것은 어리석기 짝이 없었다. 차를 빌리는 것은 고사하고 운전면허증조차 딸 수 없는 나이였다. 나는 다시 사진을 들여다보았다. 킴벌리의 얼굴이 셰리의 얼굴로 보였다가 다시 원래대로 돌아왔다.

다시 한 번 정리해보자. 인과 관계를 따져보는 것이다. 콜먼은 플로이드 린치가 피해자들의 귀를 갖다버렸다고 하자 그의 자백이 거짓일지도 모른다고 의심했다. 그녀는 사건의 재수사를 위해 상사와 휴스에게 그러한 점을 이야기했고, 그 외에 또 누구에게 이야기했는지는 하늘만이 알 일이다. 그리고 두 사람은 그녀의 이야기를 무시했다. 정말 그렇게 묵살당한 것이 맞을까? 혹시 범인이 내부 사람은 아닐까?

모리슨은 콜먼이 나와 지그문트를 사건에 끌어들이자 사건에서 그녀를 제외시켰다.

모리슨에게서 받은 압박에 좌절한 콜먼은 뒤로 물러났지만, 내게 지그문트의 프로파일 이론을 적용한 분석 자료와 신문 과정을 녹화한 동영상을 건네주었다. 콜먼이 공식 허가 없이도 수사를 지속하리란 것을 대체 누가 알았을까? 콜먼과 그 이야기를 나누었던 때는 플로이드 린치의 집에 갔다가 돌아오는 차 안에서가 유일했는데.

그리고 술집에서도. 두 번이었다. 나는 그때 술집에 누가 있었는지 기억을 더듬어보았다. 경찰들, 셰리, 에머리, 내가 모르는 다른 사람들. 그 사람들은 누구였을까? 우리가 이야기하는 것을 들었던 것일까?

나는 머릿속으로 당시 술집의 모습을 다시 떠올려보았다. 선반 제일 위에 자리한, 먼지 쌓인 타란툴라 데킬라 병. 금전등록기 옆에 놓여 있던 장미. 족발 절임이 담겨 있던 단지. 벽면에 붙어 있던 스페셜 올림픽과 토이즈 포 타츠의 공로장. 술집에서 파티를 했던 사람들의 사진들. 내가 목소리를 높이는 바람에 사람들이 우리 쪽을 쳐다보았던 몇 번을 제외하고는 누구도 우리의 이야기를 들을 수 있을 만큼 가까이 있지 않았다. 내가 무슨 이야기를 했더라?

NamUs에서 나는 경찰 보고서를 클릭한 뒤 얼마나 많은 정보들이 그곳에 담겨 있는지 확인하고는 기뻐 어쩔 줄 몰랐다. 경찰에서 작성한 것이 아니었다. 킴벌리는 이 사이트가 개시되기 수년 전에 실종되었기 때문이다. 그건 바로 범죄학 공부를 통해 많은 것을 알게 된 셰리가 입력한 것들이었다. 부모님은 콜로라도주 두랑고 근처 목장에 살고 있었고, 킴벌리는 애리조나 주립 대학교 인류학 학사 과정을 공부 중이었다. 수색은 실종된 지 사흘 만에 시작되었다. 사건과 관련해 그녀의 담당 교수들과 같은 과 친구들, 그녀를 마지막으로 보았던 룸메이트, 그리고 그녀의 남자 친구의 인터뷰 내용들도 데이터베이스에 포함되어 있었다. 셰리는 그 모든 이들의 이름을 입력해놓았다. 나는 한 명씩 일일이 살피며 그들의 인터뷰 요약본을 읽어 내려갔다. 모두 낯선 이름이었다. 하지만 남자 친구의 이름에서 난 멈칫하고 말았다.

그의 이름은 임레 배서리였다.

그는 킴벌리와 만나면서 분명 셰리에 대해서도 알고 있었을 것이다. 그는 동정심을 보이는 데 능숙했다. 아마 그 가족 전체와 돈독하게 지내며 셰리의 유혹은 보험쯤으로 생각했을 테지. 셰리가 그에게 NamUs에 대해 이야기했을까? 사이트에 모든 정보들을 입력해두었다는 것도? 술집을 팔고 도시를 떠나지 않은 것은 계산된 위험이었다. 결백한 남자가 보일 법한 행동을 한 것이다. 이름을 바꾼다면 분명 누군가 이유를 물었을 테니 그는 약간의 수정을 가했을 뿐이었다. '에게시게드레'가 헝가리어로 '건배'를 뜻한다는 것을 아는 정도로 나는 '임레'가 헝가리어로 '에머리'라는 것을 알고 있었다.

이런 사소한 지식도 언제 어디서 유용하게 쓰이게 될지 알 수 없는 일이다. 에머리가 그 모든 일과 연관이 있었다는 것을 어떻게 확신할 수 있을까?

에머리스 칸티나에서 만취했던 그날 밤, 내가 보았던 그것, 단지 상상일 뿐이라고 생각했던 그것. 바로 그 단지 속의 족발 절임. 그 단지는 먼지투성이였다. 먹겠다고 나선 사람이 아무도 없었기 때문이겠지. 아마 그것은 그 선반에 수년 동안 보관되어 있었을 것이다.

그게 도무지 족발처럼 보이지 않았던 내 눈을 믿었어야 했다. 때로는 상상이 상상에 그치지 않을 때가 있다.

48

 골목길로 차를 몰며 경찰들이 있지 않은지 살피는 가운데 나는 술집에 딸린 주차장으로 들어섰다. 차에 앉아 있다가는 모습을 들킬 수 있었기 때문에 나는 권총과 물 한 병을 챙겨 들고 나와, 스트립몰 끝의 그늘진 벤치에 앉아 부동산을 살피러 온 사람인 척하며 술집의 출입구에서 눈을 떼지 않았다.
 내가 지켜보는 가운데 손님들이 드나들었다. 대부분 경찰이었다. 주변에 경찰들이 포진하고 있는 이상 에머리는 콜먼에게 아무 짓도 하지 못할 것이다. 다만 그 때문에 나 역시도 행동에 나설 수 없었다. 그들의 힘을 빌릴 수 있다면 좋겠지만 지금쯤이면 내 체포 영장이 발부되었을 테니 술집 수색에 도움을 받을 수 있을 리 없었다. 그래서 난 기다렸다.
 술집 앞에 자리한 자그마한 주차 공간을 보면 이른 저녁 시간인 지금은 손님들이 전혀 없는 듯했다. 투손에서는 오후 5시면 다들 저녁 식사를 마쳤다. 앞쪽에 남아 있는 차는 단 한 대뿐이었다. 베이지색의 현대 차. 내 차를 가지러 왔을 때 에머리와 셰리가 타고 가는 것을 보았다.

나는 그 차로 걸어갔다. 트렁크를 한 번 세게 내려쳤다. 응답은 없었다. 콜먼이 이 안에 있다면 이미 죽었을 것이다. 게임 끝인 것이다. 나는 콜먼이 여기에 없을 거라고 혼잣말을 했다.

나는 등을 건물의 벽면에 바짝 붙인 채 차의 앞쪽으로 돌아갔다. 여름날 저녁의 희미한 불빛 속으로 차들이 지나갔다. 이곳에서 무슨 일이 벌어지고 있는지 조금도 모른 채.

무작정 뛰어들기보다 나는 우선 건물 주변을 재빨리 돌아보았다. 다른 손님이 술집을 찾기 전에 잠입할 생각이었다. 경찰은 수색에 방해가 될 테고 민간인은 일이 어그러질 경우 피해를 입을 수도 있다. 술집의 창문은 모두 천장과 가까운 높은 곳에 달려 있어서 들고 나는 것을 들킬 염려가 없었다. 뒤편에 자리한 하나의 문은 분명 주방과 연결되어 있을 것이다. 조용히 문을 열어보았지만 잠겨 있었다. 조그마한 뜰 건너편에 자리한 술집의 창고 역시 잠겨 있었다. 나는 그곳을 가볍게 두들겨보았지만, 신음 소리나 응답의 노크 소리 같은 것은 들리지 않았다.

좀 더 다급하게 나는 다시 건물의 반대편으로 돌았다. 주출입구 외에는 안에 들어갈 수 있는 방법이 없었다. 나는 권총을 든 채 다른 손으로 두터운 나무로 된 술집의 문을 밀어 열었다. 에머리가 아직 그 문을 잠그지 않은 것이 다행이었다. 나는 문설주에 등을 대고 술집의 희미한 불빛에 의지해 안을 살펴보았다. 그런 뒤 내 뒤로 문을 잠그고 '영업 중'이라고 적힌 네온사인의 불도 꺼버렸다.

범죄 수사에 잔뼈가 굵은 수사 인력이라면 이곳에서도 능히 범죄의 냄새를 맡을 수 있을 것이다. 단지 책을 읽어서 알 수 있는 피비

린내나 시신이 부패하면서 풍기는 냄새를 말하는 것이 아니다. 그 외 부수적인 냄새들이 있었다. 대부분의 살인 사건 수사관들은 살인 사건 현장에는 특유의 냄새가 있다고 입을 모아 말한다. 잔향이 오래가는 그 냄새는 유황과 올리브오일이 한데 섞인 듯한 것으로, 자신이 곧 죽을 것이란 사실을 알고 있는 사람에게서 뿜어져 나오는 것이었다. 모두들 그것을 공포의 냄새라고 불렀다.

늘 북적이고 소란스러운 장소였기에 경찰들도 눈치채지 못했다. 흐린 불빛 아래, 그 어떤 소음도 없이 혼자 서 있자니 이제야 알 수 있을 것 같았다. 에머리 특유의 체리 버번 파이프 담배 냄새와 오래된 프라이드 어니언, 그리고 수천 개의 사람들 체취 뒤로 오래된 피 냄새가 났다. 그리고 내장의 냄새도. 가솔린의 냄새도 어디선가 풍겨오고 있었다. 술집에서 흔히 맡을 수 있는 냄새는 아니었.

냄새가 흘러나올 법한 장소가 세 군데 있었다. 바 뒤, 뒤편의 주방, 혹은 오른쪽에 자리한 사무실. 나는 탁자 아래 바닥을 살피기 위해 잠시 몸을 숙였지만 아무것도 찾지 못했고 다시 몸을 일으켜 벽에 등을 기대고는 잠시 편안함을 느꼈다. 첫 번째 목표인 바 뒤로 이동하려는 찰나 사무실 쪽에서 휘파람 소리가 들렸다. 사무실에서 모습을 보인 에머리는 내가 어둠 속에 서서는 자신을 향해 총을 겨누고 있는 것을 보고는 깜짝 놀라고 말았다.

"안녕, 에머리."

내가 말했다.

손님이 자신을 향해 총을 겨눈 채 어둠 속에 서 있는 모습을 보고 한 번 놀란 그는 금세 차분해졌다. 그 모습을 보니 더욱 확신이 들었다. 내 무기로 말미암아 그는 내가 모든 걸 알게 되었다는 사실을 깨달았을 것이다.

"여기서 보게 되다니 반갑군."

그가 활짝 미소를 지으며 말했다. 술집 안에 빛은 충분했기 때문에 그의 앞니 하나가 빠진 것을 볼 수 있었다.

아무 말없이 나는 그에게로 조금 가까이 다가갔고, 그러는 동안 요 며칠 사이 쌓인 스트레스와 피로로 인해 살짝 비틀거렸다. 하지만 뇌에서는 근육을 향해 경계하라는 신호를 보냈다. 나의 뇌는 내 상태가 얼마나 엉망인지에 대해서는 전혀 관심이 없었기 때문이다.

내가 비틀거리는 것을 본 에머리의 두 눈이 어슴푸레하게 빛났다. 그는 내가 정말 위험인물인지 가늠해보고 있었다. 나 역시도 그 점이 의심스러웠다.

"바 뒤로 가지 마. 거기 그대로 있어. 손은 보이는 곳에 두고."

그는 차분히 손을 들어 바 끝에서부터 팔 길이 정도 거리 밖으로 몸을 밀어 떨어뜨린 뒤 그 어떤 보호물 없이 바의 저쪽 편 끝과 사무실 문 사이의 중앙 위치에 섰다.

"로라 콜먼을 죽였나?"

내가 물었다. 그에게 시선을 떼고 싶지 않았지만 순간 카운터 끝에 있는 족발 절임 단지에 눈이 가고 말았다.

그는 내 시선이 흔들리는 것을 눈치챘다.

"바로 여기에 있지."

마지막 말이 끝나기가 무섭게 그는 왼편으로 움직여 사무실 문을 통과해 사라지고 말았다.

"제길."

내 이점을 상실한 것에 대해 욕설을 뱉었지만, 여전히 내게는 총이 있었다. 희미한 불빛의 사무실 안에서는 아무런 소리도 들리지 않았고, 재빨리 살펴본 결과 다른 출구가 있지도 않았다. 빠르게 움직이며 그가 자신의 총을 바 뒤에 두고 간 상황이기를 바랐다. 얇은 판자로 막힌 사무실 벽은 어떤 보호막도 되지 못했기에 나는 최대한 몸을 낮춘 뒤 조용하게 사무실 문 쪽으로 이동했다. 문 옆으로 몸을 일으키며 나는 생각했다. 간단하다. 목숨을 부지할 것, 로라 콜먼을 찾을 것. 사무실의 저쪽 왼편을 살폈지만 거기에는 아무도 없었다. 나는 호흡을 가다듬으며 요동치는 심장을 잠재우려 애썼다. 문의 반대편으로 돌아가는 중에도 총격은 없었다. 나는 사무실의 맞은편과 더불어 책상, 의자를 훑어보았다.

그때 의자에 고꾸라져 있는 콜먼이 눈에 들어왔다. 복부가 열려 온통 피범벅이었다.

분노가 치솟은 난 그놈을 죽이든지 내가 죽든지 끝장을 볼 작정으로 사무실로 들어갔고, 그때 신음 소리가 들렸다. 고개를 돌리니 터널 시야 효과가 밀어닥쳤다. 난 순간적으로 눈이 멀었다. 그리고 또 다른 콜먼이 보였다.

순식간에 방아쇠를 당겨야 한다는 충동을 느꼈지만 내 몸의 모든 근육이 그 충동을 막아냈다. 추락할 때 몸의 신경들이 굳는 것처럼. 그와 동시에 뇌는 두 번째 콜먼의 정체를 분주하게 파악했다. 그러는 사이 두 번째 콜먼은 사무실 저편에서 마치 꼭두각시처럼 내게 던져졌다. 그녀의 몸이 나와 부딪히면서 서로 발이 꼬여 우리는 함께 쓰러졌고, 그 바람에 손에 들고 있던 총을 놓치고 말았다. 나는 절망 어린 눈으로 남자의 손이 그것을 줍는 것을 바라보았다. 총을 놓치면 안 되는 거였다.

부디 맥스가 나에 대해 지명 수배를 내렸기를. 그래서 지금 나를 찾고 있는 중이기를. 점점 그 포위망을 좁혀 오고 있는 중이기를. 지금이야말로 기병대의 돌격이 절실한 순간이었다.

이제야 살인범으로 밝혀진 그 남자가 내게 총을 겨누었다.

"여자를 옆으로 굴려."

그가 말했다.

콜먼의 양손은 투명한 포장용 테이프로 손목이 한데 묶여 있었다. 입 위로도 우악스럽게 더 많은 테이프를 붙여놓은 상태였다. 나는 몸을 일으킨 뒤 그녀도 일으켜 세웠지만 그녀는 목 안으로 신음 소리를 내며 푹 주저앉고 말았다. 나는 입에서 테이프를 떼어내려 했지만 에머리는 말보다 총을 앞세우며 움직이지 말라고 했다.

그 순간에는 그의 말대로 따르며 나는 그녀에게 물었다.

"어디, 다쳤어요?"

콜먼은 흐느끼면서 태아처럼 웅크린 자세로 앉아 있었고 가슴께로 올라온 무릎 사이로 두 손을 움직였다. 나는 바닥에 피가 떨어져 있는 것을 보았다.

"힘줄을 잘랐군."

내가 말했다.

"양쪽 다."

그가 말했다. 내게서 거리를 유지하고 있었다. 제럴드 피질이 어떻게 죽었는지를 염두에 두고 있는 것이 분명했다. 그는 무기를 갖고 있다는 이점에도 불구하고 매우 조심하고 있었다.

하지만 콜먼이 살아 있다. 그녀를 살려야 했다. 부상을 입은 다리에 통증이 가지 않도록 최대한 부드럽게 그녀를 부축해 사정거리

밖으로 인도했다. 콜먼은 사무실 끝에 자리한 잿빛의 철제 캐비닛에 몸을 기댔다. 그녀의 눈빛이 내게 조용히 애원했고, 나는 할 수 있는 한 가장 최선의 거짓말을 했다. 아무 걱정할 필요가 없다고. 그녀가 믿을 이야기면 뭐든 말해주고 싶었고, 그게 그렇게 무리한 일은 아니라고 생각했다. 에머리의 손에 여전히 총이 들려 있는 가운데 나는 처음 콜먼이라고 생각했던 시신으로 관심을 돌렸다.

무언가를 지나치게 상상한 나머지 실제로 눈앞에서 그걸 목격하는 인지적 불일치 현상 중의 하나였다. 콜먼의 시신이 당연히 그곳에 있으리란 생각에 몰두한 나머지 생각한 대로 보고 만 것이다. 하지만 시신의 정체는 셰리 메이플이었다. 나를 이끌었던 죽음의 냄새 그대로 그녀는 이미 이 세상 사람이 아니었다. 책상 옆에 놓인 오래된 의자에 아무렇게나 축 늘어진 채로 나와 마주하고 있었다. 초점을 잃은 눈동자와 불가능한 각도로 꺾인 머리가 복부의 총상이 아니더라도 이미 목숨을 잃은 상태였다는 것을 말해주었다.

"넌 죽어 사라졌어야 해."

난 큰 소리로 외쳤다.

"이 빌어먹을 쓰레기 같은 자식."

에머리는 아무런 대꾸도 하지 않았다. 그저 내 뒤로 움직이며 또 다른 무기의 존재를 알리듯 그것으로 내 등을 툭툭 쳤다. 그런 뒤 다른 쪽 손을 들어 책상 앞에 놓인 또 다른 의자를 가리켰다. 책상 위는 깔끔했다. 오래된 유선 전화기와 스테이플러, 메뉴판 몇 개, 파이프 담배 고정대가 함께 들어 있는 담배 상자와 연필만 빽빽하게 꽂혀 있는 연필꽂이뿐이었다. 에머리는 책상 뒤에 놓인 또 다른 의자에 앉은 뒤 말했다.

"앉지."

나는 왜 그가 나를 빨리 죽이지 않을까, 아니면 적어도 달아나지 못하도록 만들지 않는 것일까 의아해하며 그의 맞은편에 앉았다. 아무리 에머리 같은 정신병자와 함께 있다고 해도 이 대화에 셰리가 동석하는 것이 섬뜩하게 느껴졌다.

하지만 그게 오히려 도움이 되기도 했다. 콜먼이 저쪽 편에 무기력하게 쓰러져 있고, 셰리가 죽어 있는 모습을 보고 있자니 내 자신이 다 빠져나가는 듯한 기분이 들었기 때문이다. 카를로가 세탁기에서 내 피 묻은 옷가지들을 발견한 사실을 알게 되었을 때와 같았다. 다만 이번에는 그편이 더 나았다. 덕분에 침착한 상태로 내 앞의 살인범을 담대하게 마주할 수 있었다. 콜먼에게 설명하려고 했던 것이 바로 이것이었다. 우리 모두 정복하고 싶은 무언가가 되어야만 하고, 그건 환영할 만한 일이라고 말이다. 그건 곧 '브리짓 퀸, 너는 꼭 살아남아야 한다.'라는 생각이 힘을 발휘하기 시작한다는 것을 의미하기도 하니까.

"셰리는 왜 죽였지?"

이 상황에서 어떻게 하면 빠져나갈 수 있을지 고심할 시간을 벌기 위해 내가 물었다.

"당신이 콜먼 요원에게 한 짓을 봤기 때문인가?"

"아니, 냉동실에서 이걸 발견했기 때문이지."

그가 책상 뒤로 뻗어 나온, 부츠를 신은 누군가의 다리를 발로 찼다. 그 사람 때문에 자신의 연인이 죽었다는 듯 매우 원망스러운 표정이었다.

나는 잠시 아찔해졌지만 카를로는 부츠를 신지 않는다는 사실을 깨달은 다음에야 다시 정신을 차릴 수 있었다.

"봐도 될까?"

"얼마든지. 단, 천천히 움직이라고."

그는 책상에 내 권총을 올려놓고 셰리에게 사용한 12구경 소드오프를 집어 들어 천천히 일어서고 있는 나를 겨냥했다. 나는 곧 보게 될 광경에 대해 마음을 단단히 무장하며 책상 옆으로 움직였다. 시신은 입 주변에 말라붙은 약간의 피를 제외하고는 상태가 꽤 양호했다.

"누구지?"

모르는 사람이라는 것에 안도하며 내가 물었다.

"알게 뭐야? 노숙자처럼 보이는 사람을 찾느라 시간 좀 걸렸다고. 그래야 아무도 찾지 않을 테니."

"특별한 이유가 있었나, 아니면 그냥 재미로?"

그는 기분이 상한 듯 보였다.

"아주 훌륭한 이유가 있었지. 체형이 나랑 비슷한 거 보여? 여길 날려버릴 때 내 대역이 될 거야."

나는 최대한 반응을 자제한 채 방금 획득한 중요 정보를 머릿속 깊은 곳에 저장했다.

"신분 확인은 어쩔 작정이야? 지문이나 치과 기록이 남아 있을 텐데."

에머리는 자신의 얼굴 옆면을 툭툭 두드렸다.

"치과 기록 같은 건 없어. 난 바위처럼 단단한 턱을 가졌거든. 경찰들도 내가 그렇게 이야기했던 것을 기억하고 있을 거야. 게다가 만약을 대비해 오늘 아침 술집에서 이렇게 만들었지…."

그는 윗입술을 들어 치아가 사라진 부분을 보여주었다.

"이걸 부러뜨리고 우연처럼 보이게 만드는 과정이 간단하진 않았어."

그가 말하고는 부츠를 신은 발끝으로 시신의 입술을 들어 보였다. 그 역시도 치아 하나가 빠져 있었다.

"지문 기록 같은 것도 있을 리 없지."

그가 말했다.

"하지만 덕분에 생각이 달라졌어. 만약의 경우를 대비해야겠군. 폭발에 지문이 확실히 없어지도록 조처해야겠어. 좀 더 보충해야 할 부분이 또 뭐가 있지?"

"저 남자는 얼마나 오랫동안 여기 있었던 거지?"

나는 그에게 계속 말을 시켜 무엇이든 실수거리를 포착해낼 작정이었다.

"아, 아주 신선한 놈이지. 여기 별로 오래 있지 않았어."

한 손으로 여전히 내게 총을 겨눈 채 그는 책상 서랍을 열어 포장용 투명 테이프를 꺼냈다.

"사무용품이 얼마나 유용한지 그저 놀라울 따름이야."

그가 말하며 내게 테이프를 던졌다.

"바닥에 앉아서 직접 발목 주위로 둘러주겠어?"

"꺼져버려."

에머리는 왼손으로 책상에서 철제 스테이플러를 꺼내 오른쪽에 무기력하게 누워 있는 콜먼에게 다가갔다. 나는 소리쳤지만 그를 막지 못했고 그는 그녀의 귀 가장자리에 스테이플러를 박았다. 그녀는 고통에 몸부림쳤지만 입에 붙은 테이프 때문에 비명이 나오지 않았다.

"이 정도면 내 말 뜻이 제대로 전달되었겠지, 안 그래?"

에머리는 담담한 어조로 이야기했고, 덕분에 그의 말은 진심처럼 들렸다.

나는 그의 지시대로 발목 주위로 테이프를 감으며 어떻게 하면 우리 둘 모두를 구하는 시간을 벌 수 있을지 생각했다. 그가 만족할 때까지 나를 속박하고 난 뒤에야 그는 내게서 테이프를 가져갔고 같은 방식으로 내 손을 등 뒤로 돌려 손과 손목을 묶었다. 그 바람에 손가락까지 전부 테이프에 덮이고 말았다.

"이제 어느 정도 마무리가 됐군."

그가 말했다. 내 등 뒤에 있어 직접 볼 수는 없었지만 그가 미소 짓는 것을 느낄 수 있었다. 그의 자신감이 점점 커지고 있었다.

"외국어 따위로 신소리를 했던 것은 기발했지, 안 그런가? 그래도 당신을 손에 넣을 수 있는 기회를 놓쳤다고 생각했는데, 여기 이렇게 나타났으니."

그는 나를 바닥에 패대기쳤다.

호흡을 고르고 어느 정도 정신을 차린 뒤 내가 물었다.

"피질도 린치를 만났던 것과 똑같은 방식으로 접촉했나? 인터넷으로?"

에머리는 동의의 뜻으로 고개를 끄덕였다.

"플로이드 린치는 정말 또 다른 살인범인 줄 알았어. 병원에서 만났을 때에야 아니라고 하더군. 그놈, 아마 죽었겠지?"

난 고개를 끄덕였다.

그가 말했다

"그놈을 끌어들인 게 실수였어. 그 때문에 이 술집을 잃게 됐지. 하지만 다른 곳에 또 차리면 그만이야. 또 다른 신분으로 말이지. 이제 셰리도 죽고 없으니, 다시 시작하는 거야."

다시 시작한다는 것이 무슨 의미인지에 대한 설명 없이 그는 내 권총을 바지 뒤춤에 꽂아 넣었다. 그런 뒤 사무실 밖으로 나갔다. 나는 즉시 콜먼에게로 고개를 돌렸다. 그가 무엇을 알고 있는지, 어떤 가능성이 있는지 알아야만 했다. 나는 그녀에게로 조금 가까이 다가갔다. 그래야 낮은 목소리로 이야기할 수 있을 것 같았다.

"다른 생각은 하지 말아요. 빨리 얘기해요."

나는 계속해서 속삭였다.

"뭐든 아는 거 있어요?"

콜먼은 눈을 감은 채 고개를 끄덕였다.

"죄송…."

손을 쓸 수만 있다면 그녀의 뺨을 때렸을 것이다. 대신 나는 그녀의 이마에 내 이마를 대고 말했다.

"나를 봐요, 콜먼 요원. 우리는 같이 여길 빠져나갈 거예요. 우리는 둘 다 살 수 있어요. 그러니까 이제 마음 단단히 먹어요. 혹시 그가 약물을 주입했어요?"

콜먼은 핵심적인 단어들을 스타카토처럼 내뱉었다.

"진정제. 기운이 없어요."

"여기까지 어떻게 끌고 왔어요?"

그녀는 목소리에 좀 더 힘을 실어 말했다.

"집 밖에서 기다리고 있었어요. 테이저건을 사용했고, 눈치채지 못했어요."

"계속 나를 봐요. 무기는요?"

"셰리를 죽일 때 사용했던 엽총. 지금은 어디에 뒀는지 모르겠어요…. 그리고 선배님 총. 그게 알고 있는 전부예요."

콜먼의 치아가 덜덜 떨리더니 두 눈이 초점을 잃어가고 있었다. 곧 쇼크 상태에 빠질 듯했다.

"통증은 어때요?"

나는 현재 시각을 물을 때와 똑같이 단조로운 음성으로 그녀에게 물었다.

"그렇게 나쁘진 않아요."

나는 두 손을 들어 한쪽 손등을 그녀의 얼굴에 가져다 댔다.

"잘하고 있어요. 아주 잘하고 있어요. 정신 잃지 말아요."

콜먼은 계속해서 몸을 떨었지만 고개를 좌우로 흔드는 가운데 눈빛만큼은 내게서 벗어나지 않고 있었다.

"그가 나를 창고 어딘가에 계속 가둬뒀어요."

콜먼은 뭔가 도움이 될 만한 것을 떠올리려고 애쓰고 있었다.

"근데 왜 여태 살려둔 거예요?"

내가 물었다.

"그가… 그가 말하길, 언제 이곳을 빠져나가야 할지 모르니 필요할 때 금방 죽여야 좋다고 했어요."

나는 고개를 끄덕였고, 그때 주방으로 이어지는 복도에서 발자국 소리가 들렸다.

49

에머리는 자신의 엽총과 함께 족발 절임 단지를 들고 사무실로 돌아왔다. 그런 뒤 저쪽 벽 모퉁이에 엽총을 기대어놓고 단지를 책상 위에 올려놓았다.

"이걸 가져가는 걸 잊으면 안 되지."

그가 말한 뒤 한창 대화 중이었던 것처럼 다시 말을 이어나갔다.

"킴벌리 동생이… 아, 둘이 자매 사이인 건 이미 알고 있겠지?"

나는 고개를 끄덕였다.

"…6년 전에 일자리를 찾으러 여길 왔었지."

그는 생각에 잠긴 듯 손으로 단지의 옆면을 쓸었다.

"이제 아무것도 아니게 되었어. 이 사업 자체가 아무것도 아니게 되어버렸단 말이야. 살아 있는 셰리는 그 자체로 기념이었는데 말이지. 그녀와 사랑을 나눌 때마다 그때의 일이 생생하게 되살아났었다고…"

그는 책상 뒤에 놓인 의자로 향하며 손으로 죽은 셰리의 머리카락을 쓰다듬었다. 그리고 체리 버번 담배를 파이프에 채웠다. 절대 잊을 수 없을 냄새가 될 터였다.

"만난 지 7년째 되는 해에는 권태기가 온다더군."

그는 파이프에 불을 붙인 뒤 몇 번 빨고는 책상 뒤에 오디오처럼 보이는 곳의 버튼을 눌렀다. 우리의 목소리가 들렸다.

"다른 생각은 하지 말아요. 빨리 얘기해요. 뭐든 아는 거 있어요?"

"죄송…."

"나를 봐요, 콜먼 요원. 우리는 같이 여길 빠져나갈 거예요. 우리는 둘 다 …."

내가 말했다.

"이거였군. 이곳 전체가 도청당하고 있었던 거야."

에머리는 친절하게도 녹음기를 껐다.

"아주 오랫동안 이야기를 듣고 있었지, 브리짓 퀸."

"술집 어디에 있든 버튼 하나만 누르면 우리 이야기를 다 들을 수 있었겠어."

"아, 술집에서의 일만을 얘기하는 게 아니야."

그는 여자의 목소리를 따라하듯 어조를 높였다.

"제시카? 제시카, 듣고 있어?"

그는 나를 조롱할 생각이었다. 하지만 그날 밤을 떠올리고, 그가 아이팟의 무전기 이어폰을 귀에 꽂고 내가 제시카를 애타게 부르는 것을 듣고 있는 장면을 떠올리니 우리 둘 중 한 명은 머지않아 죽으리라는 확신이 더욱 강해졌다.

그는 파이프에 다시 불을 붙이며 나를 쳐다보았다. 정처 없는 상념처럼 그의 입가로 파이프 연기가 새어 나왔다.

"플로이드 린치가 버려진 차에 대해 알고 있으리라고는 예상하지 못했지. 경찰에게 붙잡혀 그 버려진 시체들로 거래를 할 줄은 몰랐어. 네가 갑자기 나타나 콜먼의 의심점에 불을 지피지만 않았어도 모든 게 완벽했을 거야."

"내가 피질을 죽이지만 않았어도 말이지?"

"그놈을 죽였나?"

에머리를 웃음을 터뜨렸다. 그의 코로 파이프 연기가 발작적으로 뿜어져 나왔다. 엽총에 엉망인 셰리의 시신을 제외하고는 모든 계획이 잘 풀려나가자 그는 좀 더 편안한 기분이 드는 듯했다.

"확신하진 않았지만, 그렇게 됐을지도 모른다고 생각은 했지."

"내가 당신의 계획을 일부분 망친 것 같은데."

"그래, 하지만 여기 이렇게 등장해주었으니, 상관없어."

그가 말했다.

"이쯤 되면 사건의 모든 전말을 다 아는 셈이군. 다른 사람에게 이야기한 적 있나?"

에머리가 미간을 찌푸리며 물었다.

계속 그의 의심을 부추기자. 비록 바닥에 힘없이 쓰러져 있긴 하지만, 콜먼은 아직 살아 있는 듯 보인다. 그녀를 살려야만 한다.

"플로이드 린치는 천재가 아니었지만, 그래도 본인이 읽은 것들은 꽤 잘 기억하고 있었지. 당신이 보낸 이메일들도 전부 갖고 있었고. 자기 필적으로 만들기 위해 그것을 모두 필사하기까지 했어."

"재밌지 않아, 브리짓 퀸?"

그는 내 면전에서 내 이름을 부르는 것이 몹시 기쁘다는 듯 미소를 지었다.

"바로 당신이 이렇게 만든 거야. 수년 동안 난 내 흑빛 기념품에 만족하고 있었는데, 너희 둘이 별안간 나타나 린치가 한 짓이 아니란 이야기를 떠들어댔지. 그때부터 모든 게 다시 풀어지기 시작했어."

그의 말에 난 점차 냉정함을 잃고 있었다. 하지만 주출입문에서 들리는 노크 소리 때문에 그의 관심은 내게서 멀어졌다.

50

우리 둘 모두 두 번째 노크 소리에 더 주의 깊게 귀를 기울였다. 여전히 통증과 약물에 취해 있는 콜먼만이 별다른 반응을 보이지 않았다. 내 발목에 묶인 테이프만 아니었다면 당장 문밖으로 뛰쳐나갈 기회를 노렸을 것이다. 나는 큰 소리로 비명을 질렀지만 아마 밖에까지는 들리지 않을 것이다. 게다가 에머리가 곧장 다가와 내 얼굴을 손등으로 내리쳤다. 내가 얼어 있는 사이 그는 내 입에 테이프를 바른 뒤 사무실 밖으로 나서며 등 뒤로 문을 닫았다.

테이프 사이로 소리를 질러보려 했지만 실패했고 결국 나는 머리를 바닥에 떨어뜨렸다. 피에 젖은 얇은 카펫 위로 볼이 일그러졌다. 나는 거칠어진 호흡을 달래며 밖에서 들리는 소리에 최대한 귀를 기울였고, 그와 동시에 테이프를 느슨하게 만들기 위해 거친 카펫의 털에 계속해서 얼굴을 문질렀다.

"잠시만요!"

에머리가 우리에게도 들릴 만큼 크게 외치는 소리가 들렸다. 발자국 소리가 술집에서 멀어지는 듯하더니 모터 돌아가는 소리가 들렸다. 주방의 식기세척기 소리인 것 같았다. 그 모터 소리에 발자국 소리가 다소 묻혔고, 음악 소리까지 그에 가세했지만 부드러운 음조라 방금 튼 것 같은 테는 나지 않았다. 무슨 음악인지는 알 수 없었다. 옛날 서부 컨트리풍의 노래인 듯했다. 다시 그의 목소리가 들렸다.

"아, 안녕하세요. 오픈하려면 좀 더 있어야 해요. 사소한 문제가 좀 생겨서 수리 중이에요."

방문자가 누구인지는 몰라도 안으로 발을 들여놓았음이 분명했다. 남자의 목소리가 들렸기 때문이다. 음악에 묻혀 목소리를 가늠하기 힘들었지만, 나는 숨을 멈추고 모든 감각을 동원해 경청했다.

"사실 누구를 좀 찾고 있습니다."

"지금 여기에는 저 말고 아무도 없는데요."

"몇 가지 물어봐도 될까요?"

"뭔데요?"

"제럴드 피질이라는 이름의 남자에 대해 들어본 적 있습니까?"

침묵.

"아뇨, 죄송하지만, 들어본 적 없어요. 누구죠?"

"대여섯 개의 전화번호를 추적 중인데 이곳 또한 그가 전화를 걸었던 곳이더군요."

침묵.

"저기, 제가 대접이 소홀했네요. 잠시 들어와서 마실 것 좀 드시죠, 성함이…."

"코요테. 코요테 보안관보입니다."

침묵이 잠시 지속되었다. 맥스가 술집 안으로 들어온 것이 분명했다.

"전 에머리 배서리예요. 여기 오신 적이 있으신 것 같은데요."

"유명한 곳이잖아요."

"이쪽으로 오세요."

"배서리 씨, 제가 시간이 별로 없어서요."

"저도 마찬가지예요. 하지만 교양인이라면 마땅히 접대를 해드려야죠. 어서 오세요."

식기세척기와 주크박스의 소리가 발자국 소리를 묻어버렸기 때문에 그들이 어느 지점에 있는지 확실히 알 수 없었지만, 침묵이 이어지는 것으로 봐서는 안쪽으로 좀 더 들어온 것이 분명했다. 에머리가 바지 뒤편에 찔러 넣은 권총을 들키지 않도록 교묘하게 각도를 조절하며 맥스의 뒤에서 걷고 있을 모습을 상상할 수 있었다. 맥스는 서 있거나 스툴에 앉아 있을 것이다.

"소다?"

"고맙지만 괜찮습니다."

"그래서 아까 그 사람이, 누구라고요?"

"제럴드 피질."

"그 제럴드 피질이라는 사람이 여기로 전화를 했을 거라고요?"

"아, 네. 저희가 알기론 그렇습니다. 근데 찾고 있는 건 그 사람뿐만이 아니에요. 우연일지도 모르겠지만, 이 술집 뒤편 주차장에 주차되어 있는 차가 제가 알고 있는 여성분의 것이더군요. 마침 그 사람을 만나야 할 일이 있고요."

"왜 그분이 여기 계실 거라고 생각하시죠?"

"백색의 머리카락에 키가 작은 여성입니다. 나이는 좀 있지만 단단한 체형이고요."

맥스가 에머리를 시험해보고 있는 것일까? 아니다, 제럴드 피질의 전화기에서 찾아낸 삭제된 전화번호를 조사하는 중일 것이다. 하지만 맥스로서는 에머리가 살인범이라는 사실은 물론이거니와 그가 제럴드 피질과 관계가 있으리라고 의심할 이유가 없었다. 맥스는 에머리스 칸티나의 전화번호를 그저 그가 포장 음식을 사가던 술집 목록 중 하나로 생각했을 것이다. 그저 절차상의 확인이 필요했을 뿐. 잘해야 제럴드 피질이 이곳 단골 중 하나와 접촉했을 것이라 의심하고 들렀다가 내 차를 발견한 것일 테다.

문은 그저 패널 한 장으로 이루어져 있었다. 바깥의 대화 소리가 들릴 정도로 얇으니 체중을 실어 발차기를 한다면 벌컥 열릴 가능성도 있었다. 나는 몸을 꿈틀꿈틀 움직여 문 쪽으로 가까이 굴러보려 애썼다. 간신히 등을 대고 눕자 척추에서 통증이 시작되어 팔에까지 번졌다. 체중 때문에 팔이 무자비하게 눌렸기 때문이다. 그러는 동안에도 나는 밖의 대화 소리에 계속해서 절실하게 귀를 기울였다.

"이곳에 FBI 소속의 사람과 같이 오기 시작하던 그 작은 중년 여성분을 말씀하시는 것 같네요. 키가 크고 짧은 곱슬머리에 아주 예쁘장한 젊은 여성과 같이 왔었어요."

"같이 있는 걸 봤습니까?"

"몇 번쯤요. 하지만 그 중년 여성분을 찾으신다고요?"

"네."

"조금 전에 오셨었어요. 근데 그분은 왜요? 뭐 잘못한 거라도 있나요?"

"수사 중인 사건에 대해 몇 가지 물어볼 것이 있어서요."

몸을 움직이는 동시에 그들의 대화에 귀를 기울이기란 어려웠다. 하지만 난 간신히 두 번을 굴러 문에 꽤 가깝게 다가갔다. 하지만 좀 더 가속이 필요했다. 다시 등으로 몸을 굴린 뒤 뒤로 묶인 손의 관절을 지렛대 삼아 몸을 일으켜 앉았다.

"정확히 언제 왔었습니까?"

맥스가 물었다.

"오늘은 무척 바쁜 날이었기 때문에 정확히 말씀드리기는 어려워요. 오래 계시진 않았어요. 그 FBI 요원을 만나서 같이 자리를 뜬 것 같은데요. 주차장에 차를 둔 채로요. 앞 유리창에 메시지를 남기면 되지 않을까요? 물론 그분이 늦게라도 여기 다시 들르시면 보안관보님이 찾았다고 말씀드릴게요."

짧은 침묵이 흐르더니 맥스가 다시 입을 열었다.

"그렇게 멀리 갔을 것 같진 않아요."

"어째서죠?"

"항상 들고 다니는 토트백이 차 앞좌석에 그대로 있거든요."

"깜빡 잊으셨나 보네요."

이제 거의 문 앞이었다. 내 편에서도 잠금 장치를 살펴볼 수 있었다. 에머리는 문을 미처 잠그지 못했다. 덕분에 발차기로 문 열기가 더 쉬울 듯했다. 나는 몸을 쓰러트린 뒤 무릎을 모아 문을 향해 발차기를 했다. 하지만 아직 거리가 충분하지 못했다. 조금 더 가까이 다가갔다. 우연히 콜먼이 있는 쪽을 바라보게 되었는데 그녀는 두 눈을 동그랗게 뜨고 나를 쳐다보고 있었다. 앞으로 무슨 일이 벌어질지 깨달은 눈치였다.

"솔직하게 얘기해보시죠, 배서리 씨. 그분이 지금 여기에 있습니까? 혹시 무슨 얘기….”

 내게 기회는 오직 한 번뿐이었다. 나는 다시 무릎을 모아 문을 박 찼고, 마침내 벌컥 열렸다.

 맥스가 고개를 돌려 쳐다보았다. 심지어 에머리도 잠시 멍한 표정을 지었다가 이내 바지 뒤춤에서 내 권총을 꺼내 맥스의 가슴을 쏘았다.

51

 에머리는 단단히 화가 났다. 그는 45구경 총에 가슴을 맞아 미동도 없이 피를 흘리며 쓰러져 있는 맥스를 쳐다보았다. 그리고 맥스의 총집에서 총을 꺼낸 뒤 그를 넘어 주출입문을 잠갔다. 그런 뒤 바닥에 누워 있는 내게로 다가왔다. 나는 테이프에 묶인 등 뒤의 손을 자유롭게 하기 위해 다시 몸을 굴려 엎드렸다. 난 그를 볼 수 없었다. 내 목을 밟고 총으로 내 관자놀이를 내리치는 소리만 들릴 뿐이었다. 그의 침이 튀는 것이 느껴졌다. 내 일부가 몸에서 빠져나와 그 광경을 지켜보는 가운데 난 입마개를 쓴 강아지처럼 훌쩍이고 있었다.

 하지만 에머리 역시 냉정함을 잃은 채 두려워하고 있었다. 비명에 가까운 그의 거친 목소리에서 놀란 그의 모습이 보이는 것 같았다.

 "신호를 주기 위해 일부러 차에 가방을 두고 왔나?"

 그는 총으로 다시 나를 내리쳤다. 아까보다 더 세게. 고통에 숨이 턱 막혔다.

 "또 누가 나타날 예정이지?"

 입에 붙은 테이프 때문에 대답하지 못하는 날 보자 그는 테이프를 떼어냈다.

그러나 내가 한 말은 이것이 전부였다.

"어서 날 쏴, 쓰레기 같은 자식아. 누군가는 그 총소리를 들었을 테고 경찰에 신고할 테지. 밖에 맥스의 차가 있는 것도 보게 될 거야."

에머리는 사뭇 심각해졌다. 그는 책상에서 파이프를 집어 들고는 규칙적으로 그것을 빼끔거렸다. 여기서 죽지 않고 살아서 나간다면 저 체리와 버번과 응고된 피 냄새는 결코 별개로 생각할 수 없을 것이다.

난 최대한 시간을 더 벌어볼 요량으로 말했다.

"계획이 뭐지, 에머리?"

그는 조금 서성이며 생각에 잠겼다.

"경찰을 증오하는 누군가가 여길 폭파했다고 생각하겠지. 아니면 가스 누출로 인해서 우연한 폭발이 발생했다고 생각하거나."

그의 말이 빨라졌다. 시간을 지체할수록 위험하다고 생각하는 것 같았다. 하지만, 그럼에도 불구하고 모든 것을 완벽하게 마무리하고 싶어 했다.

"아니, 그렇게는 안 될걸. 분명 폭발의 증거를 찾아낼 거야."

그는 우쭐해 보였다.

"당신이 있잖아. 누군가 당신 뒤를 쫓았고 나머지 사람들은 함께 있다 변을 당했다고 생각할 거야."

"맥스의 몸에 남은 총알은? 그것도 발견될 텐데."

"당신이 광포해진 나머지 코요테를 쏘고 그 사실을 숨기기 위해 우리 모두를 죽인 것으로 알겠지. 이건 당신 총이야."

"그런 다음에 나를 포함해 이 건물 전체를 날려버린다고? 이 일을 하기에 당신은 너무 똑똑해, 에머리. 마치 미리 짠 각본 같은 이 사건에 다들 뭔가 이상하다고 의심하게 될 거야."

그는 잠시 생각해보더니 결심에 찬 듯 마지막 연기를 빨았다. 그리고 소진한 재들을 바닥에 쏟고 파이프를 셔츠 주머니에 넣었다.

"그거 아나? 그들이 범죄 시나리오를 어떻게 구상하든 상관없어. 어찌 됐든 선량한 바텐더가 죽었다는 사실에는 변함이 없을 테니 말이야."

그는 권총을 바지 앞춤에 꽂아 넣었다.

"시신들의 위치를 잡고 어서 일을 끝내야겠어."

그는 노숙자 남자에게로 다가가 110킬로그램은 족히 나갈 그 몸을 들어 올리려 애썼지만, 첫 번째 시도는 실패하고 말았다.

"도움이 필요해?"

내가 물었다.

"내가 바보로 보이나?"

"시간은 얼마 없는데 옮겨야 할 시신들은 많잖아. 어차피 이곳을 빠져나가기 전에 나를 묶은 테이프들을 잘라야 하지 않겠어? 그래야 나중에 내 몸에서 이 흔적들이 발견되지 않을 테니 말이야. 게다가 총도 당신이 갖고 있다고."

그럴듯한 설명이었다. 죽음을 목전에 두었을 때는 거짓말도 능숙해지는 법이다. 본인의 체력과 무기를 신뢰한 그는 책상 위 연필꽂이에서 커터 칼을 꺼내서 내 손목과 발목을 묶은 테이프를 끊어냈다. 그 과정에서 난 두어 번 칼에 베이기도 했다.

"당신이 더 무거운 쪽을 들어. 그래야 내가 총을 계속 쥐고 있을 수 있으니."

"그쪽은 내가 들 수 없을 것 같은데."

내가 말했다.

"퍽이나 들 수 없겠군."

"당신을 오랫동안 지켜봤다고."

난 자리에서 일어나 노숙자 남자의 몸통 쪽으로 가 겨드랑이를 들어 올렸고, 에머리는 그의 양다리를 들어 올렸다. 나는 몸통을 들어 올렸다가 이내 떨어뜨리고 말았다. 잠시였지만 에머리의 신경이 분산되었다.

"미안."

내가 말했다.

에머리는 콜먼 쪽을 쳐다보았다.

"일부러 시간 끌려는 수법이라면 그만두는 게 좋아. 자칫 저 요원의 다른 쪽 귀도 스테이플러에 뚫릴 수 있으니."

우리는 반은 들고 반은 거의 끌다시피 하며 시신을 폭발이 시작될 주방 쪽으로 옮겼다. 아까 시신을 떨어뜨렸을 때의 틈을 타 커터칼을 청바지에 숨긴 뒤 셔츠의 가장자리로 덮어버린 것이 다행이라면 다행이었다. 주방에는 스테인리스 소재의 작업대 위에 6리터 크기의 알코올 병들이 나열되어 있었고, 각 병 위에는 헝겊으로 만든 심지가 꽂혀 있었다. 가솔린 냄새의 원인을 이제야 알 것 같았다. 그는 수제 폭탄 하나를 내게 건네며 지시했다.

"얼굴을 알아볼 수 없도록 그의 목 밑에 넣어."

난 무릎을 굽혀 시키는 대로 했다. 다시 일어서려고 했을 때 갑자기 허리에 경련이 일었고, 숨을 헉 하고 뱉었다. 우리 모두를 이 곤경에서 벗어나게 하는 데에 결코 좋은 징조가 아니었다.

"24시간 안에 다섯이나 죽이다니. 웃긴 일이야. 1년에 고작 한 번의 살인을 위해 치밀한 계획을 세웠던 때가 있었는데 말이야."

그는 자신이 만든 이 현장의 모습이 당혹스럽다는 듯 고개를 설레설레 저었다.

난 여전히 무릎을 굽힌 채로 계획을 세웠다. 에머리는 나보다 키가 크다. 그러니 아래에서 커터 칼을 휘둘러 그의 복부를 벤다면 그를 놀라게 할 수 있을 것이다. 그런 다음 재빨리 그의 오른쪽 관자놀이를 베어 그를 제압하는 것이다. 하지만 가장 큰 문제는 바로 내 허리였다. 매우 단순한 동작임에도 불구하고 난 자리에서 일어나는 것조차 엄두가 나지 않았다. 부디 내 안에서 엄청난 양의 아드레날린이 솟구쳐 그 일을 감행할 수 있기를 바라는 수밖에.

에머리는 싱크대 옆 작업대로 향했다. 그곳에는 봄베이 진, 그레이 구스 보드카, 크라운 로열 병으로 만든 나머지 화염병들이 자리하고 있었다. 병의 주둥이에 꽂힌 헝겊 심지는 내가 아까 보았던 다른 화염병보다 길었고, 모두 하나의 줄로 연결되어 있었다. 추측컨대, 화염병을 드문드문 배치한 뒤 네 개의 심지에 불이 모두 옮겨 붙어 폭발이 일어나기 전에 뒷문으로 빠져나갈 시간을 벌기 위함인 듯했다.

"화염병 하나는 요원의 발밑에 둬야겠어."

그가 말했다.

"그래야 발이 제대로 망가져 힘줄이 잘린 것이 들통 나지 않을 테니."

"보드카였나?"

내가 물었다.

"뭐?"

"린치의 주사액 말이야."

그는 총을 작업대에 내려놓고 그레이 구스 보드카 병을 집어 들었다.

"그에게 투여 중인 모든 진통제를 알아봤지. 헌데 1,000밀리리터의 알코올을 곧장 뇌에 주입하면 짧은 시간 안에 저세상 사람이 되거든. 그렇게 하면 내가 병원에서 빠져나갈 시간도 충분히 벌 수 있고. 근데 어떻게 알았지?"

나는 그에게 반쯤 빈 주사액을 들고 나왔던 간호사에 대한 이야기와 알코올이 어떤 방식으로 린치의 손 정맥으로 흘러들어 갔는지 설명하기 시작했지만, 그는 별다른 관심을 기울이지 않았다. 여전히 생각에 잠긴 채, 그는 도화선에 불을 붙인 뒤 이곳에서 달아나는 연속적인 동선을 상상하고 있는 듯 보였다. 그는 내게 충분히 가까운 곳에 서 있었다. 난 이제 셔츠로 감싼 커터 칼을 손으로 쥔 채 한 발로 조심스럽게 일어서기 시작했다. 생존을 위한 단 한 번의 기회로 그에게 달려들 때 찾아올 고통에 대비하면서 복부 근육을 조이고 척추를 최대한 단단히 곧추세웠다. 이제 조금만 더 가까워지면 된다. 하지만 바로 그때 그가 뒤로 물러섰다.

"브리짓 퀸."

그가 말했다.

"아까 칼 숨기는 걸 봤어. 내가 그렇게 순순히 곁을 내줄 줄 알았나?"

우리는 잠시 그렇게 미동도 없이 서 있었다. 그는 내게서 2미터 정도 떨어져 있었고, 언제든지 그리고 얼마든지 내게 접근할 수 있었다. 그에 반해 난 그의 앞에 여전히 무릎을 꿇은 채였다. 선택지가 바닥이 난 상황에서 나는 죽는다는 건 어떤 느낌일까 상상했다. 그렇게 서로가 상대방의 다음 움직임을 간파하는 가운데 무언가 부드럽지만 틀림없는 총알의 장전 소리가 들렸다.

철컥.

그 소리는 주방과 바 사이에 난 출입구 방향에서 들렸다. 그는 출입구 쪽에 등을 보인 채 서 있었고, 바닥에 앉은 내 자세로는 그의 덩치 때문에 그 뒤가 보이지 않았다. 그는 몸을 돌리려 했지만, 반도 돌리기 전에 굉음이 들리더니 그의 복부 일부가 내게로 튀었다.

에머리는 거구였다. 그는 곧바로 쓰러지지 않고 나를 쳐다보았다. 그리고 피가 뿜어져 나오기 시작한 자신의 복부를 내려다보았다. 그는 심지어 나를 붙잡을 듯 앞으로 한 발자국 비틀거리며 다가왔지만 이내 무릎으로 주저앉더니 바닥에 털썩 쓰러졌다. 자신의 피에 얼굴을 묻은 채로 그 일부는 내 쪽을 바라보고 있었다.

안전을 위해 나 역시 바닥에 엎드렸고, 에머리의 얼굴과 25센티미터 정도밖에 떨어져 있지 않게 되었다. 그가 아직 살아 있음을 알 수 있었다. 난 당장 해야 할 일들이 많다는 것을 알고 있었지만 지금, 바로 지금의 순간은 음미하고 싶었다.

그의 입술에는 담배통이 물려 있었다. 파이프 위로 쓰러져 담배설대가 목구멍에 박힌 듯했다. 그것이 유일한 모욕이었다. 한 발의 총격은 충분한 치명상이었다. 그는 파이프 주위로 피를 토해냈고, 더 지체했다가는 그 피가 나에게까지 닿을 것 같았다. 그는 뭔가 말하고 싶은 것이 있는 듯 숨을 들이마시려 했지만, 목구멍에 박힌 파이프는 차치하고라도 폐의 아랫부분을 날려버린 총상 때문에 말하는 것이 힘들었다.

"젠장, 에머리, 널 내 손으로 죽이고 싶었는데."

난 그의 왼쪽 눈을 응시하며 속삭였다. 그는 내 쪽을 바라보았다.

그의 입술 사이로 피가 조금 더 흘러나왔다. 손가락으로는 바닥의 리놀륨을 살짝 긁고 있었지만, 그의 한쪽 눈에서 의식이 사라지고 있는 것을 볼 수 있었다.

수년간 이 순간을 상상했는데, 순조롭게 그 순간이 지나고 있었다.

"내세라는 것이 있어서 널 영원히 죽일 수 있다면 좋겠군."

내가 말했다.

그리고 그는 죽었다. 그의 죽음은 그리 오랜 시간이 걸리지 않았고 충분한 고통도 따르지 않았지만 그래도 긍정적으로 생각해야 했다. 나는 몸을 일으킨 뒤 그의 몸체 너머를 쳐다보았다. 그의 뒤편 바닥에서 콜먼이 등을 대고 누운 채 총열이 자신의 몸과 수평이 되도록 두 팔을 단단히 뻗고 있었다. 총구는 여전히 내 쪽을 향한 채였다. 나는 그제야 등을 대고 뒤로 누웠고 우리 모두, 그러니까 죽은 자와 산 자 모두가 바닥에 쓰러졌다. 오직 에머리만이 곁눈질로 천정에 달린 형광등 불빛을 응시하고 있었다.

"로라!"

난 그 자세에서 소리쳤다. 완벽한 컨디션이라고 볼 수 없었던 사람이 내게 총구를 겨누고 있는 모습을 보니 아드레날린이 다시금 솟구쳤다.

"바보, 내가 제압할 수 있었는데. 어쨌든 잘했어요. 등 뒤에서 쏠 수밖에 없었을 거야."

콜먼은 주방으로 기어 오기 전 입과 손에 붙어 있던 덕트 테이프를 거의 떼어낸 상태였다. 그리고 지금은 천장을 보고 누운 채로 이런 말들을 중얼거리고 있었다.

"제기랄, 죽으라고, 죽어, 나쁜 새끼, 죽어버려."

그녀가 얼마 동안 그런 상태일지 알 수 없었다.

"그는 죽었어요."

그녀의 히스테리가 우발적으로 또 다른 총격을 감행하지 않기를 바라며 내가 가급적 부드럽게 속삭였다.

"정말 완벽하게 죽었다고."

그제야 그녀는 조용해졌고, 흐느끼기 시작했지만 총을 내려놓을 생각은 없는 듯, 아니, 총을 내려놓을 수 없는 듯했다.

"그것 좀 치워줄 수 없을까?"

내가 말했다. 그녀는 말이나 행동으로 대답하지 않았기에 나는 몸을 굴려 사정권에서 벗어났다. 그리고 몸을 일으켜 그녀에게로 다가갔다. 그녀의 두 팔은 여전히 처음 총을 쏘았을 때와 같은 자세였다. 나는 총을 건네받아 안전을 위해 던져버린 뒤 출입문에 몸을 기댔다. 그리고 그녀의 팔을 부드럽게 아래로 내려주었다.

"미안해요."

내가 말했다.

"그리고 고마워요. 내가 처리하려고 했는데."

그녀는 계속 눈물을 흘리더니 몸을 들썩이기 시작했다. 그리고 덜덜 떨리는 치아 사이로 간신히 단어들을 밀어 뱉었다.

"젠장, 내가 당신의 그 망할 목숨을 구했다고요."

난 그녀의 손을 잡으려다가 내 손에 얼룩진 피를 깨달았다.

"쉿."

내가 말했다.

"맞아, 당신이 내 망할 목숨을 구했어요. 진정이 좀 돼요?"

그녀는 고개를 끄덕이며 그렇다고 했다가, 이내 아니라고 정정했다.

"아직 다 끝난 게 아니에요."

내가 말했다.

그리고 맥스도 있었다.

맥스. 난 콜먼을 넘어 바 앞쪽으로 달려간 뒤 등을 댄 채 쓰러져 있는 그의 옆에 무릎을 꿇었다. 가슴에 피가 얼룩져 있었고 그의 뒤로도 얼마간의 피가 흘러 있었다. 충격으로 인해 탁자 위로 쓰러진 뒤 다시 바닥으로 떨어진 그였다. 그의 목 옆에 손가락을 대고 맥을 짚어보았지만, 가망은 없을 듯했다. 더블탭*은 아니었지만 45구경 총에 정확히 가슴 정중앙을 맞고도 살아남을 수 있는 사람은 없었다.

그의 맥을 더듬으며 나는 카를로와 함께 알고 지내던 때의 그에 대해 떠올렸다. 포커 게임을 좋아하는 철학자, 북아메리카 원주민, 보안관보, 남편, 적, 친구. 목숨이 경각에 달린 시점에서 그의 생애가 내 눈 앞을 스쳐 지나갈 줄은 몰랐다. 그에 대해 충분히 알지 못했다는 생각에 나는 울고 싶어졌다. 하지만 지금은 시간이 없었다. 에머리의 마지막 피해자에 대해 충분히 슬퍼할 시간은 나중에 얼마든지 있을 것이다.

나는 벽에 붙은 주크박스의 코드를 빼버렸다. 그런 뒤 에머리의 사무실에 있는 전화기를 사용해 911에 전화를 걸었다.

"보안관과 FBI 요원이 부상을 입었어요."

---

* 빠른 속도로 두 발의 총탄이 연속해서 발사되는 것.

나는 그들에게 위치를 알려주었다. 현장의 정확한 상황에 대해서는 굳이 설명하지 않았다. 말로 설명하기에는 길었고, 어차피 도착하면 곧 알게 될 테니 말이다.

나는 현장을 재빨리 평가한 뒤 다시 콜먼 옆에 무릎을 꿇었다.

"좋아요, 이제 증거는 잡은 것 같아요. 그러니 당신은 이 현장에서 빠져나가요. 발목을 끌지 않도록 옆으로 굴러요."

"이해가 안 돼요."

그녀가 신음하듯 말했다.

"곧 설명해줄게요."

내 지시에 혼란스러워했지만 콜먼은 순순히 몸을 굴렸다. 나는 그녀의 발목에 힘이 가해지는 것을 가급적 피하기 위해 무릎으로 걷도록 그녀를 일으켰다. 그러는 동안 그녀는 팔꿈치로 레스토랑 구역을 향해 조금 더 접근했고 나는 바에서 가져온 냅킨 무더기를 그녀의 머리 밑에 괴어주었다. 나는 바 앞쪽에 쓰러진 맥스로부터 그녀를 멀리 떨어뜨리려 했지만, 장소가 그렇게 넓진 않았다. 콜먼은 고개를 돌려 의자의 다리 사이로 그를 쳐다보았다. 그런 뒤 손등으로 두 눈을 훔쳤다.

"내가 현장을 정리하는 동안 거기서 잠시 쉬어요."

내가 말했다.

쥐가 나기 시작했고, 덕분에 나는 빠르게 걷는 제드 클램펫* 같은 꼴이 되고 말았다. 나는 사무실로 가 셰리의 몸에 손가락을 넣어 피로 적신 다음 총을 집어 들었다. 누가 총을 쐈는지 의심의 여지가 없도록 갓 피를 묻힌 손가락으로 이전의 지문들을 모두 없앨 요량이

---

* '비버리 힐 빌리즈'에 등장하는 거부의 캐릭터.

었다. 그리고 입고 있던 셔츠의 깨끗한 가장자리로 에머리가 맥스를 쏠 때 사용했던 내 권총을 닦아 내 지문이 하나도 남지 않도록 했다. 그런 다음 에머리의 손가락을 총에 대고 꾹 누른 뒤 그의 오른쪽 손 옆에 내려놓았다. 그가 설사 오른손잡이가 아니었더라도 아무도 눈치채지 못할 것이다.

쓸데없는 짓이었지만, 난 제시카를 죽인 남자를 발로 찼다. 그리고 다시 머리에 발길질을 했다. 그래도 기분이 나아지지 않았다. 그 어떤 짓을 해도 결코 나아지지 않으리라.

나는 다시 바로 돌아가 손에 묻은 피는 아랑곳하지 않은 채 유리잔 두 개를 꺼내고 타란툴라 데킬라 병을 열었다. 독한 술을 두 잔 따른 뒤 내 것을 꺾어 마시고는 다시 돌아가 콜먼의 옆에 앉았다. 피투성이의 나를 본 그녀의 얼굴에는 놀란 기색이 역력했다.

"여기, 마셔요."

나는 콜먼의 머리를 들고 테킬라를 기울였다. 테킬라의 힘으로 그녀의 충격이 다소 완화되기를 바라는 마음에서.

"우리한테는 이제 2분밖에 시간이 없어요. 조만간 여기는 온갖 사이렌과 불빛으로 가득 찰 거예요. 이제 내가 말하는 대로 해요. 내가 에머리를 죽인 거예요. 당신은 도움을 청하기 위해 여기까지 기어 나오느라 그 장면을 보지 못한 거고요."

"왜요?"

그녀가 물었다.

"질문은 나중으로 넘기고, 일단은 내 말 들어요."

콜먼의 머리가 냅킨 더미 위에서 좌우로 움직였다.

"에머리는 연쇄살인범이었어요. 저한테는 아무 피해 없을 거예요."

"아니, 그렇지 않아요."

내가 말했다.

"당신은 지금 절반의 쇼크 상태라 앞으로 일어날 일들을 제대로 가늠하지 못하고 있어요. 하지만 난 다르죠. 그러니 내 말을 잘 들어요. 지금 비무장 상태의 남자를 등 뒤에서 쏜 거예요, 스노우. 정당한 살인이었지만, 이미 손을 뗀 사건에 관여하게 된 거라고요. 그것도 아직 종결되지 않은 사건에. 두 번째로, 린치에 대한 당신의 의심에 아무도 관심을 갖지 않았기 때문에 맥스 코요테가 죽었어요. 투손 지부에서는 이 일을 크게 부풀릴 거예요. 특수 요원 담당 로저 모리슨은 자신에게 쏟아지는 관심을 돌릴 수 있는 희생양을 찾을 테고요. 그래야 책임에서 벗어날 수 있을 테니까. 그 희생양이 바로 당신이 될 거라고요."

"이제 어찌 되든 상관없어요."

손이 온통 피투성이에다, 에머리의 내장 파편들처럼 보이는 것까지 묻어 있지 않았다면 그녀의 머리를 토닥이거나 그 비슷한 위로의 손짓을 했을 것이다.

"그럼 어떻게 할 작정이에요? 고등학교에서 학생들을 가르치거나 별 볼 일 없는 기업체에 경비라도 설 건가요? 당신은 좋은 사람이에요. 그러니 꼭 내 말대로 해야 해요."

사이렌 소리가 들렸다.

"내가 특별히 이타적이거나 숭고하다고 생각할 필요 없어요. 내 인생은 이미 엉망이에요. 그러니 이번 일 하나 더해진다고 해서 더 나빠질 것도 없어요. 그저 당신을 FBI에서 내쫓고 싶어 안달하는 모리슨에게 좋은 일 만들어주고 싶지 않아서 그래요."

"사실대로 말할 거예요."

"아뇨, 지금 기는 것 외에 일어서지도 못하는 상태잖아요. 그것은 곧 내가 먼저 문밖으로 나설 거라는 얘기죠. 무슨 일이 있었는지 이야기할 거고 당신이 사실을 말한다고 해도 그건 내가 잡혀 들어가고 난 다음의 일이 될 거예요. 난 내게 전혀 유리하지 않은 상황을 완벽하게 만들어놓았어요, 그러니 당신에게는 여기서 무사히 빠져나가는 것 외에 다른 선택지가 없어요."

"이럴 수는 없어요."

시간이 없었다.

"아니, 가능해요. 한 가지 격려의 의미로 덧붙이는데, 난 당신이 로열 휴스와 부적절한 관계였다는 것도 이야기할 거예요. 그래야만 하는 상황이 닥친다면 말이에요."

천장에 가깝게 난 높다란 창문으로 다채로운 색상의 불빛이 비쳤다.

하지만 SWAT 팀을 맞닥뜨리기 전에 한 가지 더 빨리 처리해야 할 일이 있었다. 나는 화급히 에머리의 사무실로 가서 책상에 놓인 족발 절임 단지를 집었다. 안에 크림색의 가장자리가 유리면에 짓눌려 있었다. 예전에 바에 앉아 보았던 형태 그대로였다. 그 색깔과 형태가 단지 안에서 휘돌고 있었다. 내가 이전에 생각했던 것은 나의 기이한 상상력의 또 다른 예라고 볼 수 있겠다.

확성기에서 목소리가 흘러나왔다.

"당신은 포위됐다. 두 손을 들고 천천히 나오도록."

나는 단지를 들고 다시 바로 돌아와 머리 위로 그것을 높이 치켜들고는 두 눈을 감고 아래로 던져버렸다. 단지의 옆면이 금전등록기와 부딪혔다. 유리는 아름답게 산산조각 났고 나는 내 수작업을 살피는 동시에 수년간 그곳에 진열되어 있던 그것이 내가 생각하는 그것이 맞는지 확인하기 위해 스툴 중 하나로 올라섰다. 톡 쏘는 식초 냄새가 코를 찔렀다.

잘 보존된 사람의 귀, 여섯 개.

나는 흰색의 종이 냅킨을 가득 집고는 주출입문으로 다가가 조심스럽게 문을 열어 냅킨을 먼저 밖으로 들이밀었다. 그런 뒤 문을 활짝 열었다. 순찰차들을 비롯해 투손 경찰서에서부터 애리조나 고속도로 순찰대까지 모두 출동해 있었다. 차들 사이로 SWAT 요원들이 총을 든 채 경계 중이었다. 대여섯 개의 솜씨 좋은 총구들을 보고 있자니 나도 모르는 사이 남아 있던 아드레날린이 솟구쳤다. 나머지 솜씨 나쁜 미숙한 총구들은 언제든 우발적으로 총알을 토해낼 수 있었다. 그들의 얼굴을 보고 있자니 이 순간 내가 어떻게 보일지 알 것 같았다. 그야말로 미상의 인물.

"브리짓 퀸, FBI 요원이에요."

나는 두 손을 들고 천천히 앞으로 나서며 외쳤다.

"두 명의 경찰이 안에 쓰러져 있어요. 서둘러주세요."

52

콜먼은 아무렇지 않은 척하려 애썼지만, 쇼크 상태가 깊어 원하는 만큼 충분히 말하지 못했다. 그편이 다행이었다. 나는 인정할 내용들은 인정하기 위해 수사관들 및 로저 모리슨과 몇 시간을 보냈다. 현장에 나타난 그는 경찰들과 보안관 대리들에게 사람 좋게 굴었다. 나는 경찰이 연루된 총격 건에 대한 조사를 받기 위해 월요일에 다시 사무실에 들르기로 했다. 물론 나는 이미 은퇴한 상황이었기에 나 역시 그 피해자 경찰 무리에 포함되는지 여부는 확실하지 않았다.

하지만 그 어떤 대화도 시작되기 전에 콜먼과 맥스가 들것에 실려 나왔다. 둘 다 산소마스크를 쓰고 있었다. 하느님, 맙소사.

"맥스?"

내가 나섰다.

"맥이 잡히지 않았어요."

구조대원이 고개를 끄덕였다.

"하지만 미세하게 있어요. 안정적이지는 않습니다만, 그래도 아직 살아 있습니다."

이것을 시작으로 나는 진실을 말하겠노라고 약속했다. 악마의 속삭임처럼 맥스가 차라리 죽는 것이 내 편에서는 더 간단하다는 생각이 번득번득 뇌리를 스쳤다. 하지만 난 곧 그 악마를 향해 입 닥치라고 소리쳤다. 나의 사악한 생각은 맥스가 죽지 않았다는 기쁨의 물결에 쓸려 사라졌다. 기뻤던 이유 중 하나는 난 원래 어렸을 때부터 맥스와 같은 외강내유형의 사람을 좋아했기 때문이기도 하지만, 제럴드 피질의 죽음에 대한 책임을 지는 것이 맥스의 일로 평생 양심의 가책을 느끼며 사는 것보다 나았기 때문이다.

나도 안다, 나도 알아. 그가 진즉 내 말을 들었다면 총을 맞는 일은 없었을 것이다. 하지만 이유가 어찌 되었든 이제 누군가 목숨을 잃는 일은 없을 테니 나는 안도했다. 에머리 덕분에 죽음에 대해, 단지 그것이 지긋지긋하다는 것 이상으로 각성하게 되었다.

마침내 손목시계를 내려다보았을 때 나는 지금이 어둠에 걸맞은 시각이라는 사실을 깨달았다. 구조대원은 병원까지 가려거든 다른 구급차를 타는 것이 좋겠다고 말했지만 난 그저 콜먼의 집으로 돌아가고 싶을 뿐이었다. 이제 다 끝났다는 생각이 들었을 때 카를로의 볼보가 저지선이 둘러진 현장 너머에 주차되어 있는 것이 보였다. 차 안 불빛은 꺼져 있었고 그는 앞으로 기댄 채 빗속의 자동차 극장에서 영화를 보듯 앞 유리창으로 유심히 앞을 주시하고 있었다.

현장에 몰려든 방송 매체들을 물리치느라 두 손이 분주했음에도 불구하고 모리슨은 내게서 한시도 시선을 떼지 않았던 모양이었다.

"괜찮아요?"

그가 물었다. 온몸을 적신 피가 내 것인지 묻는 건가?

나는 카를로에게서 시선을 떼지 않은 채 고개를 끄덕였다.

"남편분이군요."

그가 말했다.

"아까 도착했을 때 뵈었어요. 차에서 내리지만 않으면 얼마든지 머물러도 좋다고 했습니다."

"그게 언제였는지 기억해요?"

"네."

스리피스가 대답했다. 그는 더 대답하기도 전에 지나치게 달려드는 기자를 평소와 달리 거칠게 물리쳤다.

"이봐요! 요원의 얼굴에서 그 망할 카메라 좀 치워주시죠. 달리 드릴 말씀 없을 겁니다. 이 남자, 여기서 내보내."

그는 근처에 있는 순찰대원에게 기자를 현장 밖으로 안내하라고 손짓했다. 그런 뒤 그는 자신의 손목시계를 내려다보았다.

"세 시간쯤 전이군요."

"세 시간 동안이나 저기에 있었다고요? 그냥 가만히 앉아서? 제가 여기 있는 줄은 어떻게 알았대요?"

그는 사람 좋아 보이는 표정으로 어깨를 으쓱했다.

"내가 그걸 어찌 알겠어요?"

그가 다시 입을 열었다.

"와서 좀 바빴거든요."

나 역시 그에 못지않게 바빴다는 사실을 이제야 떠올렸는지 그가 말했다.

"내가 연락했어요. 이제 가봐요."

자신의 판단과는 모순된다는 듯 마지못한 어투였다.

"아뇨, 콜먼 요원은요?"

내가 말했다.

"콜먼 요원이 있는 병원부터 들러야겠어요."

"걱정 말아요. 오늘 밤에는 혼자 있지 않을 테니. 내일은 그녀의 남동생이 오기로 했어요."

"잘됐네요. 가족이 최선이니. 그녀는 영웅이에요, 모리슨. 그 점을 알아줬으면 좋겠네요."

그는 키스 소리를 내며 엄지손가락으로 볼보가 있는 방향을 가리켰다.

"어서 여기서 사라져요, 어서."

나는 부드럽게 "얼간이."라고 중얼거리며 기력이 하나도 남지 않은 상태로 현장을 벗어나 카를로의 차로 다가갔다. 가는 도중에 만취한 사람처럼 한두 번 비틀거리기도 했다. 그는 차에서 내려 아무 말 없이 내가 조수석에 오르는 것을 도와준 뒤 다시 운전석에 올라탔다. 뒷좌석에는 퍼그들이 있었다. 이제 녀석들은 콘솔을 타넘어 볼품없는 내 무릎으로 기어오르려 애를 쓰고 있었다.

"녀석들을 데려오지 않는 게 나았을지도 모르겠군."

카를로가 말하며 쉬쉬 소리와 함께 녀석들을 뒤로 물리기 시작했다.

"참… 내가 무슨 생각이었는지 모르겠어."

"잘 판단했어. 난 다만 내 꼴이 좀 그래서…."

"괜찮아?"

모리슨이 물었던 것과 같은 의미로 그가 물었다.

나는 아까 노숙인 남자의 시신을 끌면서 약간 다쳤던 곳을 확인하기 위해 시험 삼아 오른쪽 어깨를 돌려봤다. 나는 당연하게도 농담을 건넸다.

"물론, 오늘 서류 작업이 좀 많았거든."

그는 미소 짓지 않았다. 그저 우두커니 앉아 처음으로 드러난 진짜 내 모습을 가만히 응시했다.

"내 말은, 병원에 가봐야 하지 않나 해서. 그러니까… 이거 당신 피야?"

나는 내 피만 빼고 다른 모든 사람들의 피를 묻힌 내 모습을 내려다보았다.

"아니, 쇼크 상태도 아니고, 연골 몇 개 다친 것 외에는 멀쩡해."

내 발음이 꼬이고 있는 것을 느낄 수 있었다.

"아드레날린이 고갈되어서 좀 메스꺼울 뿐이야."

"아까 당신이 돌아다니는 것을 오랫동안 지켜봤는데, 꽤 차분해 보였어. 하지만 혹시 어딘가 이상이 느껴진다면 바로 병원에 가야 하지 않을까?"

"오늘 밤은 아니야."

"정말 괜찮겠어?"

"지금 당장 필요한 건 샤워뿐이야."

우리는 붐비는 주차장을 빠져나와 집이 있는 방향인 북쪽으로 뻗은 도로로 진입했다. 나는 조용히 앉아서 곧 다가올 일들에 대한 끔찍한 이미지들을 머릿속으로 떠올리고 있었다. 이미 여러 번 반복한 일이었다. 카탈리나에 자리한 주택 단지는 32킬로미터 거리였지만 난 어떻게 그 길을 지났는지 기억이 나지 않았다. 그가 마침내 차고에 차를 주차한 뒤에야 정신이 돌아왔고 차에서 내려 안으로 들어가야 한다고 생각했지만, 몸이 움직이지 않아 그저 우두커니 앉아 있었다. 그는 조수석으로 돌아와 먼저 뒷문을 열어 퍼그들을 한 녀석씩 안아서 바닥에 내려주었다. 녀석들이 뛰어내리기에는 차체와 바닥 간의 높이가 높았으므로. 나는 안전벨트를 하는 것을 잊고 있었기 때문에 그는 곧바로 내 팔꿈치 아래에 손을 넣어 내가 내리도록 도와주었다. 하지만 그의 손길이 닿았을 때 난 몸을 움츠렸고 그는 뒤로 물러났다. 나는 내 발로 차에서 내렸다.

퍼그들이 청바지에 묻은 피 냄새를 맡느라 주위를 뛰어다니는 가운데 나는 비틀거리며 집 안으로 들어섰다. 하지만 그것뿐이었다. 더는 그곳을 오염시키고 싶지 않았기 때문에 나는 망설임 없이 거실을 지나쳐 뒷문으로 나간 뒤 퍼그들이 쫓아오지 못하도록 등 뒤로 문을 닫았다. 뒷마당 깊숙이 들어선 내 머리 위로 오늘은 보름달이 환하게 비추고 있었다.

관계성과 전혀 상관없는 삶을 사는 이들도 있다. 순진한 사람들이 그런 식으로 상처를 받곤 한다. 이 점에 대해서는 늘 내 생각이 옳았다.

나는 카를로와 함께 수집했던 암석들을 쳐다보았다. 미로처럼 구불구불한 줄을 만들어놓았더랬다. 오늘 밤과 같은 날에만 발견할 수 있는 소름 끼치는 발견처럼, 난 수많은 암석 가운데 제럴드 피질을 죽인 날 찾았던 홍수정을 찾아냈고, 그것을 집어 들었다. 그리고 담장 너머로 최대한 멀리 던져버렸다. 환한 달빛 때문에 나는 그 홍수정이 가시배선인장에 떨어져 백년초 열매 하나를 떨어뜨리는 것을 볼 수 있었다.

"뭐 하는 거야?"

카를로가 물었다.

난 그가 내 뒤를 따라오고 있다는 것을 깨닫지 못했다. 내 미친 행동을 보았더라도 상관없었다. 이제는 더 이상 상관없었고, 오히려 평범한 척 연기하지 않아도 되는 것에 안심이 되었다.

"이걸 전부 없애야겠어."

내가 말했다.

"전부 여기서 치워야겠다고."

나는 암석을 하나씩 던지기 시작했다. 운모가 섞인 작은 화강암 하나를 집어 담장 너머로 던졌고, 다시 편마암을 집어 역시나 밖으로 던져버렸다. 이번에는 이름을 알 수 없는 암석을, 또 변성암 종류의 암석을 하나 던졌다. 화가 난 것도 아니었고 미쳤거나 극적인 효과를 노리기 위한 것도 아니었다. 그저 이 장소를 질서 정연하게 다시 제인에게로 돌려주기 위함이었다. 그때는 그것이 좋은 생각이라고 여겼다. 카를로가 나서서 나를 말리기 전까지 내가 얼마나 오랫동안 그러고 있었는지, 혹은 담장 너머로 얼마나 많은 내 자신을 던져버렸는지 모르겠다.

그는 내 손에 묻은 피는 아랑곳하지 않은 채 손목을 붙잡고 손가락을 펼쳐 손에 들고 있던 것을 떨어뜨리게 했다.

"암석은 얼마든지 있어."

그가 말했다.

"게다가 시간도 늦었어. 나머지는 내일 해도 되잖아."

난 그의 말에 복종했다. 다시 집으로 향하던 중 나는 정원용 호스 앞에 멈춰 섰다. 이대로 밖에서 호스로 몸에 물을 뿌리고 싶었지만 카를로가 나를 집 안으로 이끌었고, 곧장 욕실로 데리고 들어가 얼룩진 블라우스의 단추를 풀고 피가 짙게 밴 채 피부에 착 달라붙어 있던 청바지를 내려주었다. 난 균형을 잃지 않기 위해 그의 어깨 대신 세면대를 붙들고 그가 하는 대로 순순히 한 발씩 들었다가 내려놓았다. 그는 나를 샤워기 아래로 데려간 뒤 물을 틀었다. 난 그곳에 섰고, 뇌는 샤워를 해야 한다는 메시지를 전송했지만, 내 몸의 나머지 부분은 그에 응하지 않았다. 그때 샤워실 문이 열리더니 카를로 역시 나체로 안에 들어섰다.

내가 왜 움찔했는지 나조차도 알 수 없었다.

"다치게 하지 않을게."

그가 말했다. 두 눈이 샤워실 벽면처럼 반짝이고 있었다.

그저 씻고 있는 남자와 여자만 있을 뿐이었다. 내가 샤워실 바닥을 내려다보고 있는 동안 그는 매우 부드럽게 날 씻겼다. 나는 몸에 묻은 핏자국에 겁먹었지만, 그보다 더 위대한 종의 정신으로 그에게 복종했다. 그는 내 가슴에 새겨진 장미 문신 위를 부드럽게 문질렀다. 마치 처음 보는 듯, 그것이 얼룩지기라도 할 듯 조심스럽게. 그는 내 머리를 뒤로 넘겨 눈에 비누거품이 들어가지 않도록 조심하며 머리카락을 감겼다. 우리의 발밑으로 더 이상 분홍빛 물이 흐르지 않자 그는 자신의 일이 끝났다고 여기는 듯했다.

그는 물을 잠그고 샤워실 문을 열어 밖으로 나갔다가 수건을 들고 재빨리 돌아왔다. 내가 세면대 너머로 낯선 여자를 바라보고 있는 동안 그는 신중하게 나를 닦아주었다. 에머리가 커터 칼로 내 테이프를 끊을 때 났던 무릎의 상처들을 카를로가 발견한 모양이었다. 그는 세면대 아래에서 항생제 연고를 꺼내 상처에 바른 뒤 밴드를 붙였다. 결국 내 무릎에 힘이 풀렸고 그제야 그는 내 미약한 저항에도 불구하고 나를 부축했다.

"따뜻한 밤이야."

그가 말했다.

"그러니 머리를 말리지 않아도 괜찮겠지?"

난 대답하지 않았다. 나는 마네킹처럼 그에게 이끌려 침대로 향했고 그는 내가 침대에 오르는 것을 도와주었다. 그리고 밖에 나갔다가 곧 약간의 물을 들고 돌아왔다. 그는 의약품을 보관해두던 내 편 침대의 서랍장을 스스럼없이 열어 약병들을 뒤졌다.

"당신 수면제가 어디에 있는지 모르겠네."

그가 말했다.

거부할 시점이 아니었다.

"잠시 머물던 곳에 두고 왔어."

내가 말했다. 젖은 머리카락이 차가운 베개에 닿자 살짝 몸이 떨렸다.

"아스피린 병에 여분의 신경안정제가 좀 있을 거야."

"알아."

그는 내 손에 알약을 하나 올렸고, 내가 손을 내리지 않자 알약을 하나 더 올렸다. 그는 추가적으로 욕실에 있는 의약품 캐비닛에서 항히스타민제를 꺼내 그것 역시 내게 건넸다. 일종의 수면제 칵테일이었다.

신경안정제가 효과를 발하기 시작했다. 그는 불을 끄기 전 날 바라보았다. 마지막으로 기억나는 것은 나 역시 그를 바라보며 손가락 아래로 새틴 소재로 된, 제인의 분홍색 침대보의 감촉을 느꼈다는 것과, 이유는 모르겠지만, 내 이름을 불러달라고 이야기했던 것이다. 달링도 아니고 오하리도 아닌, 가급적 제인도 아닌. 나와 결혼한 것을 후회한다고 해도 적어도 내 이름을 불러달라고 했다. 내가 어떤 여자인지 알 수 있도록.

그는 그러지 않았다. 다른 말을 했다. 무슨 이야기였는지는 상관없었다. 불이 꺼졌다. 잠들기 전까지 그는 내 옆에 눕지 않았다. 그리고 다음 날 아침 눈을 떴을 때 그의 편의 이불은 흔적조차 없이 반듯했다. 그는 밤새 나와 함께 눕지 않은 듯했다.

원하는 것을 모두 가질 수는 없다. 인생이라는 것이 단지 원하는 것을 손에 넣는 것의 문제라면 과연 행복이라는 단어를 언급할 수 있을까?

53

다음 날 다소 예의를 차리느라 뭐든 평소보다 더 시간이 많이 걸리는 것을 제외하고는 이상하리만큼 덤덤한 기분이었다. 카를로가 조만간 뭔가 치명타를 날리리라 예상했지만, 먼저 나서서 목숨을 내놓고 싶지는 않았다. 어젯밤에 불안정한 내 모습을 보았으니 아마도 언제 어떻게 내게 말을 걸어야 할지 고민하고 있을 것이다. 하지만 내가 그 모든 것을 이겨낼 수 있을 만큼 충분히 강인하다는 것을 그에게 보인 바 있다. 믿을 수 없을 만큼 슬픈 상황이었다. 우리는 서로에게 별로 말을 걸지 않았고, 심지어 눈도 마주치지 않았다. 같은 지붕 아래에서 혼자가 된 두 사람의 외로움은 더욱 짙어지고 있었다.

그가 머릿속으로 계속 어젯밤의 내 모습만을 떠올릴 것이라는 것을, 그 모습이 우리 사이의 모든 것에 영향을 미치리라는 것을 알고 있었다. 그게 어떤 것인지도 알고 있었다. 내게는 지울 수 없는 그런 이미지들이 무척이나 많다.

모리슨이 전화를 걸어와 어떠냐고 물었고, 다음 날 오전 9시에 자신의 사무실에서 만나기로 한 약속을 재확인했다. 그는 매우 세심했고, 에머리를 죽인 것을 추궁하고 싶은 것처럼 들리지도 않았다. 사실 그는 긴장하고 있는 것 같았다.

나는 다음으로 고르도 퍼거슨에게 전화를 걸어 카를로를 지켜준 데에 감사 인사를 하고 이제는 더 필요가 없다고 말했다. 그는 이미 다 알고 있는 듯 아무것도 묻지 않았다.

나는 NamUs에 접속해 킴벌리 메이플의 부모님 연락처를 찾았다. 누군가 그들에게 딸의 시신이 발견되었다는 것을, 그리고 셰리가 죽었다는 것을 알려야 했다. 내가 아니면, 누가 하겠는가?

난 맥스의 부인인 크리스털에게 전화했다. 병원에 있는 것이 분명했고, 나는 메시지를 남겼다.

콜먼. 전화로는 부족했다. 우울했고 몸도 좋지 않았지만 나는 간신히 차에 몸을 구겨 넣고 지난번 플로이드 린치를 찾아갔을 때와 같은 병원으로 향했다.

2층에 자리한 그녀의 병실로 올라갔을 때 그곳에는 그녀의 가족, 어머니, 아버지, 그리고 남동생이 침대를 둘러싼 저지선처럼 함께하고 있었다. 나는 다시 발길을 돌렸지만 부모님 사이로 나를 발견한 콜먼이 불러 세웠다. 나는 그녀의 목숨을 구해준 사람으로 소개되었다. 벤 콜먼은 나를 알아보았지만, 에밀리 콜먼은 나를 새 친구 대하듯 반겨주었다. 호리호리한 로라 콜먼에 비해 훨씬 거구인 남동생 윌리스 콜먼은 나를 꽉 끌어안고는 그의 신에게 감사 인사를 드렸다.

누가 누구의 목숨을 구한 것인지는 말하지 않았다. 우리들 중 누군가 조사를 받기 전에 우리 사이에는 정리해야 할 사실들이 아직 많이 남아 있었다. 로라 콜먼의 말이 어느 정도는 옳았다. 물론 에머리를 쏜 것은 그녀였지만, 내가 술집에 나타나지 않았다면 그녀는 분명 목숨을 잃었을 것이다. 진실이라는 것에 대해 내가 뜻하는 바를 이제 알겠는가? 진실이란 때때로 무어라 단정 짓기 어렵다.

콜먼은 가족들에게 잠시 둘만 있게 해달라고 요청했고 그들은 그녀에게 키스하고 내게 거듭 고맙다는 인사를 한 뒤 병원 카페테리아로 자리를 피해주었다.

"우후."

내가 말했다.

"아주 용감무쌍했어요. 그나저나 힘줄은 잘 꿰매어졌어요?"

그녀는 칭찬에 우쭐해진 듯 보였다. 처음 병실에 들어섰을 때의 어린 딸아이 같던 모습은 다소 사라졌고 좀 더 요원다운 모습이 나왔다. 그녀는 고개를 끄덕이며 말했다.

"재활 치료만 며칠 더 하고 나면 퇴원해도 좋다고 했어요. 의사 말이 앞으로도 남은 치료가 많지만 업무에는 다시 복귀할 수 있을 거라고 했어요. 마약성 진통제 덕분에 당장은 이보다 더 좋을 수 없어요."

"그게 효과는 좋죠. 나도 가끔 먹어요."

"그래도 완전히 취한 상태는 아니에요. 그동안 무슨 일이 있었는지, 어떻게 날 찾았는지 이야기해주세요."

나는 콜먼에게서 연락이 없자 내가 어떤 의심을 하기 시작했고 어떻게 그녀를 추적했는지 이야기했다. 잠겨 있지 않은 차는 오직 내게만 수상쩍을 뿐이었다고. 그녀의 집에 침입했고, 그곳에서 발견한 운행 일지와 플로이드의 죽음까지 이야기했다. 이야기할 것이 너무도 많았다. 이제 그녀의 차례였다.

"에머리가 날 어떻게 납치했는지는 말씀드렸죠. 계속 약물을 주입했고요. 내 휴대전화를 가져가서 사무실로 문자 메시지도 보냈어요. 그리고 내 야후 계정으로 들어가서…."

그녀는 창피한 듯 잠시 멈칫했다. 그는 아마 그녀의 비밀번호가 필요했을 것이고 그가 그 비밀번호를 캐내기 위해 그녀에게 어떤 짓을 했는지는 결코 말하고 싶지 않을 것이다.

"모리슨은 요원에게 단단히 화가 났을 테니 직접 이야기하고 싶어 하지 않았죠. 린치가 공식 답변을 할 때까지 요원을 멀리 물려두고 싶었을 거예요. 아무도 그만 한 일을 감당해내지 못했을 거예요. 나라도 비밀번호를 댔을걸."

난 그녀에게 내가 알아낸 것을 말했다.

"에머리 배서리, 플로이드 린치, 제럴드 피질. 세 사람은 연계가 있었고, 린치가 66번 고속도로 살인 사건에 대해 자세히 알고 있었던 것은 에머리가 그에게 이야기해줬기 때문이었어요."

"두 사람은 어떻게 만났어요?"

나는 채팅방에서의 연결에 대해 말해주었다.

"처음부터 요원 생각이 맞았어요. 플로이드 린치는 살인범 행세를 했고 그러다 유명 살인범에게 포착된 거죠. 그 와중에 체포되었고. 제시카가 살해당했을 시간에 그가 그곳에 있지 않았다는 것을 증명하는 일지를 요원이 찾아내지 못했다면, 난 그와 대면할 수도 없었을 거예요. 그것 때문에 그가 사실을 털어놓게 되었으니까."

진통제로 인해 머리가 어지러운 가운데서도 그녀는 잠시나마 집중했다.

"세 사람이라고 하셨죠."

나는 고개를 끄덕였다.

"일종의 동맹이었죠. 일이 엉망이 되기 전까지는 거래에 가까웠다고 볼 수도 있고."

"그럼 에머리는 우리가 술집에서 했던 얘기들을 전부 들었던 거군요."

"우리가 자신에게 위협이 된다는 것도 알았겠죠."

나는 잠시 말을 멈추었다가 그가 나를 죽이기 위해 제럴드 피질을 보냈던 사실을 털어놓았다.

"경찰들이 주고받는 이야기를 통해서 일이 어떻게 진행되고 있는지 파악하고 있었어요. 상황을 예의주시하기에 그보다 더 좋은 방법이 없었겠죠."

마약성 진통제가 정말로 효과를 발하기 시작했거나 그 전날 밤의 일을 녹화한 테이프를 보기라도 한 듯, 콜먼이 명료하게 물었다.

"제럴드 피질이 누구예요?"

"누구?"

"제럴드 피질. 아까 그 이름을 말씀하셨잖아요."

"일부러 골치 아픈 생각을 할 필요는 없어요."

그녀는 테이프를 멈추고 나를 쳐다보았다.

"선배님이 줄 수 있는 최고의 조언이 그것인가요? 골치 아픈 생각은 할 필요 없다는 것? 제 몸 상태가 지금보다 나았다면 한 방 날렸을지도 몰라요."

"내 말 믿어요. 그래야 한다니까."

나는 침대 시트의 주름을 쫙 펴주었다.

"그럼 동의한 건가요? 공판이 있을 때 날 위증죄로 고발하지 않기로 마음먹은 거죠?"

"선배님."

"요원은 홀에서 기고 있었어요. 주방에서 일어났던 일은 보지 못했던 거예요. 총이 발사되는 소리를 들었고, 바로 기절했다고 하는 게 좋겠어요. 그렇게만 말하면 돼요."

"선배님, 큰 곤경에 처하고 말 거예요. 심지어 지금은 요원 신분도 아니잖아요."

"요원도 이제 스노우가 아니죠. 손 떼기로 한 사건에 관여한 꼴이에요. 모든 규정을 위반했고, 게다가 비무장 상태의 남자를 뒤에서 저격했어요. 하지만 이 모든 일에서 정의를 외칠 수 있는 단 하나의 방법은 바로 당신이 스노우가 되는 거예요. 그 노숙자, 셰리, 그리고 에머리, 이렇게 세 사람이 술집에서 죽었으니 당연히 의문이 생길 수밖에 없겠죠. 이 모든 상황이 열기를 더해가고 진짜 수사가 시작되면 모리슨은 아마 난처해질 수도 있어요. 그럼 그는 요원에게 화살을 돌릴 거예요. 나락에 떨어지는 건 요원이 되고 말 거라고요. 무슨 말인지 알겠어요?"

난 이미 어려운 상황에 처해 있으니 이 일 하나 더 덮어쓴다고 해서 달라질 것 없다는 말은 덧붙이지 않았다. 콜먼이 그것까지 알아야 할 필요는 없었다. 그녀는 동의도 반대도 아닌 표정으로 나를 쳐다보았다.

"상황이 더 안 좋았을 수도 있었어요."

내가 말했다.

"그러니 이건 아무것도 아니에요. 게다가 난 이제 종점에 다다른 사람이잖아요. 요원에겐 아직 잡아들여야 할 개자식들이 많죠."

"이해가 되지 않는 것이 하나 있어요."

"어떤 거죠?"

"제가 로열 휴스와 부적절한 관계였던 건 어떻게 아셨어요?"

지그문트가 눈치챘다거나 그녀의 전화번호부를 뒤져봤다거나 혹은 휴스와의 대화 도중에 그가 그러한 사실을 인정했다는 이야기는 하지 않기로 했다.

"그냥 추측이었어요."

그녀는 잠시 생각하더니 다시 입을 열었다.

"제가 왜 사기 사건 팀에서 살인 사건 팀으로 옮겼는지 알고 싶으세요?"

사실은, 그다지. 머릿속으로는 다른 생각을 떠올리고 있었다. 카를로. 맥스.

"왜죠?"

"선배님과 선배님이 해결한 사건에 대한 이야기며 선배님이 잡아들인 악당들의 이야기를 줄곧 들어왔거든요. 근데 은퇴하셨다는 얘기를 듣고 누군가 선배님의 일을 대신해야 한다고 생각했어요."

"아, 고마운 이야기예요. 사실 내가 은퇴를 한 건 용의자를 쏘아 FBI를 곤경에 빠트렸기 때문이었어요."

"그건 정치적 쇼였을 뿐이라고 생각해요. 전 선배님을 너무나 존경했기 때문에 선배님의 자리를 대신 지키고 싶었어요."

사람들은 왜 항상 병원이나 비행기 안에서는 이렇게 나오는 것일까? 나는 말했다.

"아, 한 가지 잊고 말하지 않은 게 있어요. 요원 집의 뒤편 창문을 내가 박살냈으니 집에 돌아가서 창문이 깨진 것을 보고 도둑이 들었나 놀라지 말아요. 가져간 건 아무것도 없어요. 요구르트 몇 개 먹은 것 빼고는요."

그녀는 무언가 질문을 하려는 듯 입을 벌렸지만, 내가 먼저 나섰다.

"내 말 들어요. 요원 생활의 마무리를 나처럼 하고 싶진 않을 거예요."

마침내 나는 맥스의 병실에 잠시 들렀다. 그는 집중 치료실에 있었는데, 콜먼보다 상태가 더욱 안 좋았다. 그의 아내인 크리스털은 이름과 전혀 어울리지 않는 인상의 여자였는데, 침대 옆 저 멀리에서 망부석처럼 병실을 지키고 서 있었다.

맥스는 거의 의식이 없었지만, 내가 다가가자 나를 쳐다보았다. 그는 말을 하기 위해 숨을 들이마시려 애썼다. 그 과정이 고통스러운 듯했다. 크리스털은 그의 팔을 토닥이며 그를 말렸다. 그녀가 말했다.

"기적이라고 하네요. 총알이 오른쪽 폐를 간신히 지나쳤고 뼈도 건드리지 않았어요. 몸의 각도가 교묘하게 틀어져 있던 탓에 목숨은 건졌어요. 그렇지 않았다면 심각한 장기 손상이 있었을 거래요. 다만 바닥에 쓰러질 때 머리를 부딪쳐서 뇌진탕이 왔어요."

맥스는 고개를 돌려 침대 너머로 머리를 숙였다. 그의 속삭임을 들을 수 있었다.

"듣기로는, 네가 바텐더를 죽였다던데."

"맞아, 네 목숨을 구했지."

그에게 유익하게도, 내가 알려주었다.

"로라 콜먼에 대한 내 이야기를 믿었어야 했어. 총에 맞은 건 전적으로 네 탓이야."

크리스털은 놀라움을 금치 못했다.

"브리짓!"

맥스는 통증을 조금이라도 덜 느끼기 위해 아까보다 얕게 숨을 쉬었다. 그래도 단어들을 입 밖에 내기에는 충분한 공기였다. 그는 베개에 머리를 푹 파묻었다.

"나, 놀랐어. 네가 날 죽이지 않아서. 기회가, 있었는데."

침대 맞은편에서 몸을 앞쪽으로 기울인 채 앉아 있던 크리스털이 휘둥그레진 눈으로 자리에서 벌떡 일어났다. 남편이 진통제 때문에 환각을 겪고 있는 것이라고 누군가 위로해주기를 바라면서. 난 미소를 지으며 그의 손을 토닥였다.

"그거야 가슴에 45구경 총을 맞았으니 당연히 죽은 줄 알았지, 친구."

그도 옅은 미소로 내 미소에 화답했다.

"그 전화기, 제럴드 피질의 휴대전화."

"알아, 네가 발견할 수 있도록 내가 일부러 거기 두고 왔어. 네가 결국 에머리의 술집 번호를 찾아냈지."

그는 하려던 말이 그게 아니라는 듯 고개를 가로저었고, 나는 무리하지 말라며 그를 말렸다. 그는 또다시 얕은 숨을 내뱉었다.

"그, 얼굴들."

제럴드 피질이 고문을 하며 찍은 여자들의 얼굴을 말하고 있었다.

"나도 봤어."

내가 말했다.

맥스는 점점 기력을 잃어가고 있었다. 난 그의 질문 없이도 그의 눈동자에 떠오른 빛을 읽고 그에게 대답했다.
"그건 우발적인 사고였어, 맥스. 그게 망할 진실이라고."
"좋아."
그 말이 무슨 의미인지에 대해서는 나중에 알 수 있을 것이다. 맥스는 눈을 감았고, 크리스털은 이제 그만 돌아가 달라고 했다.

54

 사건의 용의자로 내가 의심스러웠던 사실을 처음부터 보고하지 않았던 것으로 맥스는 이미 돌아오지 못할 강을 건넌 셈이었다. 운이 따른다면 계속 그 상태가 유지되겠지. 나중에 나는 맥스에게 다시 한 번 로라 콜먼이 납치된 것 같다는 내 이야기를 믿었다면 총에 맞을 일은 없었을 거라고 말했다. 전에도 말했듯이, 이렇게 된 건 전적으로 네 잘못이라고 말이다. 에머리와 맥스의 관심을 돌리기 위해 문을 발로 차며 소리를 냈던 일에 대해서도 말하고, 내가 에머리를 죽여 맥스의 목숨을 구했다는 이야기도 했다. 좋다, 마지막 부분은 사실이 아니다. 그때는 그가 죽은 줄 알았고, 난 그저 로라 콜먼의 창창한 앞날을 살리고 내 실수로 빚어진 일을 속죄하고자 그 일을 덮어쓴 것일 뿐이다. 하지만 그 거짓말이 이중의 역할을 할 수 있다면, 그것도 좋은 일이다.

 다만 한 가지 남은 문제는 남은 오후를 카를로와 어떻게 보내느냐 하는 것이었다. 저녁을 준비하고, 준비한 저녁을 먹고, 책을 읽는 전반의 과정들을 어떻게 하면 전과 다름없이 이행할 수 있을지가 고민이었다. 하지만 퍼그들과 함께 저녁 산책을 하고 돌아온 후 욕실 가운을 입고 따뜻하게 데운 우유를 조금 마시며 지루한 분위기 속에서 TV를 보고 있던 가운데 분위기가 사뭇 바뀌었다. 그는 차고와 이어져 있던 문 옆의 고리에서 차 열쇠를 꺼내더니 내게 말했다.

"나가자. 드라이브할 시간이야."

나는 난로 위에 달린 시계를 쳐다보았다. 정각 8시였다. 8:00. 하루를 마무리해야 할 시간이었던 말이다. 나는 킥킥거렸다. 조금씩 솟구치는 짜증이 뒤섞인 웃음이었다.

"맙소사! 당신, 제정신이야?"

카를로는 분노하기보다는 슬퍼하며 말했다.

"방패는 잠시 내려놓아, 여보. 우리의 결혼 생활이 경각에 달렸으니."

나는 지나치게 순종적인 태도는 보이지 않은 채 카를로의 볼보에 올라탔다. 우리는 아무 말 없이 골더랜치로드를 달렸고, 그는 오라클가에 이르러 방향을 남쪽으로 틀었다. 나는 아닐 것이라 생각했다. 하루 종일 집 안에서 시간을 보내다 저녁 식사 준비까지 하게 만들고서는 다시 콜먼의 집에 날 가져다 버리려는 것은 아니겠지.

그런 생각은 아닌 듯했다. 오라클가와 탠저린가가 교차하는 지점에 있는 오로밸리 마켓의 동편 입구 건너편에서 카를로는 갑자기 좌회전을 하더니 산을 향해 카탈리나 주립 공원의 어둠 속을 달렸다. 전에 같이 하이킹을 했던 곳이었고, 내가 총격을 받았던 곳이기도 했지만, 밤에 공원에 가는 것은 처음이었다. 해가 진 뒤에도 출입이 가능한지조차 모르고 있었다.

하이라이트도 켜지 않은 채 카를로는 주차장으로 이어진 어두운 길을 천천히 달렸다. 바람이 불고 있었다. 낮이었다면 하나의 기점을 중심으로 흩어진 모든 트레킹 경로를 주차장에서 한눈에 볼 수 있었을 것이다. 카를로가 전조등을 끄기 전 어른 손만 한 크기의 거대한 거미가 그 불빛 앞으로 기어가는 것을 보았다.

우리는 완전한 어둠 속에 잠자코 앉아 있었다. 어둠 탓에 서로를 알아보기도 힘들었다. 이게 그의 쇼라면 그가 말하도록 내버려두자. 난 너무도 우울하고 피곤해서 그를 도울 수 없었다. 기다리는 가운데 눈이 어둠에 적응이 되었고 카를로의 모습은 여전히 제대로 볼 수 없었지만, 별빛 없이 자리한 동편 산맥의 윤곽은 조금씩 잡아나갈 수 있었다. 난 그제야 하늘에 달이 없다는 것을 깨달았다. 아직 뜨기 전이거나 이미 고개를 넘어갔거나. 그때 어둠 속을 스미듯 옅은 잿빛의 무언가가 왼편에서 나타나 하늘을 가로질렀다. 카를로가 얘기한 적 있었던 은하수였다. 은하수에서는 어느 하나의 별만 도드라지지 않았다. 일종의 큰 그림이라고 볼 수 있었다.

"시작하기가 어렵네."

마침내 카를로가 입을 열었다.

"당신은 괜찮을 거야. 어쩔 수 없는 일인걸."

"내가 말하려고 하는 건, 그렇게 오랜 시간 동안 거짓말을 하며 살다 보면 믿음직한 이야기를 하기가 어려워진다는 거야. 무엇이 진실인지 알기 어려워진다고."

그 사실을 나보다 더 잘 아는 이는 없었다.

"난 지금 매우 지쳤고, 아직 몸도 완쾌되지 않았고, 명료하게 생각하기가 힘들어."

"그래."

카를로가 말했다.

"나도 잘 알고 있어. 그래서 오늘 밤에 우리가 여기까지 오게 된 거지. 밖이 어둡고 당신이 아직 가면을 쓰고 있지 않은 상태일 지금이 어쩌면 내가 우리 관계에 있어 우위를 점할 수 있는 유일한 때인지도 모르니까. 근데 사실 그게 그렇게 기분 좋진 않아."

"모르는 게 낫다고 생각했어."

내가 말했다. 목소리에 묻어나는 애처로움이 마음에 들지 않았다.

"그저 당신이 원하는 대로 살았을 뿐이야."

그의 목소리 역시 감정이 가득 실려 있었다.

"내 마음에 걸리는 것은 당신이 사실을 털어놓았을 수도 있지 않았을까가 아니야. 바로 당신 자체라고."

나는 한동안 그의 이야기를 들으며 고개만 끄덕였다. 에머리와의 경우에서도 입증되었듯이 목숨이 위협받을 때에는 상대방을 계속 말하게 하는 것이 수였다. 그렇게 하면 언젠가 살아날 기회가 찾아오기 마련이다. 이야기를 하는 동시에 상대방을 죽일 수 있는 사람은 그리 많지 않을 테니. 생각을 해보라. 누구든 방아쇠를 당기기 전에는 입을 닫는다. 난 그가 원하는 만큼 얼마든지 강의를 풀어나가도록 내버려둘 준비가 되어 있었다. 듣다 보면 결국 남은 내 인생이 어떤 방향으로 흘러가게 될지도 알 수 있겠지.

바로 그때 그가 방아쇠를 당겼다.

"맥스와 이야기를 나눴을 때? 사실 그는 당신 과거에 대해 말하지 않았어."

"그렇게 자세히 알고 있진 않았을 테니까."

내가 말했다.

"난 당신에 대해 물어봤어. 당신 자체에 대해."

"그랬더니 뭐라고 했는데?"

"당신이 말했듯이, 알고 있는 게 별로 없었지. 대신 워싱턴 FBI 본부에 있는 누군가의 전화번호를 알려주더군. 당신의 그 심리학자 친구 말이야. 데이비드 바이스."

처음에는 내가 일격을 받았다는 것조차 깨닫지 못했다. 통증보다 먼저 마비 증세가 찾아왔다. 충격 속에서 몸에 있는 모든 것이 밖으로 빠져나가는 듯한 기분이었다. 카를로가 나에 대해 어디까지 알고 있었을까?

"바이스?"

내 목소리는 비명에 가까웠다. 곧 죽은 목숨이라는 생각이 들었고, 난 말했다.

"내가 조만간 전부 이야기해주겠다고 했잖아. 내 말을 안 믿은 거야?"

"아니, 그래, 기다릴 수가 없었어."

난 갑자기 피곤이 싹 가셨다.

"내가 사람을 죽였다고 얘기했겠군, 그렇지? 최근의 그 사람이 아닌, FBI에 몸담고 있었을 때의 일. 그때 일을 지그문트처럼 잘 알고 있는 사람도 없을 테니."

그는 내가 지금까지 모두 몇 사람이나 죽였는지에 대해서는 관심이 없는 듯했다.

"그건 잊고 이 폴이라는 친구 얘기나 해보라고."

내 현실은 다시금 기울어졌고, 나는 혼돈 속으로 미끄러져 들어가 감정적으로 자유 낙하를 하는 기분이었다. 하지만 우리 둘 다 마치 고해소에 있듯 그렇게 차창을 바라보며 우두커니 앉은 채였으니 그에게 전부 털어놓을 수밖에 없었다. 가깝게 지냈던 사람들, 가족과 친구들, 동료들에 대해 이야기했고, 알고 지내던 모든 민간인들로부터 달아났던 이야기, 그가 날 떠날까 봐 두려웠고, 동시에 그를 놓을 수 없을까 봐 두려웠던 이야기…. 지그문트에게 했던 것보다 더 많은 이야기를 그에게 털어놓았다. 폴은 아버지와 전혀 달라서 좋은 사람이었다는 이야기까지.

내 진짜 모습을 알게 되면 그가 나를 떠날까 봐 두려웠다고 말했다.

내 이야기가 끝이 난 후에도 카를로는 말이 없었다. 내가 너무 빨리 이야기해 들은 것을 전부 이해하려면 시간이 좀 걸린다는 듯. 마침내 그가 말했다.

"이런 망할."

그의 반응에 나는 놀라 몸이 뻣뻣해졌고, 간신히 고개를 저쪽으로 돌렸다.

"그래, 충분히 그런 마음일 수 있어."

내가 간신히 말했다.

"당신이 아니라, 그 폴 말이야. 진짜 얼간이 같은 인간이야."

카를로가 말했다.

나는 눈을 깜빡인 채 잠자코 있었다. 왜 그 말이 용서나 속죄의 뜻으로 들리지 않는 것일까? 내 인생에 있어 완벽한 한 남자가 또 다른 완벽한 남자를 얼간이라고 하다니. 더 이상 어떻게 생각해야 할지 알 수 없었다.

"내가 그 인간과 똑같을 거라고 생각했다니."

카를로가 말했다. 그의 편에서 그가 부드럽게 흥흥거리는 것을 느낄 수 있었다.

"세상에, 난 사목 훈련의 일부로 교도소 사목자 활동을 했었다고. 귀에 칼을 맞은 사람을 위한 마지막 미사를 주례한 적도 있고, 사형수와 동행하기도 했지. 전기의자를 사용할 때였는데 그곳에 머물러 그의 몸이 녹아내리는 걸 지켜봤어. 날 어떻게 본 거야? 척수액 대신 미사용 포도주가 흐르는 고귀하기 짝이 없는 성직자?"

"아니야?"

마지막에 물음표를 떼고 말했으면 좋았을 텐데.

"절대. 그렇게 생각했다면 불쾌해."

난 여전히 의심이 가시지 않았다.

"잠깐만. 이거 일부러 숙이고 들어오는 전략 중 하나는 아니겠지, 그렇지?"

내가 물었다.

그는 내 말을 무시했다.

"왜 나한테서 그토록 본 모습을 감추려 했는지 이해가 안 돼."

그 말에 난 화가 났다.

"당신이 그걸 원했으니까! 첫 데이트 기억나? 당신은 가면을 쓴 남자 이야기를 했었지. 그 이야기가 주는 메시지는 너무도 울림이 컸고 분명했어."

"내가 무슨 메시지를 전한다고 생각했는데?"

"당신이 알고 그랬든 모르고 그랬든 당신은 당신이 선하고 난 악하다고 이야기하고 있었어."

제럴드 피질의 시신이 머릿속에서 번뜩였다. 이런 일은 앞으로도 반복될 것이다.

"그래서 내가 본 모든 것과 내가 한 모든 일을 숨겨야 했고, 당신처럼 선한 사람인 척해야 했다고."

"하느님, 맙소사, 당신이 목격한 것들을 내가 상상조차 하지 못할 줄 알았어? 나는 철학 박사에 신학 박사까지 딴 사람이야, 오하리. 바보가 아니라고. 당신은, 뭐라고 해야 할까, 내게 모든 걸 당당하게 이야기했어야 해."

"제발 사실을 말하라고 하지 마. 결코 좋은 결말이 날 리 없어. 날 좋아하지 않게 될 거라고."

"그건 두고 봐야 할 일이야. 어쨌든 다른 선택지가 없으니까."

"그렇다면 날 버리지 않을 수도 있단 말이야?"

카를로는 단지 나를 안심시키기 위해 거짓 대답을 할 사람이 아니었다.

"이건 건강한 관계가 아니야."

"나도 이제 그걸 깨닫기 시작했어. 하지만 굳이 내 변명을 하자면, 그 외 다른 형태의 관계는 가져본 적이 없어."

"지금보다 훨씬 더 솔직해져야 하는 것은 물론이고, 어느 정도의 상담도 필요할지 모르겠지만, 어쨌든 내가 당신을 떠날 가능성은 절대 없어, 분명히."

"내가 본격적인 고백을 시작하기 전에 우선 지그문트가 당신에게 어떤 얘기를 했는지부터 말해줄래?"

그는 잠시 고민하더니 고개를 가로저었다.

"있잖아, 사실 서두를 필요는 없어. 하지만 첫 번째로, 딱딱하게 이야기해서 미안한데, 지난 24시간 동안 이것에 대해 달리 말할 방법을 찾지 못했어, 우선 첫 번째로, 당신은 사랑하는 사람들을 믿어야만 해. 당신에 대한 그들의 사랑을 믿어야 한다고. 그리고 지난 이야기를 바로 잡자면, 내가 당신에게 가면을 쓴 남자 이야기를 했던 건 바로 내 자신을 말한 거였어."

그 순간 나는 카를로가 지니고 있던 그 모든 남자들의 모습을 보았다. 그가 썼던 그 모든 가면들을 말이다. 지금 이렇게 내게 이야기하고 있는 이 카를로가 좋았다. 내 영역에 들어와 나와 대면하고 있는 이 강인한 남자가 말이다. 어쩌면 그게 바로 내가 그와 결혼한 이유일지도 모른다. 왜냐하면 그의 강의 첫날에도 바로 이러한 모습을 보았기 때문이다. 지금까지 우리 사이에 있었던 모습들은 다른 사람의 것이 아니었을까? 어쩌면 그건 연령대와 상관없이 가능한 일일지도.

"다프네."

내가 불쑥 말했다.

"뭐라고?"

"내 이름은 사실 브리짓이 아니야. 다프네로 세례를 받았어. 하지만 FBI에 들어가면서 남자들에게 놀림을 받을까 봐 이름을 바꾸었지."

"그게 바로 시작이야."

카를로가 내 손 위에 자신의 손을 얹었다. 그 손길에 나는 가슴이 두근거렸다. 그 손길을 받기 전까지 나는 그 상황이 얼마나 위험스러웠는지 깨닫지 못했다. 그는 내 손을 점점 꽉 잡아 쥐더니 약간의 힘을 주어 자신에게로 가까이 나를 끌어당겼다. 그제야 나는 그를 여러 면에서 과소평가하고 있었다는 것을 알 수 있었다. 이제 어둠 속에서도 그의 얼굴을 알아볼 수 있을 만큼 그와 가까워졌다.

"이제 키스해줘, 아가씨."

나는 그에게 키스했다.

그리고 매우 진중하게, 치아를 거의 다 드러낼 듯 분명한 발음으로 그가 말했다.

"사랑해, 브리짓."

그가 내 이름을 불렀다. 지금껏 나를 이름으로 부른 적이 없었는데. 생생하게 드러난, 사랑에 빠진 남자의 모습에 나는 놀랄 수밖에 없었다. 나는 떨리는 몸으로 뒤로 물러났다. 속눈썹 부위가 촉촉해졌다.

"어째서?"

나는 간신히 입을 열었다. 여전히 의심스러웠고, 그 친밀감이 여전히 두려웠다.

그도 그 점을 알고 있었다. 그는 번뜩 생각이 난 듯 진중함을 내려놓고 다시 특유의 가벼움으로 돌아왔다. 그는 나를 지그시 바라보며 어깨를 으쓱했다.

"나라고 알겠나."

나는 나를 만만하게 보지 말라며 장난스럽게 응수하려 했다. 하지만 그러는 대신 우리 사이에 놓인 콘솔 위로 몸을 기울여 그의 어깨에 부드럽게 키스했다. 피부에 닿지도 않은 가벼운 키스였다. 윗입술에 느껴지는 그의 셔츠의 감촉은 진정 나를 위한 구원이었다. 그것이 어떤 모습이든 상관없었다. 나는 그 친밀감을 받아들이며 용감하게 그의 이름을 속삭였다.

"나도 사랑해, 카를로."

카를로의 손가락이 내 머리카락에 꽂힌 핀을 부드럽게 잡아 뺐다.

백색의 곱슬머리가 얼굴 아래, 내 시야가 미치는 곳까지 떨어졌다.

"이제 나이를 먹었다는 기분이 좀 드는 것 같아 두려워."

내가 말했다.

그는 고개를 끄덕였다. 이번에도 거짓은 없었다. 나는 이편이 더 마음에 들었다. 그가 말했다.

"나도 종종 그런 생각이 들었다가 또 사라지곤 해. 아마 이건 우리가 죽을 때까지 반복되겠지. 하지만 데이비드 바이스가 당신에 대해 또 뭐라고 했는 줄 알아?"

"뭐라고 했는데?"

"젊은 사람들이 당신을 만나고 난 뒤에는 자신도 모르게 꿈을 꾸게 된다고 하더군. 아주 기민한 사람이야, 당신의 그 바이스 박사."

그는 내 어깨에 팔을 두른 채 잠시 가만히 있었다.

아직 카를로와의 일이 완전하게 해결된 것이 아니라는 것을 알고 있었다. 말해야 할 진실이 아직 많이 남아 있었고, 솔직히 그것들을 어떻게 털어놓아야 할지에 대한 결정도 남아 있었다. 이를테면 제럴드 피질을 죽인 죄로 감옥에 가게 될지도 모르겠다는 이야기를 하면 그가 어떤 반응을 보일지 알 수 없었다. 아니다, 맥스는 분명 함구할 것이다. 그렇겠지?

우리는 다시 집으로 돌아왔다. 퍼그들은 나른한 자세로 바닥에 누워 있었다. 녀석들은 우리를 보자 몹시 반가워했고, 우리는 망설이다가 마침내 웃음을 터뜨렸다. 그 순간 난 살아 있다는 기분에, 다시 하나의 가족으로서 안전하다는 기분에 아찔한 현기증이 일었다.

"다 같이, 포옹!"

내가 소리쳤다. 퍼그들이 내게 뛰어올랐고, 나는 과격한 머리 쓰다듬기로 녀석들의 적극적인 애정공세에 응대했다.

　마침내 지루해진 녀석들은 다시 어딘가로 멀어졌고 내 청바지는 짧은 잿빛의 털투성이가 되었다. 하지만 나는 좀 더 바닥에 머물며 이 특별한 각도에서 거실 쪽을 바라보았다. 천장 가까이에 둘러진 연보라색의 포도 무늬 띠벽지는 이 각도에서 보아도 흉측하기는 마찬가지였다.

　"제인?"

　나는 속삭였다.

　"제인? 당신 여기 있어요?"

　밤 10시 30분. 평소 잠자리에 들던 시간에서 한 시간이나 지난 뒤였고, 카를로는 간만의 길고 편안한 수면을 준비하기 위해 자리를 뜬 뒤였다. 퍼그들이 물그릇을 핥는 소리만이 정적 속에 울려 퍼졌다. 어쩌면 이 집에 제인의 유령 같은 건 없는지도 모른다. 처음부터 그랬는지도. 나는 배를 굴려 바닥에서 일어났다. 내일, 조사가 시작되기 전 제일 먼저 할 일은 크레이트 앤 배럴에 들르는 것이다. 아니, 포터리 반부터 가야겠다. 바바리안 식기와는 전혀 다른 새 식기 세트를 구입해야겠다. 새틴 소재도 아니고 분홍색도 아닌 새 침대보도 사야지.

　침실에 들어섰을 때 카를로가 침대보를 전부 벗겨 아래에 내려둔 것이 눈에 띄었다. 침대 발치에는 식탁 의자가 놓여 있었다. 전날 밤 그곳에 앉아 밤새 나를 지켰던 것이다.

　다시 시작해야 했다. 이제 내 인생에 있어 행복한 한 해를 보낼 수 있음을 깨달았으니 말이다. 과연 그 어떤 신이 이런 나의 두 번째 인생을 부정할 수 있을까? 나는 어둠 속에서 카를로에게 믿음을 주었던 일을 떠올렸다. 항상 두려워하던 그 고백의 깊은 구렁으로 감정의 자유 낙하를 하던 그때를 말이다. 다만 이번에는 그 끝에서 누군가 나를 기다리고 있다. 내가 다시 돌아오기만을.

끝.

| 감사의 글 |

　에이전트와 편집자보다 더욱 긴밀한 협력 관계에 있었던 헬렌 헬러와 호프 델런에게 감사의 인사를 전한다. 이 두 장엄한 마음의 소유자들을 내 편에 둘 수 있는 행운을 거머쥘 수 있었던 것이 아직도 믿기지 않는다.

　반면 다소 마구잡이로 다루었던 투손 지리학에 사과의 인사를 남기고 싶다. 그래도 법의 집행 절차와 법의학을 최대한 준수하려 노력했다. 다음의 전문가들은 개인적으로나 서적을 통해 내게 여러 조언을 해주었다. 아닐 아그라왈(성도착증), 로널드 베켓(미라), 다이앤 프랜스(인류학), 버논 게버스(연쇄살인), 해럴드 홀(심리학), 스티븐 카츠(독성학), 로리 맥머혼(수사), 마이클 네이피어(신문), 스콧 와그너(병리학), 리처드 월턴(미제 사건 수사), 그리고 특히 투손의 은퇴 형사인 제임스 윌리엄슨에게 감사드린다. 이야기의 정확도를 위해 원고를 검토해줬고, 나를 법의학 연구실에도 데려갔으며, 총을 어떻게 쏘는지 시범을 보이기도 했다. 내용에 오류가 있다면, 그것은 전적으로 나의 잘못이다.

　이야기의 목적을 위해 각색하면서 NamUs라는 실종자와 신원 미상자를 일치시키는 공공 데이터베이스를 접하게 되었다. 이 개념을 도입한 국립 법의학 기술 센터 소속 마이클 오베리와 케빈 로스리지의 작업에 박수를 보내며, 해당 사이트를 소설적 측면에서 사용할 수 있도록 허가해준 데 감사의 마음을 전한다.

내 글을 점잖게 평가해준 동료 작가들, 윌리엄 벨, 미키 게티, 프레더릭 J. 매스터먼, 그리고 팻 모저 맥코드에게도 감사드린다.

그리고 마지막으로 브리짓 퀸의 캐릭터를 탄생시키는 데 영감을 주고, Hanging Tree Saloon에서 지원을 아끼지 않았던, 카탈리나 미스터리 북클럽의 용감무쌍한 회원들, 캐럴 카시오, 진 클리프, 프레머 골드샤인, 몰리 랜디, 아이나 매이프스, 마가렛 퍼넬, 마릴린 라우에, 조앤 로버츠, 필리스 스미스, 그리고 마가렛 톰슨에게도 감사의 인사를 전한다.

| 작품의 저술 배경 |

난 플로리다에서 아이를 키우며 생계를 꾸려나가는 싱글 맘이었다. 당시 나의 주요 목표는 아무리 열악한 상황일지라도 그 순간을 즐길 줄 아는 능력을 발판으로 삼아 아이를 잘 키워내는 것이었다.

누군가 어린이 연극 〈오즈의 마법사〉의 한 배역 오디션에 나가볼 것을 제안했고, 난 필요 이상의 행운을 거머쥘 수 있었다. 엠 이모라는 작은 배역을 따낸 것이다. 그러나 그보다 더 의미 있었던 일은 내 딸 레베카가 날아다니는 원숭이 무리의 우두머리 역을 맡은 것이었다. 원숭이들 중 유일하게 대사가 있는 역이었다.

몇 번의 배역을 거치고, 몇 번의 연극 무대 연출 경험을 쌓은 뒤, 나는 어린이용 연극의 극본을 쓰게 되었고, 마침내 성인용 연극 극본을 집필하기에 이르렀다. 등장인물들이 서로 이야기를 나누는 모습을 상상하면서 장면을 구성하는 습관이 그 때문에 생겼는지도 모르겠다.

난 플로리다 애틀랜틱 대학에서 문예 창작을 공부했고, 여섯 편의 소설을 썼지만, 한 부도 팔리지 않았다. 그 뒤 과학 수사 분야에서 출판사와 저자를 이어주는 커미셔닝 에디터로 활동했고, 덕분에 그 분야의 유명한 전문가들을 많이 만날 수 있었으며, 그들이 책을 출판하는 데 기여할 수 있었다.

그런 뒤, 나는 성공회 신부인 프레더릭 J. 매스터먼과 결혼했고, 덕분에 또 한 번 필요 이상의 행운을 거머쥘 수 있게 되었다.

결혼을 하고 3개월 뒤 그는 사제직에서 물러났고, 우리는 애리조나로 이사했다. 난 투손에서 여전히 풀타임으로 바깥일을 하고 있었고, 매우 바빴다. 반면 은퇴한 남편의 일상은 매우 지루했다.

11월을 맞아 나노라이모*의 11월 한 달 동안 5만 단어의 소설을 쓰는 것을 목표로 하는 전 세계적인 운동이 시작되었고, 난 남편과 한 달 안에 책 한 권 쓰기 내기를 했다. 그는 벨리즈에 있는 어떤 식물에 대한 이야기를 쓰기로 했다. 사람들의 마음에 침투해 들어가 그들의 가장 은밀한 욕망을 드러내는 능력을 지닌 식물 말이다. 법 집행 분야에 몸담고 있던 나는 미스터리 소설을 써보기로 했다. 난 원래 소설가였고 FBI와 스코틀랜드 야드**에 아는 사람도 많은데, 그게 뭐 어렵겠어?

생각보다 어려웠다. 우선 이 남편이라는 사람은 그야말로 저술 기계였다. 그는 하루에 삼사천 단어를 뽑아내며 나와의 내기에서 가뿐하게 나를 눌렀다. 일말의 망설임도 없이 경쾌하게 울리는 그의 자판 소리는 나를 미치게 만들었다. 4주에서 2주가 더해진 6주의 시간에도 난 그가 완성한 분량의 반 정도를 간신히 채웠을 뿐이었다. 그렇게 해서 당시 〈One Tough Broad〉라고 불렸던, 소설의 초기 버전이 완성되었다. 전직 FBI 요원인 브리짓 퀸이 은퇴 후 결혼을 하고, 친구들을 사귀고, 퍼그들을 키우며, 그녀가 평생을 지켰던 민간인들의 삶의 일부분이 되어가는 과정을 그린 소설이었다. 북클럽

---

* NaNoWriMo: 전국 소설 쓰기의 달 (National Novel Writing Month)
** 영국 런던 경찰국의 별칭.

사람들로부터 자신이 얼마든지 사람을 죽일 수도 있는 인물임을 숨기는 것이 최대의 목표인 여자였다.

난 생기 있으면서도 대범하고, 분노하고 슬퍼하면서도 악의 측면에서는 기민함을 보이는 한편, 요리에는 쩔쩔매는 이 캐릭터와 사랑에 빠졌다. 더군다나 소아마비로 다리를 약간 저는 내 입장에서는 고령에도 여전히 체력적으로 힘이 넘쳐 그 어떤 적도 거뜬히 제압할 수 있는 브리짓의 캐릭터를 상상하는 일은 그 자체로 즐거움이었다. 아마 다른 사람들도 이 캐릭터를 좋아하지 않을까? 난 에이전트에 문의를 했지만, 돌아온 답변은 이러했다. "서른이 넘은 여자 캐릭터를 누가 좋아하겠어요?"

난 기다렸다. 그리고 몇 년 후, 세상을 바꿀 만한 일이 발생했다. 헬렌 미렌이 오스카상을 수상한 일 때문이었을까? 갑자기 나이 든 여자들이 전보다 주목을 받기 시작했다. 난 다시 시도했다. 이번에는 문학 분야 담당자인 헬렌 헬러가 전화를 해왔다. "몇 년째 이런 캐릭터를 찾아 헤맸어요. 필력도 있으신 것 같으니 함께 작업해본다면 물건 하나 나올 것 같네요."

여러 번의 수정을 거쳐 지금의 제목으로 하나의 스릴러 작품이 완성되었다. 물론 브리짓 퀸의 캐릭터는 그대로였다. 그리고 당연하게도 브리짓은 많은 것에 분노했다. 이를테면, 사악한 자들의 타락, 무고한 자들의 죽음, 그들을 사랑하는 사람들의 끝나지 않는 슬픔은 물론 자신의 필사의 몸에도. 그리고 브리짓은 순순히 저 멋진 밤에 순응하지 않았다.

베키 매스터먼

죽어가는 것에 대한 분노
Rage Against The Dying

1판 1쇄 인쇄 2018년 2월 26일
1판 1쇄 발행 2018년 3월 2일

지은이 베키 매스터먼
옮긴이 박영인

발행인 김태환
편집 신진
표지 및 본문 디자인 Miso

펴낸곳 네버모어
출판등록 2016년 1월 7일 제385-2016-000002호
주소 경기도 안양시 동안구 귀인로 258, 108동 305호
전화 070-4151-5777
팩스 031-8010-1087
이메일 nevermore-books@naver.com

ISBN 979-11-960386-4-9 03840

※ 이 책은 네버모어가 저자와의 계약에 따라 발행한 것이므로
   본사의 서면 허락 없이는 어떠한 형태나 수단으로도 이 책의 내용을 이용하지 못합니다.
※ 잘못된 책은 구입처에서 교환해 드립니다.
※ 책값은 뒤표지에 있습니다.

이 도서의 국립중앙도서관 출판시도서목록(CIP)은 서지정보유통지원시스템 홈페이지(http://seoji.nl.go.kr)와
국가자료공동목록시스템(http://www.nl.go.kr/kolisnet)에서 이용하실 수 있습니다.
(CIP제어번호 : CIP2017033927)